Das Buch

Slim MacKenzie besitzt eine seltene Gabe: Er sieht, was andere nicht sehen. Er sieht die »Goblins«, Kreaturen der Finsternis, die in menschlicher Maske auf Erden ihr Unwesen treiben, Inkarnationen des Bösen, die angetreten sind, um die Menschheit zu vernichten. Der siebzehnjährige junge Mann hat auf der Flucht vor der Polizei in einem umherziehenden Zirkus Unterschlupf gefunden. Slim MacKenzie ist ein Mörder. Er hat seinen Onkel erschlagen, einen jener Goblins, deren Zahl unaufhörlich wächst. Dem Zirkus droht eine entsetzliche Katastrophe, wenn Slim nichts unternimmt. Nur Rya, das rätselhafte Mädchen aus dem Zirkus, kennt das Geheimnis der furchtbaren Wesen: Lange Zeit vor den Menschen herrschte auf der Erde eine andere Zivilisation, die eine Rasse von Kampfsklaven züchtete und dann in einem atomaren Holocaust unterging. Nur die Goblins überlebten und existieren heute noch, Relikte aus einer untergegangenen Welt, die Tod und Verderben bringen.

Dean Koontz, der in den USA in einem Atemzug mit Stephen King genannt wird, entwirft ein Horrorszenario von beklemmender atmosphärischer Dichte. Die befremdliche Vernetzung kontroverser Elemente, von Realem und Phantastischem, Gewöhnlichem und Monströsem, erzeugt eine permanente Stimmung der Angst, der Bedrohung. Das Böse ist übermächtig, der Terror allgegenwärtig.

Der Autor

Dean Koontz, 1946 in Bedford/Pennsylvania geboren, besuchte das Shippensburg State College und nahm 1966 eine Lehrerstelle in Appalachia an. Wenig später heiratete er und veröffentlichte seinen ersten Roman und Kurzgeschichten. 1976 zog er mit seiner Familie nach Orange County/Kalifornien. In mehr als 20 Jahren schrieb Koontz 55 Bücher, die in einer Weltauflage von über 100 Millionen Exemplaren in 18 Ländern verbreitet sind. Die meisten Bücher des Autors sind im Wilhelm Heyne Verlag lieferbar.

DEAN R. KOONTZ

# ZWIELICHT

*Roman*

Aus dem Englischen von
Alexandra v. Reinhardt

WILHELM HEYNE VERLAG
MÜNCHEN

HEYNE ALLGEMEINE REIHE
Nr. 01/8853

Titel der Originalausgabe
TWILIGHT EYES

9. Auflage


Printed in Germany 2001
Umschlagillustration: Tony Stone Images/
John Lund, München
Umschlaggestaltung: Nele Schütz Design, München
Satz: (1694) IBV Satz- und Datentechnik GmbH, Berlin
Druck und Bindung: Elsnerdruck, Berlin

ISBN 3-453-07151-4

*Dieses Buch ist*
*Tim und Serena Powers*
*und Jim und Viki Blaylock gewidmet,*
*weil sie sich ebenfalls in den*
*Weinbergen abmühen, und weil es irgendwie*
*passend ist, eine so seltsame Geschichte*
*seltsamen Menschen zu widmen.*

*Ich dachte, die Menschen wären das Werk einiger nicht besonders fähiger Gesellen der Natur, weil sie Menschlichkeit so abscheulich imitierten.*

*Shakespeare*

*Hoffnung ist der Pfeiler,*
*der die Welt trägt.*
*Hoffnung ist der Traum*
*eines wachen Menschen.*

*Plinius der Ältere*

*Ich stehe auf der Seite jener sündhaften Menschen, die darauf beharren, daß das Leben als solches einen Wert darstellt.*

*Oliver Wendell Holmes, Jr.*

# Teil I

# ZWIELICHT-AUGEN

*...die leise traurige Musik*
*der Menschlichkeit...*
William Wordsworth

*Menschlichkeit hat nichts mit gutem Aussehen zu tun. Einige der schlimmsten Killer sehen fantastisch aus. Menschlichkeit ist auch nicht unbedingt das, was sich nett anhört und den Ohren schmeichelt, denn jeder Zauberkünstler kann eine Schlange betören, aber manche Schlangenbeschwörer sind nicht allzu human. Ein Mensch erweist sich als human, wenn er zur Stelle ist, falls du ihn brauchst, wenn er dich aufnimmt, wenn er ein freundliches Wort für dich hat, wenn er dir das Gefühl gibt, nicht allein zu sein, wenn er deinen Kampf zu seinem eigenen macht. Das ist wahre Menschlichkeit, finde ich. Und wenn es davon ein bißchen mehr auf der Welt gäbe, könnten wir uns vielleicht aus dem Netz befreien, in dem wir zappeln... oder zumindest würden wir dieses Netz dann nicht weiter geradewegs zur Hölle tragen, wie wir das nun schon so lange tun.*

– ein anonymer Schausteller

# Der Rummelplatz

Es war das Jahr, in dem unser Präsident in Dallas ermordet wurde. Es war das Ende der Unschuld, das Ende einer bestimmten Denk- und Lebensweise, und manche Menschen verzagten und sagten, es wäre auch der Tod aller Hoffnung. Doch obwohl fallendes Herbstlaub skelettartige Äste enthüllt, kleidet der Frühling die Bäume neu ein. Eine geliebte Großmutter stirbt, aber dieser Verlust wird dadurch wettgemacht, daß ihr Enkelkind stark und neugierig die Welt betritt. Wenn sich ein Tag dem Ende zuneigt, bricht der nächste an, denn in diesem unendlichen Universum gibt es für nichts ein endgültiges Ende, ganz gewiß jedenfalls nicht für die Hoffnung. Aus der Asche der alten Zeit wird eine neue geboren, und Geburt ist gleichbedeutend mit Hoffnung. Das Jahr nach dem Mord von Dallas brachte uns die Beatles, es brachte uns neue Richtungen in der modernen Kunst, die unsere Betrachtungsweisen veränderten, und es brachte uns den Anbruch eines erfrischenden Mißtrauens gegenüber der Regierung. Wenn es zugleich auch die keimende Saat des Krieges in sich barg, so sollte uns das nur als eine wertvolle Lehre dienen, daß Schrecken und Schmerz und Verzweiflung – genauso wie die Hoffnung – in diesem Leben unsere ständigen Begleiter sind.

Ich kam sechs Monate nach meinem siebzehnten Geburtstag auf den Rummelplatz, in den dunkelsten Stunden der Nacht, an einem Donnerstag im August, mehr als drei Monate vor jenem Tod in Dallas. Was mir in der darauffolgenden Woche zustieß, sollte mein Leben genauso grundlegend verändern, wie Attentate die Zukunft einer Nation verändern können, obwohl der wie ausgestorbene Rummelplatz bei meiner Ankunft zunächst keineswegs wie ein schicksalhafter Ort auf mich wirkte.

Um vier Uhr morgens war der Jahrmarkt seit fast vier Stunden geschlossen. Die Schausteller hatten das Riesenrad, die

Achterbahn und all die anderen Fahrgeschäfte und Karussells abgestellt. Sie hatten ihre Wurf- und Schießbuden, ihre Imbißstände und Kasperltheater verriegelt, die Lichter gelöscht, die Musik zum Schweigen gebracht. Nach dem Aufbruch der Besucher hatten sich die Schausteller in ihre Wohnwagen zurückgezogen, die auf einer großen Wiese südlich des Rummelplatzes abgestellt waren. Der tätowierte Mann, die Liliputaner, Zwerge, Ausrufer, die Mädchen und Frauen aus den Schaubuden, die fliegenden Händler, der Mann, der Zuckerwatte herstellte, die Frau, die Äpfel in Karamelsauce tunkte, die bärtige Dame, der dreiäugige Mann und all die anderen – sie schliefen jetzt oder wälzten sich schlaflos von einer Seite auf die andere oder gaben sich der Wollust hin, ganz so, als wären sie normale Bürger – was in dieser kleinen Welt auch tatsächlich der Fall war.

Der Dreiviertelmond stand noch hoch genug am Himmel, um ein bleiches winterartiges Licht zu verbreiten, das in den heißen, feuchten Stunden einer Augustnacht in Pennsylvania irgendwie deplaziert wirkte. Während ich über das Gelände schlenderte und mich ein bißchen umschaute, bemerkte ich plötzlich, daß meine Hände in dem kalten Mondlicht seltsam weiß aussahen, wie die Hände eines Toten oder eines Gespenstes. In diesem Augenblick wurde mir auch zum erstenmal bewußt, daß zwischen den Karussells und Buden der Tod lauerte, und ich hatte die bestürzende Vorahnung, daß dieser Rummelplatz bald eine Stätte des Blutvergießens sein würde.

Die langen Wimpelketten hingen in der schwülen Luft regungslos herunter; die bunten kleinen Dreiecke boten bei Sonnenlicht oder im Schein unzähliger Lampen ein fröhliches, farbenprächtiges Bild, doch im Dunkeln erinnerten sie mich an schlafende Fledermäuse. Auf dem Kinderkarussell schien die ganze Pferdeherde – schwarze Hengste, weiße Stuten, Schecken, Rotfüchse, Mustangs – mitten im Galopp zu Salzsäulen erstarrt zu sein, so als wäre die Zeit plötzlich stehengeblieben. Die Messingstangen, an denen die Pferde befestigt waren, hatten im gespenstischen Mondschein den kalten Glanz von Silber.

Ich war über den hohen Zaun geklettert, der das Jahrmarktgelände umgab, denn die Tore waren bereits geschlossen gewesen. Und nun hatte ich ein schlechtes Gewissen, wie ein Dieb auf der Suche nach Beute, was völlig absurd war, denn ich war kein Dieb, und es waren keine kriminellen Absichten, die mich in diesen Vergnügungspark geführt hatten.

Gewiß, ich *war* ein Mörder, und ich wurde in Oregon von der Polizei gesucht, aber ich hegte nicht die geringsten Schuldgefühle wegen des Blutes, das ich dort, am anderen Ende des Kontinents, vergossen hatte. Ich hatte meinen Onkel Denton mit einer Axt erschlagen, weil ich nicht die nötige Körperkraft besaß, um ihn mit bloßen Händen umzubringen. Ich wurde weder von Schuldbewußtsein noch von Gewissensbissen gequält, denn Onkel Denton war einer von *denen* gewesen.

Trotzdem – die Polizei fahndete nach mir, und ich konnte mich auch fast fünftausend Kilometer vom Tatort entfernt nicht völlig in Sicherheit wiegen. Ich benutzte meinen richtigen Namen – Carl Stanfeuss – nicht mehr. Anfangs hatte ich mich auf der Flucht Dan Jones genannt, dann Joe Dann, dann Harry Murphy. Jetzt war ich Slim MacKenzie, und ich nahm an, daß ich eine Zeitlang dabei bleiben würde. Mir gefiel der Klang dieses Namens. Slim MacKenzie... So könnte John Waynes bester Kumpel in einem spannenden Western heißen. Ich hatte mir die Haare länger wachsen lassen, aber sie waren noch immer braun. Ich konnte nicht viel machen, um mein Äußeres zu verändern. Ich konnte nur versuchen, mich solange nicht erwischen zu lassen, bis die Zeit mein Aussehen ganz von allein verändern würde.

Auf dem Jahrmarkt hoffte ich Zuflucht zu finden, Anonymität, einen Platz zum Schlafen, drei anständige Mahlzeiten am Tag und etwas Taschengeld, und das alles wollte ich mir redlich verdienen. Obwohl ich ein Mörder war, hatte es gewiß nie einen ungefährlicheren Desperado als mich gegeben.

Nichtsdestotrotz fühlte ich mich in jener ersten Nacht wie ein Dieb, und ich rechnete ständig damit, daß jemand Alarm schlagen würde, daß irgendwelche Leute durch das Labyrinth von Fahrgeschäften, Imbißbuden und Zuckerwatteständen angerannt kämen. Einige Nachtwächter mußten auf dem Gelände ihre Autorunden drehen, aber sie waren nirgends zu sehen gewesen, als ich über den Zaun stieg. Ich horchte die ganze Zeit über auf Motorgeräusche, während ich meine nächtliche Besichtigung des berühmten *Sombra Brothers Carnival* – des Vergnügungsparks der Gebrüder Sombra – fortsetzte, des zweitgrößten Wanderunternehmens dieser Art im ganzen Land.

Schließlich blieb ich vor dem gewaltigen Riesenrad stehen, das in der Dunkelheit eine unheimliche Verwandlung durchgemacht hatte: Im Mondschein sah es zu dieser Nachtstunde nicht wie eine Maschine aus, schon gar nicht wie eine Maschine zum Vergnügen der Menschen, sondern erweckte den Eindruck eines Skeletts, des Skeletts eines riesigen prähistorischen Tieres. Die Konstruktion schien nicht aus Holz und Metall zu bestehen, sondern aus Ablagerungen von Calcium und anderen Mineralien, den letzten Überresten eines verwesten Leviathans, angeschwemmt an die einsame Küste eines uralten Meeres.

Und während ich inmitten der komplizierten Schattenfiguren dieses paläolithischen Fossils stand und zu den zweisitzigen Gondeln emporblickte, die schwarz und regungslos dahingen, wußte ich plötzlich, daß dieses Riesenrad in meinem Leben eine entscheidende Rolle spielen würde. Ich wußte nicht, auf welche Art und Weise oder warum und wann, aber ich wußte mit absoluter Sicherheit, daß hier etwas Folgenschweres und Schreckliches geschehen würde. Ich *wußte* es einfach.

Verläßliche Vorahnungen sind ein Teil meiner besonderen Gabe. Nicht der wichtigste Teil. Auch nicht der nützlichste, bestürzendste oder erschreckendste Teil. Ich verfüge über andere Talente, derer ich mich bediene, die ich aber nicht verstehe. Es sind Talente, die mein Leben geformt haben, die ich aber nicht kontrollieren oder geplant einsetzen kann. Ich habe sogenannte Zwielicht-Augen.

Als ich zu dem Riesenrad emporschaute, sah ich keine Einzelheiten des schrecklichen zukünftigen Ereignisses, aber ich wurde von einer mächtigen Welle schauriger Empfindungen überflutet, die Grauen, Schmerz und Tod ankündigten. Ich taumelte und wäre um ein Haar auf die Knie gefallen. Ich konnte nicht atmen, ich hatte wildes Herzklopfen, meine Hoden wurden hart, und einen Augenblick lang hatte ich das Gefühl, als wäre ich von einem Blitz getroffen worden.

Dann legte sich der Sturm in meinem Innern, die psychischen Kräfte verließen mich, und zurück blieben nur kaum wahrnehmbare Vibrationen, ominöse Vibrationen, die von dem Riesenrad ausgingen, so als strahlte es vereinzelte Partikel der in ihm gespeicherten Todesenergie aus, ähnlich einem Himmel voller Gewitterwolken, der noch vor dem ersten Blitz und Donner ein Gefühl von Unbehagen und Beklemmung hervorruft.

Ich konnte wieder atmen, und mein Puls normalisierte sich. Die stickige Augustnacht hatte meine Haut schon vor Stunden mit einem Schweißfilm überzogen, nun aber war ich regelrecht schweißgebadet. Ich zog mein T-Shirt hoch und wischte mir damit das Gesicht ab.

Teilweise in der Hoffnung, daß es mir gelingen würde, meine vagen Vorahnungen von drohender Gefahr irgendwie zu konkretisieren und zu erkennen, welcher Art das Verhängnis sein würde, teilweise aber auch, weil ich fest entschlossen war, mich von der düsteren Ausstrahlung der gewaltigen Maschine nicht einschüchtern zu lassen, legte ich meinen Rucksack ab und breitete meinen Schlafsack aus, um die letzten Nachtstunden dort zwischen den blassen Mustern aus schwarzen Schatten und aschgrauem Mondlicht zu verbringen. Die Luft war noch immer so warm, daß ich den Schlafsack nur als Matratze benutzte. Auf dem Rücken liegend, starrte ich intensiv zum Riesenrad empor, aber so sehr ich mich auch bemühte – ein weiterer Blick in die Zukunft blieb mir versagt. Statt dessen sah ich zwischen den Verstrebungen funkelnde Sterne, sann über die unvorstellbaren Ausmaße des Universums nach und fühlte mich einsamer denn je.

Nach etwa einer Viertelstunde wurde ich schläfrig, doch gerade als mir die Augen zufallen wollten, hörte ich ein Geräusch – ein Knistern, so als sei jemand auf eine weggeworfene Bonbontüte oder etwas Ähnliches getreten. Plötzlich wieder hellwach, setzte ich mich auf und lauschte angespannt. Das Knistern wiederholte sich nicht, doch ich hörte nun das Dröhnen schwerer Schritte auf harter Erde.

Gleich darauf huschte ein Schatten über den freien Platz vor dem Riesenrad, verschwand dahinter im Dunkeln, kaum sechs Meter von mir entfernt, und tauchte im nächsten Moment neben dem Kettenkarussell wieder auf. Ein sehr großer Mann – oder ließen ihn nur die Schatten, voluminösen Mänteln gleich, so riesig erscheinen? Er eilte davon, ohne mich bemerkt zu haben. Ich hatte nur einen flüchtigen Blick auf ihn werfen können und sein Gesicht überhaupt nicht gesehen, aber ich sprang wie von der Tarantel gestochen auf, zitterte am ganzen Leibe und fror plötzlich trotz der Augusthitze, denn das wenige, das ich von ihm gesehen hatte, genügte vollauf, um mir einen Schauder über den Rücken zu jagen.

Es war einer von *denen.*

Ich zog mein Messer aus dem Stiefel. Funkelnde Mondstrahlen züngelten über die Schneide.

Ich zögerte. Ich sagte mir, daß es am vernünftigsten wäre, meinen Schlafsack zusammenzurollen, von hier zu verschwinden und irgendwo anders unterzuschlüpfen.

Oh, aber ich hatte es so satt, ständig auf der Flucht zu sein. Ich brauchte einen Platz, wo ich mich zu Hause fühlen konnte. Ich war des Wanderlebens überdrüssig, und ich war schon ganz wirr im Kopf von zu vielen Autobahnen, zu vielen Städten, zu vielen fremden Menschen, zu vielen Veränderungen. Während der vergangenen Monate hatte ich auf sechs verschiedenen Jahrmärkten gearbeitet, aber das waren unbedeutende Volksfeste und Kleinmessen gewesen, sozusagen die Unterschicht des Schaustellergewerbes, und überall hatte ich gehört, daß man ein viel besseres Leben hätte, wenn man bei einer großen Organisation wie E. James Strates, den Vivona Brothers, Royal American oder den Sombra Brothers fest engagiert wäre. Und nachdem ich jetzt im Dunkeln durch diesen Vergnügungspark geschlendert war und sowohl physische als auch psychische Eindrücke aufgenommen hatte, wollte ich hierbleiben. Trotz der finsteren Aura in der unmittelbaren Umgebung des Riesenrades, trotz meiner Vorahnungen, daß hier in den nächsten Tagen Blut fließen würde, sagte mir die Gesamtatmosphäre dieses Rummelplatzes zu, und ich spürte, daß ich hier auch Glück finden könnte. Nie hatte ich mir etwas so sehr gewünscht wie hierbleiben zu können.

Ich brauchte ein Zuhause und Freunde.

Ich war erst siebzehn.

Aber wenn ich hierbleiben wollte, mußte *er* sterben. Ich konnte nicht in dieser Gemeinschaft leben, solange einer von *denen* hier hauste.

Ich behielt das Messer in der Hand.

Ich folgte ihm, vorbei am Kettenkarussell und an der Schiffschaukel, wobei ich mir größte Mühe gab, nicht auf irgendwelche Abfälle zu treten oder über die dicken Stromkabel zu stolpern. Wir bewegten uns leise auf das dunkle, stille Zentrum des Rummelplatzes zu.

# 2
# Der Troll

Er führte nichts Gutes im Schilde, aber das ist bei seinesgleichen immer so. Er eilte durch den nächtlichen Archipel, brachte die Inseln aus Mondlicht hastig hinter sich und fühlte sich unverkennbar wohler in den tiefen Teichen der Dunkelheit. Geduckt huschte er von einer Deckung zur anderen und schaute sich häufig um, ohne mich jedoch zu erspähen oder meine Nähe zu spüren.

Ich folgte ihm geräuschlos auf der Rückseite von Fahrgeschäften, Spielbuden und Erfrischungsständen, beobachtete ihn im Schutz von Generatoren, Lastwagen und sonstigem sperrigem Zubehör. Sein Ziel war der Autoskooter. Dort machte er halt, warf einen letzten forschenden Blick in die Runde, stieg die beiden Holzstufen hinauf, öffnete das Sperrgitter und bewegte sich geschickt zwischen den Kleinautos hindurch, die kreuz und quer herumstanden, so wie die letzten Fahrgäste sie verlassen hatten.

Vielleicht hätte ich mich in der Nähe verstecken und ihn eine Zeitlang beschatten sollen, um zu wissen, was er vorhatte. Das wäre vermutlich die klügste Vorgehensweise gewesen, denn damals wußte ich vom Feind viel weniger als heute und hätte selbst die kleinste zusätzliche Erkenntnis gut gebrauchen können. Aber mein Haß gegen die Trolle – das war die einzige Bezeichnung, die mir für diese Wesen einfiel – wurde von meiner Angst noch übertroffen, und ich befürchtete, daß mein Mut dahinschwinden könnte, wenn ich die Konfrontation hinausschob. Daß es mir gelang, den Autoskooter-Pavillon lautlos zu erreichen und mich unbemerkt hineinzuschleichen, hatte nichts mit meinen übersinnlichen Gaben zu tun, sondern lag einfach daran, daß ich siebzehn war, ein geschmeidiger Bursche in ausgezeichneter körperlicher Verfassung.

Die Zweisitzer waren klein, kaum höher als meine Knie. Eine Stange führte vom hinteren Teil jedes Wagens zur

Decke, wo ein elektrisch geladenes Gitter den Strom für die Fortbewegung der von Hand gesteuerten Fahrzeuge lieferte. Wenn sich unzählige Besucher auf dem Rummelplatz tummelten, ging es bei den Autoskootern immer besonders laut zu, weil der Reiz der Sache darin bestand, heftige Zusammenstöße zu inszenieren. Jetzt aber herrschte hier eine genauso unnatürliche Stille wie drüben bei den mitten im Sprung erstarrten Karussellpferden. Sich auf den Holzplanken zu bewegen, ohne daß die Schritte dumpf widerhallten, war alles andere als einfach, und die niedrigen Kleinautos boten keinerlei Sichtschutz.

Erleichtert wurde dieses schwierige Unterfangen zum Glück allerdings dadurch, daß mein Feind sich völlig auf seine Arbeit konzentrierte, worin diese nun auch immer bestehen mochte. Offenbar wähnte er sich in Sicherheit, seit er sein Ziel ungestört erreicht hatte. Er kniete etwa in der Mitte des langen rechteckigen Pavillons hinter einem der Autos und machte sich im Schein einer Taschenlampe daran zu schaffen.

Diese Lichtquelle bestätigte mir beim Näherkommen, daß es sich wirklich um einen sehr großen Mann mit Stiernacken und breiten Schultern handelte. Unter dem gelb-braunkarierten Hemd zeichneten sich eindrucksvolle Muskelpakete ab.

Außer der Taschenlampe hatte er eine Werkzeugtasche aus Stoff mitgebracht, die jetzt geöffnet neben ihm auf dem Boden lag. Er arbeitete flink und machte dabei nur wenig Lärm, aber das leise Kratzen und Quietschen von Metall auf Metall ermöglichte es mir doch, den Abstand zwischen uns langsam aber sicher zu verkleinern.

Ich wollte mich bis auf zwei Meter an ihn heranschleichen, mich sodann auf ihn stürzen und ihm das Messer in den Nakken rammen, um seine Halsschlagader zu durchtrennen, bevor er überhaupt wußte, wie ihm geschah. Doch ich war noch vier oder fünf Meter von ihm entfernt, als er plötzlich gespürt haben mußte, daß er beobachtet wurde. Er blickte von seiner geheimnisvollen Arbeit auf, wandte den Kopf und starrte mich entgeistert an.

Die Taschenlampe, die auf der dicken Gummistoßstange des Autos lag, beleuchtete sein Gesicht unregelmäßig von unten her, wodurch die Züge gespenstisch verzerrt wurden. Die Partie über den hervortretenden Backenknochen lag mehr oder weniger im Schatten, wodurch seine leuchtenden Augen tief in die Höhlen eingesunken wirkten. Doch sogar ohne diese grotesken Lichteffekte hätte er mit seiner knochigen Stirn, den zusammengewachsenen Brauen über einer breiten Nase, dem vorspringenden Kinn und dem schlitzartig schmalen Mund hart und grausam ausgesehen.

Zum Glück stand ich gerade so, daß das Messer in meiner an die Hüfte gepreßten Hand seinen Blicken verborgen blieb. Er begriff deshalb noch immer nicht, in welcher Gefahr er schwebte, und versuchte mich kühn zu bluffen, wobei ihm das allen Trollen eigene blasierte Überlegenheitsgefühl zugute kam.

»He, was soll denn das?« knurrte er. »Was machst du hier? Arbeitest du auf dem Rummelplatz? Ich hab' dich noch nie gesehen. Was hast du hier verloren?«

Mich würgten Angst und Abscheu, und mein Herz klopfte rasend, während ich auf ihn hinabschaute, denn ich sah, was andere Menschen nicht sehen konnten. Ich sah einen als Mensch getarnten Troll.

Diese Fähigkeit, den Unhold wahrzunehmen, ist extrem schwer zu erklären, denn es ist nicht so, als schälte meine psychische Sehkraft die menschliche Hülle einfach ab und entblößte dadurch das darunter verborgene Monster. Es ist nicht so, als verschwände die menschliche Gestalt, als könnte ich ausschließlich das bösartige Zauberwesen sehen, das mich mit seiner Maskerade zu täuschen glaubt. Vielmehr sehe ich beide gleichzeitig – den Menschen und den Troll. Vielleicht kann ich es am ehesten mit Hilfe einer Analogie aus der Töpferkunst begreiflich machen. In einer Galerie in Carmel, Kalifornien, habe ich einmal eine Vase mit herrlich transparenter roter Glasur von unglaublicher Leuchtkraft gesehen, die fantastische Tiefe, magische dreidimensionale Königreiche und unfaßbare Wirklichkeiten vorgaukelte. So ähnlich geht es mir, wenn ich einen Troll betrachte. Die menschliche Gestaltist kompakt und wirkt überaus echt, aber ich vermag auch den unter dieser Glasur verborgenen Ton zu erkennen.

»Los, nun mach schon den Mund auf!« brummte der Troll ungeduldig. Er machte sich nicht einmal die Mühe aufzustehen. Er fürchtete sich nicht vor gewöhnlichen Menschen, denn er wußte aus Erfahrung, daß sie ihn nicht durchschauen konnten. Und er ahnte natürlich nicht, daß ich kein gewöhnlicher Mensch war, sondern über besondere Gaben verfügte. »Gehörst du hierher? Arbeitest du hier? Oder bist du nur ein dummer neugieriger Lausbub, der seine Nase in anderer Leute Angelegenheiten steckt?«

Die unter der Menschenhülle verborgene Kreatur schien eine Kreuzung zwischen Schwein und Hund zu sein, mit einer dicken, dunklen, fleckigen Haut von der Farbe alten Messings. Die Schädelform erinnerte an einen deutschen Schäferhund, das Maul war voller spitzer Zähne, wobei die gebogenen Eckzähne jedoch reptilartig wirkten. Die Schnauze hatte mehr von einem Schwein als von einem Hund an sich, mit bebenden fleischigen Nüstern. Um die bösartigen runden roten Schweinsäuglein herum wurde die gelbliche Haut etwas dunkler und schillerte grünlich wie die Flügel von Käfern. Beim Sprechen entrollte sich in seinem Maul eine lange Zunge. Die menschenähnlichen Hände waren mit jeweils einem zusätzlichen Gelenk ausgestattet, die Knöchel waren dicker und kräftiger, und statt Fingernägel besaß dieses dämonische Wesen lange, scharfe, gebogene schwarze Krallen. Es hatte den Körper eines Hundes – aber eines Hundes, der aufrecht gehen konnte wie ein Mensch. Im großen und ganzen wirkte es durchaus graziös; nur die überaus knochigen Schultern und Arme schienen etwas mißgestaltet und verhinderten fließende Bewegungen.

Ich blieb einige Sekunden lang stumm, sowohl aus Angst als auch aus Abscheu vor dem blutigen Werk, das ich ausführen mußte. Der Troll legte mein Schweigen wohl als schuldbewußte Verwirrung aus und rechnete damit, daß ich wegrennen oder irgendeine unbeholfene Entschuldigung stammeln würde. Deshalb war er völlig perplex, als ich mich plötzlich auf ihn stürzte.

»Monster! Dämon! Ich weiß, was du bist«, zischte ich zwischen den Zähnen hindurch, während ich mit dem Messer zustach.

Ich verfehlte die pulsierende Halsschlagader, und die Klinge bohrte sich nur tief in seine Schulter.

Er grunzte vor Schmerz auf, schrie und heulte aber nicht. Meine Worte mußten für ihn ein schwerer Schlag gewesen sein. Ihm war an einer Störung genausowenig gelegen wie mir.

Ich riß das Messer aus ihm heraus und nutzte seinen momentanen Schock aus, um erneut heftig zuzustechen.

Wenn er ein gewöhnlicher Mensch gewesen wäre, so hätte das sein sicheres Ende bedeutet, war er doch vor Schrecken und Überraschung wie gelähmt. Ich hatte es jedoch mit einem Troll zu tun, und obwohl er durch sein Menschenkostüm behindert wurde, stand ihm nicht nur das sehr begrenzte menschliche Reaktionsvermögen zu Gebote. Mit übermenschlich schnellen Reflexbewegungen warf er schützend einen Arm hoch, beugte die Schultern und zog den Kopf ein, so als wäre er eine Taube. Dieses Abwehrmanöver hatte denn auch Erfolg: Meine Klinge streifte an seinem Arm entlang und schrammte seinen Schädel, ohne aber großen Schaden anzurichten.

Den Bruchteil einer Sekunde später ging er von der Defensive zur Offensive über, und ich begriff, daß ich in Schwierigkeiten war. Zwar lag ich noch auf ihm und drückte ihn auf das Kleinauto hinab, doch er vereitelte geschickt meinen Versuch, ihm mit dem Knie in den Unterleib zu treten, und packte mich gleichzeitig an meinem T-Shirt. Ich *wußte*, daß seine andere Hand es auf meine Augen abgesehen hatte, deshalb warf ich mich zurück, wobei ich mich mit einem Fuß auf seiner Brust abstemmte. Das T-Shirt zerriß der ganzen Länge nach, aber ich war frei, taumelte rückwärts und landete zwischen zwei Wagen auf dem Boden.

Ich habe in der großen genetischen Lotterie, die offenbar Gottes Vorstellung von einem effektiven Management entspricht, nicht nur meine übersinnlichen Kräfte gewonnen, sondern auch eine natürliche sportliche Begabung, und ich war von jeher flink und geschickt. Andernfalls hätte ich meinen ersten Kampf mit einem Troll – meinem Onkel Denton – niemals überlebt, geschweige denn diese alptraumhafte Konfrontation zwischen den elektrischen Autos.

Die Taschenlampe war während unseres Kampfes auf den Holzboden gefallen und ausgegangen, so daß wir uns jetzt nur noch im schwachen milchigen Schein des verblassenden Mondes vage erkennen konnten. Ich war noch nicht wieder auf den Beinen, als er schon auf mich zustürzte. Mein verzweifelter, in weitem Bogen von unten nach oben geführter Messerstoß verfehlte ihn knapp, weil er sich in letzter Sekunde zurückwarf. Als die Klinge wenige Millimeter vor seiner Nasenspitze die Luft durchschnitt, packte er mich am Handgelenk. Dank seiner imposanten Statur war er viel stärker als ich und konnte meinen rechten Arm mit eisernem Griff über meinem Kopf festhalten.

Er holte mit seiner geballten Rechten zum Schlag gegen meinen Hals aus, zu einem mörderischen Schlag, der meine Luftröhre eingedrückt hätte, wenn ich nicht blitzschnell den Kopf gesenkt und mich zur Seite gedreht hätte. Seine Faust landete deshalb etwas oberhalb meines Nackens. Das war schlimm genug. Ich konnte nicht atmen, Tränen schossen mir in die Augen, und ich fühlte mich einer Ohnmacht nahe.

Wie durch einen dunklen Schleier hindurch sah ich ihn zum nächsten Boxhieb ausholen. In meiner Panik und Verzweiflung tat ich instinktiv das einzig Richtige: Ich warf mich ihm entgegen, umklammerte ihn mit meiner freien Hand und preßte mich so fest an ihn, daß er nicht mehr kraftvoll zuschlagen konnte. Und nachdem ich inzwischen auch wieder Luft bekam, schöpfte ich neue Hoffnung.

Wir stolperten eng umschlungen zwischen den Autos umher oder drehten uns keuchend im Kreis, und da er noch immer mit der linken Hand mein rechtes Handgelenk hoch über unseren Köpfen festhielt, muß es fast so ausgesehen haben, als führten wir ohne Musik einen unbeholfenen Apachentanz auf.

Als wir in die Nähe der hölzernen Umzäunung kamen, wo das silbriggraue Mondlicht am hellsten war, blickte ich plötzlich mit ungewöhnlicher und bestürzender Klarheit durch die menschliche Hülle meines Gegners hindurch, nicht etwa wegen des Lichts, sondern weil meine psychischen Kräfte für einen Moment zuzunehmen schienen. Seine menschlichen Gesichtszüge verblaßten, bis sie einer kaum wahrnehmbaren Glasmaske glichen. Unter der nunmehr völlig transparenten Kostümierung traten die scheußlichen Einzelheiten des dämonischen Hund-Schwein-Wesens so deutlich und *real* zutage, wie ich es nie zuvor erlebt hatte – und auch gar nicht erleben wollte. Seine lange Zunge, gespalten wie die einer Schlange, voller Warzen, fettig und dunkel, hechelte zwischen den spitzen Zähnen. Zwischen der oberen Lefze und der Schnauze schien verkrusteter Schleim zu kleben, der sich bei näherem Hinsehen jedoch als Ansammlung von schuppigen Muttermalen, kleinen Blasen und borstigen Warzen entpuppte. Die fleischigen Nüstern waren gebläht und zitterten heftig. Die fleckige Haut wirkte ungesund, schlimmer noch, verfault.

Und die Augen!

Die *Augen*!

Sie fixierten mich, diese roten Augen mit ihrer schwarzen Iris wie aus gesplittertem Glas, und während wir dort an der Umzäunung des Pavillons kämpften, hatte ich einen Moment lang das schreckliche Gefühl, in diesen Augen zu versinken, so als wären es bodenlose, mit Feuer gefüllte Brunnen. Ich entdeckte darin einen sengenden Haß, aber sie spiegelten noch viel mehr wider als diesen tiefen Abscheu und rasenden Zorn. Sie zeugten von einer Bösartigkeit, weitaus älter als das Menschengeschlecht, verzehrend wie eine Gasflamme, vernichtend wie der Blick der Medusa, der die tapfersten Krieger versteinerte. Doch noch schlimmer als diese Bösartigkeit war die unübersehbare Verrücktheit, ein unbeschreiblicher Wahnsinn, der jedes menschliche Fassungsvermögen überstieg und zu den schlimmsten Befürchtungen Anlaß gab. Denn diese Augen vermittelten mir die Erkenntnis, daß der Haß dieses Wesens auf die Menschheit nicht nur eine von vielen Facetten seiner Geisteskrankheit, sondern der Kern seines Wahnsinns war, daß das ganze Trachten und

Handeln dieses krankhaften Hirnes einer einzigen Intention diente: so viele Männer, Frauen und Kinder wie nur irgend möglich leiden zu lassen und zu vernichten.

Was ich in diesen Augen las, erfüllte mich mit Angst und Abscheu, und mich ekelte vor dem engen physischen Kontakt mit dem Troll, aber ich wagte nicht, ihn loszulassen, denn das hätte unweigerlich meinen Tod zur Folge gehabt. Statt dessen schmiegte ich mich sogar noch enger an ihn, wir stießen heftig gegen das Geländer und taumelten einige Schritte zurück.

Er hatte aus seiner linken Hand eine Art Schraubstock gemacht und versuchte, die Knochen meines rechten Handgelenks zu zermalmen – zumindest aber wollte er mich zwingen, das Messer fallen zu lassen. Der Schmerz war grausam, aber ich hielt die Waffe fest, und schließlich überwand ich meinen Widerwillen und biß ihn ins Gesicht, in die Wange. Dann fand ich sein Ohr und biß es ab.

Er schnappte nach Luft, verkniff sich aber stoisch jeden Schmerzenslaut, weil er offenbar sogar noch mehr als ich jedes Aufsehen vermeiden wollte. Doch obwohl er einen Schrei unterdrückte, war er nicht derart immun gegen Schmerz und Furcht, daß er den Kampf völlig ungerührt hätte fortsetzen können. Er schwankte, stolperte rückwärts, stieß gegen einen Stützbalken, griff sich an die blutende Wange und tastete verstört jene Stelle ab, wo soeben noch sein Ohr gewesen war, das ich inzwischen ausgespuckt hatte. Noch immer hielt er meinen rechten Arm über meinem Kopf fest, aber sein Griff hatte sich vor Schmerz unwillkürlich gelockert, und es gelang mir, mich loszureißen.

Das wäre wohl der günstigste Moment gewesen, um ihm das Messer in den Bauch zu stoßen, aber meine Hand war infolge der abgeschnürten Blutzirkulation fast taub, und ich konnte die Waffe nur mit größter Mühe überhaupt halten. Ein Angriff wäre tollkühn gewesen, denn möglicherweise wäre das Messer meinen gefühllosen Fingern im entscheidenden Augenblick entglitten.

Ich unterdrückte den heftigen Würgereiz, der vom Blutgeschmack in meinem Mund herrührte, und wich hastig zurück, die Waffe nunmehr in der linken Hand, während ich die rechte kraftvoll öffnete und schloß, um die Taubheit der Finger möglichst schnell zu überwinden. Als die Hand zu prickeln begann, wußte ich, daß sie in einigen Minuten wieder gebrauchsfähig sein würde.

Selbstverständlich räumte er mir diese wenigen erforderlichen Minuten nicht freiwillig ein. In rasender Wut stürzte er auf mich zu und zwang mich, zwischen zwei Kleinautos auszuweichen und über ein drittes zu springen. Er verfolgte mich quer durch den Pavillon, und verglichen mit der Ausgangssituation, als ich mich unbemerkt an ihn herangeschlichen hatte, waren jetzt die Rollen vertauscht. Er war die Katze, die nicht einmal der Verlust eines Ohres abzuschrekken vermochte, ich war die Maus mit einer tauben Pfote. Und obwohl ich mich angesichts der tödlichen Bedrohung besonders schnell und geschickt bewegte und immer wieder Haken schlug, tat er, was Katzen stets bei Mäusen tun: Er verkürzte den Abstand trotz all meiner Tricks und Manöver.

Diese langsame Verfolgungsjagd ging in unheimlicher Stille vor sich. Nur das dumpfe Dröhnen von Schritten auf dem Bretterboden, das knochentrockene Kratzen von Schuhsohlen auf Holz, das leise Rattern oder Quietschen der Autos, wenn wir an ihnen einen Halt suchten oder über sie hinwegkletterten, sowie unsere schweren Atemzüge waren zu hören. Keine Drohungen, keine Beschimpfungen, keine Appelle an die Vernunft, kein Flehen um Gnade, keine Hilferufe. Und keiner von uns wollte dem anderen die Genugtuung auch nur eines Wimmerns geben.

Allmählich normalisierte sich die Blutzirkulation in meiner rechten Hand, und obwohl das Gelenk geschwollen war und schmerzte, glaubte ich mich genügend erholt zu haben, um eine Fertigkeit zu erproben, die ich von einem Mann namens Nerves MacPhearson gelernt hatte, auf einem kleinen Jahrmarkt in Michigan, wo ich mich nach meiner Flucht vor der Polizei von Oregon einige Wochen aufgehalten hatte. Nerves MacPhearson, ein kluger Mann, der mir viele nützliche Ratschläge gegeben hatte und den ich oft sehr vermißte, war ein hervorragender Messerwerfer.

Während ich mir sehnlichst wünschte, daß Nerves jetzt bei mir wäre, ließ ich das Messer – ein spezielles Wurfmesser – von der linken Hand in die rechte gleiten. Ich hatte es ganz am Anfang, als der Troll sich kniend am Auto zu schaffen machte, nicht geworfen, weil meine Position keinen sicheren tödlichen Treffer erlaubte. Und später, als ich mich zum erstenmal von ihm losreißen konnte, hatte ich das Messer nicht geworfen, weil ich meinen Künsten – ehrlich gesagt – nicht allzu sehr vertraute.

Nerves hatte mir eine ganze Menge über die Theorie und Praxis des Messerwerfens beigebracht, während wir zusammen von Ort zu Ort gezogen waren, und nach unserer Trennung hatte ich mich auf eigene Faust weiter intensiv mit der Waffe beschäftigt und Hunderte von Stunden trainiert. Trotzdem beherrschte ich diese Kunst bei weitem nicht gut genug, um mich ihrer im Kampf mit dem Troll leichtfertig zu bedienen, denn wenn ich ihn nur leicht verwundete oder gar total verfehlte, wäre ich in Anbetracht der kräftemäßigen Überlegenheit meines Feindes völlig wehrlos.

Nachdem ich mich inzwischen aber im Nahkampf mit ihm gemessen hatte, wußte ich, daß ein gut gezielter Wurf meine einzige Überlebenschance war. Ihm schien nicht aufgefallen zu sein, daß ich das Messer jetzt nicht mehr beim Griff, sondern an der Klinge hielt, und als ich mich umdrehte und auf einem langen Abschnitt ohne hinderliche Autos losrannte, glaubte er, ich hätte es mit der Angst zu tun bekommen und die Flucht ergriffen. Er verfolgte mich triumphierend, ohne auch nur noch einen Gedanken an seine eigene Sicherheit zu verlieren. Als ich seine schweren Laufschritte auf den Brettern hinter mir hörte, wirbelte ich auf dem Absatz herum, taxierte blitzschnell Position, Winkel und Geschwindigkeit und ließ die Klinge durch die Luft wirbeln.

Selbst Ivanhoe hätte mit Pfeil und Bogen keine bessere Arbeit leisten können als ich mit dem Wurfmesser, das sich nach mehrmaliger Drehung in die Kehle meines Gegners bohrte und bis zum Heft eindrang. Die Spitze muß hinten am Hals wieder hervorgetreten sein, denn die Klinge war gut 15 cm lang. Der Troll blieb abrupt stehen, torkelte und riß den

Mund weit auf. Trotz des schwachen Lichts konnte ich den überraschten Ausdruck sowohl seiner menschlichen Augen als auch der roten dämonischen Augen erkennen. Eine Blutfontäne, die im Halbdunkel wie ebenholzfarbenes Öl aussah, ergoß sich aus seinem Mund, und er gab krächzende Laute von sich.

Sein Atem ging rasselnd und stoßweise.

Er wirkte bestürzt.

Er umklammerte den Messergriff mit beiden Händen.

Er fiel auf die Knie.

Aber er starb nicht.

Mit einer enormen Anstrengung begann der Troll seine menschliche Hülle abzustreifen, wobei das eigentlich der falsche Ausdruck ist, denn er häutete sich ja nicht. Vielmehr löste sich die menschliche Gestalt einfach auf. Die Gesichtszüge schmolzen, und auch der Körper veränderte sich. Diese Verwandlung von einer Erscheinungsform zur anderen kostete ihn sichtlich sehr viel Kraft und ging nicht ganz problemlos vonstatten. Als er schon auf allen vieren stand, überwog die menschliche Maske für kurze Zeit wieder, und jene scheußliche Schweineschnauze verblaßte noch mehrmals, bevor sie endgültig Gestalt annahm. Auch der zutage getretene Hundeschädel mußte noch einmal vorübergehend menschlichen Formen weichen, bevor er die Oberhand gewann, ausgestattet mit mörderischen Zähnen.

Ich wich zurück, erreichte das Geländer und blieb dort abwartend stehen, bereit, sofort über den Bretterzaun zu springen, falls die grausige Metamorphose dem Unhold wie durch Zauberei neue Kräfte verleihen sollte und ihn gegen die tödliche Wunde immun machte. Vielleicht konnte er sich in seiner wahren Erscheinungsform irgendwie selbst heilen, während er dazu nicht imstande war, solange er in Menschengestalt auftrat. Das schien mir zwar unwahrscheinlich, ja es kam mir geradezu fantastisch vor – aber war nicht andererseits die bloße Tatsache der Existenz eines solchen Wesens genauso fantastisch?

Schließlich war die Verwandlung so gut wie abgeschlossen, die Kleider hingen grotesk an dem dämonischen Wesen herab, die langen Krallen hatten die Lederschuhe durchstoßen, und es schleppte sich mit bedrohlich gebleckten Zähnen in meine Richtung. Die mißgebildeten Schultern, Arme und Hüften mit ihren scheinbar überflüssigen Knochenauswüchsen erschwerten ihm die Fortbewegung, obwohl ich das Gefühl hatte, als würde es mit unerklärlicher Anmut und Geschwindigkeit vorankommen, wenn es nicht verwundet und geschwächt wäre. Nun, da der Filter der Menschenmaske verschwunden war, konnte man sehen, daß die roten Augen unheimlich glühten. Nicht etwa, daß sie durch Lichtreflexion geleuchtet hätten wie Katzenaugen im Dunkeln; nein, sie strahlten selbst ein blutfarbenes Licht aus, das in der Luft schimmerte und rote Streifen auf den dunklen Boden zauberte.

Ich war einen Moment lang davon überzeugt, daß die Metamorphose den Feind tatsächlich zu heilen vermochte, und ich glaube noch immer, daß er sich aus diesem Grunde verwandelte. In Menschengestalt saß er sozusagen in der Falle und war zu einem schnellen Tod verurteilt, aber in seiner eigentlichen Identität verfügte der Troll über geheimnisvolle Kräfte, die ihn zwar vielleicht nicht retten konnten, ihn aber befähigten, mich zu verfolgen und umzubringen. Weil wir ganz allein waren, weil es keine Zeugen gab, riskierte der Troll diese Offenbarung seiner wahren Natur. Ich hatte etwas Derartiges schon einmal miterlebt, unter ähnlichen Umständen, bei einem Troll in einer Kleinstadt südlich von Milwaukee. Doch es war beim zweitenmal nicht minder schrecklich. Die Kreatur blähte sich in neuer Vitalität auf. Sie packte den Messergriff mit einer Krallenhand, riß die Klinge aus ihrem Hals heraus und schleuderte die Waffe beiseite. Geifernd, mit blutigem Schaum vor dem Maul, aber grinsend wie ein der Hölle entstiegener Teufel, kroch dieses furchterregende Wesen auf allen vieren auf mich zu.

Ich schwang mich auf die Umzäunung und wollte gerade auf die Erde hinabspringen, als ich auf der breiten Straße, die am Autoskooter vorbeiführte, Motorgeräusche hörte. Das mußten die Nachtwächter sein, die ihre übliche Runde drehten.

Das keuchende Ungeheuer hatte die Umzäunung fast erreicht. Sein kurzer, dicker Schwanz klopfte gegen die Bretter, und es starrte mit irrer Mordlust zu mir empor.

Der Wagen näherte sich, aber ich rannte ihm nicht entgegen. Ich konnte mich unmöglich hilfesuchend an die Männer wenden, denn ich wußte genau, daß der Troll mir nicht den Gefallen tun würde, seine wahre Gestalt beizubehalten. Vielmehr würde er sich hastig wieder tarnen, und ich würde die Wächter zu einem toten oder sterbenden Mann führen – meinem Mordopfer. Deshalb sprang ich, als das Scheinwerferlicht in Sicht kam, in den Pavillon zurück, über den Troll hinweg, der sich auf die Hinterbeine stellte und mich zu packen versuchte. Zum Glück verfehlte er mich knapp.

Ich landete auf beiden Füßen, fiel auf Hände und Knie, rollte zur Seite, kam wieder auf alle viere und kroch durch den ganzen Pavillon, bevor ich mich umzudrehen und einen Blick zurückzuwerfen wagte. Die rubinroten glühenden Augen waren auf mich gerichtet. Der Unhold war durch die schwere Verletzung ohne jeden Zweifel sehr geschwächt und konnte nur noch auf dem Bauch kriechen, sehr langsam, wie eine tropische Eidechse in kaltem Klima. Doch obwohl ihm jede Bewegung sichtlich Qualen bereitete, schleppte er sich unter Aufbietung aller Kräfte auf mich zu. Er war noch etwa sechs Meter von mir entfernt.

Die Scheinwerfer wurden immer heller, und dann tauchte die Fordlimousine auf. Sie fuhr sehr langsam, der Motor war leise, und auch die Reifen machten auf dem Sägemehl nur wenig Lärm. Die Lichter fielen auf die Straße, nicht auf den Autoskooter, aber einer der Wächter richtete jetzt den Strahl eines grellen Suchscheinwerfers auf den Pavillon.

Ich preßte mich auf den Boden. Der Troll war viereinhalb Meter entfernt und rückte langsam aber sicher weiter vor.

Das taillenhohe Geländer war sehr stabil, mit schmalen Zwischenräumen zwischen den dicken Brettern. Das war für mich äußerst günstig, denn obwohl das Licht des Scheinwerfers durch die Ritzen fiel, konnten die Wächter vom Wagen aus kaum etwas erkennen, zumindest nicht, solange die Limousine sich bewegte, wenn auch nur im Schrittempo.

Der sterbende Troll stemmte sich mit seinen kräftigen Beinen ab und schob sich ruckartig ein Stück vorwärts, auf eine mondbeschienene Stelle. Ich sah, daß er aus dem Hundemaul und aus der Schweineschnauze blutete. Dreieinhalb Meter. Er biß die Zähne zusammen, erschauderte und schleppte sich weiter. Sein Kopf war jetzt wieder im Schatten. Drei Meter.

Ich rutschte auf dem Bauch rückwärts, um den Abstand zwischen mir und diesem lebendigen Wasserspeier zu vergrößern, erstarrte aber schon nach einem knappen Meter mitten in der Bewegung, denn der Wagen war plötzlich stehengeblieben, direkt neben dem Autoskooter. Ich versuchte mir einzureden, daß es einfach zur Routine der Nachtwächter gehörte, auf ihrer Route hin und wieder anzuhalten, daß sie bestimmt nichts Auffälliges im Pavillon gesehen haben konnten. Ich betete inbrünstig, daß dem tatsächlich so sein mochte. In einer warmen und schwülen Nacht wie dieser würden sie jedoch zweifellos mit geöffneten Fenstern unterwegs sein, und bei stehendem Fahrzeug könnten sie eventuell jedes Geräusch wahrnehmen, das ich oder der Troll verursachte. Ich traute mich deshalb nicht mehr, weiter vor meinem Feind zurückzuweichen, sondern blieb eng an die Bretter gedrückt regungslos liegen, während ich dieses verdammte Pech verfluchte.

Die verwundete Kreatur zog scharf Luft ein und schob sich mit leisem Grunzen näher an mich heran. Jetzt war sie wieder nur drei Meter entfernt. Ihre roten Augen waren trüb und verschleiert, und in der Höllentiefe dieser schrecklichen Augen glomm nur noch ein schwaches Licht, geheimnisumwoben und unheilvoll wie die Laternen eines fernen Geisterschiffs bei Nebel auf sturmgepeitschter See.

Die Wächter leuchteten vom Wagen aus mit dem Suchscheinwerfer die geschlossenen Buden auf der anderen Straßenseite ab. Dann schwenkte das Licht jedoch in weitem Bogen herum und erfaßte eine Seite des Pavillons. Helle Strahlen drangen durch die Spalte zwischen den Brettern und zauberten bewegliche Muster auf den Boden. Obwohl es unwahrscheinlich war, daß die Männer mich oder den Troll zwischen den vielen Kleinautos entdecken würden, war es *keineswegs* unwahrscheinlich, daß sie trotz des surrenden Motors das Keuchen des Unholds oder das dumpfe Dröhnen seines Schwanzes auf dem hohlen Boden hören würden.

Ich hätte um ein Haar laut gekreischt: Krepier doch endlich, verdammt noch mal!

Statt dessen zog er wieder die Beine an und stemmte sich kraftvoller denn je ab, so daß er gut anderhalb Meter auf einmal vorwärtskam und nur einen knappen Meter von mir entfernt auf dem Bauch landete.

Der Scheinwerfer bewegte sich plötzlich nicht mehr.

Die Wächter hatten etwas gehört.

Ein greller Lichtstrahl fiel auf den Pavillonboden, zweieinhalb oder drei Meter zu meiner Linken. Ich konnte jede Einzelheit der Holzplanken bestürzend gut erkennen – die Maserung, die rauhe Oberfläche, die vielen Kratzer und Flekken. Ein winziger hochstehender Splitter kam mir wie ein riesiger Baum vor – so als würde der Scheinwerfer alles magisch vergrößern.

Der Troll stieß zischend die Luft aus – und atmete nicht wieder ein. Zu meiner großen Erleichterung erlosch die Glut in seinen Augen nach einem letzten Aufflackern.

Der Strahl des Scheinwerfers glitt in diese Richtung, hielt keine zwei Meter vom sterbenden Troll entfernt erneut inne.

Und nun machte das dämonische Wesen eine weitere erstaunliche Verwandlung durch, ähnlich einem mit einer Silberkugel erschossenen Werwolf im Kino. Es tarnte sich, indem es wieder Menschengestalt annahm. Es verbrauchte seine letzte Energie, damit die Existenz von seinesgleichen unter normalen Menschen ein streng gehütetes Geheimnis bleiben konnte. Die dämonische Fratze eines Wasserspeiers war verschwunden. Ein toter Mann lag im Halbdunkel vor mir. Ein Toter, den ich auf dem Gewissen hatte.

Ich konnte den Troll in ihm nicht mehr sehen.

Die menschliche Hülle war nun keine transparente Glasur mehr, sondern ein dicker Farbanstrich, der nichts Geheimnisvolles in sich zu bergen schien.

Der Ford fuhr auf der Straße einige Meter weiter und blieb

wieder stehen. Der Suchscheinwerfer glitt von neuem an der Umzäunung entlang, entdeckte eine Lücke, huschte über den Boden des Pavillons und beleuchtete kurz den Absatz eines Schuhs des Toten.

Ich hielt den Atem an.

Ich konnte den Staub auf dem Absatz sehen, die abgetretene Gummisohle und einen winzigen Papierfetzen, der daran klebte. Natürlich war ich wesentlich näher an diesem Schuh als der Nachtwächter, der außerdem vermutlich im grellen Lichtstrahl etwas die Augen zusammenkniff, aber wenn ich so vieles so deutlich sehen konnte, mußte er bestimmt wenigstens ein klein wenig erkennen können – und dieses wenige würde schon genügen, um meinen Untergang herbeizuführen.

Zwei oder drei Sekunden vergingen.

Dann noch zwei oder drei.

Das Licht glitt zu einer anderen Lücke weiter, diesmal zu meiner Rechten, gut zehn Zentimeter vom anderen Fuß der Leiche entfernt.

Grenzenlos erleichtert, holte ich tief Luft, hielt aber den Atem an, als der Scheinwerfer sich plötzlich zurückbewegte, bestimmt in der Absicht, die verdächtige Stelle noch einmal etwas genauer in Augenschein zu nehmen.

In wilder Panik schob ich mich so leise wie nur möglich vorwärts, packte die Leiche bei den Armen und zog sie näher an mich heran, wenn auch nur um einige Zentimeter, um jedes laute Geräusch zu vermeiden.

Wieder drang ein Lichtstrahl durch den Spalt, genau in Richtung des Schuhabsatzes des Toten. Ich hatte jedoch schnell genug gehandelt. Der Absatz befand sich jetzt zwei Zentimeter außer Reichweite des Lichts.

Mein Herz klopfte zum Zerspringen, denn die Ereignisse der letzten Viertelstunde hatten meine Nerven stark strapaziert. Zwei Schläge pro Sekunde. Nach acht Schlägen – vier Sekunden – schwenkte der Scheinwerfer ab, und der Ford fuhr langsam die Straße entlang, auf den hinteren Teil des Geländes zu. Ich war in Sicherheit.

Nein, nicht in Sicherheit. Nur in relativer Sicherheit.

Ich mußte noch die Leiche wegschaffen und die Blutspuren beseitigen, bevor es hell wurde und die ersten Schausteller auftauchten. Als ich aufstand, schmerzten beide Knie, denn bei meinem Sprung vom Zaun, über den Troll hinweg, war ich höchst unsanft auf Händen und Knien gelandet – nicht gerade ein Beweis für die Geschmeidigkeit, derer ich mich zuvor gerühmt habe. Auch meine Handflächen waren aufgeschürft, aber ich durfte mich von diesen Lappalien ebensowenig behindern lassen wie von meinem geschwollenen Handgelenk und der schmerzenden Nacken- und Halspartie.

Während ich auf die sterbliche Hülle meines Feindes hinabstarrte und überlegte, wie ich diese schwere Leiche transportieren könnte, fiel mir plötzlich mit Schrecken mein Gepäck ein, das ich beim Riesenrad liegengelassen hatte. Gewiß, Rucksack und Schlafsack waren kleine Gegenstände, die den Nachtwächtern im schwachen milchigen Mondschein wahrscheinlich gar nicht auffallen würden. Doch andererseits machten diese Männer so oft die Runde auf dem Rummelplatz, daß sie ihn wie ihre Westentasche kannten und genau wußten, was sie an jeder beliebigen Stelle eigentlich sehen müßten und was nicht. Ich konnte mir leicht vorstellen, daß ihre Blicke zunächst achtlos über den Rucksack und den Schlafsack hinweggleiten würden – nur um gleich darauf beunruhigt zurückzuschweifen, genauso, wie der Suchscheinwerfer unerwartet zurückgeschwenkt war, nur wegen des an sich so unauffälligen und doch verdächtigen Schuhabsatzes. Und wenn sie mein Gepäck fanden, wenn sie Beweise dafür hatten, daß irgendein Landstreicher nachts über den Zaun geklettert war, würden sie bestimmt schleunigst wieder zum Autoskooter fahren, um sich dort noch einmal gründlich umzuschauen. Und dann würden sie das Blut entdecken. Und die Leiche.

O Gott!

Ich mußte vor ihnen am Riesenrad sein.

Ich schwang mich über das Geländer und rannte über den dunklen Rummelplatz, so als würde ich von Furien gehetzt.

## 3

# Der wandelnde Leichnam

Manchmal habe ich den Eindruck, als sei alles im Leben subjektiv, als könne im gesamten Universum nichts objektiv definiert und eingeordnet werden, als seien Physiker und Zimmerleute ausgesprochene Narren, wenn sie im Brustton der Überzeugung behaupten, mit Hilfe von Instrumenten und Berechnungen zu unumstößlichen Resultaten gelangen zu können. Zugegeben, ich vertrete diese Meinung hauptsächlich, wenn ich so deprimiert bin, daß mir die Fähigkeit zu logischem Denken abhanden kommt, und ich nur zweierlei tun kann: mich betrinken oder ins Bett gehen. Trotzdem möchte ich als schwachen Beweis für diese philosophische Konzeption die Wahrnehmungen und Empfindungen jener Nacht anführen, als ich vom Autoskooter zum Riesenrad hetzte, um den Nachtwächtern zuvorzukommen.

Vor diesem Wettrennen war es mir so vorgekommen, als würde die Nacht vom Mond nur schwach erhellt. Nun aber empfand ich das Mondlicht nicht als gedämpft, sondern als grell; es war auch nicht mehr asch- oder perlfarben, sondern weiß und intensiv. Noch vor wenigen Minuten war der menschenleere Rummelplatz ein riesiges dunkles Meer mit vereinzelten kleinen Lichtinseln gewesen; nun hatte er sich plötzlich in einen Gefängnishof verwandelt, der von einem Dutzend starker Bogenlampen bis in den letzten Winkel hinein gnadenlos ausgeleuchtet wurde. Bei jedem Schritt rechnete ich in meiner Panik damit, entdeckt zu werden, und ich verwünschte den Mond. Zudem stand vorhin, als ich dem Troll zum Autoskooter gefolgt war, jede Menge Zeug herum, große Gegenstände, die genügend Deckung boten. Nun aber war der Vergnügungspark so aufgeräumt, so leergefegt wie besagter Gefängnishof. Ich kam mir schutzlos vor, ausgeliefert, entlarvt – nackt und bloß. Zwischen den Fahrgeschäften und Buden tauchte der im Schrittempo fahrende Ford immer wieder flüchtig auf, und ich war überzeugt davon, daß die

Wächter mich ebenfalls sehen mußten, obwohl mich weder ein surrender Motor noch helle Scheinwerfer kenntlich machten.

Erstaunlicherweise erreichte ich das Riesenrad vor den Wachmännern. Sie waren die erste lange Straße entlanggefahren und nach rechts abgebogen, auf die kürzere Querstraße am Rand des Rummelplatzes. Jetzt rollte der Wagen langsam auf die nächste Ecke zu, wo er wieder nach rechts abbiegen würde, in die zweite lange Schaustellerstraße. Das Riesenrad war nur zehn Meter von dieser Ecke entfernt, und die Männer würden mich entdecken, sobald sie in die Kurve einbogen. Ich kletterte über die Umzäunung des Riesenrades, stolperte über ein Kabel, schlug schmerzhaft der Länge nach hin und kroch mit der Anmut einer verkrüppelten Krabbe auf mein Gepäck zu.

In zwei Sekunden hatte ich mir den Rucksack und den Schlafsack geschnappt und machte drei Schritte auf den niedrigen Zaun zu, aber einige Sachen fielen aus dem offenen Rucksack heraus, und ich mußte sie aufsammeln. Ich sah, daß der Ford um die Ecke bog. Die Scheinwerfer schwenkten auf mich zu, und ich mußte jeden Gedanken an einen unauffälligen Rückzug aufgeben. Die Wächter würden mich unweigerlich sehen, wenn ich jetzt über die Umzäunung stieg, und damit wäre die Jagd eröffnet. Ich stand unschlüssig da wie ein Vollidiot, gelähmt von zentnerschweren Schuldgefühlen.

In letzter Sekunde riß ich mich zusammen und rannte geduckt auf die Kartenverkaufsbude des Riesenrades zu. Sie war näher als der Zaun, *viel* näher als die zweifelhafte Dekkung hinter dem Zaun, aber – allmächtiger Himmel! – sie war winzig. Eine Kabine, in der eine Person gerade Platz haben mußte, höchstens ein Meter zwanzig im Quadrat, mit pagodenförmigem Dach. Ich drückte mich an eine Außenwand und preßte mein Gepäck an mich, überzeugt davon, daß ein Fuß, ein Knie oder eine Hüfte ein wenig hervorragte und im grellen Licht des Suchscheinwerfers deutlich zu erkennen war.

Während der Ford langsam am Riesenrad vorbeifuhr,

huschte ich von einer Wand zur anderen, so daß die Bude immer zwischen mir und den Wachmännern blieb. Das Scheinwerferlicht flutete dicht an mir vorbei... und dann setzten sie ihren Weg fort, ohne Alarm ausgelöst zu haben. Im Schatten einer Ecke des pagodenförmigen Dachs kauernd, beobachtete ich, wie der Wagen sich gemächlich auf der Straße entfernte. Dreimal blieb er stehen, und der Suchscheinwerfer strahlte dieses oder jenes an. Sie brauchten fünf Minuten für die Strecke bis zum vorderen Ende des Rummelplatzes, und ich befürchtete, daß sie nach rechts abbiegen würden, was bedeutet hätte, daß sie zur ersten Schaustellerstraße zurückfuhren, um eine weitere Runde zu drehen. Aber sie bogen nach links ab, in Richtung der Tribüne, der Rennbahn und der Ställe – dem Gelände der Landwirtschaftsausstellung mit ihren Viehprämierungen und Pferderennen.

Meine Zähne klapperten trotz der Augusthitze. Mein Herz hämmerte so schnell und so laut, daß es meinem Gefühl nach eigentlich sogar den Motor hätte übertönen müssen. Und beim Atmen gab ich Geräusche wie ein Blasebalg von mir. Ich war eine regelrechte Ein-Mann-Kapelle, die sich nur auf Rhythmus, nicht auf Melodie spezialisiert hatte.

Ich lehnte mich an die Budenwand und wartete darauf, daß das heftige Zittern verging und ich mir wieder zutraute, mich mit der Leiche im Autoskooter zu beschäftigen. Sie irgendwie verschwinden zu lassen, würde gute Nerven, Ruhe und die Vorsicht einer Maus in einer Katzenshow erfordern.

Als ich mich schließlich voll unter Kontrolle hatte, rollte ich meinen Schlafsack klein zusammen und trug das Gepäck zu einer besonders dunklen Stelle neben der Schiffschaukel, wo ich es mühelos wiederfinden würde, ohne daß es von der Straße aus entdeckt werden konnte.

Ich kehrte zum Autoskooter zurück.

Alles war ruhig.

Das Sperrgitter quietschte leise, als ich es aufdrückte.

Meine Schritte hallten auf dem Holzboden.

Das war mir egal. Diesmal wollte ich ja niemanden überraschen.

Mondlicht schimmerte außerhalb des Pavillons.

Im Innern des überdachten Raums ballten sich dunkle Schatten.

Schatten und feuchte Hitze.

Die Kleinautos scharten sich zusammen wie Schafe auf einer dunklen Weide.

Die Leiche war verschwunden.

Mein erster Gedanke war, daß ich einfach vergessen hatte, wo sie lag. Vielleicht hinter jenen zwei *anderen* Autos oder dort drüben in dem *anderen* schwarzen Teich, wo kein Mondstrahl hinfiel. Dann kam mir die Idee, daß der Troll vielleicht doch nicht tot gewesen war, als ich ihn verlassen hatte. Er war zweifellos tödlich verwundet gewesen, aber vielleicht hatte er sich mit letzter Kraft in irgendeinen anderen Winkel des Pavillons geschleppt, bevor er gestorben war. Ich begann, zwischen den Autos nach ihm zu suchen. Ich ließ keine einzige dunkle Stelle aus – völlig erfolglos. Meine Erregung nahm immer mehr zu.

Ich blieb stehen und lauschte.

Stille.

Ich versuchte, irgendwelche psychischen Vibrationen aufzufangen.

Nichts.

Mir fiel ein, unter welches Auto die Taschenlampe des Trolls gerollt war. Ich fand sie – eine Bestätigung dafür, daß ich den ganzen Kampf mit dem Unhold nicht nur geträumt hatte. Ich knipste die Lampe an, schirmte das Licht mit einer Hand ab und leuchtete den Boden ab. Ich entdeckte weitere Beweise, daß die mörderische Konfrontation kein Alptraum gewesen war. Blut. Viel Blut, teilweise schon ins Holz eingesickert, dickflüssig oder geronnen, rotbraun, an den getrockneten Rändern rostfarben – aber es war unverkennbar Blut, und anhand der kleinen und großen Flecken ließ sich der Kampf, den ich in Erinnerung hatte, genau rekonstruieren.

Ich fand auch mein Messer, und es war mit getrocknetem Blut befleckt. Ich wollte es in die Scheide schieben, die im rechten Stiefel steckte, besann mich aber in Anbetracht der unheimlichen Ereignisse eines Besseren und behielt die Waffe in der Hand.

Das Blut, das Messer... Aber der Leichnam war verschwunden.

Und auch die Werkzeugtasche fehlte.

Ich wäre am liebsten Hals über Kopf geflüchtet, ohne auch nur mein Gepäck zu holen. Einfach die Straße entlangrennen und bei jedem Schritt Wolken von Sägemehl aufwirbeln, zum Haupteingang des Jahrmarktsgeländes rennen, über das Tor klettern und weiterrennen, stundenlang, ohne anzuhalten, in den Morgen hinein, weiter und immer weiter, durchs Gebirge, in die Wildnis... bis ich einen Fluß finden würde, wo ich das Blut und den Gestank meines Feindes abwaschen könnte, wo ich ein Mooslager finden und mich im Schutz von hohem Farn ausstrecken könnte, wo ich friedlich schlafen könnte, ohne Angst, von jemandem gesehen zu werden – ob nun von einem Menschen oder von einer der verhaßten Kreaturen.

Ich war schließlich nur ein siebzehnjähriger Junge.

Aber die fantastischen und erschreckenden Ereignisse und Erfahrungen der vergangenen Monate hatten mich abgehärtet. Ich war gezwungen gewesen, schnell erwachsen zu werden. Wenn der Junge überleben wollte, mußte er ein Mann sein – zudem noch ein Mann mit stählernen Nerven und eisernem Willen.

Anstatt zu flüchten ging ich deshalb um den ganzen Pavillon herum und suchte im Schein der Taschenlampe auf der staubigen Erde vergeblich nach Blutspuren, die der Troll mit Sicherheit hinterlassen hätte, selbst wenn es ihm gelungen wäre wegzukriechen. Ich wußte aus Erfahrung, daß diese Kreaturen gegen den Tod genausowenig immun waren wie ich. Sie konnten keine Wunder vollbringen, sich nicht selbst heilen, nicht auferstehen. Onkel Denton war nicht unbesiegbar gewesen; nachdem er tot war, blieb er es auch. Und dasselbe traf zweifellos auch auf den Troll zu, der tot auf dem Boden des Pavillons gelegen hatte. Er *war* tot gewesen, und er war *noch immer* tot. Für sein Verschwinden gab es demnach nur eine einzige Erklärung: Jemand hatte die Leiche gefunden und weggeschafft.

Aber warum? Warum hatte dieser Jemand nicht die Polizei

verständigt? Wer auch immer den Toten gefunden haben mochte, konnte ja nicht wissen, daß diese sterbliche Hülle ein dämonisches Wesen mit Höllenfratze beherbergt hatte. Mein unbekannter Helfer hätte nur einen toten Mann gesehen, weiter nichts. Warum sollte jemand einem Fremden bei der Vertuschung eines Mordes behilflich sein?

Ich vermutete, daß ich beobachtet wurde.

Ich zitterte wie Espenlaub und konnte mich nur mit größter Mühe zur Ruhe zwingen.

Mir blieb noch einiges zu tun.

Ich kehrte in den Pavillon zurück und beugte mich über das Kleinauto, an dem sich der Troll zu schaffen gemacht hatte, als ich ihn ertappte. Hinten war die Rückwand hochgestellt, so daß Motor und Stromleitungen zu sehen waren. Ich betrachtete diese mechanischen Eingeweide ein Weilchen, konnte aber nicht erkennen, was er vorgehabt hatte; ich hätte nicht einmal sagen können, ob er schon etwas verändert hatte, als ich ihn bei seiner Arbeit überraschte.

Die Kartenverkaufsbude des Autoskooters war nicht verschlossen, und in einer Ecke des winzigen Raumes fand ich einen Besen, eine Kehrschaufel und einen Eimer, in dem einige schmutzige Lumpen lagen. Ich wischte das Blut auf. Danach holte ich von draußen mehrere Handvoll pulverigen Drecks, streute ihn auf die feuchten rötlichen Flecken, rieb ihn mit den Stiefelsohlen ein und kehrte den Rest sorgfältig zusammen. Die Blutflecken waren zwar noch immer zu erkennen, sahen aber nicht mehr frisch aus und glichen den unzähligen Ölflecken auf der gesamten Fahrbahn. Ich brachte Besen und Kehrschaufel in die Bude zurück. Die blutigen Lumpen trug ich zu einem Mülleimer am Straßenrand und begrub sie zusammen mit der Taschenlampe des Toten unter leeren Popcornschachteln, zerknülltem Papier und anderen Abfällen.

Ich spürte immer noch, daß ich beobachtet wurde, und das verursachte mir eine Gänsehaut.

Ich drehte mich in der Straßenmitte langsam im Kreis, ließ meine Blicke aufmerksam über den Rummelplatz schweifen, wo die Wimpel noch immer schlafenden Fledermäusen glichen, wo die verrammelten Imbißstände und Schaubuden trist und abweisend wirkten. Es herrschte Grabesstille. Ich konnte kein Lebenszeichen entdecken. Der untergehende Mond stand jetzt dicht über der Gebirgskette am Horizont, und gegen diesen Hintergrund hoben sich die Silhouetten des Riesenrades, der Achterbahn und des Sturzbombers ab, die mich plötzlich an die riesenhaften futuristischen Kampfmaschinen der Marsianer in Wells' *Krieg der Welten* erinnerten.

Ich war nicht allein. Daran zweifelte ich jetzt nicht mehr. Ich *spürte,* daß jemand in der Nähe war, aber ich hatte keine Ahnung, wer das sein könnte, welche Absichten er verfolgte und wo er sich versteckt hielt.

Unbekannte Augen beobachteten mich.

Unbekannte Ohren lauschten.

Und nun verwandelte sich der Rummelplatz wieder. Er hatte nichts mehr von einem Gefängnishof an sich, wo man sich im unbarmherzig grellen Licht von Bogenlampen völlig schutzlos und nackt vorkommt. Ganz im Gegenteil, die Nacht war mir plötzlich bei weitem nicht hell genug, und sie wurde rasch immer dunkler, Finsternis machte sich breit, eine so tiefe und bedrohliche Finsternis, wie ich sie nie zuvor erlebt hatte. Ich verfluchte den Verrat des untergehenden Mondes. Trotz der Dunkelheit schwand das Gefühl der Schutzlosigkeit nicht. Hinzu kam jetzt aber noch wachsende Klaustrophobie. Der Rummelplatz wurde zu einer Ansammlung fremdartiger Formen, erschreckend wie eine Reihe seltsamer, von einer unbekannten Rasse errichteter Grabsteine auf einem anderen Stern. Ich sah nichts Vertrautes mehr um mich herum; Bauten, Maschinen und alle anderen Gegenstände waren unheimlich. Ich hatte das Gefühl, umzingelt zu sein, in der Falle zu sitzen, und einen Moment lang hatte ich Angst, mich zu bewegen, weil ich überzeugt davon war, daß in jeder Richtung etwas Feindliches lauerte, das mich verschlingen würde.

»Wer ist dort?« fragte ich.

Keine Antwort.

»Was hast du mit der Leiche gemacht?«

Der dunkle Vergnügungspark war ein perfekter akustischer Schwamm; er saugte meine Stimme auf, und sofort herrschte wieder Grabesstille, so als hätte ich überhaupt nichts gesagt.

»Was willst du von mir?« fragte ich den unbekannten Beobachter. »Bist du ein Freund oder ein Feind?«

Vielleicht wußte er das selbst nicht, denn er gab keine Antwort, obwohl ich spürte, daß einmal die Zeit kommen würde, da er sich zu erkennen geben und seine Handlungsweise erklären würde.

In diesem Augenblick begriff ich mit hellseherischer Gewißheit, daß ich von diesem Rummelplatz nicht hätte wegrennen können, selbst wenn ich es versucht hätte. Weder eine bloße Laune noch die Verzweiflung eines Flüchtlings hatte mich hierhergeführt. Es war mir vorherbestimmt, auf diesem Rummelplatz etwas Bedeutsames zu erleben. Das Schicksal war mein Führer gewesen, und erst wenn ich die mir zugeteilte Rolle gespielt hatte, würde das Schicksal mich freigeben und mir erlauben, meine Zukunft selbst zu gestalten.

## 4

# Träume von Trollen

Auf den meisten größeren Jahrmärkten gibt es außer Viehausstellungen und Rummelplätzen auch Pferderennen, und deshalb sind unter den Tribünen fast überall Duschräume und Garderoben für die Jockeys und Sulkyfahrer eingebaut. Dieses Gelände bildete in dieser Hinsicht keine Ausnahme. Die Tür war verschlossen, aber das konnte mich nicht aufhalten. Ich war kein unbedarfter Junge vom Lande mehr, so sehr ich mir auch wünschen mochte, meine verlorene Unschuld zurückzuerlangen. Statt dessen war ich ein junger Mann, der auf der Wanderschaft gewisse Erfahrungen gesammelt hatte. Ich trug immer einen dünnen, steifen Plastikstreifen bei mir, und damit knackte ich das primitive Schloß in weniger als einer Minute. Ich trat ein, schaltete die Beleuchtung an und verschloß die Tür von innen.

Auf der linken Seite waren einige Toilettenkabinen aus grünem Metall, auf der rechten Seite schäbige Waschbecken und gelb verfärbte Wandspiegel, dahinter die Duschen. In der Mitte des großen Raumes standen in einer langen Doppelreihe – Rückwand an Rückwand – zerkratzte und verbeulte Schränke; davor gab es zerschrammte Bänke. Nackter Zementboden. Betonwände. Leuchtstoffröhren an der Decke. Schwacher Gestank nach Schweiß, Urin, Salben und Schimmelpilzen wurde von einem durchdringenden Desinfektionsmittel mit Tannenduft überlagert. Diese Geruchsmischung war nicht gerade nach meinem Geschmack, aber immerhin war sie nicht direkt übelkeiterregend – nur *fast*. Kein eleganter Ort, zugegeben. Ein Ort, wo man mit größter Wahrscheinlichkeit keinen der Kennedys treffen würde, auch nicht Cary Grant. Aber da der Raum fensterlos war, konnte ich hier unbesorgt Licht machen, und außerdem war es viel kühler – wenngleich nicht minder feucht – als draußen auf dem staubigen Gelände.

Zuallererst spülte ich mir gründlich den Mund, um endlich

den metallischen Blutgeschmack loszuwerden, und putzte die Zähne. Meine Augen starrten mich aus dem trüben Spiegel so wild und verstört an, daß ich rasch wegschaute.

Mein T-Shirt war zerrissen und blutbefleckt. Auch die Jeans hatten Blutflecken. Nachdem ich geduscht und den Trollgestank aus meinen Haaren gewaschen hatte, trocknete ich mich mit Papierhandtüchern ab und zog ein frisches T-Shirt und saubere Jeans an. In einem der Waschbecken wusch ich, so gut es ging, die blutigen Klamotten aus und versteckte sie sodann in einem fast vollen Abfalleimer neben der Tür. Ich durfte es nicht riskieren, daß in meinem Rucksack Kleidungsstücke mit Blutspuren gefunden wurden. Meine gesamte Garderobe bestand jetzt nur noch aus den Jeans und dem T-Shirt, die ich trug, einem weiteren T-Shirt, drei Slips, Socken und einer dünnen Kordjacke.

Man reist mit leichtem Gepäck, wenn man wegen Mordes gesucht wird. Die einzigen schweren Dinge, die man mit sich führt, sind Erinnerungen, Ängste und Einsamkeit.

Es schien mir am sichersten, die restlichen Nachtstunden in diesem Umkleideraum unter der Tribüne zu verbringen. Ich breitete meinen Schlafsack dicht vor der Tür aus und legte mich hin. Sobald sich jemand am Schloß zu schaffen machte, würde ich es hören, und mein Körper bildete eine stabilen Türstopper.

Ich ließ die Beleuchtung an.

Ich hatte keine Angst vor der Dunkelheit; ich zog es einfach vor, ihr nicht ausgesetzt zu sein.

Ich schloß die Augen und dachte an Oregon...

Ich hatte Heimweh nach der Farm, nach den grünen Wiesen, wo ich als Kind gespielt hatte, im Schatten der mächtigen Siskiyou-Gebirgskette, mit der es meiner Meinung nach kein Gebirge im Osten des Landes an imposanter Schönheit aufnehmen konnte. In meiner Erinnerung sah ich die bewaldeten Berghänge – riesige Wälder mit gewaltigen Rottannen, mit Zypressenfichten, Kiefern, Weißtannen, deren aromatischer Duft nur noch von den Zedern übertroffen wurde, mit Hartriegel, der zwar nicht duftete, aber dafür besonders glänzende Blätter hatte, mit großblättrigem Ahorn und dunkelgrünen Eichen. Beim Gedanken an diese atemberaubende Szenerie schnürte sich mir das Herz zusammen.

Mein Vetter Kerry Harkenfield, Onkel Dentons Stiefsohn, starb inmitten dieser Schönheit einen besonders schrecklichen Tod. Er wurde ermordet. Er war mein Lieblingsvetter und mein bester Freund gewesen. Auch Monate nach seinem Tod hatte ich diesen Verlust noch nicht verschmerzt.

Ich öffnete die Augen, starrte zur wasserfleckigen Decke aus Styroporplatten empor und zwang mich, das grausige Bild von Kerrys verstümmelter Leiche zu verdrängen. Es gab bessere Erinnerungen an Oregon...

Im Hof vor unserem Haus wuchs eine große Rottanne mit tief herabhängenden Ästen, die im Sommer im Sonnenlicht funkelten, als wären sie mit Gold und Edelsteinen behängt. Im Winter senkten sich die Äste unter der Schneelast noch mehr; wenn es ein sonniger Tag war, glänzte die Tanne wie ein geschmückter Weihnachtsbaum – doch an grauen Tagen stimmte ihr Anblick schwermütig, erinnerte sie doch an einen leidgebeugten Menschen am offenen Grab.

Diese Trauerkleidung trug die Fichte auch an jenem Tag, als ich meinen Onkel Denton tötete. Ich hatte eine Axt. Er hatte nur seine bloßen Hände. Trotzdem war es nicht leicht, sich seiner zu entledigen.

Schon wieder eine schlimme Erinnerung! Ich drehte mich auf die Seite und schloß die Augen wieder. Wenn ich die Hoffnung auf einige Stunden Schlaf nicht aufgeben wollte, durfte ich nur an die schönen Zeiten denken, an Mutter und Vater, an meine Schwestern.

Ich war in dem weißen Farmhaus hinter der Rottanne zur Welt gekommen, ein Wunschkind, dem es an Liebe wahrlich nicht mangelte, einziger Sohn von Cynthia und Kurt Stanfeuss. Meine beiden Schwestern waren temperamentvoll genug, um gute Spielgefährtinnen abzugeben; doch es fehlte ihnen auch nicht an weiblicher Anmut und Sensibilität, so daß ich von ihnen ein halbwegs kultiviertes Benehmen lernte, was in der rustikalen Welt meiner heimatlichen Gebirgstäler sonst vielleicht nicht möglich gewesen wäre.

Sarah Louise, blond und hellhäutig wie unser Vater, war

zwei Jahre älter als ich. Von Kindheit an konnte sie so großartig zeichnen und malen, als wäre sie in einem früheren Leben eine berühmte Künstlerin gewesen, und sie träumte davon, ihren Lebensunterhalt mit Pinsel und Palette zu verdienen. Außerdem hatte sie ein besonderes Geschick im Umgang mit Tieren. Sie kam mühelos mit jedem Pferd zurecht, lockte jede Katze aus ihrem Schmollwinkel hervor, beruhigte eine aufgescheuchte Hühnerschar einfach durch ihre Anwesenheit und verwandelte den bissigsten Hund in ein lammfrommes schwanzwedelndes Geschöpf.

Jennifer Ruth, brünett und mandelhäutig wie unsere Mutter, war drei Jahre älter als ich. Sie verschlang Fantasy- und Abenteuergeschichten und hatte zwar keine nennenswerte künstlerische Begabung, dafür aber einen erstaunlichen Sinn für Zahlen. Über ihre Vorliebe für alle Gebiete der Mathematik wunderte sich die übrige Familie stets aufs neue, denn wenn man einen von uns vor die Wahl gestellt hätte, entweder eine lange Zahlenkolonne zu addieren oder einem Stachelschwein ein Halsband anzulegen, so hätten wir uns jederzeit für das Stachelschwein entschieden. Jenny besaß auch ein fotografisches Gedächtnis. Sie konnte aus Büchern, die sie vor Jahren gelesen hatte, wortwörtlich zitieren, und Sarah und ich beneideten sie um die hervorragenden Noten, die ihr sozusagen in den Schoß fielen.

Die Gene meiner Mutter und meines Vaters müssen eine äußerst günstige Kombination abgegeben haben, denn es grenzt fast an biologische Magie, daß keines ihrer drei Kinder der Bürde eines außergewöhnlichen Talents entging. Ich muß allerdings hinzufügen, daß die beiden Elternteile auf ihre Weise ebenfalls hochbegabt waren.

Mein Vater war ein musikalisches Genie, und ich benutze das Wort *Genie* in seiner ursprünglichen Bedeutung, die nichts mit dem Intelligenzquotienten zu tun hat, sondern besagt, daß jemand eine seltene natürliche Begabung auf irgendeinem Gebiet besitzt. Im Falle meines Vaters war das die Musik. Es gab kein Instrument, das er nicht schon nach einem Tag spielen konnte, und nach einer Woche beherrschte er die schwierigsten und anspruchsvollsten Stücke, die andere sich in jahrelanger harter Arbeit aneignen mußten. In unserem Wohnzimmer stand ein Klavier, und Vater spielte darauf oft aus dem Gedächtnis irgendwelche Melodien, die er morgens im Radio gehört hatte, während er mit dem Lieferwagen in die Stadt gefahren war.

Nach seiner Ermordung verstummte für Monate jede Musik in unserem Haus, sowohl im wörtlichen als auch im übertragenen Sinn.

Ich war fünfzehn, als mein Vater starb, und damals glaubte ich wie alle anderen, er sei einem Unfall zum Opfer gefallen. Die meisten glauben das bis heute. Ich weiß inzwischen aber, daß Onkel Denton ihn kaltblütig ermordete.

Aber ich hatte dafür Denton ermordet. Warum konnte ich trotzdem nicht einschlafen? Ich hatte Rache genommen, hatte der Gerechtigkeit Genüge getan. Warum konnte ich nicht wenigstens für ein oder zwei Stunden Ruhe finden? Warum war jede Nacht eine Qual? Ich konnte nur noch im Zustand totaler Erschöpfung einschlafen.

Ich wälzte mich von einer Seite auf die andere.

Ich dachte an meine Mutter, die genauso ungewöhnlich war wie mein Vater. Sie konnte fantastisch mit Pflanzen umgehen, so wie ihre jüngere Tochter mit Tieren und ihre ältere Tochter mit Zahlen. Jede Pflanze gedieh bei ihr prächtig. Ein kurzer Blick oder eine flüchtige Berührung von Blatt oder Stengel, und schon wußte sie genau, welche Nährstoffe oder welche Spezialpflege ihr grüner Freund benötigte. Ihr Gemüsegarten brachte stets die größten und schmackhaftesten Tomaten weit und breit hervor, den süßesten Mais, die besten Zwiebeln. Außerdem war Mutter eine Heilerin. Nein, keine Gesundbeterin, keine Quacksalberin; sie heilte weder durch Handauflegung noch durch übersinnliche Kräfte. Sie war vielmehr das, was im Volksmund als ›Kräuterweiblein‹ bezeichnet wird. Sie stellte Breiumschläge, Salben und sonstige Heilmittel selbst her und konnte köstliche Kräutertees zubereiten. Schwere Erkältungen kamen in der Familie Stanfeuss nicht vor; schlimmstenfalls hatten wir einen Tag lang Schnupfen. Wir bekamen weder Influenza noch Bronchitis, weder ansteckende Augenentzündung noch eine der sonstigen Krankheiten, die Kinder im allgemeinen von der Schule mit nach Hause bringen, wo dann auch die Eltern angesteckt werden. Nachbarn und Verwandte holten sich oft bei meiner Mutter irgendwelche Kräuterheilmittel, und obwohl ihr häufig Geld dafür angeboten wurde, nahm sie niemals auch nur einen Penny an; sie hatte das Gefühl, daß es blasphemisch wäre, für ihre besondere Gabe einen anderen Lohn zu empfangen als die Freude, diese Gabe zum Wohle ihrer Familie und anderer Menschen anwenden zu können.

Und selbstverständlich verfüge auch ich über besondere Gaben, obwohl sie sich von den viel rationaleren Talenten meiner Eltern und Schwestern beträchtlich unterscheiden und mir selbst oft unheimlich sind.

Großmutter Stanfeuss zufolge, die wahre Schätze an geheimen Volksweisheiten ihr eigen nannte, habe ich Zwielicht-Augen. Sie haben die Farbe von Zwielicht, eine seltsame Farbe, eher purpurn als blau; sie sind zudem besonders klar und reflektieren das Licht derart, daß sie immer etwas zu leuchten scheinen. Diese eigenartigen Augen sollen ungewöhnlich schön sein. Großmutter behauptete, von einer halben Million Menschen hätte noch nicht einmal einer solche Augen, und ich muß zugeben, daß ich sie bei keinem anderen Menschen je gesehen habe. Als Großmutter mich zum erstenmal zu Gesicht bekam, auf den Armen meiner Mutter, in eine Decke gehüllt, erklärte sie meinen Eltern, daß Zwielicht-Augen bei einem Neugeborenen auf besondere psychische Gaben hindeuteten; falls die Augenfarbe sich bis zum zweiten Geburtstag des Kindes nicht ändere, würden diese übersinnlichen Kräfte – laut den Volkssagen – ungewöhnlich stark sein und auf verschiedene Weise zutage treten.

Großmutter hatte recht.

Und als ich an Großmutters runzeliges und freundliches Gesicht dachte und mir ihre warmen meergrünen Augen vorstellte, fand ich zwar keinen Frieden, aber immerhin stellte sich so etwas wie Waffenruhe ein, und in diesem Zustand konnte der Schlaf endlich zu mir kommen – wie eine Krankenschwester, die Betäubungsmittel auf ein Schlachtfeld bringt, während die Waffen vorübergehend schweigen.

Ich träumte – wie so oft – von Trollen.

Im letzten Traum schrie mein Onkel Denton, während ich die Axt schwang: *Nein! Ich bin kein Troll! Ich bin genauso ein Mensch wie du, Carl. Wovon redest du eigentlich? Bist du verrückt? Es gibt keine Trolle. Nichts Derartiges. Du bist verrückt, Carl. O mein Gott! O mein Gott! Wahnsinnig! Du bist wahnsinnig! Wahnsinnig!*

Im wirklichen Leben hatte er weder geschrien noch geleugnet. Im wirklichen Leben hatten wir nur einen erbitterten Kampf geführt. Aber als ich nach drei Stunden Schlaf aufwachte, dröhnte mir Dentons Stimme aus dem Traum noch in den Ohren – *Wahnsinnig! Du bist wahnsinnig, Carl! O mein Gott, du bist wahnsinnig!* –, und ich war schweißgebadet, zitterte heftig und wußte im ersten Moment nicht, wo ich war.

Keuchend und wimmernd taumelte ich zum nächsten Waschbecken und schüttete mir kaltes Wasser ins Gesicht, bis die Traumbilder verblaßten und schließlich ganz verschwanden.

Widerstrebend hob ich den Kopf und schaute in den Spiegel. Manchmal fällt mir das schwer, weil ich befürchte, *tatsächlich* Wahnsinn in meinen seltsamen Augen zu entdecken. So auch nach diesem Alptraum.

Ich konnte die Möglichkeit nicht ganz ausschließen, daß die Trolle nur eine Ausgeburt meiner krankhaften Fantasie waren. Weiß der Himmel, ich *wollte* diese Möglichkeit ausschließen, aber von Zeit zu Zeit überfiel mich der Gedanke, ich sei geisteskrank und bilde mir alles nur ein, und diese schreckliche Vorstellung raubte mir vorübergehend jeden Lebensmut und jede Willenskraft.

Ich starrte in meine verstörten Augen, und sie waren so außergewöhnlich, daß ihr Spiegelbild nicht flach und zweidimensional wirkte wie das aller anderen Menschen, sondern genauso tief und real und lebendig wie die Augen selbst. Ich suchte gründlich nach irgendwelchen Anzeichen von Irrsinn, konnte aber nichts Derartiges erkennen.

Ich sagte mir, daß meine Fähigkeit, die Verkleidungen der Trolle zu durchschauen, genauso unbestreitbar war wie meine anderen psychischen Talente. Ich *wußte*, daß jene anderen übersinnlichen Kräfte real und verläßlich waren, weil zahlreiche Personen von meiner hellseherischen Gabe profitiert hatten und darüber staunten. Meine Großmutter Stanfeuss nannte mich ›der kleine Seher‹, weil ich manchmal in die Zukunft zu sehen vermochte und manchmal Momente aus der Vergangenheit anderer Menschen sehen konnte. Und, verdammt noch mal, ich konnte auch Trolle sehen, und die Tatsache, daß ich sie als *einziger* sah, war noch lange kein Grund, diesen Visionen nicht zu trauen.

Aber ein leiser Zweifel blieb.

»Eines Tages«, sagte ich zu meinem düsteren Spiegelbild, »wird dich dieser Zweifel im falschen Augenblick überfallen. Er wird dich überwältigen, während du mit einem Troll um dein Leben kämpfst. Und das wird dann dein Tod sein.«

# 5

# Abnorme Wesen

Es war halb zehn, als ich die Tür aufschloß und den Umkleideraum verließ. Der Tag war heiß, der Himmel wolkenlos, die Luft nicht mehr so feucht wie in der Nacht. Eine erfrischende Brise gab mir das Gefühl, ausgeruht und sauber zu sein, und sie wehte die Zweifel in tiefere Schichten meines Innern zurück, auf ähnliche Weise wie sie Abfälle und welke Blätter in die Ecken wirbelte, wodurch der Müll zwar nicht beseitigt, aber doch fürs erste aus dem Weg geräumt wurde. Ich war glücklich, am Leben zu sein.

Ich kehrte zum Rummelplatz zurück und sah mich angenehm überrascht. Nachts waren meine letzten Eindrücke sehr negativ gewesen – drohende Gefahr, Kälte, Elend. Doch bei Tageslicht wirkte dieser Ort harmlos, ja sogar heiter. Die unzähligen Wimpel, die mich in der Dunkelheit so fatal an schlafende Fledermäuse erinnert hatten, waren jetzt rot wie Christbaumkugeln, gelb wie Dotterblumen, smaragdgrün, weiß, stahlblau und orangefarben, und sie flatterten fröhlich im Wind. Die Fahrgeschäfte glänzten und funkelten in der grellen Augustsonne und sahen sogar aus der Nähe betrachtet nicht nur viel neuer und schmucker aus, als sie in Wirklichkeit waren, sondern schienen versilbert und vergoldet zu sein, wie irgendwelche von Elfen angefertigte Geräte in einem Märchen.

Um halb zehn war der Rummelplatz noch geschlossen, und nur wenige Schausteller machten sich schon an ihren Attraktionen zu schaffen.

Auf der Straße spießten zwei Männer mit spitzen Stangen Abfall auf, den sie in große Umhängebeutel stopften. Wir grüßten einander mit »Hi« und »Hallo«.

Ein stämmiger Mann mit dunklem Haar und großem Schnurrbart stand auf der Ausruferplattform des Lachkabinetts, etwa anderthalb Meter über dem Boden, und starrte – die Hände in die Hüften gestemmt – zu dem riesigen Clownsgesicht empor, das die ganze Front einnahm. Er muß mich wohl aus dem Augenwinkel heraus gesehen haben, denn er wandte sich mir zu und fragte mich, ob die Clownsnase meiner Meinung nach angemalt werden müßte.

»Ich finde, sie sieht gut aus«, antwortete ich, »fast so, als wäre sie erst letzte Woche angemalt worden. Ein hübsches leuchtendes Rot.«

»Sie wurde wirklich erst letzte Woche angemalt«, berichtete er. »Sie war nämlich immer gelb, vierzehn Jahre lang, und dann hab' ich vor einem Monat geheiratet, und meine Frau Giselle meint, ein Clown müßte 'ne rote Nase haben, und weil ich Giselle verdammt gern habe, hab' ich die Nase eben rot angepinselt. Aber jetzt glaub' ich, daß das 'n Riesenfehler war, denn früher hat sie Charakter gehabt, weißt du, und jetzt ist es so 'ne Allerwelts-Clownsnase, von denen's jede Menge gibt, und wozu soll das gut sein?« Er legte auf eine Antwort offenbar keinen Wert, denn er sprang von der Plattform herunter und entfernte sich brummelnd.

Ich schlenderte weiter. Beim Kettenkarussell war ein drahtiger kleiner Mann damit beschäftigt, den Generator zu reparieren. Sein Haar hatte jenen orangefarbenen Ton, der weder kastanienbraun noch rot ist, aber von allen als rot bezeichnet wird, und sein Gesicht war mit leuchtenden Sommersprossen dermaßen übersät, daß es fast unnatürlich wirkte, so als hätte jemand sie ihm auf Wangen und Nase getupft. Ich stellte mich ihm als Slim MacKenzie vor, aber er sagte mir nicht, wie er hieß. Ich spürte sein Mißtrauen, jene Schaustellern eigene Zurückhaltung und Verschlossenheit gegenüber der Außenwelt, und deshalb erzählte ich ein Weilchen von den kleinen Jahrmärkten, auf denen ich drüben im Mittelwesten, in Ohio, gearbeitet hatte. Er blieb zunächst stumm, doch schließlich schien er mich als Insider zu akzeptieren, denn er wischte seine schmutzigen Hände an einem Lappen ab, stellte sich als Rudy Morton vor, der aber von allen nur ›Roter‹ genannt würde, nickte mir freundlich zu und fragte: »Suchst du Arbeit?« Ich bejahte, und er meinte: »Da mußt du dich an Jelly Jordan wenden. Der ist hier Personalchef und überhaupt die rechte Hand von Arturo Sombra. Du findest ihn wahrscheinlich drüben in der Verwaltung.« Er erklärte mir den Weg dorthin, und ich bedankte mich und spürte, daß er mir lange nachschaute, obwohl ich mich kein einziges Mal umdrehte.

Ich ging quer über den sonnigen Rummelplatz, und der nächste Schausteller, den ich traf, war ein riesiger Mann, der mir mit gesenktem Kopf und gebeugten Schultern entgegenkam – eine deprimierte Haltung, die an diesem herrlichen Tag deplaziert wirkte. Er hatte die Hände in den Hosentaschen, mußte knapp 1,95 m groß und 270 Pfund schwer sein – eine imposante, muskelstrotzende Gestalt. Zwischen den herkulischen Schultern hing der Kopf so tief herab, daß ich sein Gesicht nicht sehen konnte, und ich wußte, daß er mich noch nicht bemerkt hatte, denn er war so tief in Gedanken versunken, daß er weder Stromkabel noch Abfälle unter seinen Füßen registrierte. Um ihn nicht zu erschrecken, wenn ich plötzlich dicht vor ihm auftauchte, rief ich, als ich noch ein Stückchen entfernt war: »Schöner Morgen, nicht wahr?« Er machte zwei weitere Schritte, bevor ihm aufging, daß mein Gruß ihm gegolten hatte. Dann schaute er auf. Der Abstand zwischen uns betrug nur noch etwa zweieinhalb Meter, und sein Gesicht jagte mir einen eiskalten Schauder über den Rücken.

*Ein Troll*! schoß es mir durch den Kopf.

Ich wollte schon nach meinem Stiefelmesser greifen.

*Oh Gott, nein, noch ein Troll*!

»Hast du etwas gesagt?« fragte er.

Nach dem ersten Schock sah ich, daß er doch kein Troll war – zumindest kein Troll wie die anderen. Er hatte ein alptraumhaftes Gesicht, aber es war weder schweins- noch hundeartig. Keine fleischige Schnauze, keine Fangzähne, keine gespaltene hechelnde Zunge. Er war ein Mensch, aber eine Abnormität, mit einem derart verunstalteten Kopf, daß er mir wie ein lebendes Beispiel für Gottes eigenartige, makabre Stimmungen vorkam.

Stellen Sie sich einmal vor, Sie wären ein göttlicher Bildhauer mit einem schlimmen Kater und einem ausgefallenen Sinn für Humor – ein Bildhauer, der mit den Materialien

Fleisch, Blut und Knochen arbeitet. Als erstes formen Sie jetzt einen riesigen grobschlächtigen Kiefer, der auf die Ohren zu nicht allmählich zurücktritt, wie das bei normalen Gesichtern der Fall ist, sondern plötzlich in häßlichen knotigen Knochenklumpen endet. Genau darüber geben Sie Ihrer unglücklichen Skulptur zwei Ohren, die Ähnlichkeit mit krausen Kohlblättern haben, sowie einen Mund, bei dem Sie sich vom Greifer eines Baggers inspirieren lassen. Werfen Sie nun große eckige Zähne hinein, viel zuviele, die Sie mehr schlecht als recht auf dem begrenzten Platz unterbringen, schief und übereinander, wie es sich gerade ergibt, und färben Sie diese Zähne zusätzlich noch so gelb, daß das Werk Ihrer Hände sich schämen wird, den Mund aufzumachen. Genug der Grausamkeiten, mit denen Sie Ihren göttlichen Zorn abreagieren konnten? Falsch. Weit gefehlt. Sie sind offenbar in einer wahrhaft kosmischen Rage, Sie schäumen derart vor Wut, daß das ganze Universum bebt, und in dieser Stimmung meißeln Sie eine Stirn von der Dicke einer Panzerplatte, die über die Augen hinausragt wie ein Dachvorsprung, so daß diese in tiefen, finsteren Höhlen zu liegen scheinen. Und in Ihrem bösartigen Schöpfungsfieber schlagen Sie in diese Stirn ein Loch, über dem rechten Auge, aber etwas mehr zur Schläfe hin, und setzen ein drittes Auge ohne Iris und Pupille ein, ein Oval aus homogenem rötlichgelbem Gewebe. Und zuletzt beweisen Sie Ihre böswillige Genialität durch zwei Glanzstücke: Sie meißeln in diese abscheuliche Fratze eine edle, perfekt geformte Nase, um Ihrer Schöpfung eine kleine Vorstellung davon zu geben, was möglich gewesen wäre; und Sie legen in die beiden tiefen Höhlen klare braune Augäpfel, warme, intelligente, schöne Augen, *normale* Augen, außergewöhnlich ausdrucksvoll, so daß jeder, der sie sieht, hastig wegschauen oder aber weinen muß, aus Mitleid mit der empfindsamen Seele, die in dieser abstoßenden Hülle gefangen ist. Hören Sie noch zu? Höchstwahrscheinlich wollen Sie nicht mehr Gott spielen. Was kommt manchmal nur über Ihn? Fragen Sie sich das nicht auch? Wenn Er aus einer bloßen schlechten Laune oder Wut heraus ein solches Geschöpf erschaffen kann – dann versuchen Sie sich doch einmal vorzustellen, in welchem Zustand Er gewesen sein muß, als Er ernstlich verstört war, als Er die Hölle erschuf und die rebellischen Engel dort hineinstieß.

Dieser üble Streich Gottes sprach wieder, und seine Stimme war weich und freundlich: »Entschuldigung. Hast du etwas gesagt? Ich war leider in Gedanken.«

»Äh... äh... ich sagte nur, es sei ein schöner Morgen.«

»Ja, da hast du recht. Du bist neu hier, nicht wahr?«

»Äh... ja... ich bin Carl... Slim.«

»Carl Slim?«

»Nein... äh... Slim MacKenzie«, stammelte ich, den Kopf tief in den Nacken geworfen, weil er mich beträchtlich überragte.

»Joel Tuck«, stellte er sich seinerseits vor.

Ich konnte es noch immer nicht fassen, daß seine Stimme ein so schönes weiches Timbre hatte. Bei seinem Aussehen hätte ich eher eine durch Mark und Bein gehende Stimme von kalter Feindseligkeit erwartet.

Er streckte mir seine Hand hin. Ich schüttelte sie. Es war eine ganz normale Hand, allerdings eine Riesenpranke.

»Ich bin der Inhaber der Abnormitätenschau«, sagte er.

»Ah«, murmelte ich und gab mir alle Mühe, nicht auf sein blickloses drittes Auge zu starren. Es gelang mir nicht.

In einer Abnormitätenschau sind meistens mindestens zehn ›Menschenwunder‹ unter einem Zeltdach versammelt – mißgestaltete Personen aller Art.

»Ich bin nicht nur der Inhaber«, fuhr Joel Tuck fort, »sondern auch die Hauptattraktion.«

»Zweifellos«, entfuhr es mir.

Er lachte, und ich bekam vor Verlegenheit einen hochroten Kopf und wollte eine Entschuldigung stammeln, aber er fiel mir ins Wort, legte mir eine Hand auf die Schulter und versicherte grinsend, daß er durchaus nicht beleidigt sei.

»Im Gegenteil«, sagte er und wurde plötzlich überraschend gesprächig. »Es ist direkt erfrischend, einen Schausteller zu treffen, der bei der ersten Begegnung seinen Schock *zeigt*. Weißt du, die meisten Besucher, die für die Abnormitätenschau Geld ausgeben, deuten entsetzt auf mich und machen ungeniert ihre dummen Bemerkungen. Nur sehr wenige besitzen den Anstand oder die Intelligenz, die Ausstellung ein klein wenig geläutert zu verlassen, dankbar zu sein, daß sie selbst Glück gehabt haben. Rohes, hirnloses Volk... na, du weißt ja selbst, wie Besucher sind. Aber Schausteller... manchmal können sie auf ihre Weise genauso schlimm sein.«

Ich nickte, so als wüßte ich, wovon er sprach. Ich hatte es endlich geschafft, meinen Blick von seinem dritten Auge abzuwenden, doch dafür starrte ich jetzt auf seinen greiferartigen Mund. Er klappte auf und zu, und die knotigen Kinnladen knirschten und knarrten, und mir fiel plötzlich Disneyland ein. Ein Jahr vor seinem Tod hatte mein Vater mit uns einen Ausflug nach Kalifornien gemacht, nach Disneyland, das damals neu war. Zu den Attraktionen jener Anfangszeit gehörten die sogenannten ›audio-animatronischen Roboter‹ mit lebensechten Gesichtern und Bewegungen. Sie waren durchaus überzeugend, bis auf die Münder, denen die geschmeidigen, fließenden Bewegungen richtiger Münder völlig abgingen. Joel Tuck hätte ein solcher Roboter sein können, ein makabrer Scherz der Konstrukteure von Disneyland, um Onkel Walt einen Schrecken einzujagen.

Gott möge mir meine Unsensibilität verzeihen, aber ich ging gedankenlos davon aus, daß diese groteske Gestalt auch in ihrem Denken und in ihren Worten grotesk sein müßte.

Statt dessen hörte ich: »Schausteller sind sich ihrer Tradition von Toleranz und Brüderlichkeit stets bewußt, aber manchmal kann einem ihre Diplomatie auch auf die Nerven gehen. Du hingegen hast genau richtig reagiert. Nicht mit morbider Neugier, blasierter Überlegenheit oder falschen Mitleidsbekundungen wie die allermeisten Besucher. Aber auch nicht mit übertriebenem Gleichmut wie die meisten Schausteller, die so tun, als sähe ich wie jedermann aus. Du warst verständlicherweise ziemlich schockiert und hast dich deiner natürlichen Reaktionen nicht geschämt: ein wohlerzogener Junge, der sich aber eine gesunde Neugier und einen sympathischen Freimut bewahrt hat – so sehe ich dich, Slim MacKenzie, und ich freue mich, deine Bekanntschaft gemacht zu haben.«

»Ich ebenfalls.«

Daß er meine Reaktionen und Motive so großmütig beurteilte, trieb mir nur noch mehr die Schamröte ins Gesicht, aber er tat so, als bemerkte er das nicht.

»Na, ich muß jetzt weiter«, sagte er. »Wir öffnen um elf, und vorher muß ich noch ein bißchen nach dem Rechten sehen. Übrigens verlasse ich das Zelt nie, ohne mein Gesicht zu verhüllen, wenn die Besucher sich hier tummeln. Es wäre nicht richtig, jemandem meine Fratze zuzumuten, der sie nicht sehen will. Außerdem habe ich keine Lust, mich von dem Pack gratis anstarren zu lassen.«

»Dann also bis später«, erwiderte ich und betrachtete unwillkürlich wieder sein drittes Auge, das plötzlich zuckte, fast so, als zwinkere es mir zu.

Er machte zwei Schritte, wobei er mit seinen riesigen Schuhen kleine weiße Staubwolken aufwirbelte. Dann drehte er sich noch einmal nach mir um und fragte nach kurzem Zögern: »Was erwartest du vom Rummelplatz, Slim MacKenzie?«

»Äh... von diesem Rummelplatz im besonderen?«

»Vom Leben im allgemeinen.«

»Nun... einen Platz zum Schlafen.«

»Den bekommst du hier.«

»Drei anständige Mahlzeiten am Tag.«

»Auch das.«

»Taschengeld.«

»Es wird bald mehr als nur ein Taschengeld sein. Du bist jung, flink und intelligent, das sehe ich. Du wirst gute Arbeit leisten. Was noch?«

»Was ich mir sonst noch wünsche?«

»Genau.«

Ich seufzte. »Anonymität.«

»Aha.« Sein Gesicht verzog sich zu einem verschwörerischen Lächeln oder zu einer Grimasse; was diese mißgestalteten Züge auszudrücken versuchten, war nicht immer leicht zu entscheiden. Sein Mund war leicht geöffnet und entblößte die schiefen Zähne, die wie Pfähle eines verwitterten alten Zaunes aussahen. Er betrachtete mich aufmerksam, so als überlegte er, ob er weiter in mich dringen oder mir seinen Rat anbieten sollte, aber er war ein viel zu taktvoller Schausteller, um jemanden durch indiskrete Fragen in Verlegenheit zu bringen. Deshalb murmelte er nur noch einmal: »Aha.«

»Einen Zufluchtsort«, fuhr ich unaufgefordert fort, weil ich plötzlich direkt *hoffte*, daß er in mich dringen würde, weil ich mit einem Male das verrückte Bedürfnis verspürte, mich ihm anzuvertrauen und ihm von den Trollen zu erzählen, speziell von Onkel Denton. In den zurückliegenden Monaten, seit jenem ersten Mord an einem Unhold, hatte ich unter ständiger Anspannung gelebt und meiner ganzen Willenskraft und Nervenstärke bedurft, um mich durchzuschlagen. Während dieser ganzen Zeit hatte ich keinen einzigen Menschen getroffen, der in einer so heißen Glut wie ich gestählt zu sein schien. Doch nun spürte ich, daß ich in Joel Tuck einen Mann gefunden hatte, dessen Leiden, dessen Seelenpein und Einsamkeit viel größer waren als die meinigen. Er mußte zeit seines Lebens Schreckliches durchgemacht haben, aber er war ein Mensch, der das Unakzeptable mit ungewöhnlicher Kraft und Würde akzeptiert hatte. Hier war jemand, der verstehen könnte, was es bedeutete, ständig in einem Alptraum zu leben. Trotz seines grauenvollen Gesichts hatte er etwas Väterliches an sich, und ich verspürte den Wunsch, mich ihm an die Brust zu werfen, mich endlich einmal richtig auszuweinen und ihm sodann von den dämonischen Wesen zu berichten, die sich ungesehen auf der Erde herumtrieben. Aber Selbstbeherrschung war mein kostbarster Besitz, Mißtrauen war eine unabdingbare Voraussetzung im Kampf ums Überleben, und deshalb brachte ich es doch nicht über mich zu reden und wiederholte nur leise: »Einen Zufluchtsort.«

»Einen Zufluchtsort«, sagte er. »Ich glaube, auch den wirst du hier finden. Zumindest hoffe ich es, denn ich glaube, daß du ihn brauchst, Slim MacKenzie. Ich glaube, daß du ihn verdammt nötig hast.«

Diese Bemerkung, die so gar nicht zu unserer übrigen kurzen Unterhaltung paßte, versetzte mir einen gewaltigen Schock.

Wir starrten einander schweigend an.

Diesmal schaute ich in seine beiden normalen Augen, und ich glaubte, Mitgefühl darin zu lesen.

Doch obwohl dieser Mann unverkennbar Wärme ausstrahlte, verrieten meine empfindlichen psychischen Antennen mir gleichzeitig, daß er nicht leicht zu durchschauen war, und ich hatte das unangenehme Gefühl, daß hinter ihm viel mehr steckte, als man zunächst glaubte – daß er vielleicht sogar irgendwie gefährlich sein könnte.

Ein kalter Schauder lief mir über den Rücken, aber mir war nicht klar, ob ich mich nun vor ihm oder vor etwas, das ihm zustoßen würde, fürchten mußte.

Unser stummer Kontakt zerriß wie ein dünner Faden – abrupt, aber völlig undramatisch.

»Bis später«, sagte er.

»Ja«, murmelte ich mit trockenem Mund. Meine Kehle war wie zugeschnürt, und mehr als dieses Wörtchen hätte ich nicht hervorgebracht.

Er entfernte sich, und ich blickte ihm nach, bis er nicht mehr zu sehen war – so wie der Mechaniker Rudy Morton mir vorhin nachgeschaut hatte.

Wieder überlegte ich, ob ich diesen Rummelplatz verlassen und nach einem anderen – weniger verwirrenden und weniger ominösen – Aufenthaltsort suchen sollte. Aber ich war völlig abgebrannt, ich brauchte ein Zuhause – und dank meiner hellseherischen Fähigkeiten wußte ich auch, daß man seinem Schicksal nicht entrinnen kann, so sehr man es sich auch wünschen mag.

Außerdem konnte man es beim *Sombra Brothers Carnival* als abnormes Wesen offenbar recht gut aushalten. Joel Tuck und ich... Abnorm alle beide.

## 6

# Tochter der Sonne

Die Verwaltung war in drei farbenprächtigen Wohnwagen untergebracht – weiß mit leuchtenden Regenbogenmustern. Sie waren quadratisch angeordnet, wobei die Vorderseite des Quadrats fehlte. Ein transportabler Pfahlzaun umgab diesen Bezirk. Mr. Timothy ›Jelly‹ Jordan hatte sein Büro im linken langen Wagen, wo auch der Buchhalter und die Frau, die allmorgendlich Rollen mit Eintrittskarten verteilte, arbeiteten.

Ich wartete eine halbe Stunde in dem schlichten Raum mit Linoleumboden, wo der kahlköpfige Buchhalter, Mr. Dooley, einen Stapel Papiere sortierte. Zwischendurch bediente er sich immer wieder aus einer Schüssel mit Rettichscheiben, Pepperoni und schwarzen Oliven. Würzige Atemgerüche erfüllten das Zimmer, was allerdings niemanden, der hereinkam, zu stören schien – offenbar bemerkten sie es nicht einmal.

Ich rechnete fast damit, daß jemand hereinstürzen und aufgeregt berichten würde, daß ein Schausteller vermißt werde oder gar in der Nähe des Autoskooters tot aufgefunden worden sei, und dann würden sich alle Blicke auf mich richten, weil ich ein Außenseiter war, ein Neuankömmling, was mich von vornherein verdächtig machte. Sie würden mir die Schuld bestimmt am Gesicht ablesen können ... Aber niemand schlug Alarm.

Schließlich wurde mir mitgeteilt, daß Mr. Jordan mich jetzt empfangen könne, und als ich sein Büro im hinteren Teil des Wohnwagens betrat, sah ich sofort, woher er seinen Spitznamen Jelly – Gelee – hatte. Er war höchstens 1,77 m groß, fast 20 cm kleiner als Joel Tuck, aber er mußte genausoviel wie dieser wiegen, mindestens 270 Pfund.

Er hatte ein Puddingsgesicht, eine runde Nase, die Ähnlichkeit mit einer hellen Pflaume hatte, und ein wabbeliges Kinn.

Als ich ins Zimmer trat, fuhr auf der Schreibtischplatte ein

Spielzeugauto im Kreis, ein kleines Kabriolett mit vier winzigen Clowns als Insassen, die abwechselnd aufsprangen und wieder Platz nahmen.

Mr. Jordan zog ein weiteres Spielzeug auf. »Schauen Sie sich das einmal an! Ich hab's erst gestern bekommen. Es ist fantastisch. Einfach fantastisch.«

Er stellte es auf den Schreibtisch, und nun konnte ich sehen, daß es ein Metallhund war, der auf der Platte langsam Purzelbäume schlug. Mr. Jordan beobachtete ihn mit begeistert leuchtenden Augen.

Ich schaute mich in dem Büro um: überall Spielzeug. Ein großes Wandregal enthielt keine Bücher, sondern eine bunte Sammlung kleiner aufziehbarer Fahrzeuge und Figuren sowie eine winzige Windmühle, deren Flügel wahrscheinlich in Bewegung versetzt werden konnten. In einer Ecke hingen zwei Marionetten, in einer anderen Ecke saß auf einem Hokker die Puppe eines Bauchredners.

Als ich wieder zum Schreibtisch hinüberschaute, machte der Hund gerade einen letzten, besonders langsamen Purzelbaum. Dann blieb er auf den Schenkeln sitzen und hob die Vorderpfoten, so als bettle er um Beifall für seine Kunststücke.

Jelly Jordan grinste mir zu. »Ist das nicht wirklich einmalig?«

Ich mochte ihn auf Anhieb.

»Phänomenal«, stimmte ich zu.

»Sie wollen sich also den Sombra Brothers anschließen?« erkundigte er sich und lehnte sich bequem in seinem Sessel zurück, sobald ich Platz genommen hatte.

»Ja, Sir.«

»Ich gehe doch recht in der Annahme, daß Sie kein Konzessionär mit eigenem Geschäft sind, der für das Privileg eines Standplatzes in unserem Vergnügungspark bezahlen kann?«

»Ja, Sir. Ich bin erst siebzehn.«

»Oh, das Alter hat dabei überhaupt nichts zu besagen. Ich kenne Konzessionäre, die genauso jung wie Sie sind. Ein Mädchen hat hier beispielsweise mit fünfzehn ganz klein angefangen, mit einem Stand zum Gewichteraten. Es machte seine Sache wirklich gut und gefiel den Leuten. Bald vergrößerte es sein Imperium um ein paar andere Spiele, und etwa in Ihrem Alter konnte es sich schon eine Schießbude mit beweglichen Entenattrappen leisten, und die sind nicht gerade billig. Fünfunddreißig Riesen muß man dafür allemal hinblättern.«

»Na ja, im Vergleich zu dieser Geschäftsfrau bin ich wahrscheinlich wirklich ein totaler Versager im Leben.«

Jelly Jordan grinste. Er hatte ein sehr sympathisches Grinsen. »Dann wollen Sie also ein Angestellter der Sombra Brothers werden?«

»Ja, Sir. Oder falls einer der Konzessionäre Hilfe irgendwelcher Art benötigt...«

»Ich nehme fast an, daß Sie außer Ihren Muskeln und Ihrem Schweiß nichts zu bieten haben, daß Sie nur zum Auf- und Abbau von Fahrgeschäften, zum Beladen von LKWs und zum Lastenschleppen zu gebrauchen sind, stimmt's?«

Ich beugte mich in meinem Sessel vor. »Ich kenne mich mit sämtlichen Arten von Spielbuden aus, kann bei Zaubertricks und sonstigen Vorführungen assistieren und bin kein schlechter Ausrufer. Jedenfalls bin ich besser als zwei Drittel der Kerle, die sich auf den kleinen Jahrmärkten die Kehlen heiser brüllen, obwohl ich nicht behaupte, es mit den geborenen Entertainern aufnehmen zu können, die wahrscheinlich in den erstklassigen Unternehmen wie diesem hier arbeiten. Glauben Sie mir bitte, ich bin zu sehr vielem zu gebrauchen.«

»So, so«, schmunzelte Jelly Jordan. »Offensichtlich sind die Götter den Sombra Brothers heute besonders gewogen, daß sie uns einen solchen Hansdampf in allen Gassen gesandt haben. Großartig. Einfach umwerfend.«

»Ziehen Sie mich auf, soviel Sie wollen, Mr. Jordan, aber finden Sie bitte irgendeine Arbeit für mich. Ich schwöre, daß ich Sie nicht enttäuschen werde.«

Er stand auf und streckte sich, wobei sein Bauch hin und her wackelte. »Also, Slim, ich glaube, ich werde Rya Raines von dir erzählen.« Er duzte mich plötzlich. »Sie ist eine Konzessionärin und braucht jemanden für ihren ›Lukas‹. Hast du so was schon mal gemacht?«

»Klar.«

»In Ordnung. Wenn du ihr gefällst, und wenn du mit ihr auskommen kannst, bist du gut untergebracht. Wenn nicht, komm wieder zu mir, dann suche ich was anderes für dich oder setze dich auf die Lohnliste der Sombra Brothers.«

Ich erhob mich ebenfalls. »Diese Mrs. Raines...«

»Miß.«

»Weil Sie es extra erwähnt haben... Ist es schwer, mit ihr auszukommen?«

Er lächelte. »Das wirst du bald merken. Und nun zur Unterkunft. Ich nehme an, daß du nicht mit deinem eigenen Wohnwagen angefahren kommst, folglich brauchst du einen Platz zum Schlafen. Ich werde mich erkundigen, in welchem unserer Wagen noch ein Bett frei ist, und du kannst die Miete für die erste Woche gleich bei Buchhalter Dooley bezahlen.«

Ich wurde etwas nervös. »Äh... ich habe einen Schlafsack, und ich möchte viel lieber unter freiem Himmel schlafen. Das ist gesünder.«

»So etwas ist hier nicht erlaubt«, sagte er. »Wenn wir es nämlich erlauben würden, hätten wir bald einen richtigen Saustall beieinander. Manche Primitivlinge würden nämlich im Freien nicht nur pennen, sondern auch saufen und bumsen, und das würde einen verheerenden Eindruck machen. Wir sind schließlich kein dritt- oder viertklassiges Unternehmen.«

»Oh...«

Er betrachtete mich mit schiefgelegtem Kopf. »Ebbe in der Kasse?«

»Na ja...«

»Kannst du die Unterkunft nicht bezahlen?«

Ich zuckte mit den Schultern.

»Für die ersten zwei Wochen übernehmen wir die Kosten. Danach mußt du dann bezahlen wie alle anderen auch.«

»Oh... danke, Mr. Jordan.«

»Nenn mich ruhig Jelly, nachdem du jetzt zu uns gehörst.«

»Danke, Jelly, aber Sie brauchen nur die Kosten für *eine* Woche zu übernehmen. Danach werde ich schon klarkommen. Soll ich von hier aus direkt zum ›Lukas‹ gehen? Ich weiß, wo das ist, und ich weiß auch, daß die Tore um elf geöffnet werden, das heißt, in zehn Minuten.«

Er ließ mich noch immer nicht aus den Augen und zog die Nase kraus, so daß sie nunmehr wie eine Dörrpflaume aussah. »Hast du schon gefrühstückt?«

»Nein, Sir. Ich hatte keinen Hunger.«

»Es ist doch schon fast Mittag.«

»Ich habe noch immer keinen Hunger.«

»Ich habe *immer* Hunger«, sagte er. »Hast du gestern abend etwas gegessen?«

»Ich?«

»Du.«

»Na klar.«

Er runzelte skeptisch die Stirn, wühlte in seiner Hosentasche, zog zwei Dollarscheine heraus und kam mit ausgestreckter Hand um den Schreibtisch herum auf mich zu.

»O nein, Mr. Jordan...«

»Jelly!«

»Nein, Jelly, das kann ich nicht annehmen.«

»Nur ein Darlehen«, meinte er, während er mir die Scheine in die Hand drückte. »Du wirst es mir zurückzahlen, das weiß ich.«

»Aber ich bin nicht *so* abgebrannt. Ein bißchen Geld habe ich noch.«

»Wieviel?«

»Na ja... zehn Dollar.«

Er grinste wieder. »Zeig sie mir.«

»Häh?«

»Lügner! Wieviel hast du in Wirklichkeit?«

Ich starrte verlegen auf meine Schuhspitzen hinab.

»Na? Sag die Wahrheit.«

»Äh... zwölf Cents.«

»Na so was, da bist du ja ein richtiger Rockefeller. Wie konnte ich mich nur erdreisten, dir Geld leihen zu wollen? Schon mit siebzehn ein reicher Mann, ein Erbe des Vanderbilt-Vermögens!« Er gab mir zwei weitere Dollarscheine. »Hör mir zu, Mr. Krösus, du gehst jetzt zu Sam Trizers Stehimbiß neben dem Kinderkarussell. Er hat so ziemlich das beste Essen auf dem Platz, und er öffnet früh, um Schausteller bedienen zu können. Iß ordentlich zu Mittag, bevor du dich Rya Raines an ihrem ›Lukas‹ präsentierst.«

Ich nickte verlegen. Meine Armut war mir äußerst peinlich, denn ein Stanfeuss verließ sich auf niemanden, außer auf einen anderen Stanfeuss. Trotzdem war ich dankbar für die Großzügigkeit des fetten Mannes.

Ich hatte die Türklinke schon in der Hand, als er rief: »Wart einen Moment.«

Ich drehte mich um und sah, daß er mich anders als bisher musterte. Er hatte mich die ganze Zeit über forschend betrachtet, um meinen Charakter, meine Fähigkeiten und mein Verantwortungsgefühl einzuschätzen, doch jetzt begutachtete er mich so, als wäre ich ein Pferd, auf das sich eventuell zu setzen lohnte.

»Du bist ein kräftiger Bursche«, sagte er. »Guter Bizeps, breite Schultern, geschmeidige Bewegungen. Du siehst so aus, als könntest du dich in einer schwierigen Situation deiner Haut wehren.«

Da er eine Antwort zu erwarten schien, murmelte ich: »Na ja... das stimmt.«

Ich überlegte, wie er reagieren würde, wenn ich ihm erzählte, daß ich schon vier Trolle umgebracht hatte – vier dämonische Hunde-Schweine-Wesen mit Schlangenzungen, mörderischen roten Augen und rasiermesserscharfen Krallen.

Er betrachtete mich schweigend und erklärte schließlich: »Hör zu, wenn du mit Rya zurechtkommst, sollst du für sie arbeiten. Aber morgen hätte ich selbst einen Spezialjob für dich. Wahrscheinlich wird es dabei keine Schwierigkeiten geben, aber möglich wäre das immerhin. Schlimmstenfalls wirst du deine Fäuste gebrauchen müssen. Aber ich nehme an, daß du nur herumstehen und einschüchternd dreinschauen mußt.«

»Ich stehe ganz zu Ihren Diensten«, sagte ich.

»Willst du gar nicht wissen, worum es geht?«

»Das können Sie mir ja auch morgen noch erklären.«

»Möchtest du denn nicht wenigstens die Möglichkeit haben abzulehnen?«

»Nein.«

»Die Sache ist nicht ganz risikolos.«

Ich hielt die vier Dollar hoch. »Sie haben einen Mann für riskante Jobs engagiert.«

»Du bist aber billig.«

»Es waren nicht die vier Dollar, Jelly, sondern die Freundlichkeit.«

Das Kompliment machte ihn sichtlich verlegen. »Verdammt, mach, daß du hier rauskommst, iß etwas – und dann nichts wie an die Arbeit! Wir haben für Schmarotzer nichts übrig.«

Ich fühlte mich so wohl wie schon seit Monaten nicht mehr, als ich ins vordere Büro hinüberging. Dooley sagte, ich könne mein Gepäck bei ihm stehenlassen, bis eine Unterkunft für mich gefunden würde, und gleich darauf schlenderte ich zu Sam Trizers Stehimbiß, wo ich mir zwei perfekte Hot dogs mit Chili, eine große Portion Pommes frites und einen Vanilleshake einverleibte. Dann machte ich mich auf den Weg zu meinem neuen Arbeitsplatz.

Für Provinzverhältnisse war dies ein ziemlich großer Jahrmarkt, obwohl er sich natürlich nicht mit den wirklich bedeutenden Jahrmärkten in Orten wie Milwaukee, St. Paul, Topeka, Pittsburgh und Little Rock vergleichen ließ, wo an einem guten Tag Eintrittskarten im Wert von über einer Viertelmillion Dollar verkauft wurden. Doch es war Donnerstag, es ging also auf das Wochenende zu, und außerdem war es Sommer, die Kinder hatten Schulferien, und viele Erwachsene hatten Urlaub. Außerdem war im ländlichen Pennsylvania der Jahrmarkt immer eine aufregende Sache, die Leute nahmen Anfahrten von 80 oder 100 km gern in Kauf, und so tummelten sich kurz nach Öffnung der Tore schon gut tausend Besucher auf dem Rummelplatz. Die Ausrufer begannen allmählich, mit flotten Sprüchen Leute anzulocken. Viele Fahrgeschäfte waren schon in Betrieb. Es roch nach Popcorn, Dieselkraftstoff und Bratfett. Die komplizierte Maschinerie dieser glitzernden Traumwelt kam langsam in Gang und würde in einigen Stunden auf vollen Touren laufen – tausend exotische Geräusche, eine unendliche Vielfalt von Farben und Bewegungen, ein Kaleidoskop, das die Menschen magisch anzog und sie förmlich berauschte, bis die gesamte Außenwelt für sie nicht mehr existierte und der Rummelplatz zum Universum wurde.

Als ich am Autoskooter vorbeikam, rechnete ich halb damit, Polizei und eine entsetzte Menschenmenge zu sehen, aber der Kartenschalter war geöffnet, die Autos sausten kreuz und quer durch den Pavillon, und die Besucher schrien und kreischten zwar – aber nur aus Vergnügen, während sie absichtlich heftige Zusammenstöße inszenierten. Wenn die frischen Flecken auf dem Holzboden überhaupt jemandem aufgefallen waren, so hatte jedenfalls niemand bemerkt, daß es sich um Blut handelte.

Ich fragte mich, wohin mein unbekannter Helfer wohl die Leiche gebracht haben mochte, fragte mich, wann er sich wohl zu erkennen geben und was er für sein Schweigen verlangen würde.

Der ›Lukas‹ hatte seinen Platz an der ersten Straße, ziemlich am Rand des Rummelplatzes, zwischen einem Ballonspiel und dem kleinen gestreiften Zelt einer Wahrsagerin. Das einfache Gerät bestand aus einem auf Federn montierten quadratischen Block und einer etwa sechs Meter hohen thermometerförmigen Stange mit einer Glocke am oberen Ende. Burschen, die ihren Freundinnen imponieren wollten, brauchten nur 50 Cents zu bezahlen, zum Holzhammer zu greifen und diesen möglichst kraftvoll auf den Block niedersausen zu lassen. Das jagte einen kleinen Holzklotz am Thermometer hoch, das in fünf Kategorien unterteilt war: OMA, OPA, BRAVER JUNGE, ZÄHER BURSCHE und KRAFTMEIER. Wenn der Kraftmeier den Holzklotz bis zur Spitze hochtreiben und dadurch die Glocke ertönen lassen konnte, stiegen nicht nur seine Chancen, mit der beeindruckten Freundin noch in dieser Nacht zu schlafen, sondern er gewann auch noch ein billiges Stofftier.

Neben Rya Raines' ›Lukas‹ stand allerdings ein Gestell mit Plüschteddybären, die nicht so billig aussahen wie die üblichen Gewinne bei Spielen dieser Art, und auf einem Hocker neben den Teddys saß das schönste Mädchen, das ich je gesehen hatte. Dieses hinreißende Geschöpf trug braune Kordjeans und eine braun-rot karierte Bluse. Ich registrierte zwar, daß sie einen schlanken und aufregend proportionierten Körper hatte, verwandte aber nicht viel Aufmerksamkeit darauf – *noch* nicht, erst etwas später –, weil ich total fasziniert von ihrem Gesicht und ihren Haaren war. Dichtes, weiches, seidiges, glänzendes Haar, zu blond, um als kastanienbraun bezeichnet zu werden, zu kastanienbraun, um blond zu sein. Es war auf einer Seite tief ins Gesicht gekämmt, so daß es ein Auge halb verdeckte. An ihrem bezaubernden Gesicht hätte man höchstens bemängeln können, daß seine absolute Perfektion ihr einen leicht kühlen, distanzierten und entrückten Ausdruck verlieh. Ihre Augen waren groß, blau und durchscheinend. Die heiße Augustsonne tauchte sie in strahlendes Licht, so als säße sie auf einer Bühne und nicht auf einem schäbigen Holzhocker. Die Strahlen beleuchteten sie nicht wie alle anderen Menschen, sondern schienen ihr eine bevorzugte Behandlung zukommen zu lassen, etwa so wie ein Vater seiner Lieblingstochter. Sie betonten den natürlichen Glanz ihrer Haare, stellten stolz ihre ebenmäßig glatte Haut zur Schau, umschmeichelten ihre fein modellierten Backenknochen und die zarte Nase, deuteten die geheimnisvolle Tiefe ihrer herrlichen Augen an.

Ich stand wie vom Donner gerührt da und beobachtete, wie sie einen jungen Mann zum Spiel verlockte, ihm 50 Cents abnahm, tröstende Worte fand, als er nur BRAVER JUNGE schaffte, und ihn geschickt dazu brachte, für einen Dollar drei weitere Versuche zu machen. Sie hielt sich an keine der üblichen Regeln, wie eine Attraktion sich am besten verkaufen läßt. Weder forderte sie die Umstehenden durch spöttische Bemerkungen heraus noch brüllte sie laut; sie hob kaum einmal die Stimme, und trotzdem vermochte sie sich wie durch Zauberei gegen die Musik aus dem Zelt der Wahrsagerin, gegen den Ausrufer vom Ballonspiel und den ständig anschwellenden Lärm der Fahrgeschäfte durchzusetzen. Am ungewöhnlichsten war aber, daß sie überhaupt nicht aufstand, daß sie keinen Versuch machte, durch dramatische Gesten, komische Tanzschritte, laute Späße, sexuelle Anspielungen oder sonstige Standardtechniken das Publikum anzulocken. Sie plauderte amüsantes Zeug daher, und sie sah hinreißend aus. Das genügte, und sie war klug genug, um sich dessen bewußt zu sein. Sie raubte mir den Verstand.

Ich ging betont lässigen Schrittes auf sie zu – eine Taktik, die ich bei hübschen Mädchen manchmal anwandte, um selbstbewußtes Auftreten zu demonstrieren. Sie hielt mich für einen Besucher, der den Hammer schwingen wollte, aber ich erklärte: »Nein, ich suche Miß Raines.«

»Wozu?«

»Jelly Jordan hat mich hergeschickt.«

»Bist du Slim? Ich bin Rya Raines.«

»Oh«, murmelte ich bestürzt, denn dieses Mädchen, das nur wenig älter sein konnte als ich, entsprach keineswegs den Vorstellungen, die ich mir von einer gerissenen und aggressiven Konzessionärin gemacht hatte.

Sie runzelte leicht die Stirn, was ihre Schönheit jedoch nicht beeinträchtigte. »Wie alt bist du?«

»Siebzehn.«

»Du siehst jünger aus.«

»Ich gehe auf achtzehn zu«, erwiderte ich.

»Das ist der übliche Lauf der Welt.«

»Was?«

»Danach wirst du neunzehn sein, dann zwanzig, und so weiter und so fort«, sagte sie sarkastisch.

Ich spürte, daß sie ein Typ war, der auf Herausforderung besser ansprach als auf Unterwürfigkeit, und entgegnete lächelnd: »Bei dir dürfte die Sache aber nicht so abgelaufen sein. Ich habe den Eindruck, als wärest du von zwölf direkt auf neunzig gesprungen.«

Sie erwiderte mein Lächeln nicht und blieb weiterhin kühl, aber immerhin glättete sich ihre Stirn. »Kannst du reden?«

»Tu ich das nicht schon?«

»Du weißt genau, was ich meine.«

Statt einer Antwort nahm ich den Holzhammer zur Hand und schlug so kräftig zu, daß die Glocke läutete und einige Leute interessiert stehenblieben. Mit lockeren Sprüchen gelang es mir, in wenigen Minuten drei Dollar einzunehmen.

»Okay, ich probier's mit dir«, sagte Rya Raines. Sie blickte mir beim Sprechen direkt in die Augen, und mir wurde ganz heiß. »Laß dir folgendes gesagt sein: Bei diesem Spiel geht es ehrlich zu, wie du ja schon selbst feststellen konntest. Es ist nicht irgendwie präpariert. So was ist bei den Sombra Brothers streng verboten, aber selbst wenn's erlaubt wäre, würde ich nicht mit so üblen Tricks arbeiten. Und ebenso lehne ich es ab, daß man den Leuten mit irgendwelchen unwahren Behauptungen ihre Gewinne vorenthält. Es ist nicht einfach, die Glocke zum Läuten zu bringen. Es ist sogar verdammt schwer. Aber der Spieler hat eine faire Chance, und wenn er es schafft, bekommt er seinen Preis, verstanden?«

»Verstanden.«

Sie übergab mir ihre Geldschürze und den Wechselgeldkasten, während sie mit dem energischen und scharfen Ton einer Juniorchefin von General Motors fortfuhr: »Um fünf schicke ich jemanden her, der dich bis acht ablöst, damit du zu Abend essen und ein Nickerchen machen kannst. Um acht mußt du wieder zur Stelle sein, und dann arbeitest du, bis der Rummelplatz schließt. Anschließend bringst du mir die Einnahmen in meinen Wohnwagen. Es ist ein Airstream, das größte Modell. Du wirst ihn leicht finden, denn er ist der einzige, der an einem brandneuen roten Eintonner-Chevrolet angekoppelt ist. Wenn du keine krummen Touren machst, wirst du es nicht bereuen, für mich zu arbeiten. Ich besitze noch ein paar andere Konzessionen, und ich bin immer auf der Suche nach ehrlichen, verantwortungsbewußten Leuten. Ich entlohne dich am Ende eines jeden Arbeitstages, und falls du ein geschickter Ausrufer bist und mehr als sonst üblich einnimmst, bekommst du einen Anteil von diesen zusätzlichen Einnahmen. Wenn du zuverlässig arbeitest, wirst du nirgends bessere Bedingungen finden als bei mir. Aber – hör bitte gut zu und laß es dir als Warnung dienen – falls du mich übers Ohr zu hauen versuchst, wirst du es bitter bereuen, das schwöre ich dir. Verstehen wir uns?«

»Ja.«

»Ausgezeichnet.«

Mir war während ihrer strengen Rede jenes Mädchen eingefallen, das – Jelly Jordan zufolge – mit siebzehn bereits eine große Konzession erworben hatte. Deshalb fragte ich: »Äh … gehört dir zufällig auch eine Schießbude?«

»Eine Schießbude, ein Stand zum Gewichteraten, eine Wurfbude, ein Stehimbiß, der auf Pizza spezialisiert ist, und 70% einer Schaubude namens ›Wunderliche Tiere‹ «, gab sie schroff Auskunft. »Nebenbei gesagt – ich bin weder zwölf noch neunzig, sondern einundzwanzig, und ich habe mich in verdammt kurzer Zeit aus dem Nichts hochgearbeitet. Das schafft man nicht, wenn man naiv, weich oder ungeschickt ist. Ich bin alles andere als eine leichtgläubige, verträumte dumme Pute, und solange du das nicht vergißt, Slim, werden wir ausgezeichnet miteinander auskommen.«

Sie entfernte sich, ohne zu fragen, ob ich noch irgendwelche Fragen hätte. Bei jedem energischen Schritt zeichnete sich ihr kleiner, fester Hintern prächtig unter den engen Jeans ab.

Ich blickte ihr nach, bis sie in der Menschenmenge untertauchte. Dann bemerkte ich plötzlich meinen Zustand, griff hastig nach dem Holzhammer und ließ ihn siebenmal hintereinander auf den Block niedersausen, wobei sechsmal die Glocke ertönte. Danach konnte ich mich den Besuchern wieder zuwenden, ohne mich wegen einer starken Erektion genieren zu müssen.

Nachmittags machte es mir richtig Spaß, Reklame für den ›Lukas‹ zu machen. Die Besucherströme schwollen immer mehr an, ergossen sich im warmen Sommerlicht über die Straße, und ich nahm den Leuten Münzen und Scheine fast so erfolgreich ab, als hätte ich mich direkt aus ihren Taschen bedient.

Sogar als ich den ersten Troll sah, einige Minuten nach zwei, beeinträchtigte das meine gute Laune und meine Arbeitsfreude nicht. Ich war daran gewöhnt, sieben oder acht Trolle pro Woche zu sehen, und es waren noch wesentlich mehr, wenn ich mich irgendwo aufhielt, wo besonders viele Menschen versammelt waren, sei es nun auf Jahrmärkten oder in Großstädten. Meiner Schätzung nach war unter vierbis fünfhundert Personen ein als Mensch getarnter Troll zu finden, was bedeutete, daß es allein in den USA mindestens eine halbe Million solcher Kreaturen gab. Wenn ich mich also nicht damit abgefunden hätte, ihnen überall zu begegnen, wäre ich verrückt geworden, lange bevor ich zu den Sombra Brothers kam. Ich wußte inzwischen, daß die Unholde sich der außerordentlichen Gefahr, die ich für sie darstellte, nicht bewußt waren; sie ahnten nicht, daß ich ihre Maskerade durchschaute, und hatten deshalb an mir kein spezielles Interesse. Am liebsten hätte ich freilich jeden Troll getötet, den ich irgendwo sah, denn ich wußte aus Erfahrung, daß sie Feinde der Menschen waren, daß ihr einziger Lebenszweck darin bestand, auf der Erde Schmerz und Not zu verursachen. Ich begegnete ihnen jedoch nur selten an einsamen Orten, die einen Angriff ermöglichten, und wenn ich nicht ein Gefängnis von innen kennenlernen wollte, durfte ich keine der verhaßten Kreaturen in Anwesenheit von Zeugen umbringen, die den Teufel unter dem Menschenkostüm ja nicht sehen konnten.

Der Troll, der kurz nach zwei am ›Lukas‹ vorbeischlenderte, verbarg sich im Körper eines Bauernjungen, eines großen, flachshaarigen achtzehn- oder neunzehnjährigen Burschen mit offenem, gutmütigem Gesicht. Er war in Begleitung von zwei anderen Jungen seines Alters, die keine Trolle waren, und er machte einen völlig unschuldigen Eindruck, wie er so seine dummen Späße machte, ein bißchen aufschnitt und sich bestens amüsierte. Aber unter dem lachenden Menschengesicht lauerte ein Troll mit Feueraugen.

Der Bauernjunge blieb am ›Lukas‹ nicht stehen, doch keine zehn Minuten später sah ich ein zweites Monster. Dieses war als stämmiger grauhaariger Mann von etwa 55 Jahren getarnt, aber auch in ihm erkannte ich mühelos den Feind.

Ich glaube, daß das, was ich sehe, nicht der physische Troll als solcher ist. Sein menschlicher Körper ist durchaus real. Was ich wahrnehmen kann, ist vermutlich entweder der Geist dieses Wesens oder aber das biologische Potential seines verwandlungsfähigen Fleisches.

Um Viertel nach drei sah ich zwei weitere Unholde. Nach

außen hin waren sie zwei attraktive Teenager, schüchterne junge Mädchen aus der Kleinstadt, für die dieser Rummelplatzbummel ein Abstecher in die große, weite Welt war. Doch in ihrem Innern hausten Ungeheuer mit wabbeligen rosa Schnauzen.

Gegen vier waren vierzig Trolle am ›Lukas‹ vorbeigekommen, und einige waren sogar stehengeblieben, um ihre Kraft zu testen. Um diese Zeit war meine gute Laune längst dahin. Auf dem Vergnügungsgelände tummelten sich höchstens sechs- bis achttausend Besucher. Der Prozentsatz an Monstern war demnach überdurchschnittlich hoch.

Etwas Besonderes mußte im Gange sein. Auf dem Rummelplatz der Sombra Brothers würde an diesem Nachmittag etwas passieren, denn diese ungewöhnliche Ansammlung von Trollen hatte nur einen einzigen Zweck: Sie wollten aus nächster Nähe menschliches Leid miterleben. Als Spezies schienen sie unseren Schmerz nicht nur zu genießen, sondern sich geradezu davon zu verköstigen, so als wären unsere Qualen ihre wichtigste – oder einzige – Nahrung. Ich hatte sie in größeren Gruppen *nur* an Schauplätzen von Tragödien gesehen: anläßlich der Beerdigung von vier High-School-Footballspielern, die vor einigen Jahren in meiner Heimatstadt bei einem Busunfall ums Leben gekommen waren; bei einer schrecklichen Massenkarambolage in Colorado; bei einem Brand in Chicago. Und je mehr Trolle ich nun auf dem Rummelplatz sah, desto mehr fröstelte ich trotz der Augusthitze.

Ich wurde so nervös, daß ich ernsthaft in Erwägung zog, wenigstens einen oder zwei mit meinem Messer zu erstechen und dann um mein Leben zu rennen. Doch bevor ich diesen absurden Plan in die Tat umsetzen konnte, begriff ich zum Glück, was geschehen sein mußte. Sie waren hergekommen, um einen Unfall im Autoskooter zu sehen. Sie rechneten mit einem verstümmelten oder toten Fahrer. Natürlich! So mußte es sein. Der Troll, den ich in der vergangenen Nacht überrascht und getötet hatte, sollte einen ›Unfall‹ inszenieren. Und als ich jetzt darüber nachdachte, wurde mir auch klar, was er vorgehabt hatte, denn er hatte sich an der Stromzuführung zum Motor zu schaffen gemacht. Indem ich ihn umbrachte, hatte ich unwissentlich irgendeinen armen Besucher vor einem wahrscheinlich tödlichen Stromschlag bewahrt.

Offenbar hatten die Trolle unter ihresgleichen die Kunde verbreitet: *Tod, Schmerzen, schreckliche Verstümmelung und Massenhysterie – morgen auf dem Rummelplatz! Versäumt diese grandiose Show nicht! Bringt Frau und Kinder mit! Blut und brennendes Fleisch! Beste Unterhaltung für die ganze Familie!* Und viele waren aufgrund dieser Ankündigung hergekommen, aber der versprochene Hochgenuß menschlichen Leidens war ausgeblieben, und deshalb wanderten sie jetzt enttäuscht umher und versuchten festzustellen, was geschehen war. Vielleicht suchten sie sogar nach dem Troll, den ich ermordet hatte.

Zwischen vier und fünf besserte sich meine Laune zusehens wieder, denn ich sah keine Monster mehr. Als ich dann abgelöst wurde, verbrachte ich die erste halbe Stunde meiner Freizeit damit, in der Menge nach dem Feind Ausschau zu halten, aber alle Trolle schienen frustriert nach Hause gegangen zu sein.

Ich begab mich zu Sam Trizers Stehimbiß, und nachdem ich etwas gegessen hatte, fühlte ich mich viel besser. Ich pfiff sogar vor mich hin, während ich zu den Verwaltungswohnwagen schlenderte, um mich zu erkundigen, wo man mich untergebracht hatte. Beim Karussell traf ich Jelly Jordan.

»Na, wie geht's?« rief er laut, um die Musik zu übertönen.

»Großartig.«

Wir stellten uns neben die Kartenbude, um dem Gedränge und Geschiebe zu entgehen.

Er aß einen mit Schokoladencreme gefüllten Krapfen, leckte sich die Lippen und stellte fest: »Rya hat dir offenbar kein Ohr und keinen Finger abgebissen.«

»Sie ist nett«, sagte ich.

Er hob die Augenbrauen.

»Doch, das ist sie«, beharrte ich. »Vielleicht ein bißchen barsch und zweifellos sehr freimütig. Aber unter dieser rauhen Schale verbirgt sich ein anständiger, sensibler Charakter, ein liebenswerter Mensch.«

»Oh, du hast völlig recht. Mich überrascht nicht deine Einschätzung, sondern nur die Tatsache, daß du ihre hartgesottene Fassade so schnell durchschaut hast. Die meisten Leute nehmen sich nicht die Zeit, ihre sympathischen Seiten zu entdecken, weil sie vorher durch ihre schroffe Art abgeschreckt werden.«

Ich freute mich, daß er meine vagen psychischen Eindrücke bestätigte. Sie *sollte* nett sein. Unter der Eisschicht *sollte* sich ein guter Mensch verbergen, ein Mensch, dessen Bekanntschaft erstrebenswert war. Verdammt, ich begehrte sie, und ich wollte kein *Luder* begehren.

»Dooley hat eine Unterkunft für dich gefunden«, berichtete Jelly. »Du solltest gleich einziehen, solange du noch frei hast.«

»Das tu' ich.«

Ich fühlte mich noch großartig, während ich mich von ihm abwandte, doch dann sah ich aus dem Augenwinkel heraus etwas, das mich mit Entsetzen erfüllte. Ich drehte mich hastig um, in der Hoffnung, mir nur eingebildet zu haben, was ich soeben zu sehen geglaubt hatte, aber es war keine Einbildung gewesen; es war noch da. Blut. Jelly Jordans ganzes Gesicht war blutüberströmt. Kein richtiges Blut, verstehen Sie? Er schob sich gerade das letzte Stück Krapfen in den Mund, er war unverletzt und hatte keine Schmerzen. Was ich sah, war eine Vision, eine Vorahnung zukünftiger Gewaltanwendung. Nein, nicht nur eine Schlägerei oder dergleichen. Jellys lebendiges Gesicht war überlagert von einer Vision seines toten Gesichtes, mit weit aufgerissenen gebrochenen Augen und blutbeschmierten Wangen. Er steuerte im Zeitstrom nicht nur auf eine Verletzung zu, sondern auf einen gewaltsamen Tod.

Er blinzelte. »Ist was?«

»Äh...«

Die Vision verblaßte.

»Fehlt dir was, Slim?«

Die Vision verschwand.

Ich konnte es ihm nicht erzählen. Er würde mir höchstwahrscheinlich keinen Glauben schenken. Und selbst wenn es mir gelänge, ihn zu überzeugen – ich konnte die Zukunft nicht ändern.

»Slim?«

»Nein«, murmelte ich. »Mir fehlt nichts. Es ist nur...«

»Na?«

»Ich wollte mich nur noch einmal bedanken.«

»Verdammt, Junge, du bist viel zu dankbar. Ich kann sabbernde Hündchen nicht ausstehen.« Er setzte eine finstere Miene auf. »Und jetzt sieh zu, daß du mir aus den Augen kommst!«

Ich zögerte. Um meine Verwirrung und Angst zu überspielen, sagte ich keck: »Ist das Ihre Imitation von Rya Raines?«

Er grinste mir zu. »Ja. Wie war's?«

»Hörte sich bei weitem nicht unfreundlich genug an.«

Er lachte herzhaft, als ich ihn verließ. Ich versuchte mir einzureden, daß meine Vorahnungen sich nicht immer als wahr erwiesen – obwohl das der Fall war –, daß er jedenfalls auf keinen Fall bald sterben würde – obwohl ich spürte, daß er *sehr* bald sterben würde –, und daß ich, falls ihm *doch* bald Gefahr drohte, bestimmt etwas tun konnte, um seinen Tod zu verhindern.

Irgend etwas.

Bestimmt...

## 7

# Nächtlicher Besucher

Gegen Mitternacht war auf dem Rummelplatz nicht mehr allzuviel Betrieb, und manche Schausteller schlossen schon ihre Buden oder Fahrgeschäfte. Ich ließ den ›Lukas‹ aber bis halb eins geöffnet und konnte noch ein paar letzte Dollar ergattern, denn mir lag viel daran, an meinem ersten Arbeitstag hohe Einnahmen vorweisen zu können. Als ich mich schließlich auf den Weg zu der Wiese hinter dem Jahrmarktgelände machte, wo die Wohnwagen standen, war es einige Minuten nach eins.

Hinter mir gingen die letzten Lichter im Vergnügungspark aus, fast so, als wäre der ganze Aufwand nur für mich betrieben worden.

Fast dreihundert Wohnwagen waren in ordentlichen Reihen auf der weiten Fläche aufgestellt, die an Wälder grenzte. Die meisten dieser Wagen gehörten den Konzessionären und ihren Familien, aber einige Dutzend waren Eigentum der Sombra Brothers und wurden an Schausteller wie mich vermietet, die keine andere Unterkunft hatten. Diese Wagenburg hieß bei manchen Insidern ›Gibtown-auf-Rädern‹. Im Winter, wenn es keine Jahrmärkte gab, zogen die meisten Schausteller in den Süden, nach Gibsonton in Florida – liebevoll Gibtown genannt –, wo ausschließlich fahrendes Volk lebte. Gibtown war ihr Hafen, ihr sicherer Zufluchtsort, der einzige Platz auf der Welt, wo sie sich wirklich zu Hause fühlten. Von Mitte Oktober bis Ende November strömten sie aus allen Landesteilen herbei. Dort unten im sonnigen Florida besaßen sie entweder hübsch gelegene Grundstücke für ihre Wohnwagen oder aber größere Wohnwagen mit festen Betonfundamenten, und sie lebten in diesem Refugium, bis im Frühjahr eine neue Saison begann. Sie blieben eben am liebsten unter sich, hielten sich abseits von der ›normalen‹ Welt, die sie als langweilig, unfreundlich und beschränkt empfanden und in der sie sich durch allzu viele überflüssige Gesetze eingeengt fühlten. Und wohin ihr Wanderberuf sie während der Saison auch führen mochte – sie blieben dem Ideal von Gibsonton treu und kehrten allabendlich an einen vertrauten Ort zurück, in ihr ›Gibtown-auf-Rädern‹.

Das ganze übrige moderne Amerika weist immer stärkere Tendenzen einer totalen Zersplitterung auf. Jahr für Jahr nimmt das Zusammengehörigkeitsgefühl in allen ethnischen Gruppen ab; Kirchen und sonstige Institutionen, die einst eine Gemeinschaft zusammenschweißten, werden heute oft als wertlos bezeichnet oder sogar als ›Unterdrückungsmechanismen‹ angeprangert, so als übte das scheinbare Chaos im Universum auf unsere Landsleute eine derartige perverse Anziehungskraft aus, daß sie es auf der Erde unbedingt nachahmen wollen, selbst wenn das zur Vernichtung führen sollte. Im Gegensatz dazu besitzen Schausteller ein stark ausgeprägtes und stolz bewahrtes Gemeinschaftsgefühl, dem der anarchistische Zeitgeist nichts anhaben kann.

Auf dem Rummelplatz waren inzwischen alle Geräusche verstummt, und während ich den Hügelpfad zur Wiese hinablief, hörte ich im Dunkeln Grillen zirpen. Aus unzähligen Wohnwagenfenstern fiel bernsteinfarbenes Licht, das in der feuchten Luft schimmerte und den seltsamen Eindruck erweckte, als würden dort unten in einer primitiven Siedlung Lagerfeuer und Öllampen brennen. Überhaupt mutete Gibtown-auf-Rädern in der Dunkelheit, die alle modernen Einzelheiten verhüllte, wie ein großes Zigeunerlager an, das gegen den Willen der einheimischen Bevölkerung irgendwo im Europa des 19. Jahrhunderts errichtet wurde. Als ich die ersten Wohnwagen erreichte, gingen hier und da schon die ersten Lichter aus. Müde Schausteller begaben sich zur wohlverdienten Ruhe.

Auf dem Gelände herrschte eine Stille, die beredtes Zeugnis von der Rücksichtnahme unter Fahrensleuten ablegte. Hier gab es keine dröhnenden Radios und Fernseher, keine alleingelassenen schreienden Babys, kein Gebrüll, keine bellenden Hunde – Dinge, die in sogenannten respektablen Wohngegenden der bürgerlichen Gesellschaft durchaus keine Seltenheit sind. Und bei Tageslicht konnte man auch feststellen, daß auf den Wegen zwischen den Wohnwagen keine Abfälle herumlagen.

Während meiner dreistündigen Pause hatte ich nicht nur mein Gepäck in den Wohnwagen gebracht, den ich mit drei anderen Burschen teilen sollte, sondern auch gleich festgestellt, wo Rya Raines' Airstream stand, so daß ich jetzt, beladen mit Münzen und einem dicken Bündel Dollarscheinen, auf direktem Wege hingehen konnte.

Die Tür war geöffnet, und im Schein einer Leselampe sah ich Rya, die in einem Lehnstuhl saß und sich mit einer Zwergin unterhielt.

Ich klopfte an die offene Tür, und sie rief: »Komm herein, Slim.«

Ich ging die drei Metallstufen hinauf und betrat den Wohnwagen. Die Zwergin drehte sich nach mir um. Sie war etwa einen Meter groß und hatte einen normalen Rumpf, viel zu kurze Arme und Beine und einen großen Kopf. Ihr Alter war sehr schwer zu schätzen – sie konnte zwanzig oder auch fünfzig sein. Rya stellte uns gegenseitig vor. Die kleine Frau hieß Irma Lorus und war in Ryas Wurfbude tätig. Sie trug Kinder-Tennisschuhe, eine schwarze Hose und eine weite pfirsichfarbene Bluse mit kurzen Ärmeln. Ihr schwarzes Haar war dick und glänzend, und es schimmerte dunkelblau wie Rabenflügel. Offenbar war sie stolz auf dieses prächtige Haar, denn es hatte einen perfekten Schnitt und umrahmte ihr übergroßes Gesicht auf vorteilhafte Weise.

»Ach ja«, sagte Irma, während sie mir ihre kleine Hand reichte, »ich habe schon viel von dir gehört, Slim MacKenzie. Mrs. Frazelli – ihr und ihrem Mann Tony gehört das Bingo Palace – meint, du seist noch viel zu jung, um auf eigenen Füßen zu stehen. Du bräuchtest unbedingt mütterliche Zuwendung und gute Hausmannskost. Harv Seveen, dem eine der Tanzshows gehört, glaubt, daß du dich entweder vor dem Militärdienst drücken willst oder aber wegen irgendeines kleinen Deliktes vor den Bullen auf der Flucht bist; jedenfalls findet er dich ganz in Ordnung. Die Ausrufer sagen, du wüßtest, wie man Leute anlockt, und könntest in ein paar Jahren vielleicht sogar der beste Entertainer der ganzen Truppe werden. Bob Weyland, der Inhaber des Karussells, ist ein bißchen besorgt, weil seine Tochter dich einfach himmlisch findet und schon erklärt hat, daß sie stirbt, wenn du keine Notiz von ihr nimmst. Sie ist sechzehn, heißt Tina und ist durchaus sehenswert. Und Madame Zena – alias Mrs. Pearl Yarnell aus der Bronx –, unsere Zigeuner-Wahrsagerin, behauptet, du seist im Zeichen des Stiers geboren und fünf Jahre älter als du aussiehst. Sie meint außerdem, daß du eine tragische Liebesgeschichte zu vergessen versuchst.«

Es überraschte mich nicht, daß eine ganze Anzahl von Schaustellern mich am ›Lukas‹ in Augenschein genommen hatte. Dies war eine enge Gemeinschaft, und ich war ein Neuer, den man erst ein bißchen beschnüffeln mußte. Etwas unangenehm war mir nur Tina Weylands Schwärmerei, wohingegen mich Madame Zenas Erkenntnisse sehr amüsierten.

»Nun, Irma«, sagte ich, »mein Sternzeichen ist tatsächlich Stier, aber bisher hat mir noch kein Mädchen das Herz gebrochen – und wenn Mrs. Frazelli eine halbwegs gute Köchin ist, kannst du ihr gern erzählen, daß ich mich jede Nacht in den Schlaf weine, wenn ich nur an hausgemachtes Essen denke.«

»Du bist auch bei mir herzlich willkommen«, meinte Irma lächelnd. »Dann kannst du auch Paulie, meinen Mann, kennenlernen. Komm doch am Sonntagabend so gegen acht. Bis dahin sind wir bei der nächsten Station auf unserer Tour mit Aufbauen bestimmt fertig. Ich mache dir ein Chilihähnchen und zum Nachtisch meine berühmte Schwarzwälder Torte.«

»Ich komme sehr gern«, sagte ich wahrheitsgetreu.

Meiner Erfahrung nach sind von allen Schaustellern die Zwerge am schnellsten bereit, einen Fremden zu akzeptieren, ihn mit offenen Armen aufzunehmen, ihm zu vertrauen und ein warmes Lächeln zu schenken. Anfangs hatte ich vermutet, daß ihre Freundlichkeit gegen jedermann mit ihrer Kleinwüchsigkeit zusammenhing, daß sie freundlich sein *mußten*, um nach Möglichkeit alle Kämpfe mit Rowdies und Trunkenbolden zu vermeiden, bei denen sie von vornherein keine Chance hätten. Doch als ich mit der Zeit einige der kleinen Leute besser kennenlernte, wurde mir allmählich klar, daß meine allzu einfache Erklärung ihres extravertierten Charakters ihnen nicht gerecht wurde. Als Gruppe – und oft auch als Einzelperson – sind Zwerge durchaus selbstsicher, besitzen Selbstvertrauen und einen starken Willen. Sie fürchten sich vor dem Leben auch nicht mehr als Menschen normaler Größe. Ihre Weltoffenheit hat andere Ursachen, nicht zuletzt ihr durch Leiden erworbenes Mitgefühl. Aber damals, in Ryas Wohnwagen, war ich noch sehr jung und hatte von der Psychologie der Zwerge wenig Ahnung.

Damals verstand ich auch Rya nicht, aber die grundverschiedenen Temperamente der beiden Frauen fielen mir doch ins Auge. Irma war warm und kontaktfreudig, während Rya kühl und introvertiert blieb. Irma hatte ein sehr sympathisches Lächeln, das sie oft einsetzte, während Rya mich aus ihren kristallblauen Augen, denen nichts entging, nüchtern musterte, ohne die Miene zu verziehen.

Wie sie so im Lehnstuhl saß, ein Bein ausgestreckt, das andere angewinkelt, war Rya der Inbegriff aller Träume eines jungen Mannes. Sie trug weiße Shorts und ein hellgelbes T-Shirt. Ihre sonnengebräunten Beine waren perfekt geformt – schmale Knöchel, geschwungene Waden, glatte Knie und straffe Oberschenkel. Ich hätte am liebsten meine Hände an diesen Beinen entlanggleiten lassen, bis zur festen Muskulatur der Oberschenkel. Statt dessen schob ich die Hände hastig in die Geldschürze, damit Rya nicht sah, daß sie zitterten. Ihr von der Augusthitze etwas feuchtes T-Shirt klebte verführerisch an den vollen Brüsten, und ich konnte durch die dünne Baumwolle hindurch sogar ihre Brustwarzen sehen.

Der Kontrast zwischen Rya und Irma war beklemmend – hier genetischer Triumph, dort genetisches Chaos. Entgegengesetzte Endsprossen an der Leiter der biologischen Fantasie. Rya Raines hätte als Modell für die vollkommene Frau dienen können – Perfektion der Linien und Formen, realisierter Traum, erfüllte Verheißung der Natur. Irma hingegen erinnerte daran, daß der Natur trotz kompliziertester Mechanismen und jahrtausendelanger Praxis nur selten die Aufgabe gelang, die Gott ihr gestellt hatte: *Erschaffe sie als Meine*

*Ebenbilder*. Wenn die Natur eine Erfindung Gottes war, ein von Gott inspirierter Mechanismus, wie meine Großmutter zu sagen pflegte, warum kam Er dann nicht zurück, warum reparierte Er das verdammte Ding nicht endlich? Offenbar war es doch eine Maschine mit großem Potential, wie man an Rya Raines sehen konnte.

»Du siehst zwar wie siebzehn aus«, sagte die Zwergin, »aber du benimmst dich nicht wie ein Siebzehnjähriger.«

Ich wußte nicht, was ich dazu sagen sollte, und murmelte deshalb nur: »Na ja...«

»Du magst siebzehn sein, aber du bist schon ein Mann. Ich glaube, ich werde Bob Weyland sagen, du seist für Tina ein paar Nummern zu groß. Du hast etwas Hartes an dir.«

»Etwas... Düsteres«, warf Rya ein.

»Ja«, stimmte Irma zu. »Auch das.«

Sie waren neugierig, aber sie gehörten zur Gilde der Schausteller, und obwohl sie mir ohne weiteres erzählten, wie sie mich sahen, hätten sie es nie über sich gebracht, mich *auszufragen*.

Irma ging, und ich rechnete auf dem Küchentisch mit Rya ab. Sie sagte, die Einnahmen lägen 20% über dem Durchschnitt, zahlte mir meinen Tageslohn aus und gab mir außerdem 30% von den zusätzlichen Einnahmen, was ich sehr anständig fand, weil ich angenommen hatte, daß sie mich erst nach einigen Wochen beteiligen würde.

Als wir mit der Abrechnung fertig waren, konnte ich die Schürze ungeniert ablegen, denn meine Erektion war vorüber. Rya stand zwar direkt neben mir am Tisch, ich konnte nach wie vor die Konturen ihrer herrlichen Brüste sehen, und ihr Gesicht raubte mir noch immer den Atem, aber ihr geschäftsmäßiges Verhalten und ihre unveränderte Kühle hatten den rasenden Motor meiner Libido zu einem trägen Leerlauf gedrosselt.

Ich berichtete ihr, daß Jelly Jordan mich gebeten hätte, am nächsten Tag etwas für ihn zu erledigen, und daß ich deshalb nicht wüßte, wann ich am ›Lukas‹ einsatzfähig sein würde, aber Jelly hatte ihr schon selbst Bescheid gesagt.

»Wenn du den Job für ihn erledigt hast«, meinte sie,

»kannst du Marco ja am ›Lukas‹ ablösen. Marco ist der Bursche, der dich heute während deiner Pause vertreten hat.«

Ich bedankte mich für den Lohn und für die Chance, die sie mir gegeben hatte, und als von ihr keinerlei Reaktion kam, drehte ich mich um und ging unbeholfen auf die Tür zu.

Dann hörte ich: »Slim?«

Ich blieb stehen und wandte mich ihr wieder zu. »Ja?«

Sie hatte die Hände in die Hüften gestemmt und eine so finstere Miene aufgesetzt – gerunzelte Stirn, schmale Augen –, daß ich dachte, sie wollte mich wegen irgend etwas zur Schnecke machen, aber sie sagte: »Willkommen an Bord!« Ich glaube, ihr war selbst überhaupt nicht bewußt, wie abweisend sie aussah – und wahrscheinlich hätte sie auch gar nicht gewußt, wie man freundlicher dreinschaute.

»Danke«, erwiderte ich. »Es ist ein angenehmes Gefühl, Schiffsplanken unter den Füßen zu haben.«

Ich spürte deutlich eine verhaltene Zärtlichkeit und besondere Verletzlichkeit unter dem Panzer, den sie sich als Schutz vor der Welt zugelegt hatte. Was ich Jelly gesagt hatte, stimmte: Ich fühlte tatsächlich, daß unter der hartgesottenen Amazone, die sie spielte, eine sensible Frau verborgen war. Aber während ich auf der Schwelle stand und sie betrachtete, entdeckte ich noch etwas anderes, eine Traurigkeit, die mir bis dahin nicht aufgefallen war, eine gut versteckte tiefe Melancholie, die sie nie verließ. Diese Aura von Schwermut erschütterte mich, und am liebsten hätte ich sie in meine Arme genommen, nicht mit sexuellen Absichten, sondern nur, um sie zu trösten und ihren geheimnisvollen Seelenschmerz wenn möglich etwas zu lindern.

Natürlich schloß ich sie nicht in die Arme, denn ich wußte, daß sie meine Motive mißdeuten würde. Verdammt, höchstwahrscheinlich würde sie mir ein Knie in den Unterleib rammen, mich die Metallstufen hinabstoßen und mich feuern, noch während ich mich hochrappelte.

»Wenn du dich am ›Lukas‹ weiterhin so gut bewährst«, sagte sie, »wirst du dort nicht lange bleiben; dann bekommst du von mir bald einen besseren Job.«

»Ich werde mein Bestes geben.«

Sie ging zu dem Lehnstuhl, während sie fortfuhr: »Nächstes Jahr möchte ich noch ein oder zwei Konzessionen kaufen. Große Konzessionen, für die ich zuverlässige Leute brauchen werden.«

Ich begriff, daß sie mich nicht fortlassen wollte. Nicht, daß sie sich zu mir hingezogen fühlte; nicht, daß ich unwiderstehlich oder so was war. Rya Raines wollte im Augenblick einfach nicht allein sein. Normalerweise machte es ihr nichts aus. Aber jetzt hätte sie jeden x-beliebigen Gast zurückgehalten. Gleichzeitig spürte ich jedoch, daß sie sich nicht bewußt war, wie einsam und verloren sie wirkte, und daß mir dadurch die Hände gebunden waren. Wenn sie nämlich merkte, daß ihre Maske einer kaltschnäuzigen Emanze zeitweilig transparent war, würde sie verlegen werden. Und wütend. Und selbstverständlich würde sie ihren Zorn an mir abreagieren.

Deshalb sagte ich nur: »Nun, ich hoffe, daß ich dich nie enttäusche.« Ich lächelte ihr zu. »Dann also bis morgen.« Und ich ging.

Sie rief mich nicht zurück. Im tiefsten Innern meines jugendlich unreifen, hoffnungslos romantischen Herzens hatte ich das gehofft, hatte mir ausgemalt, daß ich mich dann umdrehen und sie auf der Schwelle stehen sehen würde, atemberaubend schön im Gegenlicht, daß sie – ganz leise – etwas unvorstellbar Verführerisches sagen würde, und daß wir daraufhin eine Nacht ungezügelter Leidenschaft erleben würden. Aber im wirklichen Leben passiert so etwas nie.

Ich drehte mich trotzdem noch einmal um und schaute zurück, und sie blickte mir tatsächlich nach, allerdings von ihrem Lehnstuhl aus. Sie bot einen derart erotischen Anblick, daß ich mich einen Augenblick lang nicht von der Stelle rühren konnte. Selbst wenn ein Troll mit mordlustig funkelnden Augen in diesem Moment auf mich zugestürzt wäre, hätte ich mich nicht von der Stelle bewegen können. Sie hatte ihre nackten Beine nach vorne ausgestreckt und ein wenig gespreizt, und das Licht der Leselampe verlieh ihrer zarten Haut einen weichen Schimmer. Dieses Licht zauberte auch Schatten unter ihre Brüste, wodurch deren herrliche Form noch unterstrichen wurde. Ihre schlanken Arme, der zarte Hals, das makellose Gesicht, die kastanienbraun-blonden Haare – alles leuchtete goldfarben. Sie wurde vom Licht nicht einfach bestrahlt und liebkost, nein, sie selbst schien die Lichtquelle zu sein, sie selbst schien zu strahlen. Es war zwar Nacht, aber die Sonne hatte sie nicht verlassen.

Ich wandte mich ab und lief mit rasendem Herzklopfen in die Dunkelheit hinein, blieb aber schon nach wenigen Schritten entsetzt stehen, als Rya Raines plötzlich vor mir auftauchte. *Diese* Rya trug Jeans und eine schmutzige Bluse. Zuerst war sie nur ein verschwommenes, wäßriges, farbloses Bild, wie wenn ein Film auf eine wellige schwarze Leinwand projiziert wird. Doch innerhalb von Sekunden gewann sie feste Konturen und wirkte völlig real, obwohl sie natürlich *nicht* real war. *Diese* Rya war auch nicht erotisch; ihr Gesicht war gespenstisch bleich, und aus einem Winkel ihres sinnlichen Mundes sickerte Blut. Ich konnte nun auch erkennen, daß ihre Bluse nicht schmutzig, sondern blutdurchtränkt war. Ihr Hals, ihre Schultern, ihre Brust und ihr Bauch – überall Blut. Und mit blutfeuchten Lippen flüsterte sie kaum vernehmbar: *Sterben, sterben... laß mich nicht sterben...*

»Nein«, flüsterte ich noch leiser als die Erscheinung und lief zu ihr hin, um sie mit einer Selbstverständlichkeit zu umarmen und zu trösten, die ich bei der *realen* Rya nie aufgebracht hätte. »Nein, ich lasse dich nicht sterben...«

Sie löste sich urplötzlich auf. Die Nacht war wieder leer.

Ich stolperte durch feuchte Luft an jener Stelle, wo sie soeben noch gestanden hatte.

Ich fiel auf die Knie und ließ den Kopf hängen.

Ich blieb ein Weilchen in dieser Position.

Ich wollte die Botschaft dieser Vision nicht akzeptieren. Aber ich mußte mich ihr stellen.

Hatte ich fünftausend Kilometer zurückgelegt, hatte ich dem Schicksal entgegenkommenderweise erlaubt, ein neues Zuhause für mich auszuwählen, hatte ich begonnen, neue Freundschaften zu schließen, nur um mit ansehen zu müssen, daß all diese Menschen irgendeiner Katastrophe zum Opfer fielen?

Wenn ich wenigstens wüßte, welche Gefahr ihnen drohte, dann könnte ich Rya und Jelly und eventuelle weitere Opfer warnen; und wenn es mir gelänge, sie von meinen hellseherischen Fähigkeiten zu überzeugen, dann könnten sie irgendwelche Maßnahmen ergreifen, um dem Tod zu entgehen. Aber ich vermochte nicht zu erkennen, welcher Art das Unheil sein würde.

Ich wußte nur, daß die Trolle darin verwickelt waren.

Beim Gedanken an die mir bevorstehenden Verluste mußte ich gegen heftige Übelkeit ankämpfen.

Ich weiß nicht, wie lange ich so im Staub und trockenen Gras kniete, bevor ich mich mühsam hochrappelte. Niemand hatte mich gesehen oder gehört. Rya war nicht auf die Schwelle ihres Wohnwagens getreten, hatte nicht hinausgeschaut. Ich war allein im Mondlicht. Die Grillen zirpten. Ich konnte vor Magenkrämpfen nicht aufrecht stehen. Während ich bei Rya gewesen war, waren viele Lichter ausgegangen, und einige weitere erloschen jetzt. Jemand briet Eier mit Speck, und normalerweise hätten diese Essensdüfte mich hungrig gemacht, aber in meinem gegenwärtigen Zustand verstärkten sie nur noch meine Übelkeit. Mit weichen Knien stolperte ich auf den Wohnwagen zu, der mein neues Zuhause sein sollte.

Morgens, beim Verlassen des Umkleideraums, hatte ich Hoffnung geschöpft, und der Rummelplatz war mir heiter und vielversprechend vorgekommen. Aber so wie sich die Dunkelheit dort vor kurzem breitgemacht hatte, so brach sie jetzt auch über mich herein, überflutete mich wie eine riesige Welle.

Als ich den Wohnwagen fast erreicht hatte, spürte ich, daß ich beobachtet wurde, obwohl niemand zu sehen war. Es schien mir ziemlich wahrscheinlich, daß es derselbe Mann war, der die Leiche des Trolls vom Autoskooter weggeschafft und mich später aus irgendeinem Versteck hervor bespitzelt hatte. Ich war aber viel zu benommen und verzweifelt, um mir jetzt auch noch darüber den Kopf zu zerbrechen. Ich wollte nur noch ins Bett.

Der Wohnwagen bestand aus einer kleinen Küche, einem

Wohnzimmer, einem Bad und zwei Schlafzimmern mit je zwei Betten. Mein Zimmergefährte war ein Bursche namens Barney Quadlow, ein sehr großer und ziemlich beschränkter Hilfsarbeiter, der glücklich in den Tag hinein lebte und sich keine Gedanken darüber machte, was er im Alter tun würde, wenn er als Träger beim Auf- und Abbau nicht mehr zu gebrauchen war. Er vertraute darauf, daß die Gemeinschaft der Schausteller irgendwie für ihn sorgen würde – und mit dieser Annahme hatte er völlig recht. Ich hatte ihn am Spätnachmittag kennengelernt, und wir hatten uns ein wenig unterhalten. Natürlich kannte ich ihn nicht gut, aber er schien ein gutmütiger Kerl zu sein, und als ich ihn mit meinem sechsten Sinn sondiert hatte, war ich auf ein denkbar sanftmütiges Wesen gestoßen.

Ich vermutete, daß der Troll, den ich im Autoskooter umgebracht hatte, ebenfalls ein Hilfsarbeiter gewesen war, denn das würde erklären, warum sein Verschwinden kein Aufsehen erregt hatte. Auf solche Hilfskräfte war oft kein Verlaß. Wenn ihr Wandertrieb übermächtig wurde, machten sie sich einfach bei Nacht und Nebel aus dem Staub.

Barney schlief fest und wachte auch nicht auf, als ich mich leise bis auf die Unterwäsche auszog, meine Kleider sorgfältig über einen Stuhl hängte und mich auf dem Bett ausstreckte. Das Fenster war geöffnet, so daß eine milde Brise ins Zimmer drang, doch die Nacht war so warm, daß ich mich nicht einmal mit einem Laken zudecken mochte.

Ich hatte befürchtet, wieder nicht einschlafen zu können. Manchmal hat Verzweiflung jedoch die gleiche Wirkung wie Erschöpfung – sie zieht den Geist wie ein Mühlstein in die Tiefe. Und so fand ich nach kürzester Zeit – schätzungsweise schon nach einer Minute – willkommene Zuflucht im Vergessen.

In der friedhofstillen, grabesdunklen Mitte der Nacht wurde ich halb wach und glaubte, auf der Schwelle eine massige Gestalt stehen zu sehen. Da aber nirgends Licht brannte, war der Wohnwagen nur mit allen möglichen Schattierungen von Schwarz gefüllt, und ich konnte die Person nicht erkennen. Ich sagte mir schlaftrunken, daß es Barney sein müsse, auf dem Weg zur Toilette oder auf dem Rückweg von dort, aber die Gestalt bewegte sich nicht, sondern stand regungslos da. Außerdem hörte ich vom Nebenbett Barneys regelmäßige Atemzüge. Einer der Männer aus dem zweiten Schlafzimmer konnte es auch nicht sein, da beide nicht so groß waren wie der geheimnisvolle Besucher. In meiner Benommenheit entschied ich schließlich, daß es der Tod sein müsse, der grimme Schnitter höchstpersönlich, der mich holen wollte. Anstatt bei diesem Gedanken entsetzt aufzuspringen, schloß ich die Augen und schlief wieder ein. Meine Weltuntergangsstimmung beim Zubettgehen hatte auch meine Träume beeinflußt, und so hatte ich gegen einen Besuch des Todes gar nicht viel einzuwenden.

Ich kehrte nach Oregon zurück. Nur auf diese Weise konnte ich es wagen, nach Hause zu kommen. Nur im Traum.

Nach viereinhalb Stunden Schlaf – für mich eine lange Zeit – war ich um Viertel nach sechs am Freitagmorgen hellwach. Barney schlief noch, ebenso die beiden Burschen im Nebenraum. Graues Licht fiel durchs Fenster ein. Die Gestalt im Türrahmen war verschwunden – wenn sie überhaupt jemals existiert hatte.

Ich stand auf, holte leise ein frisches T-Shirt, saubere Unterhosen und Socken aus meinem Rucksack, den ich am Vortag im Wandschrank verstaut hatte, und legte die Sachen in einen meiner Stiefel. Ich fühlte mich verschwitzt und freute mich auf eine Dusche. Mit den Stiefeln in der einen Hand wollte ich nun noch meine Jeans vom Stuhl nehmen, als ich zwei Stückchen weißes Papier auf dem Baumwollstoff entdeckte. Ich konnte mich nicht daran erinnern, sie hingelegt zu haben, und ich konnte sie im schwachen Licht nicht lesen, deshalb nahm ich sie mit ins Bad. Dort machte ich Licht, stellte meine Stiefel ab und hängte die Jeans über einen Handtuchhalter.

Ich betrachtete das eine Stück Papier. Dann das zweite.

Die geheimnisvolle Gestalt auf der Schwelle war keine Einbildung gewesen, kein Fantasiegespinst. Der Besucher hatte zwei Dinge hinterlassen, die seiner Meinung nach für mich interessant sein mußten.

Es waren Freikarten, wie sie in jeder Stadt in großen Mengen an die Vertreter der Behörden und sonstigen VIPs verteilt wurden.

Eine Freikarte für den Autoskooter.

Und eine für das Riesenrad.

# 8

# Dunkelheit am Mittag

Yontsdown im gebirgigen Yontsdown County, Pennsylvania, hatte – wie auf dem Schild am Ortseingang zu lesen stand – 22450 Einwohner und sollte die nächste Station auf der Route des *Sombra Brothers Carnival* sein. In der Nacht von Samstag auf Sonntag würde der Rummelplatz am gegenwärtigen Standort abgebrochen werden, um in 150 km Entfernung auf dem Jahrmarktsgelände von Yontsdown neu zu erstehen. Die Stadt lag in einem Kohlerevier, das inzwischen aber fast stillgelegt war; der langsame Niedergang schien unausweichlich, doch das wollten die Bewohner offenbar nicht wahrhaben. Vorerst sorgten ein Stahlwerk und ein regionaler Rangierbahnhof noch für Arbeitsplätze. Den Bergleuten, Stahlarbeitern und Bahnangestellten standen für die Gestaltung ihrer Abende und Wochenenden im allgemeinen außer dem Fernsehen und einigen Kneipen nur die Veranstaltungen der drei katholischen Pfarrgemeinden – geselliges Beisammensein, Tanz oder kaltes Bufett – zur Verfügung, und deshalb würde der Rummelplatz ihnen eine hochwillkommene Abwechslung bieten.

Am Freitagmorgen begleitete ich Jelly Jordan und einen Mann namens Luke Bendingo nach Yontsdown. Luke saß am Steuer, ich auf dem Beifahrersitz, und unser stattlicher Boß hatte den ganzen Fond für sich. Er trug eine schwarze Hose, ein leichtes braunes Hemd und ein Sakko mit Fischgrätenmuster und sah in dieser korrekten Kleidung nicht wie ein Schausteller, sondern wie ein wohlgenährter Landjunker aus. Aus Jellys luxuriösem gelbem Cadillac mit Klimaanlage genossen wir die grüne Hügellandschaft, die an uns vorbeiflog.

Wir fuhren nach Yontsdown, um sozusagen die Weichen für unseren Zug zu stellen, der am Sonntag in den frühen Morgenstunden ankommen würde. Im Klartext: Wir mußten die Vertreter der Lokalbehörden schmieren.

Jelly hatte als Generaldirektor des *Sombra Brothers Carnival* einen anspruchsvollen und wichtigen Posten. Aber er war zugleich auch der ›Flickschneider‹, und mitunter leistete er dem Unternehmen in dieser Eigenschaft noch wertvollere Dienste als in seiner verantwortlichen Position. Jedes Wanderunternehmen beschäftigt einen Mann, dessen Aufgabe darin besteht, Staatsbeamte zu bestechen, und er wird ›Flickschneider‹ genannt, weil er Verbindungen zu Polizisten, Stadträten und sonstigen wichtigen Persönlichkeiten einzufädeln und zu pflegen – sozusagen immer wieder zusammenzuflicken – hat, indem er sie mit Banknoten und mit Freikarten für ihre Familien und Freunde versorgt. Falls ein Wanderunternehmen ohne solchen ›Flickschneider‹ auszukommen versucht, nimmt die Polizei aus Rache Razzien auf dem Rummelplatz vor, schließt die Spielbuden, selbst wenn sie völlig korrekt arbeiten, verbietet die harmlosesten Tanzshows, erklärt die saubersten Imbißstände für gesundheitsgefährdend, die sichersten Fahrgeschäfte für lebensbedrohlich und zwingt mit diesen Gaunermethoden jedes Unternehmen schnell und wirkungsvoll in die Knie. Jellys Aufgabe bestand darin, eine derartige Katastrophe in Yontsdown zu verhindern.

Er eignete sich hervorragend für diesen Job. Ein ›Flickschneider‹ muß charmant, amüsant und sympathisch sein, und Jelly war das alles. Er muß auch ein gewandter Redner sein, um seine Schmiergelder so an den Mann zu bringen, daß es nicht nach Bestechung *aussieht*. Um die Illusion aufrechterhalten zu können, daß es sich nur um Geschenke eines Freundes handelt – schließlich sind die korrupten Beamten sehr darauf bedacht, daß ihre Selbstachtung und Würde nicht angetastet wird –, muß sich der ›Flickschneider‹ alle möglichen Einzelheiten über die Polizeichefs, Sheriffs, Bürgermeister und sonstigen Personen merken, mit denen er es Jahr für Jahr zu tun hat. Er muß die besonderen Vorlieben ihrer Frauen genauso im Kopf haben wie die Namen ihrer Kinder. Er muß interessiert wirken und sich den Anschein geben, als freute er sich, sie wiederzusehen. Gleichzeitig darf er aber nie allzu freundschaftlich auftreten, denn schließlich ist er ja nur ein Schausteller und somit in den Augen vieler Normalbürger so etwas wie ein Untermensch. Manchmal muß er auch hart sein und unverschämte Forderungen diplomatisch ablehnen können. Kurz gesagt, er muß ständig einen Hochseilakt ohne Netz vollführen, über einer Grube voll hungriger Bären und Löwen.

Während der Fahrt unterhielt Jelly Luke Bendingo und mich mit einem unerschöpflichen Vorrat an Witzen, Limericks, Wortspielen und Anekdoten aus dem Leben der Fahrensleute, und er hatte daran sichtlich selbst einen Riesenspaß. Ich begriff bald, daß dieser Zeitvertreib ihm die Spielsachen ersetzte, die überall in seinem Büro herumstanden. Obwohl er ein sehr fähiger Generaldirektor des Millionenunternehmens und ein gewiefter ›Flickschneider‹ war, hatte er sich doch in mancher Hinsicht ein kindliches Gemüt bewahrt. Unter den dicken Fettschichten hatte – allen schlechten Erfahrungen aus 45 Jahren zum Trotz – ein glückliches Kind überlebt, das die Welt als Wunder betrachtete.

Ich versuchte mich zu entspannen, und es gelang mir auch einigermaßen, aber ich konnte die Vision vom Vortag nicht vergessen – Jellys blutüberströmtes Gesicht mit den gebrochenen Augen. Ich hatte meine Mutter einmal vor schweren Verletzungen oder vor dem Tod bewahrt, weil es mir gelungen war, sie von der Zuverlässigkeit meiner hellseherischen Gabe zu überzeugen und zu überreden, ein anderes Flugzeug als ursprünglich geplant zu nehmen. Vielleicht würde ich auch Jelly überzeugen und retten können, wenn ich nur wüßte, wann und von welcher Seite ihm Gefahr drohte. Ich versuchte mir einzureden, daß ich bestimmt noch rechtzeitig genauere Visionen haben würde, daß ich imstande sein würde, meine neuen Freunde zu beschützen. Und obwohl ich nicht so ganz daran glauben konnte, klammerte ich mich an diese Hoffnung, um nicht völlig zu verzweifeln. Ich trug sogar selbst zur Unterhaltung bei, indem ich ein paar amüsante Schausteller-Geschichten zum besten gab, und Jelly belohnte mich mit schallendem Gelächter.

Luke, ein vierzigjähriger schlanker Mann mit falkenartigen Gesichtszügen, war während der ganzen Fahrt sehr einsilbig. Sein Vokabular schien nur aus *Ja, Nein* und *O Gott* zu bestehen. Anfangs hielt ich ihn für mürrisch oder unfreundlich. Aber er lachte genausoviel wie ich und benahm sich insgesamt keineswegs kalt und distanziert, und als er schließlich doch einige Sätze von sich gab, stellte ich fest, daß er schweigsam war, weil er stotterte.

Zwischen den Witzen und Limericks erzählte Jelly einiges über Lisle Kelsko, den Polizeichef von Yontsdown, mit dem wir es in erster Linie zu tun haben würden. Obwohl er diese Informationen ganz beiläufig von sich gab, so als wären sie nicht weiter wichtig und interessant, entwarf er allmählich ein sehr negatives Bild dieses Mannes. Jelly zufolge war Kelsko ein Ignorant, aber alles andere als dumm. Er war ein Speichellekker, aber er hatte seinen Stolz. Er war ein abgefeimter Lügner, fiel aber auf die Lügen anderer nicht herein, wie es den meisten Lügnern passierte, denn er hatte sich die Fähigkeit bewahrt, zwischen Wahrheit und Täuschung zu unterscheiden, auch wenn er selbst beides willkürlich mischte. Kelsko war bösartig, sadistisch, arrogant, stur und bei weitem der schwierigste Mann, mit dem Jelly es in den elf Bundesstaaten zu tun hatte, die der *Sombra Brothers Carnival* bereiste.

»Rechnen Sie mit Schwierigkeiten?« fragte ich.

»Kelsko nimmt die Zuckerchen an, stellt aber nie übertriebene Forderungen«, erwiderte Jelly. »Aber manchmal läßt er uns eine Art Warnung zukommen.«

»Was für eine Warnung?« wollte ich wissen.

»Es macht ihm Spaß, uns von einigen seiner Leute verprügeln zu lassen.«

»Was?« rief ich ungläubig.

»Du hast völlig richtig gehört, mein Junge.«

»Passiert das regelmäßig?«

»Wir kommen jedes Jahr hierher, und seit Kelsko vor neun Jahren Polizeichef wurde, ist es uns sechsmal passiert.«

Luke Bendingo nahm eine Hand vom Lenkrad und deutete auf eine etwa drei Zentimeter lange weiße Narbe, die von seinem rechten Augenwinkel nach unten führte.

»Hast du die bei einem Kampf mit Kelskos Männern abbekommen?« fragte ich.

»Ja«, sagte Luke. »Diese verd-d-dammten D-D-Dreck-sch-schweine!«

Ich wandte mich wieder an Jelly. »Sie sagten, das sei als Warnung gedacht. Was soll dieser Blödsinn?«

»Kelsko will uns damit zu verstehen geben, daß er zwar unsere Bestechungsgelder annimmt, daß man mit ihm aber trotzdem kein Schindluder treiben kann.«

»Und warum *sagt* er uns das nicht einfach?«

Jelly schüttelte mit düsterer Miene den Kopf. »Junge, dies ist ein Kohlerevier, obwohl sie heutzutage nicht mehr viel aus den Minen rausholen, und es wird immer ein Kohlerevier bleiben, weil die Bergleute noch hier leben, und dieser Menschenschlag ändert sich nie. Nie, verstehst du? Bergarbeiter führen ein hartes und gefährliches Leben, und dadurch werden sie selbst hart und gefährlich, eigensinnig bis zur Sturheit. Im Bergbau arbeitet nur, wer entweder in einer verzweifelten Situation oder schlichtweg dumm ist – oder aber ein Macho, der beweisen will, daß er sich nicht einmal von den Zechen unterkriegen läßt. Selbst junge Burschen, die noch nie einen Fuß in die Minen gesetzt haben, spielen sich als superharte Männer auf, weil sie ihre Väter nachahmen. Die Leute hier oben *lieben* Prügeleien, einfach so, aus Spaß. Wenn Kelsko uns nur verbal warnen würde, brächte er sich um ein großes Vergnügen.«

Wahrscheinlich bildete ich es mir in meiner Angst vor Gummiknüppeln und ähnlichen Dingen nur ein, aber als wir ins Gebirge kamen, schien der Tag nicht mehr so strahlend, so warm, so vielversprechend zu sein wie bei unserer Abfahrt. Die Bäume waren in meinen Augen bei weitem nicht so schön wie die Tannen und Kiefern meiner Heimat, und die Wälle dieser östlichen Berge, die geologisch wesentlich älter als die Siskiyous sind, dünkten mich düster und reizlos, dekadent und bösartig aus Überdruß. Ich war mir allerdings bewußt, daß meine Eindrücke stark von Emotionen geprägt waren. Dieser Teil der Welt hatte – genau wie Oregon – seine ureigene, einzigartige Schönheit. Ich wußte, daß es unvernünftig war, einer Landschaft menschliche Gefühle und Intentionen zu unterstellen, aber ich wurde trotzdem den Eindruck nicht los, daß die anmaßenden Berge uns scharf beobachteten und für immer zu schlucken beabsichtigten.

»Aber wenn Kelskos Männer uns überfallen«, sagte ich, »können wir uns doch nicht wehren. Nicht gegen Bullen. Nicht auf einer Polizeistation, um Gottes willen. Sonst landen wir garantiert wegen tätlichen Angriffs im Kittchen.«

»Oh, es passiert nicht auf dem Polizeirevier«, erwiderte Jelly. »Auch nicht in der Umgebung des Amtsgerichts, wo wir die Taschen der Stadträte füllen müssen. Innerhalb der Stadtgrenzen passiert nicht das geringste, dafür garantiere ich. Und obwohl es immer Kelskos sogenannte Gesetzeshüter sind, werden sie keine Uniformen tragen. Er schickt sie in Zivilkleidung los, und sie warten gewöhnlich kurz hinter dem Ortsausgang auf uns, versperren uns auf einem ruhigen Straßenabschnitt den Weg. Dreimal haben sie uns sogar von der Straße gedrängt, damit wir anhielten.«

»Und dann beginnen sie eine Schlägerei?« fragte ich.

»Ja.«

»Und Sie schlagen zurück?«

»So ist es.«

»Einmal hat J-J-Jelly einem K-Kerl den Arm geb-b-b-brochen«, berichtete Luke.

»Das hätte ich nicht tun sollen«, sagte Jelly. »Es ging entschieden zu weit und hätte leicht zu großem Ärger führen können.«

Ich drehte mich um und betrachtete den fetten Mann mit neuem Respekt. »Aber wenn Sie von den Bullen nicht nur Prügel einstecken müssen, sondern auch zurückschlagen dürfen – verdammt, warum nehmen Sie dann nicht ein paar von den wirklich *starken* Schaustellern mit, die diese Dreckschweine zu Brei schlagen könnten? Warum Leute wie Luke und mich?«

»Oh«, meinte Jelly, »das würde ihnen nun gar nicht gefallen. Sie wollen uns ein bißchen verprügeln und selbst ein paar Hiebe einstecken, weil das beweist, daß es ein richtiger Kampf war. Sie wollen sich doch beweisen, daß sie genauso hartgesottene Burschen wie ihre Väter sind, aber sie haben natürlich nicht die geringste Lust, sich zusammenschlagen zu lassen. Wenn ich mit Leuten wie Barney Quadlow oder Deke Feeny, dem starken Mann aus Tom Catshanks Schaubude, anrücken würde... nun, dann würden Kelskos Jungs schleunigst verduften und überhaupt nicht kämpfen.«

»Und was wäre daran so schlecht? Machen Ihnen diese Kämpfe etwa Spaß?«

»Um Himmels willen, nein!« erwiderte Jelly, »aber wenn wir sie um ihre Prügelei bringen, wenn sie uns Kelskos Warnung nicht übermitteln können, werden sie uns Schwierigkeiten machen, sobald wir den Rummelplatz aufgebaut haben.«

»Und nach überstandenem Kampf lassen sie uns in Frieden?«

»Ganz recht, du hast's erfaßt.«

»Dieser Kampf ist also so 'ne Art Tribut.«

»So könnte man es nennen.«

»Das ist doch verrückt«, murmelte ich.

»Stimmt genau.«

»Kindisch.«

»Wie gesagt, dies ist ein Kohlerevier.«

Einige Minuten herrschte Schweigen.

Ich fragte mich, ob *dies* die Gefahr für Jelly sein könnte. Vielleicht würde der Kampf diesmal außer Kontrolle geraten. Vielleicht würde es sich bei einem von Kelskos Männern um einen Psychopathen handeln, der einfach nicht mehr aufhören konnte, auf Jelly einzuschlagen, und vielleicht würde er so stark sein, daß keiner von uns ihn wegziehen konnte, bevor es zu spät war.

Ich machte mir große Sorgen.

Ich atmete tief durch und versuchte, meine übersinnlichen Kräfte einzusetzen. Ich versuchte nach einer Bestätigung meiner schlimmsten Befürchtungen, nach irgendeinem – selbst dem kleinsten – Hinweis darauf, daß Jelly Jordans Rendezvous mit dem Tod in Yontsdown stattfinden würde. Aber ich spürte nichts Auffälliges. Vielleicht war das ein positives Zeichen, denn wenn die kritische Situation für Jelly sich hier zusammenbrauen würde, hätte ich doch bestimmt irgendein Signal empfangen. Ganz bestimmt...

Seufzend sagte ich: »Ich nehme an, daß ich genau die Art von Leibwächter bin, den Sie brauchen. Kräftig genug, um nicht allzu schlimm verletzt zu werden... aber nicht so kräftig, daß ich den Kampf ohne blutige Schrammen überstehen könnte.«

»Die Burschen wollen Blut sehen«, bestätigte Jelly seelenruhig. »Das ist für sie äußerst befriedigend.«

»Mein Gott!«

»Ich habe dich gestern gewarnt«, sagte Jelly.

»Ich weiß.«

»Ich habe dich gefragt, ob du nicht wissen wolltest, um was für einen Job es sich handelt.«

»Ich weiß.«

»Aber du warst ja so dankbar für jede Arbeit, daß du völlig unüberlegt zum Sprung angesetzt hast, ohne zu wissen, worüber du eigentlich springen mußt, und jetzt, mitten im Sprung, schaust du hinunter und siehst einen Tiger, der dich packen und dir die Eier abbeißen möchte.«

Luke Bendingo lachte.

»Ich glaube, ich habe eine nützliche Lektion gelernt«, murmelte ich.

»In der Tat«, stimmte Jelly mir grinsend zu. »Es ist sogar eine so verdammt nützliche Lektion, daß es eigentlich viel zu großzügig von mir ist, dir für diesen Job auch noch Geld zu bezahlen.«

Am blauen Himmel zogen Wolken auf.

Bewaldete Hügel rückten auf beiden Seiten immer näher an die Straße heran. Hauptsächlich waren es Tannenwälder, aber dazwischen wuchsen auch einzelne verkrüppelte Eichen mit knorrigen schwarzen Stämmen, auf denen große häßliche Pilzansammlungen wucherten.

Wir fuhren an einem längst nicht mehr benutzten Zecheneingang vorbei, an einer halb zerstörten Kipphalde neben einem unkrautüberwucherten Bahngleis, sodann an einer Reihe von Häusern mit abgeblättertem Verputz. Rostige Autowracks schienen hier die verbreitetste Rasendekoration zu sein, so wie in anderen Wohngegenden Vogelbäder und Stuckflamingos.

»Ich würde vorschlagen«, sagte ich, »daß Sie nächstes Jahr Joel Tuck zu Kelsko mitnehmen.«

»Mann, das w-w-wär' was!« Luke schlug vor Begeisterung mit einer Hand aufs Armaturenbrett.

»Joel bräuchte nur neben Ihnen zu stehen«, fuhr ich fort, »schweigend, ohne irgendwelche Drohgebärden, sogar lächelnd, ganz freundlich lächelnd, während er Kelsko mit seinem dritten Auge, jenem leeren orangefarbenen Auge, fixiert. Ich wette, daß niemand Ihnen dann beim Verlassen der Stadt auflauern würde.«

»Selbstverständlich würde uns niemand auflauern«, sagte Jelly. »Sie wären auf der Polizeistation alle vollauf damit beschäftigt, ihre vollgeschissenen Hosen zu säubern.«

Wir lachten und entspannten uns ein wenig, aber für Witze und Limericks blieb jetzt keine Zeit mehr, denn gleich darauf passierten wir das Ortsschild von Yontsdown.

Trotz seiner aus dem 19. Jahrhundert stammenden Industrieanlagen – der Stahlhütte, aus der in der Ferne grauer Rauch und weißer Dampf aufstieg, sowie dem geschäftigen Rangierbahnhof – sah Yontsdown irgendwie mittelalterlich aus. Unter einem Sommerhimmel, der sich rasch mit eisenfarbenen Wolken verhängte, fuhren wir durch enge Straßen, von denen einige tatsächlich noch Kopfsteinpflaster hatten. Obwohl es hier überall genügend freies Land gab, standen die Häuser dicht neben- und hintereinander. Fast alle waren mit einer dicken graugelben Staubschicht überzogen, und mindestens ein Drittel hätte dringend einen frischen Verputz, ein neues Dach oder neue Dielen für die Holzveranda benötigt. Die Läden, Warenlager und Büroräume waren trist, und es gab kaum Anzeichen von Wohlstand. Eine schwarze Eisenbrücke aus der Zeit der Weltwirtschaftskrise verband die Ufer des schmutzigen Flusses, der die Stadt in zwei Hälften teilte, und die Reifen des Cadillacs sangen eine trostlose eintönige Melodie, während wir diese Metallbrücke überquerten. Die wenigen großen Gebäude waren maximal sechs bis acht Stockwerke hoch; diese Bauten aus Ziegelsteinen und Granit trugen zu der mittelalterlichen Atmosphäre bei, weil sie – zumindest in meinen Augen – kleinen Burgen glichen: Fenster, schmal wie Schießscharten, ausladende Eingänge mit unverhältnismäßig großen und massiven Seitenpfosten aus Granit. Diese Tore wirkten so düster und abschreckend, daß es mich nicht gewundert hätte, wenn über einem davon die scharfen Spitzen eines hochgezogenen Fallgitters zu sehen gewesen wären. Manche der flachen Dächer hatten sogar zinnenartige Vorsprünge.

Der Ort gefiel mir nicht.

Wir fuhren an einem zweistöckigen Gebäude vorüber, von dem ein Flügel durch Feuer verwüstet worden war. Teile des Schieferdachs waren eingebrochen, die meisten Fensterscheiben durch die Hitze explodiert, und die Ziegel, deren ursprüngliche Farbe unter dem in vielen Jahren abgelagerten Kohlenstaub kaum noch zu erkennen war, hatten über den gähnenden Fensteröffnungen anthrazitfarbene Rußfächer. Renovierungsarbeiten waren offenbar im Gange, denn wir sahen im Vorbeifahren einige Bauarbeiter.

»Das hier ist die einzige Grundschule der Stadt«, erklärte Jelly. »Letzten April ist der Heizöltank explodiert, obwohl es ein warmer Tag war, an dem die Heizung überhaupt nicht eingeschaltet war. Ich weiß nicht, ob man inzwischen ermittelt hat, wie das passieren konnte. Eine schreckliche Sache... Ich habe in den Zeitungen darüber gelesen. Die Geschichte ging durch die gesamte nationale Presse. Sieben kleine Kinder sind verbrannt, und es hätte noch viel mehr Todesopfer gegeben, wenn nicht einige der Lehrer sich geradezu heldenhaft gezeigt hätten. Es ist ein echtes Wunder, daß nicht vierzig oder fünfzig Kinder ums Leben gekommen sind – oder sogar hundert.«

»O Gott, wie g-g-g-grauenhaft«, stotterte Luke. »K-Kleine Kinder.« Er schüttelte den Kopf. »Die W-Welt kann w-wwirklich g-grausam sein.«

»Stimmt«, bestätigte Jelly.

Ich drehte mich um und blickte zur Schule zurück. Von dem ausgebrannten Gebäude gingen sehr negative Vibrationen aus, und ich hatte das sichere Gefühl, daß es der Schauplatz einer weiteren Tragödie werden würde.

Wir hielten an einer roten Ampel, neben einem Café, vor

dem ein Zeitungsautomat stand. Ich konnte vom Auto aus die Schlagzeile des *Yontsdown Register* lesen: VIER TOTE DURCH FLEISCHVERGIFTUNG BEI KIRCHENPICKNICK.

Offenbar hatte auch Jelly die Schlagzeile gelesen, denn er murmelte: »Diese verdammte Stadt braucht einen Vergnügungspark diesmal noch mehr als sonst.«

Wir fuhren noch zwei Blocks weiter und stellten den Cadillac sodann auf dem Parkplatz hinter dem Rathaus ab, neben mehreren schwarzweißen Streifenwagen. Der vierstöckige Bau aus Sandstein und Granit, in dem sowohl die Stadtverwaltung als auch die Polizei untergebracht war, mutete noch mittelalterlicher als der übrige Ort an. Vor den schmalen Fenstern waren Eisengitter angebracht. Das flache Dach war von einer niedrigen Mauer umgeben, die eine geradezu frappierende Ähnlichkeit mit Burgzinnen hatte.

Dieses Rathaus war nicht nur eine architektonische Mißgeburt, sondern strahlte so etwas wie bösartiges *Leben* aus. Ich hatte das unangenehme Gefühl, als hätte diese Konstruktion aus Stein, Mörtel und Stahl auf irgendeine Weise ein Bewußtsein erlangt, als beobachtete sie uns beim Aussteigen, als würden wir nicht ein Gebäude betreten, sondern leichtsinnig in das weit aufgerissene Maul eines Drachens hineinspazieren.

Ich wußte nicht, ob dieser düstere Eindruck durch meine übersinnlichen Kräfte entstand, oder ob einfach meine Fantasie mit mir durchging; manchmal ist das nur schwer auseinanderzuhalten. Vielleicht wurde ich nur von Wahnvorstellungen heimgesucht. Vielleicht sah ich Gefahr, Schmerz und Tod, wo sie gar nicht existierten. Ich leide manchmal unter Wahnvorstellungen, das gebe ich zu. Ihnen würde es genauso ergehen, wenn Sie sehen könnten, was ich sehe – jene dämonischen Kreaturen, die verkleidet unter uns wandeln...

»Slim?« hörte ich Jellys Stimme. »Was ist los?«

»Äh... nichts.«

»Du siehst ziemlich käsig aus.«

»Mir fehlt nichts.«

»Hier wird uns nichts passieren«, beruhigte er mich.

»Darüber habe ich mir keine Sorgen gemacht.«

»Wie gesagt – in der Stadt gibt es nie Ärger.«

»Ich weiß. Ich habe keine Angst vor dem Kampf. Machen Sie sich bitte keine Sorgen. Ich habe noch nie im Leben vor einem Kampf Reißaus genommen und werde es auch diesmal bestimmt nicht tun.«

Jelly runzelte die Stirn. »Das habe ich auch keine Sekunde befürchtet.«

»Gehen wir zu Kelsko«, sagte ich.

Wir betraten das Gebäude durch den Hintereingang, denn wenn es um Bestechung geht, spaziert man nicht durch den Haupteingang, um sich am Empfang anzumelden und sein Begehr vorzutragen. Jelly ging voraus, Luke war direkt hinter ihm, ich bildete die Nachhut und warf von der Türschwelle aus noch einen Blick zurück auf den gelben Cadillac, der in dieser tristen Stadt der leuchtendste Gegenstand weit und breit war. Für meine Begriffe stach er hier sogar zu sehr ins Auge. Ich mußte an farbenprächtige Schmetterlinge denken, die ein Blickfang für Vögel sind und deshalb nach einem letzten verzweifelten Flattern ihrer bunten Flügel verschlungen werden. Der Cadillac kam mir plötzlich wie ein Symbol unserer Naivität, Hilflosigkeit und Verwundbarkeit vor.

Es war zwei Minuten nach zwölf, und wir waren um die Mittagszeit mit Kelsko verabredet, allerdings nicht zum Mittagessen, denn wir waren ja schließlich Schausteller, und die meisten Normalbürger wollten sich mit uns nicht an einen Tisch setzen. Am allerwenigsten jene, deren Taschen wir heimlich füllten.

Das Gefängnis und das Polizeirevier befanden sich im Erdgeschoß, aber Kelskos Büro war separat untergebracht. Wir folgten Jelly mehrere Betontreppen hinauf und gelangten durch eine Feuertür in den Korridor des dritten Stockwerks, ohne jemandem zu begegnen. Der Boden war mit dunkelgrünen Vinylfliesen ausgelegt, die auf Hochglanz poliert waren. Es roch ein klein wenig nach einem scharfen Desinfektionsmittel. Die dritte Tür führte ins Privatbüro des Polizeichefs. Sie war geöffnet, und wir traten ein.

Ich hatte feuchte Hände.

Mein Herz raste.

Ich wußte nicht, warum.

Trotz Jellys beruhigender Worte schloß ich einen Hinterhalt nicht aus, aber das war es nicht, was mir jetzt angst machte.

Etwas anderes. Etwas... schwer zu Fassendes.

Im Vorzimmer brannte kein Licht, und es gab nur ein vergittertes Fenster neben einem Wasserbehälter. Da der blaue Sommerhimmel inzwischen vor der Armada dunkler Wolken fast kapituliert hatte und zudem die Jalousielamellen schräg gestellt waren, konnte man die Einrichtung nur undeutlich erkennen: metallene Aktenschränke, ein Tischchen mit Heizplatte und Kaffeekanne, leere Garderobenhaken, eine riesige Wandkarte des Kreises und drei Holzstühle entlang der Wand. Der Schreibtisch der Sekretärin war ordentlich aufgeräumt und nicht besetzt.

Lisle Kelsko hatte sie wahrscheinlich zum Essen geschickt, damit sie nichts Verfängliches aufschnappen konnte.

Die Tür zum Büro selbst war nur angelehnt. Durch den Spalt schimmerte Licht. Jelly ging darauf zu, Luke und ich folgten ihm.

Mir schnürte sich das Herz zusammen.

Mein Mund war so trocken, als hätte ich Staub geschluckt.

Jelly klopfte leise an die Tür.

Von innen rief eine Stimme: »Herein, nur herein.« Es war ein kräftiger Bariton, und der Tonfall verriet gelassene Autorität und blasierte Herablassung.

Jelly trat ein, und ich hörte ihn sagen: »Hallo, Herr Polizeichef Kelsko, welche Freude, Sie wiederzusehen.« Als ich als letzter eintrat, sah ich einen überraschend schlichten Raum – graue Wände ohne Fotos oder Gemälde, weiße Jalousien, rein funktionale Möbel –, und dann sah ich Kelsko hinter einem großen Metallschreibtisch. Er betrachtete uns mit unverhohlener Verachtung, und mir stockte der Atem, denn unter seiner menschlichen Hülle verbarg sich ein Troll – der bösartigste Troll, den ich je gesehen hatte.

Vielleicht hätte mir schon eher der Gedanke kommen müssen, daß eine Stadt wie Yontsdown von Trollen regiert würde. Aber die Vorstellung, daß Menschen unter dem Schreckensregiment dieser Kreaturen leben mußten, war so fürchterlich, daß ich sie gar nicht erst in Erwägung gezogen hatte.

Ich weiß bis heute nicht, wie es mir gelungen ist, meinen Schock, meinen Abscheu und mein Wissen um Kelskos Geheimnis zu verbergen. Meine Hände hatten sich unwillkürlich zu Fäusten geballt, während ich wie vom Blitz getroffen neben Luke stand. Ich hatte das Gefühl, mich genausowenig verstellen zu können wie eine Katze mit angelegten Ohren, Buckel und aufgestellten Haaren, und ich war überzeugt davon, daß Kelsko meinen Widerwillen bemerken und sofort den Grund dafür erkennen würde. Aber das war nicht der Fall. Er beachtete mich und Luke kaum. Seine Aufmerksamkeit konzentrierte sich ausschließlich auf Jelly.

Kelsko war Anfang Fünfzig, etwa 1,80 m groß und korpulent, mit mindestens vierzig Pfund Übergewicht. Er trug eine khakifarbene Uniform, aber keinen Revolver. Er hatte einen stahlgrauen Bürstenhaarschnitt, und das kantige Gesicht zeugte von Härte und Rücksichtslosigkeit. Die buschigen Brauen wuchsen über der breiten Nase zusammen, und der Mund war extrem schmallippig.

Der in Kelsko verborgene Troll war ebenfalls keine Augenweide. Mir ist freilich nie einer dieser Unholde begegnet, der nicht scheußlich ausgesehen hätte, aber manche sind doch weniger abstoßend als andere. Manche haben nicht ganz so wilde Augen, nicht ganz so scharfe Zähne, nicht ganz so raubtierhafte Fratzen wie ihre furchterregenderen Artgenossen. (Diese feinen Unterschiede im Aussehen der Trolle bewiesen meiner Meinung nach, daß sie tatsächlich existierten, daß sie nicht nur Ausgeburten meines kranken Hirns waren; denn wenn ich sie mir nur einbildete, würden sie doch wohl alle gleich aussehen. Oder etwa nicht?) Das dämonische Wesen in Kelsko hatte rote Augen, die nicht einfach nur vor Haß sprühten, sondern sozusagen blanker Haß in Reinkultur *waren*, verzehrender und blindwütiger, als ich es je zuvor gesehen hatte. Die käfergrüne Haut um die Augen herum war rissig und durch Narbengewebe verdickt. Die wabbelige Schweineschnauze wirkte noch abstoßender durch faltige Hautlappen an den Nasenlöchern, die bei jedem Atemzug flatterten und möglicherweise eine Alterserscheinung waren. Und tatsächlich ging von diesem Monster eine Aura unglaublichen Alters aus, eines Alters, gegen das selbst die Pyramiden modern waren; und untrennbar damit verbunden war eine Aura des Bösen – intensive Haßgefühle und mörderische Absichten, in Jahrtausenden zur Weißglut entflammt, so daß auch die geringste Möglichkeit eines mitleidigen oder unschuldigen Gedankens sich schon vor langer Zeit verflüchtigt hatte.

Jelly spielte die Rolle eines schmeichelnden ›Flickschneiders‹ mit Begeisterung und enormem Geschick, und Lisle Kelsko tat so, als wäre er nichts weiter als ein hoffnungslos engstirniger, korrupter, kaltschnäuziger, autoritärer Bulle im Kohlerevier. Jelly war sehr überzeugend, aber das Kelsko verkörpernde Wesen hätte einen Oscar verdient. Manchmal war seine Vorstellung so perfekt, daß seine menschliche Glasur sogar für mich fast undurchsichtig wurde, daß der Troll unterhalb des menschlichen Fleisches zu einem amorphen Schatten verblaßte und ich mich anstrengen mußte, um ihn wieder scharf ins Blickfeld zu bekommen.

Unsere Situation wurde in meinen Augen noch unerträglicher, als eine Minute nach uns ein Polizist in Uniform den Raum betrat und die Tür schloß. Auch er war ein Troll, der sich als etwa dreißigjähriger großer, schlanker Mann mit dichtem braunem Haar und attraktivem, italienisch anmutendem Gesicht tarnte. Dieser Unhold war zwar ebenfalls furchterregend, aber doch bei weitem nicht so abstoßend wie das Monster in Kelsko.

Als die Tür laut ins Schloß fiel, zuckte ich unwillkürlich zusammen, und Polizeichef Kelsko, der sich nicht die Mühe gemacht hatte, zu unserer Begrüßung aufzustehen, und der auf Jellys liebenswürdiges Geplauder mit kalten Blicken und knappen unfreundlichen Bemerkungen reagierte, warf mir hinter dem Schreibtisch hervor einen forschenden Blick zu.

Offenbar war mir meine Verstörung einen Moment lang deutlich anzusehen, denn Luke gab mir rasch durch ein Zwinkern zu verstehen, daß alles in bester Ordnung wäre. Als der junge Polizist sich mit verschränkten Armen in einer Ecke postierte, wo ich ihn im Auge behalten konnte, entspannte ich mich ein wenig, obwohl ich mich alles andere als wohl in meiner Haut fühlte.

Nie zuvor war ich mit zwei Trollen in einem Raum gewesen, geschweige denn mit zwei als Bullen getarnten Trollen, von denen einer auch noch eine geladene Pistole hatte. Ich wollte mich auf sie stürzen; ich wollte in die verhaßten Gesichter schlagen; ich wollte wegrennen; ich wollte mein Stiefelmesser zücken und in Kelskos Kehle stoßen; ich wollte schreien; ich wollte mich übergeben; ich wollte mir den Revolver des jungen Polizisten schnappen, ihm das Hirn wegpusten und Kelsko ein paar Schüsse in die Brust jagen. Doch mir blieb nichts anderes übrig als neben Luke zu stehen, meine Furcht zu verbergen und möglichst einschüchternd dreinzuschauen.

Das Treffen dauerte nicht einmal zehn Minuten und war bei weitem nicht so schlimm, wie Jelly mich glauben gemacht hatte. Kelsko provozierte uns nicht besonders, und er demütigte und verhöhnte uns auch nicht in dem von mir erwarteten Ausmaß. Er war nicht so sarkastisch, grob, streitsüchtig, beleidigend und bedrohlich wie der Kelsko in Jellys farbigen Schilderungen. Gewiß, er war eisig und arrogant, und er zeigte unverhohlen seinen Widerwillen gegen uns. Gewiß, er strahlte enorme Gewalttätigkeit aus, wie eine Hochspannungsleitung, und wenn wir die Isolierung durch geringsten Widerspruch oder irgendeine beleidigende Äußerung durchbrochen hätten, wäre ein verheerender Stromschlag die sichere Folge gewesen. Aber wir blieben demütig und unterwürfig, Jelly legte den Geldumschlag auf den Schreibtisch und überreichte die Hüllen mit den Freikarten, während er sich nach der Familie des Polizeichefs erkundigte und Witze zum besten gab; in kürzester Zeit war alles erledigt, und wir wurden entlassen.

Wir gingen wieder den Korridor entlang, stiegen in den

vierten Stock hinauf, der jetzt um die Mittagszeit wie ausgestorben war, und begaben uns in den Flügel, wo das Büro des Bürgermeisters untergebracht war. Zu meiner Verwunderung machte Jelly unterwegs eine immer besorgtere Miene.

Ich hingegen war so erleichtert, den Trollen entronnen zu sein, daß ich sagte: »Nun, das war doch gar nicht so schlimm.«

»Ja, und genau das macht mir Sorgen«, erwiderte Jelly.

»Mir auch«, meinte Luke.

»Was meinen Sie damit?« fragte ich.

»Es ging viel zu glatt«, erklärte Jelly. »In all den Jahren, seit ich Kelsko kenne, habe ich ihn noch nie so mild erlebt. Da stimmt etwas nicht.«

»Was denn?« erkundigte ich mich.

»Wenn ich das nur wüßte!«

»Er f-f-f-führt etwas im Sch-Schilde.«

»So ist es«, bestätigte Jelly.

Das Büro des Bürgermeisters war nicht so schlicht wie das des Polizeichefs. Der elegante Schreibtisch war aus Mahagoni, und die übrigen geschmackvollen und teuren Möbelstücke – im englischen Stil eines erstklassigen Klubs, mit jagdgrünem Leder bezogen – standen auf einem goldfarbenen Teppich. Die Wände waren mit Urkunden und mit Fotos Seiner Ehren bei allen möglichen Wohltätigkeitsveranstaltungen geziert.

Albert Spectorsky, gewähltes Oberhaupt von Yontsdown, war eine massige Erscheinung. Er trug einen konservativen blauen Anzug mit weißem Hemd und blauer Krawatte und hatte weichliche Gesichtszüge. Sein Vollmondgesicht und das Dreifachkinn unter dem breitlippigen Mund legten beredtes Zeugnis von seiner Vorliebe für reichliches Essen ab; und die geplatzten Äderchen, die seinen vollen Wangen und der Knollennase roten Glanz verliehen, deuteten darauf hin, daß er guten Whisky zu schätzen wußte. Irgendwie konnte man ihm auch ansehen – obwohl ich das nicht begründen konnte –, daß er ein Lüstling mit einer Vorliebe für Huren und sexuelle Perversionen war. Was ihm bei Wahlen zweifellos zugute kam, war sein herrlich warmes Lachen, ein joviales Auftreten und die Fähigkeit, so intensiv und teilnahmsvoll auf den Gesprächspartner einzugehen, daß dieser das Gefühl hatte, die wichtigste Person auf der Welt zu sein. Er war ein Typ, der gern Witze erzählte, Leuten auf die Schulter klopfte und Optimismus ausstrahlte. Und das alles war nur Blendwerk. Denn in Wirklichkeit war auch er ein Troll.

Bürgermeister Spectorsky ignorierte Luke und mich nicht, wie Kelsko es getan hatte. Er gab uns sogar die Hand.

Ich schüttelte sie.

Ich *berührte* ihn, und es gelang mir unter Aufbietung aller Willenskraft, mich zu beherrschen. Ihn zu berühren war noch schlimmer, als jene vier Trolle zu berühren, die ich in den vergangenen Monaten umgebracht hatte. Ihn berühren zu müssen, kam mir fast so pervers vor, als träfe man Satan und wäre gezwungen, *ihm* die Hand zu schütteln. Während des flüchtigen Körperkontakts spürte ich seine Bösartigkeit wie einen schmerzhaften, übelkeitserregenden Stromstoß, und sein maßloser wilder Haß ließ meinen Puls auf mindestens 150 hochschnellen.

»Ich freue mich, Sie zu sehen«, erklärte er mit breitem Lächeln. »Ich freue mich wirklich sehr. Die ganze Stadt freut sich immer auf den Vergnügungspark.«

Dieser Troll spielte seine Rolle genauso perfekt wie Kelsko; und wie Kelsko, so war auch er ein besonders abstoßendes Exemplar seiner Spezies, mit welker, pockennarbiger, warziger Haut, die auf ein hohes Alter hindeutete. Die glühenden karmesinroten Augen schienen ihre Farbe aus einem Meer von Menschenblut gesogen zu haben, aus rotglühender menschlicher Qual, die dieser Troll unserer gepeinigten Rasse zugefügt hatte.

Jelly und Luke fühlten sich nach der Begegnung mit Bürgermeister Spectorsky etwas besser, weil er – wie sie sagten – wie immer gewesen sei. Ich hingegen fühlte mich noch schlechter.

Jelly hatte mit seiner Vermutung recht gehabt, daß sie irgend etwas im Schilde führten.

Ich hatte das Gefühl, als wäre das Blut in meinen Adern gefroren, als wären sogar die Knochen völlig vereist.

Etwas braute sich zusammen.
Etwas Schlimmes.
Gott steh uns bei, dachte ich verzweifelt.

Das Amtsgericht von Yontsdown lag gleich gegenüber dem Rathaus, auf der anderen Straßenseite. In den Büros neben dem Gerichtssaal gingen verschiedene Beamte ihren Geschäften nach. In einem dieser Räume wartete Mary Vanaletto, die Vorsitzende des Kreisrates, auf uns.

Auch sie war ein Troll.

Jelly behandelte sie anders als Kelsko und Spectorsky, nicht etwa, weil er gespürt hätte, daß sie kein Mensch war, sondern ganz einfach, weil er es mit einer Frau zu tun hatte, noch dazu mit einer attraktiven Frau. Sie mußte etwa vierzig sein, eine schlanke Brünette mit großen Augen und sinnlichem Mund, und als Jelly seinen Charme spielen ließ, kicherte sie errötend über seine Komplimente, klimperte mit den Augen und flirtete insgesamt so geschickt, daß sein Interesse bald nicht mehr nur gespielt war. Er glaubte zweifellos, sie gewaltig zu beeindrucken, aber ich konnte sehen, daß sie eine viel perfektere Vorstellung gab als er. Der Troll unter der Menschenhülle – bei weitem nicht so alt und dekadent wie Kelsko und Spectorsky – hätte Jelly am liebsten umgebracht, hätte uns alle mit wahrer Wonne umgebracht. Meiner Erfahrung nach war es das, was jeder Troll wollte, was ihm den höchsten Genuß bereitete – Menschen hinzumorden, aber nicht in einem Anfall wilder Raserei, nicht möglichst viele bei einem einzigen Blutbad. Nein, sie wollten sich die Morde einteilen, um das Blut und die Qualen jedes einzelnen richtig auskosten zu können. Auch Mary Vanaletto hatte dieses sadistische Bedürfnis, und als ich sah, wie Jelly ihre Hand hielt, ihr die Schulter tätschelte und ihr schöne Augen machte, mußte ich an mich halten, um ihn nicht von ihr loszureißen und zu schreien: »Nichts wie weg hier!«

Was mir eine Gänsehaut verursachte, war nicht einfach die Tatsache, daß auch Mary Vanaletto ein Troll war, sondern etwas, das ich noch nie gesehen hatte und mir nicht einmal in meinen schlimmsten Alpträumen hätte vorstellen können.

Durch die durchsichtige Menschenhülle sah ich nicht *einen* Troll, sondern *vier* – eine voll ausgewachsene Kreatur in jener Art, an die ich gewöhnt war, und drei regungslose kleine Wesen mit geschlossenen Augen und unfertigen Gesichtszügen. Die drei schienen sich *in* dem großen Troll zu befinden, in seinem Unterleib, und sie nahmen unverkennbar fötale Positionen ein. Dieses schreckliche dämonische Wesen war *schwanger*.

Mir war nie in den Sinn gekommen, daß die Trolle sich fortpflanzen könnten. Die bloße Tatsache ihrer Existenz war grauenhaft genug. Undenkbar, sich da auch noch Generationen ungeborener Trolle vorzustellen, für die wir Menschen wiederum nichts anderes als Schlachtvieh sein würden. Statt dessen hatte ich immer angenommen, sie wären der Hölle entstiegen oder aus einer anderen Welt gekommen. Ich hatte geglaubt, nur eine begrenzte konstante Anzahl von ihnen machte die Erde unsicher, und ich hatte ihnen eine irgendwie übernatürliche Erscheinung zugeschrieben.

Jetzt mußte ich meine Vorstellung von Grund auf revidieren.

Während Jelly mit Mary Vanaletto schäkerte, und Luke das Getändel von seinem Stuhl neben mir grinsend beobachtete, hatte ich das abscheuliche Bild eines hundsmäuligen Trolls vor Augen, der seinen gräßlich deformierten Penis in die kalte Vagina eines rotäugigen, schweineschnäuzigen weiblichen Trolls rammte, beide keuchend, grunzend und sabbernd, die grotesken Leiber in Ekstase verkrampft, die langen warzigen Zungen hechelnd. Und kaum war es mir gelungen, dieses unerträgliche Bild aus meinem Kopf zu verdrängen, da tauchte ein noch schlimmeres auf: neugeborene Trolle, klein, larvenfarben, glatt und glänzend und feucht, mit glühenden roten Augen, winzigen scharfen Krallen und spitzen Zähnen, die noch nicht zu mörderischen Hauern ausgewachsen waren. Drei kleine Trolle, die aus dem stinkenden Schoß ihrer Mutter herausglitten und das Licht der Welt erblickten ...

*Nein!*

O Gott, bitte, nein! Wenn ich diese Vorstellung nicht sofort verdrängte, würde ich mein Messer zücken und diese Ratsvorsitzende vor Jellys und Lukes Augen erstechen, und dann würde keiner von uns diese Stadt lebend verlassen.

Irgendwie hielt ich durch.

Irgendwie schaffte ich es, aus diesem Büro herauszukommen, ohne den Verstand oder die Beherrschung verloren zu haben.

Unsere Schritte hallten auf dem Marmorboden des Foyers, von dem der große Gerichtssaal abging. Einem Impuls zufolge ging ich auf die schweren, mit Messingklinken versehenen Eichentüren zu, öffnete eine davon einen Spalt breit und spähte hinein. Offenbar wurden gerade die Schlußplädoyers in einem Prozeß gehalten. Der Richter war ein Troll. Der Staatsanwalt war ein Troll. Die beiden uniformierten Justizwachtmeister und der Gerichtsstenograph waren richtige Menschen, aber drei der Geschworenen waren Trolle.

»Was machst du da, Slim?« fragte Jelly.

Ich schloß leise die Tür und holte Jelly und Luke ein, wobei ich nur hoffen konnte, daß meine Erschütterung mir nicht anzumerken war. »Nichts«, antwortete ich. »Ich war nur neugierig.«

An der Ecke überquerten wir die Straße, und ich schaute mir die Fußgänger und die Autofahrer an der roten Ampel genau an. Von den schätzungsweise vierzig Personen identifizierte ich zwei als Trolle – das waren zwanzigmal so viele wie an anderen Orten.

Wir hatten unsere Bestechungsmission beendet und gingen auf den Parkplatz hinter dem Rathaus zu. Als wir nur noch etwa sechs Meter von dem gelben Cadillac entfernt waren, murmelte ich: »Einen Augenblick bitte. Ich muß mir noch schnell was anschauen.« Ich machte kehrt und eilte zurück.

»Wohin willst du denn?« rief Jelly mir nach.

»Ich bin sofort wieder da«, erwiderte ich und fing zu rennen an.

Mit rasendem Herzklopfen und trockener Kehle lief ich zum Haupteingang, hastete eine Granittreppe hinauf, stieß die Glastür auf und stürzte in eine Vorhalle, die nicht so imposant wie die im Gerichtsgebäude war. Rechts ging es zu verschiedenen Abteilungen der Stadtverwaltung, links zur Polizeiwache. Ich betrat ein Vorzimmer, das mit einer Holztheke in zwei Bereiche unterteilt war.

Der diensthabende Polizist arbeitete auf einem etwas erhöhten Podest. Er war ein Troll.

Den Kugelschreiber in einer Hand, blickte er von irgendwelchen Papieren auf und fragte: »Kann ich Ihnen helfen?«

Weiter hinten im Raum standen Schreibtische, Aktenschränke, ein Fotokopiergerät und andere Büromaschinen. In einer Ecke klapperte ein Fernschreiber. Drei der acht Stenotypistinnen waren Trolle. Unter den vier Männern, die etwas abseits arbeiteten und Polizeibeamte in Zivil zu sein schienen, waren zwei Trolle. Drei uniformierte Polizisten hielten sich zur Zeit im Zimmer auf, und alle drei waren Trolle.

In Yontsdown mischten sich die Trolle nicht einfach unter die normalen Menschen. Hier waren sie hervorragend organisiert, hier hatten sie die Macht unerkannt an sich gerissen, hier machten sie die Gesetze, und gnade Gott dem armen Menschen, der sich auch nur das geringste zuschulden kommen ließ.

»Was wünschen Sie?« erkundigte sich der Polizist wieder.

»Äh... ich suche das Gesundheitsamt.«

»Das befindet sich auf der anderen Seite der Halle«, sagte er ungeduldig.

»Ach so.« Ich stellte mich dumm. »Das hier muß wohl die Polizeiwache sein.«

»Eine Ballettschule ist es bestimmt nicht«, erwiderte er.

Im Hinausgehen hatte ich das Gefühl, als würden seine roten Augen mir Löcher in den Rücken brennen. Ich kehrte zum Cadillac zurück, wo Jelly Jordan und Luke Bendingo neugierig auf mich warteten.

»Was war denn los?« wollte Jelly wissen.

»Ach, ich wollte mir nur den Haupteingang dieses Gebäudes etwas genauer anschauen.«

»Warum?«

»Ich bin ganz versessen auf Architektur.«

»Tatsächlich?«

»Ja.«

»Seit wann?«

»Seit meiner Kindheit.«

»Du bist immer noch ein halbes Kind.«

»Das kann man von Ihnen auch sagen, denn Sie sind ganz versessen auf Spielzeug, und das ist noch viel ausgefallener als mein Interesse an Architektur.«

Er starrte mich einen Augenblick an und zuckte dann lächelnd die Schultern. »Du hast vermutlich recht. Aber Spielzeug macht mehr Spaß.«

Während wir einstiegen, widersprach ich: »Oh, das würde ich nicht sagen. Architektur kann faszinierend sein. Und in dieser Stadt gibt es jede Menge herrlicher Bauten im gotischen und mittelalterlichen Stil.«

»Mittelalterlich?« fragte Jelly, während Luke den Motor anließ.

»Ja.«

»Nun, in dieser Hinsicht hast du bestimmt recht. Dieser Ort könnte wirklich aus dem finstersten Mittelalter stammen.«

Auf der Rückfahrt kamen wir wieder an der ausgebrannten Grundschule vorbei, wo im April sieben Kinder verbrannt waren. Ich starrte die gähnenden Fensterhöhlen und die rußigen Mauern an, und diesmal gaben sie nicht nur leichte Vibrationen ab, die auf eine künftige Tragödie hindeuteten. Vielmehr brandete eine riesige Welle verschiedener Visionen mir entgegen. Für meinen sechsten Sinn war diese Welle genauso real wie eine Meereswoge, und sie beinhaltete unvorstellbares menschliches Leid. Sie brauste mit hoher Geschwindigkeit und wahnwitziger Kraft auf mich zu, schwarz und unheilvoll, nichts vergleichbar, was ich bisher in dieser Hinsicht erlebt hatte, und mich packte plötzlich ein gewaltiger Schrecken. Einzelne Tropfen flogen der schäumenden Welle voraus, und als mein sensibler Geist sie auffing, ›hörte‹ ich Kinder vor Schmerz und Entsetzen schreien... Feuer knistern und zischen und prasseln... Alarmglocken läuten... eine Wand mit ohrenbetäubendem Lärm zusammenstürzen... Schreie... ferne Sirenen... Und ich ›sah‹ unsagbare Greuel: ein apokalyptisches Feuer... eine Lehrerin mit brennenden Haaren... blindlings durch Rauchwolken taumelnde Kinder... andere Kinder, die in ihrer Verzweiflung vergeblich unter Pulten Schutz suchten, während schwelende Deckenplatten auf sie herabstürzten...

Teilweise sah und hörte ich Szenen von dem Brand im vergangenen April, teilweise waren es aber auch Szenen von einem noch nicht ausgebrochenen Feuer, Bilder und Geräusche der Zukunft, und in beiden Fällen spürte ich deutlich, daß es sich bei der Brandursache weder um einen Maschinenschaden noch um menschliches Versagen handelte, sondern um das Werk von Trollen. Ich begann nun auch den Schmerz der Kinder und die sengende Glut zu fühlen und empfand ihre Todesängste. Die Welle kam immer näher, wurde immer höher, immer dunkler, ein schwarzer Brecher, so gewaltig, daß er mich zerschmettern würde, so kalt, daß er alle Lebenswärme in mir auszulöschen drohte. Ich schloß die Augen, um die halb zerstörte Schule nicht mehr sehen zu müssen, und versuchte verzweifelt, meinen sechsten Sinn mit dem geistigen Äquivalent eines Bleischilds zu umgeben, die unerwünschten Visionen abzublocken. Um mich abzulenken, dachte ich an meine Mutter und meine Schwestern, dachte an Oregon und die Siskiyous... dachte an Rya Raines' perfekt geformtes Gesicht und an ihr in der Sonne funkelndes Haar. Diese Erinnerungen an Rya waren es, die mich gegen den Aufprall des psychischen Brechers wappneten, der mich jetzt überrollte, ohne mich aber zu zermalmen oder mitzureißen.

Ich wartete eine halbe Minute, bis ich nichts Übernatürliches mehr wahrnahm. Dann erst öffnete ich die Augen. Die Schule lag hinter uns. Wir näherten uns der alten Eisenbrücke, die so aussah, als wäre sie aus versteinerten schwarzen Knochen konstruiert worden.

Weil Jelly wieder auf dem Rücksitz saß, und weil Luke sich völlig auf den Verkehr konzentrierte (vielleicht befürchtete er, daß einer von Kelskos Männern die kleinste Übertretung einer Vorschrift zum Vorwand für eine Riesenaktion machen würde), hatte keiner von beiden etwas von dem eigenartigen Anfall bemerkt, der mich eine Minute lang völlig außer Gefecht gesetzt hatte wie einen Epileptiker. Ich war heilfroh, keine Erklärung erfinden zu müssen, denn höchstwahrscheinlich hätte meine Stimme meinen inneren Aufruhr verraten und meine verharmlosenden Worte Lügen gestraft.

Ich verspürte überwältigendes Mitleid mit den Menschen in dieser gottverlassenen Stadt. Mir war klar, was ich entdekken würde, wenn ich mich bei der Feuerwehr umschaute: Trolle. Ich dachte an die Schlagzeile in der Lokalzeitung – VIER TOTE DURCH FLEISCHVERGIFTUNG BEI KIRCHENPICKNICK – und wußte, was ich vorfinden würde, wenn ich dem Priester im Pfarrhaus einen Besuch abstattete: ein dämonisches Wesen mit Priesterkragen, das den Segen spendete und Trostworte sprach, während es sich insgeheim an der Trauer jener Menschen weidete, deren Angehörige es skrupellos vergiftet hatte. Welche Menge von Trollen mußte sich an jenem Apriltag vor der Grundschule versammelt haben, sobald der Alarm ausgelöst wurde, um die Katastrophe mit gespieltem Entsetzen zu verfolgen und sich in Wirklichkeit an den Qualen zu ergötzen. In ihrer perfekten Tarnung als Repräsentanten der Stadt hatten sich Kelsko, Spectorsky und Co. bestimmt in der Leichenhalle eingefunden, angeblich, um ihrer tiefen Betroffenheit über den schweren Verlust Ausdruck zu verleihen, in Wirklichkeit aber, um die Väter hungrig zu begaffen, die gezwungen waren, die verkohlten Leichen ihrer geliebten Kinder zu identifizieren. In der Pose teilnahmsvoller Freunde und Nachbarn hatten Trolle die Häuser der gramgebeugten Eltern aufgesucht und heuchlerisch Trost gespendet, während sie insgeheim gierig den süßen Pudding von Leid und Trauer verschlangen – so wie sie zweifellos auch jetzt wieder die Familien der beim Picknick Vergifteten umsorgten, um sich nur ja kein Quentchen Schmerz entgehen zu lassen. Ich war auch überzeugt davon, daß in Yontsdown kein Begräbnis jemals nur von wenigen Trauergästen begleitet wurde, ganz egal, wieviel – oder wie wenig – Ansehen der Verstorbene genossen hatte. Für die Schlangenbrut von Trollen, die hier ihr Unwesen trieb, war jede Beerdigung ein köstliches Labsal. Und wenn das Schicksal für ihren Geschmack nicht genügend Opfer produzierte, halfen sie eben ein wenig nach – setzten eine Schule in Brand, inszenierten einen schweren Verkehrsunfall, planten sorgfältig eine tödliche Panne in der Stahlhütte oder auf dem Güterbahnhof... Dem Erfindungsreichtum waren hier keine Grenzen gesetzt.

So bestürzend allein schon die Tatsache der auffälligen Konzentration von Trollen in Yontsdown war, so gab es doch einen noch erschreckenderen Aspekt: ihre Fähigkeit, sich zu organisieren und die Kontrolle über menschliche Institutionen zu übernehmen. Bisher hatte ich die Trolle immer für eine Art umherstreifende Raubtiere gehalten, die ihre Opfer mehr oder weniger zufällig aussuchten, wenn sich irgendwo eine günstige Gelegenheit bot. Aber sie hatten in Yontsdown die Zügel der Macht in die Hand genommen und sowohl die Stadt als auch den ganzen Kreis in ihr privates Jagdrevier verwandelt.

Und sie pflanzten sich hier im Gebirge fort, in diesem abgelegenen Kohlerevier, für das sich die übrige Welt so gut wie nie interessierte.

Sie vermehrten sich...

O Gott!

Ich fragte mich, wie viele solcher Brutstätten von Vampiren es wohl in anderen verlassenen Winkeln der Welt geben mochte. Denn die Trolle *waren* eine Abart der Vampire. Ich spürte, daß sie sich nicht von dem Blut als solchem ernährten, sondern von den psychischen Ausdünstungen schmerzgepeinigter, angsterfüllter oder verzweifelter Menschen. Aber dieser Unterschied war im Grunde bedeutungslos. Für das Vieh, das zur Schlachtbank geführt wird, spielt es keine Rolle, welche Teile seiner Anatomie beim Festessen am begehrtesten sind.

Wir waren jetzt wesentlich schweigsamer als auf der Hinfahrt. Jelly und Luke fürchteten sich vor einem Überfall durch Kelskos Männer, und mir hatte es vor Schrecken über alles, was ich gesehen hatte, und über die grausige Zukunft der Schulkinder von Yontsdown völlig die Sprache verschlagen.

Wir passierten die Stadtgrenze.

Wir fuhren an den knorrigen, mit Pilzen bewachsenen Eichen vorbei.

Niemand stoppte uns.

Niemand versuchte uns von der Straße zu drängen.

»Bald«, sagte Jelly.

Die Stadt lag einen Kilometer hinter uns.

Wir fuhren an den Häusern vorbei, deren Vorgärten mit Autowracks dekoriert waren.

Nichts.

Jelly und Luke wurden immer nervöser.

»Er hat uns viel zu ungeschoren davonkommen lassen«, murmelte Jelly, wobei er natürlich Kelsko im Sinn hatte. »Irgendwo auf dem nächsten Kilometer...«

Wir hatten die Stadt nun schon zwei Kilometer hinter uns gelassen.

»Er wollte uns in Sicherheit wiegen«, meinte Jelly, »nur um dann mit besonderer Wucht loszuschlagen. Sie werden uns total zur Schnecke machen. Diese Jungs vom Kohlerevier müssen schließlich ihren Spaß haben.«

Drei Kilometer.

»Es würde ihnen so gar nicht ähnlich sehen, sich ihren Spaß entgehen zu lassen. Paßt auf, jetzt ist's bestimmt gleich soweit...«

Vier Kilometer.

Jetzt vermutete Jelly, daß sie uns bei der verlassenen Zeche auflauerten, wo die Reste der Kipphalde in den grauen Himmel emporragten.

Aber wir passierten auch diese Stelle ohne jeden Zwischenfall.

Fünf Kilometer.

Sechs.

Fünfzehn Kilometer hinter der Stadtgrenze entspannte sich Jelly endlich. »Sie lassen uns diesmal in Ruhe«, seufzte er erleichtert.

»Warum?« fragte Luke mißtrauisch.

»Na ja, in früheren Jahren ist es ja hin und wieder auch schon ohne Prügelei abgegangen«, erwiderte Jelly. »Einen Grund dafür haben sie uns nie genannt. Und dieses Jahr... vielleicht liegt es an dem Brand in der Schule und an der Tragödie beim gestrigen Picknick. Vielleicht hat sogar Kelsko in diesem Jahr schon genug Schlimmes gesehen und will nicht riskieren, uns zu vergraulen. Wie gesagt, diese armen geplagten Menschen brauchen den Rummelplatz diesmal noch mehr als je zuvor.«

Wir beschlossen, an der nächsten Raststätte ein verspätetes Mittagessen einzunehmen. Jelly und Luke wurden zusehends fröhlicher. Ich nicht. Ich wußte, warum Kelsko uns die übliche Prügelei erspart hatte. Er plante für die nächste Woche, wenn wir alle auf dem Jahrmarktgelände versammelt sein würden, etwas viel Schlimmeres. Das Riesenrad... Ich wußte nicht genau, wann es geschehen würde, und ich wußte auch nicht genau, was sie im Schilde führten, aber ich wußte, daß die Trolle einen Sabotageakt am Riesenrad ausführen wollten, daß meine bestürzenden Visionen von Blut auf dem Rummelplatz bald grausige Realität werden würden.

# 9
# Kontraste

Es wollte mir einfach nicht gelingen, die deprimierenden Erinnerungen an Yontsdown abzuschütteln; und es fiel mir immer schwerer, über Jellys amüsante Geschichten zu lachen, weshalb ich mich während der letzten anderthalb Stunden Fahrt schließlich schlafend stellte.

Fieberige Gedanken schwirrten mir durch den Kopf...

Was sind Trolle? Woher kommen sie?

Ist jeder Troll so etwas wie ein Puppenspieler, der an den Fäden seiner menschlichen Marionette zieht? Ist er ein Parasit, der sich im Menschen einnistet, die Kontrolle über den Geist seines Wirtes an sich reißt und den usurpierten Körper so benutzt, als wäre er sein eigener? Oder sind die menschlichen Körper nur perfekte Imitationen, Kostüme, in die ein Troll genausoleicht schlüpfen kann wie wir in einen neuen Anzug?

Diese Fragen – und tausend andere – hatte ich mir über die Jahre hinweg schon unzählige Male gestellt. Das Problem bestand darin, daß es zu viele mögliche Antworten gab. Jede konnte im Prinzip die richtige sein, aber keine ließ sich wissenschaftlich nachprüfen – und keine dieser Erklärungen stellte mich auch nur halbwegs zufrieden.

Ich hatte mir genügend Filme über fliegende Untertassen angeschaut, um die fantastischsten Ideen in Betracht zu ziehen. Und seit ich zum erstenmal einen Troll gesehen hatte, verschlang ich gierig jeden Science-fiction-Roman, der mir in die Hände fiel, in der Hoffnung, daß irgendein Autor sich etwas Derartiges schon ausgedacht und eine einleuchtende Erklärung dieser Erscheinung geliefert haben könnte. Aus diesen Geschichten schöpfte ich viele Theorien. Möglicherweise waren die Trolle fremdartige Wesen von einem fernen Stern, deren Raumschiff bei der Landung auf der Erde zerschellt war. Vielleicht waren die Außerirdischen aber auch hier gelandet, um uns zu unterwerfen oder um unsere Fähigkeit zur vollen Partnerschaft in der galaktischen Regierung zu testen oder um unser Uran zu stehlen, das sie zum Antrieb ihrer Raumschiffe benötigten, oder ganz einfach, um uns in Plastikröhren zu verpacken, als eine Art schmackhafte Tiefkühlkost auf ausgedehnten, eintönigen Reisen durch die Milchstraße. Ich zog all diese – und viele andere – Möglichkeiten in Erwägung, verwarf keine einzige von vornherein, so absurd oder albern sie mir auch vorkommen mochte, konnte mich aber mit keiner so recht anfreunden. Es fiel mir schwer zu glauben, daß das Raumschiff einer Rasse, die unvorstellbare Entfernungen zu bewältigen vermochte, bei einer Landung zerschellen würde. Solche Wesen hätten doch mit Sicherheit perfekt funktionierende Maschinen, und ihren Computern würden keine Fehler unterlaufen. Und falls eine so weit entwickelte Rasse uns unterwerfen wollte, wäre der Krieg an einem einzigen Nachmittag vorüber. Deshalb boten mir die Science-fiction-Geschichten zwar spannende Unterhaltung, lieferten mir aber keinen Rettungsring, an den ich mich in schlechten Zeiten hätte klammern können. Die Lektüre dieser Bücher brachte mir keine Erleuchtung in bezug auf die Trolle, geschweige denn, daß ich daraus hätte lernen können, wie die Unholde zu besiegen waren.

Die andere naheliegende Theorie war die, daß es sich um Dämonen handelte, die geradewegs der Hölle entstiegen waren und denen Satan die Fähigkeit verliehen hatte, den Geist der Menschen so zu manipulieren, daß wir in ihnen ebenfalls Menschen sehen sollten. Ich glaubte an Gott (oder redete es mir zumindest ein), und meine Beziehung zu Ihm war zeitweilig so zwiespältig (jedenfalls von meiner Seite aus), daß mir die Vorstellung, Er könnte die Existenz eines derart grausamen Ortes zulassen, keine Mühe bereitete. Meine Eltern waren Lutheraner. Sie hatten mich, Sarah und Jenny fast jeden Sonntag in die Kirche geführt, und manchmal wäre ich am liebsten von meinem Platz aufgesprungen und hätte den Pfarrer angeschrien: »Wenn Gott gut ist – warum läßt Er dann Menschen sterben? Warum hat Er der netten Mrs. Hurley Krebs geschickt? Warum hat Er den Sohn der Thompsons drüben in Korea sterben lassen, wenn Er doch so gütig ist?«

Diese Neigung, mit Gott zu hadern, war mir auch später geblieben, und ich konnte mich nie mit dem Widerspruch zwischen der Doktrin von Gottes unendlicher Gnade und den Grausamkeiten des Kosmos, den Er für uns erschaffen hatte, abfinden. Deshalb schienen mir Hölle, ewige Verdammnis und Dämonen nicht nur vorstellbar, sondern sogar wahrscheinlich in einem Universum, das von einem göttlichen Architekten mit offenbar etwas perversem Geschmack entworfen und erbaut worden war.

Doch obwohl ich an die Hölle und an Dämonen glaubte, konnte ich *nicht* glauben, daß diese Mythologie die Existenz der Trolle erklärte. Wenn sie der Hölle entsprungen waren, hätten sie etwas... nun ja, etwas *Kosmisches* an sich gehabt – eine ehrfurchtgebietende Ausstrahlung jenseitiger Kraft und Wissens um die letzten Dinge; aber davon war in ihrem Verhalten und in ihrem Handeln nichts zu spüren. Außerdem würden Luzifers Leutnants über unbegrenzte Macht verfügen, aber die Trolle waren in mancher Hinsicht sogar weniger mächtig als ich, denn ihnen fehlten meine besonderen Gaben. Dämonen wären auch nicht so leicht umzubringen gewesen. Keine Axt, kein Messer, keine Pistole hätte einen Sendboten Satans zu töten vermocht.

Wenn sie etwas mehr von Hunden und etwas weniger von Schweinen an sich gehabt hätten, wäre ich vielleicht zu der Ansicht gelangt, daß sie Werwölfe waren, obwohl sie ständig umherstreiften und nicht nur bei Vollmond. Wie der Werwolf der Gruselgeschichten, so konnte auch ein Troll seine Erscheinungsform verändern – sich einerseits mit großem Geschick als Mensch tarnen und andererseits seine wahre gräßliche Gestalt offenbaren, wenn das erforderlich war. Und wenn die Trolle sich im *buchstäblichen* Sinne von Blut ernährt hätten, hätte ich der Legende von Vampiren Glauben geschenkt, mich Dr. van Helsing genannt und schon vor langer Zeit mit Wonne begonnen, einen regelrechten Wald von Holzpfählen zuzuspitzen. Aber keine dieser Erklärungen paßte so richtig, obwohl ich davon überzeugt war, daß andere Menschen mit übersinnlichen Kräften schon vor Jahrhunderten Trolle gesehen hatten – daß das der Ursprung der ersten Erzählungen über die Verwandlung von Menschen in blutrünstige fledermaus- und wolfartige Wesen war. Ja, Vlad der Pfähler, jener historisch verbürgte transsilvanische Herrscher, dessen Vorliebe für fantasievolle Massenhinrichtungen zur Erfindung der Romanfigur Dracula führte, könnte durchaus ein Troll gewesen sein. Schließlich war Vlad offenbar ein Mann, der sich am menschlichen Leiden ergötzte, und das ist die grundlegende Eigenschaft aller Trolle, denen zu begegnen ich je das Unglück hatte.

Auf der Rückfahrt von Yontsdown, an jenem Nachmittag im gelben Cadillac, stellte ich mir also wieder einmal all jene Fragen und suchte verzweifelt nach Antworten – vergeblich. Ich hätte mir diese Mühe freilich sparen können, wenn mir ein Blick in die nächste Zukunft vergönnt gewesen wäre, denn ich sollte schon sehr bald die Wahrheit über die Trolle erfahren. Ich ahnte noch nichts von den Enthüllungen, die mir in der vorletzten Nacht unseres Aufenthalts in Yontsdown zuteil werden würden. Und als ich dann schließlich alles über den Ursprung und die Motive der Trolle erfuhr, als ich endlich über jene hundertprozentig einleuchtende Erklärung verfügte, nach der ich jahrelang gesucht hatte – da wünschte ich mir genauso glühend wie Adam, als das Tor zum Paradies hinter ihm zufiel, ich hätte dieses Wissen nie erlangt.

Doch soweit war es an jenem Nachmittag noch nicht, als ich mich mit offenem Mund und schlaffem Körper schlafend stellte und mir den Kopf über die Trolle zerbrach.

Es war halb sechs am Freitag nachmittag, als wir das Jahrmarktsgelände erreichten. Der Rummelplatz war noch in die Sommersonne getaucht, erstrahlte aber auch schon im künstlichen Lichterglanz. Es wimmelte nur so von Menschen. Ich ging sofort zum ›Lukas‹, löste Marco ab und machte mich daran, den Passanten Münzen und Scheine abzunehmen.

Den ganzen Abend über sah ich keinen einzigen Troll, doch das vermochte mich nicht aufzuheitern. Nächste Woche in Yontsdown würden sich auf dem Rummelplatz um so mehr Unholde tummeln, besonders in der Nähe des Riesenrades, wo ihre Gesichter in sadistischer Vorfreude strahlen würden.

Um acht übernahm Marco wieder für eine Stunde meine Tätigkeit, damit ich zu Abend essen konnte. Da ich aber nicht besonders hungrig war, schlenderte ich einfach ein bißchen umher und stand nach einigen Minuten vor ›Shockville‹, Joel Tucks Abnormitätenschau.

Ein riesiges illustriertes Werbeplakat schmückte die ganze Front der Attraktion: MENSCHENWUNDER AUS ALLER HERREN LÄNDER. Die kühnen farbenprächtigen Abbildungen von Jack-Vier-Hand (einem Indianer mit zwei zusätzlichen Armen), Lila, der Tätowierten Dame, der 750 Pfund schweren Gloria Neames (›die fetteste Dame der Welt‹) und anderen grotesken Gestalten waren unverkennbar das Werk von David C. ›Snap‹ Wyatt, dem letzten großen Zirkus- und Rummelplatzmaler, dessen Plakate die Zelte all jener Konzessionäre schmückten, die sich das leisten konnten. Joel Tuck konnte sich diesen Künstler offenbar leisten, und nur ein Mann mit Wyatts ungewöhnlichem Talent vermochte den in diesem Zelt versammelten Menschenwundern einigermaßen gerecht zu werden.

In der hereinbrechenden Dämmerung hatte sich eine große Menschenmenge vor Shockville versammelt, starrte zu Wyatts herrlich monströsen Bildern empor und lauschte den Sprüchen des Ausrufers. Die meisten Männer wollten sich diese Attraktion auf keinen Fall entgehen lassen, auch wenn manche zunächst entrüstet äußerten, sie fänden es schrecklich und menschenunwürdig, arme Krüppel zur Schau zu stellen. Viele Frauen zierten sich anfangs und ließen sich scheinbar nur widerwillig zu einer derart gewagten Expedition überreden, doch beide Geschlechter bewegten sich letztendlich auf die Kasse zu.

Auch mich zog etwas nach Shockville. Nicht die morbide Neugier, die den Durchschnittsbürger plagte.

Etwas... Dunkleres. Etwas im Zelt wollte, daß ich es sah... und ich spürte, daß ich darüber Bescheid wissen mußte, wenn ich die nächste Woche überleben und den *Sombra Brothers Carnival* zu meinem Zuhause machen wollte.

Eine düstere Vorahnung saß mir im Nacken wie eine blutsaugende Fledermaus und jagte mir kalte Schauder über den Rücken, so als würde ich meiner ganzen Körperwärme beraubt.

Obwohl ich auch gratis eingelassen worden wäre, kaufte ich eine Karte für zwei Dollar, was für die damalige Zeit ein stolzer Preis war.

Ich betrat das Zelt, das aus vier langen Kammern bestand, durch die ein Gang führte. Jeder der vier Räume war in drei Boxen unterteilt; in jeder Box befand sich eine Plattform, auf jeder Plattform stand ein Stuhl, und auf jedem Stuhl saß ein Menschenwunder. In den meisten Abnormitätenausstellungen gab es nur zehn Attraktionen. Joel Tuck bot den Besuchern jedoch mehr für ihr Geld – zwei zusätzliche Attraktionen, zwei Gründe mehr, an Gottes Güte zu zweifeln. Ein großes, farbenprächtig illustriertes Plakat an der Rückwand jeder Box schilderte die Lebensgeschichte und die medizinische Ursache des Gebrechens dieser lebendigen Exponate.

Mich bestürzte zutiefst der krasse Unterschied im Benehmen der Leute, je nachdem, ob sie sich vor dem Zelt oder im Innern befanden. Draußen auf der Schaustellerstraße hatten sie noch moralische Bedenken gegen eine Abnormitätenschau gehabt oder zumindest einen leichten Widerwillen verspürt, auch wenn sie letztlich ihrer Neugier nicht widerstehen konnten. Im Zelt hingegen war von dieser zivilisierten Einstellung nichts mehr zu spüren. Vielleicht hatten sie draußen nicht ehrliche Überzeugungen geäußert, sondern nur leere Phrasen gedroschen. Jedenfalls deuteten sie jetzt – nachdem sie bezahlt hatten – lachend und kreischend mit Fingern auf die mißgestalteten Menschen, so als wären diese auch noch taub oder viel zu einfältig, um die Schmähungen verstehen zu können. Manche Burschen rissen geschmacklose Witze; und sogar die anständigsten, die betreten schwiegen, brachten nicht den Mut auf, ihren rohen Gefährten den Mund zu verbieten. Ich selbst nahte mich diesen ›Exponaten‹ mit ähnlicher Ehrfurcht wie den Kunstwerken alter Meister in einem Museum, denn sie illustrieren den Sinn des Lebens mindestens genausogut wie die Gemälde eines Rembrandt,

Matisse oder van Gogh. Diese verunstalteten Menschen können ebenso wie große Kunstschöpfungen an unser Herz rühren, uns an unsere Urängste erinnern, eine demütige Bejahung unserer eigenen Lebensbedingungen bewirken und unseren vagen Zorn über die kalte Gleichgültigkeit dieses unvollkommenen Universums in konkrete Bahnen lenken. Keine dieser Empfindungen war den Besuchern anzumerken, obwohl mein Urteil über sie zu hart sein mag. Jedenfalls hatte ich nach kaum zwei Minuten im Zelt den Eindruck, als wären die wahren Mißgeburten jene Leute, die für diese makabre Ausstellung bezahlt hatten.

Nun, sie bekamen für ihr Geld wirklich etwas geboten. In der ersten Box saß der Indianer Jack mit nacktem Oberkörper, damit man seine beiden zusätzlichen Arme besser sehen konnte, die etwas unterhalb und schräg hinter den normalen kräftigen Armen aus seinem Körper herausgewachsen waren. Sie waren etwas verkrümmt und schwach, aber immerhin hielt er mit diesem Händepaar eine Zeitung, während er seine normalen Hände benutzte, um Erdnüsse zu essen und ein Glas zum Mund zu führen.

In der nächsten Box war ›Lila, die Tätowierte Dame‹ zu bewundern, die nicht von Geburt an irgendwie abnorm war, sondern sich aus eigenem Entschluß in ein ›Menschenwunder‹ verwandelt hatte. Es folgten ›Flippo, der Robben-Junge‹, Mr. Sechs (sechs Zehen an jedem Fuß, sechs Finger an jeder Hand), der ›Alligator-Mann‹, ›Roberta, die Gummi-Frau‹, ein Albino, der einfach ›Gespenst‹ hieß, und andere Menschen, die – wie der Ausrufer es ausgedrückt hatte – ›zur Erziehung und zum Staunen all jener präsentiert werden, die über einen forschenden Geist und eine gesunde Neugier hinsichtlich der Geheimnisse des Lebens verfügen‹.

Ich ging langsam von einer Box zur anderen und blieb nur so lange stehen, bis ich entscheiden konnte, ob *dies* der psychische Magnet war, der mich magisch angezogen und hergeführt hatte.

Er zerrte noch immer an mir.

Ich ging weiter durch Shockville.

Das nächste Menschenwunder rief bei den Besuchern besonders große Resonanz hervor: Miss Gloria Neames, die 750 Pfund wog und als ›fetteste Dame der Welt‹ angepriesen wurde, eine Behauptung, die ich in keiner Hinsicht in Frage stellte, weder in bezug auf ihren Umfang noch in bezug auf das Wörtchen ›Dame‹, denn mein sechster Sinn sagte mir, daß sich unter dem unförmigen Äußeren ein wertvoller und sensibler Mensch verbarg. Sie saß auf einem speziell für sie angefertigten stabilen Stuhl. Es mußte ihr Schwierigkeiten bereiten aufzustehen, geschweige denn zu gehen; den Geräuschen nach zu schließen, mußte sogar das Atmen mühsam sein. Sie war ein Koloß von einer Frau: Der riesige Bauch reichte bis zu den Hängebrüsten hinauf, die ihrerseits so gewaltig waren, daß sie keinem erkennbaren anatomischen Zweck mehr dienten. Ihre Arme wirkten wie halb komische, halb heroische Skulpturen aus riesigen Mengen Schweineschmalz, und das Vier- oder Fünffachkinn reichte fast bis zum Brustbein. Besonders bemerkenswert war jedoch ihr Vollmondgesicht; es strahlte nicht nur die heitere Ruhe einer Buddhastatue aus, sondern war auch unerwartet schön; in den aufgeschwemmten Gesichtszügen war auf erschütternde Weise zu erkennen, wie reizvoll eine schlanke Gloria hätte aussehen können.

Manche Besucher mochten Gloria, weil sie vor dieser Box ihre Freundinnen und Frauen aufziehen konnten – »Falls du jemals so fett wirst, Baby, solltest du dich beizeiten nach einem Job in einer Abnormitätenschau umschauen, denn bei mir ist dann mit Sicherheit kein Platz mehr für dich« –, wobei sich unter den scherzenden Worten durchaus eine ernste Warnung verbarg. Und die Ehefrauen und Freundinnen – besonders jene, die etwas Übergewicht hatten – mochten Gloria, weil sie sich verglichen mit ihr gertenschlank und attraktiv vorkamen. Neben ihr hätte ja sogar Jelly wie eines jener halb verhungerten asiatischen Kinder ausgesehen, die in den Aufrufen zu Hilfsaktionen abgebildet sind. Und fast allen gefiel es, daß Gloria sich im Gegensatz zu vielen anderen ›Exponaten‹ mit ihnen unterhielt. Sie beantwortete geduldig ihre Fragen, wobei sie impertinente oder indiskrete Fragen einfach überging, ohne selbst verlegen zu werden und ohne die Dummköpfe in Verlegenheit zu bringen.

Während ich vor der Box der fetten Dame stand, spürte ich deutlich, daß sie eine wichtige Rolle in meinem Leben spielen würde, aber ich wußte auch, daß es nicht Gloria war, die mich nach Shockville gelockt hatte. Jener geheimnisvolle unwiderstehliche Magnetismus war nach wie vor wirksam, und ich ließ mich von ihm noch tiefer ins Zelt ziehen.

In der zwölften und letzten Box saß Joel Tuck, der Mann mit den Kohlblatt-Ohren, dem Greifer-Mund und den gallengelben Zähnen, das Monster mit der Frankenstein-Stirn und dem dritten Auge, der Riese, der gewiefte Geschäftsmann und Philosoph. Er war in ein Buch vertieft und ignorierte seine Umgebung total, hatte sich aber so plaziert, daß jede scheußliche Einzelheit seines Gesichts deutlich zu sehen war.

*Hier* war der Ursprung jener magnetischen Kraft, der ich gefolgt war. Im ersten Moment dachte ich, sie ginge von Joel Tuck selbst aus, und teilweise war das vielleicht tatsächlich der Fall. Doch das war bei weitem nicht alles. In erster Linie ging das Magnetfeld von diesem *Ort* aus, vom Boden der Box. Zwischen der Seilabsperrung und der Plattform befand sich eine etwa zwei Meter breite freie Fläche, die mit Sägespänen bestreut war. Ich starrte wie gebannt auf diese Stelle, von der eine unheilvolle Hitze ausstrahlte, die nichts mit dem stickigen Augusttag zu tun hatte. *Diese* Hitze konnte nur ich wahrnehmen. Obwohl sie keinen Geruch verströmte, glich sie irgendwie jenem Dampf, der auf unserer Farm von frisch gedüngten Beeten aufstieg. Sie ließ mich an den Tod denken, an jene Wärme, die durch Verwesung entsteht. Ich wußte nicht, was das zu bedeuten hatte, aber ich fragte mich unwillkürlich, ob ich möglicherweise spürte, daß sich auf dieser Stelle bald ein Grab befinden würde – vielleicht sogar mein eigenes. Und je länger ich diese schaurige Möglichkeit in Betracht zog, desto sicherer war ich mir, daß ich am Rande eines Grabes stand, das sich in naher Zukunft bei finsterer Nacht öffnen würde, um eine blutige Leiche aufzunehmen, und daß …

»Na, wenn das nicht Carl Slim ist!« rief Joel, der mich endlich bemerkt hatte. »Ach nein, tut mir leid. Nur Slim, so war es doch, nicht wahr? Slim MacKenzie.«

Ich reagierte mit einem Lächeln auf seine freundliche Nekkerei; die okkulte Ausstrahlung vom Boden ließ schnell nach und war gleich darauf überhaupt nicht mehr wahrzunehmen.

Der Besucherstrom hatte sich vorübergehend verlaufen, und ich war allein mit Joel. »Wie läuft das Geschäft?« erkundigte ich mich.

»Gut. Es läuft fast immer gut«, erwiderte er, und ich staunte wieder über sein weiches, volles Timbre, das einem Rundfunksprecher, der klassische Musik ansagte, alle Ehre gemacht hätte. »Und wie steht's mit dir? Bekommst du auf dem Rummelplatz all das, was du dir erhofft hast?«

»Einen Platz zum Schlafen, drei anständige Mahlzeiten pro Tag, mehr als nur ein Taschengeld – ja, das klappt alles bestens.«

»Anonymität?« fragte er.

»Auch das, glaube ich.«

»Zufluchtsort?« gab er mir das nächste Stichwort.

»Bis jetzt – ja.«

Wie schon bei unserer ersten Begegnung spürte ich auch jetzt das väterliche Wesen dieses seltsamen Mannes, seine Fähigkeit und Bereitschaft, anderen Trost, Rat und Freundschaft zu schenken. Doch wie zuvor spürte ich auch, daß er eine Gefahr, eine Bedrohung für mich darstellte, und ich fragte mich, wie beides zugleich möglich sein konnte. Er war entweder ein potentieller väterlicher Freund oder aber ein Feind. Doch wider alle Vernunft glaubte ich beides wahrzunehmen, und deshalb öffnete ich mich ihm nicht so, wie ich es andernfalls vielleicht getan hätte.

»Was hältst du von dem Mädchen?« wollte er von mir wissen.

»Von welchem Mädchen?«

»Gibt es denn ein anderes?«

»Du meinst... Rya Raines?«

»Magst du sie?«

»Na klar. Sie ist in Ordnung.«

»Ist das alles?«

»Was denn sonst?«

»Frag mal so gut wie jeden Mann auf diesem Rummelplatz, was er von Miß Rya Raines hält, und er wird eine halbe Stunde von ihrem Gesicht und Körper schwärmen, eine weitere halbe Stunde über ihr Wesen meckern und dann wieder ins Schwärmen geraten. Aber keiner wird einfach sagen: ›Sie ist in Ordnung‹ und Punktum.«

»Sie ist nett.«

»Du bist in sie verknallt«, stellte er trocken fest.

»Oh... nein... Nein. Ich doch nicht«, protestierte ich.

»Blödsinn!«

Ich zuckte mit den Schultern.

Sein orangefarbenes Auge fixierte mich mit blindem, aber nichtsdestotrotz durchdringendem Blick, während er mit den beiden normalen Augen rollte. »Ach, nun komm schon, natürlich bist du verknallt. Vielleicht steht es sogar noch schlimmer, vielleicht schwebst du in Gefahr, dein Herz an sie zu verlieren.«

»Sie ist doch älter als ich«, murmelte ich verlegen.

»Nur um einige Jahre.«

»Aber immerhin ist sie älter.«

»Und was Erfahrung, Geist und Intelligenz betrifft, bist du deinen Lebensjahren weit voraus und kannst es ohne weiteres mit ihr aufnehmen. Versuch nicht, es zu leugnen, Slim MacKenzie. Du bist verknallt. Gib es zu.«

»Na ja, sie ist sehr schön.«

»Und darunter?«

»Häh?«

»Und darunter?« wiederholte er.

»Willst du wissen, ob sie auch unter der Hautoberfläche schön ist?«

»Ist sie es?«

Überrascht über sein Talent, mich auszufragen, sagte ich: »Nun, sie will, daß man sie für kalt und hartgesotten hält... aber in Wirklichkeit... in Wirklichkeit hat sie Eigenschaften, die genauso anziehend sind wie ihr Gesicht.«

Er nickte. »Da stimme ich dir völlig zu.«

Eine Gruppe lachender Besucher näherte sich langsam.

Joel beugte sich auf seinem Stuhl vor und redete etwas

schneller, um die letzten Augenblicke unseres Alleinseins auszunutzen. »Aber weißt du... sie ist auch schwermütig.«

Ich dachte an die düstere Stimmung, der ich sie in der vergangenen Nacht überlassen hatte, an die herzzerreißende Einsamkeit und Verzweiflung, die sie in die Tiefe zu ziehen schienen. »Ja, dessen bin ich mir bewußt. Ich weiß nicht, woher diese Schwermut kommt oder was sie zu bedeuten hat, aber ich spüre sie deutlich.«

»Denk mal über etwas nach«, sagte er, zögerte dann aber weiterzureden.

»Worüber denn?« hakte ich nach.

Er starrte mich so intensiv an, daß ich geneigt war zu glauben, er versuchte bis auf den Grund meiner Seele zu schauen. Dann sagte er seufzend: »Ihre Oberfläche ist so unglaublich schön, und auch darunter verbirgt sich Schönheit, da stimmen wir beide völlig überein... aber ist es möglich, daß unter dem ›Darunter‹, das du sehen kannst, eine weitere Schicht verborgen ist?«

Ich schüttelte den Kopf. »Ich glaube nicht, daß sie sich verstellt.«

»Oh, das tun wir alle, mein junger Freund! Manche von uns täuschen die ganze Welt, jeden einzelnen Mitmenschen, dem sie begegnen. Andere täuschen nur bestimmte Personen – Ehefrauen, Geliebte, Mütter und Väter. Und wieder andere täuschen nur sich selbst. Aber keiner von uns ist jemals in allen Dingen total ehrlich. Verdammt, die Notwendigkeit, sich zu verstellen, gehört zu den Flüchen, mit denen unsere erbärmliche Spezies nun einmal leben muß.«

»Was versuchst du mir über Rya zu erzählen?« fragte ich.

»Nichts«, antwortete er. Die Anspannung wich plötzlich von ihm, und er lehnte sich auf seinem Stuhl zurück. »Nichts.«

»Warum sprichst du immer in Rätseln?«

»Ich?«

»Ja.«

»Ich wüßte nicht, daß ich das täte«, sagte er mit der unergründlichsten Miene, die ich je bei einem Menschen gesehen hatte.

Die Besucher waren jetzt bei der zwölften Box angelangt – zwei Pärchen Anfang Zwanzig, die Mädchen mit hochtoupierten Haaren und zuviel Make-up, die Burschen in karierten Hosen und schreiend bunten Hemden, ein Quartett von aufgetakelten Provinzlern. Eines der Mädchen – ein ziemlich plumpes Ding – kreischte erschrocken, als es Joel Tuck sah. Das andere Mädchen quiekte, um nicht hinter der Freundin zurückzustehen, und die Männer legten schützend einen Arm um die Frauen, so als bestünde die Gefahr, daß Joel Tuck sich auf sie stürzen würde, Vergewaltigung oder Kannibalismus im Sinn.

Während die jungen Leute ihre Kommentare abgaben, vertiefte sich Joel wieder in sein Buch und ignorierte ihre Fragen. Seine Haltung strahlte soviel Würde aus, daß sogar die Besucher dies spürten und eingeschüchtert verstummten.

Eine weitere Gruppe näherte sich. Ich blieb noch einen Moment stehen, beobachtete Joel und atmete die Gerüche von sonnenerhitzter Leinwand, Sägemehl und Staub ein. Dann glitt mein Blick wieder zu jenem Stück Erde zwischen Seil und Plattform, und wieder empfing ich Eindrücke von Verwesung und Tod, aber ich konnte beim besten Willen nicht präzisieren, was diese düsteren Vibrationen zu bedeuten hatten. Nur hatte ich noch immer das wenig angenehme Gefühl, daß diese Erde mit einem Spaten umgegraben werden würde, um mir als Grab zu dienen.

Ich wußte, daß ich zurückkommen würde, wenn der Rummelplatz geschlossen war, wenn alle Besucher fort waren, wenn das Zelt leer war. Ich würde mich hierherschleichen, um diese ominöse Stelle näher in Augenschein zu nehmen, um meine Hände auf den Boden zu pressen, in der Hoffnung, der hier konzentrierten psychischen Energie eine konkretere Warnung entlocken zu können. Ich mußte mich gegen die drohende Gefahr wappnen, und das war nur möglich, wenn ich wußte, worin diese Gefahr bestand.

Als ich das Zelt verließ und auf die Straße hinaustrat, hatte das Zwielicht genau die Farbe meiner Augen.

Da es der vorletzte Abend des Jahrmarktes und zudem ein Freitag war, blieben die Besucher länger, und der Rummelplatz schloß später als in der Nacht zuvor. Es war fast halb zwei, als ich die Teddybären endlich wegräumte und mich auf den Weg zu Ryas Wohnwagen machte, beladen mit Münzen, die bei jedem Schritt klirrten.

Dünne zerzauste Wolken wurden vom Mond angestrahlt, so daß ihre Spitzenränder wie reinstes Silber glänzten. Der Nachthimmel glich dadurch einer kunstvollen Filigranarbeit.

Rya hatte mit ihrem übrigen Personal schon abgerechnet und wartete auf mich. Sie war ähnlich wie am Vorabend gekleidet: hellgrüne Shorts, weißes T-Shirt, kein Schmuck. Sie brauchte auch keinen Schmuck, denn ihre Schönheit blendete mehr als jedes Diamantkollier.

Sie war in einer wenig mitteilsamen Stimmung, öffnete den Mund nur, wenn sie angesprochen wurde, und gab auch dann einsilbige Antworten. Sie legte das Geld in einen Wandsafe und zahlte mir einen halben Tageslohn aus, den ich in meine Jeanstasche schob.

Während der Abrechnung hatte ich sie aufmerksam betrachtet, nicht nur, weil sie hinreißend aussah, sondern auch, weil ich die Vision der letzten Nacht nicht vergessen konnte, als mir eine blutige Rya erschienen war und mich angefleht hatte, sie nicht sterben zu lassen. Ich hoffte, daß meine hellseherischen Fähigkeiten durch die Gegenwart der realen Rya stimuliert würden, daß ich detailliertere Vorahnungen haben würde, die mich befähigten, sie vor einer ganz speziellen Gefahr zu warnen. Aber das einzige, was ich in ihrer Nähe spürte, war die Aura ihrer tiefen Schwermut – und sexuelle Erregung.

Ich hätte meinen Aufbruch liebend gern unter irgendeinem Vorwand noch ein wenig hinausgezögert, aber mir fiel beim besten Willen nichts ein, und so wandte ich mich mit einem »Gute Nacht« zur Tür.

»Morgen wird viel los sein«, sagte sie, als ich auf der Schwelle stand.

Ich drehte mich um. »Samstags ist immer viel los.«

»Und morgen abend ist Kehraus – alles wird abgebaut.«

Und am Sonntag würden wir in Yontsdown alles wieder aufbauen, doch daran wollte ich jetzt lieber nicht denken.

»Samstags gibt es immer soviel zu tun, daß ich freitags sehr schlecht einschlafe.«

Ich vermutete, daß sie – wie ich – *meistens* Probleme mit dem Einschlafen hatte und oft unausgeruht aufwachte, selbst wenn sie einige Stunden Schlaf fand.

»Ich weiß, was du meinst«, murmelte ich unbeholfen.

»Spazierengehen hilft ein wenig«, fuhr sie fort. »Manchmal gehe ich in der Nacht von Freitag auf Samstag hinüber zum dunklen Rummelplatz und drehe dort meine Runden, um die überschüssige Energie loszuwerden und die Stille auf mich wirken zu lassen. Es ist ein friedlicher Ort, wenn alles geschlossen ist, wenn die Besucher fort sind und keine Lichter mehr brennen. Aber es gibt noch etwas Besseres: Wenn das Jahrmarktsgelände sich wie hier auf freiem Feld befindet, laufe ich durch die Wiesen und sogar durch Wälder, sofern es einen Weg oder einen guten Pfad gibt – und sofern der Mond scheint.«

Abgesehen von ihrem strengen Vortrag über die Arbeit am ›Lukas‹ war das die längste Rede, die ich bisher von ihr gehört hatte, und sie bemühte sich offenbar, einen Kontakt zu mir herzustellen, aber ihre Stimme blieb dabei so unpersönlich und geschäftsmäßig wie während der Arbeitszeit. Ja, sie war sogar eher noch kühler als zuvor, denn jetzt fehlte ihr das Stimulans des Geldverdienens. Es war eine ausdruckslose, gleichgültige Stimme, so als verlöre Rya jedes Interesse am Leben, sobald der Rummelplatz schloß, und erlangte es erst am nächsten Vormittag bei Öffnung der Tore wieder. Ohne das besondere Gespür, das ich meinem sechsten Sinn verdankte, hätte ich vielleicht gar nicht bemerkt, daß sie menschlichen Kontakt benötigte und mich zu erreichen versuchte. Ich wußte, daß sie sich bemühte, freundlich zu sein, aber das fiel ihr denkbar schwer.

»Heute nacht scheint der Mond«, sagte ich.

»Ja.«

»Und es gibt Wiesen in der Nähe.«

»Ja.«

»Und Wälder.« Sie starrte ihre nackten Füße an.

»Ich wollte selbst einen kleinen Spaziergang machen«, murmelte ich.

Ohne mich anzusehen, ging sie zum Lehnstuhl, wo ihre Tennisschuhe standen, schlüpfte hinein und kam auf mich zu.

Wir ließen Gibtown-auf-Rädern hinter uns und gingen durch die Wiesen, wo das wilde Gras im Mondschein silbrig schimmerte. Es war kniehoch und mußte ihre nackten Beine kitzeln, aber sie beklagte sich nicht. Wir liefen schweigend dahin, anfangs, weil wir beide zu unbeholfen waren, um ein Gespräch zu beginnen, dann aber, weil es plötzlich unwichtig schien, ob wir uns unterhielten oder nicht.

Am Ende der Wiese wandten wir uns nach Nordwesten und schlenderten am Waldrand entlang. Hier spürten wir eine willkommene Brise im Rücken. Der nächtliche Wald schien nicht aus einzelnen Tannen, Birken und Ahornen zu bestehen, sondern aus einer unüberwindlichen stabilen Festungsmauer. Nach etwa einem halben Kilometer tauchte zwischen den Bäumen aber ein schmaler Weg auf, der in den finsteren Wald hineinführte.

Ohne uns abzusprechen, bogen wir auf diesen Weg ein. Nach 200 Metern fragte sie unvermittelt: »Träumst du?«

»Manchmal«, antwortete ich.

»Wovon?«

»Von Trollen«, sagte ich wahrheitsgemäß, obwohl ich wußte, daß ich lügen würde, falls sie Näheres wissen wollte.

»Alpträume«, stellte sie nüchtern fest.

»Ja.«

»Hast du meistens Alpträume?«

»Ja.«

Obwohl die Berge von Pennsylvania meiner Ansicht nach bei weitem nicht so eindrucksvoll waren wie die Siskiyous, herrschte hier doch eine ehrfurchtgebietende Stille, wie sie nur in der Wildnis zu finden ist, majestätischer als in einer Kathedrale, und wir dämpften unwillkürlich unsere Stimmen und unterhielten uns fast im Flüsterton, obwohl niemand uns hören konnte.

»Ich auch«, sagte sie. »Alpträume. Nicht nur meistens. Immer.«

»Trolle?« fragte ich.

»Nein.«

Sie verstummte wieder, und ich wußte, daß es sinnlos wäre, in sie zu dringen. Sie würde mir nur dann mehr erzählen, wenn ihr selbst danach zumute war.

Wir liefen nebeneinander her. Auf beiden Seiten umgab uns dichter Wald. Der Weg hatte im Mondschein einen grauen Schimmer, so als wäre Gottes Thronwagen mit Feuerrädern hier durchgebraust und hätte eine Aschenspur hinterlassen.

Nach einer Weile sagte Rya: »Friedhöfe.«

»In deinen Träumen?«

Ihre Stimme wurde noch leiser. »Ja. Es ist nicht immer derselbe Friedhof. Manchmal erstreckt er sich auf ebenem Gelände bis zum Horizont, ein Grabstein hinter dem anderen, und alle sehen genau gleich aus.« Sie hauchte jetzt nur noch. »Und manchmal ist es ein verschneiter Friedhof auf einem Hügel, mit kahlen schwarzen Bäumen und mit terrassenförmig angeordneten Grabsteinen verschiedenster Art – Marmorobelisken und niedrige Granittafeln und verwitterte Statuen... und ich gehe den Hügel hinab... in Richtung der Straße, die aus dem Friedhof hinausführt... ich bin sicher, daß es dort irgendwo eine Straße geben muß... aber ich kann sie einfach nicht finden.« Ihre Stimme klang jetzt so trostlos, daß mir ein kalter Schauder über den Rücken lief, so als hätte man mir eine eisige Klinge auf die Haut gelegt. »Zuerst bewege ich mich langsam zwischen den Grabmälern hindurch, weil ich Angst habe auszurutschen und in den Schnee zu fallen; aber wenn ich schon ein ganzes Stück hinabgestiegen bin und unten noch immer keine Straße sehe, gehe ich allmählich schneller... und immer schneller... und bald renne ich, stolpere, stürze, stehe auf und renne weiter den Hügel hinunter...« Sie holte zitternd Luft und stieß mit einem leisen angsterfüllten Seufzer hervor: »Und weißt du, was ich dann finde?«

Ich glaubte es zu wissen. Während wir einen niedrigen

Hügel hinaufgingen, sagte ich: »Du siehst einen Namen auf einem der Grabsteine, und es ist dein eigener Name.«

Sie erschauderte. »Auf einem *steht* mein Name, das spüre ich in jedem Traum. Aber ich finde diesen Grabstein nie. Ich wünschte fast, ich fände ihn endlich. Ich glaube nämlich... wenn ich ihn fände... wenn ich mein eigenes Grab fände... dann würde ich aufhören, solche Dinge zu träumen...«

Weil du nicht mehr aufwachen würdest, dachte ich. Weil du dann wirklich tot wärest. Zumindest sagt man, daß das passiert, wenn jemand nicht aufwacht, bevor er in einem Traum stirbt. Im Traum sterben – und tatsächlich nie mehr aufwachen...

»Was ich finde, wenn ich den Hügel weit genug hinabgehe«, fuhr sie stockend fort, »ist die Straße, nach der ich gesucht habe... Aber es ist keine Straße mehr. Man hat dort Menschen begraben. Überall ragen Grabsteine aus dem Asphalt... so als hätte man nicht mehr gewußt, wohin mit all den vielen Leichen, und hätte sie einfach dort beerdigt, wo noch Platz war. Hunderte von Grabsteinen, jeweils vier nebeneinander, eine Reihe hinter der anderen, die ganze Straße entlang. Du verstehst... diese Straße ist kein Ausweg mehr. Sie ist zu einem Teil des Friedhofs geworden. Und unterhalb dieser ehemaligen Straße befinden sich weitere kahle Bäume und Grabmäler, so weit das Auge reicht. Und das Schlimmste ist... irgendwie weiß ich, daß all diese Menschen tot sind... weil...«

»Weil?«

»Weil ich sie umgebracht habe.«

»Das klingt fast so, als hieltest du dich wirklich für schuldig«, stellte ich fest.

»Das tu' ich auch.«

»Aber es ist doch nur ein Traum.«

»Wenn ich aufwache, verblassen die Bilder nicht... sie sind für einen Traum viel zu real... sie haben mehr Bedeutung als ein normaler Traum. Vielleicht... vielleicht sind sie ein Omen.«

»Aber du bist doch keine Mörderin.«

»Nein.«

»Was könnte es dann zu bedeuten haben?«

»Das weiß ich nicht.«

»Es ist bestimmt nur ein blödsinniger Traum«, beharrte ich.

»Nein.«

»Dann sag mir, welchen Sinn er haben könnte.«

»Ich weiß es nicht.«

Ich hatte jedoch das beunruhigende Gefühl, daß sie genau wußte, was der Traum bedeutete, daß sie mich jetzt belog, so wie ich sie belogen hätte, wenn sie mich über die Trolle meiner Alpträume ausgefragt hätte.

Wir waren den Hügel inzwischen hinabgegangen und hatten hinter einer Wegbiegung einen kleinen Eichenhain durchquert, der weniger Mondlicht durchließ als der übrige Wald. Insgesamt hatten wir vielleicht anderthalb Kilometer zurückgelegt, als der Weg am Ufer eines kleinen Waldsees endete.

Das sanft abfallende Ufer war mit üppigem weichem Gras bewachsen. Der See sah in der Dunkelheit wie eine riesige Ölpfütze aus. Der Mond und vereinzelte frostweiße Sterne spiegelten sich in der leicht gekräuselten Wasseroberfläche. Das wispernde Gras war schwarz wie auf der Wiese hinter der Wohnwagenstadt, doch auch hier hatte jeder Halm eine dünne Silberkante.

Rya setzte sich ins Gras, und ich nahm neben ihr Platz.

Sie hüllte sich jetzt wieder in Schweigen.

Ich respektierte ihren Wunsch nach Stille.

Ich blickte zum nächtlichen Himmelsgewölbe empor, hörte in der Ferne Grillen zirpen, hörte leises Platschen, wenn Fische sich an der Wasseroberfläche Insekten schnappten, und verspürte ebenfalls kein Bedürfnis nach einer Unterhaltung. Mir genügte es, neben ihr zu sitzen, kaum eine Armeslänge von ihr entfernt.

Dieser friedvolle Ort übte nach dem deprimierenden Tag eine befreiende Wirkung auf mich aus. Zuerst Yontsdown mit seinen Schornsteinen und mittelalterlich anmutenden Gebäuden, eine Stadt, über der das Unheil lastete wie schwarze Gewitterwolken. Dann der Rummelplatz mit seinem ohrenbetäubenden Lärm, dem verwirrenden Lichtermeer und den Menschenmassen. Es war herrlich erholsam, jetzt ein Weilchen an einem Ort zu sein, wo nichts auf die Existenz von Menschen hindeutete, abgesehen von dem Weg, dem wir jedoch den Rücken zukehrten und den ich deshalb leicht vergessen konnte. Im allgemeinen war ich ein geselliger Typ, aber hin und wieder hatte ich die Menschen fast genauso satt wie die Trolle. Und manchmal, wenn ich sah, wie grausam Männer und Frauen zu ihren Mitmenschen sein konnten – wie die Besucher der Abnormitätenschau –, glaubte ich, daß wir die Trolle *verdienten*, daß wir einer verderbten Rasse angehörten, die das Wunder ihrer Existenz nicht genügend zu schätzen wußte, daß wir für unser abscheuliches Verhalten gegenüber unserem Nächsten mit der Bösartigkeit der Unholde bestraft wurden. Viele der Götter, die wir verehrten, stellten schließlich hohe Anforderungen, traten als Richter auf und waren zu unvorstellbaren Grausamkeiten imstande. Warum sollten sie uns nicht als Strafe für unsere Sünden von Trollen heimsuchen lassen? Doch die Stille des Waldes wirkte reinigend auf mich, und allmählich fühlte ich mich wohler, trotz unseres vorangegangenen Gesprächs über Friedhöfe und Alpträume.

Kurz darauf bemerkte ich, daß Rya weinte. Sie gab keinen Laut von sich, und ihr Körper bebte auch nicht von heimlichem Schluchzen. Erst als ich mit meinem sechsten Sinn Signale ihrer schrecklichen Melancholie auffing und einen Blick zu ihr hinüberwarf, sah ich, daß eine im Mondlicht schimmernde Träne über ihre glatte Wange rollte.

»Was ist?« fragte ich.

Sie schüttelte den Kopf.

»Willst du nicht darüber sprechen?«

Sie schüttelte wieder den Kopf.

Ich wußte, daß sie Trost benötigte, daß sie ihn bei mir suchte, aber ich wußte nicht, *wie* ich sie trösten sollte. Ich wandte mich von ihr ab und starrte auf die ölige Schwärze des Sees hinaus. Verdammt, sie verursachte Kurzschlüsse in meinem logischen Denkvermögen. Sie war anders als alle Menschen, die ich je gekannt hatte, voll schwindelerregender Abgründe und dunkler Geheimnisse, und ich traute mich einfach nicht, auf sie so ungezwungen einzugehen wie auf jeden anderen. Ich kam mir wie ein Astronaut vor, der zum erstenmal Kontakt mit einem Außerirdischen aufnehmen soll und aufgrund ihrer Verschiedenheit gravierende Mißverständnisse befürchtet. Deshalb fühlte ich mich außerstande, irgend etwas zu tun, irgendwie zu reagieren. Ich sagte mir, daß es töricht gewesen war zu glauben, die kühle Atmosphäre zwischen uns ließe sich erwärmen, daß es idiotisch gewesen war, mir einzubilden, ich könnte eine enge Beziehung zu ihr herstellen, daß ich mit dieser Sache völlig überfordert wäre, daß diese Gewässer für mich viel zu dunkel und fremdartig wären, daß ich Rya nie verstehen würde und...

Und dann küßte sie mich.

Sie preßte ihre weichen Lippen auf die meinigen, ihr Mund öffnete sich mir, und ich erwiderte ihren Kuß mit nie gekannter Leidenschaft. Unsere Zungen schienen miteinander zu verschmelzen. Ich grub meine Hände in ihre herrlichen Haare, ließ sie durch meine Finger gleiten. Sie fühlten sich an wie Mondlicht, das man zu einem kühlen Seidenfaden gesponnen hat. Ich berührte ihr Gesicht, und ihre Haut elektrisierte mich förmlich. Meine Hände wanderten tiefer, strichen über ihren Hals, legten sich auf ihre Schultern, als unsere Küsse immer leidenschaftlicher wurden, wölbten sich schließlich um ihre vollen Brüste.

Sie zitterte am ganzen Leibe, seit sie sich zu mir herübergebeugt hatte, um mich zu küssen. Ich spürte, daß das kein Beben erotischen Verlangens war, sondern Ausdruck ihrer Unsicherheit und Scheu, ihrer Angst, zurückgestoßen zu werden – Gefühle, die meinen eigenen sehr ähnlich waren. Plötzlich durchlief sie jedoch ein stärkerer Schauer. Sie löste sich von mir und murmelte: »Oh, verdammt!«

»Was ist?« fragte ich atemlos.

»Warum können...«

»Ja?«

»...zwei Menschen nicht...«

»Ja?«

Tränen liefen ihr jetzt über die Wangen, und ihre Stimme zitterte. »... einfach aufeinander zugehen...«

»Das haben wir beide doch getan.«

»... und jene Barriere beiseite schieben...«

»Da ist keine Barriere. Jetzt nicht mehr.«

Ich spürte ihre unsagbare Traurigkeit, ihre Einsamkeit, die einem Brunnen von unermeßlicher Tiefe vergleichbar war, ihre Absonderung, und ich befürchtete, daß diese Gefühle wieder überhandnehmen und zwischen uns jene Entfremdung bewirken würde, vor der ihr so graute.

»Sie ist da... sie ist immer da... es ist immer so schwer, wirklich Kontakt zu finden... richtigen Kontakt...«

»Es ist ganz einfach«, widersprach ich.

»Nein.«

»Wir haben schon mehr als die Hälfte des Weges zurückgelegt.«

»... eine Schlucht... ein Abgrund...«

»Sei still«, sagte ich zärtlich, zog sie wieder an mich und küßte sie.

Wir küßten und liebkosten einander mit rasch zunehmender Leidenschaft, überstürzten aber nichts, sondern kosteten jede Berührung voll aus. Obwohl wir bestimmt nicht länger als fünf oder zehn Minuten dort im Gras saßen, kam es mir so vor, als hielten wir uns schon tagelang in den Armen. Als sie sich mir wieder entzog, wollte ich protestieren, aber ihr »Schscht!« brachte mich sofort zum Schweigen. Sie sprang auf, schlüpfte ohne jenes enervierende Herumfummeln an Knöpfen, Haken und Reißverschlüssen, das sich so störend auf die Liebesglut auswirken kann, aus ihren Kleidern und stand völlig nackt vor mir.

Sogar bei Nacht in diesem dunklen Wald kam sie mir wie die Tochter der Sonne vor, denn Mondschein war nichts anderes als Reflexion des Sonnenlichts; und jeder Strahl dieses Sonnenlichts aus zweiter Hand fand nun seinen Weg zu ihr, verlieh ihrer Haut einen weichen Schimmer und zeichnete die Konturen ihres vollkommenen Körpers nach. Eros in einem fließenden Gewand aus Schwarz und Silber.

Sie schien wie ein himmliches Wesen aus der Höhe zu mir

herabzuschweben, als sie anmutig niederkniete und sich sodann ins dichte, weiche Gras legte.

Ich zog mich aus.

Ich liebkoste sie mit Händen, Lippen und Zunge und brachte sie zweimal zum Höhepunkt, noch bevor ich mich mit ihr vereinigte. Ich war kein großartiger Liebhaber – weit davon entfernt; meine sexuellen Erfahrungen waren beschränkt auf zwei Frauen von anderen Rummelplätzen. Aber mit Hilfe meines sechsten Sinnes schien ich immer zu wissen, was heimlich ersehnt wurde, was größte Lust bereitete.

Schließlich spreizte ich ihre schlanken Schenkel und drang in sie ein. Dieser Augenblick der Penetration war wie sonst auch, ein Akt anatomischer Mechanik, doch sobald wir vereint waren, war nichts mehr wie sonst; die Mechanik verwandelte sich in Mystizismus, und wir verschmolzen zu einem einzigen Organismus, strebten instinktiv eine geheimnisvolle, aber verzweifelt ersehnte Apotheose von Leib *und* Seele an. Unser wechselseitiges Einfühlungsvermögen grenzte ans Wunderbare. Keine störende Bewegung, kein falsches Wort – nichts störte den erstaunlich abwechslungsreichen Rhythmus unserer Leidenschaft, bis wir die vollkommene Harmonie erreichten und dann sogar übertrafen. Die Welt versank. Wir waren eins. Wir waren alles. Wir waren einzig.

In diesem erhabenen, fast heiligen Zustand kam mir die Ejakulation nicht wie ein natürlicher Schlußpunkt unserer Vereinigung vor, sondern wie ein Affront, wie ein roher Einfall primitiver Biologie. Aber sie war unvermeidbar. Und sie ließ sich nicht einmal lange hinauszögern. Ich war höchstens vier oder fünf Minuten in ihr, als sich die bevorstehende Eruption ankündigte. Verlegen wollte ich mich zurückziehen, aber sie umschlang mich nur noch enger mit Armen und Beinen. Ich keuchte eine Warnung, worauf sie flüsterte: »Das macht nichts, Slim, das macht nichts... ich kann sowieso keine Kinder bekommen... keine Kinder... bleib bei mir, Liebling, bleib in mir... füll mich ganz aus...« Bei den letzten Worten kam sie wieder zum Höhepunkt, wölbte sich mir entgegen, preßte ihre Brüste an meine Brust, wurde von lustvollen Schauern geschüttelt, und plötzlich schossen Spermaströme aus mir hervor und ergossen sich in ihren Leib.

Es dauerte lange, bis wir die Welt um uns herum wieder wahrnahmen, und wir trennten uns nur widerwillig voneinander. Doch schließlich lagen wir Seite an Seite da, hielten uns bei den Händen und blickten zum Nachthimmel empor. Wir schwiegen, denn alles, was gesagt werden mußte, hatten wir bereits gesagt, ohne Zuflucht zu Worten nehmen zu müssen.

Mindestens fünf lange Minuten vergingen, bevor sie fragte: »Wer *bist* du, Slim MacKenzie?«

»Einfach ich.«

»Etwas ganz Besonderes.«

»Machst du Witze? Etwas Besonderes? Ich konnte mich ja nicht einmal beherrschen. Bin explodiert wie ein Feuerwerkskörper! Mein Gott! Aber ich verspreche dir, daß ich mich beim nächstenmal mehr unter Kontrolle haben werde. Ich bin kein großartiger Liebhaber, kein Casanova, soviel steht fest, aber normalerweise bin ich doch ausdauernder als ...«

»Nicht«, unterbrach sie mich leise. »Red nicht abfällig darüber. Tu nicht so, als wäre es nicht das natürlichste, erregendste Erlebnis deines Lebens gewesen. Denn das war es. Jedenfalls für mich. Es war vollkommen.«

»Aber ich ...«

»Es hat lange genug gedauert, glaub mir. Und jetzt sei still.«

Ich war still.

Die filigranartigen Wolken waren verschwunden. Der Himmel war kristallklar, der Mond eine leuchtende Scheibe.

Dieser ungewöhnliche Tag scharfer Kontraste hatte gräßliche Eindrücke und Erfahrungen für mich bereitgehalten, mir aber zugleich ein geradezu schwindelerregendes Glück beschert. Die bösartigen Trolle in Yontsdown. Und zur Kompensation: Rya Raines. Die graue Trostlosigkeit jener unglückseligen Stadt. Und zum Ausgleich diese herrliche Leinwand mit Mond und Sternen, unter der ich jetzt lag. Die Visionen von Feuer und Tod bei der Grundschule. Und andererseits: die Erinnerung an Ryas in Mondlicht getauchten nackten Körper. Ohne Rya wäre es ein Tag unvorstellbarer Verzweiflung gewesen. Aber dort, am Seeufer, kam sie mir wie die Verkörperung von allem vor, was bei den Plänen des göttlichen Architekten für das Universum *geklappt* hatte, und wenn ich Gott in diesem Augenblick hätte ausfindig machen können, hätte ich beharrlich am Saum Seines Gewandes gezerrt, Ihn ans Schienbein getreten und so lange belästigt, bis Er eingewilligt hätte, jenen großen Teil Seiner Schöpfung, den Er beim erstenmal verhunzt hatte, neu zu erschaffen und sich bei diesem gewagten Unternehmen Ryas zu bedienen – als ein leuchtendes Beispiel dafür, was möglich war, wenn Er sich dem Projekt nur mit ganzer Kraft und voller Konzentration widmete.

Joel Tuck irrte sich. Ich war nicht in sie verknallt.

Ich liebte sie.

Ich liebte sie, und obwohl ich es damals noch nicht wußte, rückte die Zeit rasch näher, da ich wegen meiner Liebe zu ihr Gottes Beistand verzweifelt nötig haben würde, um zu überleben.

Nach einer Weile ließ sie meine Hand los, setzte sich auf, schlang ihre Arme um die hochgezogenen Knie und starrte auf den dunklen See hinaus. Auch ich setzte mich auf, und noch immer hatten wir nicht das Bedürfnis, gesprächiger als die Fische im See zu sein.

Ein leises Platschen.

Rascheln von Schilf am Wasserrand.

Zirpende Grillen.

Klagende Lockrufe einsamer Frösche.

Ich bemerkte, daß Rya wieder weinte.

Mein Finger zerdrückte eine Träne, als ich ihr zart über die Wange strich.

»Was ist?« fragte ich.

Sie schwieg.

»Sag es mir«, bat ich.

»Nicht.«

»Was?«

»Nicht sprechen.«

Ich schwieg.
Sie schwieg.
Schließlich schwiegen auch die Frösche.
Nach längerer Zeit murmelte sie: »Das Wasser sieht einladend aus.«
»Nur naß, weiter nichts.«
»Verlockend.«
»Wahrscheinlich wimmelt es von Algen, und der Grund ist bestimmt schlammig.«
»In Gibtown, in Florida, gehe ich im Winter oft lange am Strand spazieren, und manchmal stelle ich mir vor, wie schön es wäre, aufs Meer hinauszuschwimmen, weiter und immer weiter, und nie zurückzukommen.«
Ich fragte mich, ob ihr bestürzender Lebensüberdruß und ihre tiefe Schwermut damit zusammenhingen, daß sie keine Kinder bekommen konnte. Aber Unfruchtbarkeit schien mir kein ausreichender Grund für eine derartige Verzagtheit zu sein. Sie hatte sich soeben angehört wie eine Frau, deren Herz von einem jede Vorstellungskraft übersteigenden, ätzenden Schmerz zerfressen war.
Mir war unbegreiflich, wie sie so schnell von der Ekstase in die Verzweiflung stürzen konnte. Erst vor wenigen Minuten hatte sie mir gesagt, daß unsere Vereinigung absolut vollkommen gewesen war. Und jetzt ließ sie sich fast *freudig* in eine hoffnungslose, verzehrende Melancholie zurückfallen, die mich wahnsinnig ängstigte.
»Wäre es nicht schön«, fuhr sie versonnen fort, »hinauszuschwimmen, soweit man kann, und dann immer noch weiterzuschwimmen, bis Arme und Beine zu Blei werden und...«
»Nein«, fiel ich ihr scharf ins Wort, während ich ihr Gesicht mit beiden Händen umschloß und sie zwang, mich anzusehen. »Nein, es wäre nicht schön. Es wäre alles andere als schön. Was redest du da? Was ist los mit dir? Warum bist du so depressiv?«
Sie gab keine Antwort, und in ihren Augen vermochte ich nicht einmal mit Hilfe meines sechsten Sinns zu lesen. Ich sah darin nur eine Einsamkeit, gegen die ich nicht anzu-

kämpfen vermochte. Das Gefühl meiner völligen Ohnmacht erfüllte mich mit solcher Angst, daß nun auch mir Tränen in die Augen schossen.

Verzweifelt drückte ich sie ins Gras, küßte und streichelte sie, begann ein neues Liebesspiel. Anfangs versuchte sie mich abzuwehren, doch schon bald reagierte sie auf meine Liebkosungen, und kurz darauf waren wir wieder vereint, und trotz ihres Selbstmordgeredes und trotz der Tatsache, daß sie mir die Ursache ihrer Verzweiflung nicht mitteilen wollte, war es sogar noch vollkommener als beim erstenmal. Wenn Leidenschaft die einzige Rettungsleine war, die ich ihr zuwerfen konnte, wenn nur Leidenschaft sie aus dem geistigen Treibsand zu befreien vermochte, der sie in die Tiefe zu ziehen drohte, dann war es wenigstens beruhigend zu wissen, daß meine Leidenschaft für sie eine Rettungsleine von unendlicher Länge darstellte.

Erschöpft lagen wir ein Weilchen eng umschlungen da, und unser Schweigen hatte nichts Bedrückendes an sich. Schließlich zogen wir uns an und machten uns auf den Rückweg zum Jahrmarktsgelände.

Ich frohlockte über den Anfang, den wir in dieser Nacht gemacht hatten, und ich war so hoffnungsfroh, wie ich es nicht einmal vor dem Tag, an dem ich zum erstenmal einen Troll gesehen hatte, gewesen war. Ich wollte jubeln, den Kopf zurückwerfen und dem Mond zulachen, aber ich tat nichts Derartiges, denn bei jedem Schritt auf dem Waldweg befürchtete ich, daß sie erneut in Verzweiflung geraten würde. Außerdem ängstigte mich noch immer jene Vision ihres blutigen Gesichts. Das war eine wilde Mixtur gegensätzlicher Gefühle, eine ziemlich schwer verdauliche Mixtur, speziell für einen siebzehnjährigen Jungen, der fern von zu Hause und von seiner Familie völlig getrennt war und ein verzweifeltes Bedürfnis nach Zuneigung, Stabilität und irgendeinem Ziel hatte. Zum Glück hielt Ryas gute Laune aber auf dem ganzen Weg bis zur Tür ihres Wohnwagens an, was in mir die leise Zuversicht weckte, daß es mir vielleicht doch gelingen würde, sie für immer von jenen düsteren Gedanken an ein selbstmörderisches Hinausschwimmen aufs Meer abzubringen.

Und was die Vision betraf... nun, ich mußte ihr eben irgendwie helfen, die Gefahr zu meiden. Im Gegensatz zur Vergangenheit konnte die Zukunft manchmal verändert werden.

Wir küßten uns vor ihrer Tür.

»Ich fühle dich noch immer in mir, deinen heißen Samen, der in mir brennt. Ich werde ihn mit ins Bett nehmen, und er wird wie ein Lagerfeuer in der Nacht sein und Alpträume von mir fernhalten. Keine Friedhöfe, Slim. Nein, heute nacht keine Friedhöfe...«

Sie ging hinein und schloß hinter sich die Tür.

Dank der Trolle, die mich im Wachen zu ständiger Nervenanspannung zwangen und mich in Form von Alpträumen sogar bis in den Schlaf verfolgten, hatte ich mich an Schlaflosigkeit gewöhnt. Ich kam nun schon seit Jahren mit sehr wenig Schlaf aus – meistens mit einigen Stunden. Manchmal fand ich auch überhaupt keinen Schlaf, und allmählich hatte sich mein Organismus darauf eingestellt. In jener Nacht war ich wieder einmal hellwach, obwohl es inzwischen vier Uhr morgens war – doch ausnahmsweise war es nicht kaltes Entsetzen, sondern ein überwältigendes Glücksgefühl, das mich am Schlafen hinderte.

Ich schlenderte zum Rummelplatz hinauf.

Ich ging die Schaustellerstraße entlang, tief in Gedanken an Rya versunken, lebendige Bilder von Rya vor Augen. Ich war so von ihr erfüllt, daß ich keinen Raum für irgendwelche anderen Gedanken zu haben glaubte. Und doch stellte ich mit einemmal fest, daß mich fror, daß ich mit geballten Fäusten vor Joel Tucks Shockville stand und daß ich mit einer ganz bestimmten Absicht hergekommen war. Ich starrte Wyatts Werbeplakate an, die jetzt im schwachen Mondschein viel unheimlicher wirkten als bei hellem Tageslicht, denn die menschliche Fantasie vermag noch viel schlimmere Greuel heraufzubeschwören als Gottes Meißel. Während mein Bewußtsein sich ausschließlich mit Rya beschäftigt hatte, war ich von meinem Unterbewußtsein hergeführt worden, um jene ominöse Stelle in der zwölften Box zu untersuchen.

Ich wollte nicht hineingehen.

Ich wollte weggehen.

Ich wollte weg*rennen*.

Aber in diesem Zelt lag ein Schlüssel zu meiner Zukunft. Ich mußte wissen, welcher psychische Magnet mich am vergangenen Nachmittag dorthin gezogen hatte. Um meine Überlebenschancen zu vergrößern, mußte ich wissen, warum der Boden vor Joel Tucks Plattform Todesenergie ausstrahlte, warum ich das Gefühl gehabt hatte, daß dieser Fleck Erde mein eigenes Grab werden könnte.

Ich sagte mir, daß es im Zelt nichts gab, wovor ich mich fürchten müßte. Die ›Menschenwunder‹ schliefen jetzt alle in ihren Wohnwagen. Doch selbst wenn sie noch im Zelt gewesen wären, hätten sie mir nichts zuleide getan. Und das Zelt selbst war weder gefährlich noch böse, nur eine riesige Leinwand, weiter nichts; und wenn ihm überhaupt etwas anhaftete, so schlimmstenfalls die Dummheit und Gedankenlosigkeit von zehntausend Besuchern.

Trotzdem fürchtete ich mich.

Ich ging zum Eingang, wo die Zeltbahnen für die Nacht heruntergelassen und befestigt waren.

Zitternd entknotete ich eine Schnur.

Zitternd betrat ich das Zelt.

## 10

# Das Grab

Feuchte Dunkelheit.

Ein Geruch von leicht moderiger Leinwand.

Sägespäne.

Ich stand ganz still und lauschte angespannt. In dem großen, in Boxen unterteilten Zelt herrschte Grabesstille; aber das Zelt hatte die besondere Resonanz einer riesigen Muschel, so daß ich die Blutzirkulation in meinen Ohren wie Meeresrauschen hören konnte.

Trotz der Stille und trotz der nachtschlafenden Stunde hatte ich das unangenehme Gefühl, nicht allein zu sein.

Ich bückte mich und zog das Messer aus meinem Stiefel.

Dadurch fühlte ich mich aber auch nicht sicherer. Das Messer würde mir nur wenig nützen, wenn ich in der undurchdringlichen Finsternis nicht sehen konnte, aus welcher Richtung der Angriff erfolgte.

Die Abnormitätenschau hatte ihren Standplatz am Rande des Rummelplatzes, in der Nähe der öffentlichen Stromleitungen des Jahrmarktsgeländes; deshalb war die Beleuchtung nicht von Generatoren abhängig, und ich brauchte keinen Dieselmotor einzuschalten, um Licht zu machen. Ich tastete links und rechts vom Eingang nach einem Schalter oder einem von der Decke herabhängenden Kabel.

Das Gefühl einer drohenden Gefahr wurde stärker.

Jede Sekunde konnte der Angriff erfolgen.

Wo, zum Teufel, war dieser verdammte Lichtschalter?

Endlich fand ich einen dicken Holzpfahl, um den sich ein flexibles, segmentiertes Stromkabel ringelte.

Ich hörte keuchende Atemzüge.

Ich erstarrte.

Lauschte.

Nichts.

Dann wurde mir klar, daß es meine eigenen Atemzüge gewesen waren, und ich kam mir so töricht vor wie ein Kind, das stundenlang wachgelegen hat, weil es sich vor dem Ungeheuer unter dem Bett fürchtet, dann endlich allen Mut zusammennimmt, nachschaut und feststellen muß, daß dort kein Monster lauert oder, schlimmstenfalls, daß es sich bei dem Monster um ein Paar alte eingestaubte Turnschuhe handelt.

Trotzdem wurden meine hellseherischen Vorahnungen einer drohenden Gefahr nicht schwächer, ganz im Gegenteil. In der feuchten, muffigen Luft schien sich die Bedrohung zu verdichten.

Ich tastete mit zittrigen Fingern am Stromkabel entlang, stieß auf eine Anschlußdose, fand den Lichtschalter. Über dem Gang für die Besucher und in den Boxen leuchteten nackte Glühbirnen auf.

Mit dem Messer in der Hand ging ich vorsichtig von einem Raum zum anderen, bis ich vor der zwölften Box stand, wo Joel Tuck seinen Platz hatte. Es fehlte nicht viel, und mir hätten die Haare zu Berge gestanden, so stark war die Luft hier mit tödlicher Gefahr aufgeladen.

Ich trat bis ans Absperrseil heran.

Das mit Sägespänen bestreute Stück Erde vor der Plattform strahlte ähnlich wie Plutonium, obwohl es sich hier nicht um radioaktive Gammastrahlung handelte. Vielmehr wurde ich von Todesbildern, Todesgerüchen und -geräuschen überflutet, die mit den normalen fünf Sinnen aller Menschen nicht wahrnehmbar sind, die aber der Geigerzähler meines sechsten Sinnes genau registrierte. Was dieses unerklärliche, hochsensible Gerät in meinem Innern aufzeichnete, waren: offene dunkle Gräber; ausgebleichte Knochenberge mit Spinnweben in den leeren Schädelhöhlen; ein Geruch von feuchter, frisch umgegrabener Erde; das schrille Geräusch eines Steindeckels, der von einem Sarkophag gehoben wird; Leichen auf Bahren in einem nach Formaldehyd stinkenden Raum; der süßliche Geruch von Rosen und Nelken, die zu verwesen beginnen; die Dunkelheit eines unterirdischen Grabes; das Dröhnen eines zufallenden hölzernen Sargdekkels; eine kalte Hand, die tote Finger auf mein Gesicht preßte...

»Mein Gott!« flüsterte ich mit zittriger Stimme.

Die blitzartigen Impressionen – die größtenteils keine realen Szenen aus meiner Zukunft vorwegnahmen, sondern einfach Todessymbole waren – brachen jetzt mit ungleich größerer Kraft über mich herein als am Nachmittag.

Ich wischte mir mit der Hand den kalten Schweiß von der Stirn.

Ich schwang zuerst ein Bein, dann auch das andere über das Seil und betrat die Box, verzweifelt bemüht, mich von dem Sturm hellseherischer Warnungen nicht überwältigen zu lassen. Ich hatte Angst, das Bewußtsein zu verlieren. Das war zwar unwahrscheinlich, aber immerhin war es mir schon einige Male passiert, wenn ich besonders starken Strömen okkulter Energie ausgesetzt war, und jedesmal war ich Stunden später mit heftigen Kopfschmerzen aufgewacht. An einem Ort wie diesem, der soviel Böses ausstrahlte, durfte ich keine Ohnmacht riskieren. Wenn ich in Shockville das Bewußtsein verlöre, würde ich an Ort und Stelle umgebracht werden, dessen war ich mir ganz sicher.

Ich kniete auf dem Boden vor der Plattform nieder.

*Nichts wie weg hier! Flieh, so schnell du kannst!* warnte mich eine innere Stimme.

Ich hielt das Messer mit der rechten Hand so fest umklammert, daß meine Knöchel weiß hervortraten. Mit der linken Hand fegte ich von einer etwa quadratmetergroßen Fläche die Sägespäne beiseite. Die darunter zum Vorschein kommende Erde war festgetreten, aber nicht hart. Ich konnte mit bloßen Händen mühelos darin wühlen. Die ersten Zentimeter waren klumpig, doch etwas tiefer stieß ich auf lockeren Boden. Normalerweise hätte es genau umgekehrt sein müssen. Jemand mußte hier in den letzten Tagen ein Loch gegraben haben.

Nein. Kein Loch. Nicht einfach ein Loch. Ein *Grab.*

Aber wessen Grab war dies? Wessen Leiche lag unter mir?

Ich wollte es eigentlich gar nicht wissen.

Aber ich *mußte* es wissen.

Ich scharrte weiterhin Erde beiseite.

Die Todesimpressionen wurden noch stärker.

Und auch das Gefühl, daß dies *mein* Grab werden könnte, wurde immer stärker, obwohl das ja eigentlich unmöglich war, nachdem offenbar schon eine andere Leiche hier verscharrt war. Vielleicht interpretierte ich die übersinnliche Ausstrahlung falsch. Das war nicht ausgeschlossen, denn manchmal wurde ich aus den Vibrationen, die ich mit meinem sechsten Sinn auffing, nicht so recht schlau.

Ich legte mein Messer beiseite, um die Erde mit beiden Händen wegschaufeln zu können, und in wenigen Minuten hatte ich ein Loch von etwa einem Meter Länge, 60 cm Breite und 18 bis 20 cm Tiefe ausgebuddelt. Natürlich hätte ich auch nach einer Schaufel suchen können, aber die Erde war ganz locker, und außerdem konnte ich einfach nicht aufhören; ich mußte pausenlos weitergraben, angetrieben von der absurden und morbiden Gewißheit, daß ich auf meine eigene Leiche stoßen würde, daß ich die Erde von meinem eigenen Gesicht wegschieben würde. Die Bilder, mit denen ich nach wie vor überflutet wurde, versetzten mich in solchen Schrecken, daß ich jetzt wie ein Wahnsinniger in der Erde wühlte, keuchend, mit schmerzenden Lungen, in kalten Schweiß gebadet, grunzend wie ein Tier. Ich grub tiefer, und ein ekelerregender Todesgestank ließ mich die Nase rümpfen, obwohl ihn außer mir niemand wahrnehmen konnte – *tiefer* –, denn im Zelt roch es kein bißchen nach Verwesung, nur in meinen Visionen. *Tiefer*. Die Leiche mußte noch ganz frisch sein, sich erst im allerersten Stadium der Zersetzung befinden. *Tiefer*. Meine Hände waren schmutzig, meine Fingernägel schwarz, als ich immer hektischer buddelte. Ein losgelöster Teil von mir betrachtete von oben das wilde Tier, in das ich mich verwandelt hatte, und fragte sich verwundert, ob ich verrückt geworden war.

Eine Hand.

Weiß.

Leicht bläulich.

Sie lag entspannt vor mir, so als wäre die Erde um sie herum eine Sterbedecke, auf die man sie behutsam gelegt hatte. Verkrustetes Blut klebte an den Fingernägeln und Knöcheln.

Die psychischen Todesbilder verblaßten nun, da ich mit dem Toten, von dem sie ausgegangen waren, direkten Kontakt hatte.

Ich hatte bisher etwa 50 cm tief gegraben, und jetzt arbeitete ich behutsam weiter, bis ich auf die zweite Hand stieß, die halb auf der anderen lag. Dann legte ich die Handgelenke frei... und die Unterarme... bis ich bestätigt sah, daß der Verstorbene in der traditionellen Position zur letzten Ruhe gebettet worden war, nämlich mit auf der Brust gefalteten Armen. Dann begann ich keuchend und zähneklappernd etwas oberhalb der Hände zu graben.

Eine Nase.

Eine breite Stirn.

Ein kalter Schauder überlief mich.

Noch bevor ich das ganze Gesicht freigelegt hatte, wußte ich, daß es der Mann – der *Troll* – war, den ich in der vorletzten Nacht im Autoskooter umgebracht hatte. Seine Lider waren geschlossen und blaugrün verfärbt, so als hätte man der Leiche perverserweise Lidschatten aufgetragen. Seine Oberlippe war auf einer Seite geschürzt, und zwischen den gebleckten Zähnen klebte Erde.

Aus den Augenwinkeln heraus sah ich in einem anderen Teil des Zeltes eine Bewegung.

Ich warf erschrocken den Kopf herum, aber niemand war zu sehen. Trotzdem war ich überzeugt davon, daß sich irgendwo etwas bewegt hatte, und noch bevor ich aus dem Grab steigen konnte, um nachzuschauen, sah ich es wieder – zuckende Schatten, die vom Boden an die Zeltwand und wieder zurück auf den Boden sprangen. Gleichzeitig war ein leises Stöhnen zu hören, so als hätte eine Gruppe von Gespenstern die erste Kammer betreten und käme langsam, aber sicher auf mich zu.

Joel Tuck?

Ich wußte jetzt, daß *er* den toten Troll weggeschafft und hier beerdigt hatte. Aber ich hatte nicht die leiseste Ahnung, was ihn dazu bewogen hatte. Wollte er mir helfen, mich verwirren, mir Angst einjagen? Das konnte ich nicht entscheiden. Er konnte ein Freund oder auch ein Feind sein.

Ich tastete blindlings nach dem Messer, das ich beiseite gelegt hatte.

Wieder huschten die Schatten vom Boden an die Wand, und wieder waren jene leisen Klagelaute zu hören, doch ich begriff plötzlich, daß draußen ein Wind aufgekommen war, der meiner überreizten Fantasie einen Streich spielte, indem er sausend ins Zelt eindrang und die herabhängenden Glühbirnen tanzen ließ.

Erleichtert hörte ich auf, nach dem Messer zu suchen, und wandte mich wieder der Leiche zu.

Ihre Augen waren geöffnet.

Ich fuhr zusammen, doch dann sah ich, daß es tote Augen waren, die nichts wahrnahmen, überzogen mit einem transparenten milchigen Film, in dem sich das Licht von oben spiegelte. Die Haut des Toten war nach wie vor schlaff, und zwischen den gebleckten Zähnen klebte nach wie vor Erde. Am Hals klaffte die tödliche Messerwunde – obwohl sie nicht so schlimm aussah, wie ich sie in Erinnerung hatte –, und er atmete weder ein noch aus. Er lebte nicht, das stand fest. Das Öffnen der Lider war nichts anderes als ein Muskelkrampf nach dem Tode; so etwas passierte oft und jagte dann jungen Medizinstudenten und unerfahrenen Leichenbestattern einen Mordsschrecken ein. Selbstverständlich, so war es. Aber... andererseits... konnten solche Nervenreaktionen und Muskelkrämpfe auch fast zwei Tage nach dem Tod auftreten? Oder waren diese wunderlichen Reaktionen nur auf die ersten Stunden nach dem Ableben beschränkt? Nun gut, dann waren die Lider vielleicht nur durch das Gewicht der Erde geschlossen geblieben und deshalb jetzt aufgesprungen.

Die Toten kehren nicht ins Leben zurück.

Nur Verrückte behaupteten, wandelnde Leichname gesehen zu haben.

Ich war nicht verrückt.

Ich *war* nicht verrückt.

Ich starrte auf den Toten hinab, und allmählich normalisierte sich mein Puls, und ich konnte auch wieder ruhig atmen.

So. Das war schon viel besser.

Ich fragte mich wieder, warum Joel Tuck die Leiche für mich beerdigt hatte und warum er mich mit seinem Wissen nicht zu erpressen versuchte. Aus welchen Gründen hatte er einem Wildfremden geholfen und sich zum Komplicen eines Mörders gemacht? Wußte Joel Tuck etwa, daß ich keinen *Menschen* ermordet hatte? War es möglich, daß auch er – vielleicht mit seinem dritten Auge – die Trolle sah und deshalb volles Verständnis für meine Tat hatte?

Wie dem auch immer sein mochte – jetzt war nicht der richtige Zeitpunkt, um darüber nachzudenken. Die Nachtwächter konnten auf ihrer Runde jeden Augenblick an Shockville vorbeifahren. Sie würden sehen, daß im Zelt Licht brannte, und obwohl ich jetzt kein unbefugter Eindringling mehr war wie in der vorletzten Nacht, so würden sie doch wissen wollen, was ich in einem Zelt zu suchen hatte, das mir nicht gehörte, in dem ich nicht einmal arbeitete. Und wenn sie gar das Grab oder, noch schlimmer, die Leiche entdeckten, würde die Tatsache, daß ich Schausteller war, mich nicht vor Verhaftung, Prozeß und lebenslänglicher Haft bewahren.

Ich begann das Grab mit beiden Händen wieder zuzuschütten. Als Erde auf die Hände des Toten rieselte, bewegte sich die eine Hand plötzlich und schleuderte mir einige Erdbrocken ins Gesicht, und die andere Hand zuckte krampfhaft wie eine verwundete Krabbe. Die trüben Augen blinzelten, während ich hinfiel und entsetzt rückwärts kroch, und dann hob die Leiche den Kopf und begann sich aus ihrer offenbar doch nicht letzten Ruhestätte herauszuziehen.

Das war keine Vision.

Das war Realität.

Ich schrie. Kein Laut drang aus meiner Kehle.

Ich schüttelte heftig den Kopf, leugnete entschieden dieses unmögliche Geschehen. Mir schien, als wäre die Leiche nur deshalb auferstanden, weil ich mir kurz zuvor diese makabre Entwicklung vorgestellt hatte. Irgendwie hatten meine absurden Gedanken bewirkt, daß aus dem Alptraum Realität wurde, so als wäre meine Fantasie ein Geist, der meine schlimmsten Ängste für Wünsche gehalten und diese erfüllt hatte. Und wenn dem so war, dann brauchte ich diesen Geist nur in seine Lampe zurückzustoßen – das heißt, diese gräßliche Erscheinung *weg*zuwünschen –, um gerettet zu sein.

Aber so kräftig ich den Kopf auch schüttelte, so verzweifelt ich auch leugnete, was ich vor mir sah – der Leichnam legte sich nicht wieder tot hin. Mit madenweißen Händen hielt er sich an den Rändern des Grabes fest und setzte sich auf, ohne mich aus den Augen zu lassen. Aus den Falten seines Hemdes rieselte Erde, und sein schmutziges Haar war zerzaust und verfilzt.

Ich war im Krebsgang bis zur seitlichen Trennwand der Box gekrochen. Ich wollte aufstehen, über die Seilabsperrung springen und das Weite suchen. Aber ich fühlte mich völlig außerstande, auch nur einen Schritt zu machen.

Der Leichnam grinste, und kleine feuchte Erdklümpchen fielen aus seinem offenen Mund, während die Erde zwischen seinen Zähnen weiterhin haften blieb. Das schaurige Grinsen von Totenschädeln war weit weniger grausig als diese grotesk verzogenen, blutleeren Lippen und diese schmutzigen Zähne.

Es gelang mir, auf die Knie zu kommen.

Der Leichnam schob mit seiner Zunge weitere feuchte Erde aus seinem Mund und gab einen schwachen Laut von sich, eine Art Krächzen oder Schnauben, das sich eher erschöpft als bedrohlich anhörte.

Ich holte tief Luft und richtete mich langsam auf.

Ich wischte mir den salzigen Schweiß aus einem Augenwinkel und nahm instinktiv eine geduckte, affenartige Haltung ein – gekrümmter Rücken, gebeugte Schultern, eingezogener Kopf.

Aber ich wußte nicht, was ich als nächstes tun sollte. Ich wußte nur, daß ich nicht wegrennen konnte, nicht wegrennen *durfte*. Irgendwie mußte ich mich dieses verhaßten Wesens entledigen, mußte es noch einmal töten und diesmal ganze Arbeit leisten, denn wenn ich das nicht tat, würde es sich vielleicht hinausschleppen, andere Trolle aufsuchen und ihnen erzählen, was ich ihm angetan hatte. Dann würden sie wissen, daß ich ihre Tarnung durchschauen konnte, und sie würden es weiteren Trollen berichten, und bald würden *alle* Trolle über mich Bescheid wissen, und dann würden sie sich organisieren und eine Treibjagd auf mich veranstalten, weil ich für sie eine größere Bedrohung darstellte als jeder andere Mensch.

Ich sah jetzt hinter den trüben Augen einen schwachen roten Schimmer – das blutfarbene Licht *anderer* Augen, der Trollaugen. Einen winzigen Punkt. Ein matt flackerndes Höllenfeuer. Nicht das blendende Licht von ehedem. Nur ein ferner pulsierender Funken in jedem Augapfel. Von dem Troll war sonst nichts mehr zu sehen, keine Schnauze, keine Fangzähne, nur diese Andeutung der gräßlichen Augen. Vielleicht hatte sich der Unhold auf der Straße des Todes schon viel zu weit entfernt, um seine ganze Präsenz in diese menschliche Hülle zurückprojizieren zu können. Aber sogar dieses wenige war unmöglich. Verdammt, ich hatte ihm eine tödliche Halswunde beigebracht, und sein Herz hatte vorletzte Nacht im Autoskooter-Pavillon aufgehört zu schlagen, und er hatte aufgehört zu atmen. Allmächtiger Himmel, er hatte zwei volle Tage nicht geatmet, während er begraben gewesen war – er atmete auch jetzt nicht, soviel ich feststellen konnte –, und er hatte soviel Blut verloren, daß einfach nicht mehr genügend übrig sein konnte, um den Kreislauf aufrechtzuerhalten.

Der Leichnam bemühte sich mit irrem Grinsen, aus dem halb offenen Grab herauszukommen. Aber sein Unterkörper steckte noch immer unter einem halben Meter Erde fest, und es fiel ihm alles andere als leicht, sich zu befreien. Doch er strengte sich mit diabolischer Entschlossenheit und mit den abgehackten Bewegungen einer beschädigten Maschine nach Kräften an.

Obwohl ich ihn dort im Autoskooter für tot gehalten hatte, hatte offenbar noch ein winziger Lebensfunke in ihm geglommen. Anscheinend konnten Trolle einen Rückzug vor dem Tod antreten, wenn uns Menschen nichts anderes übrigblieb, als uns zu ergeben. Suchten sie Zuflucht in einem Scheintod? Irgend so etwas mußte es wohl sein. Und dann hüteten sie diesen schwachen Lebensfunken wie einen Goldschatz, ließen ihn nicht erlöschen ... Aber was dann? Konnte ein *fast* toter Troll den Lebensfunken allmählich neu entfachen, zu einer kleinen Flamme, die sich ihrerseits wieder in ein loderndes Feuer verwandelte? Konnte ein Troll seinen beschädigten Körper irgendwie reparieren, sich neu beleben und aus dem Grab zurückkehren? Wenn ich diesen hier nicht ausgegraben hätte – wäre seine Halswunde dann verheilt, hätte sein Blut sich auf magische Weise vermehrt? Hätte er in einigen Wochen, wenn das Jahrmarktsgelände menschenleer sein würde, eine grausige Version der Auferstehung des Lazarus inszeniert und sein eigenes Grab von innen geöffnet?

Ich spürte, daß ich am Rand eines psychischen Abgrunds dahinwankte. Wenn ich nicht schon wahnsinnig war, hatte ich mich diesem Zustand noch nie so sehr genähert wie jetzt.

Vor Frustration grunzend, begann der nicht atmende und doch lebende Leichnam, der allem Anschein nach nicht sehr kräftig war, mit langsamen unkontrollierten Bewegungen seinen Unterkörper auszugraben. Er ließ mich keinen Moment aus den schillernden Augen, beobachtete mich intensiv unter der niedrigen erdbeschmierten Stirn hervor. Er war noch nicht kräftig, nein, aber er wurde zusehends kräftiger, während ich noch immer geduckt dastand, vor Schrecken wie gelähmt. Er schob die Erde immer eifriger beiseite, und die rote Glut in seinen Augen nahm an Intensität deutlich zu.

Das Messer.

Die Waffe lag neben dem Grab. Die Glühbirne über der Box schwankte im Wind an ihrem Kabel hin und her, und die Stahlklinge reflektierte dieses Licht. Es sah fast so aus, als züngelten Flammen über das Metall, das sich dadurch in ein mächtiges Zauberschwert zu verwandeln schien. Und tatsächlich war das einfache Wurfmesser in diesem düsteren Augenblick für mich genauso wertvoll wie König Artus' Excalibur. Aber um an das Messer heranzukommen, mußte ich mich in Reichweite des halbtoten Wesens begeben.

Tief in seiner zerfetzten Kehle stieß der Leichnam schrille, gackernde Laute aus, die sich wie Gelächter anhörten – wie das Gelächter von Irrenhausinsassen oder von Verdammten.

Er hatte ein Bein schon fast freigelegt.

Einem plötzlichen Entschluß folgend, machte ich einen Satz auf das Messer zu.

Das Wesen kam mir jedoch zuvor, schwenkte hölzern einen Arm und schlug mit der Handkante gegen die Waffe, die funkelnd durch die Sägespäne flog und mit einem leisen Klirren in der Dunkelheit unter einer Ecke der Plattform verschwand.

Einen unbewaffneten Nahkampf zog ich nicht einmal in Erwägung. Ich wußte, daß ich dabei gegen einen Zombie nicht die geringste Chance hätte. Es wäre genauso hoffnungslos wie der Versuch, sich aus Treibsand zu befreien.

So langsam und schwach die Kreatur auch zu sein schien – sie würde sich rein defensiv verhalten, bis ich völlig erschöpft wäre, und dann würde sie mich mit harten Schlägen umbringen.

Das Messer war meine einzige Chance.

Ich stürzte an dem flachen Grab vorbei, und das tote Ding packte mein Bein mit einer eisigen Hand, deren Kälte sofort durch meine Jeans bis auf die Haut drang, aber ich trat nach seinem Kopf, riß mich los und taumelte auf die andere Seite der etwa dreieinhalb Meter langen Box. An der Stelle, wo das Messer unter der Plattform verschwunden war, legte ich mich flach auf den Bauch und schob meinen Arm in den Zwischenraum. Ich tastete umher, fand Erde und Sägespäne und Kieselsteine und einen alten krummen Nagel, aber kein Messer. Ich hörte den lebenden Leichnam hinter mir keuchen, schnaufen und grunzen, während er die Erde beiseite warf und seine Glieder befreite. Ich rückte noch näher an die Plattform heran, bis die Ecke eines Brettes sich mir schmerzhaft in die Schulter bohrte, und versuchte einige Zentimeter tiefer vorzudringen, versuchte mit den Fingerspitzen nicht nur zu tasten, sondern gleichsam zu *sehen*, stieß aber nur auf ein kleines Stück Holz und ein knisterndes Zellophanpapier. Mich quälte der Gedanke, daß ich den heißersehnten Gegenstand vielleicht nur um Haaresbreite verfehlte, und irgendwie schaffte ich es, mich weitere fünf Zentimeter vorzuschieben, aber es nutzte noch immer nichts, kein Messer, auch nicht etwas weiter rechts und links, nur Luft und Schmutz und ein trockenes Grasbüschel, und jetzt waren hinter mir babbelnde und kichernde Laute und schwere Schritte zu vernehmen, und ich wimmerte, hörte mich selbst wimmern und konnte doch nicht aufhören – *noch ein Zentimeter*! –, und etwas stach mich in den Daumen, endlich, die scharfe Messerspitze, und ich packte sie mit Daumen und Zeigefinger, zog sie unter der Plattform hervor und umklammerte den Griff – doch bevor ich aufstehen oder mich auch nur auf den Rücken rollen konnte, beugte sich der Leichnam über mich, packte mich am Kragen und bei den Jeans, hob mich mit weit mehr Kraft, als ich ihm zugetraut hätte, vom Boden hoch und schleuderte mich wie einen Sack von sich. Ich landete mit dem Gesicht nach unten im Grab, hatte den Mund voll Erde und spürte einen Regenwurm an meiner Nase.

Ich würgte, schluckte etwas Erde, spuckte den größten Teil aus und drehte mich gerade noch rechtzeitig auf den Rücken, um zu sehen, wie der Troll die beschädigte Apparatur seines Körpers schwerfällig an den Rand des Grabes heranschob. Er starrte auf mich herab. Augen wie Eis und Feuer. Sein Schatten huschte unruhig über mich hinweg, weil die Glühbirne sich im Luftzug bewegte.

Der Abstand zwischen uns war nicht groß genug, um das Messer erfolgreich werfen zu können. Doch ich erkannte schlagartig die Absicht des Wesens, packte den Messergriff mit beiden Händen, stählte meine Schultern, Ellbogen und Handgelenke und richtete die Klinge genau in jenem Moment auf die Kreatur, da sie sich mit ausgebreiteten Armen und irrem Grinsen auf mich fallen ließ. Sie spießte sich selbst auf dem Messer auf und drückte mir mit ihrem Gewicht die Luft aus den Lungen.

Obwohl die Klinge bis zum Heft in die Brust eingedrungen war, hatte diese Ausgeburt der Hölle noch immer Leben in sich. Ihr Kinn lag auf meiner Schulter, und sie preßte eine ihrer kalten Wangen an die meinige und murmelte mir unverständliches Zeug ins Ohr, und ihre Arme und Beine zuckten mit spinnenartiger Geschwindigkeit, und ihre Hände zitterten und verkrampften sich.

Grenzenloser Ekel und unermeßliches Entsetzen verliehen mir neue Kraft, und ich schaffte es mit Stößen, Schlägen, Tritten und Verrenkungen, mich von dem Leichnam zu befreien, bis unsere Positionen schließlich vertauscht waren. Ich kniete über ihm, ein Knie auf seiner Leiste, das andere auf der Erde. Ich stieß Flüche aus, die aus halben Wörtern und einzelnen Silben bestanden und genausowenig Sinn ergaben wie das Gemurmel meines toten Gegners, dessen Lippen sich noch immer bewegten. Ich riß das Messer aus seiner Brust heraus und stach erneut zu, einmal, zweimal, dreimal, in Hals, Brust und Bauch, und dann noch ein weiteres Mal. Er schwang blindlings seine riesigen Fäuste, aber sogar in meiner Raserei konnte ich den meisten Schlägen mühelos ausweichen, obwohl die wenigen, die meine Arme und Schultern trafen, sehr schmerzhaft waren. Schließlich erzielte mein Messer den gewünschten Effekt, beseitigte das Krebsgeschwür unnatürlichen Lebens aus diesem kalten Fleisch, bis die krampfhaften Zuckungen der Beine aufhörten, die Arme sich immer langsamer und unsicherer bewegten und das Ding sich in die eigene Zunge biß. Zuletzt fielen die Arme kraftlos herunter, der Mund erschlaffte, und das schwache rote Licht erlosch in seinen Augen.

Ich hatte das satanische Wesen umgebracht.

Zum zweitenmal.

Aber das reichte noch nicht. Ich mußte sicherstellen, daß das Wesen diesmal auch tot *blieb*. Ich konnte jetzt sehen, daß die tödliche Halswunde, die ich ihm im Autoskooter beigebracht hatte, teilweise verheilt war. Bis zu dieser Nacht hatte ich nicht gewußt, daß Trolle – wie die Vampire des europäischen Volksglaubens – manchmal auferstehen konnten, wenn sie nicht gründlich genug getötet worden waren. Nachdem mir diese düstere Wahrheit nun aber bekannt war, würde ich kein Risiko mehr eingehen. Solange der Adrenalinstoß noch wirksam war und ich weder von Verzweiflung noch von Übelkeit überwältigt wurde, schnitt ich der Kreatur den Kopf ab. Es war keine leichte Arbeit, aber das Messer war scharf, die Klinge aus gehärtetem Stahl, und mein Entsetzen und meine Wut verliehen mir noch immer zusätzliche Kräfte.

Wenigstens floß bei dieser grausigen Tat kein Blut, denn ausgeblutet war die Leiche schon vor zwei Tagen.

Draußen heulte und brauste der heiße Sommerwind um das Zelt. Die wogende Leinwand knatterte und zerrte an den Seilen, die sie an den Boden fesselten, so als wäre sie ein riesiger dunkler Vogel, der vergeblich wegzufliegen versuchte.

Große schwärzliche Motten schwirrten um die Glühbirnen herum und trugen das ihre zum Kaleidoskop von Licht und Schatten bei. Diese ständig wechselnden, umherhuschenden Phantomgebilde machten mich in meiner ohnehin überreizten Verfassung ganz verrückt und verstärkten das unangenehme Schwindelgefühl, das mich zu überwältigen drohte.

Nach vollendeter Enthauptung wollte ich den Kopf zunächst einfach zwischen die Beine des Leichnams legen und das Grab zuschütten, doch das war mir dann doch noch nicht sicher genug. Ich konnte mir lebhaft vorstellen, daß der Troll unter der Erdschicht die Arme bewegte, nach seinem Kopf griff und sich diesen aufsetzte wie einen Hut, daß die Wirbel sich nahtlos zusammenfügten, daß die Haut sich schloß, daß in seinen Augen jenes rote Licht neu erglühte... Deshalb legte ich den Kopf beiseite und begrub nur den Körper. Ich stampfte die Erde mit den Füßen fest, so gut ich konnte, und streute dann Sägespäne darüber.

Den Kopf meines Feindes bei den Haaren zu tragen, verlieh mir das Gefühl, ein wilder Kannibale zu sein, und ich ekelte mich vor mir selbst, während ich zum Eingang eilte und das Licht ausschaltete.

Die Zeltbahn, die ich losgebunden hatte, flatterte im Wind. Ich schaute vorsichtig hinaus. Der Rummelplatz lag im bleichen Licht des untergehenden Mondes wie ausgestorben da.

Ich schlüpfte ins Freie, legte den Kopf ab, befestigte die Leinwand, nahm den Kopf wieder zur Hand und sah zu, daß ich rasch von der Straße wegkam. Vorbei an Generatoren und Lastwagen, erreichte ich ein brachliegendes Feld und gleich dahinter den nächstgelegenen Teil des Waldes, der das Jahrmarktsgelände auf drei Seiten umgab. Mit jedem Schritt wuchs meine Angst, daß der Kopf zu neuem Leben erwachen würde – daß die Augen aufglühen und die Lippen sich zu einem höhnischen Grinsen verziehen würden –, und ich hielt ihn auf Armeslänge von mir weg, damit er mich nicht in den Schenkel beißen konnte.

Natürlich war er tot. Jede Spur von Leben war für immer aus ihm gewichen. Das Zähneknirschen und -klappern, das haßerfüllte Gemurmel – all das bildete ich mir natürlich nur ein. Meine Fantasie ging mit mir durch, sie raste in wildem Galopp durch eine alptraumhafte Landschaft schaurigster Möglichkeiten.

Als ich mich schließlich durchs Unterholz vorarbeitete, eine kleine Lichtung neben einem Bach fand und den Kopf auf einem Stein ablegte, reichte das gespenstische Mondlicht aus, um mir zu beweisen, daß meine Befürchtungen grundlos waren, daß kein Funke Leben mehr in ihm war.

Im weichen feuchten Lehmboden am Wasser ein Loch zu graben, war sogar mit bloßen Händen ganz einfach. Die Bäume, deren nachtschwarzes Geäst wie Hexenröcke und Mäntel von Zauberern aussah, hielten am Rand der Lichtung Wache, während ich den Kopf begrub, die Erde feststampfte und mit welkem Laub und Tannennadeln bedeckte.

Um jetzt die Rolle eines Lazarus zu spielen, würde der kopflose Leichnam sich aus seinem Grab befreien, blindlings zum Wald kriechen oder stolpern, die Lichtung ausfindig machen und seinen Kopf ausbuddeln müssen. Obwohl die Ereignisse der letzten Stunde mir einen noch größeren Respekt vor den bösen Kräften der Trolle eingeflößt hatten, war ich doch überzeugt davon, daß sie derart mächtige Hindernisse nicht überwinden konnten. Der Unhold war tot, und er würde jetzt auch für immer tot bleiben.

Bis jetzt war meine panische Angst mir durchaus zustatten gekommen, denn sie allein hatte mich befähigt, alles Notwendige zu tun. Doch jetzt blieb ich noch ein Weilchen auf der Lichtung stehen und versuchte mich zu beruhigen. Das war nicht einfach.

Ich mußte immer wieder an Onkel Denton drüben in Oregon denken. Waren seine schrecklichen Wunden im Sarg vielleicht verheilt, hatte er sich einige Wochen nach meiner

Flucht vielleicht aus seinem Grab befreien können? Hatte er der Farm, wo meine Mutter und meine Schwestern noch immer lebten, einen Besuch abgestattet, um sich an der Familie Stanfeuss zu rächen? Waren sie durch meine Schuld die Opfer eines Trolls geworden? Nein! Das war undenkbar. Mit solcher Schuld beladen, hätte ich nicht weiterleben können. Onkel Denton war nicht zurückgekehrt. Zum einen hatte er sich an jenem Tag, als ich ihn stellte, mit solcher Kraft gewehrt, daß ich schließlich in einen Zustand wilder Raserei geraten war und die Axt immer und immer wieder geschwungen hatte, auch als er bereits tot war. Ich hatte ihn dermaßen zerhackt, daß sogar eine übernatürliche Heilung im Grab völlig ausgeschlossen schien. Doch falls er dennoch auferstanden sein sollte, so hatte er mit Sicherheit das Haus der Stanfeuss und das gesamte Gebirgstal gemieden, wo jeder ihn kannte und wo das Wunder seiner Rückkehr aus dem Grabe sich sofort herumgesprochen und kolossales Aufsehen erregt hätte. Ich war mir sicher, daß er langsam in seinem Sarg verweste, aber falls er *nicht* in seinem Grab lag, war er jedenfalls weit von Oregon entfernt, lebte irgendwo unter einem anderen Namen und quälte andere Unschuldige, nicht aber meine Familie.

Ich verließ die Lichtung, zwängte mich wieder durchs Unterholz und gelangte aufs freie Feld. Es duftete nach Goldrute. Auf halbem Wege zum Jahrmarktsgelände merkte ich, daß ich noch immer einen unangenehmen Erdgeschmack im Mund verspürte. Und plötzlich brach der Damm jener segensreichen Betäubung, die mich in der letzten Stunde vor dem Zusammenbruch bewahrt hatte; die schrecklichen Ereignisse brachen in allen Einzelheiten über mich herein, und ich fiel auf Hände und Knie und übergab mich ins Gras.

Als die Übelkeit vorbei war, kroch ich ein Stück beiseite, legte mich auf den Rücken, starrte zum Sternenhimmel empor, atmete tief durch und versuchte, Kräfte zum Weitergehen zu sammeln.

Es war inzwischen vier Uhr fünfzig. In einer Stunde würde die orangefarbene Morgensonne aufgehen.

Mir kam das blicklose orangefarbene Auge auf Joel Tucks

Stirn in den Sinn. Joel Tuck... er hatte die Leiche begraben, und das deutete darauf hin, daß er über die Trolle Bescheid wußte und mir helfen wollte.

Und mit größter Wahrscheinlichkeit war er es auch gewesen, der nachts die beiden Freikarten – eine für den Autoskooter, eine für das Riesenrad – auf meine Jeans gelegt hatte. Er hatte mir auf diese Weise mitzuteilen versucht, daß er wußte, was im Autoskooter geschehen war; und offenbar wußte er ebenso wie ich, daß sich am Riesenrad etwas zusammenbraute.

Er konnte die Trolle sehen, und er spürte die düstere Ausstrahlung des Riesenrades, auch wenn seine übersinnlichen Kräfte vermutlich nicht so stark ausgeprägt waren wie die meinigen.

Er war der erste Mensch mit übersinnlichen Kräften, der je meinen Weg gekreuzt hatte, und daß ich einmal jemandem begegnen würde, der wie ich die Tarnung der Trolle durchschauen konnte, hätte ich überhaupt nie zu hoffen gewagt. Ich wurde von einem Gefühl der Brüderlichkeit überwältigt, das mir Freudentränen in die Augen trieb. Ich hatte den so verzweifelt ersehnten Kameraden gefunden. Ich war nicht mehr allein.

Doch warum gab Joel sich nicht deutlich zu erkennen, warum bediente er sich so seltsamer indirekter Methoden? Offenbar sollte ich nicht wissen, wer er war. Aber warum nicht?

Ganz einfach... weil er nicht mein Freund war. Ich begriff plötzlich, daß Joel Tuck in dem Kampf zwischen Menschen und Trollen möglicherweise nur ein neutraler Beobachter war. Schließlich hatten Menschen ihn schlimmer behandelt als Trolle, wenn auch vielleicht nur deshalb, weil er mit Menschen tagtäglich zusammenkam, mit Trollen hingegen nur gelegentlich.

Von der Gesellschaft ausgestoßen, geächtet wie ein Aussätziger, konnte er nur innerhalb der Freistatt des Rummelplatzes in Würde leben. Wäre es da nicht verständlich, wenn er keinerlei Grund sähe, sich in diesem Krieg auf die Seite der Menschen zu schlagen? Wenn dem so war, hatte er mir nur deshalb geholfen und meine Aufmerksamkeit nur deshalb auf das Riesenrad gelenkt, weil bei *diesen* Anschlägen der Trolle auch Schausteller in Mitleidenschaft gezogen wurden – die einzigen Menschen, mit denen er sich solidarisch fühlte.

Und er wollte sich mir nicht zu erkennen geben, weil er spürte, daß *mein* Rachefeldzug gegen die Dämonen sich nicht nur innerhalb des Jahrmarktsgeländes abspielte. Er wollte nicht in einen größeren Konflikt verwickelt werden. Er wollte nur kämpfen, wenn sein eigenes kleines Territorium vom Feind bedroht war.

Er hatte mir einmal geholfen, aber er würde mir nicht immer helfen.

Im Grunde genommen war ich nach wie vor allein.

Der Mond war untergegangen. Die Nacht war sehr finster.

Müde stand ich auf und begab mich zu dem Umkleideraum unter der Tribüne, wo ich mir zunächst gründlich die Hände wusch und meine Fingernägel säuberte, was eine gute Viertelstunde Zeit in Anspruch nahm. Dann duschte ich ausgiebig, bevor ich todmüde zu meinem Wohnwagen wankte.

Mein Zimmergefährte, Barney Quadlow, schnarchte laut.

Ich zog mich aus und legte mich ins Bett, physisch und psychisch total erschöpft.

Das Glück, das ich beim Zusammensein mit Rya Raines empfunden hatte, war nur noch eine schwache Erinnerung, obwohl wir uns vor weniger als zwei Stunden getrennt hatten.

Der danach erlebte Schrecken war lebendiger und überdeckte die Freude. Jetzt fiel mir beim Gedanken an Rya vor allem ihre Schwermut ein, ihre tiefe und mir unbegreifliche Traurigkeit, denn ich wußte, daß Rya früher oder später die Ursache einer weiteren kritischen Situation für mich sein würde.

Soviel Verantwortung ruhte auf meinen Schultern.

Diese Last war viel zu groß.

Ich war erst siebzehn.

Ich weinte lautlos um Oregon, um die Schwestern, die für

mich verloren waren, um die Liebe meiner Mutter, die ich nun nie mehr erfahren würde.

Ich sehnte mich nach Schlaf.

Ich mußte mich unbedingt etwas erholen.

Yontsdown stand in zwei Tagen als nächste Station auf dem Programm.

## 11

# Kehraus

Am Samstag morgen schreckte ich um halb neun – nach kaum mehr als zwei Stunden Schlaf – auf. Ich hatte einen Alptraum gehabt, der mit meinen sonstigen keinerlei Ähnlichkeit hatte.

Ich war auf einem Friedhof gewesen, der sich einen Hügel hinabzog und kein Ende zu haben schien. Unzählige Reihen von Grabsteinen aller Größen und Formen, aus Marmor und Granit, manche davon beschädigt oder umgestürzt – unverkennbar der Friedhof aus Ryas Träumen. Rya war ebenfalls dort; sie rannte vor mir davon, durch den Schnee, unter den schwarzen Ästen kahler Bäume. Ich verfolgte sie, und das Eigenartige war, daß ich sie sowohl liebte als auch haßte, und ich wußte nicht genau, was ich tun würde, wenn ich sie finge. Ein Teil von mir wollte ihr Gesicht mit Küssen bedekken und mit ihr schlafen, aber ein anderer Teil von mir wollte sie würgen, bis ihr Gesicht sich schwarz verfärben, bis ihre herrlichen blauen Augen aus den Höhlen hervortreten und schließlich erlöschen würden. Diese wilde Wut, die sich gegen einen geliebten Menschen richtete, machte mir Angst und veranlaßte mich einige Male stehenzubleiben. Aber jedesmal, wenn ich das tat, blieb auch sie stehen, wartete weiter unten zwischen den Grabsteinen, so als wollte sie von mir gefangen werden. Ich versuchte sie zu warnen, daß dies kein Spiel war, daß etwas mit mir nicht stimmte, daß ich die Kontrolle über mich verlieren könnte, wenn ich sie einholte, aber ich brachte kein Wort über die Lippen. Jedesmal, wenn ich stehenblieb, winkte sie mir auffordernd, und dann nahm ich die Verfolgung wieder auf. Und dann begriff ich, was mit mir nicht stimmte. In mir mußte ein Troll stecken! Eines dieser dämonischen Wesen hatte sich in mir eingenistet, und die Kontrolle an sich gerissen, hatte sich meines Geistes und meiner Seele bemächtigt und bediente sich meines Körpers, der jetzt *sein* Körper war; aber Rya wußte nichts davon, sie sah noch immer nur Slim, ihren liebenden Slim MacKenzie; sie begriff nicht, in welch schrecklicher Gefahr sie schwebte, sie begriff nicht, daß ihr Slim tot und verschwunden war, daß sein Körper jetzt einer nichtmenschlichen Kreatur als Wohnstatt diente, daß diese Kreatur ihr nach dem Leben trachtete. Der Troll holte jetzt auf, und sie drehte sich lachend nach ihm – nach mir – um, sie sah so bezaubernd aus, bezaubernd und zum Tode verurteilt, und jetzt war er – ich – nur noch drei Meter von ihr entfernt, nur noch zwei, nur noch einen... und dann packte ich sie, wirbelte sie herum –

– und als ich aufwachte, spürte ich noch immer, wie ich mit eisernen Händen ihre Kehle zusammenpreßte.

Ich setzte mich im Bett auf, hörte mich keuchen, spürte mein rasendes Herzklopfen und versuchte den Alptraum zu vergessen. Ich blinzelte im Morgenlicht und redete mir verzweifelt ein, daß es nur ein Traum gewesen war, keine Vision.

Keine Vision.

Bitte!

Der Rummelplatz öffnete um elf. Vor mir lagen also noch einige freie Stunden, und wenn ich nicht irgendeine Beschäftigung fand, käme ich möglicherweise ins Grübeln über das Blut, das an meinen Händen klebte. Das mußte unbedingt vermieden werden. Das Jahrmarktsgelände lag am Rand einer Kleinstadt mit sieben- oder achttausend Einwohnern, und ich machte einen Spaziergang dorthin und frühstückte in einem Café. Dann kaufte ich in der Nähe zwei Paar Jeans und einige T-Shirts. Ich sah in der Stadt keinen einzigen Troll, und es war ein so herrlicher Augusttag, daß ich allmählich optimistischer wurde und zu glauben begann, daß alles – die Geschichte mit mir und Rya, die Woche in Yontsdown – eine gute Wendung nehmen würde, wenn ich meinen Verstand gebrauchte und nicht die Hoffnung verlor.

Um halb elf kam ich zurück, deponierte meine neuen Kleidungsstücke im Wohnwagen und war um Viertel vor elf auf dem Rummelplatz. Noch bevor die Tore geöffnet wurden, war der ›Lukas‹ betriebsfertig, und ich hatte mich gerade auf dem Hocker niedergelassen, um auf die ersten Besucher zu warten, als Rya auftauchte.

Das goldene Mädchen. Braungebrannte nackte Beine. Gelbe Shorts. Vier verschiedene Gelbtöne auf einem quergestreiften T-Shirt. Sie trug einen BH, denn wir befanden uns im Jahre 1963, und die Besucher hätten sich über eine Frau ohne BH entrüstet, obwohl die Schausteller einen solchen Aufzug schon damals ohne weiteres akzeptierten. Sie hatte ein leuchtendgelbes Band im Haar. Tochter der Sonne...

Ich sprang auf und versuchte, ihr die Hände auf die Schulter zu legen und sie auf die Wange zu küssen, wurde von ihr aber daran gehindert, indem sie eine Hand gegen meine Brust stemmte. »Ich will keine Mißverständnisse«, sagte sie.

»In welcher Hinsicht?«

»Bezüglich der Ereignisse der letzten Nacht.«

»Was könnte ich da mißverstehen?«

»Was sie bedeuten.«

»Und was bedeuten sie nun?«

Sie runzelte die Stirn. »Sie bedeuten, daß ich dich mag...«

»Gut!«

»Und sie bedeuten, daß wir einander Genuß schenken können...«

»Das ist dir aufgefallen!«

»...aber sie bedeuten nicht, daß ich dein Mädchen bin oder so was Ähnliches.«

»Du siehst aber schon wie ein Mädchen aus, finde ich.«

»Auf dem Rummelplatz bin ich nach wie vor dein Boß.«

»Ah.«

»Und du bist mein Angestellter.«

»Ah.«

O Gott, dachte ich insgeheim.

»Und ich wünsche keine... keine übermäßigen Vertraulichkeiten auf dem Rummelplatz.«

»Gott bewahre! Aber abseits vom Rummelplatz können wir schon noch vertrauten Umgang pflegen?«

Sie war sich ihrer verletzenden Art gar nicht bewußt und begriff nicht, wie demütigend ihre Worte für mich waren. Deshalb konnte sie meine Spöttelei auch nicht richtig einordnen. Trotzdem riskierte sie ein Lächeln. »Richtig. Außerhalb des Rummelplatzes erwarte ich von dir ein gänzlich unkonventionelles Benehmen.«

»Das hört sich fast so an, als hätte ich zwei Jobs. Hast du mich nun wegen meiner Talente als Ausrufer eingestellt – oder auch wegen der Vorzüge meines Körpers.«

Ihr Lächeln erstarb auf den Lippen. »Selbstverständlich als Ausrufer.«

»Ausgezeichnet, Boß. Ich würde nämlich nur ungern glauben müssen, daß du diesen armen, schlecht bezahlten Mann ausnutzt.«

»Ich meine es ernst, Slim.«

»Das ist mir klar.«

»Warum machst du dann Witze?«

»Es ist eine gesellschaftlich akzeptable Alternative.«

»Wozu?«

»Zu lautem Gebrüll und vorschnellen Beleidigungen.«

»Du bist wütend auf mich.«

»Ah, du bist nicht nur schön, sondern auch schnell von Begriff, Boß.«

»Du hast keinen Grund, wütend zu sein.«

»Nein. Wahrscheinlich bin ich einfach ein Hitzkopf.«

»Ich versuche doch nur, klare Verhältnisse zwischen uns zu schaffen.«

»Sehr geschäftstüchtig. Das bewundere ich.«

»Sieh mal, Slim, ich will doch nur sagen, daß alles, was zwischen uns privat passiert, *eine* Sache ist – und was hier auf dem Rummelplatz passiert, eine andere.«

»Allmächtiger Himmel, ich würde nie vorschlagen, daß wir gleich hier miteinander schlafen sollen«, sagte ich.

»Du bist wirklich schwierig.«

»Während du die geborene Diplomatin bist!«

»Sieh mal, manche Männer wären der Ansicht, daß sie sich bei der Arbeit nicht mehr anzustrengen brauchen, sobald sie ihre Chefin rumgekriegt haben.«

»Bin ich denn in deinen Augen ein so mieser Kerl?« fragte ich.

»Hoffentlich nicht.«

»Das hört sich nun nicht gerade wie ein Vertrauensvotum an.«

»Ich will nicht, daß du mir böse bist«, sagte sie.

»Ich bin dir nicht böse«, schwindelte ich.

Ich wußte, daß sie im Umgang mit Menschen große Probleme hatte. Aufgrund meines sechsten Sinnes hatte ich ein besonderes Gespür für ihre Schwermut, Einsamkeit und Unsicherheit – und die daraus resultierende provozierende Schroffheit –, und mein Mitleid war genausogroß wie meine Wut.

»Doch«, widersprach sie. »Du bist mir böse.«

»Schon gut«, meinte ich. »Und jetzt muß ich mich an die Arbeit machen. Da hinten rücken schon die ersten Besucher an.«

»Ist zwischen uns alles in Ordnung?«

»Ja.«

»Bestimmt?«

»Ja.«

»Bis später.«

Ich blickte ihr nach, und ich liebte und haßte sie, aber hauptsächlich liebte ich sie, diese rührend zerbrechliche Amazone. Es war sinnlos, auf sie wütend zu sein; sie hatte etwas von einem Naturelement an sich. Dem Wind oder der Winterkälte oder der Sommerhitze konnte man schließlich auch nicht grollen – man vermochte durch Zorn nichts an ihnen zu ändern, und das gleiche traf auf Rya Raines zu.

Um eins löste Marco mich für 30 Minuten ab, um fünf für drei Stunden. Beide Male dachte ich daran, Shockville einen Besuch abzustatten und mit dem rätselhaften Joel Tuck zu sprechen, aber dann entschied ich mich doch gegen ein übereiltes Vorgehen. Auf dem Rummelplatz ging es an diesem letzten Tag besonders turbulent zu; drei- bis viermal soviel Menschen wie sonst drängten sich auf dem Gelände. Und was ich Joel zu sagen hatte, eignete sich nicht für die Ohren der Besucher. Außerdem befürchtete ich – oder war sogar fast sicher –, daß er sich wie eine Auster verschließen würde, wenn ich ihn allzusehr bedrängte. Möglicherweise würde er behaupten, von Trollen und heimlichen Beerdigungen bei Nacht überhaupt nichts zu wissen, und ich würde vergeblich gegen eine Mauer anrennen. Ich sah in Joel einen wertvollen potentiellen Verbündeten – einen Verbündeten und Freund und seltsamerweise auch eine Vaterfigur –, und ich wollte ihn nicht vergraulen. Ich spürte, daß ich ihm Zeit lassen mußte, mich besser kennenzulernen, sich eine feste Meinung über mich zu bilden. Wahrscheinlich hatte er vor mir nie einen Menschen getroffen, der wie er selbst die Trolle sehen konnte, so wie umgekehrt auch ich nie zuvor jemandem begegnet war, der diese undankbare Gabe besaß, und irgendwann würde seine Neugier bestimmt über seine Zurückhaltung siegen. Bis dahin mußte ich mich eben gedulden!

Deshalb ging ich nach einem Abendessen im Imbißstand zum Wohnwagen und schlief zwei Stunden. Diesmal hatte ich keine Alpträume. Ich war viel zu müde, um überhaupt etwas zu träumen.

Kurz vor acht nahm ich wieder meinen Platz am ›Lukas‹ ein. Die letzten fünf Stunden vergingen schnell und waren sehr einträglich. Der gewaltige Menschenstrom führte eine Menge Banknoten und Münzen mit sich, und einige davon angelte ich für Rya Raines heraus. Erst gegen ein Uhr nachts leerte sich der Rummelplatz allmählich.

Im Schaustellerjargon wird der Kehraus oft auch als ›Häutungsnacht‹ bezeichnet, auf die jeder sich freut, denn dieses Völkchen hat nun einmal etwas Zigeunerhaftes im Blut. Der Abbruch der Vergnügungsstadt entspricht der Häutung einer Schlange, und so wie diese sich dadurch stets erneuert, so fühlen sich auch die Fahrensleute durch die Aussicht auf neue Orte wie neugeboren.

Marco holte die Tageseinnahmen ab, damit ich sofort mit dem Abbau des Lukas beginnen konnte. Hunderte anderer Schausteller – Konzessionäre und Hilfsarbeiter, Ausrufer und Clowns, Zwerge und Kraftmenschen, Köche und Tänzerinnen, alle außer den Kindern und ihren Babysittern – waren ebenfalls damit beschäftigt, Fahrgeschäfte, Buden und Stände abzubauen und zu verladen. Die kleine Berg- und Talbahn, eine Rarität bei Wanderunternehmen, wurde unter endlosem Kling-Päng-Klirr-Bumm zerlegt, ein Geräusch, das anfangs nervte, an das man sich aber nach einer Weile gewöhnte wie an atonale Musik und das man schließlich überhaupt nicht mehr wahrnahm. Das große Clownsgesicht am Lachkabinett bestand aus vier Teilen, die nacheinander abgenommen wurden, wobei die gelbe Nase zuletzt an die Reihe kam, was mich an das bizarre Verschwinden der Lachkatze aus ›Alice im Wunderland‹ erinnerte, von der bekanntlich das Grinsen am längsten zu sehen war. Ein gefräßiges Ungeheuer von den Ausmaßen der Dinosaurier mußte wohl ein Stück des Riesenrads verschlungen haben. In Shockville wurden die fünf Meter hohe Leinwände eingeholt, auf denen die ›Menschenwunder‹ abgebildet waren, und für kurze Zeit schienen die zweidimensionalen Abbildungen zu dreidimensionalem Leben zu erwachen, die mißgestalteten Gesichter und Körper schienen zu winken, zu lachen, zu schielen, zu tanzen und zu grinsen, bevor sie aufgerollt wurden. Das unsichtbare Monster hatte sich inzwischen schon den zweiten großen Bissen vom Riesenrad einverleibt. Ich half mit, Ryas andere Stände abzubauen, und machte mich danach überall nützlich, wo noch ein Handlanger benötigt wurde. Wir zerlegten Holzwände, falteten Zelte zusammen, nahmen Verstrebungen auseinander, erzählten uns bei der Arbeit Witze, schürften Knöchel auf, spannten Muskeln an, schnitten uns in die Finger, nagelten Kisten zu, wuchteten Kisten in Lastwagen, keuchten, schwitzten, fluchten, lachten, tranken Mineralwasser und kaltes Bier, sangen Lieder, lockerten Schrauben, lösten Knoten, rollten Kabel auf ... und als ich wieder zum Riesenrad hinüberschaute, war es bis auf den letzten Knochen aufgefressen.

Rudy Morton, der ›Rote‹, dem ich gleich am ersten Morgen begegnet war, gab als Chefmechaniker wichtige Anweisungen und befolgte seinerseits die Anweisungen Gordon Alweins, unseres kahlköpfigen, bärtigen Transportleiters. Gordy war für die Verladung des riesigen Vergnügungsunternehmens verantwortlich, und da der ›Sombra Brothers Carnival‹ mit 46 Güterwaggons und 90 schweren Lastwagen reiste, hatte er eine wahrlich nicht leichte Aufgabe.

Der Rummelplatz verschwand, so als hätte es ihn nie gegeben.

Müde, aber erfüllt von einem herrlich befriedigenden Zugehörigkeitsgefühl, begab ich mich zur Wagenstadt auf der Wiese. Viele Schausteller hatten sich schon auf den Weg nach Yontsdown gemacht; die anderen würden morgen aufbrechen.

Ich ging nicht zu meinem Wohnwagen.

Ich zog Ryas Airstream vor.

Sie hatte auf mich gewartet.

»Ich habe gehofft, daß du kommen würdest«, sagte sie.

»Du hast gewußt, daß ich kommen würde.«

»Ich wollte mich bei dir...«

»Nicht nötig.«

»... entschuldigen.«

»Ich bin schmutzig.«

»Möchtest du duschen?«

Ich duschte, und danach stand ein Bier für mich bereit.

Obwohl ich eigentlich gedacht hatte, daß ich vor Müdigkeit sofort einschlafen würde, liebten wir uns in ihrem Bett, und es war ein köstliches langsames Liebesspiel: Seufzer und Flüstern im Dunkeln, zarte Liebkosungen, Bewegungen wie in Zeitlupe. Einmal vereinigt, verschmolzen wir immer mehr miteinander, und ich hatte das Gefühl, als bewegten wir uns auf eine vollkommene dauerhafte Bindung zu, als seien wir nahe daran, eine Einheit zu bilden, in der unsere Einzelpersönlichkeiten sich zu einem neuen untrennbaren Ganzen verbinden würden, was für mich eine sehr verlockende Vorstellung war, weil ich auf diese Weise all die vielen schlimmen Erinnerungen, den schmerzlichen Verlust meiner Heimat und die auf mir lastende Verantwortung vergessen könnte. Und dieses segensreiche Aufgehen ineinander schien in greifbare Nähe gerückt und würde uns beschieden sein, wenn es mir nur gelänge, den Rhythmus des Aktes genau ihrem Herzschlag anzupassen – und einen Augenblick später war diese Synchronisation erreicht, und durch mein Sperma übertrug sich mein Herzschlag auf sie, unsere Herzen verschmolzen sozusagen zu einem einzigen, und mit einem köstlichen Schauer und erlösenden Seufzer hörte ich auf zu existieren.

Ich träumte von dem Friedhof. Verwitterte Sandsteinplatten. Beschädigte Marmorfiguren. Verblichene Granitobelisken, -quader und -kugeln, auf denen Amseln mit bösartig krummen Schnäbeln saßen. Rya rannte durch den Friedhof, und ich verfolgte sie. Ich würde sie umbringen. Ich wollte sie nicht töten, aber aus irgendeinem unverständlichen Grund hatte ich keine andere Wahl, als ihr das Leben zu nehmen. Ihre Fußspuren im Schnee waren mit Blut gefüllt. Sie war nicht verletzt, sie blutete nicht, deshalb war das Blut wahrscheinlich nur ein Omen, ein Hinweis auf den bevorstehenden Mord, ein Beweis für unsere festgelegten Rollen – Opfer und Mörder, Beute und Jäger. Ich hatte sie fast eingeholt, ihr Haar wehte im Wind, und ich packte sie bei den Haaren, und ihr rutschte der Boden unter den Füßen weg, und wir stürzten beide zwischen die Grabsteine, und dann warf ich mich knurrend auf sie und fletschte die Zähne wie ein wildes Tier und schnappte nach ihrer Kehle, und das Blut spritzte hervor, warme rote Fontänen...

Ich erwachte.

Ich setzte mich auf.

Ich hatte einen Blutgeschmack im Mund.

Ich schüttelte den Kopf, blinzelte, wurde vollends wach.

Ich hatte noch immer einen Blutgeschmack im Mund.

O Gott!

Das mußte Einbildung sein. Ein Relikt aus dem Traum.

Aber dieser schreckliche Geschmack wollte und wollte nicht vergehen. Ich tastete nach der Nachttischlampe, schaltete sie ein, und das Licht kam mir grell und anklagend vor. Schatten flohen in die Ecken des kleinen Zimmers.

Ich führte eine Hand zum Mund. Preßte zitternde Finger auf meine Lippen. Betrachtete meine Finger. Sah Blut.

Neben mir lag Rya zusammengerollt unter einem Laken, wie eine von aufmerksamen Polizisten zugedeckte Leiche. Ich konnte nur ihre Haare auf dem Kopfkissen sehen. Sie bewegte sich nicht. Wenn sie überhaupt atmete, dann so leise, daß es nicht zu hören war.

Ich schluckte.

Dieser Blutgeschmack. Wie Kupfer. So als saugte man an einem alten Penny.

Nein! Ich hatte ihr nicht die Kehle zugedrückt, während ich den Alptraum hatte. O Gott, nein. Unmöglich. Ich war doch nicht verrückt. Ich war doch kein wahnsinniger Mörder. Ich war doch nicht fähig, jemanden zu töten, den ich liebte.

Doch trotz meines verzweifelten Leugnens flatterte in meiner Brust ein wildes Entsetzen, wie ein Vogel im Käfig; und ich brachte es einfach nicht über mich, das Leintuch wegzuziehen und Rya anzuschauen. Ich lehnte mich an das Kopfende und vergrub mein Gesicht in den Händen.

In den letzten Tagen hatte ich überzeugende Beweise erhalten, daß die Trolle real waren, keine Ausgeburt meiner krankhaften Fantasie. Tief im Herzen hatte ich immer gewußt, daß sie real waren, daß ich nicht unschuldige Menschen umbrachte, nur weil ich unter der Wahnvorstellung litt, daß sich in ihnen Trolle verbargen. Und doch waren mir immer Zweifel geblieben, und ich hatte hin und wieder befürchtet, wahnsinnig zu sein. Nun aber wußte ich, daß auch Joel Tuck die dämonischen Wesen sah. Und ich hatte mit einem Leichnam gekämpft, der sich durch einen winzigen Funken trollischer Lebenskraft neu belebt hatte; wenn es die Leiche eines normalen Menschen gewesen wäre, eines unschuldigen Opfers meiner Wahnvorstellungen, hätte sie nie zu neuem Leben erwachen können. Diese Fakten waren doch bestimmt gewichtige Einwände gegen die Anklage, geisteskrank zu sein, die ich oft gegen mich selbst erhoben hatte.

Trotzdem vergrub ich jetzt mein Gesicht in den Händen, und brachte es einfach nicht über mich, Rya zu berühren, aus Angst vor dem, was ich möglicherweise getan hatte.

Der Blutgeschmack im Mund rief einen Würgereiz hervor. Ich atmete tief durch, aber dadurch hatte ich nun auch noch einen Blutgeruch in der Nase.

In den letzten Jahren hatte ich immer wieder einmal düstere Augenblicke durchlebt, in denen ich unter dem Eindruck litt, daß die Welt nichts weiter als ein riesiger Schlachthof sei, aus dem einzigen Grund erschaffen und in Umlauf gesetzt, um die Bühne für ein kosmisches Kasperltheater abzugeben – und dies war einer jener Momente. Wenn ich einen solchen Anfall von Depression hatte, kam es mir immer so vor, als sei der Mensch nur Schlachtvieh: Entweder wir brachten einander um, oder wir fielen den Trollen zum Opfer, oder aber uns traf eine jener Launen des Schicksals – Krebs, Erdbeben, Flutkatastrophen, Hirntumore, Blitzschläge –, die Gottes fantasievolle Beiträge zur Handlung waren. Unser aller Leben schien mit Blut geschrieben zu sein. Doch bisher hatte ich mich immer von diesen Depressionen befreien können, indem ich mich an den Glauben klammerte, daß mein Kreuzzug gegen die Trolle Leben rettete und daß ich eines Tages eine Möglichkeit entdecken würde, andere Männer und Frauen von der Existenz der Monster zu überzeugen, die getarnt unter uns lebten. In meinem Szenarium der Hoffnung würden die Menschen dann aufhören, gegeneinander zu kämpfen und einander zu verletzen. Sie würden sich zusammenschließen und den wirklichen Feind bekämpfen. Doch wenn ich Rya in einem Anfall angegriffen und umgebracht hatte, wenn ich einen geliebten Menschen töten konnte, dann war ich wahnsinnig, und jede Hoffnung für mich selbst und für die Zukunft der Menschheit war…

Rya wimmerte im Schlaf.

Ich schnappte nach Luft.

Sie schlug um sich, warf den Kopf von einer Seite auf die andere, riß an dem Laken, bis ihr Gesicht und ihr Hals zu sehen waren – ohne jeden Zweifel hatte auch sie einen Alptraum. Ihr Gesicht war so schön wie zuvor – unverletzt, ohne Bißwunden –, obwohl sie die Stirn runzelte und den Mund zur Grimasse verzog. Auch ihr Hals war unverletzt. Kein Blut war zu sehen.

Mir wurde schwach vor Erleichterung, und ich dankte Gott überschwenglich. Vorübergehend war mein üblicher Zorn auf Seine Werke vergessen.

Verwirrt stieg ich aus dem Bett, ging ins Bad, schloß die Tür und machte Licht. Ich betrachtete zuerst jene Hand, mit der ich meine Lippen berührt hatte, und das Blut war immer noch an meinen Fingern. Dann schaute ich in den Spiegel und sah das Blut auf meinem Kinn. Es glänzte auch auf meinen Lippen, und selbst meine Zähne waren blutig.

Ich wusch mir Hände und Gesicht, spülte meinen Mund aus, fand im Badschrank ein Mundwasser und konnte damit endlich den Kupfergeschmack loswerden. Ich vermutete, daß ich mir im Schlaf auf die Zunge gebissen hatte, aber das Mundwasser brannte nicht, und trotz sorgfältiger Untersuchung konnte ich an meiner Zunge keine Wunde feststellen.

Irgendwie mußte das Blut aus meinem Traum sich materialisiert und mich in die reale Welt der Lebenden begleitet haben. Was selbstverständlich völlig unmöglich war.

Ich betrachtete meine Zwielicht-Augen im Spiegel.

»Was bedeutet das?« fragte ich mich.

Das Spiegelbild gab keine Antwort.

»Was, zum Teufel, steht uns bevor?« wollte ich wissen.

Mein Gefährte im Spiegel wußte es entweder nicht oder wollte seine Geheimnisse nicht preisgeben.

Ich kehrte ins Schlafzimmer zurück.

Rya war ihrem Alptraum noch nicht entronnen. Sie hatte sich halb aufgedeckt, ihre Beine bewegten sich, so als würde sie rennen, und sie murmelte »Bitte, bitte« und rief »Oh!«, und sie umklammerte mit geballten Fäusten das Leintuch und schüttelte heftig den Kopf.

Ich kroch ins Bett.

Ärzte, die sich mit Schlafstörungen befassen, sagen, daß unsere Träume überraschend kurz sind. So lange ein Alptraum auch zu dauern scheint, in Wirklichkeit dauert er höchstens einige Minuten, meistens sogar nur 20 bis 60 Sekunden. Rya hatte diese Aussagen der Spezialisten offenbar nicht gelesen, denn sie verbrachte die zweite Hälfte der Nacht damit, diese Aussagen ad absurdum zu führen. Ihr Schlaf wurde durch eine ganze Reihe von Phantomfeinden, eingebildeten Kämpfen und Verfolgungsjagden gestört.

Ich beobachtete sie im bernsteinfarbenen Licht der Nachttischlampe eine halbe Stunde lang. Dann schaltete ich die Lampe aus und lauschte im Dunkeln eine weitere halbe

Stunde. Mir wurde klar, daß sie sich im Schlaf genausowenig richtig erholen konnte, wie es bei mir der Fall war. Schließlich streckte ich mich aus, und die Matratze übermittelte mir jedes krampfhafte Zucken, das von Ryas schrecklichen Erlebnissen im Traum zeugte.

Ich fragte mich, ob sie auf einem ihrer Friedhöfe war.

Ich fragte mich, ob es der Friedhof auf dem Hügel war.

Ich fragte mich, wer oder was sie zwischen den Grabsteinen verfolgte.

Ich fragte mich, ob ich das war.

## 12

## Erinnerungen an einen Oktober

Aus weit geöffneten Lastwagen und Kisten wurde der Rummelplatz auf dem Jahrmarktsgelände von Yontsdown hervorgezaubert, so als gäbe es dafür irgendeinen märchenhaften Mechanismus, konstruiert von jenen geschickten Schweizer Handwerkern, die für ihre ungemein komplizierten Glockenspiele mit lebensgroßen Figuren berühmt sind. Am Sonntag abend um sieben Uhr hätte man glauben können, es hätte nie eine ›Häutungsnacht‹ gegeben, so als blieben wir die ganze Saison über an einem Ort, während eine Stadt nach der anderen zu uns kam. Schausteller sagen, daß sie gerne herumreisen, Schausteller sagen auch, daß sie nicht leben könnten, wenn sie nicht mindestens einmal wöchentlich ihren Aufenthaltsort wechseln würden, und Schausteller vertreten ganz ernsthaft die Philosophie der Landstreicher – Zigeuner – und Ausgestoßenen, Schausteller sind sentimentale Fans von Geschichten und Legenden über das Leben am – manchmal gefährlichen – Rand der Gesellschaft, aber wohin sie auch immer gehen, sie haben stets ihr Dorf im Gepäck. Ihre LKWs, Wohnwagen, PKWs, Koffer und Taschen sind vollgestopft mit tröstlich vertrauten Dingen, und ihr Respekt vor der Tradition ist sogar noch ausgeprägter, als man ihn in den Kleinstädten von Kansas antreffen kann, wo sich in Generationen nichts verändert. Schausteller freuen sich auf den Kehraus, weil er ein Beweis für ihre Freiheit ist, im Gegensatz zur tristen Gefangenschaft der Besucher, die immer zurückbleiben müssen. Aber schon nach einem Tag auf den Straßen werden Schausteller nervös und unsicher, denn obwohl die Romantik des ständigen Wanderlebens Bestandteil der Zigeunerphilosophie ist, so sind die Straßen als solche doch das Werk und das Eigentum der ›normalen‹ Gesellschaft, und Fahrensleute müssen sich an die von der Gesellschaft vorgegebenen Regeln halten. Und weil Schausteller zumindest im Unterbewußtsein genau wissen, wie schutzlos sie unterwegs sind, bereitet ihnen die Ankunft an einem neuen Ort sogar noch mehr Freude als der Aufbruch. Der Rummelplatz ist immer viel schneller auf- als abgebaut, und keine Nacht der Woche kann es auch nur entfernt mit der ersten Nacht an einem neuen Ort aufnehmen, wenn einerseits die Wanderlust gerade befriedigt wurde und man sich andererseits wieder in einer Gemeinschaft geborgen fühlen kann. Sobald die Zelte errichtet und die hölzernen Einzelteile der verschiedenen Attraktionen zusammengefügt sind, sobald die Fantasiewelt mit Hilfe von Messing, Chrom, Plastik und elektrischem Licht neu erstanden ist und gegen alle Angriffe der Realität Schutz bietet, verspüren Schausteller einen tieferen Frieden als zu jeder anderen Zeit.

Im Wohnwagen von Irma und Paulie Lorus, wohin Rya und ich zum Abendessen eingeladen waren, hatten am Sonntag abend alle beste Laune, und ich konnte fast vergessen, daß dies nicht irgendein x-beliebiger Ort war, sondern eine von Trollen regierte Stadt, ein Nest, wo die Dämonen brüteten. Paulie, ein kleiner Mann, aber kein Zwerg wie seine schwarzhaarige Frau, war ein begnadeter Mime, der alle möglichen Filmstars und Politiker großartig imitieren konnte und uns damit ständig zum Lachen brachte. Sein Meisterstück war ein köstlicher Dialog zwischen John F. Kennedy und Nikita Chruschtschow. Paulie war ein Schwarzer, und es war einfach verblüffend, wie sehr sich sein gummiartiges Gesicht von einer Sekunde zur anderen verändern und jeden Prominenten hervorragend darstellen konnte, völlig unabhängig von der Rasse.

Paulie war außerdem ein guter Zauberkünstler, der in Tom Catshanks Show auftrat. Für einen Mann seiner Statur – er war höchstens 1,57 m groß – hatte er ziemlich große Hände mit langen schmalen Fingern, und seine Gestik war ungemein ausdrucksvoll. Ich mochte ihn auf Anhieb. Selbst Rya taute ein bißchen auf und beteiligte sich sogar an den Späßen; obwohl sie die kühle Pose und das distanzierte Auftreten, die ihre Markenzeichen waren, nicht völlig ablegte (schließlich war sie bei einer ihrer *Angestellten* zu Besuch), war sie an diesem Abend doch in keinster Weise eine Spielverderberin.

Dann, als wir uns in der Eßnische schon Kaffee und Schwarzwälder Torte schmecken ließen, sagte Irma plötzlich: »Arme Gloria Neames!«

»Warum? Was ist passiert?« fragte Rya.

Irma schaute mich an. »Kennst du sie, Slim?«

»Die... dicke Dame«, erwiderte ich.

»Fett«, korrigierte Paulie und zeichnete mit den Händen eine Kugel in die Luft. »Gloria ist nicht beleidigt, wenn man sie als fett bezeichnet. Sie ist nicht gern so fett, das arme Ding, aber sie macht sich keinerlei Illusionen, hält sich nicht für die Monroe oder die Hepburn oder so jemanden.«

»Nun, sie kann schließlich nichts dafür, daß sie so aussieht«, sagte Irma und fügte, an mich gewandt, hinzu: »Schlechte Drüsen.«

»Tatsächlich?«

»Oh, ich weiß schon«, meinte Irma. »Du glaubst bestimmt, daß sie wie ein Schwein frißt und nur behauptet, die Drüsen wären an ihrer Fettleibigkeit schuld. Aber das ist bei Gloria nicht der Fall. Peg Seeton wohnt bei Gloria, kümmert sich um sie, kocht für sie und so weiter, und Peg sagt, daß die arme Gloria nicht viel mehr ißt als du und ich, bestimmt nicht soviel, daß sie davon auf ein Gewicht von 750 Pfund käme. Und Peg wüßte Bescheid, wenn Gloria heimlich naschen würde, denn Peg erledigt alle Einkäufe, und Gloria geht ohne sie kaum irgendwohin.«

»Kann sie allein nicht gehen?« fragte ich.

»Doch«, antwortete Paulie, »aber das ist nicht einfach für sie, und sie hat wahnsinnige Angst hinzufallen. Das ist bei jedem so, der mehr als fünf- oder sechshundert Pfund wiegt. Wenn Glorie stürzt, kommt sie allein nicht wieder auf die Beine.«

»Ja, das Aufstehen ist für sie überhaupt ein Riesenproblem«, fuhr Irma fort. »Gewiß, von einem Stuhl kann sie sich hochhieven, aber nicht, wenn sie auf den Boden fällt oder auf dem Rücken landet. Beim letzten Mal schafften es nicht einmal mehrere kräftige Hilfsarbeiter, sie wieder aufzurichten.«

»750 Pfund sind eben keine Kleinigkeit«, meinte Paulie. »Sie ist zu gut gepolstert, um sich irgendwelche Knochen zu brechen, aber es ist schrecklich demütigend für sie, sogar wenn es nur vor uns Schaustellern passiert.«

»Schrecklich«, bestätigte Irma und schüttelte traurig den Kopf.

»Letztesmal blieb nichts anderes übrig, als einen LKW zu holen und daran eine Winde zu befestigen«, berichtete Rya. »Und selbst damit war es nicht so einfach, sie auf die Beine zu bekommen und sicherzustellen, daß sie auch wirklich stehenblieb.«

»Das hört sich vielleicht komisch an, aber es war alles andere als komisch«, versicherte mir Irma.

»Du siehst mich nicht lächeln«, erwiderte ich, bestürzt über diesen flüchtigen Einblick in die Leiden der fetten Frau. Ich fügte meiner langen Liste von Späßen, die Gott sich auf unsere Kosten erlaubt, einen neuen Punkt hinzu: Krebs, Erdbeben, Flutkatastrophen, Hirntumore, Blitzschläge... *schlecht arbeitende Drüsen*...

»Aber das alles ist nichts Neues«, sagte Rya, »höchstens vielleicht für Slim. Warum hast du also vorhin ›arme Gloria‹ gesagt und damit das Gespräch auf sie gebracht?«

»Sie ist heute abend ganz verstört«, berichtete Irma.

»Sie hat ein Strafmandat für zu schnelles Fahren bekommen«, erklärte Paulie.

»Das ist doch keine Tragödie«, kommentierte Rya.

»Sie ist ja auch nicht wegen des Strafmandats verstört«, erwiderte Paulie.

»Es geht darum, wie der Bulle sie behandelt hat«, sagte Irma und fuhr, an mich gewandt, fort: »Gloria hat einen speziell für sie angefertigten Cadillac. Mehr Stahl im Rahmen. Keine Rücksitze und dafür ein nach hinten versetzter Fahrersitz. Bremsen und Gasgeben per Handbedienung. Breitere Türen, damit sie problemlos ein- und aussteigen kann. Das beste Autoradio, das auf dem Markt ist, und unter dem Armaturenbrett ist sogar ein kleiner Kühlschrank eingebaut, so daß sie immer kalte Getränke mitnehmen kann. Sie liebt diesen Wagen.«

»Hört sich ganz schön teuer an«, sagte ich.

»Teuer war er, das stimmt, aber Gloria ist wohlhabend«,

erzählte Paulie. »Wenn wir einen guten Standort haben, wie beispielsweise den Jahrmarkt im Staat New York Ende dieses Monats, werden in nur sechs Tagen etwa sieben- bis achthunderttausend Eintrittskarten für den Rummelplatz verkauft, und von diesen Besuchern statten schätzungsweise 150000 auch Shockville einen Besuch ab.«

»Das macht bei zwei Dollar Eintritt pro Nase doch ...« murmelte ich überrascht.

»Dreihunderttausend in einer Woche«, beendete Rya meinen Satz, während sie sich eine weitere Tasse Kaffee eingoß. »Joel Tuck behält die Hälfte für sich, aber dafür bezahlt er auch sämtliche Unkosten, beispielsweise die gesalzene Standgebühr der Sombra Brothers; die andere Hälfte wird gleichmäßig unter seinen elf Attraktionen aufgeteilt.«

»Das heißt, daß Gloria in einer Woche über 13000 verdient«, ergänzte Paulie, und seine ausdrucksvollen Hände zählten unsichtbare Bündel von Banknoten. »Da könnte sie sich sogar zwei spezialgefertigte Cadillacs leisten. Natürlich ist nicht jede Woche so lukrativ; manchmal bringt sie's nur auf zweitausend, aber im Schnitt dürfte sie so um die fünftausend pro Woche verdienen, und das von Mitte April bis Mitte Oktober.«

»Wichtig ist aber nicht, wieviel Gloria für den Cadillac blechen muß, sondern wieviel *Freiheit* er ihr schenkt. Nur in diesem Wagen ist sie beweglich, und du weißt ja, wie wichtig es für Schausteller ist, frei und beweglich zu sein.«

»Nein«, widersprach Rya, »auch die Freiheit, die der Wagen ihr schenkt, ist nicht so wichtig. Wirklich wichtig ist jetzt nur diese Geschichte vom Strafmandat, die wir endlich hören wollen.«

»Na ja, das war so«, kam Irma endlich zur Sache. »Gloria fuhr heute morgen mit dem Cadillac nach Yontsdown, während Peg den Kombi steuerte, an den der Wohnwagen angehängt ist. Einen knappen Kilometer nach der Kreisgrenze hat einer der Leute des Sheriffs sie wegen angeblicher Geschwindigkeitsüberschreitung angehalten. Nun, Gloria fährt seit 22 Jahren Auto und hat noch nie einen Unfall verursacht oder auch nur ein Strafmandat erhalten.«

»Sie ist eine ausgezeichnete Fahrerin«, bestätigte Paulie, »und sie fährt vorsichtig, weil sie genau weiß, was für eine Katastrophe es wäre, wenn sie mit diesem Wagen einen Unfall baute. Die Männer vom Notdienst bekämen sie aus dem Auto nie heraus. Deshalb ist sie vorsichtig und fährt nie zu schnell.«

»Wie dieser Typ sie also zwingt anzuhalten«, fuhr Irma fort, »hält sie das Ganze entweder für einen Irrtum oder für einen Schwindel, um Fremde zur Kasse zu bitten, und da sie letzteres für wahrscheinlicher hält, erklärt sie sich sofort bereit, die Strafe zu bezahlen. Aber damit ist der Kerl nicht zufrieden. Er wird beleidigend und will, daß sie aussteigt, aber sie hat Angst hinzufallen, und daraufhin verlangt er, daß sie vor ihm herfährt, zum Büro des Sheriffs in Yontsdown, und sobald sie dort sind, zwingt er sie auszusteigen und bringt sie ins Büro, und dann fängt für die arme Gloria eine regelrechte Tortur an. Man droht ihr, sie einzusperren, wegen Widerstands gegen die Staatsgewalt oder so was Ähnliches. Bockmist jedenfalls!«

Paulie gestikulierte diesmal mit seiner Kuchengabel in der Hand. »Sie haben die Ärmste im ganzen Gebäude hin und her laufen lassen, von Pontius zu Pilatus, ohne ihr die Möglichkeit zu geben, sich zwischendurch irgendwo zu setzen; deshalb hat sie sich an die Wände gelehnt oder an Geländern und Schreibtischen festgehalten. Für sie steht fest, daß die Typen *hofften*, sie würde hinfallen, weil sie genau wußten, daß es für Gloria ein Alptraum sein würde, wieder auf die Beine zu kommen. Alle haben sich über sie lustig gemacht. Sie ließen sie nicht einmal auf die Toilette gehen, mit der Begründung, daß sie den Abortdeckel zerbrechen würde. Ihr Herz ist verständlicherweise nicht das beste, und sie sagt, sie hätte befürchtet, es würde zerspringen. Sie war am Weinen, als man ihr endlich erlaubt hat zu telefonieren, und sie hat wirklich nicht nahe am Wasser gebaut und neigt auch nicht zu Selbstmitleid.«

»Dann«, beendete Irma den Bericht, »ruft sie bei der Jahrmarktverwaltung an, und Jelly wird ans Telefon geholt, und er fährt in die Stadt und holt sie da heraus, aber sie hat, sage und schreibe, *drei* Stunden dort zubringen müssen!«

»Ich habe Jelly immer für einen guten Flickschneider gehalten«, sagte Rya. »Wie konnte ihm so was passieren?«

Ich erzählte ihnen ein bißchen über unseren Ausflug nach Yontsdown am Freitag. »Jelly hat seine Sache wirklich gut gemacht. Alle wurden geschmiert. Eine Frau, Mary Vanaletto, die Vorsitzende des Kreisrates, hat von Jelly die Mäuse und Freikarten für alle Kreisräte und für den Sheriff und seine Leute bekommen.«

»Vielleicht hat sie alles für sich behalten und den anderen weisgemacht, daß wir dieses Jahr nicht bezahlen wollten«, meinte Rya, »und deshalb macht der Sheriff uns jetzt Schwierigkeiten.«

»Das glaube ich nicht«, sagte ich. »Ich glaube vielmehr... aus irgendwelchen Gründen wollen sie es zu einer Auseinandersetzung kommen lassen...«

»Aber warum?« fragte Rya.

»Ich weiß nicht... aber ich hatte am Freitag diesen Eindruck«, antwortete ich ausweichend.

Irma nickte, und Paulie sagte: »Jelly verbreitet es schon überall. Wir müssen uns diese Woche von unserer Schokoladenseite zeigen, denn er glaubt, daß ihnen jeder Vorwand recht sein wird, um uns Steine in den Weg zu legen und alle möglichen Attraktionen zu schließen. Sie wollen wohl noch mehr Zuckerchen von uns erpressen.«

Ich wußte, daß sie es nicht auf unser Geld abgesehen hatten; sie wollten Blut sehen und sich an unserem Leid weiden. Aber ich konnte Irma, Paulie und Rya nicht von den Trollen erzählen. Sogar Schausteller, die tolerantesten Menschen der Welt, würden meine Geschichten nicht nur für exzentrisch, sondern für verrückt halten. Und obwohl sie Exzentrizität durchaus in Ehren halten, haben sie für gefährliche Psychopathen auch nicht mehr übrig als die sogenannten normalen Bürger. Deshalb behielt ich die düstere Wahrheit über die Repräsentanten von Yontsdown für mich.

Ich wußte aber genau, daß die Quälereien, denen man Gloria Neames ausgesetzt hatte, nur der Auftakt des Krieges gewesen waren. Viel Schlimmeres stand uns noch bevor. Weit Schlimmeres als die Schließung von Attraktionen. Viel

Schlimmeres als alles, was meine neuen Freunde sich vorstellen konnten. Von diesem Augenblick an war es mir nicht mehr möglich, die Trolle aus meinen Gedanken zu verbannen, und der Abend war für mich jetzt nicht mehr so vergnüglich wie anfangs. Ich lächelte und lachte und beteiligte mich weiterhin an der Unterhaltung, aber ein Mann, der mitten in einem Nest von Vipern steht, fühlt sich wahrscheinlich auch nicht besonders wohl.

Wir verließen den Wohnwagen der Lorus kurz nach elf, und Rya fragte mich: »Müde?«

»Nein.«

»Ich auch nicht.«

»Willst du einen Spaziergang machen?«

»Nein, ich möchte etwas anderes«, erwiderte sie.

»O ja«, stimmte ich enthusiastisch zu. »Das möchte ich auch.«

»Nicht *das*«, lachte sie.

»Oh...«

»Noch nicht.«

»Das klingt schon besser.«

Sie führte mich zum Rummelplatz.

Im Laufe des Tages waren dicke stahlgraue Wolken aufgezogen; sie hingen noch immer am Himmel und verdeckten den Mond und die Sterne. Der ganze Vergnügungspark bestand nur aus Schatten: dunkle Pfeiler und Bretter, schwarze Dächer, tintenfarbene Öffnungen, einander überlappende Farbschichten der Nacht in feinsten Abstufungen: Ebenholz, Kohle, Schwarzdorn, Ruß, Schwefel-Schwarz, Anilin-Schwarz, Alizarin-Zyanin, Lack-Schwarz, Holzkohle, Raben-Schwarz – Schwarz; dunkle Türen in noch dunkleren Wänden.

Am Riesenrad blieb Rya stehen. Es hob sich als Netzwerk geometrischer Formen von dem etwas weniger schwarzen mondlosen Himmel ab.

Wieder spürte ich die bedrohlichen Vibrationen, die davon ausgingen. Ich konnte noch immer nicht erkennen, welcher Art die Tragödie sein würde, aber ich wußte, daß in dieser

Maschine zukünftiges Unheil gespeichert war, wie Elektrizität in den Zellen einer Batterie.

Zu meiner Überraschung öffnete Rya die Pforte im Eisenzaun und näherte sich dem Riesenrad. »Komm«, rief sie mir zu.

»Wohin denn?«

»Hinauf.«

»Was?«

»Hinauf.«

»Wie?«

»Wir stammen doch angeblich von Affen ab.«

»Ich nicht.«

»Wir alle.«

»Ich stamme aber von Murmeltieren ab.«

»Es wird dir gefallen.«

»Viel zu gefährlich.«

»Kinderleicht«, meinte sie und begann hinaufzuklettern. Sie sah aus wie ein großes Kind am Kletterbaum eines Spielplatzes für Erwachsene, und ich fühlte mich denkbar unbehaglich.

Ich mußte an meine Vision einer blutüberströmten Rya denken, obwohl ich ziemlich sicher war, daß derzeit noch keine Todesgefahr für sie bestand, daß ihr Leben in dieser Nacht noch nicht bedroht war. Trotzdem hatte ich rasendes Herzklopfen.

»Komm zurück«, rief ich.

Sie blickte aus etwa fünf Meter Höhe zu mir herab. »Komm rauf!«

»Das ist verrückt.«

»Es wird dir bestimmt gefallen.«

»Aber...«

»Bitte, Slim.«

»O Gott!«

»Enttäusch mich nicht«, sagte sie, bevor sie weiterkletterte.

Ich hatte nicht das Gefühl, als stellte das Riesenrad für uns in dieser Nacht eine Gefahr dar. Seine bedrohliche Ausstrahlung galt der Zukunft; im Augenblick war es nur eine Maschine aus Holz und Stahl und Hunderten von Lichtern, die jetzt natürlich nicht eingeschaltet waren.

Widerwillig folgte ich Rya, wobei ich rasch feststellte, daß die Streben Händen und Füßen mehr Halt boten, als ich gedacht hatte. Das abgestellte Rad bewegte sich nicht, nur einige der zweisitzigen Gondeln schwankten leicht, wenn der Wind zunahm, oder wenn unsere Bewegungen das Metallgerüst in Vibrationen versetzten. Entgegen meiner Behauptung, von Murmeltieren abzustammen, bewies ich bald, daß meine Vorfahren doch Affen gewesen waren.

Zum Glück kletterte Rya nicht bis zur obersten Gondel, sondern begnügte sich mit der dritthöchsten. Sie hatte die Sicherheitsstange für mich offenstehen lassen, saß gelassen da und lächelte mir zu, als ich schwitzend und zitternd das Ziel erreichte. Ich schwang mich auf den Sitz neben sie und fand, daß die Kletterpartie sich fast gelohnt hatte, nur um dieses so seltene Lächeln zu erleben.

Bei meinem unbedacht schwungvollen Einstieg begann die Gondel heftig zu schaukeln, und einen atemberaubenden Moment lang dachte ich, ich würde hinausfallen, durch den gefrorenen Wasserfall aus Metall und Holz in die Tiefe sausen, gegen jede Gondel prallen und schließlich mit voller Wucht auf dem Boden aufschlagen und mir alle Knochen brechen. Doch ich umklammerte mit einer Hand die verzierte Seitenwand der Gondel, mit der anderen die Rückwand und balancierte die Gondel aus. Rya war so tollkühn, sich nur mit einer Hand festzuhalten, und während der stärksten Schaukelei beugte sie sich hinaus, ergriff die Sicherheitsstange und klinkte sie ein.

»So«, sagte sie, »jetzt haben wir's herrlich gemütlich.« Sie schmiegte sich an mich. »Ich habe dir doch gesagt, daß es schön sein würde. Es gibt nichts Schöneres, als hier im dunklen Riesenrad zu sitzen, wenn der Motor abgestellt ist und ringsum tiefe Stille herrscht.«

»Kommst du oft hierher?«

»Ja.«

»Allein.«

»Ja.«

Wir verstummten für einige Minuten, saßen einfach dicht nebeneinander, schaukelten leicht hin und her und betrachteten die nächtliche Szene von unserem dunklen Thron aus. Und als dann doch eine Unterhaltung in Gang kam, drehte sich unser Gespräch erstmals um Dinge wie Bücher, Gedichte, Filme, Lieblingsblumen und Musik, und erst jetzt kam mir zu Bewußtsein, daß unsere bisherigen Gesprächsthemen fast ausschließlich düster und makaber gewesen waren. Es schien fast, als hätte Rya irgendeine schwere Last abgeworfen, um den Aufstieg zu schaffen, und diese unbeschwerte Rya zeigte einen unerwarteten Sinn für Humor und konnte sogar richtig mädchenhaft kichern. Ausnahmsweise war jene geheimnisvolle Melancholie nicht zu spüren.

Doch dann, etwas später, spürte ich sie wieder, obwohl ich nicht sagen kann, wann diese mächtige Welle der Melancholie sie erfaßte. Wir sprachen unter anderem über Buddy Holly, dessen Lieder wir beim Kehraus geschmettert hatten, und sangen im Duett ein Potpourri unserer Lieblingsmelodien. Wahrscheinlich mußte auch Rya dabei an Hollys viel zu frühen Tod vor viereinhalb Jahren denken, und vielleicht betrat sie damit die erste Stufe der Kellertreppe, die ins Dunkel hinabführte, denn kurze Zeit später unterhielten wir uns über James Dean, dessen Leben durch einen Autounfall auf einer kalifornischen Straße vor mehr als sieben Jahren abrupt geendet hatte. Dann begann sich Rya über die Ungerechtigkeit früher Tode auszulassen, kaute beharrlich darauf herum, bis ich spürte, daß ihre Schwermut sie wieder eingeholt hatte. Ich versuchte dem Gespräch schnell eine erfreulichere Wendung zu geben, hatte damit aber wenig Erfolg, denn sie schien plötzlich nicht nur fasziniert von morbiden Themen zu sein, sondern regelrecht Gefallen daran zu finden.

Als schließlich auch die letzte Spur von Freude aus ihrer Stimme verschwunden war, rückte sie etwas von mir ab und fragte: »Was hast du letzten Oktober empfunden? Wie hast du dich gefühlt?«

Im ersten Augenblick wußte ich nicht, was sie meinte.

»Kuba. Im Oktober«, erklärte sie. »Die Blockade, die Raketen, die Machtprobe. Es heißt, wir hätten uns am Rande eines Atomkriegs befunden. Harmageddon. Wie hast du dich gefühlt?«

Jener Oktober war ein Wendepunkt für mich gewesen, wie vermutlich für alle, die alt genug waren, um die Bedeutung dieser Krise zu verstehen. Mir persönlich war plötzlich bewußt geworden, daß die Menschheit nun imstande war, sich selbst vollständig auszulöschen. Ich begriff auch, daß die Trolle – die ich damals schon seit einigen Jahren beobachtete – über die Spirale technologischer Errungenschaften und über die zunehmende Kompliziertheit unserer Gesellschaft entzückt sein mußten, lieferten diese Entwicklungen ihnen doch die Möglichkeit, die Menschheit auf immer spektakulärere Weise zu martern. Was würde geschehen, wenn ein Troll entweder in den USA oder in der UdSSR in eine hohe Machtposition aufsteigen würde und die Möglichkeit hatte, auf DEN KNOPF zu drücken? Natürlich wären sie sich darüber im klaren, daß ihre Spezies zusammen mit unserer vernichtet würde; und die Apokalypse würde sie der Möglichkeit berauben, uns langsam zu quälen, was ihnen offenbar besonderen Genuß bereitete. Das schien auf den ersten Blick die Wahrscheinlichkeit zu verringern, daß sie einen Atomkrieg entfesseln würden. Aber welches Festmahl von Leiden gäbe es in jenen letzten Tagen und Stunden! Die gewaltigen Explosionen, die ganze Städte einebneten, die Feuerstürme, die radioaktiven Aschenregen: Wenn die Trolle uns so intensiv und geradezu besessen haßten, wie ich glaubte, war dies das Szenarium, das sie sich letztendlich wünschen würden, ungeachtet der Konsequenzen für ihr eigenes Überleben. Die Kubakrise machte mir klar, daß ich früher oder später gezwungen sein würde, gegen die Trolle zu kämpfen, so hoffnungslos und absurd mein Ein-Mann-Krieg auch sein mochte.

Die Krise – der Wendepunkt. Im August 1962 hatte die Sowjetunion heimlich mit dem Bau von Abschußrampen für Mittelstreckenraketen begonnen. Präsident Kennedy verlangte im Oktober den Abbau dieser provozierenden Rampen und den Rücktransport bereits gelieferter Raketen.

Nachdem die Russen sich geweigert hatten, diese Forderung zu erfüllen, verhängte Kennedy am 22. Oktober eine Blockade über Kuba. Am Samstag, dem 27. Oktober, wurde eines unserer U-2-Flugzeuge von einer sowjetischen Rakete abgeschossen, und für Montag, den 29. Oktober wurde – wie wir später erfuhren – eine Invasion in Kuba durch US-Truppen angeordnet. Der Ausbruch des Dritten Weltkriegs schien unmittelbar bevorzustehen. Am 28. Oktober erklärte sich Chruschtschow aber bereit, die Raketen abzuziehen. Während jener kritischen Oktoberwoche wurden in allen amerikanischen Schulen Luftalarm-Übungen durchgeführt; Luftschutzbunker wurden mit zusätzlichen Lebensmittel-Vorräten ausgestattet; die Streitkräfte wurden in Alarmbereitschaft versetzt; in den Kirchen wurden Bittgottesdienste abgehalten, die von ungleich mehr Menschen als gewöhnlich besucht wurden. Und falls die Trolle bis dahin die totale Zerstörung der Zivilisation noch nicht erwogen hatten, so begannen sie mit Sicherheit während der Kubakrise darüber nachzudenken, denn in jenen Tagen bekamen sie einen kleinen Vorgeschmack auf die unvorstellbaren Genüsse, die ihrer im Ernstfall harrten, waren doch schon unsere *Ängste* in Erwartung der Katastrophe ein Leckerbissen.

»Wie hast du dich gefühlt?« fragte Rya wieder, während wir dort auf dem Riesenrad saßen.

Erst einige Tage später verstand ich, wie bedeutsam diese Unterhaltung gewesen war. Damals kam es mir noch so vor, als wären wir rein zufällig auf dieses morbide Thema zu sprechen gekommen. Nicht einmal mein sechster Sinn ließ mich erkennen, wie wichtig es für sie war – und weshalb.

*Wie hast du dich gefühlt?*

»Ich war beunruhigt.«

»Wo warst du in jener Woche?«

»In Oregon, auf der High School.«

»Hast du geglaubt, daß es zum Krieg kommen würde.«

»Ich weiß nicht.«

»Hast du gedacht, daß du sterben würdest?«

»Wir befanden uns nicht direkt in einer kriegswichtigen Zone.«

»Aber der Atomregen wäre doch fast überall niedergegangen.«

»Ich nehme es an.«

»Hast du also geglaubt, daß du sterben würdest?«

»Vielleicht. Es ist mir zumindest durch den Kopf gegangen.«

»Welches Gefühl hattest du dabei?« beharrte sie.

»Kein gutes.«

»Ist das alles?«

»Ich hatte Angst um meine Mutter und um meine Schwestern. Mein Vater war einige Zeit zuvor gestorben; ich war der einzige Mann in der Familie und hatte das Gefühl, sie irgendwie beschützen und ihr Überleben sichern zu müssen, weißt du, aber mir fiel nichts ein, was ich tun könnte, und ich fühlte mich verdammt hilflos... diese Hilflosigkeit machte mich richtig krank.«

Sie schien enttäuscht, so als hätte sie auf eine andere Antwort gehofft, auf irgend etwas Dramatischeres... oder Dunkleres.

»Wo warst *du* denn in jener Woche?« fragte ich.

»In Gibtown. Nicht weit davon entfernt gibt es Militäreinrichtungen. Es ist ein Zielgebiet erster Ordnung.«

»Du hast also damit gerechnet zu sterben?«

»Ja.«

»Und wie hast du dich bei diesem Gedanken gefühlt?«

Sie schwieg.

»Nun?« drang ich in sie. »Wie hast du dich gefühlt, als das Ende der Welt bevorzustehen schien?«

»Eigenartig«, antwortete sie.

Das war eine bestürzende Antwort, aber bevor ich sie um eine Erklärung bitten konnte, wurde ich von fernen Blitzen im Westen abgelenkt. »Wir sollten lieber hinunterklettern.«

»Noch nicht.«

»Ein Gewitter zieht auf.«

»Wir haben noch jede Menge Zeit.« Sie setzte die Gondel in Bewegung wie eine Hollywoodschaukel, so daß die Scharniere quietschten. Mit einer Stimme, die mir einen kalten Schauder über den Rücken jagte, berichtete sie: »Als es nicht zum Krieg kam, lieh ich mir aus der Bücherei alle Bücher über Atomwaffen aus. Ich wollte wissen, wie es gewesen wäre, wenn es dazu gekommen wäre, und ich beschäftigte mich den ganzen letzten Winter über damit, unten in Gibtown. Ich konnte gar nicht genug davon bekommen. Es ist *faszinierend*, Slim.«

Am Horizont zuckte wieder ein Blitz.

Gleich darauf krachte ein Donnerschlag, so als wäre der tiefhängende Himmel mit den Bergspitzen zusammengestoßen. Das Echo dieses Zusammenpralls rollte dumpf durch die Wolken über dem Rummelplatz.

»Wir müssen hinunter«, sagte ich wieder.

Sie ignorierte diese Mahnung. Ihre leise Stimme hatte einen andächtigen Klang. »Die atomare Vernichtung wäre von eigenartiger Schönheit, weißt du, von schrecklicher Schönheit. Unsere schäbigen, schmutzigen Großstädte würden zu Staub zerfallen, der dann in riesigen pilzförmigen Wolken emporsteigen würde – genauso, wie richtige Pilze auf Dünger wachsen und daraus ihre Kraft schöpfen. Und stell dir nur einmal den Himmel vor! Karmesinrot und orange, grün vom sauren Nebel, gelb vom Schwefel, aufgewühlt, trüb, mit Farben gesprenkelt, wie wir sie nie zuvor am Himmel gesehen haben, mit seltsamen Lichtspielen...«

Wie ein aus dem Paradies verstoßener Engel stolperte ein greller Blitz die Himmelstreppe hinab, verlor an Intensität, je tiefer er kam und verschwand in der Finsternis. Er war viel näher als der vorangegangene Blitz. Auch der Donner war viel lauter. Die Luft roch nach Ozon.

»Es ist gefährlich hier oben«, sagte ich und wollte die Sicherheitsstange öffnen. Sie hielt meine Hand fest und fuhr verträumt fort: »Nach dem Krieg würde es monatelang die unglaublichsten Sonnenuntergänge geben, wegen der Aschenzirkulation hoch oben in der Atmosphäre. Und wenn die Asche anfinge sich zu setzen, hätte auch das eine bestimmte Schönheit, etwa so wie ein schwerer Schneesturm, obwohl es der längste Blizzard aller Zeiten wäre. Er würde monatelang anhalten, und sogar die Dschungel, wo niemals Schnee fällt, würden von *diesem* Sturm heimgesucht...«

Die Luft war feucht und schwül.

Riesige Kriegsmaschinen donnerten über himmlische Schlachtfelder.

Sie hinderte mich daran, die Sicherung zu öffnen.

»Und schließlich, nach einigen Jahre, würde die Radioaktivität nachlassen, bis sie nicht mehr lebensgefährlich wäre. Der Himmel wäre wieder klar und blau, und die dicken Aschenschichten würden einen prächtigen Nährboden für grüneres und dichteres Gras abgeben, als wir es je gesehen haben, und die Luft wäre unvorstellbar rein. Und Insekten würden auf der Erde regieren, und auch das wäre von eigenartiger Schönheit.«

Keine anderthalb Kilometer entfernt brannte ein Blitz eine lange zackige Narbe in die Haut der Nacht.

»Was ist nur los mit dir?« fragte ich, und mein Herz klopfte plötzlich schnell und unregelmäßig.

»Glaubst du nicht, daß die Insektenwelt von großer Schönheit ist?«

»Rya, um Gottes willen, dieser Sitz ist aus Metall. Das ganze Riesenrad besteht hauptsächlich aus Metall.«

»Die bunten Farben von Schmetterlingen, das schillernde Grün von Käferflügeln...«

»Das Rad ist weit und breit der höchste Gegenstand, und Blitze werden von hohen Gegenständen angezogen...«

»...das Rot und Schwarz des Rückenschilds eines Marienkäfers...«

»Rya, wenn ein Blitz einschlägt, werden wir bei lebendigem Leibe geröstet!«

»Uns wird nichts passieren.«

»Wir müssen schleunigst runter.«

»Noch nicht, noch nicht«, flüsterte sie und hinderte mich weiter daran, die Stange zu öffnen.

»Wenn es nur Insekten und vielleicht noch ein paar kleine Tiere gäbe – wie rein wäre dann alles wieder, wie frisch und neu! Ohne Menschen, die alles beschmutzen und...«

Sie wurde von einem wilden, zornigen Blitz unterbrochen. direkt über unseren Köpfen zeigte sich ein weißer Riß im Himmelsgewölbe. Der begleitende Donner war so mächtig, daß das Riesenrad vibrierte. Und ein weiterer Donnerschlag ließ meine Knochen trotz ihrer Fleischpolsterung klappern wie Spielwürfel in einem Filzbeutel.

»Rya, *jetzt*, verdammt!« schrie ich.

»Jetzt«, stimmte sie zu, während die ersten dicken Regentropfen fielen. Ihr Lächeln schwankte im stroboskopischen Licht zwischen kindlicher Aufregung und makabrer Fröhlichkeit. Sie schwang die Sicherheitsstange weit auf. »Jetzt! Los! Mal sehen, wer gewinnt – wir oder das Gewitter!«

Weil ich als zweiter eingestiegen war, mußte ich als erster aussteigen, das Spiel als erster wagen. Ich packte einen der Träger, aus denen das Gerüst des Riesenrads bestand, schlang meine Beine um einen zweiten Träger und glitt etwa einen Meter schräg hinab, bis mir einer der Querbalken den Weg versperrte. Mir wurde plötzlich schwindelig, und ich klammerte mich verzweifelt an die Streben. Manche der riesigen Regentropfen zerschnitten die Luft dicht vor meinem Gesicht, andere trafen meine Haut mit der Wucht kleiner Kieselsteine, wieder andere knallten auf das Riesenrad mit hörbarem *Plopp-plopp-plopp*. Das Schwindelgefühl verging nicht ganz, aber Rya wartete ein Stück über mir darauf, daß ich ihr den Weg freimachte, und ein neuer Blitz erinnerte mich lebhaft an die Gefahr eines elektrischen Schlages, deshalb setzte ich den Abstieg fort, der sich wesentlich schwieriger gestaltete als der Aufstieg, weil ich mich jetzt *rückwärts* bewegen mußte. Der Regen wurde stärker, ein Wind kam auf, und der nasse Stahl wurde zusehends rutschiger. Mehrere Male glitt ich aus und suchte verzweifelt Halt an dicken, straff gespannten Kabeln, dicken Trägern oder dünnen Speichen, was gerade in Reichweite war, und ich riß mir einen Fingernagel ein und schürfte mir eine Handfläche auf. Bisweilen kam mir das Rad wie ein riesiges Netz vor, durch das gleich eine vielbeinige Blitz-Spinne auf mich zueilen würde, mit der Absicht, mich zu verschlingen. Dann wieder schien es eine Roulettescheibe zu sein; der wirbelnde Regen, der scharfe Wind und das chaotische Gewitterlicht erzeugten – zusammen mit meinem anhaltenden Schwindel – die Illusion einer kreisenden Bewegung, und wenn ich emporblickte, kam es mir so vor, als wären Rya und ich zwei unglückliche Elfenbeinkugeln, die auf verschiedene Schicksale zurollten. Der Regen kämmte mir das nasse Haar in die Augen. Meine tropfnassen Jeans zogen mich in die Tiefe wie eine Ritterrüstung. Etwa drei Meter über dem Boden rutschte ich aus, fand diesmal nirgends Halt und schoß in den Regen hinaus, die Arme wie nutzlose Flügel ausgebreitet. Ich stieß einen schrillen Vogelschrei aus, überzeugt davon, daß etwas Spitzes mich aufspießen würde. Statt dessen landete ich auf der nassen Erde und blieb völlig unverletzt, obwohl der heftige Aufprall mir im ersten Moment den Atem nahm.

Ich rollte auf den Rücken, schaute nach oben und sah Rya im Netzwerk des Riesenrads, vom Wind gepeitscht, mit wild flatternden Haaren. Ihre Füße glitten plötzlich aus, und sie hing nur noch an den Händen; ihr ganzes Gewicht hing an den zarten Armen, während sie verzweifelt strampelte, um den Träger wiederzufinden, der ihr als Fußstütze gedient hatte.

Ich sprang wie von der Tarantel gestochen auf, hielt den Atem an und starrte mit zurückgeworfenem Kopf in die Höhe, das Gesicht voll dem prasselnden Regen ausgesetzt.

Ich war verrückt gewesen, ihr diese Kletterpartie zu erlauben.

Hier würde sie sterben.

Das war es, wovor meine Vision mich gewarnt hatte. Ich hätte es ihr sagen sollen. Ich hätte sie zurückhalten müssen.

Trotz ihrer prekären Situation, obwohl ihre Arme wahnsinnig schmerzen mußten und aus den Schultergelenken gerissen zu werden drohten, glaubte ich sie dort oben lachen zu hören. Im nächsten Moment redete ich mir ein, es wäre nur der Wind gewesen, der durch das Metallgerüst heulte. Es mußte der Wind gewesen sein. Bestimmt...

Ein neuer Blitz tauchte den Rummelplatz in blendendes Licht und ließ das Riesenrad in allen Einzelheiten erstrahlen. Ich war im ersten Moment davon überzeugt, daß er in die Metallkonstruktion eingeschlagen hatte, daß eine Billion Volt Ryas Fleisch bis auf die Knochen versengt hatte, doch dann sah ich, daß sie nicht nur lebte, sondern auch wieder Halt unter den Füßen hatte und den Abstieg fortsetzte.

Ich wölbte meine Hand vor dem Mund und schrie ihr zu: »Beeil dich!«

Mein rasendes Herzklopfen ließ auch nicht nach, als die Gefahr eines tödlichen Absturzes sich stetig verringerte, je tiefer sie kam. Jeden Moment konnte das Gewitter sie mit dem glühenden, verzehrenden Kuß des Blitzes doch noch besiegen.

Schließlich war sie nur noch etwa zweieinhalb Meter vom Boden entfernt und drehte sich gerade nach außen, in der Absicht hinabzuspringen, als dicht hinter dem Jahrmarktgelände, kaum 50 Meter entfernt, ein Blitz in die Erde fuhr wie ein Flammenspeer. Das ohrenbetäubende Krachen schien sie vom Rad zu schleudern. Sie landete auf den Füßen, taumelte und wäre gestürzt, wenn ich sie nicht aufgefangen hätte. Sie schlang ihre Arme um mich, und wir hielten einander umklammert, zitternd, außerstande, uns zu bewegen und zu sprechen, kaum fähig zu atmen.

Wieder schoß eine Feuerzunge vom Himmel zur Erde hinab, und diesmal wurde das Riesenrad endlich getroffen, die ganze Metallkonstruktion schien für Sekunden in Flammen zu stehen und mit Juwelen geschmückt zu sein, bis die mörderische Kraft in die Erde abgeleitet wurde.

Der Regen wurde zu einem Wolkenbruch, zur regelrechten Sintflut. Er trommelte auf die Zeltwände, erzeugte auf verschiedenen Metallen eine Vielfalt von Tönen, die der Wind mit seinem Heulen und Brausen untermalte.

Wir rannten durch den Morast auf die Wohnwagenstadt zu, verfolgt von einem Monster mit schnellen Spinnenbeinen und Krebszangen, einem Monster namens Elektrizität, das uns dicht auf den Fersen zu sein schien. Erst als die Tür von Ryas Airstream hinter uns ins Schloß fiel, fühlten wir uns in Sicherheit.

»Das war verrückt!« sagte ich.

»Schscht.«

»Warum wolltest du unbedingt oben bleiben, als das Gewitter immer näher kam?«

»Schscht«, flüsterte sie wieder.

»Hältst du das für einen *Spaß*? Ist das deine Vorstellung von Spaß?«

Sie hatte zwei Gläser und eine Flasche Brandy aus einem Küchenschrank geholt und ging lächelnd ins Schlafzimmer, Pfützen auf dem Boden hinterlassend.

Ich folgte ihr. »Macht dir so etwas Spaß?«

Sie schenkte den Brandy ein und reichte mir ein Glas.

Es schlug klirrend gegen meine Zähne. Der Brandy rann mir heiß durch die Kehle und brannte in meinem Magen.

Rya zog ihre durchweichten Turnschuhe und Socken aus und schlüpfte aus dem nassen T-Shirt. Wassertropfen schimmerten auf ihren nackten Armen, Schultern und Brüsten.

»Du könntest jetzt tot sein«, sagte ich.

Sie legte ihre Shorts und ihren Slip ab, trank einen Schluck Brandy und kam auf mich zu.

»Verdammt, hast du vielleicht *gehofft*, getötet zu werden?«

»Schscht«, sagte sie wieder.

Ich zitterte wie Espenlaub.

Sie wirkte ganz ruhig. Falls sie während des Abstiegs Angst gehabt hatte, war die Furcht von ihr gewichen, sobald sie festen Boden unter den Füßen spürte.

»Was ist nur mit dir los?« fragte ich.

Sie begann mich zu entkleiden.

»Nicht jetzt«, sagte ich. »Dies ist kein geeigneter Zeitpunkt...«

»Es ist der perfekte Zeitpunkt«, widersprach sie.

»Ich bin nicht in der Stimmung...«

»Doch.«

»Ich kann nicht...«

»Du kannst.«

»Nein.«

»Doch.«

»Nein.«

Später lagen wir zufrieden auf den feuchten Laken, und das bernsteinfarbene Licht der Nachttischlampe vergoldete unsere Körper. Das Geräusch des Regens, der aufs abgerundete Dach trommelte und an den Metallwänden unseres Kokons hinabrann, war herrlich beruhigend.

Doch ich hatte das Riesenrad und den schrecklichen Abstieg im Sturm nicht vergessen, und nach einer Weile brach ich das Schweigen. »Man könnte fast meinen, du hättest gewollt, daß der Blitz einschlug, während du dort oben hingst.«

Sie sagte nichts.

Meine Finger glitten über ihr Kinn, streichelten sanft ihren zarten Hals und ihren verführerischen Brustansatz. »Du bist schön, intelligent, erfolgreich. Warum gehst du solche Risiken ein?«

Keine Antwort.

»Du hast doch alles, wofür es sich zu leben lohnt.«

Sie schwieg.

Es wäre – zumindest für die Begriffe von Schaustellern – indiskret und taktlos gewesen, sie geradeheraus zu fragen, warum sie Todeswünsche hatte. Aber dieser Benimm-Kodex ließ es durchaus zu, beobachtete Tatsachen zu kommentieren, und ihre selbstmörderischen Neigungen standen für mich inzwischen völlig außer Zweifel. Deshalb fragte ich: »Glaubst du wirklich, daß der Tod etwas... etwas Attraktives an sich hat?« Ohne mich von ihrem anhaltenden Schweigen entmutigen zu lassen, sagte ich: »Ich glaube, ich liebe dich.« Und als auch darauf keine Antwort erfolgte, murmelte ich: »Ich will nicht, daß dir etwas passiert. Ich werde nicht *zulassen*, daß dir etwas passiert.«

Sie wandte sich mir zu, umarmte mich, vergrub ihr Gesicht in meiner Halsgrube und flüsterte: »Halt mich fest«, was in Anbetracht der Umstände so ziemlich die beste Antwort war, die sie mir überhaupt hätte geben können.

Am Montag morgen regnete es noch immer sehr stark. Dunkle Wolken jagten über den tiefhängenden Himmel, der – wie mir schien – von einer kleinen Trittleiter aus leicht zu berühren gewesen wäre. Der Wetterbericht sagte erst für den Dienstag ein Aufklaren voraus. Um neun Uhr wurde die Eröffnung des Jahrmarkts um 24 Stunden verschoben. Um halb zehn waren überall in Gibtown-auf-Rädern Kartenspiele im Gange; es wurde gestrickt, gelesen, palavert und lamentiert. Um Viertel vor zehn beliefen sich die angeblichen Verluste schon auf astronomische Summen, so daß man fast glauben konnte, jeder Konzessionär und Angestellte hätte es an diesem Tag zum Millionär gebracht, wenn das verräterische Wetter ihn nicht statt dessen völlig ruiniert hätte. Und wenige Minuten vor zehn wurde Jelly Jordan im Kinderkarussell tot aufgefunden.

# 13

# Eine Eidechse an der Fensterscheibe

Als ich auf dem Rummelplatz ankam, scharten sich etwa hundert Schausteller, von denen ich die meisten noch nicht kannte, um das Karussell. Manche trugen gelbe Regenmäntel mit passenden Mützen, manche trugen schwarze Vinylmäntel und dünne Plastikhauben, Stiefel oder Sandalen, Galoschen oder Straßenschuhe; manche waren barfuß und manche noch in Schlafanzügen, über die sie hastig die erstbesten Mäntel gezogen hatten. Etwa die Hälfte stand unter Regenschirmen, deren Farbenvielfalt dieser Menschenansammlung aber nicht einmal einen Hauch von Fröhlichkeit verleihen konnte. Manche waren, als sie die schreckliche Nachricht erfahren hatten, auch einfach hinausgestürzt, ohne sich irgendwie vor dem Regen zu schützen, und jetzt waren sie naß bis auf die Haut, Elendsgestalten wie aus einem Flüchtlingstreck, der durch ein vom Kriege verwüstetes Land zog.

Ich selbst trug Jeans, ein T-Shirt und Schuhe, die seit dem nächtlichen Abenteuer noch nicht getrocknet waren, und als ich mich der Menge am Karussell näherte, beeindruckte und erschütterte mich am meisten ihr Schweigen. Niemand sprach. Kein einziger. Kein einziges Wort. Der Regen vermischte sich mit ihren Tränen, und in den aschfahlen Gesichtern und eingesunkenen Augen stand tiefer Schmerz geschrieben, aber sie weinten völlig lautlos. Diese Stille bewies, wie sehr sie Jelly Jordan geliebt hatten, wie unausdenkbar sein Tod allen erschien; sie waren wie betäubt, konnten nur stumm dastehen und vergeblich versuchen, sich eine Welt ohne ihn vorzustellen. Später, wenn der erste Schock vorüber sein würde, gäbe es laute Klagen, unkontrolliertes Schluchzen, Hysterie, Gebete und vielleicht auch zornige Fragen an Gott, doch im Augenblick war ihre intensive Trauer ein völliges Vakuum, in dem Schallwellen sich nicht ausbreiten konnten.

Sie hatten Jelly viel besser gekannt als ich, aber ich konnte einfach nicht diskret am Rand der Menge stehenbleiben. Ich bahnte mir langsam einen Weg durch die Trauernden, flüsterte »Entschuldigung« und »Verzeihung«, bis ich vor der erhöhten Plattform des Karussells stand. Regen peitschte unter das rotweiß gestreifte Dach, rann an den Messingstangen hinab und wusch die hölzernen Pferde mitsamt ihren festmontierten Sätteln und Steigbügeln. An einigen von diesen mitten im Sprung erstarrten Tieren vorbei, deren Hufe erhoben und deren emaillierte Zähne gebleckt waren, gelangte ich zu der Stelle, wo Jelly Jordans Leben ein jähes Ende gefunden hatte.

Jelly lag auf dem Rücken, auf dem Karussellboden, zwischen einem schwarzen Hengst und einer weißen Stute. Seine Augen waren weit aufgerissen, ganz so, als könnte er es nicht fassen, von den galoppierenden Pferden zertrampelt zu werden. Auch sein Mund war geöffnet, die Lippen waren aufgeschlagen, zumindest ein Zahn fehlte. Es sah fast so aus, als bedecke ein rotes Cowboy-Halstuch seine untere Gesichtshälfte, aber es war kein Halstuch, es war eine Blutkruste.

Er trug einen nicht zugeknöpften Regenmantel, ein weißes Hemd und dunkelgraue Hosen. Das rechte Hosenbein war bis zum Knie hochgeschoben und entblößte seine dicke weiße Wade. Am rechten Fuß fehlte der Schuh – er war im Steigbügel des schwarzen Hengstes eingeklemmt.

Drei Menschen waren in der Nähe des Leichnams. Luke Bendingo, der uns am Freitag nach Yontsdown und zurück chauffiert hatte, stand neben den Hinterbeinen der weißen Stute. Sein Gesicht war weiß wie das Pferd, und der Blick, den er mir zuwarf – blinzelnde Augen, zitternder Mund –, war ein wortloses Stottern von Kummer und Zorn, im Augenblick noch etwas gedämpft durch den schweren Schock. Auf dem Boden kniete ein Mann, den ich noch nie gesehen hatte – Anfang oder Mitte Sechzig, gepflegt, grauhaarig, mit sorgfältig gestutztem grauem Schnurrbart. Er hielt den Kopf des Toten und wurde von lautlosem Schluchzen geschüttelt, während Tränen über sein Gesicht rannen. Der dritte Mann war Joel Tuck. Er stand eine Pferdelänge entfernt, mit dem Rücken an einen Schecken gelehnt, und umklammerte mit seiner Riesenpranke die Messingstange. Ausnahmsweise war es nicht schwer, in diesem Gesicht zu lesen, das eine Mischung zwischen einem kubistischen Porträt von Picasso und einem alptraumhaften Fantasiewesen von Mary Shelley war. Joel war vom Verlust Jelly Jordans völlig niedergeschmettert.

Sirenen heulten in der Ferne, wurden immer lauter, erstarben mit einem letzten Aufstöhnen. Gleich darauf tauchten zwei Polizeilimousinen mit Blaulicht auf der Schaustellerstraße auf. Sie hielten vor dem Karussell, und als die Türen zugeworfen wurden, blickte ich zu ihnen hinüber und stellte fest, daß drei der vier Polizeibeamten Trolle waren.

Ich spürte, daß Joels Augen auf mir ruhten, und als ich ihn ansah, erschrak ich über das unerwartete Mißtrauen, das sowohl in seinem verunstalteten Gesicht geschrieben stand als auch – mit meinem sechsten Sinn deutlich wahrnehmbar – von seiner ganzen Person ausstrahlte. Ich hatte geglaubt, daß er sich ebenso wie ich für die Troll-Polizisten interessieren würde, aber er streifte sie nur mit einem müden Blick und konzentrierte seine Aufmerksamkeit weiterhin auf mich. Sein unverkennbares Mißtrauen zusammen mit der Ankunft der Trolle und zusammen mit den schrecklichen übersinnlichen Erkenntnissen, die ich von dem Leichnam empfing – das alles war einfach zuviel für mich, und ich entfernte mich rasch.

Ich lief auf der Rückseite der Fahrgeschäfte und Buden durch den Regen, der zwischen Nieseln und Wolkenbruch abwechselte. Mich quälten schwere Schuldgefühle. Joel hatte meinen Mord an dem Mann im Autoskooter beobachtet und vermutet, daß ich diesen Mord begangen hatte, weil ich – wie er selbst – den Troll unter der menschlichen Hülle sah. Doch nun war Jelly tot, und in dem armen Timothy Jordan hatte kein Troll gehaust. Joel fragte sich jetzt wahrscheinlich, ob er vielleicht einen falschen Schluß gezogen hatte, ob ich vielleicht doch keine Trolle sehen konnte, sondern einfach ein wahnsinniger pathologischer Mörder war, der jetzt ein zweites Mal zugeschlagen und diesmal einen Unschuldigen getötet hatte. Aber ich hatte Jelly nichts zuleide getan, und es war nicht Joel Tucks Verdacht, der in mir Schuldgefühle hervorrief. Nein, ich fühlte mich schuldig, weil ich gewußt hatte, daß Jelly in Gefahr war, und weil ich ihn trotzdem nicht gewarnt hatte.

Ich hätte den genauen Zeitpunkt der Gefahr vorhersehen müssen, den genauen Ort und die Art der Bedrohung, und ich hätte zur Stelle sein müssen, um das Geschehen zu verhindern. Es spielte keine Rolle, daß meine übersinnlichen Kräfte begrenzt sind, daß die hellseherischen Bilder und Impressionen oft vage oder verwirrend sind und daß ich nur wenig – häufig auch gar keine – Kontrolle über sie habe. Es spielte auch keine Rolle, daß er mir nicht geglaubt hätte, selbst wenn ich versucht hätte, ihn vor der namenlosen Gefahr zu warnen. Es spielte auch keine Rolle, daß ich nicht der Retter der ganzen verdammten Welt und jeder verdammten armen Seele bin – und sein kann. Das alles war keine Entschuldigung. Ich hätte trotzdem imstande sein müssen, diesen Tod irgendwie zu verhindern. Ich hätte ihn retten müssen.

Ich hätte...

Ich hätte...

Die Schausteller versuchten einander zu helfen, Jellys Tod zu akzeptieren. Einige von ihnen weinten noch immer, und einige beteten. Doch die meisten gaben Geschichten über Jelly zum besten, weil Erinnerungen die Möglichkeit boten, ihn lebendig zu erhalten. Kleine Gruppen hatten sich in den Wohnzimmern der Wohnwagen zusammengefunden, und sobald eine Anekdote über den dicken Spielzeugfan zu Ende erzählt war, leistete der nächste in der Runde seinen Beitrag, und so ging es immer weiter. Es wurde sogar gelacht, denn Jelly Jordan war ein amüsanter und ungewöhnlicher Mensch gewesen, und allmählich machte die schreckliche Leere und Betäubung einer bittersüßen Traurigkeit Platz, die leichter zu ertragen war. Dieser hintersinnige Brauch und das gleichsam unbewußt vollzogene Trauerritual erinnerten stark an die jüdische Tradition der *Schiwa*. Wenn man mich beim Betreten des Raumes aufgefordert hätte, meine Hände über eine Schüssel zu halten, damit sie mit Wasser begossen werden könnten, und wenn man mir eine *Jarmulke* zum Bedecken des Hauptes gegeben hätte, und wenn die Anwesenden nicht auf Sofas und Stühlen, sondern auf niedrigen Schemeln oder auf Fußboden gesessen hätten, so wäre ich keineswegs überrascht gewesen.

Ich lief mehrere Stunden durch den Regen, und hin und wieder betrat ich den einen oder anderen Wohnwagen und nahm an der einen oder anderen *Schiwa* teil, und überall erfuhr ich etwas Neues. Der gepflegte grauhaarige Mann, der über Jellys Leichnam geweint hatte, war Arturo Sombra, der einzige Überlebende der Gebrüder Sombra, der Besitzer des Wanderunternehmens. Jelly Jordan war so etwas wie ein ›Sohnersatz‹ für ihn gewesen, und nach dem Tod des alten Mannes hätte Jelly den ganzen Vergnügungspark geerbt. Die Bullen machten es Mr. Sombra noch schwerer, indem sie unterstellten, daß an der ganzen Geschichte etwas faul sei, daß Jelly von einem Schausteller ermordet worden sei. Zur großen Verwunderung aller äußerten die Bullen sogar den Verdacht, daß Jelly umgebracht worden sei, weil er Gelder unterschlagen habe, wozu seine Vertrauensstellung ihm Gelegenheit gegeben hatte. Sie deuteten an, daß sogar Mr. Sombra selbst der Mörder sein könnte, obwohl es keinerlei Anzeichen für einen derartigen Verdacht gab – dafür um so mehr Gründe, die dagegen sprachen. Sie quetschten den alten Mann und Buchhalter Dooley und jeden anderen, dem eventuelle Unterschlagungen Jellys hätten auffallen können, gründlich aus und führten sich bei diesen Verhören denkbar grob und niederträchtig auf. Sämtliche Schausteller waren darüber zutiefst empört.

Mich wunderte das Benehmen der Bullen kein bißchen. Ich war davon überzeugt, daß sie nicht ernsthaft daran dachten, jemanden des Mordes zu verdächtigen. Aber drei von ihnen waren Trolle. Sie hatten den dumpfen Schmerz der trauernden Menge am Karussell gesehen; dieser Kummer hatte ihre Herzen nicht nur höher schlagen lassen, sondern auch ihren

Appetit auf weiteres menschliches Leid angeregt. Sie würden alles tun, um unseren Schmerz zu vergrößern, ihn gleichsam zu melken, um sich ja keinen einzigen Tropfen des Grames von Arturo Sombra und uns anderen entgehen zu lassen.

Später machte die Nachricht die Runde, daß der Gerichtsmediziner die Leiche an Ort und Stelle untersucht, Arturo Sombra einige Fragen gestellt und die Möglichkeit eines Mordes verworfen hatte. Zur allgemeinen großen Erleichterung lautete die offizielle Todesursache: ›Tod durch Unfall‹. Alle wußten, daß Jelly manchmal, wenn er nachts keinen Schlaf fand, auf den Rummelplatz ging, das Karussell in Gang setzte (allerdings ohne die Musik) und ganz allein damit fuhr. Er liebte das Kinderkarussell. Es war das größte aufziehbare Spielzeug, das er kannte, viel zu groß, um auf einem Regal in seinem Büro zu stehen. Normalerweise saß er wegen seines Umfangs auf einer der kunstvoll geschnitzten und bunt bemalten Bänke mit Armlehnen in Form von Seejungfrauen oder Seepferden. Doch hin und wieder stieg er auch auf eines der Pferde, und das mußte er in der vergangenen Nacht auch getan haben. Vielleicht hatte er sich Sorgen über die Verluste wegen des schlechten Wetters gemacht oder an die Schwierigkeiten gedacht, die Polizeichef Kelsko dem Unternehmen möglicherweise bereiten würde. Jedenfalls hatte er sich, um seine Nerven zu beruhigen, in den Sattel des schwarzen Hengstes geschwungen, während das Karussell sich schon langsam im Kreis drehte. Der Wind hatte seine Haare zerzaust, nur Donner und Regen waren zu hören gewesen, und höchstwahrscheinlich hatte er übers ganze Gesicht gestrahlt und vielleicht auch leise gepfiffen, ein glückliches Kind an Bord einer magischen Zentrifuge, die Jahre und Sorgen hinausschleuderte und Träume auffing; und nach einiger Zeit hatte er sich wohler gefühlt und beschlossen, wieder in sein Bett zurückzukehren. Doch als er vom Hengst stieg, war sein rechter Schuh im Steigbügel hängengeblieben, und obwohl er seinen Fuß aus dem Schuh befreien konnte, war er gestürzt. Bei diesem Sturz hatte er sich trotz der geringen Höhe die Lippen aufgeschlagen, zwei Zähne ausgeschlagen und das Genick gebrochen.

Tod durch Unfall.

Eine dumme, lächerliche, sinnlose Todesart, aber nichts weiter als ein tragischer Unfall.

Blödsinn!

Ich wußte nicht genau, was Jelly Jordan zugestoßen war, aber ich *wußte*, daß ein Troll ihn kaltblütig ermordet hatte. An seinem Leichnam stehend, hatte ich den kaleidoskopartigen Bildern und Gefühlen, die über mich hereingebrochen waren, drei Tatsachen entnehmen können: erstens, daß Jelly nicht auf dem Karussell gestorben war, sondern im Schatten des Riesenrades; zweitens, daß ein Troll mindestens dreimal zugeschlagen, ihm das Genick gebrochen und ihn mit Hilfe anderer Trolle zum Karussell getragen hatte, wo der angebliche Unfall in Szene gesetzt worden war.

Gewisse Vermutungen lagen auf der Hand. Jelly hatte nicht einschlafen können und einen Nachtspaziergang im Regen unternommen; und dabei hatte er etwas gesehen, das er nicht hätte sehen dürfen. Was? Wahrscheinlich hatte er Fremde, keine Schausteller, überrascht, die sich in verdächtiger Weise am Riesenrad zu schaffen machten. Ohne zu ahnen, daß er keine Menschen vor sich hatte, dürfte er sie energisch angerufen haben. Anstatt wegzurennen, hatten ihn die Trolle angegriffen.

Ich sagte eben, ich hätte *dreierlei* deutlich wahrgenommen, als ich im Karussell auf die sterblichen Überreste des fetten Mannes hinabgeblickt hatte. Das dritte war am schwersten zu bewältigen, denn dabei handelte es sich um einen Moment unglaublich intensiven persönlichen Kontakts mit Jelly, um einen tiefen Einblick in sein Wesen, der seinen Verlust noch schmerzlicher machte. *Ich hatte hellseherisch seinen letzten Gedanken im Augenblick des Todes aufgefangen.* So als hätte dieser Gedanke darauf gewartet, von jemandem wie mir gelesen zu werden, hatte er bei dem Leichnam ausgeharrt, ein Rest psychischer Energie, vergleichbar einem Stofffetzen, der am Stacheldrahtzaun zwischen dem Diesseits und der Ewigkeit hängengeblieben war. Als Jellys Leben ausgelöscht wurde, hatte sein letzter Gedanke einem Trio kleiner aufziehbarer Bären mit weichem Fell gegolten – Papa, Mama, Baby –, die seine Mutter ihm zum siebenten Geburtstag geschenkt hatte. Er hatte diese Spielzeuge so sehr geliebt. Sie waren etwas ganz Besonderes gewesen, das genau richtige Geschenk zur richtigen Zeit, denn zwei Monate vor diesem Geburtstag war sein Vater vor seinen Augen ums Leben gekommen – ein zu schnell fahrender Stadtbus in Baltimore hatte ihn überrollt –, und die Spielzeugbären hatten ihm eine Fantasiewelt eröffnet, in der er zeitweilig Zuflucht vor einer Realität suchen konnte, die schlagartig unerträglich kalt, grausam und unberechenbar geworden war. Und im Augenblick seines eigenen Todes hatte Jelly sich gefragt, ob er selbst das Bärenbaby sei, und wenn ja, ob er dort, wohin er jetzt ging, mit Mama und Papa vereint sein würde. Und er hatte schreckliche Angst gehabt, sich statt dessen allein an einem dunklen leeren Ort wiederzufinden.

Ich habe keine Kontrolle über meine psychischen Kräfte, ich kann meine Zwielicht-Augen vor solchen Bildern nicht verschließen. Wenn ich das könnte, hätte ich meinen sechsten Sinn niemals auf jene grauenvolle Angst vor der Einsamkeit eingestellt, die Jelly beim Sturz in den bodenlosen Abgrund überwältigt hatte. Sie verfolgte mich den ganzen Tag über, während ich durch den Regen lief, während ich in Wohnwagen den Gesprächen über unseren ›Flickschneider‹ lauschte, während ich am Riesenrad stand und die Dämonen verfluchte. Jellys Ängste in der Todessekunde verfolgten mich auch noch Jahre später. Bis zum heutigen Tage überfallen sie mich manchmal, wenn der Schlaf mich flieht und ich besonders deprimiert bin, und sie sind so lebendig, daß es ohne weiteres meine eigenen Empfindungen und Ängste sein könnten. Inzwischen kann ich damit fertig werden. Nach allem, was ich erlebt und gesehen habe, gibt es heute nicht viel, womit ich nicht fertig werden könnte. Aber an jenem Tag auf dem Jahrmarktgelände von Yontsdown war ich erst siebzehn.

Gegen drei Uhr nachmittags wurde in den Wohnwagen die Nachricht verbreitet, daß Jellys Leiche nach Yontsdown gebracht worden war, um dort eingeäschert zu werden. Die Urne würde Arturo Sombra entweder am Dienstag oder am Mittwoch übergeben werden, und in der Nacht zum Donnerstag, nach der Schließung des Rummelplatzes am Mittwoch, würde eine Trauerfeier stattfinden, am Karussell, weil Jelly es so sehr geliebt hatte und weil er von dort aus – wie alle glaubten – diese Welt verlassen hatte.

An jenem Abend aßen Rya Raines und ich zusammen in ihrem Wohnwagen. Ich machte einen knackigen grünen Salat, sie machte uns ausgezeichnete Käseomelettes, aber keiner von uns aß viel. Wir waren nicht sehr hungrig.

Wir verbrachten den Abend im Bett, aber wir schliefen nicht miteinander. Statt dessen saßen wir da, Kissen im Rükken, hielten uns bei den Händen, tranken ein bißchen, küßten uns ein bißchen, unterhielten uns ein bißchen.

Mehr als einmal weinte Rya um Jelly Jordan, und ihre Tränen überraschten mich. Obwohl ich nie bezweifelt hatte, daß sie fähig war zu trauern, hatte ich sie bisher doch nur weinen sehen, wenn sie an ihre eigene geheimnisvolle Bürde dachte, und auch dann hatte sie die Tränen sichtlich gegen ihren Willen vergossen, sozusagen unter dem Zwang eines enormen inneren Druckes. Ansonsten verbarg sie ihre Gefühle stets – ausgenommen in Augenblicken höchster Leidenschaft – unter der Maske einer kühlen und hartgesottenen Person, der die Welt nichts anzuhaben vermochte. Ich hatte gespürt, daß ihre Bindungen an andere Schausteller viel stärker und tiefer waren, als sie sich eingestehen wollte. Ihr Kummer über Jellys Tod schien die Richtigkeit meiner Wahrnehmungen zu beweisen.

Früher am Tag hatte auch ich geweint, aber jetzt waren meine Augen trocken, und ein kalter Zorn hatte sich meiner bemächtigt. Ich trauerte nach wie vor um Jelly, aber in erster Linie wollte ich ihn rächen. Das hatte ich mir geschworen. Früher oder später würde ich einige Trolle umbringen, nur um die Partie auszugleichen, und wenn ich Glück hatte, würde ich vielleicht jene Kreaturen erwischen, die Jelly das Genick gebrochen hatten.

Meine größte Sorge galt jetzt aber den Lebenden, denn mir war überdeutlich bewußt, daß meine Vision von Ryas Tod plötzlich ebenfalls Wirklichkeit werden könnte. Und diese Möglichkeit war unerträglich. Ich konnte – würde, durfte – nicht zulassen, daß ihr etwas zustieß. Unsere Verbindung ging über eine normale Liebesbeziehung weit hinaus, und ich konnte mir nicht vorstellen, daß mir etwas Derartiges noch einmal mit einem anderen Menschen beschieden sein würde. Wenn Rya Raines starb, würde auch ein Teil von mir sterben, und dann würde es in meinem Inneren ausgebrannte Räume geben, zu denen nie mehr jemand Zutritt hätte.

Dagegen mußten vorbeugende Maßnahmen getroffen werden. Wenn ich nicht in ihrem Wohnwagen übernachtete, würde ich ohne ihr Wissen vor der Tür Wache halten. Ob ich nun dort oder anderswo unter meiner Schlaflosigkeit litt, war schließlich gleichgültig. Außerdem würde ich mit meinem sechsten Sinn so angestrengt wie nie zuvor die Zukunft zu ergründen versuchen. Wenn ich den genauen Zeitpunkt und die Ursache der Gefahr erkennen könnte, wäre ich imstande, sie zu beschützen. Ich durfte bei ihr nicht so versagen wie bei Jelly Jordan.

Vielleicht spürte Rya intuitiv, daß sie Schutz benötigte, und vielleicht spürte sie auch, daß ich ihr helfen wollte, denn am späten Abend begann sie mir einiges über sich zu erzählen, und ich ahnte, daß sie mir Dinge erzählte, die sie keinem anderen Menschen je anvertraut hatte. Sie trank mehr als gewöhnlich, und obwohl sie weit davon entfernt war, betrunken zu sein, vermutete ich, daß sie eine Ausrede für den nächsten Morgen brauchte, wenn sie es bedauern würde, mir soviel über ihre Vergangenheit erzählt zu haben.

»Meine Eltern waren keine Schausteller«, sagte sie in einem Ton, der deutlich machte, daß sie ermutigt werden wollte, mit ihren Enthüllungen fortzufahren.

»Woher kommst du?« fragte ich.

»Aus West Virginia. Meine Eltern waren Bergbewohner in

West Virginia. Wir lebten in einer elenden Bruchbude in einer Bergschlucht, einen knappen Kilometer von der nächsten Bruchbude entfernt. Weißt du etwas über die Bewohner abgelegener Gebirgsgegenden?«

»Sehr wenig.«

»Sie sind arm«, sagte sie scharf.

»Das ist keine Schande.«

»Arm, ungebildet, ohne jeden Wunsch nach Bildung, borniert. Verschlossen, mißtrauisch, geheimnistuerisch. Eigensinnig, stur, engstirnig. Und es gibt viel zuviel Inzucht. Eheschließungen zwischen Vetter und Kusine kommen sehr häufig vor. Und Schlimmeres. Viel Schlimmeres.«

Sie erzählte mir von ihrer Mutter, Maralee Sween, und allmählich brauchte ich sie kaum noch zum Weiterreden zu animieren. Maralee war das vierte von sieben Kindern eines Elternpaars, das miteinander verwandt war – Vetter und Kusine. Der Ehebund war weder von einem Geistlichen noch vom Staat legitimiert, war vielmehr lediglich Gewohnheitsrecht. Alle Sween-Kinder sahen gut aus, aber eines war geistig behindert, und fünf weitere waren geistig sehr schwerfällig. Maralee war nicht jenes eine Kind, das aufgeweckt war, aber sie war am hübschesten von den sieben – eine bezaubernde Blondine mit leuchtenden grünen Augen und einer üppigen Figur, weswegen alle Jungen hinter ihr her waren, kaum daß sie ihren dreizehnten Geburtstag gefeiert hatte. Sie sammelte eine Menge sexueller – wenn auch keineswegs romantischer – Erfahrungen, und in einem Alter, da die meisten Mädchen ihre ersten Rendezvous haben und noch nicht einmal genau wissen, was der Ausdruck ›bis zum letzten gehen‹ bedeutet, hatte Maralee schon aufgehört zu zählen, wie viele Bergburschen ihr die Beine gespreizt hatten, im Gras, auf Lagern aus welken Blättern, in alten Heuschobern, auf einer schimmeligen Matratze am Rand der behelfsmäßigen Müllhalde, die in Marmon's Mollow angelegt worden war, und auf den Rücksitzen verschiedener altersschwacher Gebrauchtwagen, auf die diese Hinterwäldler sehr stolz waren. Manchmal war sie scharf auf Sex, manchmal mußte sie vergewaltigt werden, und meistens ließ sie alles gleichgültig über sich ergehen. Im Gebirge war es durchaus nicht unüblich, daß ein Mädchen die Unschuld in so jungen Jahren verlor. Ungewöhnlich war höchstens, daß sie es schaffte, bis nach ihrem vierzehnten Geburtstag nicht schwanger zu werden.

In jener Region der Appalachen hatten die Hinterwäldler die Gesetze und Moralvorstellungen der bürgerlichen Gesellschaft verworfen, doch im Gegensatz zu den Schaustellern hatten diese Bergbewohner keinen eigenen Sittenkodex entwickelt, der diese alten Regeln hätte ersetzen können. In der amerikanischen Literatur gibt es eine Tradition der idealisierten Darstellung des ›edlen Wilden‹, und in unserer Kultur wird oft die Meinung laut, daß ein naturverbundenes Leben fern aller Übel der Zivilisation irgendwie gesünder und vernünftiger sei als das Leben, das die meisten von uns führen. In Wirklichkeit ist häufig genau das Gegenteil der Fall. Wenn Menschen sich von der Zivilisation entfernen, werfen sie das unwichtige Zubehör der modernen Gesellschaft – Luxusautos, elegante Häuser, Designer-Kleidung, Theaterbesuche, Konzertkarten – rasch ab, und vielleicht spricht tatsächlich manches für ein einfacheres Leben, doch wenn diese Menschen sich weit genug und für lange Zeit entfernen, legen sie auch zu viele Hemmungen ab. Durch Religion und Gesellschaft anerzogenes Schamgefühl ist keineswegs töricht, sinnlos oder engstirnig, wie heute gern behauptet wird; viele dieser Hemmungen sind überaus wünschenswerte Errungenschaften, die auf lange Sicht entscheidend zur Erhöhung des Bildungsniveaus und des Lebensstandards der Bevölkerung beitragen. Die Wildnis ist nun einmal wild und fördert Wildheit; sie ist die Brutstätte der Barbarei.

Mit vierzehn war Maralee schwanger, völlig ungebildet und bildungsunfähig; sie hatte keinerlei Zukunftschancen, aber zuwenig Fantasie, um sich deswegen Sorgen zu machen; sie war geistig einfach zu beschränkt, um zu erkennen, daß ihr ganzes restliches Leben ein langes, grausames Abgleiten in einen schrecklichen Sumpf sein würde. Mit ochsenartiger Ruhe verließ sie sich darauf, daß jemand sich ihrer und des Kindes annehmen würde. Das Kind war Rya, und noch vor Ryas Geburt fand sich tatsächlich jemand, der bereit war, aus Maralee Sween eine ehrbare Frau zu machen, was vielleicht beweist, daß Gott über schwangere Mädchen in abgelegenen Gebirgstälern genauso seine Hand hält wie über Betrunkene. Der Ritter, der um Maralees Hand anhielt, hieß Abner Kady, war 38 Jahre alt – 24 Jahre älter als sie –, 1,95 Meter groß, wog 240 Pfund und hatte einen gewaltigen Stiernacken. Er war der gefürchtetste Mann in einer Gegend, wo gefährliche Burschen alles andere als Mangelware sind.

Abner Kady bestritt seinen Lebensunterhalt mit Schwarzbrennerei und Hundezucht, vor allem aber mit kleinen und gelegentlich auch großen Diebstählen. Ein- oder zweimal im Jahr verübte er mit einigen Kumpanen einen bewaffneten Raubüberfall auf Transportlastwagen, die Zigaretten, Whisky oder sonstige begehrte Artikel transportierten, die sich für teures Geld verkaufen ließen. Die Beute wurde in ein Hehlernest in Clarksburg geschafft, und die Ganoven hätten es entweder zu einigem Wohlstand gebracht oder wären im Gefängnis gelandet, wenn sie dieser Beschäftigung intensiver nachgegangen wären; aber ihr Ehrgeiz war nicht größer als ihre Skrupel. Kady war nicht nur ein Schwarzbrenner, Raufbold und Dieb, sondern liebte es auch, hin und wieder Frauen zu vergewaltigen, um den Sex mit etwas Gefahr zu würzen. Er mußte sich dafür aber nie vor Gericht verantworten, weil niemand den Mut aufbrachte, gegen ihn auszusagen.

In Maralees Augen war Abner Kady ein wirklich guter Fang. Er besaß ein Haus mit vier Zimmern – eine Bruchbude, aber mit Innenklosett –, und in seiner Familie würde es keinem je an Whisky, Essen und Kleidung mangeln. Abner stahl alles, was benötigt wurde, irgendwo zusammen, und im Gebirge galt er damit als guter Versorger.

Er war auch gut zu Maralee, das heißt, er behandelte sie nicht schlechter als alle anderen Menschen seiner Bekanntschaft. Er liebte sie nicht. Zur Liebe war er überhaupt nicht fähig. Doch obwohl er sie gern mit Gebrüll und Drohgebärden einschüchterte, schlug er sie nie, weil er stolz auf ihre Schönheit war und ihr Körper ihn stets aufs neue erregte. Und auf eine beschädigte Ware hätte er nicht so stolz sein können.

»Außerdem«, fuhr Rya in gepeinigtem Flüsterton fort, »wollte er seine kleine Spaßmaschine nicht beschädigen. So nannte er sie – seine ›kleine Spaßmaschine‹.«

Ich spürte, daß Abner Kady mit der Bezeichnung ›kleine Spaßmaschine‹ nicht ausdrücken wollte, daß ihm der Sex mit Maralee viel Spaß machte. Es ging um etwas anderes, um etwas Düsteres, und Rya war außerstande, ohne Ermutigung darüber zu sprechen, obwohl ich wußte, daß sie nichts sehnlicher wünschte als sich diese Last von der Seele zu reden. Deshalb füllte ich ihr Glas, hielt ihre Hand und führte sie mit sanften Worten durch dieses Minenfeld der Erinnerungen.

In ihren Augen standen Tränen, und diesmal galten sie nicht Jelly, sondern ihrem eigenen Schicksal. Doch sie war sich selbst gegenüber strenger als zu allen anderen Menschen, sie erlaubte sich keine normalen menschlichen Schwächen wie Selbstmitleid, und deshalb hielt sie diese Tränen mit eisernem Willen zurück, obwohl es ihr zweifellos gut getan hätte, sich einmal richtig auszuweinen. Zögernd und abgehackt, mit schwankender Stimme, sagte sie: »Er meinte damit, daß ... daß sie seine ... Babymaschine war ... und daß man ... an Babys ... viel Spaß ... haben konnte. Besonders ... besonders an kleinen *Mädchen*.«

Ich begriff plötzlich, daß sie mich nicht nur in den unheimlichen Hexenwald führte, in dem Hänsel und Gretel umherirrten, sondern an einen viel schrecklicheren Ort, wo all ihre grauenhaften Kindheitserinnerungen lauerten, und ich war mir nicht sicher, ob ich sie dorthin begleiten wollte. Ich liebte sie. Ich wußte, daß Jellys Tod sie nicht nur traurig machte, sondern auch ängstigte, weil er sie an ihre eigene Sterblichkeit erinnerte. Das hatte in ihr das starke Bedürfnis nach engem menschlichem Kontakt geweckt, nach einem Kontakt, der jedoch nur dann zustande kommen konnte, wenn sie die Barriere niederriß, die sie zwischen sich und der übrigen Welt errichtet hatte. Sie brauchte mich zum Zuhören, und sie benötigte mein Verständnis. Ich wollte für sie da sein. Aber ich befürchtete, daß ihre Geheimnisse irgendwie ... nun ja, lebendig und hungrig wären, und daß sie ein Stück meiner eigenen Seele verschlingen würden.

»O Gott... nein...« murmelte ich.

»An kleinen Mädchen«, wiederholte sie. Sie schaute weder mich noch sonst etwas im Raum an; ihr Blick war mit unverkennbarem Abscheu und Schrecken auf die Vergangenheit gerichtet. »Nicht daß er meine Halbbrüder ignoriert hätte. Er fand auch für sie Verwendung. Aber er bevorzugte Mädchen. Als ich elf war, hatte meine Mutter ihm schon vier Kinder geschenkt, zwei Mädchen und zwei Jungen. Und solange ich mich überhaupt zurückerinnern kann... ich glaube, seit ich etwa drei Jahre alt war... hat er... hat er...«

»Dich begrapscht«, sagte ich leise.

»Mich *mißbraucht*«, korrigierte sie.

Mit ausdrucksloser Stimme berichtete sie von jenen Jahren der Angst, der Gewalt und des schlimmsten Mißbrauchs. Ihre Geschichte ließ mich frösteln.

»Ich kannte nichts anderes, seit ich ein Kleinkind war... bei ihm zu sein... zu tun, was er wollte... ihn zu berühren... mit den beiden im Bett zu sein... mit meiner Mutter und ihm... wenn sie es miteinander trieben. Ich hätte es eigentlich für ganz normal halten müssen, weißt du? Ich hätte denken müssen, daß es in jeder Familie so zuging... aber das war nicht der Fall. Ich wußte, daß es falsch war... pervers krankhaft... und ich *haßte* es. Ich haßte es!«

Ich hielt sie fest.

Ich wiegte sie in meinen Armen.

Sie erlaubte sich noch immer nicht zu weinen.

»Ich haßte Abner. O Gott... du kannst dir gar nicht vorstellen, wie sehr ich ihn haßte, mit jedem Atemzug, jeden Moment, ohne Unterlaß. Du kannst dir nicht vorstellen, wie es ist, derart intensiv zu hassen.«

Ich dachte an meine eigenen Gefühle gegenüber den Trollen und fragte mich, ob das sich vielleicht mit ihrem in jener Hölle von Bruchbude genährten Haß vergleichen ließ, aber ich mußte zugeben, daß sie wahrscheinlich recht hatte: Einen derart glühenden Haß wie sie konnte ich nicht kennen, denn sie war ein schwaches Kind gewesen, das sich nicht wehren, das nicht zurückschlagen konnte; und außerdem hatte ihr Haß sich über eine viel längere Zeit hinweg entwickelt.

»Aber dann... nachdem ich dort rausgekommen war... nachdem genügend Zeit vergangen war... begann ich meine Mutter noch mehr zu hassen als ihn. Sie war meine *Mutter*. Warum beschützte sie mich nicht? Wie konnte sie nur... zulassen, daß ich so *mißbraucht* wurde?«

Ich hatte darauf keine Antwort.

Dafür konnte ich Gott nicht verantwortlich machen. Meistens brauchen wir weder Ihn noch die Trolle; wir können einander ohne göttliche oder dämonische Assistenz verletzen und zerstören.

»Weißt du, sie war so hübsch, und zwar nicht auf eine blendende Art. Sie sah sehr süß aus, und ich dachte als Kind, daß sie ein Engel sein müsse, weil Engel immer so dargestellt werden, und sie hatte etwas so... Strahlendes an sich... Aber schließlich erkannte ich, wie *böse* sie war. Gewiß, teilweise lag es an ihrer Ignoranz und niedrigen Intelligenz. Sie war dumm, Slim, das Produkt einer Ehe zwischen Vetter und Kusine ersten Grades, die ihrerseits wahrscheinlich ebenfalls von Eltern abstammten, die miteinander verwandt waren. Eigentlich ist es ein Wunder, daß ich nicht geistig oder körperlich behindert bin. Und ich habe auch keine Kinder in die Welt gesetzt, die Abner dann bestimmt ebenfalls... belästigt hätte. Zum einen kann ich... kann ich wegen der Dinge, die er mir antat... niemals Kinder bekommen. Und zum anderen kam ich mit elf Jahren endlich dort raus.«

»Mit elf? Wie denn?«

»Ich habe ihn umgebracht.«

»Gut«, sagte ich leise.

»Während er schlief.«

»Gut.«

»Ich habe ihm ein Fleischmesser in die Kehle gestoßen.«

Fast zehn Minuten hielt ich sie in meinen Armen, ohne daß ein Wort fiel oder einer von uns nach seinem Glas griff.

Schließlich murmelte ich: »Es tut mir ja so leid.«

»Du kannst nichts dafür.«

»Ich komme mir so hilflos vor.«

»An der Vergangenheit läßt sich nichts ändern.«

Ja, das stimmt, dachte ich, aber an der Zukunft vermag ich

manchmal etwas zu ändern, indem ich Gefahren vorhersehen und sie meiden kann. Und ich hoffe bei Gott, daß ich für dich da sein kann, wenn du mich brauchst.

Sie flüsterte: »Ich habe das alles nie...«

»Jemandem erzählt?«

»Nie.«

»Bei mir ist dieses Geheimnis gut aufgehoben.«

»Das weiß ich. Aber... warum habe ich es ausgerechnet dir erzählt?«

»Ich war zur richtigen Zeit hier«, sagte ich.

»Nein. Es ist mehr als nur das.«

»Was denn?«

»Ich weiß nicht«, erwiderte sie, lehnte sich etwas zurück und schaute mir in die Augen. »Du bist irgendwie anders... du hast etwas Besonderes an dir.«

»Ich doch nicht«, murmelte ich unbehaglich.

»Deine Augen sind so schön und ungewöhnlich. Sie geben mir ein Gefühl der Sicherheit. Du strahlst solche Ruhe aus... Nein, Ruhe ist nicht das richtige Wort... ganz ruhig bist auch du nicht. Aber stark. Du hast soviel innere Kraft. Und du bist so verständnisvoll. Aber es ist mehr als nur Kraft und Verständnis und Mitgefühl. Es ist etwas... etwas ganz Besonderes... etwas Undefinierbares.«

»Du machst mich ganz verlegen«, sagte ich.

»Wie alt bist du, Slim MacKenzie?«

»Das weißt du doch... siebzehn.«

»Nein.«

»Nein?«

»Älter.«

»Sag mir die Wahrheit.«

»Also gut. Siebzehneinhalb.«

»Wenn wir uns der Wahrheit mit winzigen Schritten von halben Jahren nähern, brauchen wir dazu die ganze Nacht. Deshalb sage ich dir jetzt, wie alt du bist. Ich weiß es nämlich. Deiner Stärke, deiner Ruhe und deinen Augen nach zu schließen würde ich sagen... du bist hundert und hast eine hundertjährige Erfahrung.«

»Im September werde ich hunderteins«, lächelte ich.

»Verrat mir ein Geheimnis.«

»Ich habe keins.«

»Komm, erzähl's mir.«

»Ich bin ein Vagabund, weiter nichts. Du willst nur deshalb mehr in mir sehen, weil wir uns die Dinge immer besser und edler und interessanter wünschen, als sie in Wirklichkeit sind. Aber ich bin nur ich.«

»Slim MacKenzie.«

»Stimmt genau«, log ich. Ich konnte mir selbst nicht erklären, warum ich mich ihr nicht anvertrauen wollte, so wie sie sich umgekehrt mir anvertraut hatte. Ich war tatsächlich verlegen, aber nicht wegen ihrer hohen Meinung von mir, sondern weil ich sie täuschte. »Slim MacKenzie. Keine dunklen Geheimnisse. Ein langweiliger Kerl, um ganz ehrlich zu sein. Aber du hast noch nicht zu Ende erzählt. Was geschah, nachdem du ihn umgebracht hattest?«

Schweigen. Sie wollte sich nicht wieder jenen schrecklichen Erinnerungen zuwenden. Doch dann fuhr sie fort: »Ich war erst elf, deshalb kam ich nicht ins Gefängnis. Als die Polizei erfuhr, was sich in unserem Haus abgespielt hatte, sagten sie sogar, ich sei das Opfer.«

»Das warst du ja auch.«

»Sie nahmen meiner Mutter alle Kinder weg und brachten uns an verschiedenen Orten unter. Ich habe keines meiner Halbgeschwister jemals wiedergesehen. Ich selbst kam in ein staatliches Waisenhaus.«

Plötzlich spürte ich, daß es ein weiteres schreckliches Geheimnis in ihrem Leben gab, und ich wußte mit hellseherischer Gewißheit, daß im Waisenhaus etwas mindestens so Grauenvolles geschehen war wie in ihrem sogenannten Elternhaus. »Und?« fragte ich.

Sie schaute zur Seite und griff nach ihrem Glas. »Ich bin von dort weggerannt, als ich vierzehn war. Ich sah älter aus. Ich war frühreif, wie meine Mutter. Deshalb hatte ich keine Schwierigkeiten, auf dem Rummelplatz unterzukommen. Ich nahm den Namen ›Raines‹ an, weil... na ja, ich habe Regen immer geliebt, ihn gern gesehen und gehört... Seitdem bin ich immer hier gewesen.«

»Und versuchst ein Imperium aufzubauen.«

»Ja. Um mir zu beweisen, daß ich etwas wert bin.«

»Das bist du«, versicherte ich ihr.

»Ich meine das nicht nur in bezug auf Geld.«

»Ich auch nicht.«

»Obwohl das Geld auch eine wichtige Rolle spielt. Denn seit ich auf eigenen Beinen stehe, habe ich mir geschworen, nie wieder arm zu sein... nie wieder ganz unten zu landen. Ich werde mir mein kleines Imperium aufbauen, wie du sagst, und ich werde immer *jemand* sein.«

Es war leicht zu verstehen, daß ein jahrelang mißbrauchtes Kind mit dem Gefühl heranwuchs, wertlos zu sein, und daß es deshalb von Erfolg und Vorankommen geradezu besessen war. Ich konnte das gut verstehen, und ich konnte ihr keinen Vorwurf daraus machen, daß sie sich zu einer harten Geschäftsfrau entwickelt hatte. Wenn sie ihren ohnmächtigen Zorn nicht in diese Kanäle geleitet hätte, wäre sie früher oder später unter dem enormen Druck zerbrochen.

Ich bewunderte ihre Kraft.

Aber sie verbot sich nach wie vor, aus Selbstmitleid zu weinen.

Und sie verheimlichte mir die Wahrheit über das Waisenhaus, indem sie diese Zeit als ereignislos einfach überging.

Ich drang jedoch nicht weiter in sie. Zum einen wußte ich, daß sie mir den Rest früher oder später auch noch erzählen würde. Einmal geöffnet, würde sie die Tür nicht wieder verriegeln können. Außerdem hatte ich für einen Tag genug gehört, mehr als genug. Dieses neu erlangte Wissen machte mich ohnehin fast krank.

Wir tranken.

Wir sprachen über andere Dinge. Wir tranken noch ein wenig.

Wir machten das Licht aus und lagen schlaflos im Dunkeln.

Dann schliefen wir eine Zeitlang.

Und träumten.

Der Friedhof...

Mitten in der Nacht weckte sie mich, und wir liebten uns.

Es war so schön wie immer, und als wir entspannt nebeneinander lagen, verlieh ich unwillkürlich meiner Verwunderung Ausdruck, daß sie den Liebesakt genießen konnte, nachdem sie jahrelang sexuell mißbraucht worden war.

»Andere wären vielleicht frigid geworden... oder würden es mit jedem x-beliebigen Mann treiben. Ich weiß nicht, warum beides bei mir nicht der Fall ist. Außer... vielleicht... na ja... wenn ich einen dieser beiden Wege gegangen wäre, so hätte das bedeutet, daß Abner Kady gewonnen hatte, daß es ihm gelungen war, mich zu zerbrechen. Verstehst du? Aber ich lasse mich von niemandem zerbrechen. Niemals. Ich lasse mich lieber biegen als brechen. Ich werde überleben. Ich werde weitermachen. Ich werde die reichste Konzessionärin in diesem Unternehmen sein, und eines Tages wird es mir *gehören*. Bei Gott, ich werde es schaffen. Das ist mein Ziel, aber laß dir nur nicht einfallen, jemandem etwas davon zu erzählen. Ich werde alles tun, was dafür notwendig ist – hart arbeiten, Risiken eingehen usw. –, und eines Tages wird mir das ganze Ding gehören, und dann bin ich jemand, und dann wird es keine Rolle mehr spielen, von wem ich abstamme und was mir widerfahren ist, als ich ein kleines Mädchen war. Es wird keine Rolle mehr spielen, daß ich meinen Vater nie gekannt habe, oder daß meine Mutter mich nie geliebt hat. Das alles werde ich dann vergessen haben, so wie ich meinen hinterwäldlerischen Dialekt vergessen habe. Du wirst schon sehen, daß ich es schaffe. Wart nur ab. Du wirst es schon sehen.«

Ganz am Anfang dieser Geschichte sprach ich davon, daß die Hoffnung unsere ständige Begleiterin in diesem Leben ist. Sie ist das einzige, was weder die grausame Natur noch Gott noch ein anderer Mensch uns rauben kann. Gesundheit, Reichtum, Eltern, geliebte Geschwister, Kinder, Freunde, die Vergangenheit, die Zukunft – alles kann uns so leicht genommen werden wie eine unbewachte Tasche. Aber unser größter Schatz bleibt – die Hoffnung. Sie ist wie ein eigensinniger kleiner Motor, der uns antreibt, wenn die Vernunft uns nahelegt aufzugeben. Sie ist das Erschütterndste und Edelste, was wir besitzen, das Absurdeste und Bewundernswerteste, denn solange wir Hoffnung haben, können wir auch lieben und uns bemühen, anständig zu sein.

Kurz darauf schlief Rya wieder ein.

Ich nicht.

Jelly war tot. Mein Vater war tot. Bald würde vielleicht auch Rya tot sein, wenn es mir nicht gelänge, die ihr drohende Gefahr zu erkennen und von ihr abzuwenden.

Ich stand im Dunkeln auf, ging zum Fenster und schob den Vorhang zur Seite, gerade als draußen mehrere Blitze zuckten, die das Glas in einen Spiegel verwandelten. Mein schwaches Spiegelbild flackerte wie eine Flamme, ähnlich wie in manchen alten Filmen, wenn der Regisseur das Vergehen der Zeit andeuten wollte. Bei jeder Verdunklung und Aufhellung meines Spiegelbilds hatte ich das Gefühl, als würden mir Jahre entrissen, aber ich wußte nicht, ob es sich nun um Jahre aus meiner Vergangenheit oder aus meiner Zukunft handelte.

Während die Blitze mir den Blick nach draußen versperrten und ich nur mein Spiegelbild sehen konnte, überfielen mich solipsistische Ängste, hervorgerufen durch Müdigkeit und Traurigkeit. Ich hatte das Gefühl, als existierte nur ich allein, als wäre mein Ich das einzig wirkliche, während alles andere sowie alle anderen nur Schöpfungen meiner Fantasie wären. Doch dann, als die Blitze vorüber waren und das Glas wieder durchsichtig wurde, sah ich an der nassen Außenfläche des Fensters etwas, das meine ichbezogenen Vorstellungen schlagartig zum Verschwinden brachte. Eine kleine Eidechse, ein Chamäleon, haftete an der Scheibe, den Bauch mir zugewandt, den langen, schmalen Schwanz zum Fragezeichen gekrümmt. Sie war die ganze Zeit über dort gewesen, während ich nur mein eigenes Spiegelbild gesehen hatte, und das rief mir plötzlich ins Gedächtnis, daß wir eigentlich von allem, was wir betrachten, sehr wenig wirklich sehen, daß wir uns meistens mit der einfachen Oberfläche begnügen, vielleicht weil tiefere Einblicke oft von verwirrender und erschreckender Vielfalt sind. Hinter dem Chamäleon sah ich jetzt den strömenden Regen, klirrende Vorhänge aus Billionen silbrig schimmernder Tropfen. Und hinter dem Regenvorhang stand der nächste Wohnwagen, und dahinter kamen weitere Wohnwagen, dann der Rummelplatz, und dahinter die Stadt Yontsdown und hinter Yontsdown... die Ewigkeit.

Rya murmelte im Schlaf.

Ich kehrte zum Bett zurück.

Sie hob sich als Schattenriß vom weißen Laken ab.

Ich blickte auf sie hinab.

Mir fiel ein, was Joel Tuck mich am vergangenen Freitag bei unserem Gespräch über Rya gefragt hatte: »Ihre Oberfläche ist so unglaublich schön, und auch darunter verbirgt sich Schönheit, da stimmen wir beide überein... Aber ist es möglich, daß unter dem ›Darunter‹, das du sehen kannst, eine weitere Schicht verborgen ist?«

Bis zu dieser Nacht, als sie mich ins Vertrauen gezogen und den Alptraum ihrer Kindheit mit mir geteilt hatte, hatte ich eine Rya gesehen, die das Äquivalent meines von Blitzen erzeugten Spiegelbilds in der Fensterscheibe war. Jetzt blickte ich tiefer und war versucht zu glauben, daß ich jetzt die wirkliche, vollständige Frau in allen Dimensionen kannte, doch in Wirklichkeit kannte ich nur einen etwas deutlicheren Schatten der ganzen Wirklichkeit. Zumindest hatte ich jetzt durch die Oberfläche hindurch bis zur nächsten Schicht gesehen, sozusagen bis zur Eidechse auf der Fensterscheibe, doch dahinter verbargen sich unzählige weitere Schichten, und ich spürte, daß ich Rya Raines nicht würde retten können, wenn es mir nicht gelang, in kürzester Zeit möglichst viele dieser Schichten abzutragen.

Sie murmelte wieder.

Sie schlug um sich.

»Gräber«, murmelte sie. »So viele... Gräber.«

Sie wimmerte.

Sie flüsterte: »Slim... oh... Slim... nein...«

Sie bewegte die Beine, so als würde sie rennen.

»...nein... nein...«

Ihr Traum, mein Traum.

Wie konnten wir nur denselben Traum haben?

Und warum? Was hatte das zu bedeuten?

Ich stand neben dem Bett, und wenn ich die Augen schloß, konnte ich den Friedhof sehen und den Alptraum vor meinem geistigen Auge ablaufen lassen, während sie ihn im Schlaf sah. Ich wartete gespannt, ob sie mit einem erstickten Schrei aufwachen würde. Ich wollte wissen, ob ich sie in ihrem Traum einholte und umbrachte, wie ich es in meiner eigenen Version des Alptraums getan hatte; denn wenn auch diese Szene übereinstimmte, war es mehr als nur ein Zufall, dann bedeutete es etwas. Wenn sowohl ihr Traum als auch meiner damit endete, daß ich meine Zähne in ihre Kehle grub und ihr Blut emporspritzte, dann mußte ich sie um ihretwillen sofort verlassen, weit weggehen und sie niemals wiedersehen.

Aber sie schrie nicht auf. Ihre Traum-Panik ließ nach, sie hörte auf zu rennen und um sich zu schlagen und atmete wieder leise und regelmäßig.

Draußen sangen Wind und Regen ein Klagelied für die Toten und die Lebenden, die sich in einer Friedhofswelt an die Hoffnung klammern.

## 14

# Kurz vor Einbruch der Dunkelheit ist es immer am hellsten

Am Dienstagmorgen war die Sonne unter grauen Wolken verborgen, der Sturm hatte sich gelegt, aber es regnete noch in Strömen. Der Regen fiel senkrecht, so als wäre er für Umwege zu müde und zu schwer, drückte das Gras zu Boden, seufzte auf den Dächern der Wohnwagen, glitt matt an Zeltwänden hinab und schlief in Pfützen auf der Erde ein, tropfte vom Riesenrad, rann in Bächen vom Sturzbomber hinab.

Die Eröffnung des Jahrmarkts wurde um weitere 24 Stunden verschoben.

Rya bedauerte die Enthüllungen der vergangenen Nacht nicht so sehr, wie ich befürchtet hatte. Beim Frühstück lächelte sie sogar viel häufiger als die Rya, die ich bisher gekannt hatte, und sie zeigte mir ihre Zuneigung durch kleine Gesten so offen, daß ihr Ruf als hartgesottenes, hochnäsiges Luder für immer dahin gewesen wäre, wenn jemand sie beobachtet hätte.

Als wir später andere Schausteller besuchten, um zu sehen, wie sie sich die Zeit vertrieben, war sie wieder die alte Rya: kühl und distanziert. Doch selbst wenn sie in Gegenwart anderer so verändert gewesen wäre, wie sie es war, wenn wir allein waren, wäre es ihnen vermutlich nicht aufgefallen. Ein Leichentuch schien über Gibtown-auf-Rädern zu liegen, ein düsteres, erstickendes Tuch der Verzagtheit, gewebt aus der Monotonie des Regens, aus den finanziellen Einbußen durch das schlechte Wetter, hauptsächlich aber aus der Tatsache, daß Jelly Jordan erst seit einem Tag tot war. Die Tragödie seines Todes stand ihnen noch immer deutlich vor Augen.

Nachdem wir den Lorus, den Frazellis und den Catshanks Besuche abgestattet hatten, beschlossen wir, den Tag gemeinsam zu verbringen, nur wir beide, und auf dem Rückweg zu Ryas Airstream faßten wir einen noch wichtigeren Entschluß. Sie blieb plötzlich stehen und packte mich mit beiden regenkalten Händen so fest am Arm, daß der Schirm schwankte. »Slim!« rief sie mit leuchtenden Augen. Ich fragte: »Was gibt's?« Sie sagte: »Komm, wir gehen zu dem Wohnwagen, wo du deinen Schlafplatz hast, packen deine Sachen zusammen und bringen sie zu mir.« Und ich sagte: »Das ist doch nicht dein Ernst«, während ich zu Gott betete, es möge doch ihr Ernst sein. Und sie sagte: »Sag nur nicht, daß du keine Lust hast.« Ich sagte: »Okay, ich werd's nicht sagen.« Mit gerunzelter Stirn sagte sie: »Ich spreche jetzt nicht als dein Boß zu dir.« Und ich sagte: »Das dachte ich mir fast.« Sie sagte: »Ich spreche als dein Mädchen.« Ich sagte: »Ich möchte nur sicher sein, daß du dir das gut überlegt hast.« Sie sagte: »Das habe ich.« Ich sagte: »Mir kam es eher wie ein plötzlicher Einfall vor.« Und sie sagte: »Ich wollte es als plötzlichen Einfall hinstellen, Dummchen. Ich wollte nicht, daß du mich für eine berechnende Frau hältst.« Ich sagte: »Ich möchte sicher sein, daß du nichts Überstürztes tust.« Sie sagte: »Rya Raines tut niemals etwas Überstürztes.« Ich sagte: »Das stimmt vermutlich.« So einfach war das. Eine Viertelstunde später schon lebten wir zusammen.

Wir verbrachten den Nachmittag mit Plätzchenbacken in der winzigen Küche ihres Wohnwagens, vier Dutzend mit Erdnußbutter und sechs Dutzend mit Schokoladesplittern. Es wurde einer der schönsten Tage meines Lebens. Die Düfte, die mir das Wasser im Munde zusammenlaufen ließen, das zeremonielle Ablecken des Löffels nach jedem vollen Blech, die Späße und Neckereien, die gemeinsame Arbeit – das alles rief mir ähnliche Nachmittage in der Küche meines Elternhauses in Erinnerung, mit meiner Mutter und meinen Schwestern. Aber dies hier war sogar noch schöner. Jene Nachmittage in Oregon hatte ich genossen, aber nicht richtig zu schätzen gewußt, denn damals war ich noch zu jung gewesen, um zu begreifen, daß ich goldene Stunden erlebte, zu jung auch, um zu begreifen, daß alles einmal ein Ende hat. Nun aber befand ich mich nicht mehr in dem kindlichen Irrtum von Beständigkeit und Unsterblichkeit, und außerdem hatte ich in den vergangenen Monaten geglaubt, daß mir die einfachen Freuden eines normalen häuslichen Lebens nie wieder vergönnt sein würden. Deshalb kamen mir diese Stunden in Ryas Küche so herrlich vor, daß ich eine unbeschreibliche Freude im Herzen verspürte.

Auch das Abendessen bereiteten wir gemeinsam zu, und nach dem Essen hörten wir Musik im Radio: den WBZ in Boston, den KDKA in Pittsburgh, Dick Biondi, der in Chicago alberne Sprüche von sich gab. Es wurden die Hits jener Zeit gespielt: ›He's so Fine‹ von den Chiffons; ›Surfin' USA‹ von den Beach Boys; ›Rhythm of the Rain‹ von den Cascades; ›Up on the Roof‹ von den Drifters; ›Blowin' in the Wind‹ und ›Puff, the Magic Dragon‹ von Peter, Paul and Mary; ›Limbo Rock‹ und ›Sugar Shack‹ und ›Rock Around the Clock‹ und ›My Boyfriend's Back‹; Lieder von Leslie Gore, von den Four Seasons, von Bobby Darin, von den Chantays, von Ray Charles, Little Eva, Dion, Chubby Checker, von den Shirelles, Roy Orbison, Sam Cooke, Bobby Lewis und Elvis, immer wieder Elvis. Und wenn Sie nicht glauben, daß dies ein gutes Musikjahr war, haben Sie es mit absoluter Sicherheit nicht miterlebt.

An jenem ersten Abend unseres Zusammenlebens schliefen wir nicht miteinander, aber er hätte nicht schöner sein können, wenn wir es getan hätten. Es war ein vollkommener, gelungener Abend. Noch nie waren wir uns so nahe gewesen, nicht einmal während der körperlichen Vereinigung. Obwohl sie mir keine weiteren Geheimnisse anvertraute, und obwohl ich vorgab, nur ein einfacher Vagabund zu sein, der dankbar und verwundert war, daß er ein Heim und einen Menschen zum Liebhaben gefunden hatte, bestand zwischen uns eine ungewöhnliche Vertrautheit, vielleicht weil wir nur in unseren Köpfen, nicht aber in unseren Herzen Geheimnisse voreinander hatten.

Um elf Uhr abends hörte es auf zu regnen. Das Prasseln ging plötzlich in Plätschern über, dann in vereinzeltes Plopp dicker Regentropfen, und dann störte überhaupt nichts mehr die Stille der Nacht. Während ich am Fenster stand und in die Dunkelheit hinausblickte, kam es mir so vor, als hätte das

Unwetter nicht nur die Welt gereinigt, sondern auch aus mir etwas herausgeschwemmt. In Wirklichkeit war es natürlich Rya Raines, die meine Einsamkeit hinweggeschwemmt hatte.

In einer Totenstadt am Hügel, zwischen Alabastergrabsteinen, packte ich sie und schwenkte sie zu mir herum, und in ihren Augen stand wilde Angst geschrieben, und ich war erfüllt von Schmerz und Bedauern, aber trotz dieses Bedauerns schnappte ich nach ihrem bloßen Hals, spürte die zarte Haut unter meinen gefletschten Zähnen...

Ich riß mich aus dem Schlaf, bevor mein Mund sich mit ihrem Blut füllen konnte. Ich setzte mich aufrecht hin und versteckte mein Gesicht hinter den Händen, so als könnte sie aufwachen und sogar im Dunkeln irgendwie an meinem Gesicht ablesen, was ich ihr in meinem Traum hatte antun wollen.

Dann spürte ich, daß jemand neben dem Bett stand. Der schreckliche Alptraum hielt mich noch so sehr in seinem Bann, daß ich den Atem anhielt, mir die Hände vom Gesicht riß und sie abwehrend ausstreckte, während ich ans Kopfende zurückwich.

»Slim?«

Es war Rya. Sie stand neben dem Bett und blickte auf mich herab, obwohl sie mich im Dunkeln genausowenig sehen konnte wie ich sie. Sie mußte mich beobachtet haben, während ich von ihrem Alptraum heimgesucht wurde – so, wie ich in der Nacht zuvor sie beobachtet hatte.

»Ach, Rya, du bist's«, sagte ich aufatmend.

»Was war denn los?« fragte sie.

»Ein Traum.«

»Aber was für ein Traum?«

»Ein schlechter.«

»Deine Trolle?«

»Nein.«

»War es... mein Friedhof?«

Ich schwieg.

Sie setzte sich auf die Bettkante.

Sie wiederholte: »War es der Friedhof?«

»Ja. Wie bist du darauf gekommen?«

»Du hast im Schlaf gesprochen.«

Ich warf einen Blick auf das Leuchtzifferblatt des Weckers. Halb vier.

»Kam ich in deinem Traum vor?« fragte sie.

»Ja.«

Sie gab einen Laut von sich, den ich nicht deuten konnte.

»Ich verfolgte...«

»Nein!« fiel sie mir rasch ins Wort. »Erzähl es mir nicht. Ich will nichts weiter davon hören. Es ist völlig bedeutungslos.«

Doch mir kam es so vor, als verstünde sie diesen gemeinsamen Alptraum viel besser als ich, als wüßte sie genau, was diese unheimliche Übereinstimmung zu bedeuten hatte.

Ich hielt es allerdings für möglich, daß ich – schlaftrunken und von dem Alptraum mitgenommen, dessen schreckliche Bilder mich noch immer verfolgten – ein Geheimnis wahrzunehmen glaubte, wo überhaupt keins existierte. Sie wollte vielleicht nur deshalb nicht über diese Sache sprechen, weil sie ihr Angst machte – und nicht deshalb, weil ihr die Bedeutung klar wurde.

Als ich wieder zum Sprechen ansetzte, verschloß sie mir den Mund mit einem Kuß und warf sich in meine Arme. Sie war nie leidenschaftlicher, zärtlicher, hingebungsvoller und einfühlsamer gewesen, doch ich glaubte, daneben etwas Neues zu spüren – eine stille Verzweiflung, so als suchte sie im Liebesakt nicht nur Genuß und Nähe, sondern auch Vergessen, Befreiung von einem ihr unerträglichen Wissen.

Am Mittwochmorgen wurden die Wolken vom Wind auseinandergetrieben, am blauen Himmel schwirrten Krähen, Rotkehlchen, Raben und Blaukehlchen umher, und die Erde dampfte, so als wäre unter der dünnen Kruste des Planeten eine riesige Maschine heißgelaufen. Auf dem Rummelplatz trockneten die Sägespäne in der strahlenden Augustsonne. Überall waren Schausteller am Werk, suchten nach Sturmschäden, polierten Chrom und Messing, befestigten lose Zeltbahnen und unterhielten sich über das ›Geldwetter‹.

Eine Stunde vor der Öffnung erspähte ich Joel Tuck hinter dem Zelt, das Shockville beherbergte. Er trug Holzfällerstiefel, in die er die Hosenbeine hineingesteckt hatte, und ein kariertes rotes Hemd mit aufgekrempelten Ärmeln. Er war damit beschäftigt, die Zeltpflöcke tief in die feuchte Erde zu treiben, und obwohl er einen Hammer anstatt einer Axt schwang, erinnerte er mich an Paul Bunyon.

»Ich muß mit dir reden«, sagte ich.

»Ich habe gehört, daß du eine neue Unterkunft gefunden hast«, sagte er trocken, während er den Vorschlaghammer aus der Hand legte.

Ich blinzelte. »Hat sich das so schnell herumgesprochen?«

»Worüber willst du mit mir sprechen?« fragte er – nicht direkt feindselig, aber mit unverkennbarer Kühle.

»Beispielsweise über den Autoscooter.«

»Was ist damit?«

»Ich weiß, daß du gesehen hast, was dort geschehen ist.«

»Ich kann dir nicht folgen.«

»In jener Nacht konntest du mir ausgezeichnet folgen.«

Sein unergründliches Gesicht glich einer Keramikmaske, die zerbrochen worden und von einem Betrunkenen im Vollrausch zusammengeklebt worden war.

Als er schwieg, fuhr ich fort: »Du hast ihn unter deinem Zelt begraben.«

»Wen?«

»Den Troll.«

»Troll?«

»So nenne ich sie. Du bezeichnest sie vielleicht anders. Im Wörterbuch wird ›Troll‹ mit ›dämonisches Wesen‹, ›Unhold‹ übersetzt, mit ›groteske mythologische Gestalt, die den Menschen feindlich gesinnt ist‹. Ich finde, das trifft die Sache nicht schlecht. Du kannst sie natürlich nennen, wie du willst. Aber ich weiß, daß du sie siehst.«

»So? Ich sehe Trolle?«

»Ich möchte, daß du dreierlei verstehst. Erstens: Ich hasse sie und bringe sie um, wann immer ich die Möglichkeit dazu habe – das heißt, wenn ich hoffen kann, nicht erwischt zu werden. Zweitens: Sie haben Jelly Jordan ermordet, weil er sie überrascht hat, als sie sich am Riesenrad zu schaffen machen wollten. Und drittens: Sie werden nicht aufgeben; sie werden zurückkommen, um ihr Werk am Riesenrad zu vollenden, und wenn wir sie nicht daran hindern, wird sich hier in den nächsten Tagen etwas Schreckliches ereignen.«

»Tatsächlich?«

»Du weißt genau, daß es so ist. Du hast die Freikarte für das Riesenrad in mein Schlafzimmer gelegt.«

»Tatsächlich?«

»Um Himmels willen, sei doch nicht so übervorsichtig«, rief ich ungeduldig. »Wir verfügen beide über außergewöhnliche Gaben. Wir sollten Verbündete sein.«

Er hob eine Braue und mußte dazu das orangefarbene Auge zusammenkneifen.

»Ich habe auf anderen Rummelplätzen viele sogenannte Wahrsager und Hellseher kennengelernt, aber du bist der erste Mensch mit echten übersinnlichen Kräften, der mir je begegnet ist.«

»Tatsächlich?«

»Und du bist der einzige Mensch, den ich kenne, der wie ich die Trolle sehen kann.«

»Tatsächlich?«

»Du mußt sie sehen?«

»So?«

»O Gott, du kannst einen auf die Palme bringen!«

»Kann ich das?«

»Ich habe lange darüber nachgedacht. Ich weiß, daß du gesehen hast, was im Autoscooter geschah, und daß du die Leiche weggeschafft hast...«

»Die Leiche?«

»...und daß du mich in bezug auf das Riesenrad warnen wolltest, für den Fall, daß ich das bevorstehende Unheil nicht spüre. Als dann Jelly tot aufgefunden wurde, kamen dir Zweifel. Du hast dich gefragt, ob ich vielleicht nur ein Psychopath bin, denn du wußtest ja, daß Jelly kein Troll war. Aber du hast mich der Tat nicht beschuldigt; du hast beschlossen abzuwarten und mich im Auge zu behalten. Deshalb bin ich zu dir gekommen. Um zwischen uns alles klarzustellen. Ich wollte dir mitteilen, daß ich sie sehe, daß ich sie hasse und daß wir zusammenarbeiten sollten, um sie an ihrem Vorhaben zu hindern. Ich war heute morgen beim Riesenrad, um seine Ausstrahlung zu prüfen, und ich bin sicher, daß heute nichts passieren wird. Aber morgen oder am Freitag...«

Er starrte mich wortlos an.

»Verdammt«, sagte ich, »warum bist du nur so wahnsinnig geheimniskrämerisch?«

»Ich bin nicht geheimniskrämerisch.«

»Doch.«

»Nein. Ich bin nur wie vom Donner gerührt.«

»Was?«

»Wie vom Donner gerührt. Dies ist nämlich das erstaunlichste Gespräch, das ich je in meinem Leben geführt habe, und ich verstehe kein Wort von all dem, was du da erzählst.«

Ich spürte, daß er aufgewühlt war, und vielleicht war dieser innere Aufruhr zum größten Teil tatsächlich auf Verwirrung zurückzuführen; aber ich konnte beim besten Willen nicht glauben, daß meine Worte ihn total verblüfften.

Ich starrte ihn an.

Er starrte mich an.

»Es ist wirklich zum Verrücktwerden«, murmelte ich.

»Oh, jetzt verstehe ich«, sagte er.

»Was?«

»Das sollte ein Scherz sein.«

»O Gott!«

»Irgendein besonders geistreicher Scherz.«

»Warum hast du mir dann geholfen, die Leiche zu beseitigen?«

»Nun, zum einen ist das mein Hobby.«

»Wovon redest du?«

»Leichen loszuwerden, ist ein Hobby von mir«, erklärte er. »Manche Leute sammeln Briefmarken, andere bauen Modellflugzeuge, und ich beseitige Leichen, wo immer ich sie finde.«

Ich schüttelte bestürzt den Kopf.

»Und zum anderen«, fuhr er fort, »hängt es damit zusammen, daß ich ein sehr ordnungsliebender Mensch bin. Ich kann Abfälle nicht ertragen, und es gibt keinen schlimmeren Abfall als eine verwesende Leiche. Besonders die Leiche eines Trolls. Deshalb räume ich sie weg, sobald ich eine finde, und...«

»Es ist kein Scherz!« rief ich, am Ende meiner Geduld.

Er zwinkerte mit allen drei Augen. »Nun, entweder ist es ein Scherz, oder aber du bist ein sehr kranker junger Mann, Carl Slim. Ich hatte dich bisher gern, viel zu gern, um glauben zu wollen, daß du verrückt bist. Deshalb halte ich es lieber für einen Scherz, wenn es dir recht ist.«

Ich wandte mich von ihm ab und entfernte mich.

Verdammt, welches Spiel spielte er nur?

Die Gewitter hatten der Luft den größten Teil der Feuchtigkeit entzogen, und trotz des blauen Himmels kehrte die schwüle Augusthitze nicht zurück. Es war ein warmer, trokkener Tag, und von den Bergen, die das Jahrmarktgelände umgaben, brachte eine leichte klare Brise die Düfte des Waldes. Als um zwölf die Tore geöffnet wurden, strömten die Besucher in großen Scharen herbei, womit wir erst am Wochenende gerechnet hatten.

Der Rummelplatz, ein fantastischer Webstuhl, stellte mit Hilfe exotischer Bilder, Gerüche und Klänge einen schillernden Stoff her, der die Besucher in seinen Bann zog, und auch wir Schausteller hüllten uns nach zwei Tagen Regen und nach dem Tod unseres ›Flickschneiders‹ mit Wonne in dieses vertraute Gewebe. Die Klangfäden setzten sich zusammen aus Leierkastenmusik, Schlagern, dem Dröhnen des Motorrads auf der ›hölzernen Todeswand‹, dem Rattern und Kreischen und Quietschen der Fahrgeschäfte, dröhnenden Dieselmotoren, dem Gebrüll der Ausrufer, aus Gelächter von Männern und Frauen, aus Kreischen und Jauchzen von Kindern. Starke Geruchsfäden glitten durch das Weberschiffchen: heißes Fett von den Imbißständen, frisch geröstetes Popcorn, gebrannte Mandeln, Dieseltreibstoff, Sägemehl, Zuckerwatte, geschmolzenes Karamel. Doch erst die unzähligen schillernden Farben der kaleidoskopartigen Bilder verliehen dem Gewebe aus Klang und Gerüchen die Einmaligkeit des fertigen Stoffes: der blanke glänzende Stahl der eiförmigen Kapseln des Sturzbombers, die vom Sonnenlicht mit einem dünnen Silberfilm versehen wurden; die umherwirbelnden roten Gondeln des ›Tip Top‹; die funkelnden Spangen, schimmernden Perlen und glitzernden Pailletten auf den Kostümen der Tänzerinnen, die auf den Plattformen nur eine kleine Kostprobe der im Zelt gebotenen Attraktionen gaben; die roten, blauen, orangefarbenen, gelben, weißen und grünen Wimpel, die in der Brise flatterten wie Tausende von Papageienflügeln; das riesige lachende Gesicht des Clowns mit der gelben Nase am Lachkabinett; die glänzenden Messingstangen des Karussells. Aus diesem unverwechselbaren Stoff entstand ein Zaubermantel mit vielen geheimnisvollen Taschen, von auffallendem Schnitt und Design; wenn man in dieses Gewand schlüpfte, fühlte man sich unsterblich, und alle Sorgen der realen Welt fielen von einem ab.

Doch im Gegensatz zu den Besuchern und vielen Schaustellern konnte ich meine Probleme an jenem Mittwoch auch auf dem Rummelplatz nicht vergessen, denn ich wartete ständig auf das Auftauchen der ersten Trolle. Doch der Nachmittag ging in den Abend über, und der Abend machte der Nacht Platz, und kein einziger Dämon ließ sich blicken. Ich war über ihre Abwesenheit weder erleichtert noch erfreut. Yontsdown war ein Nest von Trollen, eine Brutstätte, und eigentlich hätte man sie hier viel zahlreicher sehen müssen als anderswo. Ich wußte, warum sie weggeblieben waren. Sie warteten auf das richtige Vergnügen irgendwann in den nächsten Tagen. An diesem Mittwoch stand keine Tragödie auf dem Programm, kein Festmahl aus Blut und Tod, und deshalb warteten sie bis morgen oder übermorgen. Dann würden sie in Scharen kommen und sich vorzugsweise in der Nähe des Riesenrads tummeln. Wenn es nach ihnen ging, würde das Rad wahrscheinlich durch ein ›technisches Versagen‹ entweder umstürzen oder in sich zusammenbrechen, und erst wenn dieses Ereignis auf der Tagesordnung stand, würden sie sich zu einem Jahrmarktbummel einfinden.

Nach Schließung des Rummelplatzes wurden alle Lichter gelöscht; nur die Lämpchen am Kinderkarussell blieben eingeschaltet. Dort versammelten sich die Schausteller, um Jelly Jordan die letzte Ehre zu erweisen. Hunderte von uns scharten sich um das Karussell, die Menschen in den vordersten Reihen waren in gelbes und rotes Licht getaucht, das eine ähnliche Stimmung erzeugte wie Kerzenschein und die farbigen Fenstergläser in einer Kathedrale. Jene, die in diesem Freiluft-Kirchenschiff weiter hinten standen, waren von andächtigem Halbdunkel oder Trauerschwarz umgeben. Manche standen auf den Plattformen anderer Fahrgeschäfte, und andere waren auf Lastwagen geklettert. Alle schwiegen wie am Montagmorgen, als die Leiche aufgefunden worden war.

Die Aschenurne wurde auf eine der Bänke gestellt; Seejungfrauen bildeten auf beiden Seiten die Ehrenwache, und stolze Pferde bildeten den Leichenzug. Arturo Sombra ließ das Karussell fahren, allerdings ohne Musik.

Während es sich stumm drehte, las Buchhalter Dooley ausgewählte Abschnitte aus einem Kapitel des Kinderbuchs ›The Wind in the Willows‹* von Kenneth Grahame vor, wie Jelly es in seinem Letzten Willen verfügt hatte.

Dann wurde der Karussellmotor abgestellt.

Die Pferde blieben langsam stehen.

Die Lichter erloschen.

Wir gingen nach Hause, und auch Jelly Jordan war heimgegangen.

Rya schlief sofort ein. Ich lag wach, wunderte mich über Joel Tucks Verhalten, machte mir Sorgen wegen des Riesenrads und wegen der Vision von Ryas blutigem Gesicht, fragte mich beunruhigt, welche Ränke die Trolle wohl gerade in diesem Moment schmieden mochten.

Die Zeit schleppte sich dahin, und ich verfluchte meine Zwielicht-Augen. Manchmal wünschte ich, ich besäße keine übersinnlichen Kräfte, besäße nicht die Fähigkeit, Trolle zu sehen. Manchmal beneide ich andere Menschen um ihre Ahnungslosigkeit, um ihre völlige Unbefangenheit im Umgang

* dt. Titel: ›Die Leutchen um Meister Dachs‹; Anm. d. Übers.

mit den Dämonen. Vielleicht ist es wirklich besser, nicht zu wissen, daß die Trolle unter uns sind. Besser, als sie zu *sehen* und sich hilflos, verfolgt und der Übermacht ausgeliefert zu fühlen. Zumindest wäre Unwissenheit eine gute Medizin gegen Schlaflosigkeit.

Allerdings wäre ich, wenn ich die Trolle nicht sehen könnte, wahrscheinlich nicht mehr am Leben, wäre den sadistischen Spielen meines Onkels Denton zum Opfer gefallen.

Onkel Denton...

Es ist nun an der Zeit, von jenem Troll zu sprechen, der sich damals in meiner eigenen Familie eingenistet hatte, so perfekt getarnt, daß nicht einmal die scharfe Schneide einer Axt die Verkleidung zu durchdringen und das darunter verborgene Monster zu enthüllen vermochte.

Die Schwester meines Vaters, Tante Paula, war in erster Ehe mit Charlie Forster verheiratet gewesen, und sie hatten einen Sohn, Kerry, der im gleichen Jahr und Monat wie ich geboren wurde. Doch Charlie starb an Krebs, als Kerry und ich drei Jahre alt waren. Tante Paula blieb zehn Jahre allein, und Kerry wuchs ohne Vater auf. Dann trat Denton Harkenfield in ihr Leben, und sie beschloß, ihrem Witwenstand ein Ende zu bereiten.

Denton war ein Fremder in unserem Tal. Er stammte nicht einmal aus Oregon, sondern aus Oklahoma (das behauptete er zumindest), aber alle akzeptierten ihn mit erstaunlicher Bereitwilligkeit, wenn man bedenkt, daß Menschen, die schon in der dritten Generation im Tal wohnten, von der Mehrheit, die ihre Abstammung bis zur Besiedlung des Nordwestens zurückverfolgen konnte, oft als ›Neue‹ bezeichnet wurden. Denton hatte ein ansprechendes Äußeres, war höflich und bescheiden, lachte gern und verfügte über einen schier unerschöpflichen Vorrat an amüsanten Anekdoten und interessanten Erlebnissen. Er war der geborene Geschichtenerzähler. Obwohl er Geld zu haben schien, lebte er einfach, stellte keine hohen Ansprüche und war kein Angeber. Alle mochten ihn.

Alle außer mir.

Als Kind hatte ich die Trolle nicht deutlich sehen können.

Hin und wieder – im ländlichen Oregon allerdings nicht oft – traf ich jemanden, der etwas eigenartig Verschwommenes an sich hatte und in dessen Innern ich dunkle rauchartige Schattengebilde wahrzunehmen glaubte. Ich spürte, daß ich bei diesen Menschen vorsichtig sein mußte, auch wenn ich nicht wußte warum. Doch als die Pubertät meinen Hormonhaushalt und Stoffwechsel veränderte, begann ich die Dämonen deutlicher zu sehen, zunächst noch in vagen Konturen, dann aber in allen grausigen Einzelheiten.

Als Denton Harkenfield aus Oklahoma – oder aus der Hölle – in unser Tal kam, konnte ich bereits erkennen, daß jener rauchförmige Geist nicht nur eine geheimnisvolle neue Form psychischer Energie war, sondern ein eigenständiges Wesen, ein Dämon oder Puppenspieler oder Gott-weiß-was. In den Monaten, als Denton meiner Tante Paula den Hof machte, nahm meine Fähigkeit, den verborgenen Troll wahrzunehmen, stetig zu, und in der Woche vor der Trauung geriet ich bei dem Gedanken, daß sie völlig ahnungslos ein solches Ungeheuer heiraten würde, in wilde Panik. Aber ich konnte nichts tun, um diese Heirat zu verhindern.

Alle anderen waren der Meinung, daß Tante Paula sich glücklich schätzen konnte, einen so beliebten und bewunderten Mann wie Denton Harkenfield gefunden zu haben. Sogar Kerry, mein Lieblingsvetter und bester Freund, ließ auf seinen zukünftigen Vater nichts kommen, der sein Herz im Fluge erobert und versprochen hatte, ihn zu adoptieren.

Meine Familie wußte um meine hellseherischen Gaben, und meine Vorahnungen und psychischen Einblicke wurden ernst genommen. Einmal, als Mutter zum Begräbnis ihrer Schwester nach Indiana fliegen mußte, hatte ihr Flugticket eine derart ominöse Ausstrahlung, daß ich einen Flugzeugabsturz prophezeite. Ich machte einen solchen Wirbel, daß sie in letzter Minute einen anderen Flug buchte. Jenes Flugzeug stürzte zwar nicht ab, aber unterwegs brach an Bord ein Brand aus; viele Passagiere erlitten Rauchvergiftungen, und drei erstickten, bevor der Pilot notlanden konnte. Ich habe natürlich keinen Beweis dafür, daß meine Mutter ein viertes Todesopfer gewesen wäre, aber als ich ihr Ticket berührt hatte, hatte ich statt Papier das kalte, harte Messing eines Sarggriffs unter meinen Fingern gespürt.

Ich hatte aber nie jemandem erzählt, daß ich in einigen Menschen rauchförmige Schatten sehen konnte. Zum einen wußte ich ja nicht, was sie zu bedeuten hatten. Und ich spürte von Anfang an, daß ich in schrecklicher Gefahr schweben würde, falls eine dieser Personen gewahr wurde, daß ich in ihr einen Unterschied zu anderen Menschen wahrnahm. Deshalb behielt ich dieses Geheimnis für mich.

Und als ich in der letzten Woche vor Tante Paulas Hochzeit den Troll in Denton Harkenfield endlich in all seinen ekelerregenden Einzelheiten zu sehen vermochte, konnte ich unmöglich plötzlich anfangen, von Monstern zu erzählen, die sich als Menschen tarnten. Niemand hätte mir geglaubt. Sie müssen nämlich wissen, daß die Verläßlichkeit meiner gelegentlichen Visionen zwar nicht bezweifelt wurde, daß es aber viele Leute gab, die meine ungewöhnlichen Gaben nicht als einen Segen betrachteten. Obwohl nur selten erwähnt und angewandt, stempelten meine übersinnlichen Fähigkeiten mich als ›seltsam‹ ab, und manch einer der Talbewohner glaubte, daß Seher zwangsläufig geistig labile Menschen seien. Nicht wenige Leute haben meinen Eltern gesagt, sie müßten mich genau beobachten, um die ersten Anzeichen von Autismus oder Wahn nicht zu übersehen, und obwohl meine Eltern für solches Gerede nichts übrig hatten, war ich überzeugt davon, daß auch sie gelegentlich befürchteten, meine Gabe könnte sich als Fluch erweisen. Die Verknüpfung von seherischen Fähigkeiten und geistige Labilität ist in der Volksüberlieferung so stark ausgeprägt, daß sogar meine Großmutter, die in meinen Zwielicht-Augen einen Grund zur Freude und einen Segen sah, manchmal befürchtete, ich könnte irgendwie die Kontrolle über meine Gaben verlieren, die sich dann sozusagen gegen mich richten und mich vernichten würden. Hätte ich damals, wenige Tage vor Tante Paulas Hochzeit, plötzlich etwas von Trollen erzählt, die sich in menschlichen Körpern verbargen, so hätte das die Ängste all jener verstärkt, die sicher waren, daß ich eines Tages in einer Gummizelle landen würde.

Ich zweifelte mitunter sogar selbst an meiner geistigen Gesundheit. Der Volksglaube war mir bekannt, und ich hatte auch einige der Warnungen an meine Eltern gehört, und als ich anfing, die Trolle zu sehen, fragte ich mich, ob ich allmählich den Verstand verlor.

Hinzu kam noch, daß ich mich zwar intuitiv vor dem Troll in Denton Harkenfield fürchtete und den intensiven Haß spürte, der diese Kreatur motivierte, aber keine konkreten Beweise dafür hatte, daß sie Tante Paula, Kerry oder sonst jemandem etwas zuleide tun wollte! Denton Harkenfield benahm sich beispielhaft.

Und schließlich schwieg ich auch deshalb, weil ich – falls man mir nicht glaubte, und daran bestand für mich nicht der geringste Zweifel – nichts anderes bewirkt hätte, als Onkel Denton über die Gefahr aufzuklären, die ich für ihn und seinesgleichen darstellte. Wenn ich *nicht* unter Halluzinationen litt, wenn er *tatsächlich* ein mörderischer Unhold war, durfte ich ihn auf gar keinen Fall auf mich aufmerksam machen. Ich durfte mich nicht in eine Lage bringen, in der ich seiner Mordlust völlig schutzlos ausgeliefert wäre.

Die Hochzeit wurde gefeiert, Denton adoptierte Kerry, und Paula und Kerry waren monatelang glücklicher, als man sie je gesehen hatte. Der Troll hauste nach wie vor in Denton, aber allmählich fragte ich mich, ob dieses Wesen wirklich von Grund auf böse oder vielleicht nur *anders* als wir war.

Während die Familie Harkenfield glückliche Zeiten erlebte, ereigneten sich bei ihren Nachbarn ungewöhnlich viele Tragödien und Unglücksfälle, aber es dauerte sehr lange, bis ich erkannte, daß Onkel Denton die Ursache dieser langen Pechsträhne war. Das Haus der Familie Whitborn, die anderthalb Kilometer von den Harkenfields und einen knappen Kilometer von uns entfernt lebte, brannte nieder als der Öltank explodierte; drei ihrer sechs Kinder kamen in den Flammen ums Leben. Einige Monate später starben auf der Goshawkan Lane vier der insgesamt fünf Mitglieder der Familie Jenerette an Kohlenmonoxidvergiftung, weil ihre Heizung unerklärlicherweise verstopft gewesen war und die tödlichen Gase sich mitten in der Nacht im ganzen Haus ausgebreitet hatten. Und Rebecca Norfron, die dreizehnjährige Tochter von Miles und Hannah Norfron, kehrte von einem Spaziergang mit ihrem kleinen Hund Hoppy nicht zurück; eine Woche später wurde sie in der 30 km entfernten Kreisstadt in einem leerstehenden Haus tot aufgefunden. Vor ihrer Ermordung war sie grausam gefoltert worden. Hoppy wurde nie gefunden.

Dann traf das Unheil auch unsere Familie. Meine Großmutter stürzte in ihrem Haus die Treppe hinab, brach sich das Genick und wurde erst einen Tag später gefunden. Ich ging nach ihrem Tod leider nicht in ihr Haus; wenn ich jene Kellertreppe hinabgestiegen und an der Stelle, wo Großmutter gefunden worden war, niedergekniet wäre, hätte ich gespürt, daß Onkel Denton sie auf dem Gewissen hatte, und vielleicht hätte ich ihn auf irgendeine Weise daran hindern können, weitere Verbrechen zu begehen. Bei Großmutters Begräbnis – drei Tage nach ihrem Tod, als die dem Leichnam verbliebene psychische Energie schon beträchtlich abgenommen hatte – empfing ich trotzdem noch derart starke Signale von Gewaltanwendung, daß ich das Bewußtsein verlor und nach Hause gebracht werden mußte. Alle glaubten, ich wäre vor Schmerz und Trauer zusammengebrochen, aber in Wirklichkeit war es das schreckliche Wissen gewesen, daß Großmutter ermordet worden war. Aber ich wußte nicht, wer sie umgebracht hatte, ich hatte nicht den geringsten Beweis, daß ein Mord begangen worden war, ich war erst vierzehn, ein Alter, da *niemand* einem zuhört, und ich galt ohnehin schon als ›seltsam‹. Deshalb hielt ich den Mund.

Ich wußte, daß Onkel Denton kein Mensch war, aber ich verdächtigte ihn nicht gleich des Mordes. Nach wie vor war ich mir über ihn nicht im klaren, weil Tante Paula und Kerry ihn so liebten, und auch, weil er nett zu mir war, immer Späße mit mir machte und sich für meine Fortschritte in der Schule und beim Ringkampf interessierte, wo ich der Juniormannschaft angehörte. Von ihm und Tante Paula bekam ich herrliche Weihnachtsgeschenke, und an meinem Geburtstag schenkte er mir mehrere Romane von Robert Heinlein und A. E. van Vogt sowie einen neuen Fünfdollarschein. Ich hatte ihn nur Gutes tun sehen, und obwohl ich spürte, daß er vor Haß buchstäblich kochte, fragte ich mich, ob dieser wilde Haß vielleicht nur in meiner Einbildung existierte. Wenn ein normaler Mensch Massenmorde begangen hätte, wäre seine bösartige Ausstrahlung meinem sechsten Sinn früher oder später aufgefallen, aber Trolle strahlen nichts als Haß aus, und weil ich in Onkel Dentons Aura kein Schuldbewußtsein entdecken konnte, hielt ich ihn nicht für den Mörder meiner Großmutter.

Mir fiel allerdings auf, daß Denton in einem Trauerhaus mehr Zeit verbrachte als jeder andere Freund der Familie. Immer war er besorgt und mitfühlend. An seiner Schulter konnten Leidtragende sich ausweinen, er machte für sie Besorgungen und half auf jede erdenkliche Weise. Auch nach dem Begräbnis stattete er den Trauernden häufig Besuche ab, und erkundigte sich, wie sie zurechtkamen und ob sie Beistand benötigten. Er wurde für sein Einfühlungsvermögen, seine Menschlichkeit und Nächstenliebe über den grünen Klee gelobt, wehrte solche Elogen aber stets bescheiden ab. Das verwirrte mich nur noch mehr. Besonders verwirrend war es, wenn ich den Troll in ihm sehen konnte, der bei traurigen Ereignissen unweigerlich bösartig grinste und sich am Leid der Hinterbliebenen sogar zu weiden schien. Welches war nun der wahre Onkel Denton: das Monster in ihm oder der gute Nachbar und fürsorgliche Freund?

Ich hatte darauf noch keine Antwort gefunden, als acht Monate nach dem Tod meiner Großmutter mein Vater unter seinem Traktor zerquetscht wurde. Er hatte damit große Steine von dem neuen Feld geschleppt, das er zur Aussaat vorbereitete, eine Parzelle von zwanzig Morgen, die von unserem Haus aus nicht zu sehen war, weil ein Ausläufer des Bergwaldes dazwischen lag. Meine Schwestern fanden ihn, als sie nachschauten, warum er nicht zum Essen nach Hause gekommen war, und ich erfuhr es erst, als ich einige Stunden später von einem Ringkampf in der Schule zurückkehrte. (»O Carl«, hatte meine Schwester Jenny geschluchzt, während sie mich fest umarmte, »sein armes Gesicht, sein armes Gesicht, ganz schwarz und tot, sein armes Gesicht!«) Tante

Paula und Onkel Denton waren schon zu uns herübergekommen, und er war der Felsen, an den meine Mutter und meine Schwestern sich klammerten. Er versuchte auch mich zu trösten, und sowohl seine Trauer als auch sein Mitgefühl schienen aufrichtig zu sein; doch ich konnte den Troll in ihm sehen, der mich mit glühenden roten Augen anstarrte. Obwohl ich halb glaubte, daß der verborgene Dämon nur eine Ausgeburt meiner Fantasie war und vielleicht sogar meinen Wahnsinn bewies, zog ich mich von Denton zurück und ging ihm nach Möglichkeit aus dem Weg.

Anfangs war der Sheriff mißtrauisch, denn mein Vater hatte Verletzungen, die nicht durch den umgestürzten Traktor verursacht sein konnten. Doch da niemand ein Motiv gehabt hatte, meinen Vater zu ermorden, und da nichts anderes auf eine Gewalttat hindeutete, kam der Sheriff schließlich zu dem Schluß, daß Vater nicht sofort tot gewesen war, als der Traktor umstürzte und ihn unter sich begrub, daß er sich vielmehr verzweifelt bemüht hatte, unter dem Fahrzeug hervorzukommen und sich dabei weitere Verletzungen zugezogen hatte. Bei seinem Begräbnis wurde ich ohnmächtig, wie schon beim Begräbnis meiner Großmutter und aus dem gleichen Grund: Eine mächtige Welle psychischer Energie überrollte mich, eine regelrechte Flut von Gewalt, und ich begriff, daß auch mein Vater ermordet worden war, aber ich wußte nicht, warum und von wem.

Zwei Monate später brachte ich endlich den Mut auf, jenes Feld aufzusuchen, auf dem sich der Unfall ereignet hatte. Okkulte Kräfte zogen mich zu der Stelle hin, wo Vater gestorben war, und als ich auf der Erde niederkniete, in die sein Blut gesickert war, hatte ich eine Vision: Onkel Denton schlägt Vater mit einem Bleirohr seitlich an den Kopf, schlägt ihn bewußtlos und kippt dann den Traktor auf ihn. Mein Vater kommt wieder zu sich und lebt noch fünf Minuten, in denen er sich mit allen Kräften gegen das Gewicht des Traktors stemmt, während Denton Harkenfield danebensteht und sich an seinen Qualen weidet. Diese entsetzliche Vision ließ mich wieder ohnmächtig werden. Als ich einige Minuten später das Bewußtsein wiedererlangte, hatte ich starke Kopfschmerzen, und meine Hände krampften sich um feuchte Erdklumpen.

In den nächsten Monaten betätigte ich mich heimlich als Detektiv. Das Haus meiner Großmutter war nach ihrem Tod verkauft worden, aber ich ging hin, als die neuen Besitzer nicht zu Hause waren, und stieg durch ein Kellerfenster ein, das – wie ich von früher wußte – nicht verriegelt werden konnte. Am unteren und oberen Ende der Kellertreppe empfing ich vage, aber doch unmißverständlich psychische Eindrücke, die mich davon überzeugten, daß Denton meine Großmutter gestoßen hatte, und als sie sich bei diesem Sturz nicht wie erwartet das Genick gebrochen hatte, war er die Treppe hinabgestiegen und hatte das Werk vollendet. Ich begann über die vielen Katastrophen der letzten Jahre in unserem Tal nachzudenken. Ich suchte die Ruine des niedergebrannten Hauses der Whitborns auf, in dem drei Kinder in den Flammen umgekommen waren. In Abwesenheit der neuen Besitzer betrat ich das Haus der Jenerettes und legte meine Hände auf den Ofen, aus dem die tödlichen Gase entwichen waren. In beiden Fällen empfing ich starke Impressionen von Denton Harkenfields Schuld. Als Mutter an einem Samstag zum Einkaufen in die Kreisstadt fuhr, begleitete ich sie und begab mich in jenes leerstehende Haus, wo Rebecca Norfrons verstümmelte Leiche gefunden worden war. Auch dort hatte Denton Harkenfield Spuren hinterlassen, die allerdings nur mit meinem sechsten Sinn wahrzunehmen waren.

Für all seine Verbrechen gab es nicht den geringsten Beweis. Mein Gerede über Trolle wäre noch genauso unglaubwürdig gewesen wie vor mehr als zwei Jahren, als ich Denton Harkenfields wahre Identität zum erstenmal erkannt hatte. Wenn ich ihn öffentlich beschuldigte, ohne daß seine Verhaftung gewährleistet war, würde ich mit absoluter Sicherheit das nächste ›Unfallopfer‹ in unserem Tal sein. Ich brauchte Beweise, und ich hoffte sie zu finden, wenn es mir gelänge, sein nächstes Verbrechen vorherzusehen. Wenn ich wüßte, wo er zuschlagen würde, könnte ich ihn auf irgendeine dramatische Weise daran hindern, wonach sein – nur durch mein Eingreifen verschontes – Opfer gegen ihn aussagen und ihn ins Gefängnis bringen würde. Ich hatte Angst vor einer derartigen Konfrontation, weil ich befürchtete, alles zu verpatzen, und Gefahr liefe, selbst ermordet zu werden. Aber ich sah keine andere Möglichkeit, Harkenfield zu überführen und hinter Gitter zu bringen.

Obwohl seine Doppelidentität mich frösteln machte, verbrachte ich von nun an mehr Zeit in seiner Nähe, denn es schien mir am wahrscheinlichsten, daß ich die blitzartige hellseherische Erleuchtung über seine Absichten in seiner Gegenwart haben würde. Zu meiner Überraschung verging jedoch ein Jahr, ohne daß etwas geschah. Ich spürte zwar mehrere Male ein Ansteigen seiner Aggressivität, aber ich empfing keine Visionen eines bevorstehenden Mordes; und jedesmal, wenn seine Wut und sein Haß ein derartiges Ausmaß annahmen, daß ich glaubte, er müsse jetzt zuschlagen, um den Druck in seinem Innern abzulassen, unternahm er eine Geschäftsreise oder einen Kurzurlaub mit Tante Paula, und jedesmal kehrte er in ruhigerer Verfassung zurück. Ich vermutete, daß er seinen Haß und seine Rage abreagierte, indem er auf diesen Reisen Schandtaten beging, um in der nächsten Umgebung nicht durch ein Übermaß an Katastrophen Verdacht zu erregen. Daß ich von diesen Verbrechen vorher in seiner Gegenwart keine Visionen empfing, lag daran, daß er sie nicht plante, sondern zuschlug, wo sich zufällig eine Gelegenheit dazu bot.

Nachdem unserem Tal ein friedliches Jahr beschieden gewesen war, spürte ich immer stärker, daß Denton seinen Kampf nun wieder auf das ursprüngliche Schlachtfeld zurückzuverlegen gedachte. Was aber noch viel schlimmer war – ich spürte, daß er Kerry, seinen Adoptivsohn, dem er seinen Namen gegeben hatte, umbringen wollte. Falls der Troll in ihm sich von menschlichen Leiden ernährte, was ich damals bereits vermutete, würde ihn nach Kerrys Tod freilich ein unvergleichliches Festmahl erwarten. Tante Paula, die ihren Sohn sehr liebte, würde völlig verzweifelt sein, und der Troll müßte sich dann nicht mit kurzen Besuchen in Trauerhäusern begnügen, sondern könnte 24 Stunden am Tag, sieben Tage pro Woche ihr Leid genießen. Als der Haß des Trolls von Tag zu Tag intensiver wurde, als mein sechster Sinn einer drohenden Gefahr immer stärker wurde, war ich einer Panik nahe, denn ich konnte Ort, Zeit und Art des bevorstehenden Mordes nicht erkennen.

Eines Nachts Ende April fuhr ich aus dem Schlaf. Ich hatte einen Alptraum gehabt, in dem Kerry in den Wäldern gestorben war, unter hohen Rottannen und Kiefern. Er war in meinem Traum im Kreis herumgeirrt, dem Tod durch Erfrieren nahe, und ich war mit einer Decke und einer Thermosflasche voll heißer Schokolade hinter ihm hergerannt, aber aus irgendeinem Grund sah und hörte er mich nicht, und obwohl er schon sehr schwach war, konnte ich ihn nicht einholen.

Übersinnliche Einsichten hinsichtlich der Art der Bedrohung blieben mir versagt, aber am Morgen ging ich sofort zu den Harkenfields, um Kerry zu warnen. Ich wußte nicht so recht, wie ich ihm die Sache überzeugend beibringen könnte, aber ich wußte, daß ich schnell handeln mußte. Doch als ich hinkam, war niemand zu Hause. Ich wartete einige Stunden, dann ging ich nach Hause, mit der Absicht, gegen Abend wiederzukommen. Ich habe Kerry nie mehr gesehen – jedenfalls nicht lebend.

Am Spätnachmittag hörten wir, daß Onkel Denton und Tante Paula sich Sorgen um Kerry machten. Tante Paula war morgens in die Kreisstadt gefahren, wo sie verschiedenes zu erledigen hatte, und Kerry hatte Denton gesagt, daß er einen Ausflug ins Gebirge, in die Wälder unweit ihres Hauses, machen wollte, um außerhalb der Saison ein bißchen zu jagen. Spätestens um zwei wäre er wieder zurück. Das behauptete jedenfalls Denton. Um fünf war Kerry noch immer nicht nach Hause gekommen. Ich befürchtete das Schlimmste, denn es sah meinem Vetter einfach nicht ähnlich, außerhalb der Saison auf die Jagd zu gehen. Ich glaubte Denton kein Wort, und ich glaubte auch nicht, daß Kerry allein ins Gebirge losgezogen war. Denton hatte ihn unter irgendeinem Vorwand hingelockt und ihn dann... umgebracht.

Suchmannschaften durchkämmten nachts erfolglos das Vorgebirge. Am frühen Morgen machten sie sich in größerer

Zahl wieder auf den Weg, mit Bluthunden und mit mir. Ich hatte meine hellseherischen Gaben bis dahin nie bei derartigen Suchaktionen eingesetzt, und ich sagte den anderen nichts von meiner Absicht; denn nachdem ich mich dieser Fähigkeiten nicht nach Bedarf bedienen konnte, glaubte ich eigentlich nicht, daß sie mir in diesem Fall etwas nützen würden. Zu meiner eigenen Überraschung funktionierte mein sechster Sinn jedoch sogar noch besser als der Geruchssinn der Hunde, und nach kaum zwei Stunden entdeckte ich die Leiche am Fuße eines Felsabhangs.

Kerry war so schlimm zugerichtet, daß es schwerfiel zu glauben, er hätte sich all diese Verletzungen beim Sturz in die Schlucht zugezogen. Unter normalen Umständen hätte der Leichenbeschauer wahrscheinlich genügend Hinweise auf einen Tod durch Gewaltanwendung gefunden, aber der Landarzt war über den Zustand des Leichnams so entsetzt, daß er nur eine flüchtige Untersuchung vornahm. In der Nacht hatten sich nämlich Tiere über den Leichnam hergemacht – Waschbären oder Füchse oder Waldratten oder Wiesel. Etwas hatte die Augen gefressen, etwas hatte sich in Kerrys Eingeweide gewühlt, sein Gesicht war zerkratzt, und die Spitzen mehrerer Finger war abgeknabbert.

Einige Tage später ging ich mit einer Axt auf Onkel Denton los. Ich erinnere mich noch daran, wie wild er kämpfte, und ich erinnere mich an meine quälenden Zweifel. Trotzdem schwang ich die Axt mit aller Kraft, denn mein Instinkt sagte mir, daß es um mich geschehen sein würde, wenn ich auch nur die geringste Schwäche zeigte oder auch nur eine Sekunde zögerte. Am deutlichsten erinnerte ich mich daran, wie sich die Waffe in meiner Hand anfühlte: Sie verkörperte die Gerechtigkeit.

Hingegen habe ich *keine* Erinnerung an den Rückweg von den Harkenfields zu uns. Eben hatte ich mich noch über Dentons Leiche gebeugt, und im nächsten Moment stand ich schon im Schatten der Trauerfichte vor unserem Haus und putzte die blutige Schneide mit einem alten Lappen. Doch dann erwachte ich aus dieser Trance, ließ Axt und Lappen fallen, und blitzartig durchfuhr mich die Erkenntnis, daß die

Felder bald bestellt werden mußten, daß die Hügel bald ihre frischen grünen Frühlingsgewänder anziehen würden, daß die Siskiyou-Gebirgskette majestätischer als gewöhnlich aussah, und daß der Himmel über mir noch strahlend blau war, doch vom Westen her dunkle, bedrohliche Gewitterwolken aufzogen. Während ich dort in der Sonne stand, wußte ich – auch ohne meine hellseherischen Kräfte –, daß ich diese geliebte Landschaft wahrscheinlich zum letzten Mal sah. Die düsteren Wolken waren ein Omen für die stürmische, lichtlose Zukunft, die ich gewählt hatte, als ich Denton Harkenfield erschlug.

Und während ich jetzt, vier Monate und Tausende von Kilometern von jenen Ereignissen entfernt, neben Rya Raines in ihrem dunklen Schlafzimmer lag, wußte ich, daß ich vom Erinnerungszug nicht einfach abspringen konnte, daß ich vielmehr die Fahrt bis zur Endstation durchstehen mußte. Schaudernd und in kalten Schweiß gebadet, durchlebte ich noch einmal die letzte Stunde in meinem Elternhaus: das hastige Packen des Rucksacks, die ängstlichen Fragen meiner Mutter, meine Weigerung, ihr zu sagen, wodurch ich mich in Schwierigkeiten gebracht hatte, die Mischung von Liebe und Furcht in den Augen meiner Schwestern, die mich in den Arm nehmen und trösten wollten, aber beim Anblick des Blutes an meinen Händen und auf meiner Kleidung erschrocken zurückwichen. Ich wußte, daß es keinen Sinn hatte, ihnen von den Trollen zu erzählen. Selbst wenn sie mir glauben würden, könnten sie nichts tun, und ich wollte sie nicht mit meinem Kreuzzug gegen die Dämonen belasten; denn daß ich eine Art Kreuzzug führen mußte, war mir bereits klargeworden. Stunden, bevor man Denton Harkenfields Leiche finden würde, ging ich fort, und später schickte ich meiner Mutter und meinen Schwestern einen Brief mit vagen Andeutungen über Dentons Schuld am Todes meines Vaters und meines Vetters Kerry. Die letzte Station des Erinnerungszuges war in gewisser Weise am schlimmsten: Mutter, Jenny und Sarah, die auf der Terrasse stehen und mir nachschauen, verwirrt, verängstigt – Angst *um mich* und Angst *vor mir* –, alleingelassen in einer Welt, die ihnen plötzlich kalt und öde vorkommen mußte. Endstation. Gott-sei-Dank! Erschöpft von dieser Reise, doch auch irgendwie befreit, drehte ich mich auf die Seite, Rya zu, und fiel in tiefen Schlaf. Zum erstenmal seit Tagen hatte ich keine Alpträume.

Beim Frühstück am nächsten Morgen erzählte ich Rya von meinen Zwielicht-Augen, zum einen, weil ich mich schämte, soviel Geheimnisse vor ihr zu haben, zum anderen, weil ich nach einer Möglichkeit suchte, sie vor der unbekannten Gefahr zu warnen. Ich erwähnte nichts von meiner Fähigkeit, die Trolle zu sehen, sondern sprach nur von meinen anderen Gaben, besonders von dem hellseherischen Gespür für drohende Gefahren. Ich erzählte ihr vom Flugticket meiner Mutter, das sich nicht wie Papier, sondern wie ein Sarggriff aus Messing angefühlt hatte, und ich führte weitere – weniger dramatische – Beispiele von Vorahnungen an, denen tatsächlich die Ereignisse folgten. Das genügte für den Anfang. Wenn ich auch noch von Trollen geredet hätte, die sich als Menschen tarnten, wäre es einfach zuviel auf einmal gewesen; ich hätte ihr Fassungsvermögen überstrapaziert und riskiert, daß sie mir gar nichts glaubte.

Zu meinem großen Erstaunen akzeptierte sie meine Enthüllungen viel leichter, als ich zu hoffen gewagt hatte. Anfangs legte sie ihre Hände immer wieder um ihren Kaffeebecher und trank nervös, so als bräuchte sie die Wärme und die leichte Bitterkeit, um zu prüfen, ob sie träumte oder wach war. Doch nach kurzer Zeit zog mein Bericht sie sichtlich in seinen Bann, und ich spürte, daß sie mir Glauben schenkte.

»Ich wußte, daß du etwas Besonderes an dir hast«, sagte sie schließlich. »Habe ich dir das nicht gesagt? Das war kein sentimentales Liebesgeschwätz. Ich habe wirklich etwas Besonderes... etwas Ungewöhnliches und Einmaliges in dir gespürt. Und ich hatte recht!«

Sie hatte jede Menge Fragen, die ich beantwortete, so gut ich konnte, ohne die Trolle oder Denton Harkenfields Morde zu erwähnen. Sie reagierte mit Staunen und mit einer Art dunkler Furcht. Das Staunen brachte sie ganz offen zum Ausdruck, während sie ihre Scheu vor mir zu verbergen suchte, was ihr auch tatsächlich so gut gelang, daß ich mir trotz meines übersinnlichen Gespürs nicht sicher war, ob diese zweite Empfindung nur in meiner Einbildung existierte.

Schließlich nahm ich ihre Hände in die meinigen und sagte: »Ich habe dir das alles aus einem bestimmten Grund erzählt.«

»Welchem?«

»Aber vorher muß ich wissen, ob du wirklich...«

»Was?«

»Ob du wirklich leben willst«, sagte ich leise. »Letzte Woche hast du mir erzählt, daß du es dir in Florida manchmal schön vorstellst, ins Meer hinauszuschwimmen, bis deine Kräfte erlahmen...«

»Das war nur dummes Gerede«, meinte sie, aber es klang wenig überzeugend.

»Und vor vier Nächten, als wir auf das Riesenrad kletterten, kam es mir fast so vor, als *wolltest* du vom Blitz erschlagen werden.«

Sie wandte ihren Blick von mir ab und starrte schweigend auf ihren mit Toastkrumen übersäten und mit Eigelb beschmierten Teller.

Ich versuchte meine ganze Liebe in meine Stimme zu legen. »Rya, du bist manchmal so... so eigenartig.«

»Und?« fragte sie leise ohne aufzuschauen.

»Seit du mir von Abner Kady und deiner Mutter erzählt hast, verstehe ich, *warum* du manchmal Depressionen hast. Aber ich mache mir deshalb nicht weniger Sorgen um dich.«

»Das brauchst du nicht.«

»Schau mir in die Augen und dann sag das noch einmal.«

Es dauerte lange, bis sie ihren Blick vom Teller löste, doch dann schaute sie mir offen in die Augen. »Ich habe diese... Anfälle... diese Depressionen... und manchmal scheint es über meine Kräfte zu gehen weiterzumachen. Aber ich werde solchen Stimmungen nie nachgeben. Ich werde mir nie... etwas antun. Du brauchst dir keine Sorgen zu machen. Ich werde mich immer wieder aus diesem Sumpf befreien, bevor ich völlig in Schwermut versinke. Ich habe zwei verdammt gute Gründe, nicht aufzugeben. Wenn ich es täte, hätte Abner Kady gewonnen, stimmt's? Und das lasse ich niemals zu. Ich muß weitermachen, mein kleines Imperium aufbauen und etwas aus mir machen, denn jeder Tag, den ich lebe, und jeder Erfolg sind Triumphe über ihn. Habe ich recht?«

»Ja. Und was ist dein zweiter Grund?«

»Du«, erwiderte sie.

Ich hatte gehofft, daß sie das sagen würde.

»Seit du in mein Leben getreten bist«, fuhr sie fort, »habe ich einen zweiten Grund weiterzumachen.«

Ich griff nach ihren Händen und küßte sie.

Obwohl sie nach außen hin ziemlich ruhig wirkte, spürte ich, daß sie bis ins Innerste aufgewühlt war, was ich mir nicht so recht erklären konnte.

»Gut«, sagte ich. »Wir haben etwas gefunden, wofür es sich zu leben lohnt, und uns könnte jetzt nichts Schlimmeres widerfahren, als einander zu verlieren. Deshalb ... ich will dich nicht beunruhigen ... aber ich hatte eine ... eine Art Vorahnung ... die mir Sorgen macht.«

»Betrifft es mich?«

»Ja.«

Ihr schönes Gesicht verdüsterte sich. »Ist es ... sehr schlimm?«

»Nein, nein«, log ich. »Nur ... ich spüre vage, daß du in irgendwelche Schwierigkeiten geraten könntest, und deshalb möchte ich, daß du vorsichtig bist, wenn ich nicht bei dir bin. Geh bitte keine Risiken ein ...«

»Was für Risiken?«

»Ich weiß nicht so recht«, erwiderte ich. »Klettere nicht wieder irgendwo herum, speziell nicht auf dem Riesenrad, bis ich spüre, daß die Krise vorüber ist. Fahr nicht zu schnell Auto. Sei vorsichtig. Sei wachsam. Wahrscheinlich besteht überhaupt kein Grund zur Sorge. Wahrscheinlich bin ich einfach übernervös, weil du mir soviel bedeutest. Aber es kann nicht schaden, wenn du dich etwas vorsiehst, bis ich entweder eine klarere Vorstellung von der Bedrohung habe oder aber spüre, daß keine Gefahr mehr besteht. Okay?«

»Okay.«

Ich erzählte ihr nichts von der schrecklichen Vision, denn ich wollte sie nicht ängstigen. Das könnte die Gefahr, in der sie schwebte, nur noch vergrößern, denn wenn sie in ständiger Angst lebte, würde sie die Fähigkeit verlieren, instinktiv das Richtige zu tun. Ich wollte, daß sie vorsichtig war, aber ich wollte sie gewiß nicht in Panik versetzen, und als wir kurze Zeit später zusammen zum Rummelplatz gingen und uns dort nach einem Kuß trennten, hatte ich das Gefühl, daß sie in der von mir gewünschten Verfassung war.

Die Augustsonne strahlte auf das Jahrmarktsgelände herab, und Vögel segelten am klaren blauen Himmel dahin. Während ich den ›Lukas‹ einsatzbereit machte, wurde ich immer vergnügter, bis mir Flügel zu wachsen schienen. Ich glaubte, mich den Vögeln zugesellen zu können, wenn ich wollte. Rya hatte mir die Schrecken ihrer Kindheit in den Appalachen anvertraut, und ich hatte ihr das Geheimnis meiner Zwielicht-Augen anvertraut, und dadurch hatten wir die Bande zwischen uns noch fester geknüpft. Wir waren nicht mehr allein. Ich war zuversichtlich, daß sie mir schließlich auch ihr zweites Geheimnis, das irgendwie mit dem Waisenhaus zusammenhing, anvertrauen würde, und danach würde ich ihr vielleicht erste Andeutungen über die Trolle machen. Ich vermutete, daß sie eines Tages meine Geschichten über Trolle für wahr halten würde, obwohl sie selbst diese Wesen ja nicht sehen und deshalb meine Behauptungen nicht überprüfen konnte. Gewiß, es gab noch immer Probleme: den rätselhaften Joel Tuck; den geplanten Sabotageakt der Trolle am Riesenrad, der vielleicht in Verbindung mit der Gefahr für Rya stand, vielleicht aber auch nicht; unsere Anwesenheit in Yontsdown, wo Trolle Machtpositionen innehatten, die es ihnen ermöglichen würden, uns nicht nur zu schikanieren, sondern uns viel schlimmere Dinge anzutun. Nichtsdestotrotz war ich plötzlich optimistisch, daß ich letztlich triumphieren würde, daß es mir gelingen würde, die Katastrophe am Riesenrad abzuwenden und Rya zu retten, daß meine Lebensbahn endlich wieder aufwärts führte.

Kurz vor Einbruch der Dunkelheit ist es immer am hellsten.

## 15

# Tod

Am Nachmittag und frühen Abend war der Donnerstag wie eine Garnsträhne, die sich ohne einen einzigen Knoten abrollen läßt: angenehm warm, aber nicht schweißtreibend heiß, geringe Feuchtigkeit, eine leichte Brise, die Kühlung brachte, aber nicht stark genug war, um Probleme mit den Zelten zu schaffen, Tausende von Besuchern, denen das Geld locker in der Tasche saß – und keine Trolle.

Bei Einbruch der Dunkelheit änderte sich das alles.

Es begann damit, daß ich Trolle auf der Schaustellerstraße entdeckte. Nicht viele, nur ein halbes Dutzend, aber sie sahen noch schlimmer aus als gewöhnlich. Ihre Schnauzen wabbelten noch ekelerregender, und ihre roten Augen glühten in fieberhaftem Haß, der weit über das normale Maß ihrer bösartigen Blicke hinausging. Ich spürte, daß sie den Siedepunkt überschritten hatten und darauf brannten, einen mörderischen Auftrag auszuführen, um den unerträglichen Druck in ihrem Innern etwas zu verringern.

Dann erregte das Riesenrad meine Aufmerksamkeit. Es machte Veränderungen durch, die nur meine Augen wahrnehmen konnten. Zunächst wurde die riesige Maschine immer größer, so als richtete sich irgendein lebendiges Wesen auf, das bis dahin eine geduckte Haltung eingenommen hatte, um seine tatsächliche Größe geheimzuhalten. In meiner Vision wurde es immer höher und breiter, bis es nicht nur alle anderen Attraktionen überragte – das tat es von jeher –, sondern ein wahrhaft gewaltiger Mechanismus war, eine turmartige Konstruktion, die unvorstellbares Unheil anrichten würde, falls sie umstürzte. Gegen zehn begann die strahlende Beleuchtung des Rades immer schwächer zu werden, bis es um elf völlig dunkel war. Ein Teil von mir sah, daß die Lichter weiterhin hell erstrahlten, speziell, wenn ich das Riesenrad nur aus dem Augenwinkel heraus betrachtete; sobald ich mich ihm aber direkt zuwandte, sah ich nur ein kolossales, unheilvoll dunkles Rad, das sich vor einem schwarzen Himmel schwerfällig drehte, so als wäre es eines der Mühlräder des Schicksals – jenes, das erbarmungslos das Mehl der Trübsal und des grausamen Unglücks erzeugt.

Ich wußte, was diese Vision bedeutete. Die Katastrophe am Riesenrad würde sich nicht an diesem Abend ereignen. Doch die Voraussetzung für die Tragödie würde bald geschaffen werden, in den Stunden nach Schließung des Rummelplatzes. Das halbe Dutzend Trolle, das ich gesehen hatte, war ein Kommandotrupp, der sich auf dem Gelände verstekken würde. Ich spürte es, *wußte* es. Wenn alle Schausteller zu Bett gegangen waren, würden die dämonischen Kreaturen aus ihren diversen Schlupflöchern kriechen, sich am Riesenrad treffen und den Sabotageakt ausführen, wie sie es schon in der Nacht zum Montag vorgehabt hatten, als Jelly Jordan sie überrascht hatte. Und morgen würden dann irgendwelche Unschuldigen, die sich auf eine Fahrt mit dem Riesenrad freuten, auf schreckliche Weise ums Leben kommen.

Gegen Mitternacht war das Mammut-Rad – durch meine Zwielicht-Augen gesehen – nicht nur seiner Lichter beraubt, sondern eine große Maschine, die selbst tiefe Dunkelheit zu erzeugen vermochte. Ähnlich kalt und beunruhigend hatte es auf mich gewirkt, als ich es vergangene Woche nachts in einer anderen Stadt zum erstenmal gesehen hatte, doch jetzt war dieser Eindruck noch ungleich stärker und erschreckender.

Ausnahmsweise gehörte ich an diesem Abend zu den ersten, die kurz vor eins ihre Attraktionen schlossen, und als ich Marco zufällig vorbeigehen sah, rief ich ihn herbei und überredete ihn, Rya die Tageseinnahmen zu bringen und ihr auszurichten, ich hätte noch etwas Wichtiges zu erledigen und käme erst später.

Während auf dem ganzen Rummelplatz allmählich die Lichter ausgingen und die Schausteller einzeln oder in kleinen Gruppen davoneilten, schlenderte ich möglichst harmlos und unauffällig auf die Mitte der Anlage zu, wo ich mich für die nächsten zehn Minuten unter einem Lastwagen versteckte. Die trocknenden Finger der Sonne hatten diesen

Fleck in den letzten drei Tagen nicht erreichen können; die Feuchtigkeit drang durch meine Kleidung und verstärkte noch das Frösteln, das ich nicht mehr los wurde, seit ich die Veränderungen am Riesenrad bemerkt hatte.

Die letzten Lichter erloschen.

Die letzten Generatoren wurden abgestellt.

Die letzten Stimmen verhallten.

Ich wartete noch ein bis zwei Minuten, dann kroch ich unter dem LKW hervor und lauschte angespannt.

Nach dem ohrenbetäubenden Lärm wirkte die plötzliche Stille direkt unheimlich. Nichts. Kein einziger Laut. Kein Tikken. Kein Kratzen. Kein Knistern.

Auf dunklen Schleichpfaden schlich ich geduckt zur Achterbahn und erklomm die etwa drei Meter hohe Plattform. Dieser Beobachtungsposten hatte den Vorteil, daß ich sowohl den unteren Teil des Riesenrades als auch die ganze nähere Umgebung überblicken konnte, während ich selbst so gut wie unsichtbar war.

Die Nacht hatte seit letzter Woche ein Stück des Mondes verschlungen; nun war er nicht mehr so hilfreich wie damals, als ich dem Troll zum Autoscooter gefolgt war. Andererseits bot die Dunkelheit mir mehr Schutz, so daß Vor- und Nachteile sich in etwa die Waage hielten.

Vierzig nervenaufreibende ereignislose Minuten vergingen, bevor ich hörte, wie der erste Eindringling sein Versteck verließ. Ich hatte Glück, denn das Geräusch – ein Kratzen von Metall auf Metall und ein leises Quietschen ungeölter Türangeln – kam ganz aus der Nähe. Hinter der Achterbahn standen Lastwagen, Generatoren und anderes Zubehör herum, und dem Quietschen folgte im nächsten Moment eine Bewegung. Eine der Doppeltüren im Ladebereich eines LKW öffnete sich, und ein Mann kam vorsichtig heraus, nur etwa sechs Meter von mir entfernt. Jeder andere hätte in ihm nur einen ganz normalen Mann gesehen, doch für mich war er ein Troll, und mir saß plötzlich die Angst im Nacken. Im schwachen Mondlicht konnte ich von dem Dämon unter der menschlichen Hülle nicht viel erkennen, aber die rotglühenden Augen waren deutlich zu sehen.

Die Kreatur spähte umher, glaubte sich unbeobachtet und schloß die Lastwagentür. Sie schob den Riegel so leise wie nur irgend möglich vor, aber dieses Geräusch überdeckte meinen katzenhaften Sprung auf den Boden.

Der Troll eilte, ohne sich noch einmal umzuschauen, auf das etwa 150 Meter entfernte Riesenrad zu.

Ich zog mein Messer aus dem Stiefel und folgte ihm.

Er bewegte sich mit größter Vorsicht.

Ich ebenfalls.

Er bewegte sich fast lautlos.

Ich bewegte mich *völlig* lautlos.

Neben einem anderen Lastwagen holte ich ihn ein. Er bemerkte mich erst, als ich ihn ansprang, einen Arm um seinen Hals schlang, seinen Kopf zurückriß und ihm die Kehle durchschnitt. Als das Blut hervorschoß, ließ ich ihn los und sprang beiseite. Er sackte schlaff in sich zusammen, wie eine Marionette, deren Fäden abgeschnitten worden waren. Auf dem Boden zuckte er noch einige Sekunden und griff sich mit beiden Händen an die klaffende Kehle. Er konnte keinen Laut hervorbringen, und es dauerte nicht einmal eine halbe Minute, bis auch die letzten Bewegungen aufhörten. Die roten Augen, die mich haßerfüllt fixiert hatten, erloschen.

Jetzt war er nur noch ein Mann mittleren Alters mit dichten Koteletten und einem Dickbauch.

Ich schob die Leiche unter den Lastwagen, um zu verhindern, daß einer der anderen Trolle darüber stolperte und so auf die drohende Gefahr aufmerksam werden konnte. Später würde ich zurückkommen, den Leichnam enthaupten und zwei weit voneinander entfernte Gräber schaufeln müssen. Doch im Moment hatte ich andere Sorgen.

Meine Chancen standen jetzt etwas besser. Fünf zu eins statt sechs zu eins. Aber ermutigend war auch das nicht gerade.

Ich versuchte mir einzureden, daß nicht alle sechs Trolle, die ich gesehen hatte, zurückgeblieben waren, aber es half nichts. Ich *wußte*, daß sie alle in der Nähe waren.

Ich hatte rasendes Herzklopfen, aber mir war weder schwindelig, noch war ich benommen. Im Gegenteil, ich registrierte die feinsten Nuancen der Nacht; so ähnlich muß sich ein Fuchs fühlen, wenn er eine Beute jagt und gleichzeitig auf der Hut vor seinen Feinden ist.

Ich schlich mich von einer Deckung zur nächsten, lauschte, spähte nach allen Seiten.

Ich rannte geduckt.

Ich kroch.

Die dünnen Beine eines Moskitos kitzelten mich am Hals, und ich war schon drauf und dran, nach ihm zu schlagen, als mir in letzter Sekunde einfiel, daß das klatschende Geräusch mich verraten könnte. Als er mich stach, zerquetschte ich ihn lautlos.

Ich glaubte, am Lachkabinett etwas gehört zu haben, aber wahrscheinlich war es mein sechster Sinn, der mich dorthin führte. Das riesige Clownsgesicht schien mir im Halbdunkel zuzuzwinkern, aber keineswegs vergnügt, sondern so, wie der Tod einem vielleicht zublinzelt, während er seine Sense schwingt.

Ein Troll stieg gerade aus dem großen offenen Mund des Clowns hervor, um zu seinem Rendezvous mit den fünf anderen zu eilen. Dieser hier war als junger Mann Mitte Zwanzig getarnt, der in Haarschnitt und Kleidung Elvis imitierte. Ich beobachtete ihn im Schutz der Kartenbude – und als er daran vorbeiging, stach ich zu.

Diesmal war ich jedoch nicht so schnell und geschickt wie zuvor, und es gelang dem Unhold, einen Arm hochzureißen und schützend vor seine Kehle zu halten. Der rasiermesserscharfe Stahl riß ihm den Unterarm und den Handrücken auf, und die Spitze blieb zwischen zwei Fingerknöcheln stekken. Der Dämon stieß einen dünnen, leisen Schrei aus, unterdrückte ihn aber sofort wieder, weil er begriff, daß er nicht nur die anderen Trolle alarmieren würde, sondern möglicherweise auch Schausteller.

Er riß sich von mir los und holte taumelnd zum Schlag gegen mich aus. Die roten Augen funkelten in mörderischem Haß.

Bevor er das Gleichgewicht zurückerlangte, trat ich ihn in den Unterleib. In seiner menschlichen Tarnung hatte er auch die Schwachpunkte der menschlichen Physiologie und krümmte sich deshalb vor Schmerz. Ich kickte noch einmal und zielte jetzt etwas höher. In dieser Sekunde senkte er den Kopf, ganz so, als wollte er mir einen Gefallen erweisen, und mein Fuß traf ihn unter dem Kinn. Er fiel rückwärts auf den mit Sägemehl bestreuten Weg, und ich stürzte mich auf ihn und rammte ihm die Klinge tief in den Hals. Einige Faust-hiebe trafen mich an Kopf und Schultern, als er versuchte, mich abzuwehren, doch es gelang mir, das Leben aus ihm herauszulassen wie Luft aus einem durchstochenen Ballon.

Ich richtete mich auf – und erhielt von hinten einen Schlag über den Hinterkopf und Nacken. Der rasende Schmerz raubte mir den Atem, und ich war nahe daran, das Bewußtsein zu verlieren. Ich stürzte zu Boden, rollte zur Seite und sah einen mit einem Knüppel bewaffneten Troll auf mich zustürzen.

Der Schlag hatte mich so betäubt, daß ich mein Messer fallen gelassen hatte. Ich sah es etwa drei Meter entfernt im Mondlicht schimmern, konnte es aber nicht rechtzeitig erreichen.

Mit bedrohlich gebleckten Zähnen schwang mein dritter Gegner den Knüppel wie eine Axt. Ich hielt die Arme vor meinen Kopf, damit er mir nicht den Schädel einschlagen konnte, und das schwere Holzscheit traf meine Arme dreimal hintereinander. Dann änderte der Troll seine Taktik und schlug nach meinen ungeschützten Rippen. Ich zog die Knie an, machte einen Ball aus mir und versuchte wegzurollen, in der Hoffnung, irgendeinen Gegenstand zwischen uns bringen zu können. Doch der Unhold folgte mir und ließ Hiebe auf meine Beine und Arme, auf mein Gesäß und meinen Rükken herabprasseln. Keiner traf mich hart genug, um Knochen zu brechen, weil ich ständig in Bewegung blieb, aber ich wußte, daß ich das nicht viel länger durchhalten würde, und hielt mich fast schon für einen toten Mann. Verzweifelt versuchte ich, den Knüppel zu erwischen, aber der Troll entriß ihn mühelos meinen Händen, und mir blieben nur einige Splitter in den Fingern. Er schwang die Waffe hoch über seinem Kopf wie ein Samurai im Kampfrausch oder wie ein Berserker. Der Knüppel sauste auf mich zu und kam mir so groß wie ein umstürzender Baum vor. Ich wußte, daß dieser Schlag mir bestenfalls nur das Bewußtsein und schlimmstenfalls gleich das Leben rauben würde – doch statt dessen entglitt die Waffe plötzlich den Händen des Trolls, schlug rechts von mir auf dem Boden auf und schlitterte über das Sägemehl. Mit einem leisen Grunzen fiel mein Angreifer in sich zusammen, wie durch Zauberei gefällt. Um ein Haar hätte er mich unter sich begraben, und während ich in letzter Sekunde wegrollte, sah ich, was mich gerettet hatte. Joel Tuck stand über dem Troll, den Vorschlaghammer in der Hand, mit dem er am Mittwochmorgen Zeltpflöcke in den Boden gerammt hatte. Er schlug noch einmal zu und zertrümmerte den Schädel des Trolls.

Der ganze Kampf war unglaublich leise vonstatten gegangen. Das lauteste Geräusch – die Schläge mit dem Holzscheit auf meine diversen Körperteile – konnte höchstens 30 Meter weit zu hören gewesen sein.

Der Schmerz beeinträchtigte noch immer mein Denk- und Reaktionsvermögen, und ich beobachtete halb betäubt, wie Joel Tuck den Hammer hinlegte, den toten Troll bei den Füßen packte und in die Nische zwischen Plattform und Kartenbude des Lachkabinetts schleppte. Während er sich der zweiten Leiche – der des Elvis-Imitats – annahm, schaffte ich es, auf die Knie zu kommen, und rieb meine schmerzenden Glieder.

Joel legte den zweiten Leichnam auf den ersten, und ein fantastisches Bild tauchte plötzlich vor meinem geistigen Auge auf: Joel in einem bequemen Schaukelstuhl neben einem riesigen Steinkamin, in ein gutes Buch vertieft und an Brandy nippend – und zwischendurch stand er auf, nahm eine Leiche von dem großen Stapel und warf sie ins Feuer, zu den anderen Männern und Frauen, die von den Flammen schon halb verzehrt waren. Abgesehen von der Tatsache, daß Leichen anstelle von Holzscheiten verwendet wurden, war es eine anheimelnde Szene, und Joel pfiff sogar glücklich vor sich hin, während er mit dem Feuerhaken in dem brennenden Fleisch herumstocherte. Ich konnte nur mit größter

Mühe ein wildes Lachen unterdrücken, und die Erkenntnis, daß ich einem hysterischen Anfall nahe war, erschreckte mich zutiefst. Ich schüttelte heftig den Kopf und verbannte dieses makabre Bild aus meinem Hirn.

Als ich mich soweit erholt hatte, daß ich aufzustehen versuchte, war Joel mir dabei behilflich. Im gespenstischen Mondlicht sah sein Gesicht nicht etwa, wie man hätte glauben können, noch alptraumhafter aus, sondern weicher, weniger erschreckend, wie eine unbeholfene Kinderzeichnung. Ich lehnte mich einen Augenblick lang an ihn, und dabei kam mir wieder zu Bewußtsein, wie riesig er war. »Ich bin okay«, flüsterte ich schließlich.

Wir kamen weder auf sein plötzliches Auftauchen noch auf seine Bereitschaft zu sprechen, einen Mord zu begehen, obwohl er ja angeblich nie im Leben einen Troll gesehen hatte. Darüber konnten wir uns später unterhalten. Falls wir überlebten.

Ich hinkte zu meinem Messer. Als ich mich danach bückte, wurde mir schwarz vor Augen, aber ich überwand dieses Schwächegefühl und kehrte in der unnatürlich steifen Haltung eines Betrunkenen, der einen Alkoholtest zu bestehen hofft, zu Joel zurück.

Er ließ sich durch mein Manöver jedoch nicht täuschen, nahm mich beim Arm und stützte mich auf dem Weg zu einer dunklen Stelle etwas abseits von der Straße.

»Gebrochene Knochen?« erkundigte er sich.

»Ich glaube nicht.«

»Schlimme Wunden?«

»Nein«, sagte ich, während ich die größten Holzsplitter aus meinen Händen herauszog. Schwere Verletzungen hatte ich zum Glück nicht erlitten, aber mir würden morgen sämtliche Knochen weh tun. Falls ich den nächsten Morgen erlebte...

»Hier treiben sich noch mehr Trolle herum«, berichtete ich.

Er schwieg.

Wir lauschten.

Irgendwo in der Ferne pfiff ein Zug. Ganz in der Nähe verursachten Motten mit ihren Flügeln kaum hörbare Geräusche.

Atemzüge. Unsere eigenen.

Schließlich flüsterte er: »Was glaubst du, wie viele es sind?«

»Sechs.«

»Zwei habe ich umgebracht.«

»Einschließlich des Kerls, der mir den Garaus machen wollte?«

»Nein. Also insgesamt drei.«

Wie ich, so hatte auch er gewußt, daß die Trolle in dieser Nacht das Riesenrad für einen ›Unfall‹ präparieren wollten. Wie ich, so hatte auch er sie daran hindern wollen. Ich hätte ihn am liebsten umarmt.

»Ich habe zwei erledigt«, flüsterte ich.

»Dann ist also noch einer übrig?«

»Wahrscheinlich.«

»Sollen wir ihn zur Strecke bringen?«

»Nein.«

»Oh?«

»Wir *müssen* ihn zur Strecke bringen.«

»Richtig.«

»Das Riesenrad«, zischte ich.

Wir schlichen uns in die Nähe der gewaltigen Konstruktion. Trotz seiner mächtigen Statur bewegte sich Joel mit athletischer Anmut und völlig lautlos. Ich spähte vorsichtig hinter einem Generator hervor und sah den sechsten Troll neben dem Eingang zum Riesenrad stehen.

Er war als großer, muskulöser Mann Mitte Dreißig mit blondem Lockenkopf getarnt. Doch da er im bleichen Mondlicht stand, das ihn mit Talkumpuder zu bestäuben schien, konnte ich den Troll in ihm sogar aus einer Entfernung von etwa zehn Metern deutlich erkennen.

»Er ist nervös«, flüsterte Joel.

»Fragt sich bestimmt, wo die anderen bleiben. Wir müssen ihn bald erledigen – bevor er es mit der Angst zu tun bekommt und verduftet.«

Wir schlichen uns anderthalb Meter näher an den Dämon heran und verharrten an der einzigen Stelle, die noch etwas Deckung bot. Um den Troll zu erreichen, mußten wir etwa dreieinhalb Meter freie helle Fläche hinter uns bringen, über den niedrigen Zaun springen und weitere vier bis fünf Meter zurücklegen, behindert durch die Kabel, die dort überall herumlagen.

Natürlich würde unser Feind uns sehen und um sein Leben rennen, und wenn wir ihn nicht einholten, würde er nach Yontsdown zurückrasen, um die anderen zu warnen: *Auf dem Rummelplatz gibt es Leute, die offenbar unsere Tarnung durchschauen können!* Dann würde Polizeichef Kelsko unter irgendeinem Vorwand eine Razzia durchführen. Er würde Durchsuchungsbefehle und Schießwaffen bei sich haben, und er würde seine Nase nicht nur in Schaubuden, Zelte und Fahrgeschäfte stecken, sondern auch in unsere Wohnwagen, und er würde nicht ruhen, bis er die Troll-Mörder unter den Schaustellern ausfindig machen und auf irgendeine Weise liquidieren konnte.

Wenn es uns hingegen gelang, auch den sechsten Troll umzubringen und mit seinen Gefährten zu begraben, würde Kelsko zwar vielleicht vermuten, daß ein Schausteller für ihr Verschwinden verantwortlich war, aber er hätte keinerlei Beweise und käme wahrscheinlich nicht auf die Idee, daß die Saboteure als Trolle entlarvt worden waren. Wenn dieser sechste Unhold also daran gehindert werden konnte, Alarm zu schlagen und eine genaue Beschreibung von Joel und mir zu geben, bestand zumindest eine Hoffnung, daß uns nichts geschehen würde.

Meine rechte Hand war schweißnaß. Ich wischte sie an meinen Jeans ab und packte mein Wurfmesser an der Klinge. Meine Arme schmerzten von den Prügeln, die ich bezogen hatte, aber ich glaubte, trotzdem einigermaßen genau zielen zu können. Ich informierte Joel flüsternd über meine Absicht, und als der Troll in einer anderen Richtung nach seinen dämonischen Gefährten Ausschau hielt, lief ich einige Schritte vor, blieb stehen, als er den Kopf wieder in meine Richtung wandte, und schleuderte das Messer mit aller Kraft und Konzentration, die ich aufbringen konnte.

Ich hatte es eine Sekunde zu früh geworfen und etwas zu tief gezielt. Die Klinge bohrte sich nicht, wie beabsichtigt, in seine Kehle, sondern nur in seine Schulter. Der Unhold taumelte rückwärts und prallte gegen die Kartenverkaufsbude. Ich rannte auf ihn zu, stolperte über die Kabel und fiel zu Boden.

Bis Joel den Troll erreichte, hatte dieser das Messer aus seiner Schulter herausgezogen, konnte sich aber nur mit Mühe auf den Beinen halten. Mit einem Knurren und schlangenartigen Zischen, die nichts Menschliches an sich hatten, wollte er Joel erstechen, aber der Riese wich geschickt aus, schlug der Kreatur das Messer aus der Hand, stieß sie zu Boden, warf sich auf sie und erwürgte sie.

Ich nahm mein Messer an mich, wischte die Klinge an einem Hosenbein ab und steckte es in die Scheide in meinem Stiefel.

Sogar wenn es mir gelungen wäre, alle sechs Trolle ohne Joels Hilfe zu töten, hätte mir die Kraft gefehlt, sie allein zu beerdigen. Joel war bärenstark und konnte zwei Leichen auf einmal ziehen, während ich nur eine schaffte. Ich hätte den Weg zum Wald hinter dem Jahrmarktsgelände sechsmal gehen müssen, aber zu zweit brauchten wir die Strecke nur zweimal zurückzulegen.

Außerdem brauchten wir dank Joel keine Gräber zu schaufeln. Wir schleppten die Leichen nur wenige Meter durch den Wald, zu einer kleinen Lichtung, wo ein Kalksteinschacht sich hervorragend als Ruhestätte eignete.

Während ich neben dem Loch niederkniete und mit Joels Taschenlampe in die scheinbar unendliche Tiefe leuchtete, fragte ich: »Woher wußtest du, daß es hier so was gibt?«

»Ich erkunde die Gegend überall, wo wir hinkommen. Es ist beruhigend zu wissen, daß man im Bedarfsfall einen Friedhof zur Verfügung hat.«

»Auch du führst Krieg gegen die Trolle«, stellte ich fest.

»Nein. Jedenfalls nicht so wie du. Ich bringe sie nur um, wenn ich keine andere Wahl habe, wenn sie die Absicht haben, Schausteller zu ermorden oder aber Besucher auf dem Rummelplatz bei inszenierten Überfällen zu verletzen oder zu töten und die Schuld daran uns in die Schuhe zu schieben.

Gegen das Unheil, das diese Kreaturen draußen in der Welt anrichten, bin ich machtlos. Es ist nicht so, daß mir das Schicksal aller Menschen außer den Schaustellern gleichgültig wäre. Aber ich bin nun einmal nur ein einzelner Mann und kann bestenfalls meine eigene kleine Welt beschützen.«

Die Bäume, die wie schwarzgekleidete heidnische Priester die Lichtung umgaben, raschelten mit ihren Blattgewändern.

Aus dem Schacht stank es nach Tod und Verwesung.

»Hast du hier schon früher Trolle hineingeworfen?«

»Nur zwei. In Yontsdown lassen sie uns meistens in Ruhe, weil sie vollauf damit beschäftigt sind, Schulen in Brand zu stecken, Leute bei Kirchenpicknicks zu vergiften und dergleichen mehr.«

»Du weißt also, was für ein Schlangennest diese Stadt ist!«

»Ja.«

»Wann hast du die beiden anderen hier begraben?« fragte ich, während ich wieder in die Tiefe spähte.

»Vor zwei Jahren. Sie wollten in der vorletzten Nacht des Jahrmarkts auf dem Rummelplatz Feuer legen. Zu ihrer großen Überraschung habe ich sie daran gehindert.«

Er zog die erste Leiche an den Rand der Grube.

»Halt«, fiel ich ihm in den Arm. »Wir müssen ihnen vorher die Köpfe abschneiden. Die Körper können wir in den Schacht werfen, aber die Köpfe müssen getrennt begraben werden... für alle Fälle.«

»Häh? Was soll das heißen?«

Ich berichtete ihm von meinen Erlebnissen mit dem Troll, den er unter dem Boden von Shockville beerdigt hatte.

»Ich habe sie bisher nie enthauptet«, murmelte er.

»Dann sind einige von ihnen vielleicht aus ihren Gräbern zurückgekehrt.«

Er ließ die Leiche los und dachte schweigend über diese bestürzende Möglichkeit nach. In Anbetracht seiner Statur und seiner furchterregenden Gesichtszüge hätte man glauben können, daß er zwar anderen Angst einflößte, selbst aber vor nichts Angst hatte. Doch dem war nicht so. Trotz des schwachen Lichts sah ich die Furcht in seinem Gesicht und in seinen beiden normalen Augen, und als er wieder sprach, war sie auch seiner Stimme anzuhören. »Du meinst – irgendwo könnten ein paar von ihnen herumlaufen, die wissen, daß ich sie durchschaue... die vielleicht nach mir suchen... vielleicht seit langer Zeit nach mir suchen und mir dicht auf der Spur sind?«

»Möglich wäre es«, sagte ich. »Ich nehme an, daß die meisten tot bleiben, sobald wir sie umgebracht haben. Wahrscheinlich ist der verbliebene Lebensfunke nur bei wenigen so stark, daß sie sich heilen und schließlich auferstehen können.«

»Sogar wenige sind zuviel«, murmelte er unbehaglich und starrte auf die gähnende Schachtöffnung hinab, als rechnete er damit, daß Trollhände sich aus der Dunkelheit emporrekken würden, als glaubte er, daß seine Opfer schon vor langer Zeit zu neuem Leben erwacht, aber dort unten geblieben waren, nur um auf seine Rückkehr zu warten.

»Ich glaube nicht, daß die beiden, die ich hier reingeworfen habe, auferstehen konnten«, meinte er schließlich. »Ich habe sie zwar nicht enthauptet, aber ansonsten verdammt gründliche Arbeit geleistet; und selbst wenn wider Erwarten doch noch ein Lebensfunke in ihnen geglommen haben sollte, als ich sie herbrachte, muß der Sturz in die Tiefe ihnen vollends den Garaus gemacht haben. Außerdem hätten sie, wenn sie zu neuem Leben erwacht wären, die anderen in Yontsdown gewarnt, und dann hätte die Gruppe, die heute den Sabotageakt am Riesenrad verüben wollte, bestimmt mehr Vorsicht walten lassen.«

Obwohl der Schacht sehr tief war und Joel höchstwahrscheinlich mit seiner Vermutung recht hatte, daß kein Troll aus diesem kalten bodenlosen Grab zurückkehren konnte, schnitten wir allen sechs Dämonen, die wir in dieser Nacht liquidiert hatten, die Köpfe ab. Ihre Körper warfen wir in den Schacht, aber die Köpfe begruben wir viel tiefer im Wald.

Auf dem Rückweg nach Gibtown-auf-Rädern war ich so müde, daß ich glaubte, meine Knochen würden jeden Moment aus den Scharnieren fallen. Auch Joel Tuck schien erschöpft zu sein, und wir brachten nicht die Energie auf, einander all jene Fragen zu stellen, auf die wir Antworten wünschten. *Eine* Frage brannte mir allerdings so auf der Seele, daß ich nicht bis zum nächsten Tag warten konnte: Ich wollte wissen, warum er sich am Mittwochmorgen dumm gestellt hatte.

»Nun, Carl Slim, damals war ich mir noch nicht sicher, ob ich das Darunter unter deinem Darunter gesehen hatte«, paraphrasierte er jene Frage, die er mir einmal in bezug auf Rya gestellt hatte, zur Antwort um. »Ich wußte, daß ein Troll-Killer in dir steckte, aber ich wußte nicht, ob das dein tiefstes Geheimnis war. Du schienst ein Freund zu sein. Ein Troll-Killer muß das Herz auf dem rechten Fleck haben, sagte ich mir. Aber ich bin nun einmal sehr vorsichtig. Weißt du, als Kind war ich nicht so mißtrauisch, aber ich habe aus Erfahrungen gelernt. O ja! Als kleiner Junge war ich verzweifelt über mein abstoßendes Gesicht, und ich wünschte mir sehnlichst, trotzdem akzeptiert und geliebt zu werden. Ich war so liebesbedürftig, daß ich jedem, der ein freundliches Wort für mich hatte, vertraute. Aber einer nach dem anderen enttäuschte mich. Manche lachten hinter meinem Rücken über mich, und bei anderen spürte ich irgendwann ein widerliches Mitleid. Einige Erwachsene, denen ich besonders vertraut hatte, versuchten mich in eine geschlossene Anstalt zu bringen, angeblich *zu meinem eigenen Besten!* Damals war ich elf Jahre alt, und ich begriff, daß Menschen genauso viele Schichten haben wie Zwiebeln, und daß man gut daran tut zu überprüfen, ob alle Schichten so unverdorben und gut sind wie die oberste, bevor man mit jemandem Freundschaft schließt. Verstehst du?«

»Ja. Aber welches Geheimnis hätte ich denn deiner Meinung nach *unter* dem Geheimnis, daß ich Trolle sah und umbrachte, verbergen können?«

»Ich wußte es nicht, aber ich hielt alles für möglich und behielt dich deshalb im Auge. Und vorhin, als es so aussah, als würde die Kreatur mit dem Knüppel dich erledigen, hatte ich mir noch immer keine endgültige Meinung über dich gebildet.«

»Allmächtiger Himmel!«

»Aber mir war klar, daß ich schnell handeln mußte, wenn ich einen potentiellen Verbündeten und Freund nicht verlieren wollte. Und Freunde und Verbündete deiner Kategorie sind auf dieser Welt nicht leicht zu finden.«

Als wir uns der Rückseite des großen Zeltes näherten, das ›Sabrinas Geheimnisse des Nils‹ beherbergte, eine ägyptisch angehauchte Tanzshow, blieb Joel stehen und legte mir eine große Hand auf die Schulter. »Es könnte heute nacht noch Ärger geben, falls die sechs zu einer bestimmten Zeit in Yontsdown zurückerwartet wurden. Vielleicht solltest du lieber in meinem Wohnwagen schlafen. Meine Frau hätte bestimmt nichts dagegen. Wir haben nämlich so eine Art Gästezimmer.«

Ich hatte bisher nicht gewußt, daß er verheiratet war, und mußte beschämt feststellen, daß es mit meiner vorurteilsfreien Einstellung gegenüber Menschen mit irgendwelchen Abnormitäten doch noch nicht allzuweit her war, denn diese Neuigkeit bestürzte mich unwillkürlich.

»Was hältst du davon?« fragte er.

»Ich glaube nicht, daß heute nacht noch irgendwas passiert. Aber falls es doch der Fall sein sollte, muß ich Rya beistehen.«

Nach kurzem Schweigen fragte er: »Ich hatte recht, nicht wahr?«

»In welcher Hinsicht?«

»Daß du in sie verliebt bist.«

»Es ist mehr als bloße Verliebtheit.«

»Du ... liebst sie?«

»Ja.«

»Bist du sicher?«

»Ja.«

»Und bist du auch sicher, daß du den Unterschied zwischen Liebe und Verliebtheit kennst?«

»Verdammt, was soll diese Frage?« erwiderte ich, nicht direkt verärgert, aber doch etwas frustriert.

»Entschuldigung«, lenkte er ein. »Du bist kein normaler Siebzehnjähriger. Du bist kein Junge mehr. Mit solchen Erfahrungen, wie du sie schon gemacht hast, ist man kein

Junge mehr. Das darf ich nicht vergessen. Ich nehme an, du weißt, was Liebe ist. Du bist ein Mann.«

»Ich bin ein Greis«, murmelte ich müde.

»Liebt sie dich?«

»Ja.«

Er schwieg längere Zeit, ließ seine Hand aber auf meiner Schulter liegen, so als wollte er mich zurückhalten, bis er die richtigen Worte für eine wichtige Mitteilung finden würde.

»Was ist los?« erkundigte ich mich. »Was macht dir Sorgen?«

»Wenn du sagst, daß sie dich liebt... ich nehme an, daß du nicht einfach ihren Worten glaubst, sondern es mit deinem sechsten Sinn – oder wie man deine Gaben auch immer nennen soll – spüren kannst?«

»Ganz recht«, antwortete ich, ohne mir erklären zu können, warum meine Beziehung zu Rya ihn so interessierte. Irgendwie spürte ich, daß mehr dahintersteckte als Neugier und Indiskretion. Außerdem hatte er mir schließlich das Leben gerettet. Deshalb bemühte ich mich, eine leichte Gereiztheit sofort im Keime zu ersticken. »Mein sechster Sinn sagt mir tatsächlich, daß sie mich liebt. Zufrieden? Aber ich wäre mir ihrer Gefühle auch ohne diesen sechsten Sinn sicher.«

»Wenn du sicher bist...«

»Das sagte ich doch soeben.«

Er seufzte. »Ich entschuldige mich noch einmal. Es ist nur... Mir ist an Rya Raines immer eine... wie soll ich sagen... eine Andersartigkeit aufgefallen. Ich habe das Gefühl, als wäre das Darunter ihres Darunters nicht... nicht *gut*.«

»Sie verbirgt ein düsteres Geheimnis«, sagte ich. »Aber nicht sie hat etwas getan, sondern ihr *wurde* etwas Schlimmes angetan.«

»Hat sie dir alles erzählt?«

»Ja.«

Er nickte nachdenklich und mahlte mit seinem greiferartigen Kiefer. »Gut. Freut mich, das zu hören. Den guten, wertvollen Teil von Rya habe ich immer gespürt, aber da war immer auch dieses andere Gefühl, daß sie etwas verheimlichte, und das machte mich mißtrauisch.«

»Wie gesagt, sie war das Opfer und nicht die Täterin.«

Er klopfte mir auf die Schulter, und wir setzten unseren Weg fort. Ich beschleunigte meine Schritte, als wir uns Gibtown-auf-Rädern näherten. Das Gespräch über Rya hatte mich daran erinnert, daß sie in Gefahr schwebte. Obwohl ich sie gebeten hatte, vorsichtig zu sein, und obwohl sie wahrscheinlich ganz gut allein auf sich aufpassen konnte, speziell nachdem sie jetzt vorgewarnt war, und obwohl mein sechster Sinn mich nicht alarmierte, daß ihr im Augenblick Unheil drohte, quälte mich Unruhe, und ich wollte mit eigenen Augen sehen, daß sie wohlauf war.

Joel und ich trennten uns mit dem Versprechen, am nächsten Tag unsere Neugier über die übersinnlichen Fähigkeiten des jeweils anderen zu befriedigen und unser Wissen über die Trolle auszutauschen.

Dann eilte ich auf Ryas Airstream zu. Ich legte mir eine Geschichte zurecht, die das Blut auf meinen Kleidern erklären würde, falls Rya noch wach sein sollte. Mit etwas Glück würde sie aber schon schlafen, und ich würde in Ruhe duschen und meine Sachen auswaschen können, bevor sie sie zu sehen bekam.

Ich fühlte mich fast wie der Grimme Schnitter höchstpersönlich, der müde von der Arbeit heimkommt.

Ich wußte nicht, daß dieser Schnitter noch vor Morgengrauen gezwungen sein würde, seine Sense wiederum zu schwingen.

# 16

# Eine totale Herzfinsternis

Rya saß im Wohnzimmer in einem Lehnstuhl. Sie trug noch immer die braune Hose und die smaragdgrüne Bluse, die sie auf dem Rummelplatz angehabt hatte. Sie hielt ein Glas Scotch in der Hand, und als ich ihr Gesicht sah, blieb mir die Geschichte, die ich zur Erklärung der Blutflecken erfunden hatte, nach den ersten Worten im Hals stecken. Etwas war passiert, das las ich in ihren Augen, und ich sah es an ihren zitternden Lippen, an den dunklen Augenringen und an ihrer Blässe, die sie älter erschienen ließen.

»Was ist los?« fragte ich.

Sie deutete stumm auf den Stuhl ihr gegenüber, und als ich meine schmutzige Jeans erwähnte – die Flecken sahen im Licht allerdings nicht so schlimm aus, wie ich befürchtet hatte –, murmelte sie, das spiele keine Rolle, und forderte mich wieder auf, Platz zu nehmen, diesmal schon leicht ungeduldig. Ich setzte mich und bemerkte erst jetzt die Erde und das Blut an meinen Händen. Wahrscheinlich war auch mein Gesicht mit Blut beschmiert. Mein Aussehen schien sie jedoch weder zu schockieren noch neugierig zu machen, und sie fragte mich auch nicht, wo ich in den vergangenen drei Stunden gewesen war. Was sie mir zu sagen hatte, mußte demnach sehr ernster Natur sein.

Während ich mich auf die Stuhlkante setzte, trank sie einen großen Schluck Scotch, wobei das Glas klirrend gegen ihre Zähne schlug.

Erschaudernd sagte sie: »Als ich elf Jahre alt war, brachte ich Abner Kady um und wurde meiner Mutter weggenommen. Das habe ich dir ja schon erzählt. Man brachte mich in einem staatlichen Waisenhaus unter. Auch das habe ich dir schon erzählt. Was du aber noch nicht weißt, ist... dort im Waisenhaus... habe ich sie zum erstenmal gesehen.«

Ich starrte sie völlig verständnislos an.

»*Sie*«, wiederholte Rya. »Sie hatten die Leitung des Waisenhauses. Der Direktor, der stellvertretende Direktor, die Oberschwester, der Arzt – der zwar nicht im Haus wohnte, aber rund um die Uhr zu erreichen war –, der Anwalt, die meisten Lehrer – fast alle Erwachsenen gehörten *ihrer* Rasse an, und ich war das einzige Kind, das sie sehen konnte.«

Ich war völlig perplex, wollte aufspringen.

Sie bedeutete mir mit einer Geste, ich solle bleiben, wo ich war. »Laß mich weitererzählen.«

»Du siehst sie *ebenfalls!* Aber das ist ja kaum zu glauben!«

»So unglaublich ist es gar nicht«, entgegnete sie. »Für gesellschaftliche Außenseiter gibt es auf der Welt nun einmal keine bessere Heimat als den Rummelplatz, und wer könnte ein größerer Außenseiter sein als wir, die wir *sie* sehen ... die *anderen?*«

»Trolle«, sagte ich. »Ich nenne sie Trolle.«

»Ich weiß. Aber ist es nicht logisch, daß unsereiner beim fahrenden Volk landet ... oder in Irrenanstalten ... häufiger als sonstwo?«

»Joel Tuck«, murmelte ich.

Sie zwinkerte überrascht. »*Er* sieht sie auch?«

»Ja. Und ich glaube, er weiß, daß du die Trolle siehst.«

»Aber er hat mir nie etwas davon erzählt.«

»Weil er – wie er sagt – etwas Dunkles in dir spürt und ein äußerst vorsichtiger Mann ist.«

Sie trank ihren Scotch aus und starrte mit völlig ausdrucksloser Miene die Eiswürfel in ihrem Glas an. Als ich erneut aufstehen wollte, sagte sie: »Nein, bleib sitzen. Komm nicht zu mir, Slim. Ich will nicht, daß du mich zu trösten versuchst. Ich will nicht, daß du mich in die Arme nimmst. Nicht jetzt. Ich muß das alles erst hinter mich bringen.«

»Okay. Erzähl weiter.«

»In Virginia hatte ich diese *anderen,* diese ... Trolle nie gesehen. Wir wohnten ja in einer abgelegenen Gegend, kamen kaum herum und sahen keine Fremden. Es ist deshalb nicht verwunderlich, daß ich ihnen nicht begegnete. Als ich sie dann im Waisenhaus zum erstenmal sah, bin ich zu Tode erschrocken, aber ich spürte, daß sie mich ... eliminieren würden, wenn ich mir anmerken ließ, daß ich ihre Tarnung durchschauen konnte. Durch vorsichtige Andeutungen und Fragen bekam ich bald heraus, daß keines der anderen Kinder die Monster in unseren Erziehern sehen konnte.« Sie hob ihr Glas, erinnerte sich daran, daß es leer war, ließ es sinken und hielt es auf ihrem Schoß mit beiden Händen fest, damit sie nicht zitterten. »Kannst du dir vorstellen, was es bedeutete, als hilfloses Kind diesen Kreaturen auf Gedeih und Verderb ausgeliefert zu sein? Oh, sie fügten uns keinen allzu großen physischen Schaden zu, denn viele tote oder schlimm mißhandelte Kinder hätten Ermittlungen zur Folge gehabt. Aber die strenge Hausordnung ließ genügend Spielraum für strenge körperliche Züchtigungen und alle möglichen anderen Strafen. Sie waren auch Meister in *psychischer* Folter, und sie hielten uns in einem konstanten Zustand der Angst und Verzweiflung. Sie schienen nach unserer Verstörung zu lechzen.«

Ich hatte das Gefühl, als wäre mein Blut in den Adern gefroren.

Ich wollte sie in den Arm nehmen, ihr übers Haar streichen und versichern, daß die Trolle ihre schmutzigen Hände nie wieder an sie legen würden, aber ich spürte, daß sie noch nicht fertig war und eine Unterbrechung nicht schätzen würde.

Ihre Stimme war jetzt kaum mehr als ein Flüstern. »Aber es gab ein viel schlimmeres Schicksal als das Waisenhaus – eine Adoption. Weißt du, ich merkte bald, daß es sich bei den Ehepaaren, die herkamen, weil sie ein Kind adoptieren wollten, manchmal um *zwei* Trolle handelte, und keine Familie bekam je ein Kind, wenn nicht wenigstens *ein* Elternteil ... ihresgleichen war. Verstehst du, worauf ich hinauswill? Kannst du dir vorstellen, was mit jenen Kindern geschah? Im Waisenhaus mußten die Trolle wegen möglicher staatlicher Kontrollen noch eine gewisse Vorsicht walten lassen, doch in einer Familie bleiben schlimme Geheimnisse meistens unentdeckt, weil die Privatsphäre ja nicht verletzt werden darf. In ihren neuen Familien konnten die Kinder deshalb nach Belieben gefoltert werden. Sie dienten den Trollen, denen sie völlig ausgeliefert waren, als *Spielzeuge*. Deshalb mochte das Waisenhaus zwar die Hölle sein, aber ein Troll-Elternpaar zu bekommen, war noch weitaus schlimmer.«

Das Eis dehnte sich von meinem Blut auf die Knochen aus, wo das Mark zu gefrieren schien.

»Ich vermied es, adoptiert zu werden, indem ich mich dumm stellte, indem ich so tat, als hätte ich einen derart niedrigen IQ, daß es keinen Spaß machen würde, mich zu quälen. Weißt du, sie wollen *Reaktionen* sehen. Das ist es, was sie am meisten befriedigt. Und ich meine nicht einmal die physischen Reaktionen auf den Schmerz, den sie uns zufügen. Die sind zweitrangig. Was sie wollen, ist unsere Angst, unsere Pein, und bei einem geistig beschränkten, fantasielosen Menschen kann man genauso wenig wie bei einem Tier einen wirklich befriedigenden, aus vielen Schichten und Elementen zusammengesetzten Schrecken erzeugen. Auf diese Weise entging ich also einer Adoption, und als ich alt und zäh genug war, um auf eigenen Füßen stehen zu können, lief ich weg und schloß mich dem *Sombra Brothers Carnival* an.«

»Mit vierzehn Jahren?«

»Ja.«

»Alt und zäh genug«, murmelte ich mit bitterer Ironie.

»Nach elf Jahren mit Abner Kady und nach drei Jahren unter der Fuchtel von Trollen war ich so zäh, wie man überhaupt nur werden kann.«

Hatten ihre Tapferkeit, Leidensfähigkeit, Beharrlichkeit und Stärke mir schon nach den Enthüllungen über ihre schrecklichen Kindheitserlebnisse mächtig imponiert, so war ich jetzt völlig überwältigt von Staunen über ihr geradezu übermenschliches Durchhaltevermögen. Ich hatte wirklich eine außergewöhnliche Frau gefunden, eine Frau, deren Überlebenswillen einem Wunder gleichkam.

Ihr Bericht hatte mich so erschüttert, daß ich mich kraftlos zurücklehnte, einen bitteren Geschmack im trockenen Mund hatte und eine große Leere in mir spürte.

»Verdammt, was *sind* sie?« rief ich. »Woher *kommen* sie? Und warum verfolgen sie das Menschengeschlecht?«

»Ich weiß es«, sagte sie.

Im ersten Moment ging mir die volle Bedeutung ihrer

Worte nicht auf, doch als ich dann begriff, daß sie gesagt hatte, sie wüßte die Antwort auf meine drei Fragen, war ich wie elektrisiert. Atemlos rutschte ich auf dem Stuhl nach vorne. »Woher weißt du es? Wie hast du es herausgefunden?«

Sie starrte schweigend auf ihre Hände hinab.

»Rya?«

»Sie sind unsere Schöpfung«, murmelte sie.

»Wie könnte das möglich sein?« fragte ich bestürzt.

»Nun ja, weißt du... es gibt schon viel länger Menschen auf dieser Welt, als die Wissenschaft annimmt. Tausende von Jahren vor unserer Zivilisation gab es bereits eine andere – vor der schriftlich bezeugten Geschichte –, und sie war sogar fortgeschrittener als unsere.«

»Du meinst... eine vergessene Zivilisation?«

Sie nickte. »Vergessen... zerstört. Krieg und Kriegsgefahr waren für die Menschen jener Zivilisation ein genauso großes Problem wie für uns. Jene Nationen entwickelten Atomwaffen und kamen schließlich zu einer Pattsituation, die unserer heutigen nicht unähnlich war. Aber jenes Kräftegleichgewicht führte nicht zu einem erzwungenen Waffenstillstand oder zum Frieden aus Notwendigkeit. Nein, in dieser Sackgasse wurde verzweifelt nach neuen Methoden der Kriegsführung gesucht.«

Ein Teil von mir fragte sich, woher sie diese Dinge wußte, aber ich zweifelte keinen Augenblick an der Wahrheit dessen, was sie sagte, denn mein sechster Sinn – und vielleicht auch irgendwelche tief im Unterbewußtsein vergrabenen Rassenerinnerungen – sagten mir, daß das, was andere Zuhörer möglicherweise als verrücktes Fantasiegespinst oder Märchen abgetan hätten, schreckliche Realität war. Ich brachte es nicht über mich, sie zu unterbrechen und noch einmal nach ihrer Informationsquelle zu fragen. Zum einen war sie offenbar noch nicht bereit, mir das zu verraten. Und zum anderen war ich fasziniert und konnte es kaum erwarten, diese erstaunliche Geschichte zu hören – und sie schien genauso begierig, sie zu erzählen. Kein Kind hat jemals einer Gutenachtgeschichte so aufmerksam gelauscht, kein Angeklagter hat den Urteilsspruch des Richters jemals mit so großer Spannung vernommen wie ich in jener Nacht die Worte von Rya Raines.

»Mit der Zeit gelang es ihnen, die genetische Struktur von Pflanzen und Tieren zu verändern. Sie konnten sogar Verbesserungen vornehmen, ein Gen mit dem anderen verbinden, nach Belieben irgendwelche Eigenschaften hinzufügen oder weglassen.«

»Das ist doch Science-fiction.«

»Für uns, ja. Für sie war es Realität. Dieser Durchbruch verbesserte die Lebensbedingungen der Menschen erheblich, denn es waren bessere Ernten gewährleistet... und die Lebensmittelvorräte waren von größerer Haltbarkeit... und es gab eine Menge neuer Arzneimittel. Aber dieser enorme Fortschritt barg auch große Gefahren in sich. Man konnte ihn nämlich zu bösen Manipulationen mißbrauchen.«

»Und das wurde bald gemacht«, stellte ich trocken fest, nicht aufgrund irgendwelcher hellseherischer Erkenntnisse, sondern aus der zynischen Überzeugung heraus, daß die menschliche Natur vor Zehntausenden von Jahren nicht anders – oder besser – gewesen war als in unserem Zeitalter.

»Der erste Troll wurde ausschließlich für militärische Zwecke gezüchtet, als unübertrefflicher Krieger in einer Sklavenarmee.«

»Aber welches Tier haben sie denn manipuliert, um dieses... dieses Ding zu züchten?«

»Das weiß ich nicht genau, aber ich glaube, es ist keine abgeänderte Version von etwas bereits Vorhandenem, sondern... eine völlig *neue* Spezies auf der Erde, eine von Menschen erschaffene Rasse mit einer uns ebenbürtigen Intelligenz. Wenn ich richtig verstanden habe, ist der Troll ein Wesen mit *zwei* genetischen Kodes für jedes Detail seiner körperlichen Erscheinung – einem menschlichen Kode und jenem anderen. Von entscheidender Bedeutung ist außerdem ein Verbindungsgen, das die Metamorphose ermöglicht, so daß diese Kreatur nach Belieben entscheiden kann, ob sie in ihrer menschlichen Identität in Erscheinung treten will oder aber als Troll – je nachdem, was günstiger ist.«

»Aber es ist kein wirkliches menschliches Wesen, auch wenn es uns äußerlich gleicht«, warf ich ein.

Dann fiel mir Abner Kady ein, und ich dachte insgeheim, daß auch wirkliche Menschen mitunter keine menschlichen Wesen sind.

»Stimmt«, bestätigte Rya meine Worte. »Obwohl dieses Geschöpf mühelos die genauesten medizinischen Gewebeuntersuchungen bestehen kann, ist es immer ein Troll. Das ist seine wahre Natur, egal welches äußere Erscheinungsbild es wählt. Seine Standpunkte, seine Denkweise, sein Urteilsvermögen – das alles ist so fremdartig, daß es unser Begriffsvermögen total übersteigt. Wie gesagt, die Trolle wurden als Kampfmaschinen konzipiert und gezüchtet. Sie sollten imstande sein, sich in einem fremden Land unter die Menschen zu mischen und selbst als Menschen angesehen zu werden, um sich dann plötzlich im geeigneten Moment in furchterregende Monster zu verwandeln. Man schleust beispielsweise fünftausend Trolle als geheimes Terrorkommando auf feindliches Territorium ein. Mit gezielten Einzelaktionen an verschiedenen Orten und in verschiedenen Bereichen bringen sie allmählich alles zum Erliegen, einfach indem sie eine Atmosphäre von Paranoia erzeugen...«

Ich konnte mir das Chaos lebhaft vorstellen. Ein Nachbar würde den anderen verdächtigen. Man würde keinem Menschen mehr vertrauen, außer den nächsten Familienangehörigen. In einer solchen Atmosphäre paranoiden Mißtrauens könnte eine Gesellschaft, wie wir sie kennen, nicht mehr fortbestehen. Die betroffene Nation würde bald unterworfen werden.

»Oder man könnte die fünftausend so programmieren, daß sie gleichzeitig losschlagen«, fuhr Rya fort, »in einem einzigen mörderischen Gewaltstreich, dem in einer Nacht zweihunderttausend Menschen zum Opfer fallen könnten.«

Diese Kreatur mit ihrem grauenvollen Äußeren, mit ihren Hauern und Krallen, war ersonnen worden, um als Kampfmaschine nicht nur zu morden, sondern gleichzeitig auch zu demoralisieren.

Die Effektivität einer solchen Armee von Trollen verschlug

mir völlig die Sprache. Meine Muskeln waren angespannt, meine Kehle war wie zugeschnürt, und meine Brust schmerzte. Während ich Rya zuhörte, bekam ich eine immer stärkere Gänsehaut.

Aber es war nicht nur die Geschichte der Trolle, die mir solche Angst einjagte. Da war noch etwas anderes.

Eine unbestimmte Vorahnung.

Etwas würde passieren... Etwas Schlimmes.

Ich hatte das Gefühl, als würde ich mich inmitten eines unvorstellbaren Horrors wiederfinden, sobald ich alle Einzelheiten über die Ursprünge der Trolle kannte.

Rya saß mit hängenden Schultern und gesenktem Kopf da und starrte auf den Boden. »Dieser Krieger... dieser Troll wurde eigens so konzipiert, daß er zu Mitleid, Schuld, Scham, Liebe, Erbarmen und zu den meisten anderen menschlichen Empfindungen nicht fähig war, obwohl er sie perfekt imitieren konnte, wenn er sich als Mann oder Frau ausgab. Man erschuf ihn so, daß er auch Akte äußerster Grausamkeit ohne Gewissensbisse verüben konnte. Wenn ich die Informationen, die ich über Jahre hinweg gesammelt habe, richtig verstanden habe... wenn ich alles, was ich gesehen habe, richtig interpretiere... ist es sogar so, daß er darauf programmiert wurde, beim Töten einen Genuß zu verspüren. Man stattete ihn mit nur drei Emotionen aus: Furcht in sehr begrenztem Umfang – von den Genetikern und Psychogenetikern als Überlebensmechanismus für unabdingbar erklärt –, Haß und Blutdurst. Verständlicherweise wollte das derart reduzierte Wesen jedes dieser drei Gefühle bis zur Neige auskosten.«

In all den Jahrtausenden verschollener oder aufgezeichneter Geschichte hatte es zweifellos kein menschlicher Massenmörder – weder in der damaligen Zivilisation noch in der unsrigen – jemals auch nur annähernd mit diesen im Labor gezüchteten Soldaten aufnehmen können, was den obsessiven psychopathischen Mordtrieb betraf. Kein religiöser Fanatiker, dem für seinen angeblich gottgefälligen Kampf ein Platz im Himmel garantiert wurde, hatte jemals mit solchem Eifer morden können.

Meine schmutzigen Hände hatten sich zu Fäusten geballt und dermaßen verkrampft, daß die Fingernägel sich schmerzhaft in die Haut gruben. Es kam mir fast so vor, als wäre ich ein eifriger Büßer, der durch Erleiden von Schmerz die Absolution zu erlangen hofft. Doch Absolution für wen? Für wessen Sünden glaubte ich büßen zu müssen?

»Aber, um Gottes willen«, rief ich, »die Züchtung dieses Kriegers... das war doch glatter Wahnsinn! So ein Wesen konnte doch niemals unter Kontrolle gehalten werden!«

»Sie glaubten offenbar, sie könnten es«, erwiderte Rya. »Wenn ich richtig verstanden habe, hatte man jedem Troll, der diese Laboratorien verließ, einen Kontrollmechanismus ins Gehirn eingepflanzt, der hin und wieder lähmende Stromstöße aussenden und auf diese Weise die Furcht der Kreatur wachhalten sollte. Mit Hilfe dieser Vorrichtung konnte ein ungehorsamer Krieger in jedem Winkel der Welt, wo auch immer er sich verstecken mochte, empfindlich bestraft werden.«

»Aber irgend etwas ging schief«, sagte ich.

»Irgend etwas geht immer schief«, meinte sie.

»Woher weißt du das alles?« fragte ich wieder.

»Laß mir Zeit. Ich werde dir alles erklären.«

»Darauf werde ich auch bestehen.«

Ihre Stimme war tonlos und wurde immer tonloser, während sie von anderen Schutzvorrichtungen berichtete, die in die Trolle eingebaut worden waren, um Rebellionen und unerwünschtes Blutvergießen zu verhindern. Selbstverständlich waren Trolle unfruchtbar. Sie konnten sich nicht vermehren. Nur in Laboratorien konnten weitere Trolle erzeugt werden. Außerdem durchlief jeder Troll eine intensive Konditionierung, die seinen Haß und seine Mordgelüste auf eine genau definierte ethnische oder rassische Gruppe richtete, so daß er gegen irgendeinen spezifischen Feind eingesetzt werden konnte, ohne daß die Gefahr bestand, daß er die Verbündeten seines Herrn umbrachte.«

»Und was ist dann schiefgegangen?« fragte ich.

»Ich brauche noch einen Scotch«, sagte sie, stand auf und ging in die Küche.

»Schenk mir auch einen ein«, rief ich ihr nach.

Mir tat alles weh, und meine Hände brannten und juckten, weil ich noch nicht alle Holzsplitter entfernt hatte. Der Scotch würde eine betäubende Wirkung haben.

Aber das Gefühl einer drohenden Gefahr würde auch der Alkohol nicht betäuben können. Diese Vorahnung wurde immer stärker.

Ich warf einen Blick zur Tür hinüber.

Ich hatte vorhin nicht abgeschlossen. Weder in Gibtown, Florida, noch in Gibtown-auf-Rädern wurden die Türen verschlossen, denn Schausteller bestehlen einander nie – oder jedenfalls sehr selten.

Ich stand auf, ging zur Tür, schloß ab und schob zusätzlich den Riegel vor.

Eigentlich hätte ich mich danach sicherer fühlen müssen. Aber das war nicht der Fall.

Rya kam aus der Küche zurück und gab mir ein Glas Scotch on the rocks.

Ich widerstand dem Verlangen, sie zu berühren, weil ich spürte, daß sie noch immer keine Nähe wünschte. Nicht, bis sie mir alles erzählt haben würde.

Ich setzte mich wieder und schluckte die Hälfte des Drinks auf einmal.

Der neue Whisky änderte nichts an Ryas tonloser Stimme. Ich spürte, daß nicht nur die schreckliche Geschichte, die sie zu berichten hatte, sie dermaßen verstörte, sondern auch irgendein innerer Aufruhr. *Was* aber an ihr nagte, vermochte ich nicht zu erkennen.

Sie erzählte mir, daß die Züchtung der Trolle nicht lange geheimgehalten werden konnte, weil Wissen sich eben damals wie heute rasch ausbreitet, und schon bald besaß ein halbes Dutzend Nationen eigene Labor-Soldaten, modifizierte und weiterentwickelte Variationen der ersten Trolle. Sie wurden zu Tausenden gezüchtet, und die möglichen Auswirkungen eines Einsatzes dieser Kreaturen im Kriegsfall wurden allmählich als fast genauso katastrophal wie eine atomare Auseinandersetzung eingestuft.

»Vergiß nicht«, sagte Rya, »ursprünglich sollten die Trolle

eine *Alternative* zum Nuklearkrieg sein, eine weitaus weniger zerstörerische Methode zur Erlangung der Weltherrschaft.«

»Eine schöne Alternative!«

»Nun, wenn es der Nation, die als erste Trolle züchtete, gelungen wäre, das Geheimnis zu hüten, *hätte* sie die Welt in wenigen Jahren erobert, ohne Atomwaffen einzusetzen. Als aber alle großen Nationen solche Troll-Soldaten besaßen, erkannte man bald, daß der Einsatz dieser Krieger ebenfalls zur gegenseitigen Vernichtung führen würde. Deshalb wurde ein Abkommen erzielt, die Troll-Armeen zurückzurufen und zu vernichten.«

»Aber irgend jemand hielt sich nicht daran.«

»Nein, so war es nicht«, sagte sie. »Wenn ich nichts mißverstanden habe, ließen sich einige der Soldaten nicht zurückrufen.«

»O Gott!«

»Aus Gründen, die nie aufgedeckt wurden, oder zumindest aus Gründen, die ich nicht begreifen kann, hatten sich manche Trolle, sobald sie nicht mehr unter Laborbedingungen standen, grundlegend verändert.«

Ich hatte mich während meiner ganzen Schulzeit brennend für Naturwissenschaften interessiert und stellte sofort Überlegungen an. »Vielleicht haben sie sich verändert, weil ihre künstlichen Chromosomketten und manipulierten Gene nicht stabil genug zusammengefügt waren.«

Sie zuckte mit den Schultern. »Mag sein. Was für Gründe auch immer zu dieser Mutation geführt haben mögen, jedenfalls war ein Resultat davon die Entwicklung eines Ego, ein Bewußtsein von Unabhängigkeit.«

»Verdammt gefährlich bei einem biologisch erzeugten psychopathischen Killer«, kommentierte ich schaudernd.

»Es wurden Versuche unternommen, sie durch Aktivierung der ins Gehirn eingepflanzten Schmerzreize zur Vernunft zu bringen. Manche gaben auf. Andere wurden enttarnt, weil sie sich in unerklärlichen Qualen wanden. Aber wieder andere machten eine weitere Veränderung durch – entweder sie entwickelten eine unglaubliche Schmerztoleranz... oder sie lernten es, Schmerz zu genießen.«

Ich konnte mir in etwa vorstellen, wie es von da aus weitergegangen war. »In ihren perfekten Verkleidungen als Menschen, mit gleicher Intelligenz wie wir begabt, nur von Haß, Furcht und Blutdurst motiviert, konnten sie nie gefunden werden... es sei denn, man hätte jeden Mann und jede Frau auf der ganzen Welt einer Gehirnkontrolle unterzogen, auf der Suche nach jenen wirkungslos gewordenen Sicherungsmechanismen. Aber es gäbe natürlich genügend Möglichkeiten, eine solche Überprüfung zu vermeiden. Manche würden wahrscheinlich gefälschte Atteste vorlegen. Andere würden sich in abgelegenen Gegenden verstecken und Ortschaften nur aufsuchen, um Lebensmittelvorräte zu stehlen... oder um die Mordlust zu befriedigen. Letztlich würden die meisten Trolle einer Entdeckung entgehen. Habe ich recht? Ist es so gewesen?«

»Ich weiß es nicht genau. Aber so ähnlich muß es sich abgespielt haben. Und schließlich, während das weltweite Gehirnüberprüfungsprogramm im Gange war, stellte man fest, daß einige der rebellischen Trolle eine weitere wesentliche Mutation durchgemacht hatten...«

»Sie waren nicht mehr unfruchtbar.«

Rya blinzelte. »Woher weißt du das?«

Ich erzählte ihr von dem schwangeren weiblichen Troll in Yontsdown.

»Die meisten blieben unfruchtbar«, sagte sie, »aber es gab doch sehr viele, die fruchtbar wurden. Der Legende zufolge...«

»Welcher Legende denn?« Ich konnte meine Neugier nicht länger bezähmen. »Wo hast du diese Dinge gehört? Was sind das für Legenden?«

Sie ignorierte meine Frage, war nach wie vor nicht bereit, ihre Informationsquellen preiszugeben. »Den Legenden zufolge wurde eine Frau bei der Gehirnkontrolle als Troll entlarvt und gezwungen, ihre wahre Gestalt zu offenbaren. Als sie erschossen wurde, brachte sie im Todeskampf einen Wurf Troll-Babys zur Welt. Danach nahm sie in den letzten Sekunden ihres Lebens wieder menschliche Gestalt an, entsprechend der ursprünglichen genetischen Programmierung, die dazu dienen sollte, Leichenbeschauer und Gerichtsmediziner zu täuschen. Und als ihre Nachkommenschaft ebenfalls liquidiert wurde, verwandelten sich auch die Kleinen in menschliche Babys.«

»Und da erkannten die Menschen, daß sie den Krieg mit den Trollen verloren hatten.«

Rya nickte.

Sie hatten den Krieg verloren, weil Troll-Kinder, die nicht im Labor gezüchtet, sondern durch Paarung gezeugt worden waren, keine Kontrollmechanismen hatten, die man bei Gehirnüberprüfungen entdecken konnte. Es gab keine Möglichkeit, sie zu entlarven. Von diesem Zeitpunkt an mußte sich der Mensch die Erde mit einer Spezies teilen, die ihm intellektuell ebenbürtig war und nur ein einziges Ziel hatte: ihn und all seine Werke zu vernichten.

Rya leerte ihr Glas.

Ich hätte liebend gern einen zweiten Scotch getrunken, verzichtete aber darauf, denn in meiner gegenwärtigen Geistesverfassung würde ein zweiter zu einem dritten, ein dritter zu einem vierten führen usw. bis hin zum völligen Blackout. Und das konnte ich mir nicht leisten, denn die düstere Vorahnung drohender Gefahr wurde immer stärker – das psychische Äquivalent schwarzer Gewitterwolken an einem Sommertag. Ich warf einen Blick zur Tür hinüber. Sie war noch verschlossen und verriegelt.

Ich betrachtete die Fenster.

Sie waren geöffnet.

Aber die Jalousien waren heruntergelassen, und es würde auch einem Troll schwerfallen, auf diese Weise einzudringen.

»Wir waren also nicht zufrieden mit der Erde, die Gott uns gegeben hatte«, sagte Rya leise. »Offenbar hatten wir auch in jener Zeit schon von der Hölle gehört und diese Vorstellung faszinierend gefunden. Wir fanden sie so interessant und *sympathisch*, daß wir Dämonen nach eigenem Entwurf erschufen und die Hölle auf Erden nachbildeten.«

Falls es einen Gott gab, konnte ich jetzt fast verstehen – so gut wie nie zuvor –, warum Er uns Schmerz und Leid schickte. Ich stellte mir vor, daß Er mit Abscheu auf die Erde hinabblickte und sich über den Mißbrauch empörte, den wir mit der Erde und dem Leben, das Er uns geschenkt hatte, trieben. Ich hörte förmlich Seine Stimme: »Also gut, ihr undankbaren Geschöpfe, also gut! Ihr liebt es, alles zu zerstören? Ihr liebt es, einander zu verletzen? Das macht euch soviel Spaß, daß ihr eure eigenen Teufel erschafft und aufeinander losIaßt? Nun gut! Sei es darum! Der Herr wird euch Freude bereiten. Hier! Nehmt diese Gaben! Da habt ihr Hirntumor und Kinderlähmung und multiple Sklerose! Da habt ihr Erdbeben und Flutkatastrophen! Da habt ihr ... schlechte Drüsen! Gefällt es euch? Hmmm?«

Laut äußerte ich: »Irgendwie haben die Trolle jene frühere Zivilisation zerstört, sie total ausgelöscht.«

Sie nickte. »Es brauchte seine Zeit. Einige Jahrzehnte. Aber den Legenden zufolge stiegen einige Trolle schließlich in die obersten Gesellschaftsschichten auf und erlangten so große politische Macht, daß sie einen Atomkrieg entfesseln konnten.«

Und das taten sie – jenen mysteriösen ›Legenden‹ zufolge – auch tatsächlich. Es war ihnen egal, daß die meisten von ihnen zusammen mit den Menschen umkommen würden. Sie hatten keinen anderen Lebenszweck als unsere Vernichtung, und sogar, wenn es ihren eigenen schnellen Tod bedeutete, stand es nicht in ihrer Macht, ihr Schicksal zu wenden. Die Raketen flogen. Keine einzige wurde zurückgehalten. Städte verglühten. Tausende und Abertausende unglaublich starker Atombomben detonierten und entfesselten derartige Kräfte, daß mit der Erdkruste etwas geschah oder aber das Magnetfeld sich veränderte und eine Umpolung stattfand. Jedenfalls kam es weltweit zu Katastrophen ungeheuren Ausmaßes. Unvorstellbare Erdbeben. Riesige Landmassen stürzten in die Meere. Vulkane brachen überall aus. Jener Weltenbrand und die nachfolgende Eiszeit hatten alle Spuren einer Zivilisation ausgelöscht, deren strahlendes Licht einst alle Kontinente erhellt hatte. Mehr Trolle als Menschen hatten die Katastrophe überlebt, weil sie abgehärteter waren, die geborenen Kämpfer. Die wenigen überlebenden Menschen kehrten in Höhlen zurück und verwilderten, und ihr Erbe geriet im grausamen Alltag allmählich völlig in Vergessenheit. Obwohl die Trolle uns nicht vergaßen – und nie vergessen würden –, vergaßen *wir* die Trolle zusammen mit allem übrigen, und in späteren Zeiten führten unsere seltenen Begegnungen mit den Trollen in ihrer wahren Monstergestalt zu allen möglichen abergläubischen Vorstellungen, zu den verschiedensten Märchen und Legenden über verwandlungsfähige übernatürliche Wesen.

»Jetzt haben wir uns wieder aus dem Dreck herausgerobbt«, sagte Rya traurig, »wir haben eine neue Zivilisation geschaffen, und wir verfügen wieder über die Mittel, die Erde zu vernichten...«

»...und eines Tages werden die Trolle auf den Knopf drücken, falls sie eine Möglichkeit dazu haben«, vollendete ich ihren Gedankengang.

»Ja«, sagte sie. »Ich glaube, daß sie es tun werden. Zwar sind sie nicht mehr so fantastische Kämpfer wie in jener früheren Zivilisation. Man kann sie im Nahkampf jetzt leichter besiegen, und sie sind auch leichter hinters Licht zu führen. Sie haben sich verändert und weiterentwickelt, speziell durch den Atomregen, aber auch auf natürliche Weise, durch das Verstreichen enormer Zeiträume. Die radioaktive Verseuchung raubte vielen wieder die Fruchtbarkeit, die sie bei der ursprünglichen Mutation erlangt hatten, und nur deshalb haben sie die Erde noch nicht völlig überflutet. Auch ihre Vernichtungswut hat etwas nachgelassen. Viele von ihnen verabscheuen den Gedanken an einen weiteren Atomkrieg weltweiten Ausmaßes. Weißt du, sie sind sehr langlebig; manche von ihnen werden 1500 Jahre alt, und deshalb sind sie nicht durch so viele Generationen wie wir von jenem Weltenbrand entfernt. In ihrer von den Vorfahren ererbten Überlieferung ist die Katastrophe lebendig geblieben. Aber obwohl die meisten von ihnen sich mit dem gegenwärtigen Arrangement wahrscheinlich zufriedengeben würden – uns zu jagen und zu töten, so als wären wir nichts anderes als Tiere in ihrem privaten Wildrevier –, gibt es doch einige, denen das nicht genügt, die es für ihr Schicksal halten, uns für immer von der Erde zu tilgen. In zehn oder zwanzig oder vierzig Jahren wird einer aus dieser Minderheit bestimmt seine Chance erhalten, glaubst du nicht auch?«

Die große Wahrscheinlichkeit eines Harmageddon war unsagbar schrecklich und deprimierend, aber noch immer überwog bei mir die Furcht vor einem *baldigen* Tod. Das Bewußtsein einer unmittelbar bevorstehenden Gefahr hatte sich zu einem ständigen unangenehmen Druck im Schädelinnern verdichtet, obwohl ich nach wie vor nicht wußte, was sich ereignen würde.

Mir war vor Angst leicht übel.

Mich fröstelte. Kalter Schweiß lief mir über den Rücken.

Rya holte sich in der Küche einen weiteren Scotch.

Ich stand auf. Trat ans Fenster. Schaute hinaus. Sah nichts. Kehrte zum Lehnstuhl zurück. Setzte mich auf die Kante. Hätte am liebsten geschrien.

Etwas kam immer näher...

Als sie mit dem gefüllten Glas in der Hand zurückkam und sich auf ihren Stuhl fallen ließ, nach wie vor distanziert und niedergeschlagen, fragte ich: »Wie hast du das alles herausbekommen? Du mußt es mir sagen. Kannst du etwa ihre Gedanken lesen oder so was Ähnliches?«

»Ja.«

»Tatsächlich?«

»Ein bißchen.«

»Ich nehme nur ihre Ausstrahlung von Rage und Haß wahr.«

»Ich kann ein wenig in sie hineinsehen«, berichtete Rya. »Nicht daß ich buchstäblich ihre Gedanken lesen könnte. Aber wenn ich sie anpeile, empfange ich Bilder... Visionen... Ich glaube, das meiste von dem, was ich sehe, sind... gespeicherte Erinnerungen ihrer Rasse... Dinge, die manche von ihnen *bewußt* nicht mehr wissen. Aber ehrlich gesagt – es ist mehr als nur das.«

»Was? Mehr – auf welche Weise? Und was ist mit den Legenden, die du erwähnt hast?«

Anstelle einer Antwort sagte sie unvermittelt: »Ich weiß, was du heute nacht gemacht hast.«

»Was? Wovon redest du? Wie kannst du das wissen?«
»Ich weiß es.«
»Aber...«
»Es ist ein vergebliches Unterfangen, Slim.«
»Glaubst du?«
»Sie sind unbesiegbar.«
»Ich habe meinen Onkel Denton besiegt. Ich habe ihn umgebracht, bevor er meiner Familie noch mehr Leid zufügen konnte. Joel und ich haben heute nacht sechs von ihnen an einem Sabotageakt gehindert. Sie wollten das Riesenrad beschädigen, so daß es morgen eingestürzt wäre. Wir haben wahrscheinlich vielen Fahrgästen das Leben gerettet.«
»Was spielt das schon für eine Rolle?« fragte sie. In ihrer Stimme schwang jetzt etwas Neues mit – glühender Eifer, ein düsterer Enthusiasmus. »Andere Trolle werden andere Menschen umbringen. Du kannst die Welt nicht retten. Du riskierst dein Leben, dein Glück, deine Gesundheit – und du kannst das Geschehen bestenfalls ein klein wenig hinauszögern. Du wirst den Krieg nicht gewinnen. Letzten Endes müssen unsere Dämonen uns besiegen. Es ist unvermeidlich. Es *ist* unser Schicksal – ein Schicksal, für das wir vor langer, langer Zeit die Weichen gestellt haben.«
Ich begriff nicht, worauf sie hinauswollte. »Welche Alternative haben wir denn? Wenn wir nicht kämpfen, uns nicht schützen, ist unser Leben sinnlos. Du und ich können jederzeit vernichtet werden, wenn es *ihnen* so gefällt.«
Sie stellte ihr Glas ab und rutschte bis zur Stuhlkante vor. »Es gibt eine andere Möglichkeit.«
»Wovon sprichst du?«
Ihre herrlichen Augen glänzten wie im Fieber, als sie meinen Blick erwiderte. »Slim, die meisten Menschen sind keinen Heller wert.«
Ich blinzelte.
»Die meisten Menschen sind Lügner, Betrüger, Ehebrecher, Diebe, Heuchler, Frömmler, Mörder usw. Sie gebrauchen und mißbrauchen einander genauso begierig, wie die Trolle uns mißbrauchen. Sie sind Dreckschweine, die es nicht *wert* sind, gerettet zu werden.«

»Nein, nein, nein«, widersprach ich. »Nicht die *meisten.* Viele sind nichts wert, das stimmt, aber nicht die meisten, Rya.«

»Meinen Erfahrungen nach ist kaum einer der Menschen besser als die Trolle.«

»Um Gottes willen, deine Erfahrungen waren nicht typisch. Die Abner Kadys und Maralee Sweens dieser Welt sind eine kleine Minderheit. Ich kann verstehen, daß du einen anderen Eindruck hast, aber du hast eben nie meinen Vater oder meine Mutter, meine Schwestern und meine Großmutter kennengelernt. Es gibt mehr Anständigkeit als Grausamkeit auf der Welt. Vielleicht hätte ich das vor einer Woche oder auch gestern noch nicht gesagt, aber wenn ich dich jetzt so reden höre, wenn ich dich sagen höre, alles sei sinnlos, dann zweifle ich nicht daran, daß mehr Gutes als Böses in den Menschen steckt. Weil... weil... na ja, es *muß* einfach so sein.«

»Hör zu«, sagte sie, und ihre betörenden Augen waren strahlend blau, wild und flehend, »wir können nur auf ein wenig Glück im kleinen Freundeskreis hoffen, mit einigen wenigen Menschen, die wir lieben – und die ganze übrige Welt mag zur Hölle fahren! Bitte, bitte, Slim, denk darüber nach! Es ist erstaunlich, daß wir einander gefunden haben. Es ist ein Wunder. Ich hätte nie geglaubt, daß mir so etwas je widerfahren würde. Wir sind uns so ähnlich, daß sich, wenn wir schlafen, sogar bestimmte Gehirnwellen überlappen... eine psychische Übereinstimmung, ob wir uns nun lieben oder ob wir schlafen... Deshalb schenkt der Sex uns vollkommene Erfüllung, und deshalb haben wir sogar dieselben Träume! Wir sind füreinander *bestimmt,* und das Wichtigste, das Allerwichtigste auf der Welt ist jetzt, daß wir unser ganzes Leben zusammen verbringen können.«

»Ja«, sagte ich. »Das sind auch meine Gefühle.«

»Dann mußt du deinen Kreuzzug aufgeben. Hör auf, die Welt retten zu wollen. Hör auf, diese wahnsinnigen Risiken einzugehen. Laß die Trolle tun, was sie tun *müssen,* und wir werden einfach friedlich unser eigenes Leben leben.«

»Aber das ist es ja gerade! Wir *können* nicht in Frieden leben. Es wird uns nicht retten, wenn wir sie ignorieren. Früher oder später werden sie uns umschnüffeln und uns zu Leibe rücken, weil sie unser Leid genießen, weil sie unseren Schmerz gierig schlürfen ...«

»Slim, warte, warte, hör zu.« Sie strotzte jetzt von nervöser Energie, sprang auf, ging zum Fenster, atmete die erfrischende Nachtluft ein, wandte sich wieder mir zu und sagte: »Du stimmst mir zu, daß unser gemeinsames Leben an erster Stelle steht, wichtiger als alles andere ist. Was würdest du dazu sagen, wenn ich dir ... eine Möglichkeit zur Koexistenz mit den Trollen zeigen könnte, eine Möglichkeit, deinen Kreuzzug zu beenden, ohne befürchten zu müssen, daß sie dir und mir jemals etwas zuleide tun?«

»Wie?«

Sie zögerte.

»Rya?«

»Es ist der einzige Ausweg, Slim.«

»Was?«

»Es ist der einzige *vernünftige* Weg.«

»Um Himmels willen, so sag mir doch endlich, was du meinst!«

Sie runzelte die Stirn, mied meinen Blick, setzte zum Sprechen an, zögerte wieder, murmelte ›Scheiße!‹ und schleuderte plötzlich ihr Glas quer durchs Zimmer. Eiswürfel flogen heraus und zerbarsten an Möbeln und auf dem Teppich. Das Glas zersplitterte an der Wand.

Bestürzt sprang ich auf und blieb auch dann noch stehen, als sie sich wieder setzte und mir bedeutete, ebenfalls Platz zu nehmen.

Sie holte tief Luft.

»Ich will, daß du mir zuhörst, ohne mich zu unterbrechen«, sagte sie. »Hör mich an und versuch zu verstehen. Ich habe eine Möglichkeit zur Koexistenz mit ihnen gefunden. Sie lassen mich in Ruhe. Weißt du, im Waisenhaus und auch später wurde mir klar, daß wir gegen sie nicht gewinnen können. Sie haben alle Vorteile auf ihrer Seite. Ich bin weggerannt, aber es gibt überall Trolle, nicht nur im Waisenhaus, und man kann ihnen nicht entrinnen, wohin man auch gehen mag. Es ist sinnlos. Deshalb bin ich ein kalkuliertes Risiko eingegangen, habe Kontakt mit ihnen aufgenommen und ihnen gesagt, daß ich sie sehen...«

»*Was?*«

»Unterbrich mich nicht!« sagte sie scharf. »Das ist... das ist sehr schwer... es wird verdammt schwer sein... und ich will es so schnell wie möglich hinter mich bringen; also halt den Mund und laß mich reden. Ich habe einem der Trolle von meiner Fähigkeit erzählt, die eine Mutation deiner Gabe ist, eine Folge jenes Atomkrieges, denn den Trollen zufolge gab es in der früheren Zivilisation keine Menschen mit irgendwelchen übersinnlichen Kräften – Hellseherei, Telekinese, nichts davon. Es gibt ja auch heute nicht viele, aber damals gab es gar keine. Nachdem jener Krieg ja von den Trollen entfacht wurde... nachdem sie die Bomben und den radioaktiven Niederschlag über uns gebracht haben... könnte man fast sagen, daß sie Menschen wie dich und mich *erschaffen* haben. Wir haben unsere besonderen Gaben *ihnen* zu verdanken. Aber wie dem auch immer sein mag, ich erzählte ihnen jedenfalls, daß ich durch ihre menschliche Hülle hindurchsehen kann, zu dem... ich weiß nicht so recht... zu dem Troll-Potential in ihnen...«

»Du hast mit ihnen gesprochen, und sie haben dir ihre... ihre Legenden erzählt. Ist es so gewesen?«

»Nicht ganz. Sie haben mir nicht viel erzählt. Aber sie brauchen mir nur ein wenig zu erzählen, und alles übrige sehe ich dann in einer Art Vision. Man könnte es vielleicht folgendermaßen erklären: Wenn sie die Tür einen Spalt weit öffnen, kann ich sie weit aufstoßen und sogar Dinge sehen, die sie vor mir zu verstecken versuchen. Aber das ist im Augenblick unwichtig, und ich wünschte bei Gott, du würdest mich nicht ständig unterbrechen. Wichtig ist, daß ich ihnen klargemacht habe, daß es mir völlig egal ist, was sie tun, wen sie verletzen oder umbringen, solange sie nicht *mich* verletzen oder umbringen. Und wir haben eine Art Waffenstillstand geschlossen.«

Ich ließ mich völlig perplex wieder auf meinen Stuhl fallen und brachte es beim besten Willen nicht fertig, den Mund zu halten, wie sie es von mir verlangte. »Was? Einen Waffenstillstand? Einfach so? Wozu sollten sie das wollen? Warum haben sie dich nicht einfach umgebracht? Selbst wenn sie deinen Beteuerungen geglaubt haben, daß du ihr Geheimnis wahren würdest, stelltest du eine Bedrohung für sie dar. Ich verstehe das nicht. Sie konnten doch bei diesem ... diesem Waffenstillstand nichts gewinnen.«

Ihre Stimmung schlug wieder um. In stiller Verzweiflung sackte sie in ihrem Stuhl zusammen. Ihre Stimme war kaum noch zu hören. »Doch, sie *konnten* etwas gewinnen. Ich *hatte* ihnen etwas zu bieten. Weißt du, eine meiner übersinnlichen Fähigkeiten scheinst du nicht zu besitzen, jedenfalls nicht so stark ausgeprägt wie ich. Ich nehme parapsychologische Gaben an anderen Menschen wahr, speziell wenn sie die Trolle sehen können, auch wenn sie sich bemühen, diese Gabe vor mir geheimzuhalten. Ich spüre das nicht unbedingt gleich bei der ersten Begegnung. Manchmal dauert es eine Weile, aber allmählich werde ich mir ihrer verborgenen Kräfte bewußt. Bis heute nacht dachte ich, mein Gespür wäre ... nun ja, unfehlbar. Aber du hast gesagt, daß Joel Tuck die Trolle sieht, und ihn hatte ich nie in Verdacht. Trotzdem glaube ich, daß ich solche Dinge in den allermeisten Fällen rasch bemerke. Ich wußte ganz von Anfang an, daß du etwas Besonderes an dir hast, obwohl ich damals nicht vermutet hätte, *wie* besonders du in vieler Hinsicht bist.« Sie hauchte jetzt nur noch. »Ich möchte dich behalten. Ich hätte nie geglaubt, daß ich jemanden finden würde ... jemanden, den ich brauche ... den ich liebe ... Doch dann bist du gekommen, und jetzt will ich dich behalten, aber das ist nur möglich, wenn du mit den Trollen den gleichen Vertrag schließt wie ich.«

Ich saß wie versteinert da und hörte mein Granitherz pochen – ein hartes, kaltes Geräusch, klagend und dumpf, so als träfe ein Meißel auf Marmor. Meine Liebe und mein Verlangen waren unverändert in meinem versteinerten Herzen vorhanden, aber sie schienen plötzlich unerreichbar, ebenso wie herrliche Skulpturen in jedem groben Steinblock potentiell schon vorhanden sind, aber für Menschen ohne schöpferisches Talent unerreichbar bleiben. Ich wollte nicht glauben, was sie gesagt hatte, und ich konnte den Gedanken an das, was ich als nächstes erfahren würde, nicht ertragen, aber ich *mußte* zuhören, mußte auch das Schlimmste zur Kenntnis nehmen.

Mit Tränen in den Augen berichtete sie: »Wenn ich jemanden treffe, der die Trolle sehen kann... melde ich es. Ich warne einen von ihnen vor dem Seher. Weißt du, sie wollen keinen offenen Kriegszustand wie beim letztenmal. Sie wirken lieber im geheimen. Sie wollen nicht, daß wir uns gegen sie organisieren, obwohl das sowieso ein hoffnungsloses Unterfangen wäre. Ich mache sie also auf Leute aufmerksam, die über sie Bescheid wissen und sie umbringen oder aber eine Aufklärungskampagne starten könnten. Und die Trolle... nun... sie eliminieren diese Gefahr... Dafür revanchieren sie sich, indem sie mir Sicherheit vor ihresgleichen garantieren. Eine Art Immunität. Sie lassen mich in Ruhe. Das ist alles, was ich je gewollt habe, Slim. In Ruhe gelassen werden. Und wenn du mit ihnen die gleiche Abmachung triffst, werden sie uns beide in Ruhe lassen... und wir können zusammenbleiben... zusammen leben... glücklich sein...«

»*Glücklich?*« Ich spuckte dieses Wort förmlich aus. »Glücklich? Glaubst du, wir können glücklich sein, wenn wir wissen, daß wir nur überleben, indem wir andere verraten?«

»Die Trolle würden einige dieser Leute ohnehin töten.«

Mit großer Mühe hob ich meine kalten Steinhände ans Gesicht und versteckte mich hinter meinen Fingern, so als könnte ich dadurch den schrecklichen Enthüllungen entfliehen. Aber das war nur ein kindlicher Wunschtraum. An der häßlichen Wirklichkeit war nicht zu rütteln. »O Gott...«

»Wir hätten ein Leben vor uns«, flüsterte sie weinend. Sie spürte mein Entsetzen, und sie wußte genau, daß ich zu einem Friedensvertrag, wie sie ihn mit dem Feind geschlossen hatte, nie bereit sein würde. »Ein gemeinsames Leben... wie in den letzten Tagen... noch schöner... viel schöner... wir gegen die Welt... in völliger Sicherheit. Und die Trolle garantieren nicht nur meine Sicherheit, sondern auch meinen Erfolg, denn ich bin für sie eine sehr wertvolle Verbündete.

Wie gesagt, viele der Menschen, die Trolle sehen können, landen entweder im Irrenhaus oder auf einem Jahrmarkt. Deshalb bin ich hier in einer idealen Position, um Seher zu entdecken. Und im Gegenzug helfen die Trolle mir, beruflich weiterzukommen. Beispielsweise... sie planten einen Unfall im Autoscooter...«

»Und ich habe ihn verhindert«, sagte ich kalt.

Sie war überrascht. »Oh... Na ja, das hätte ich mir eigentlich denken können. Jedenfalls – wenn dieser Unfall sich ereignet hätte, hätte der verletzte Fahrgast höchstwahrscheinlich den Inhaber des Autoscooters – Hal Dorsey – verklagt, und Dorsey wäre in finanzielle Schwierigkeiten geraten, und ich hätte ihm das Fahrgeschäft zu einem Schleuderpreis abkaufen und somit günstig zu einer neuen Konzession kommen können. Oh, Scheiße! Bitte, bitte hör mir zu! Ich weiß, was du jetzt denkst. Ich höre mich so... so kalt an.« Das stimmte. Trotz ihrer Tränen wirkte sie kalt, eiskalt. »Aber, Slim, du mußt wissen, daß Hal Dorsey ein Schwein ist, ein gemeines Dreckschwein. Niemand kann ihn leiden, denn er nutzt andere nur aus, und deshalb hätte ich nicht die geringsten Gewissensbisse, *ihn* zu ruinieren.«

Obwohl ich sie nicht ansehen wollte, tat ich es. Obwohl ich nicht mit ihr sprechen wollte, tat ich es. »Wo ist der Unterschied zwischen dem Unheil, das die Trolle anrichten, und dem Unheil, zu dem du sie anstiftest?«

»Ich habe dir doch gesagt, daß Hal Dorsey ein...«

Ich hob die Stimme. »Wo ist der Unterschied zwischen dem Verhalten eines Mannes wie Abner Kady und *deinem* Verhalten gegenüber anderen Menschen? Du verrätst deinesgleichen...«

Sie schluchzte jetzt. »Ich wollte doch nur... *sicher* sein. Wenigstens einmal in meinem Leben wollte ich sicher sein.«

Ich liebte und haßte sie, bemitleidete und verabscheute sie. Ich wollte mein Leben mit ihr teilen, daran hatte sich nicht das geringste geändert, aber ich wußte, daß ich nicht einmal ihretwegen mein Gewissen betäuben konnte. Wenn ich an Abner Kady und an ihre geistig beschränkte Mutter dachte, an all die Schrecken ihrer Kindheit, mußte ich zugeben, daß ihre verächtliche Einstellung den Menschen gegenüber berechtigt war, daß sie der Gesellschaft wahrlich keinen Dank schuldete, und ich konnte verstehen, wie sie dazu gekommen war, mit den Trollen zu kollaborieren. Ich konnte es verstehen, ja fast verzeihen, aber ich konnte ihr Verhalten nicht *billigen.* In diesem schrecklichen Augenblick waren meine Gefühle für sie so kompliziert, so sehr verworren, daß der Gedanken an Selbstmord mir plötzlich seltsam tröstlich und erlösend vorkam, und ich wußte, daß ich jetzt zum erstenmal in meinem Leben selbst jenen Todeswunsch verspürte, der sie tagtäglich verfolgte. Jetzt begriff ich auch, warum sie auf dem Riesenrad mit solchem Enthusiasmus vom Atomkrieg gesprochen hatte. In Anbetracht der schier unerträglichen Last, die sie mit sich herumtrug, mußte ihr eine Welt ohne Abner Kadys, ohne Trolle und ohne den ganzen schmutzigen Schlamassel der menschlichen Zivilisation bisweilen als wundervoll befreiende, reinigende Möglichkeit vorkommen.

»Du hast einen Handel mit dem Teufel gemacht«, sagte ich.

»Wenn sie Teufel sind, müssen wir Götter sein, denn wir haben sie erschaffen.«

»Das sind doch Spitzfindigkeiten!« schnauzte ich sie an. »Verdammt, wir führen hier doch keine akademische Diskussion.«

Sie erwiderte darauf nichts, rollte sich nur wie ein Igel ein und schluchzte verzweifelt.

Ich wollte aufspringen, die Tür öffnen, in die reine Nachtluft hinausrennen, rennen und nichts als rennen... Aber meine Seele schien sich nun wie mein Fleisch in Stein verwandelt zu haben, und dieses zusätzliche Gewicht machte es mir unmöglich aufzustehen.

Nach einigen Minuten durchbrach ich das lähmende Schweigen. »Verdammt, und wie soll es jetzt mit uns weitergehen?«

»Du willst keinem... Waffenstillstand zustimmen«, stellte sie fest.

Ich machte mir nicht einmal die Mühe zu antworten.

»Ich habe dich also... verloren«, murmelte sie.

Auch ich weinte jetzt. Sie hatte mich verloren, und ich hatte *sie* verloren.

Schließlich sagte ich: »In Anbetracht des Schicksals anderer Seher, die noch hierherkommen werden... müßte ich dir eigentlich auf der Stelle das Genick brechen. Aber... Gott steh mir bei... ich kann es nicht. Ich kann das nicht tun. Deshalb werde ich... meine Sachen packen und verschwinden. Auf einem anderen Rummelplatz einen neuen Anfang machen. Wir werden... vergessen.«

»Nein«, flüsterte sie. »Dafür ist es jetzt schon zu spät.«

Ich wischte mir mit dem Handrücken die Tränen aus den Augen. »Schon zu spät?«

»Du bist bereits aufgefallen. Deine einzige Hoffnung bestand darin, dich meiner Sicht der Dinge anzuschließen und mit ihnen ein Abkommen zu treffen, so wie ich es getan habe.«

»Du willst mich wirklich verraten?«

»Ich wollte ihnen nichts von dir erzählen... nicht, nachdem ich dich näher kennengelernt hatte.«

»Dann tu es nicht.«

»Du verstehst nicht.« Sie erschauderte. »An dem Tag, als ich dich zum erstenmal sah und noch nicht wußte, was du mir bedeuten würdest, da... da habe ich gegenüber einem von ihnen eine Andeutung gemacht, daß ich einem weiteren Seher auf der Spur sei. Und jetzt wartet er auf meinen Bericht.«

»Wer?«

»Er hat hier in Yontsdown das Sagen.«

»Das Sagen? Du meinst – bei den Trollen?«

»Er ist besonders schlau, sogar für ihresgleichen. Er hat gesehen, daß zwischen dir und mir etwas Besonderes vorging, und er vermutet, daß du jener Seher bist, den ich erwähnt habe. Er wollte, daß ich ihm das bestätige. Ich versuchte ihn anzulügen. Aber er ist nicht dumm und läßt sich nicht so leicht hinters Licht führen. Er hat mich bedrängt. ›Erzähl mir alles über ihn‹, hat er gesagt. ›Erzähl mir alles, andernfalls wirst du nicht länger Immunität genießen.‹ Slim, kannst du das nicht verstehen? Ich... hatte... keine... Wahl.«

Ich hörte hinter mir ein Geräusch.

Ich drehte mich um.

Vom schmalen Flur aus, der in den hinteren Teil des Wohnwagens führte, betrat Polizeichef Lisle Kelsko das Wohnzimmer.

## 17

# Der Alptraum wird Wirklichkeit

Kelsko hielt seinen Smith & Wesson Revolver Kaliber 45 in der Hand, aber er zielte nicht auf mich, weil er auf den Überraschungseffekt und auf seine Polizeiautorität vertraute. Die Mündung war auf den Boden gerichtet, aber natürlich würde er beim geringsten Anzeichen von Komplikationen in Sekundenschnelle feuern.

Unter dem kantigen, harten, brutalen Menschengesicht sah ich die Fratze des Trolls. Unterhalb der buschigen Brauen der Menschenmaske stierten mich die dämonischen Augen an, umgeben von rissiger, verhornter Haut. Unter dem grausamen schmallippigen Menschenmund geiferte der Troll und bleckte die gefährlich scharfen Zähne. Als ich Kelsko in seinem Yontsdowner Büro zum erstenmal gesehen hatte, war mir besonders seine sogar für die Unholde außergewöhnliche Bösartigkeit und Wildheit aufgefallen – und sein extrem abstoßendes Äußeres, dessen Einzelheiten auf hohes Alter hinzudeuten schienen. Rya hatte vorhin berichtet, daß manche Trolle eine Lebensdauer von 1500 Jahren hatten, und es fiel mir nicht schwer zu glauben, daß dieses Wesen, das sich Lisle Kelsko nannte, so alt war. Es hatte wahrscheinlich dreißig oder vierzig Menschenleben hinter sich, wechselte seine Identität immer wieder, tötete im Laufe der Jahrhunderte Tausende von uns, quälte Zehntausende – und war jetzt hier, um auch mich zu quälen und zu töten.

»Slim MacKenzie«, sagte der verkleidete Troll, »ich verhafte Sie in Zusammenhang mit der Untersuchung mehrerer Mordfälle...«

Ich hatte nicht die Absicht, in *ihrem* Streifenwagen Platz zu nehmen und mich in irgendeine geheime Folterkammer bringen zu lassen. Ein schneller Tod, hier und jetzt, war viel angenehmer als Unterwerfung, und deshalb griff ich – noch bevor die Kreatur ihre kurze Rede beendet hatte – in meinen Stiefel und packte mein Messer. Ich saß mit dem Rücken zu

Kelsko und hatte bei seinem Eintritt nur den Kopf nach ihm umgedreht. Deshalb konnte er weder den Stiefel noch meine Hand sehen. Aus irgendeinem Grund – jetzt glaubte ich ihn zu kennen – hatte ich Rya nie etwas von dem Messer erzählt, und bevor sie überhaupt richtig registrierte, was vorging, zückte ich die Waffe, sprang auf und warf das Messer.

Ich war so schnell, daß Kelsko nicht dazu kam, den Revolver auf mich zu richten und abzudrücken, obwohl er in den Boden feuerte, während er mit durchbohrter Kehle nach hinten fiel. In dem kleinen Raum dröhnte der Schuß wie Kanonendonner.

Rya schrie entsetzt auf, aber da war Kelsko schon tot.

Mit einem Satz war ich bei dem Ungeheuer, drehte das Messer vorsichtshalber in der Wunde und riß es dann heraus. Als ich mich wieder umdrehte, sah ich, daß Rya die Tür aufgeschlossen hatte und einen Polizisten hereinließ. Es war derselbe Beamte, der sich bei unserem Besuch in Kelskos Büro in der Ecke postiert hatte – ein Troll wie sein Chef. Er trat gerade von der obersten Stufe über die Schwelle, sein Blick fiel auf Kelskos Leiche, und ihn durchzuckte die Erkenntnis, daß er in Todesgefahr schwebte, doch inzwischen hatte ich das Messer bereits bei der Klinge gepackt und durch die Luft wirbeln lassen. Es durchbohrte den Adamsapfel des Unholds, und im gleichen Moment drückte er auf den Abzug seines Smith & Wesson, aber er konnte nicht mehr genau zielen, und die Kugel traf eine Lampe links von mir. Der Troll fiel rückwärts die Treppe hinab, in die Dunkelheit hinein.

Ryas Gesicht war schreckensstarr. Sie glaubte zweifellos, daß sie mein nächstes Opfer sein würde.

Sie stürzte aus dem Wohnwagen und rannte um ihr Leben.

Einen Augenblick lang stand ich keuchend da, außerstande mich zu bewegen, wie gelähmt. Es war nicht das Töten, das mich betäubte – ich hatte ja schon oft getötet. Es war auch nicht eine Reaktion auf die Todesgefahr, in der ich geschwebt hatte, die mir weiche Knie verursachte – ich hatte mich schon oft in ähnlich kritischen Situationen befunden. Was mich am Boden festzunageln schien, war der Schock darüber, wie total sich unser Verhältnis verändert hatte, der

Schock über den nie wiedergutzumachenden Verlust, den ich erlitten hatte. Die Liebe kam mir jetzt wie ein Kreuz vor, an das Rya mich geschlagen hatte.

Dann löste sich meine Erstarrung.

Ich taumelte zur Tür.

Die Metallstufen hinab.

Um den toten Polizisten herum.

Ich sah, daß mehrere Schausteller, die die Schüsse gehört hatten, aus ihren Wohnwagen gestürzt waren, darunter auch Joel Tuck.

Rya war etwa dreißig Meter entfernt. Sie rannte die Straße zwischen den Wohnwagen entlang, tauchte in Teichen aus Dunkelheit unter und durchquerte im nächsten Moment kleine Inseln von Licht, das aus Fenstern und Türen fiel. Es war eine unwirkliche Szene – so als huschte ein Gespenst durch eine Traumlandschaft.

Ich wollte sie nicht verfolgen.

Wenn ich sie einholte, würde ich sie vielleicht töten müssen.

Ich wollte sie nicht töten.

Es wäre besser, einfach fortzugehen. Nie zurückzuschauen. Zu vergessen.

Ich verfolgte sie.

Wie in einem Alptraum schienen wir zu rennen, ohne von der Stelle zu kommen, vorbei an unendlichen Reihen von Wohnwagen, zehn Minuten lang, zwanzig Minuten ... Aber ich wußte, daß Gibtown-auf-Rädern nicht so groß war, daß mein Zeitgefühl durch Hysterie stark beeinträchtigt war, und in Wirklichkeit dauerte es wohl höchstens eine Minute, bis wir aufs freie Feld gelangten. Hohes Gras peitschte meine Beine, Frösche sprangen mir hastig aus dem Weg, und einige Leuchtkäfer prallten gegen mein Gesicht. Ich rannte, so schnell ich konnte, machte riesige Sätze, obwohl mir von den Prügeln mit dem Holzknüppel noch immer alle Knochen im Leibe weh taten. Rya wurde von ihrer Furcht angetrieben, doch ich verringerte den Abstand zwischen uns langsam aber sicher, und als sie den Waldrand erreichte, war ich nur noch etwa zwölf Meter von ihr entfernt.

Sie drehte sich kein einziges Mal um.

Sie *wußte,* daß ich da war.

Die Morgendämmerung war nicht mehr fern, aber noch war die Nacht sehr dunkel, und unter dem Baldachin aus Tannennadeln und Blättern waren wir so gut wie blind, aber wir wurden auch im Wald nicht viel langsamer. In unserem Zustand äußerster Erregung schienen sich unsere übersinnlichen Kräfte besonders zu bewähren, denn intuitiv fanden wir den leichtesten Weg durch den Wald, so als wären wir irgendwelche Tiere, die auf nächtliche Jagd spezialisiert sind. Sie war noch immer mehr als sechs Meter vor mir, als wir aus dem Wald hinausstürzten und einen langen Hügel hinabzurennen begannen.

Ein Friedhof...

Ich kam schlitternd zum Stehen, suchte an einem großen Grabmal Halt und starrte entsetzt auf den Friedhof unter mir. Er war sehr groß, allerdings nicht endlos wie in Ryas Traum. Hunderte von Rechtecken, Quadraten und Dreiecken aus Granit und Marmor, angestrahlt von Bogenlampen entlang einer Straße am Fuße des Hügels. Der untere Teil des Friedhofs war in helles Licht getaucht, und von diesem Hintergrund hoben sich die Grabsteine auf den oberen Terrassen silhouettenhaft ab. Anders als im Alptraum war der Friedhof nicht verschneit, aber die Quecksilberdampflampen erzeugten ein weißliches Licht mit einem leichten blauen Schimmer, und dadurch wirkte das Gras wie mit Rauhreif überzogen. Die Grabsteine schienen Mäntel aus Eis zu tragen, eine Brise wehte Samen von den Bäumen, und diese mit weißen Membranen ausgestatteten Samen wirbelten wie Schneeflocken durch die Luft, so daß der Gesamteindruck der jener Winterszene im Traum sehr ähnelte.

Rya war nicht stehengeblieben. Sie rannte einen gewundenen Pfad zwischen den Grabsteinen hinab und hatte den Abstand zwischen uns wieder etwas vergrößert.

Ich fragte mich, ob sie gewußt hatte, daß es diesen Friedhof gab, oder ob er für sie ein ebensogroßer Schock wie für mich gewesen war. Sie war schon mehrere Male in Yontsdown gewesen, und es war durchaus möglich, daß sie einen Waldspaziergang gemacht hatte und dabei auch den Hügel hinaufgestiegen war.

Aber wenn sie von diesem Friedhof gewußt hatte – warum war sie dann nicht in eine andere Richtung gerannt, warum hatte sie nicht wenigstens versucht, dem Schicksal, das wir beide in unseren Träumen vorhergesehen hatten, in den Arm zu fallen?

Ich kannte die Antwort. Sie wollte nicht sterben... und gleichzeitig *wollte* sie sterben.

Sie wollte nicht, daß ich sie einholte.

Und doch *wollte* sie, daß ich sie einholte.

Ich wußte nicht, was passieren würde, wenn sie mir in die Hände fiel. Aber ich konnte nicht einfach kehrtmachen, und ich konnte auch nicht stehenbleiben, so als wäre ich eines der steinernen Grabmäler.

Ich folgte ihr.

Auf der Wiese und im Wald hatte sie sich kein einziges Mal nach mir umgedreht, doch jetzt tat sie es, so als wollte sie sich vergewissern, daß ich ihr noch folgte. Sie rannte weiter, drehte sich wieder um, rannte langsamer. Auf dem letzten Stück des Hügels bemerkte ich, daß sie ein langgezogenes Heulen ausstieß, ein schauriges eintöniges Klagelied ohne Worte. Und dann holte ich sie ein, packte sie, riß sie zu mir herum.

Sie schluchzte, und ihre Augen hatten den Ausdruck eines gehetzten Kaninchens. Sie suchte flüchtig meinen Blick, dann preßte sie sich an mich, und im ersten Moment dachte ich, sie hätte in meinen Augen etwas gelesen, was ihr neue Hoffnung gab, aber in Wirklichkeit hatte sie im Gegenteil etwas gesehen, das ihre Furcht noch vergrößerte. Und sie hatte sich nicht trostsuchend an mich geschmiegt, sondern als meine erbitterte Feindin. Sie hatte mich umarmt, um den tödlichen Stich leichter führen zu können. Ich fühlte anfangs keinen Schmerz, nur Wärme, und als ich dann das Messer sah, war ich zunächst überzeugt davon, daß das nur ein weiterer Alptraum war.

Mein eigenes Messer!

Sie hatte es offenbar aus der Kehle des toten Polizisten gerissen. Ich packte die Hand, die das Messer hielt, und hinderte sie sowohl daran, es tiefer in mich zu bohren, als auch es herauszuziehen und abermals zuzustechen. Die Klinge war etwa sieben Zentimeter eingedrungen, links von meinem Bauchnabel, was immerhin besser war, als wenn sie meinen Magen und Dickdarm durchbohrt hätte, was den sicheren Tod bedeutet hätte. Es war auch so schlimm genug. Zwar verspürte ich noch immer keinen Schmerz, aber die Wärme breitete sich aus und verwandelte sich in Hitze. Sie versuchte mir das Messer zu entwinden, und ich sah in meiner Verzweiflung nur einen einzigen Ausweg.

Wie im Traum senkte ich den Kopf, näherte meinen Mund ihrem Hals und... und brachte es nicht fertig.

Ich konnte sie nicht totbeißen, so als wäre ich ein wildes Tier. Ich konnte ihre Halsschlagader nicht durchbeißen, konnte nicht einmal den Gedanken ertragen, daß ihr Blut in meinen Mund spritzen würde. Sie war kein Troll. Sie war ein Mensch.

Sie war meinesgleichen. Sie gehörte zu unserer armen, kranken, erbärmlichen, mit Schuld beladenen Rasse. Sie hatte Leid erdulden müssen, sie hatte schreckliche Zeiten erlebt, und wenn sie Fehler gemacht hatte, sogar riesige Fehler, so hatte sie doch ihre Gründe dafür gehabt. Und wenn ich ihr Verhalten auch nicht gutheißen konnte, so konnte ich es doch verstehen, und Verständnis ist der erste Schritt zur Vergebung, und Vergebung bedeutet Hoffnung.

*Ein* Beweis für wahre Menschlichkeit ist die Unfähigkeit, kaltblütig einen Mitmenschen umzubringen. Es muß so sein. Denn andernfalls gibt es so etwas wie wahre Menschlichkeit überhaupt nicht, und dann sind wir *alle* im Grunde genommen auch Trolle.

Ich hob den Kopf.

Ich ließ ihre Hand los.

Sie zog die Klinge aus mir heraus.

Ich ließ meine Arme seitlich hinabhängen und blieb schutzlos stehen.

Sie holte weit aus.

Ich schloß meine Augen.

Eine Sekunde verging.
Zwei Sekunden.
Drei.
Ich öffnete meine Augen.
Sie ließ das Messer fallen.
Ein Beweis.

## 18

# Erster Epilog

Wir entkamen aus Yontsdown, aber nur, weil alle Schausteller enorme Risiken eingingen, um Rya und mich zu beschützen. Die meisten wußten nicht, warum zwei Bullen in Ryas Wohnwagen umgebracht worden waren, aber sie wollten es auch gar nicht so genau wissen. Joel Tuck erfand irgendeine Geschichte, die zwar niemand glaubte, mit der sich aber alle zufriedengaben. Mit bewundernswerter Kameradschaft schlossen sie die Reihen um uns, obwohl sie natürlich nicht wußten, daß sie sich damit gegen einen viel mächtigeren Feind als nur die Außenwelt und die Yontsdowner Polizei verbündeten.

Joel lud die Leichen der beiden Trolle, von denen einer es zum Polizeichef gebracht hatte, in den Streifenwagen, fuhr damit an einen ruhigen Ort, enthauptete beide Leichen und begrub die Köpfe. Dann brachte er den Streifenwagen mit den beiden enthaupteten Leichen nach Yontsdown und parkte ihn bei Tagesanbruch in einer Sackgasse hinter einem Lagerhaus. Luke Bendingo holte ihn dort ab und brachte ihn nach Gibtown-auf-Rädern zurück, ohne etwas von der Verstümmelung der beiden Polizeibeamten zu ahnen.

Die anderen Trolle in Yontsdown würden vielleicht glauben, irgendein Psychopath hätte Kelsko und dessen Assistenten ermordet, noch bevor die beiden zum Jahrmarktsgelände gefahren waren. Aber selbst wenn sie uns verdächtigten, konnten sie uns nichts beweisen.

Ich versteckte mich im Wohnwagen der fetten Dame, Gloria Neames, die so gütig war wie nur wenige Menschen, die ich kannte. Auch sie besaß gewisse übersinnliche Kräfte. Sie konnte, wenn sie sich darauf konzentrierte, kleine Gegenstände anheben, ohne sie zu berühren, und sie konnte verlorene Dinge mit Hilfe einer Wünschelrute auffinden. Die Trolle konnte sie nicht sehen, aber als wir ihr erzählten, daß Joel Tuck, Rya und ich dämonische Wesen, als Menschen getarnt, sehen konnten, glaubte sie uns bereitwillig, aufgrund ihrer eigenen besonderen Gaben, über die Joel übrigens Bescheid gewußt hatte.

Wir waren in mancher Hinsicht wesensverwandt. Gloria drückte es folgendermaßen aus: »Gott wirft jenen von uns, die Er verunstaltet, manchmal einen Knochen zu. Ich glaube, daß abnorme Personen prozentual gesehen viel häufiger übersinnliche Fähigkeiten besitzen als die sogenannten normalen Menschen, und ich glaube, daß es uns bestimmt ist zusammenzuhalten. Aber ganz unter uns gesagt, mein Lieber: Ich würde liebend gern auf alle besonderen Gaben verzichten, wenn ich dafür schlank und schön sein könnte!«

Der Schaustellerarzt, ein ehemaliger Alkoholiker namens Winston Pennington, kam zwei- bis dreimal täglich in Glorias Wohnwagen, um meine Wunde zu behandeln. Es waren keine Arterien und auch keine lebenswichtigen Organe verletzt worden. Aber ich bekam Fieber, litt unter ständiger Übelkeit, die mich auszutrocknen drohte, und fantasierte. An die ersten sechs Tage nach meinem Kampf mit Rya auf dem Friedhof erinnere ich mich kaum.

Rya...

Sie mußte verschwinden. Schließlich war sie vielen Trollen als Kollaborateurin bekannt, und sie würden sie auch in Zukunft aufsuchen und erwarten, daß sie jeden verriet, der ihre Maskerade durchschaute. Doch dazu war sie nicht länger bereit. Sie war ziemlich sicher, daß nur Kelsko und sein Assistent über mich Bescheid gewußt hatten, und da beide tot waren, bestand für mich keine Gefahr. Aber sie selbst mußte untertauchen. Arturo Sombra meldete sie bei der Yontsdowner Polizei als vermißt. Die Polizei fand natürlich keinerlei Spuren. In den nächsten zwei Monaten führte der *Sombra Brothers Carnival* Ryas Konzessionen in ihrem Namen weiter, doch schließlich gingen ihre Attraktionen vertragsgemäß in den Besitz der Gesellschaft über. Finanziert von Joel Tuck, kaufte ich sie. Am Ende der Saison brachte ich Ryas Airstream nach Gibsontown in Florida und stellte ihn neben ihrem größeren Wohnwagen ab, der dort seinen festen Standplatz hatte. Auch Ryas Besitz in Gibsontown ging durch geschickte Manipulationen und Umschreibung der Papiere in meinen Besitz über, und dort lebte ich allein von Mitte Oktober bis eine Woche vor Weihnachten, als eine bezaubernde junge Frau bei mir einzog. Sie hatte Ryas strahlend blaue Augen und Ryas perfekte Figur, aber ihre Haare waren rabenschwarz, und sie hatte etwas andere Gesichtszüge als Rya. Sie sagte, ihr Name sei Cara MacKenzie, sie sei meine verschollene Kusine aus Detroit, und sie wäre der Meinung, wir hätten eine ganze Menge zu besprechen.

Trotz meiner Vorsätze, verständnisvoll und menschlich zu sein und ihr zu verzeihen, konnte ich meine Mißbilligung und meinen Groll nicht so leicht vergessen. Bis zum ersten Weihnachtstag waren wir beide viel zu gehemmt, um viel miteinander zu sprechen. Doch dann fanden wir kein Ende. In den nächsten Wochen tasteten wir uns behutsam vor, knüpften zerrissene Bande neu; erst am 15. Januar gingen wir wieder miteinander ins Bett, und anfangs klappte es nicht so gut wie früher. Doch schon Anfang Februar beschlossen wir, daß Cara MacKenzie nicht meine Kusine aus Detroit, sondern meine Frau sein sollte, und in jenem Winter wurde in Gibsontown eine Riesenhochzeit gefeiert.

Vielleicht war sie mit schwarzen Haaren nicht so hinreißend wie mit blond-brünetten, und vielleicht hatte die plastische Chirurgie die Schönheit ihres Gesichts leicht beeinträchtigt, aber für mich war sie noch immer die schönste Frau der Welt. Was aber noch wichtiger war – aus ihrem Wesen verschwand allmählich jene seelisch verkrüppelte Rya, die wie ein Troll besonderer Art in ihr gehaust hatte.

Die Welt drehte sich weiter, so wie immer.

Im nun zu Ende gegangenen Jahr war unser Präsident in Dallas ermordet worden. Es war das Ende der Unschuld, das Ende einer bestimmten Denk- und Lebensweise, und manche Menschen verzagten und sagten, es wäre auch der Tod aller Hoffnung. Doch obwohl fallendes Herbstlaub skelettartige Äste enthüllt, kleidet der Frühling die Bäume neu ein.

In jenem Jahr hatten die Beatles ihre erste Schallplatte in den USA veröffentlicht, Skeeter Davis' Song ›The End of the

World‹ war der größte Hit gewesen, und die Ronettes hatten ›Be My Baby‹ aufgenommen.

Und gegen Ende des Winters – das neue Jahr war noch keine drei Monate alt – kehrten Rya und ich nach Yontsdown, Pennsylvania, zurück und verbrachten dort einige Märztage, um den Feind auf seinem eigenen Territorium zu bekämpfen.

Doch das ist eine neue Geschichte.

## Teil II

# DUNKLER BLITZ

*Unzählige verschlungene Nachtpfade*
*zweigen vom Zwielicht ab.*

★

*Etwas bewegt sich inmitten der Nacht,*
*das nicht gut und nicht richtig ist.*

★

*Das Flüstern der Dämmerung entsteht,*
*wenn sich die Nacht häutet.*

The Book of Counted Sorrows

## 19
# Das erste Jahr des neuen Krieges

John F. Kennedy war tot und bestattet, aber das Echo seines Trauermarsches wollte und wollte nicht verklingen. In jenem grauen Winter schien die Welt hauptsächlich Totengesänge anzustimmen, und der Himmel hing tiefer als je zuvor. Sogar in Florida, wo Wolken eine Seltenheit sind, fühlten wir jenes Grau, das wir nicht sahen, und sogar im Glück unserer Ehe konnten Rya und ich unsere Augen nicht völlig vor der düsteren Stimmung der übrigen Welt und vor den Erinnerungen an unsere schrecklichen Erlebnisse des Vorjahres verschließen.

Am 29. Dezember 1963 wurde die Beatles-Schallplatte ›I Want to Hold Your Hand‹ zum erstenmal von einem amerikanischen Rundfunksender gespielt, und Anfang Februar 1964 stand sie in sämtlichen Hitparaden des Landes an erster Stelle. Wir brauchten diese Musik. Durch dieses Lied und die vielen anderen, die sich daran anschlossen, entdeckten wir wieder, was Freude ist. Die vier Pilzköpfe aus Großbritannien wurden zu Symbolen von Leben, Hoffnung, Wandel und Neuanfang. Jenem ersten Song folgten im selben Jahr ›She Loves You‹, ›Can't Buy Me Love‹, ›Please Please Me‹, ›I saw Her Standing There‹, ›I Feel Fine‹ und mehr als zwanzig weitere Titel, optimistische Musik in einer solchen Fülle, wie sie uns seitdem nie wieder beschert wurde.

Und wir brauchten diese optimistische Musik dringend, nicht nur, um jenen November-Mord von Dallas vergessen zu können, sondern auch, um ein wenig von den am Horizont heraufziehenden schwarzen Wolken des Todes und der Vernichtung abgelenkt zu werden. Dies war das Jahr des Seegefechts im Golf von Tongking, als der Vietnamkonflikt sich zu einem regelrechten Krieg ausweitete – obwohl sich noch niemand vorstellen konnte, welche Ausmaße er annehmen würde. Und die Realität der nuklearen Bedrohung, die jederzeit mögliche totale Auslöschung, schien in jenem Jahr stärker als je zuvor das nationale Bewußtsein zu erschüttern. Denn plötzlich beschäftigte dieses Thema sämtliche Kunstrichtungen, und Filme wie ›Dr. Seltsam‹ und ›Sieben Tage im Mai‹ waren das Tagesgespräch. Wir spürten, daß wir am Rand eines schrecklichen Abgrunds dahintaumelten, und die Musik der Beatles spendete uns in dieser Situation Trost – etwa so, wie wenn man auf einem Friedhof pfeift, um beklemmende Gedanken an verwesende Leichen zu verdrängen.

Am 16. März, einem Montag, zwei Wochen nach unserer Hochzeit, lagen Rya und ich nachmittags am Strand, unterhielten uns leise und hörten Musik im Transistorradio, das zu einem guten Drittel Songs der Beatles und ihrer Imitatoren brachte. Am Sonntag war der Strand überfüllt gewesen, doch jetzt hatten wir ihn fast für uns allein. Das Meer leuchtete in der Sonne, so als würden Millionen von Goldmünzen aus einer versunkenen spanischen Galeone plötzlich von der Flut angeschwemmt. Der weiße Sand wurde von dieser grellen subtropischen Sonne immer stärker ausgebleicht, und wir wurden täglich – ja stündlich – brauner. Meine Haut hatte schon die Farbe von Kakao, während Ryas Bräune einen weichen goldenen Schimmer aufwies. Dieser honigfarbene Glanz wirkte so erotisch, daß ich der Versuchung nicht widerstehen konnte, sie von Zeit zu Zeit zu berühren. Obwohl sie jetzt rabenschwarze Haare hatte, war sie nach wie vor ein goldenes Mädchen, jene Tochter der Sonne, in die ich mich vergangenen Sommer auf den ersten Blick verliebt hatte.

Eine leichte Melancholie überschattete damals unsere Tage, wie die fernen Klänge einer nur halb gehörten schwermütigen Melodie. Überschattet ist eigentlich nicht das richtige Wort, denn wir waren nicht traurig, und man konnte auch nicht sagen, daß wir zuviel Düsteres gesehen und erlebt hatten, um glücklich zu sein. Wir waren oft – sogar meistens – glücklich. In kleinen Portionen kann Melancholie etwas Bittersüßes und fast Tröstliches an sich haben; durch den Kontrast wird Glück noch stärker wahrgenommen, speziell die sinnlichen Genüsse. Auch an jenem Montagnachmittag hüllte uns jene nicht unangenehme Melancholie ein; wir wußten, daß wir uns später, zu Hause im Wohnwagen, auf unbeschreiblich intensive Art lieben würden.

Zu jeder vollen Stunde hörten wir in den Rundfunknachrichten über Kitty Genovese, die zwei Tage zuvor in New York ermordet worden war. 38 ihrer Nachbarn in Kew Gardens hatten ihre entsetzten Hilferufe gehört und von ihren Fenstern aus beobachtet, wie ein Angreifer wiederholt mit einem Messer auf sie einstach, sich einige Schritte entfernte, zurückkam und erneut auf sie einstach, bis sie vor ihrer Haustür tot liegenblieb. Keiner der Nachbarn war ihr zu Hilfe geeilt. Erst eine halbe Stunde nach Kittys Tod hatte jemand die Polizei gerufen. Zwei Tage später machte dieser Mord noch immer Schlagzeilen, und das ganze Land versuchte zu verstehen, was die alptraumhaften Ereignisse in Kew Gardens über die Unmenschlichkeit, Gefühllosigkeit und Isolation moderner Stadtbewohner – Männer und Frauen – aussagte. »Wir wollten einfach in nichts hineingezogen werden«, sagten die 38 Zuschauer, so als sei sogar ein Mitmensch in Not kein ausreichender Grund, die Haltung eines unbeteiligten Zuschauers aufzugeben und Nächstenliebe walten zu lassen. Rya und ich wußten natürlich, daß einige dieser 38 wahrscheinlich keine Menschen, sondern Trolle waren, die sich an den Qualen der sterbenden Frau und am Schuldbewußtsein der feigen Zuschauer weideten.

Nach den Nachrichten schaltete Rya das Radio aus und stellte leise fest: »Nicht alles Böse auf der Welt geht nur von den Trollen aus.«

»Nein.«

»Wir sind selbst imstande, Greueltaten zu begehen.«

»Durchaus«, stimmte ich zu.

Sie schwieg einen Augenblick und lauschte den fernen Schreien der Möwen und dem sanften Rauschen der Wellen.

Schließlich meinte sie: »Mit jedem Jahr drängen die Trolle Güte, Ehrlichkeit und Wahrheit immer mehr ins Abseits, durch ihre Grausamkeit, durch das von ihnen verursachte Leid, durch ihr Morden. Unsere Welt wird immer kälter und gemeiner, hauptsächlich ihretwegen, auch wenn sie nicht an *allem* schuld sind. Die jüngeren Generationen haben immer schlechtere Beispiele vor Augen, und auf diese Weise wird jede neue Generation weniger Mitgefühl und Verantwortungsbewußtsein haben als die vorangegangene. Mit jeder Generation wird die Toleranz für Lüge, Mord und Grausamkeit zunehmen. Seit Hitlers Massenmorden sind noch keine zwanzig Jahre vergangen, aber kommt es dir etwa so vor, als erinnerten sich die meisten Menschen überhaupt noch daran, geschweige denn, daß sie erschüttert wären? Stalin hat mindestens dreimal soviel Menschen wie Hitler umgebracht, aber keiner spricht davon. Und jetzt bringt Mao in China Millionen um und läßt weitere Millionen in Arbeitslagern dahinvegetieren. Aber hörst du etwa viele Schreie der Empörung? Und dieser Trend wird sich fortsetzen, bis...«

»Bis wir etwas gegen die Trolle unternehmen.«

»Wir?«

»Ja.«

»Du und ich?«

»Ja, du und ich.«

Ich blieb mit geschlossenen Augen auf dem Rücken liegen.

Bis vor wenigen Minuten hatte ich das Gefühl gehabt, als strömte die Sonne durch mich hindurch in die Erde, als wäre ich völlig durchlässig.

Diese Vorstellung von Durchlässigkeit verschaffte mir Entspannung, befreite mich von Verantwortung und half mir, die düsteren Realitäten der Rundfunknachrichten zu verdrängen.

Plötzlich aber, während ich über Ryas Worte nachdachte, fühlte ich mich von den Sonnenstrahlen aufgespießt, kam mir bewegungsunfähig und gefangen vor.

»Wir können nichts tun«, sagte ich unbehaglich. »Zumindest nichts, was ins Gewicht fallen würde. Wir können versuchen, die Trolle, denen wir begegnen, zu isolieren und zu töten, aber wahrscheinlich gibt es Millionen von ihnen. Ein paar Dutzend oder sogar einige hundert von ihnen umzubringen, wird im Prinzip nichts an der Situation ändern.«

»Wir können mehr tun, als nur jene töten, denen wir begegnen«, sagte sie. »Wir können etwas anderes tun.«

Ich schwieg.

Zweihundert Meter nördlich suchten Möwen den Strand nach eßbaren Dingen ab. Ihre soeben noch schrillen und gierigen Schreie kamen mir plötzlich kalt, traurig und einsam vor.

»Wir können zu *ihnen* gehen«, sagte Rya.

Ich flehte sie innerlich an, nicht weiterzusprechen, ich versuchte, sie durch Telepathie oder was auch immer zum Schweigen zu bringen, aber sie hatte einen viel stärkeren Willen als ich, und mein stilles Flehen wurde nicht erhört.

»Sie sind in Yontsdown konzentriert«, fuhr sie fort. »Dort haben sie ein Nest, ein gräßliches stinkendes Nest. Und es muß weitere Orte wie Yontsdown geben. Sie führen Krieg gegen uns, und die Initiative liegt ausschließlich bei ihnen. Sie legen die Schlachtfelder und die Strategien fest. Wir könnten das ändern, Slim. Wir könnten sie auf ihrem eigenen Territorium bekämpfen.«

Ich öffnete die Augen.

Sie bewegte sich über mich und blickte auf mich herab. Sie war unglaublich schön und sinnlich, aber ich spürte die wilde Entschlossenheit und den eisernen Willen unter dieser verführerisch weiblichen Oberfläche, so als wäre sie eine antike Kriegsgöttin.

Das leise Rauschen der Wellen hörte sich plötzlich wie ferner Kanonendonner an, und das Wispern der Palmen in der warmen Brise verwandelte sich in eine klagende Totenlitanei.

»Wir könnten sie auf ihrem eigenen Territorium bekämpfen«, wiederholte sie.

Ich dachte an meine Mutter und an meine Schwestern, die für mich verloren waren, weil ich mich nicht aus dem Krieg herausgehalten hatte, weil ich Onkel Denton aktiv bekämpft hatte, anstatt den Kopf in den Sand zu stecken.

Ich streckte die Hand aus und berührte Ryas glatte Stirn, ihre Schläfe und Wange, ihre Lippen.

Sie küßte meine Hand.

Sie schaute mir tief in die Augen.

»Wir haben einander gefunden«, sagte sie, »und das gibt unserem Leben einen Sinn und schenkt uns Glück. Deshalb ist die Versuchung so groß, jetzt unsere Köpfe im Gefieder zu verstecken wie Tauben und die ganze Welt einfach zu ignorieren. Wir sind versucht, unser gemeinsames Glück zu genießen und auf alle anderen zu pfeifen. Und eine Zeitlang könnten wir vielleicht mit dieser Einstellung glücklich sein. Aber eben nur eine Zeitlang. Früher oder später würden wir uns unserer Feigheit und Selbstsucht schämen und Schuldgefühle bekommen. Ich weiß, wovon ich spreche, Slim. Vergiß nicht, bis vor kurzem habe ich so gelebt: nur an mir selbst interessiert, nur an meinem eigenen Überleben. Und Tag für Tag nagten die Schuldgefühle nicht nur an mir, sondern fraßen mich regelrecht bei lebendigem Leibe auf. Du bist nie so gewesen; du hattest immer Verantwortungsbewußtsein, und du wirst es nie abschütteln können, auch wenn du das heute vielleicht glaubst. Und nachdem in mir jetzt ein Verantwortungsgefühl erwacht ist, werde ich es ebenfalls nicht mehr abschütteln können. Wir sind nicht wie jene Menschen, die tatenlos zuschauten, als Kitty Genovese ermordet wurde. Wir sind nicht so schlimm, Slim! Und wenn wir versuchen, so wie sie zu sein, werden wir uns selbst schließlich verachten; dann werden wir uns gegenseitig für unsere Feigheit verantwortlich machen, und wir werden bitter werden, und schließlich werden wir einander nicht mehr lieben, jedenfalls nicht so, wie wir einander jetzt lieben. Wir können nur miteinander glücklich sein, wenn wir uns engagieren, wenn wir unsere Fähigkeit, die Trolle zu sehen, nutzen, wenn wir uns der Verantwortung stellen.«

Ich legte meine Hand auf ihr Knie. So warm... es war so warm.

Schließlich murmelte ich: »Und wenn wir sterben?«

»Es wäre wenigstens kein nutzloser Tod.«

»Und wenn nur einer von uns stirbt?«

»Dann nimmt der andere Rache.«

»Ein kalter Trost«, kommentierte ich.

»Aber wir werden nicht sterben«, sagte sie.

»Du klingst so sicher.«

»Das bin ich auch.«

»Ich wünschte, ich könnte auch so sicher sein.«

»Das kannst du.«

»Wie?« fragte ich.

»Glaub!«

»Ist das alles?«

»Ja. Glaub einfach an den Sieg des Guten über das Böse.«

»Das ist so, als wollte man an Tinkerbell glauben.«

»Nein«, widersprach Rya. »Tinkerbell war ein Fantasiewesen, das nur durch den Glauben existierte. Aber wir sprechen hier über Güte, Erbarmen und Gerechtigkeit – und das sind keine Fantasien. Es gibt sie, ob du nun an sie glaubst oder nicht. Doch wenn du an sie glaubst, wirst du deine Überzeugungen auch in die Tat umsetzen, und indem du handelst, trägst du dazu bei, daß das Böse nicht triumphiert. Aber nur, wenn du handelst.«

»Reden kannst du jedenfalls«, sagte ich.

Sie schwieg.

»Du könntest Kühlschränke an Eskimos verkaufen.«

Sie schaute mich nur an.

»Pelzmäntel an Hawaiianer.«

Sie wartete.

»Leselampen an Blinde.«

Sie lächelte nicht.

»Sogar Gebrauchtwagen«, sagte ich.

Ihre Augen waren tiefer als das Meer.

Später, im Wohnwagen, schliefen wir miteinander.

Im bernsteinfarbenen Licht der Nachttischlampe schien ihr Körper aus honig- und zimtfarbenem Samt zu bestehen, mit Ausnahme jener Stellen, die durch den knappen zweiteiligen Badeanzug von der Sonne geschützt waren.

Als ich mich schließlich in sie ergoß, schienen die Samenfäden uns zusammenzuschweißen, Körper an Körper und Seele an Seele.

»Wann werden wir nach Yontsdown aufbrechen?« fragte ich sie etwas später.

»Morgen?« flüsterte sie.

»Okay«, sagte ich.

Draußen war mit der Abenddämmerung ein heißer Westwind aufgekommen, der die Palmen peitschte, den Bambus rasseln ließ und in den australischen Tannen heulte. Der Metallwohnwagen knarrte. Rya machte das Licht aus, und wir lagen hintereinander im Halbdunkel, ihr Rücken an meinem Bauch, und lauschten dem Wind, erfreut über unseren Entschluß und über unseren Mut, stolz auf uns – aber auch voller Furcht.

# 20

# Nach Norden

Joel Tuck war dagegen. Gegen unsere edle Einstellung, die er ›hirnlosen Idealismus‹ nannte. Gegen unsere Reise nach Yontsdown. »Eher tollkühn als mutig«, lautete sein Kommentar. Gegen die Eskalation des Krieges, die wir planten. »Zum Scheitern verurteilt«, meinte er.

Wir aßen an jenem Abend bei Joel und seiner Frau Laura in ihrem großen, fest im Boden verankerten Wohnwagen auf einem der schönsten Grundstücke von Gibtown, wo Bananenpalmen, Farne, Bougainvillea und Jasmin, sorgfältig gestutzte Hecken und gepflegte Blumenbeete in üppiger Pracht gediehen. Dieser Überfluß an Pflanzen ließ einen erwarten, daß das Heim der Tucks im Innern mit irgendwelchen schweren europäischen Stilmöbeln vollgepropft sein würde. Doch in Wirklichkeit war das Wohnwagen-Haus modern eingerichtet: schlichte Möbel mit klaren Linien; zwei kühne abstrakte Gemälde, einige künstlerisch wertvolle Gegenstände, aber keine Nippes, keine unnützen Staubfänger. Erdtöne dominierten – Beige, Sandweiß und Braun –, mit Türkis als einzigem Farbtupfer.

Ich vermutete, daß diese betont nüchterne Einrichtung einen bewußten Versuch darstellte, Joels mißgestaltetes Gesicht möglichst wenig auffallen zu lassen. Ein Haus voll herrlich geschnitzter und verzierter europäischer Möbel – ob nun französisch, italienisch oder englisch – wäre durch Joels mächtige Statur und sein alptraumhaftes Gesicht gespenstisch verändert worden, hätte nicht elegant, sondern unheimlich gewirkt und an die düsteren alten Häuser und Spukschlösser in unzähligen Filmen erinnert. Doch in diesem zeitgenössischen Ambiente fielen seine Verunstaltungen viel weniger auf als sonst; man hatte fast den Eindruck, als wäre er eine ultramoderne surrealistische Skulptur, die in solche klaren Räume wie diesen *gehörte.*

Trotzdem war die Wohnung der Tucks alles andere als kalt

oder unpersönlich. Eine Längswand des großen Wohnzimmers wurde von weißen Holzregalen eingenommen, die mit gebundenen Büchern gefüllt waren, wodurch der Raum Wärme ausstrahlte. In erster Linie waren es aber Joel und Laura selbst, die eine warme und gemütliche Atmosphäre erzeugten, in der sich jeder Gast sofort wohl fühlte. Fast alle Schausteller, die ich je kennengelernt habe, hatten mich freundlich aufgenommen und vorurteilsfrei als einen der ihren akzeptiert. Doch sogar unter Schaustellern zeichneten sich Joel und Laura besonders aus.

Im vergangenen August, in jener blutigen Nacht, als Joel und ich sechs Trolle getötet, enthauptet und begraben hatten, war ich sehr erstaunt gewesen, als er seine Frau erwähnte, denn ich hatte mir bis dahin nicht vorstellen können, daß er verheiratet war. Danach war ich dann sehr neugierig gewesen, was für eine Frau das wohl sein mochte. Ich hatte mir alle möglichen Gefährtinnen für einen Mann wie Joel ausgemalt, aber meine Fantasiegestalten hatten mit Laura, die ich bald kennenlernte, wenig Ähnlichkeit.

Erstens war sie sehr hübsch, schlank und anmutig. Nicht atemberaubend wie Rya, keine Frau, bei deren Anblick Männer sofort schwach wurden, aber entschieden hübsch und begehrenswert: kastanienbraune Haare, klare graue Augen, ein offenes wohlproportioniertes Gesicht, ein herrliches Lächeln. Sie besaß die Selbstsicherheit einer Frau von vierzig, sah aber nicht älter als dreißig aus; ich schätzte sie deshalb auf Mitte Dreißig. Zweitens hatte sie nichts von einem verletzten Vogel an sich, war weder gehemmt noch schüchtern, so daß man nicht sagen konnte, daß sie Mühe gehabt hätte, einen attraktiveren und gesellschaftlich angeseheneren Mann als Joel zu finden. Und sie machte auch absolut keinen frigiden Eindruck. Nichts deutete darauf hin, daß sie Joel nur geheiratet hatte, weil er ihr dankbar sein und deshalb seltener auf sexuellen Kontakten bestehen würde als andere Männer. Im Gegenteil, sie war von Natur aus ein sehr zärtlicher Mensch – sie begrüßte gute Freunde mit Küssen auf die Wange, umarmte sie, drückte ihre Hände usw. –, und alles deutete darauf hin, daß sie im Ehebett zu großer Leidenschaft fähig war.

An einem Abend in der Woche vor Weihnachten, als Rya und Laura zusammen Einkäufe machten, hatten Joel und ich gemütlich Karten gespielt, Popcorn mit Käsegeschmack gegessen und Bier getrunken. Nachdem er etliche Flaschen ›Pabst Blue Ribbon‹ intus hatte, war er sentimental geworden und hatte nur noch von seiner heißgeliebten Frau gesprochen. Laura sei so sanft, sagte er, so freundlich und liebevoll und großmütig, und sie sei auch klug und geistreich, und mit ihrem Charme könne sie eine Kerze entflammen, ohne ein Streichholz zu benutzen. Vielleicht sei sie keine Heilige, meinte er, aber sie sei verdammt nahe daran. Er erklärte mir, um Laura zu verstehen – und um zu verstehen, warum sie ihn geheiratet hatte –, müsse man erkennen, daß sie zu jenen seltenen Menschen gehörte, die sich nie durch Äußerlichkeiten beeindrucken lassen und nicht nach dem ersten Eindruck urteilen. Sie schaute tief in die Menschen hinein – nicht mit Hilfe irgendwelcher übersinnlicher Kräfte, sondern einfach mit gutem altmodischem Scharfblick. In Joel hatte sie einen Menschen erkannt, der sie fast grenzenlos liebte und achtete und der trotz seines grauenvollen Gesichts gütiger und zu tieferer Zuneigung fähig war als die meisten anderen Männer.

Jedenfalls, als Rya und ich an jenem 16. März unsere Absicht kundtaten, den Krieg auf das Territorium der Trolle zu verlagern, reagierten Joel und Laura erwartungsgemäß. Sie runzelte die Stirn, ihre Augen verdunkelten sich vor Sorge, und sie streichelte und umarmte uns häufiger als sonst, so als sei jeder Körperkontakt ein Faden in einem Gewebe von Zuneigung, das uns an Gibtown binden und von unserer gefährlichen Mission abhalten sollte. Joel lief nervös auf und ab, ließ sich auf die Couch fallen, konnte aber keinen Moment still sitzen und durchmaß das Zimmer wieder mit großen Schritten, wobei er unaufhörlich versuchte, uns zur Vernunft zu bringen. Aber wir ließen uns weder von Lauras Wärme noch von Joels Logik beirren, denn wir waren jung und kühn und wollten der Gerechtigkeit zum Durchbruch verhelfen.

Als sich beim Abendessen das Gespräch schließlich anderen Themen zuwandte und wir glaubten, daß die Tucks sich widerwillig mit unserem Kreuzzug abgefunden hatten, warf Joel plötzlich Messer und Gabel klirrend auf seinen Teller und entfachte die Diskussion von neuem. »Es ist ein verdammtes Selbstmordkommando, nichts anderes! Wenn ihr euch mit der Absicht, ein Nest von Trollen auszuheben, nach Yontsdown begebt, so ist das glatter Selbstmord!« Sein mächtiger Kiefer mahlte, so als hätte er noch einiges auf Lager, doch schließlich wiederholte er nur: »Selbstmord!«

»Und nachdem ihr jetzt einander gefunden habt«, unterstützte Laura ihren Mann, wobei sie zärtlich Ryas Hand tätschelte, »habt ihr doch allen Grund zu leben.«

»Wir werden ja nicht mit Pauken und Trompeten in die Stadt einmarschieren und ihnen den Krieg erklären«, versicherte Rya. »Wir werden sehr vorsichtig sein. Als erstes müssen wir möglichst viel über sie herausfinden, speziell, warum sie dort eine Art Zentrum geschaffen haben.«

»Und wir werden gut bewaffnet sein«, fügte ich hinzu.

»Vergeßt nicht, wir haben einen enormen Vorteil«, fuhr Rya fort. »Wir können sie sehen, aber sie *wissen* nicht, daß wir sie sehen können. Wir werden sozusagen Phantome sein und einen Guerillakrieg führen.«

»Aber sie kennen dich«, entgegnete Joel.

»Nein.« Rya schüttelte den Kopf. »Sie kannten mein altes Ich, eine Blondine mit etwas anderen Gesichtszügen. Sie halten diese Frau für tot. Und in gewisser Weise ist sie das auch.«

Joel starrte uns frustriert an. Sein drittes Auge war von unbeschreiblichem verschleiertem Orange und schien ihm geheime Visionen apokalyptischer Art zu vermitteln. Das Lid schloß sich. Dann schloß er auch seine beiden normalen Augen und stieß einen tiefen Seufzer aus, resigniert und traurig. »Warum nur? Verdammt, warum? Warum habt ihr das Bedürfnis, etwas derart Verrücktes zu tun?«

»Ich will Rache für meine Jahre im Waisenhaus, als ich ihnen hilflos ausgeliefert war«, sagte Rya.

»Und Rache für meinen Vetter Kerry«, sagte ich.

»Für Jelly Jordan«, sagte Rya.

Joel öffnete seine Augen nicht. Er faltete seine riesigen Hände auf dem Tisch, und es sah fast so aus, als betete er.

»Und für meinen Vater«, sagte ich. »Einer von ihnen hat meinen Vater ermordet. Und meine Großmutter. Und meiner Tante Paula das Herz gebrochen.«

»Für jene Kinder, die beim Brand der Schule in Yontsdown ums Leben gekommen sind«, fügte Rya leise hinzu.

»Und für all jene, die sterben werden, wenn wir nichts unternehmen«, sagte ich.

»Als eine Art Buße«, sagte Rya. »Für all die Jahre, die ich auf *ihrer* Seite gearbeitet habe.«

»Wenn wir es nicht tun«, erklärte ich, »werden wir uns nicht besser fühlen als all jene Leute, die von ihren Fensterplätzen aus zuschauten, wie Kitty Genovese zerstückelt wurde.«

Wir hingen ein Weilchen schweigend unseren Gedanken nach.

Die Nachtluft strömte mit leisem Zischen durch die schräggestellten Jalousielamellen ein, so als atmete jemand mit zusammengebissenen Zähnen aus.

Draußen bewegte sich ein stärkerer Wind durch die Nacht, gleichsam eine Kreatur von gewaltigen Ausmaßen, die sich in der Dunkelheit an irgend etwas heranpirschte.

Schließlich murmelte Joel: »Aber, mein Gott, nur ihr beide gegen so viele von ihnen...«

»Es ist besser, wenn wir nur zu zweit sind«, sagte ich. »Zwei Fremde werden nicht weiter auffallen. Vielleicht gelingt es uns herauszufinden, warum sich so viele von ihnen dort zusammengefunden haben. Und falls wir dann beschließen sollten zuzuschlagen, können wir auch das heimlich tun.«

Joels braune Augen in den tiefen Höhlen unter seiner mißgestalteten Stirn öffneten sich; sie waren unglaublich ausdrucksvoll – Verständnis, Kummer, Bedauern und vielleicht auch Mitleid standen darin geschrieben.

Laura legte eine Hand auf Ryas Hand, die andere auf meinen Arm. »Wenn ihr in Schwierigkeiten geraten solltet, mit denen ihr allein nicht fertigwerden könnt, werden wir kommen.«

»Ja«, bestätigte Joel mit nicht ganz echtem Verdruß. »Ich

befürchte, daß wir so bescheuert und sentimental wären, euch tatsächlich zu Hilfe zu eilen.«

»Und wir werden andere Schausteller mitbringen«, versicherte Laura.

Joel schüttelte den Kopf. »Da bin ich mir nicht so sicher. Schausteller kommen zwar mit der Außenwelt meistens nicht gerade glänzend zurecht, aber das bedeutet noch lange nicht, daß sie nur Stroh im Kopf haben. Die Erfolgschancen werden ihnen nicht zusagen.«

»Das macht nichts«, beteuerte Rya. »Die Sache wird uns bestimmt nicht über den Kopf wachsen.«

»Wir werden so vorsichtig sein wie zwei Mäuse in einem Haus mit hundert Katzen«, meinte ich.

»Alles wird gutgehen«, sagte Rya.

»Ihr braucht euch um uns keine Sorgen zu machen«, versicherte ich.

Ich meinte wirklich, was ich sagte. Ich glaube, ich fühlte mich tatsächlich so selbstsicher. Meine unbegründete Zuversicht läßt sich nicht einmal mit Trunkenheit entschuldigen, denn ich war völlig nüchtern.

In den frühen Morgenstunden wurde ich von fernem Donner irgendwo draußen im Golf geweckt. Ich lag eine Weile schlaftrunken da und lauschte Ryas regelmäßigen Atemzügen und dem grollenden Himmel.

Als die Nebelschwaden des Schlafs sich allmählich auflösten und ich einigermaßen klar denken konnte, fiel mir ein, daß ich direkt vor dem Aufwachen einen schlimmen Traum gehabt hatte, in dem ebenfalls Donner vorgekommen war. Nachdem frühere Träume sich als prophetisch erwiesen hatten, versuchte ich mir diesen Alptraum in Erinnerung zu rufen, aber die vagen Bilder verflogen wie Rauch im Wind, bevor ich sie zu einem sinnvollen Puzzle zusammenfügen konnte. Obwohl ich mich lange darauf konzentrierte, erinnerte ich mich nur an einen seltsamen einengenden Ort, einen langen schmalen Flur oder vielleicht auch Tunnel, wo tintige Schwärze aus den Wänden zu sickern schien und die einzigen Lichtquellen – schwach und senfgelb – durch bedrohliche Schatten weit voneinander getrennt waren. Ich wußte weder, um welchen Ort es sich handelte, noch, welche schrecklichen Ereignisse dort stattgefunden hatten; doch sogar diese vagen Erinnerungen ließen mich frösteln und verursachten mir lautes Herzklopfen.

Draußen im Golf donnerte es stärker.

Dicke Regentropfen fielen aufs Dach.

Der Alptraum verflog immer mehr, und mit ihm meine Angst.

Das rhythmische Trommeln des Regens wirkte einschläfernd.

Neben mir murmelte Rya im Traum.

Ich dachte daran, daß ich in nur zweieinhalb Tagen die sommerliche Wärme Floridas gegen die Winterkälte des weiter nördlich gelegenen Yontsdown eintauschen müßte, und flüchtete mich rasch in den Schlaf. Doch morgens erwachte ich wieder angsterfüllt, ohne mich an den Alptraum erinnern zu können – was mich zwar störte, aber dennoch nicht direkt beunruhigte.

Gibtown ist die Winterheimat für Schausteller aus allen möglichen Wanderunternehmen der östlichen Landeshälfte. Im Gegensatz zu den Sombra Brothers stellen manche Gesellschaften neue Arbeitskräfte ein oder schließen Verträge mit neuen Konzessionären ab, ohne irgendwelche Fragen zu stellen, und auf diese Weise geraten hin und wieder – wenn auch sehr selten – einige Kriminelle unter die Schausteller. Deshalb kann man in Gibtown fast alles bekommen, was man will, sofern man als vertrauenswürdiges Mitglied der Gemeinschaft gilt.

Ich wollte zwei gute Revolver, zwei Pistolen mit illegalen Schalldämpfern, eine abgesägte Schrotflinte, eine Maschinenpistole, mindestens 100 Pfund irgendeines Plastiksprengstoffs, Sprengkapseln mit eingebautem Zeitzünder, ein Dutzend Ampullen mit Natriumpentothal, eine Packung Spritzen und einige andere Dinge, die man nicht einfach im Kaufhaus erwerben kann. An jenem Dienstagmorgen brauchte ich kaum eine halbe Stunde vorsichtig herumzufragen, bis ich wußte, daß ich mich an Norland ›Slick Eddy‹ Beckwurt zu wenden hatte, einen Konzessionär bei einem großen Unternehmen, das während der Saison hauptsächlich den Mittelwesten bereiste.

›Slick Eddy‹ – der ›flotte Eddy‹ – sah alles andere als flott aus. Er wirkte vertrocknet, hatte sprödes sandfarbenes Haar und war trotz der Sonne von Florida so bleich wie der Staub in einem antiken Grab. Seine Haut war pergamentartig, mit feinen Falten durchzogen, und seine Lippen waren rissig. Seine Augen hatten die eigenartige Farbe von blassem Bernstein oder vergilbtem Papier. Er trug Khakihosen und ein Khakihemd, das bei jeder Bewegung knisterte. Seine tiefe, aber rauhe Stimme hörte sich wie ein heißer Wüstenwind an, der durch ausgedörrte Büsche pfeift. Offenbar war er Kettenraucher, denn überall lagen Camel-Packungen herum.

Sein Wohnzimmer stank nach abgestandenem Zigarettenrauch. Nur eine der drei Lampen war eingeschaltet. Alle Vorhänge waren geschlossen. Gegen Morgen hatte es aufgehört zu regnen, doch während ich bei Slick Eddy war, setzte der Regen wieder ein, hörte sich in diesem Wohnwagen aber seltsam gedämpft an, so als wäre das ganze Gefährt mit schwerem Vorhangstoff umhüllt.

In einem Kunstledersessel bequem zurückgelehnt, hörte Slick Eddy sich meine lange, ungewöhnliche Einkaufsliste an, ohne auch nur eine Miene zu verziehen. Zwischen seinen dünnen nikotinverfärbten Fingern hielt er eine Zigarette, an der er hin und wieder zog. Als ich ihm alles aufgezählt hatte, stellte er keine einzige Frage, nicht einmal mit seinen blaßgelben Augen. Er nannte mir einfach den Preis, und als ich ihm die Hälfte der geforderten Summe als Anzahlung gab, sagte er: »Komm um drei wieder.«

»Heute?«

»Ja.«

»Du kannst das ganze Zeug in ein paar Stunden besorgen?«

»Ja.«

»Ich lege Wert auf Qualität.«

»Selbstverständlich.«

»Der Plastiksprengstoff muß ungefährlich zu handhaben sein.«

»Ich handle nicht mit Schund.«

»Und das Pentothal...«

Er stieß eine dichte Rauchwolke aus. »Je länger wir hier herumreden, desto schwieriger wird es für mich sein, um drei alles parat zu haben.«

Ich nickte, erhob mich und ging zur Tür, wo ich mich noch einmal umdrehte. »Bist du nicht neugierig?«

»Inwiefern?«

»Was ich mit dem Zeug vorhabe.«

»Nein.«

»Aber du mußt dich doch fragen...«

»Nein.«

»Wenn ich du wäre, würde ich wissen wollen, wozu jemand solche Sachen benötigt. Ich würde wissen wollen, an welchen Aktivitäten ich mich indirekt beteilige.«

»Deshalb bist du auch nicht ich«, erwiderte er.

Als es wieder aufhörte zu regnen, versickerten die Pfützen rasch in der Erde, die Blätter trockneten, und das Gras richtete sich langsam aus der geduckten Haltung auf, in die es der Wolkenbruch gezwungen hatte. Der Himmel klarte aber nicht auf, sondern hing weiterhin tief über der flachen Küste. Die nach Osten ziehenden dunklen Wolkenmassen sahen irgendwie niederträchtig aus, und auch die Luft war nicht so rein, wie sie nach einem starken Regen eigentlich hätte sein müssen; ein dumpfer, modriger Geruch haftete dem feuchten Tag an, so als hätte der Sturm irgendeinen Giftstoff vom Golf herangeweht.

Rya und ich packten drei Koffer und luden sie in unseren beigen Kombi, dessen Lackierung Holz vortäuschen sollte. Sogar in jenen Jahren wurden in Detroit keine echten Holzkarosserien mehr produziert – ein frühes Anzeichen dafür, daß das Zeitalter solider Qualitätsarbeit unaufhaltsam zu Ende ging und bald dem neuen Zeitalter von hastig zusammengeschustertem Schund und geschickten Imitationen Platz machen würde.

Wir verabschiedeten uns ernst und manchmal tränenreich von unseren Freunden und Bekannten – Joel und Laura Tuck, Gloria Neames, Red Morton, Bob Weyland, Madame Zena, Irma und Paulie Lorus und anderen –, wobei wir manchen erzählten, daß wir nur eine kurze Vergnügungsreise machten, anderen hingegen die Wahrheit sagten. Sie wünschten uns alles Gute und versuchten uns zu ermutigen, aber in den Augen all jener, die unser Ziel kannten, lasen wir Zweifel, Furcht, Mitleid und Bestürzung. Sie glaubten nicht, daß wir zurückkehren würden – oder daß wir in Yontsdown lang genug überleben würden, um etwas Wichtiges über dieses Trollzentrum in Erfahrung zu bringen, geschweige denn, um dem Feind irgendeinen Schaden zufügen zu können. Niemand sprach es aus, aber jeder hatte nur einen Gedanken: *Wir werden euch nie wiedersehen.*

Als wir um drei Uhr zu Slick Eddys Wohnwagen am Rand von Gibtown fuhren, wartete er schon auf uns. Er hatte alles besorgt, was ich bestellt hatte. Das ganze Zeug war in mehreren verschnürten Stoffbeuteln verstaut, die wir unbekümmert in unseren Wagen luden, so als wären es nur Säcke mit schmutziger Wäsche, die wir in den Waschsalon bringen wollten.

Wir hatten vereinbart, daß Rya auf der ersten Etappe unserer Fahrt nach Norden das Steuer übernehmen würde, während meine Aufgabe darin bestand, im Autoradio Sender mit guter Rock-and-Roll-Musik zu finden.

Wir hatten Slick Eddys Auffahrt noch nicht verlassen, als er sein Gesicht auf meiner Seite durchs offene Fenster schob. Sein Atem stank nach Zigaretten, als er erklärte: »Falls ihr irgendwo mit dem Gesetz in Konflikt geraten solltet und die Bullen wissen wollen, wo ihr alles herhabt, dann hoffe ich, daß ihr euch wie ehrenhafte Schausteller benehmen und mich völlig aus dem Spiel lassen werdet.«

»Selbstverständlich«, sagte Rya scharf. Es war unübersehbar, daß sie Slick Eddy nicht leiden konnte. »Warum beleidigst du uns, indem du so was überhaupt zur Sprache bringst? Sehen wir etwa wie Typen aus, die andere Leute in die Pfanne hauen? Auf uns kann man sich verlassen.«

»Das glaub' ich gern«, meinte Slick Eddy.

»Na, dann ist ja wohl alles klar«, sagte sie verdrossen.

Slick Eddy war aber noch nicht zufriedengestellt. Er schien zu spüren, daß Rya tatsächlich eine Verräterin gewesen war. Und vielleicht rührte ihre barsche Reaktion weniger von ihrer Abneigung her als von dem Schuldbewußtsein, das sie mitunter noch quälte.

»Wenn alles glatt läuft – was auch immer ihr vorhaben mögt – und wenn ihr eines Tages weitere Einkäufe bei mir machen wollt, werdet ihr mir herzlich willkommen sein. Wenn aber irgendwas schiefgeht, will ich euch nie wiedersehen.«

»Wenn irgendwas schiefgeht«, sagte Rya scharf, »*wirst* du uns nie wiedersehen.«

Er schaute blinzelnd von Rya zu mir, stieß pfeifend den Atem aus und murmelte: »Ja... Ja... Ich vermute fast, daß ich euch wirklich nie wiedersehen werde.«

Er blickte uns nach, während Rya im Rückwärtsgang die Auffahrt hinabfuhr.

»Wie sieht er deiner Meinung nach aus?« fragte sie mich.

»Wie eine Wüstenratte.«

»Nein.«

»Nein?«

»Wie der Tod.«

Ich schaute zu dem allmählich kleiner werdenden Mann zurück.

Er lächelte plötzlich und winkte uns zu, vielleicht weil es ihm leid tat, Rya und mich verärgert zu haben, und weil er einen versöhnlicheren Abschied vorzog. Das war jedoch das Schlimmste, was er hätte tun können, denn sein knochentrockenes und madenbleiches Gesicht war nicht zum Lächeln geschaffen. In diesem totenkopfartigen Grinsen konnte ich weder Freundschaft noch Wärme noch Freude erkennen – nur den Hunger des Grimmen Schnitters.

Dieses makabre Bild war unser letzter Eindruck von Gibtown, was unsere Stimmung nicht gerade hob. Deprimiert fuhren wir in nordöstliche Richtung, und nicht einmal die Musik der Beach Boys, der Beatles, der Dixie Cups und der

Four Seasons vermochte uns diesmal aufzuheitern. Der wolkenverhangene Himmel lastete wie ein Schieferdach auf der Welt und drohte über uns einzustürzen. Manchmal peitschte silbrig schimmernder Regen die Luft und das Straßenpflaster. Wenn es nicht regnete, hüllte feiner aschfarbener Dunst die Zypressen und Pinien ein, wodurch das sonnige Florida in eine trostlose britische Moorlandschaft verwandelt schien. Nach Einbruch der Dunkelheit wurde der Nebel dichter. Wir redeten nur wenig, so als hätten wir Angst, etwas zu sagen, was uns noch mehr deprimieren würde.

Wir aßen in einer tristen Raststätte, in einer Nische vor den mit Fliegendreck beschmutzten, regennassen Fenstern. Auf der Speisekarte gab es nur aufgetaute und in viel Fett gebratene Tiefkühlkost.

Einer der Lastwagenfahrer, die auf Hockern an der Theke saßen, war ein Troll. Mit meinen Zwielicht-Augen nahm ich wahr, daß er auf Seitenstraßen mit seinem riesigen Fahrzeug schon oft PKWs gerammt und in Kanäle oder Sümpfe gestoßen hatte, wo die Insassen elendig ums Leben gekommen waren. Ich spürte auch, daß er sich in Zukunft viele weitere unschuldige Opfer suchen würde, die nächsten vielleicht schon in der kommenden Nacht. Aber ich hatte nicht das Gefühl, daß er für Rya und mich eine Gefahr darstellte; und obwohl ich ihm am liebsten mit meinem Messer die Kehle aufgeschlitzt hätte, beherrschte ich mich in Anbetracht der vor uns liegenden wichtigen Mission.

Irgendwo in Georgia verbrachten wir die Nacht in einem Motel an der Autobahn, nicht etwa, weil es einladend ausgesehen hätte, sondern weil uns die Müdigkeit plötzlich in einer trostlosen, abgelegenen Gegend überwältigt hatte. Die Matratze war klumpig, die Sprungfedern waren ausgeleiert. Sobald wir das Licht ausgeschaltet hatten, hörten wir große Kakerlaken über den rissigen Linoleumboden huschen. Wir waren aber viel zu müde – und hatten zuviel Angst vor der Zukunft –, um uns etwas daraus zu machen. Nach einem süßen Gutenachtkuß schliefen wir sofort ein.

Wieder träumte ich von einem langen dunklen Tunnel, der nur in großen Abständen durch schwache Lampen beleuchtet war. Die Decke war niedrig. Die Wände waren rauh, aber ich konnte das Material nicht genau identifizieren. Wieder fuhr ich entsetzt aus dem Schlaf, und wieder konnte ich mich nicht daran erinnern, was sich in dem Alptraum ereignet hatte, warum mein Herz zum Zerspringen klopfte.

Das Leuchtzifferblatt meiner Armbanduhr sagte mir, daß es zehn Minuten nach drei war. Ich hatte nur zweieinhalb Stunden geschlafen, aber ich wußte, daß das schon alles war, was diese Nacht mir an Ruhe bescheren konnte.

Neben mir stöhnte, keuchte und schauderte Rya im Schlaf.

Ich fragte mich, ob sie wohl durch den Tunnel aus meinem eigenen Alptraum rannte.

Ich dachte an jenen verhängnisvollen Traum, den wir beide im vergangenen Sommer mehrfach gehabt hatten: an den Friedhof mit seinen unzähligen Grabsteinen. Jener Traum war ein Omen gewesen. Und falls wir nun wieder beide ein und denselben Alptraum hatten, so konnten wir sicher sein, daß er auf eine Gefahr hindeutete.

Ich nahm mir vor, Rya am Morgen zu fragen, warum sie im Schlaf gestöhnt und gekeucht hatte. Vielleicht würde sich ja zum Glück herausstellen, daß die Ursache für ihren schlechten Traum ganz prosaisch war: das fette Essen in der Raststätte.

Vorläufig lag ich im Dunkeln auf dem Rücken und lauschte meinen leisen Atemzügen, Ryas Gemurmel im Schlaf und der Betriebsamkeit der vielbeinigen Kakerlaken.

Am Mittwochmorgen, dem 18. März, fuhren wir weiter, bis wir eine gemütliche Raststätte entdeckten. Bei einem ausgezeichneten Frühstück – Speck, Eier, Haferflocken, Waffeln und Kaffee – fragte ich Rya nach ihrem Traum.

»Letzte Nacht?« fragte sie stirnrunzelnd, während sie mit einem Stück Toast etwas Eigelb auftunkte. »Ich habe wie ein Stein geschlafen und überhaupt nicht geträumt.«

»Doch.«

»Tatsächlich?«

»Ständig.«

»Ich erinnere mich aber nicht daran.«

»Du hast sehr oft gestöhnt und nach den Laken getreten. Nicht nur letzte Nacht, sondern auch schon die Nacht davor.«

Sie blinzelte und vergaß, daß Stück Toast zum Mund zu führen. »Ach so, ich verstehe. Du meinst... du bist aus einem Alptraum aufgewacht und hast festgestellt, daß ich ebenfalls einen hatte?«

»Stimmt.«

»Und jetzt fragst du mich, ob...«

»Ob wir wieder ein und denselben Traum gehabt haben.« Ich erzählte ihr von dem seltsamen Tunnel, von den schwachen, flackernden Lampen. »Ich erwache mit dem Gefühl, von etwas verfolgt worden zu sein.«

»Von wem – oder von was?«

»Etwas... etwas... ich weiß es nicht.«

»Na ja, falls ich etwas Derartiges geträumt haben sollte, erinnere ich mich jedenfalls nicht daran.« Sie schob sich den Bissen Toast in den Mund, kaute und schluckte. »Wir haben also beide schlechte Träume. Aber sie müssen nicht zwangsläufig prophetisch sein. Gott weiß, wir haben Gründe genug, nicht gut zu schlafen. Nervosität. Furcht. In Anbetracht unseres Zielortes wäre es ein Wunder, wenn wir keine schlimmen Träume hätten. Das hat bestimmt überhaupt nichts zu bedeuten.«

Nach dem Frühstück verbrachten wir einen langen Tag auf den Autobahnen und aßen nicht einmal zu Mittag, sondern kauften uns nur in einer Tankstelle Kekse und Schokoriegel.

Allmählich ließen wir die subtropische Hitze hinter uns, und das Wetter wurde besser. In South Carolina wurde der Himmel sogar wolkenlos.

Seltsamerweise – oder vielleicht auch nicht – kam mir dieser sonnige Tag auch nicht freundlicher vor als der vorangegangene stürmische Nachmittag. In den Nadelwäldern, die sich rechts und links in einiger Entfernung der Straße dahinzogen, lauerte die Dunkelheit, eine lebendige, wachsame Dunkelheit, die nur auf eine günstige Gelegenheit wartete, um sich auf uns zu stürzen und uns zu verschlingen. Sogar in der grellen Sonne war ich mir der Unausweichlichkeit der herannahenden Nacht bewußt. Nein, ich war wirklich nicht in bester Stimmung.

Am späten Mittwochabend fanden wir in Maryland ein besseres Motel als am Vortag: ein bequemes Bett, einen Teppich auf dem Boden, keine umherhuschenden Kakerlaken.

Wir waren noch müder als am Abend zuvor, doch zu unserer eigenen Überraschung schliefen wir nicht sofort ein, sondern liebten uns statt dessen. Noch überraschender: Wir waren schier unersättlich. Es begann mit langsamen Bewegungen, so als würden Liebende in einem Film in Zeitlupe gezeigt, und jede Berührung hatte etwas unvorstellbares Süßes an sich, etwas Scheues, so als wären wir zum erstenmal vereint. Doch nach einer Weile entwickelten wir eine Leidenschaft, die nach der langen ermüdenden Fahrt zunächst unerklärlich schien. Nie zuvor hatte sich Ryas Körper so warm und geschmeidig angefühlt, so seidig, so sinnlich – so kostbar. Ihr beschleunigter Atem, ihre leisen Lustschreie, ihr plötzliches Keuchen und Stöhnen, die Begierde, mit der sie meinen Körper erforschte und mich an sich zog – das alles steigerte meine eigene Erregung. Lustvolle Schauer durchliefen mich und übertrugen sich auf sie. Ihr Genuß steigerte sich von einer Klimax zur nächsten, und auch nach einer mächtigen Ejakulation erschlaffte mein Penis nicht; ich blieb mit ihr vereint und schwebte auf einem nie zuvor gekannten Gipfel erotischen und emotionalen Genusses.

Wie schon früher – obwohl noch nie mit solcher Intensität und Kraft – liebten wir uns so leidenschaftlich, um die Existenz des sensenschwingenden Todes zu vergessen, zu leugnen. Wir versuchten, die vor uns liegenden Gefahren und die Ängste, die uns quälten, zu verdrängen. Wir suchten Trost, zeitweiligen Frieden und neue Kraft im Liebesakt. Vielleicht hofften wir auch, daß wir hinterher viel zu erschöpft sein würden, um zu träumen.

Doch wir träumten trotzdem.

Ich war wieder in jenem schwach beleuchteten Tunnel, rannte entsetzt vor etwas davon, das ich nicht sehen konnte. Das harte, dumpfe Echo meiner Schritte auf dem Steinboden schien meine Panik wiederzugeben.

Auch Rya träumte und fuhr kurz vor Tagesanbruch, als ich schon stundenlang wachgelegen hatte, aus dem Schlaf. Ich hielt sie fest. Sie schauderte, aber diesmal nicht vor Lust. Sie erinnerte sich nur an Bruchstücke des Traumes: trübes, flakkerndes bernsteinfarbenes Licht, Teiche undurchdringlicher Finsternis, ein Tunnel...

Etwas sehr Schlimmes würde uns in einem Tunnel zustoßen. Wann, wo, wie, warum – das konnten wir noch nicht erkennen.

Am Donnerstag erreichten wir Pennsylvania. Diesmal saß ich am Steuer, während Rya sich um das Radio kümmerte. Der blaue Himmel verschwand wieder hinter stahlgrauen Wolken.

Offiziell war in wenigen Tagen Frühlingsanfang, aber hier im Gebirge kümmerte sich die Natur wenig um den Kalender. Der Winter war noch unangefochtener König und würde mindestens bis zum Ende des Monats, vielleicht auch länger, auf seinen Thron sitzen.

Die verschneite Landschaft wurde immer felsiger, die Staatsstraße wand sich in Serpentinen ins Gebirge empor, und die Schneewälle entlang dieser Straße wurden immer höher.

Meine Gedanken schweiften unwillkürlich zu jenem Tag zurück, als ich mit Jelly Jordan und Luke Bendingo nach Yontsdown gefahren war, um mit Hilfe von Bestechungsgeldern die Wege für den Sombra Brothers Carnival zu ebnen.

Die Landschaft wirkte auf mich diesmal nicht minder bedrohlich als an jenem Sommertag. Es mochte noch so irrational sein, aber ich wurde den Eindruck einfach nicht los, als wären hier sogar die Berge bösartig, als könnten Erde, Steine und Wälder böse Absichten verfolgen. Verwitterte Felsformationen, die hier und da aus Schneedecken herausragten, ähnelten den halb verfaulten Zähnen eines Leviathans, der in der Erde schwamm, anstatt im Meer. An anderen Stellen erinnerten mich längere Formationen an ausgezackte Wirbelsäulen riesiger Reptilien.

Das trübe graue Tageslicht erzeugte keine klaren Schatten, färbte aber jeden Gegenstand aschfahl ein, so daß man fast glauben konnte, wir hätten eine andere Welt betreten, wo Farben – außer grau, schwarz und weiß – nicht existierten. Die kahlen Ahorne und Birken sahen nicht wie Bäume aus, sondern eher wie versteinerte Skelette einer vormenschlichen Rasse. Ungewöhnlich viele Eichen waren verkrüppelt und mit häßlichen Pilzen bewachsen.

»Noch können wir umkehren«, sagte Rya leise.

»Möchtest du das?«

Sie seufzte.

»Nein.«

»Und... könnten wir wirklich umkehren?«

»Nein.«

Nicht einmal der Schnee vermochte diesem bösartigen Gebirge Glanz zu verleihen. Der Schnee schien anders zu sein als in freundlicheren Gegenden. Es war nicht der Schnee für Ski- und Schlittenfahrten, für Schneeballschlachten und Schneemänner. Die Schneekruste auf den kahlen Bäumen unterstrich deren düsteren, skelettartigen Eindruck nur noch mehr. Dieser Schnee ließ mich an weißgekachelte Leichenschauhäuser denken, wo kalte, erstarrte Körper seziert wurden.

Wir passierten die verlassene Mine, an die ich mich vom Vorjahr erinnerte, die Reste der Kipphalde, die rostigen Autowracks in den Vorgärten... Obwohl sie zum Teil unter Schnee verborgen waren, verstärkten sie die allgemeine Atmosphäre von Verzweiflung, Düsterkeit und Altersschwäche.

Die dreispurige Straße war völlig schnee- und eisfrei, so daß das Fahren keine Probleme bereitete.

Als wir am Ortsschild vorbeikamen, das die Stadtgrenze von Yontsdown markierte, sagte Rya: »Slim, du solltest jetzt lieber langsamer fahren.«

Ich warf einen Blick auf das Tachometer und stellte fest, daß ich die zulässige Höchstgeschwindigkeit um mehr als 30 km/h überschritt, so als wollte ich unbewußt auf kürzestem Wege durch die Stadt rasen und sie so schnell wie möglich hinter mir lassen.

Ich nahm den Fuß vom Gaspedal, und als ich gleich darauf

in eine Kurve fuhr, sah ich am Straßenrand einen Streifenwagen stehen, aus dessen Fenster ein Radargerät heraushing.

Der Kombi war noch immer einige Stundenkilometer schneller als erlaubt, als wir die Kontrolle passierten. Im Vorbeifahren erkannte ich, daß der Polizist am Steuer ein Troll war.

## 21

# Winter in der Hölle

Ich fluchte laut, denn obwohl ich die zulässige Geschwindigkeit nur um vier bis fünf Stundenkilometer überschritten hatte, war ich mir sicher, daß in dieser von den Dämonen regierten Stadt sogar eine kleine Gesetzesübertretung fatale Folgen haben konnte. Ich warf einen besorgten Blick in den Rückspiegel. Auf dem Dach des Streifenwagens blinkte plötzlich das Rotlicht. Der Polizist wollte unsere Verfolgung aufnehmen, was nicht gerade ein vielversprechender Beginn unserer heimlichen Mission war.

»Verdammt!« rief Rya, die sich auf dem Beifahrersitz umgedreht hatte, um durch die Heckscheibe zu schauen.

Aber noch bevor der Streifenwagen starten konnte, bog ein anderes Auto – ein verschmutzter gelber Buick – um die Kurve, das schneller fuhr als ich. Die Aufmerksamkeit des Troll-Polizisten wandte sich diesem Übeltäter zu, und wir fuhren unbehelligt weiter, während der Buick gestoppt wurde.

Ein plötzlicher Windstoß wirbelte eine Million Schneeflokken vom Boden auf, verwob sie im Handumdrehen zu einem silbergrauen Vorhang und peitschte diesen hinter uns über die Straße, so daß der Buick, sein unglückseliger Fahrer und der Troll-Polizist nicht mehr zu sehen waren.

»Das war knapp«, sagte ich.

Rya schwieg. Yontsdown lag vor uns. Sie biß sich auf die Unterlippe, während sie die Stadt betrachtete, zu der hin sich die Straße leicht senkte.

Im vergangenen Sommer war Yontsdown mir düster und mittelalterlich vorgekommen. Jetzt, im kalten Würgegriff des Winters, war es noch beklemmender als an jenem Augusttag. Die Rauch- und Dampfwolken aus dem Stahlwerk waren noch dunkler und schmutziger als damals. In 60 bis 100 Meter Höhe wurde der graue Dampf vom Winterwind zerfetzt, aber der Schwefelrauch breitete sich von einem Berggipfel zum anderen aus. Die Kombination aus dunklen Wolken und gelblichen Rauchschwaden ließ den Himmel verwundet aussehen. Und wenn schon der Himmel verwundet schien, so war die Stadt selbst tödlich getroffen. Sie kam mir nicht nur wie eine sterbende Gemeinde vor, sondern wie eine Gemeinde von Toten, ein einziger riesiger Friedhof. Die Reihenhäuser – viele waren schäbig und alle mit einer grauen Staubschicht überzogen – und die größeren Gebäude aus Ziegeln und Granit hatten mich im Vorjahr an mittelalterliche Bauten erinnert. Das taten sie auch jetzt noch, aber mit dem rußfarbenen Schnee auf den Dächern, mit den schmutzigen Eiszapfen an den Regenrinnen und den Eisblumen an vielen Fenstern ließen sie mich unwillkürlich auch an Grabsteine auf einem Friedhof für Riesen denken. Die Eisenbahnwaggons auf dem Güterbahnhof hätten – aus der Ferne betrachtet – ohne weiteres riesige Särge sein können.

Ich hatte das Gefühl, von psychischen Ausstrahlungen umspült zu werden, und fast alle Strömungen in diesem höllischen Meer waren dunkel, kalt und beängstigend.

Wir überquerten die Brücke über den gefrorenen Fluß. Die schwerfällige Metallverstrebung war völlig vereist. Diesmal sangen die Reifen nicht einmal eine eintönige Melodie, sondern stießen nur schrille Schreie aus.

Auf der anderen Seite der Brücke hielt ich am Bordstein an.

»Was machst du?« fragte Rya und betrachtete verwundert die schäbige Imbißstube, vor der ich geparkt hatte.

Es war ein giftgrün gestrichenes Gebäude aus Zementblökken. Von der Tür blätterte die rote Farbe ab, und die Fenster waren zwar frostfrei, aber stark verschmutzt.

»Was willst du hier?«

»Nichts«, erwiderte ich. »Ich ... ich möchte nur mit dir den Platz tauschen. Diese Ausstrahlungen ... überall um mich herum ... Wohin ich auch schaue, sehe ich ... seltsame und schreckliche Schatten, die nicht real sind, Schatten künftigen Todes, zukünftiger Zerstörung ... Ich glaube, ich sollte in diesem Zustand nicht am Steuer sitzen.«

»Die Stadt hat doch früher nicht so auf dich gewirkt.«

»Doch. Als ich das erstemal herkam, mit Luke und Jelly.

Allerdings nicht so schlimm wie jetzt. Und ich bekam mich schnell wieder unter Kontrolle. Ich werde mich zweifellos auch diesmal bald daran gewöhnen. Aber im Augenblick fühle ich mich... sehr mitgenommen.«

Rya rutschte ans Steuer, und ich stieg aus und ging mit weichen Knien um den Wagen herum. Die Luft war bitterkalt; es roch nach Öl, Kohlenstaub, Benzindämpfen, gebratenem Fleisch aus der Imbißstube und – darauf hätte ich schwören können – nach Schwefel. Ich nahm auf dem Beifahrersitz Platz, und Rya ordnete sich geschickt wieder in den Verkehr ein.

»Wohin?« fragte sie.

»Fahr durch die Stadtmitte zu den Außenbezirken.«

»Und dann?«

»Such ein ruhiges Motel.«

Ich konnte mir nicht so recht erklären, warum die Stadt mich jetzt viel stärker erschütterte als im Vorjahr, obwohl mir einige mögliche Gründe einfielen. Vielleicht hatten meine übersinnlichen Kräfte zugenommen, und meine parapsychologischen Wahrnehmungen wurden dadurch intensiviert. Oder vielleicht hatten Leid und Schrecken in dieser Stadt seit meinem letzten Besuch um ein Vielfaches zugenommen. Oder vielleicht hatte ich mehr Angst, an diesen dämonischen Ort zurückzukehren, als mir bewußt war, und vielleicht war ich in diesem überreizten Zustand besonders empfänglich für die dunkle Energie und die vagen, aber nichtsdestotrotz gräßlichen Signale, die von Gebäuden, Autos, Menschen und Gegenständen aller Art ausgingen. Oder vielleicht spürte ich mit den Spezialantennen meiner Zwielicht-Augen, daß entweder Rya oder ich – oder beide – hier sterben würde; falls diese hellseherische Botschaft aber in mein Bewußtsein zu dringen versuchte, so war ich offenbar emotional außerstande, sie zu lesen und zu akzeptieren. Ich konnte sie mir vorstellen, aber ich brachte es nicht über mich, die Einzelheiten eines so sinnlosen und entsetzlichen Schicksals zu ›sehen‹.

Als wir uns dem zweistöckigen Ziegelgebäude näherten, in dem bei dem Feuer sieben Schulkinder verbrannt waren, sah ich, daß der beschädigte Flügel seit vorigem Sommer wieder aufgebaut worden war. Der normale Schulbetrieb war offenbar wieder im Gange, denn ich konnte an einigen Fenstern Kinder sehen.

Wie im Vorjahr, so löste sich auch jetzt eine riesige Welle hellseherischer Impressionen von den Mauern des Gebäudes und rollte mit vernichtender Wucht auf mich zu – eine ›nur‹ okkulte Substanz, die für mich jedoch genauso real war wie eine mörderische Sturzwelle. Hier konnte man menschliches Leiden, menschliche Qualen und Todesängste fast wie die Meerestiefe messen: zehn Faden, hundert, tausend, viele tausend... Eine feine kalte Gischt eilte der mörderischen Welle voraus: Unzusammenhängende Bildfetzen trafen meinen Geist. Ich sah Wände und Decken in Flammen stehen... Fenster zu zehntausend tödlichen Splittern explodieren... entsetzte Kinder in brennenden Kleidern... eine schreiende Lehrerin mit brennenden Haaren... die in eine Ecke zusammengesackte Leiche eines Lehrers...

Als ich die Schule zuletzt gesehen hatte, waren Visionen sowohl des bereits erloschenen Feuers als auch des zukünftigen, noch schlimmeren Brandes über mich hereingebrochen. Aber diesmal sah ich nur dieses zukünftige Feuer, vielleicht weil es jetzt zeitlich näher lag als das vergangene. Die übersinnlichen Bilder waren viel klarer und lebendiger als alle andere Visionen, die ich je gehabt hatte; sie brannten sich wie Säure in mein Gedächtnis und meine Seele ein: Kinder in Todesangst; grinsende Totenschädel; gähnende schwarze Augenhöhlen, die Augen von hungrigen Flammen verzehrt.

»Was ist los?« fragte Rya besorgt.

Ich bemerkte, daß ich keuchte und wie Espenlaub zitterte.

»Slim?«

Sie verlangsamte das Tempo.

»Fahr weiter«, zischte ich mit zusammengebissenen Zähnen. Dann spürte ich die Schmerzen der sterbenden Kinder und schrie auf.

»Was fehlt dir?« fragte Rya.

»Visionen.«

»Welcher Art?«

»Um Gottes willen... fahr... weiter...«

»Aber...«

»Schnell... weg von der Schule!«

Um diese Worte auszustoßen, hatte ich aus der Säuregischt psychischer Strahlung auftauchen müssen, was fast so schwierig war, wie sich durch reale erstickende Giftdämpfe durchzukämpfen. Jetzt wurde ich in jenen Strudel unerwünschter Bilder zurückgerissen, die mir die unvorstellbar grausame und tragische Zukunft der Yontsdowner Schule in blutigen Einzelheiten zeigten.

Ich schloß die Augen, aber dadurch nahm die Anzahl der Visionen nur unwesentlich ab, und ihre Intensität blieb völlig unverändert. Die Hauptwelle der psychischen Strahlung türmte sich jetzt über mir und drohte über mir zusammenzuschlagen; ich war das Ufer, an dem diese gigantische Welle sich brechen würde, und danach würde die Küstenlinie vielleicht nicht wiederzuerkennen sein. Ich hatte wahnsinnige Angst, daß ein völliges Untertauchen in diesen alptraumhaften Visionen mich emotional und geistig zerschmettern, ja mich in den Wahnsinn treiben könnte. Deshalb schützte ich mich auf die gleiche Weise wie im vergangenen Sommer. Ich ballte die Hände zu Fäusten, biß die Zähne zusammen, senkte den Kopf und zwang mich mit ungeheurem Willensaufwand, an schöne Erinnerungen zu denken: Ryas Liebe zu mir, die ich in ihren klaren Augen lesen konnte; Ryas herrliche Gesichtszüge; ihr perfekter Körper; unsere unvergleichlichen Liebesakte; der Genuß, den es mir bereitete, auch nur ihre Hand zu halten oder neben ihr zu sitzen und stundenlang fernzusehen...

Die Welle stürzte auf mich nieder.

Ich klammerte mich an den Gedanken an Rya fest.

Die Welle traf mich – O Gott! – mit verheerender Wucht.

Ich schrie auf.

»Slim!« rief eine ferne Stimme angsterfüllt.

Ich war auf dem Sitz zusammengesunken. Ich war zerschmettert, zertrümmert, zermalmt.

»Slim!«

Rya... Rya... meine einzige Rettung...

Ich war dort, in der brennenden Schule, zwischen den sterbenden Kindern, überwältigt von Visionen entsetzter Augen, in denen sich flackernde Flammen spiegelten... Rauch, dichte Rauchschwaden, die durch den heißen, einbrechenden Fußboden drangen... ich roch ihre brennenden Haare, ich wich herabstürzenden Deckenteilen aus... ich hörte die grauenhaften gellenden Schreie, die sich zu einer höllischen Musik verwoben, einer Musik, die mir trotz der Feuerglut das Blut in den Adern gefrieren ließ... und diese armen Seelen taumelten an mir vorbei – Lehrer und Kinder in panischer Angst –, den Ausgängen zu, aber unerklärlicherweise waren die Türen verschlossen, und jetzt, lieber Gott, jetzt standen Dutzende von Kindern schlagartig in hellen Flammen. Ich rannte zu einem hin, versuchte die Flammen zu ersticken und es irgendwie aus diesem Inferno hinauszuschaffen, aber ich war wie ein Geist an diesem Ort, das Feuer vermochte mir nichts anzuhaben, aber ich konnte auch nicht ins Geschehen eingreifen, und meine Geisterhände griffen durch den brennenden Jungen hindurch, ins Leere, und ebenso erging es mir bei dem Mädchen, das ich als nächstes zu retten versuchte, und als seine Schreie noch lauter wurden, begann auch ich zu schreien, ich quiekte und bellte vor Zorn und Schmerz, ich weinte und fluchte, und schließlich stürzte ich aus dem Inferno in die Dunkelheit, in unendliche Tiefe und in Grabesstille...

Empor.

Langsam empor. Ins Licht.

Grau, verschwommen. Mysteriöse Schatten.

Dann klärte sich mein Blick.

Ich lehnte zusammengesunken auf dem Beifahrersitz, von kaltem Schweiß bedeckt. Der Kombiwagen stand.

Ryas kühle Hand lag auf meiner Stirn, und sie beugte sich über mich. In ihren Augen spiegelten sich verschiedene Gefühle: Furcht, Neugier, Mitgefühl, Liebe.

Ich richtete mich etwas auf, und sie nahm die Hand von meiner Stirn. Ich fühlte mich schwach und ziemlich durcheinander.

Rya hatte auf dem Parkplatz eines Acme-Supermarkts angehalten. Einige Kunden schlurften oder trippelten vorsichtig über das stellenweise glatte Pflaster. Ihre Haare, Mäntel und Schals flatterten im Wind, der während meiner Ohnmacht stärker geworden war. Einige schoben Einkaufswagen vor sich her, nicht nur um ihre Waren zum PKW zu transportieren, sondern auch, um sich daran festzuhalten.

»Erzähl mir alles«, sagte Rya.

Mein Mund war trocken, und ich hatte das Gefühl, als wäre er voll bitterer Asche von dem katastrophalen Brand, der noch gar nicht stattgefunden hatte. Meine Zunge fühlte sich dick an und klebte am Gaumen. Trotzdem berichtete ich Rya – leicht nuschelnd und mit tonloser Stimme – von dem Inferno, dem eines Tages so viele Yontsdowner Schulkinder zum Opfer fallen würden.

Rya war vor Sorge um mich schon bleich gewesen, doch nun erbleichte sie noch mehr, und als ich meinen Bericht beendet hatte, war sie blasser als der schmutzige Schnee und hatte dunkle Ringe unter den Augen. Ihr unverkennbares Entsetzen erinnerte mich daran, daß sie ja im Waisenhaus persönliche Erfahrungen gesammelt hatte, was Trolle wehrlosen Kindern anzutun vermochten.

»Was können wir tun?« fragte sie.

»Ich weiß es nicht.«

»Können wir diesen Brand verhindern?«

»Das glaube ich nicht. Dieses Gebäude strahlt eine ungeheure Todesenergie aus. Das Feuer scheint unvermeidlich zu sein. Ich glaube nicht, daß wir etwas dagegen tun können.«

»Wir können es jedenfalls versuchen«, sagte sie leidenschaftlich.

Ich nickte ohne viel Überzeugung.

»Wir müssen es versuchen.«

»Ja, du hast recht«, stimmte ich müde zu. »Aber zunächst einmal brauchen wir ein Motel... ich muß mich irgendwo verkriechen können, um diese gräßliche Stadt ein Weilchen nicht mehr zu sehen.«

Sie fand eine passende Unterkunft etwa drei Kilometer vom Supermarkt entfernt, an einer nicht allzu belebten Kreuzung. Das Traveler's Rest Motel. Einstöckig, etwa zwanzig Zimmer, U-förmig angelegt, in der Mitte ein Parkplatz. Es war schon so dämmerig, daß das große grüne und orangefarbene Neonschild eingeschaltet war; die drei letzten Buchstaben des Wortes MOTEL leuchteten nicht mehr, ebensowenig wie die Nase der Neonkonturen eines gähnenden Gesichts. Das Motel war noch etwas schäbiger als das Gros der Häuser von Yontsdown, aber wir suchen ja kein luxuriöses Quartier; in erster Linie ging es uns um Anonymität, sogar noch mehr als um eine zuverlässige Heizung und Sauberkeit, und das Traveler's Rest sah so aus, als könnte es uns diese Anonymität bieten.

Ich war von den schrecklichen Visionen noch immer so mitgenommen, daß ich Mühe hatte, mich aus dem Wagen zu hieven. Der Wind kam mir noch kälter vor, als er in Wirklichkeit war, denn er stand in krassem Gegensatz zu dem Feuer, das nach wie vor in mir zischte und flackerte und mir Herz und Seele versengte. Ich lehnte mich an die offene Tür und atmete die feuchte Märzluft in tiefen Zügen ein. Doch auch das half nicht viel. Als ich die Tür zuschlug, fiel ich fast nach hinten, schwankte und konnte nur mit Mühe das Gleichgewicht zurückerlangen. Ich lehnte mich rasch wieder an den Wagen. Mir war schwindelig, und grauer Nebel in den Augenwinkeln raubte mir die klare Sicht.

Rya trat neben mich. »Weitere Visionen?«

»Nein. Es sind nur die ... die Nachwirkungen der anderen, von denen ich dir schon erzählt habe.«

»Nachwirkungen? Aber so habe ich dich ja noch nie erlebt.«

»Ich habe so etwas selbst noch nie erlebt.«

»Waren jene Visionen derart schlimm?«

»Ja. Ich fühle mich ... niedergeschmettert, ausgelaugt – so als wäre ein Teil von mir in jenem Schulhaus zurückgeblieben.«

Sie legte einen Arm stützend um mich und schob ihre andere Hand unter meinen Arm. Es war tröstlich, ihre Nähe und Stärke zu spüren.

Ich kam mir töricht und melodramatisch vor, aber meine

schlaffen Glieder und meine tiefe Erschöpfung waren völlig real.

Wenn ich nicht einen totalen Zusammenbruch riskieren wollte, mußte ich mich in Zukunft von der Schule fernhalten und die Stadt auf Umwegen durchqueren. Meine hellseherischen Fähigkeiten waren in diesem Fall wesentlich stärker als mein Vermögen, den künftigen Schmerz anderer zu ertragen. Falls es sich jemals als notwendig erweisen sollte, die Schule zu betreten, um die Katastrophe abzuwenden, würde Rya vielleicht allein hineingehen müssen.

Eine unerträgliche Vorstellung.

Während wir auf das Empfangsbüro zugingen, kehrten meine Kräfte langsam zurück.

Wir waren nur noch ein oder zwei Meter vom Eingang entfernt, als plötzlich ein lautes Poltern auf der Straße hinter uns zu hören war. Ein schwerer Lastwagen – ein schlammbrauner Peterbilt, dessen langer offener Anhänger mit Kohle beladen war – bog um die Ecke. Wir hatten uns beide umgedreht, und obwohl Rya nichts Ungewöhnliches aufzufallen schien, starrte ich wie gebannt auf die Tür mit dem aufgemalten Namen und Symbol der Firma: ein schwarzer Blitz in einem weißen Kreis, der von einem schwarzen Rechteck umgeben war, und die Wörter KOHLEN-HANDELSGESELLSCHAFT BLITZ.

Meine Zwielicht-Augen registrierten eine Strahlung ganz besonderer, beunruhigender Art. Ich wurde nicht von Todesvisionen überwältigt wie bei der Schule, ich empfing überhaupt keine klaren Bilder, aber die Strahlung machte mich frösteln, und ich hatte das Gefühl, als bildeten sich an den Wänden meiner Venen und Arterien nadelfeine Eiszapfen aus Blut. Von jenem Firmenzeichen ging eine Kälte aus, die ungleich schlimmer war als der eisige Wind dieses Märztages.

Ich spürte, daß hier eine Antwort auf die Frage zu finden war, warum Yontsdown ein Zentrum der Trolle war.

»Slim?«

»Wart mal...«

»Was ist los?«

»Ich weiß es nicht.«

»Du zitterst.«

»Etwas... etwas...«

Der Lastwagen schimmerte, wurde zuerst halb durchsichtig, dann fast völlig transparent, und dahinter erblickte ich eine eigenartige Leere, eine schreckliche lichtlose Öde. Ich konnte den LKW nach wie vor deutlich sehen, aber gleichzeitig starrte ich durch ihn hindurch in eine unendliche Finsternis, schwärzer als die Nacht und leerer als die gewaltigen Räume zwischen fernen Sternen. Mir wurde immer kälter.

Zuerst die unerträgliche Hitze der Feuersbrunst in der Schule, jetzt die arktische Kälte, die der LKW ausstrahlte – Yontsdown hieß mich wirklich mit Pauken und Trompeten willkommen, wenngleich die Kapelle nur düstere Weisen spielte.

Obwohl ich nicht begreifen konnte, warum diese ›Kohlen-Handelsgesellschaft Blitz‹ mich derart erschütterte, lähmte mich ein unvorstellbares Entsetzen.

Zwei als Menschen getarnte Trolle saßen in der Fahrerkabine. Einer von ihnen bemerkte mich und erwiderte meinen Blick, so als hätte er meine unnatürliche Erregung gespürt. Er drehte sich im Vorbeifahren sogar nach mir um und starrte mich mit seinen haßerfüllten roten Augen an. Am Ende des Blocks passierte der LKW eine Ampel, verlangsamte dann aber das Tempo und fuhr an den Straßenrand heran.

Ich schüttelte heftig den Kopf, um die lähmende Angst zu überwinden. »Schnell«, sagte ich. »Machen wir, daß wir hier wegkommen.«

»Warum?«

»Die dort«, erwiderte ich und deutete auf den LKW, der am Straßenrand angehalten hatte. »Nicht rennen... sie dürfen nicht merken, daß wir uns vor ihnen fürchten... aber schnell!«

Ohne weitere Fragen kehrte sie mit mir zum Wagen zurück und setzte sich ans Steuer, während ich auf dem Beifahrersitz Platz nahm.

Der LKW wendete schwerfällig, obwohl das streng verboten war. Er blockierte den Verkehr in beiden Richtungen.

»Verdammt, die drehen tatsächlich um und wollen uns näher in Augenschein nehmen«, murmelte ich.

Rya ließ den Motor an und fuhr im Rückwärtsgang aus der Parklücke heraus.

Ich versuchte, mir meine Furcht nicht anmerken zu lassen. »Fahr nicht zu schnell, solange sie uns sehen können. Sie sollen nicht glauben, daß wir vor ihnen die Flucht ergreifen.«

Sie fuhr um das Motel herum, zu einer Ausfahrt, die in eine Seitenstraße führte.

Als wir um die Ecke bogen, sah ich gerade noch, daß der LKW sein kompliziertes Wendemanöver auf der Hauptstraße beendet hatte.

Sobald ich ihn nicht mehr sehen konnte, ließ jene schreckliche innere Kälte nach, und die Vision einer unendlichen Leere löste sich auf.

Aber was hatte sie zu bedeuten? Was war das für eine totale Finsternis?

Was trieben die Trolle in dieser Kohlen-Handelsgesellschaft?

»Okay«, sagte ich mit einer nicht ganz sicheren Stimme. »Fahr nur auf Nebenstraßen und bieg möglichst oft ab. Sie dürfen uns nicht noch einmal sehen. Unseren Wagen konnten sie vorhin wahrscheinlich nicht deutlich sehen; jedenfalls bin ich sicher, daß sie sich das Kennzeichen nicht notiert haben.«

Sie befolgte meine Anweisungen und fuhr im Zickzack durch die Randgebiete von Yontsdown, wobei sie immer wieder nervös in den Rückspiegel schaute.

»Slim, glaubst du ... glaubst du, sie haben gemerkt, daß du ihre Maskerade durchschauen kannst?«

»Nein. Ich nehme an, ihnen ist nur aufgefallen, wie intensiv ich sie angestarrt habe ... wie mitgenommen ich war. Das ist ihnen verdächtig vorgekommen, und deshalb wollten sie mich etwas genauer unter die Lupe nehmen. Trolle sind von Natur aus mißtrauisch. Dieses Mißtrauen grenzt schon an Verfolgungswahn.«

Ich hoffte, daß dem tatsächlich so war. Ich war noch nie einem Troll begegnet, der meine übersinnlichen Kräfte erkennen konnte. Falls manche von ihnen die Fähigkeit besaßen, Seher aufzuspüren, dann stand es um unsere Chancen noch viel schlechter, als ich bisher angenommen hatte, denn damit würden wir unseren einzigen Trumpf einbüßen.

»Was hast du diesmal gesehen?« erkundigte sich Rya.

Ich erzählte ihr von der grenzenlosen Leere, die ich durch den LKW hindurch vor mir gesehen hatte.

»Was hat das zu bedeuten, Slim?«

Ich antwortete nicht sofort, sondern nahm mir Zeit zum Überlegen, doch dieses Nachdenken führte zu nichts, und schließlich gab ich seufzend zu: »Ich weiß es nicht. Die Ausstrahlung dieses Lastwagens... sie hat mich nicht völlig k. o. geschlagen, aber in gewisser Weise war sie noch schrecklicher als die Vision des zukünftigen Infernos in der Schule. Aber ich weiß nicht, was ich gesehen habe. Nur... ich glaube, daß wir durch diese Kohlen-Gesellschaft erfahren werden, warum in dieser verfluchten Stadt so viele Trolle hausen.«

»Ist das sozusagen der Brennpunkt?«

»Ja.«

Natürlich würde ich vor dem nächsten Morgen keine Erkundigungen über die Kohlen-Gesellschaft Blitz einziehen können. Dazu war ich viel zu erschöpft. Ich brauchte Zeit, um mich zu erholen, neue Kräfte zu sammeln und zu lernen, zumindest die ständig auf mich einströmenden Bilder, die von Häusern, Straßen und Menschen ausstrahlten, zu ignorieren.

Zwanzig Minuten später wurde es dunkel. Man hätte meinen sollen, daß die Nacht einen Schutzmantel über die Schäbigkeit und Gemeinheit dieser widerlichen Stadt breiten und ihr ein halbwegs respektables Aussehen verleihen würde, aber dem war nicht so. In Yontsdown hatte die Nacht nicht wie anderswo die Wirkung von Bühnen-Make-up. Irgendwie betonte sie noch die schmutzigen, schmierigen, verrauchten und verkommenen Einzelheiten der Straßen und verstärkte den düsteren, mittelalterlichen Charakter der Architektur.

Als wir sicher waren, daß wir die Trolle im LKW abgehängt

hatten, hielten wir in einem anderen Motel an – dem Van Winkle Motor Inn, einem zweistöckigen Gebäude, das etwa viermal so groß war wie das Traveler's Rest. Wir gaben vor, nach unserer langen Fahrt sehr müde und ruhebedürftig zu sein, und verlangten Zimmer im rückwärtigen Teil des Motels, wo vom Verkehrslärm nichts zu hören wäre. Auf diese Weise konnten wir unseren Kombi auf dem hinteren Parkplatz abstellen, so daß er von der Straße aus nicht zu sehen war – eine Sicherheitsvorkehrung für den zwar nicht sehr wahrscheinlichen, aber doch immerhin möglichen Fall, daß die beiden Trolle aus dem LKW noch nach uns Ausschau hielten.

Unser Zimmer hatte beige gestrichene Wände und war mit billigen, stabilen Möbeln eingerichtet. Zwei billige Drucke von Schnellseglern in voller Fahrt bildeten die einzige Dekoration. Die Kommode und die Nachttische waren mit Brandflecken von Zigaretten verunziert, der Badspiegel war fast blind, und die Dusche war nicht so heiß, wie wir sie uns gewünscht hätten; aber wir wollten hier ja ohnehin nur eine Nacht verbringen und am nächsten Morgen ein kleines Haus mieten, wo wir ungestört unser Komplott gegen die Trolle schmieden konnten.

Nach einer Dusche fühlte ich mich entspannt genug, um mich wieder in die Stadt zu wagen – mit Rya dicht an meiner Seite, und nur bis zum nächsten Restaurant, wo wir ein gutes, wenn auch nicht gerade erlesenes Abendessen bekamen. Unter den Gästen waren neun Trolle. Ich bemühte mich, nur Rya anzusehen, denn der Anblick der Schweineschnauzen, der blutfarbenen Augen und der hechelnden Reptilzunge hätte mir gründlich den Appetit verdorben.

Doch obwohl ich sie nicht anschaute, spürte ich ihre Bösartigkeit. Sie war für mich so deutlich wahrzunehmen wie kalter Dampf, der von Blöcken Trockeneis aufsteigt. Während ich diese kalten Strahlen unmenschlichen Hasses mühsam ertrug, lernte ich allmählich, die Hintergrundgeräusche von Yontsdown – die ständig vorhandene negative Ausstrahlung – zu filtern, und als wir das Restaurant verließen, fühlte ich mich besser als irgendwann seit unserer Ankunft in dieser Stadt der Verdammten.

Im Motel brachten wir die Säcke mit Waffen und anderen illegalen Gegenständen in unser Zimmer, weil wir befürchteten, daß nachts Gepäck aus dem Kofferraum gestohlen werden könnte.

Im Bett hielten wir einander im Dunkeln fest, ohne zu sprechen und ohne jeden Gedanken an Sex. Wir wollten nur die Nähe und Wärme des anderen spüren, weil das ein wirksames Abwehrmittel gegen Angst und Verzweiflung ist.

Rya schlief schließlich ein.

Ich lauschte den nächtlichen Geräuschen.

Der Wind hörte sich hier in Yontsdown nicht an wie anderswo, sondern bösartig... räuberisch. Von Zeit zu Zeit hörte ich das ferne Dröhnen schwerer Lastwagen, und ich fragte mich, ob die Kohle auch nachts aus den Minen abtransportiert wurde. Und wenn – warum? Es kam mir auch vor, als schrillten in Yontsdown die Sirenen von Streifen- und Rettungswagen viel häufiger als in anderen Städten.

Irgendwann schlief auch ich ein und träumte. Wieder jener beängstigende Tunnel. Flackernde Lichter. Ölige Teiche aus Dunkelheit. Eine niedrige, unregelmäßige Decke. Seltsame Gerüche. Der Widerhall schneller Schritte. Ein Schrei, ein Kreischen. Plötzlich das ohrenbetäubende Geräusch eines Alarms. Die schreckliche Gewißheit, daß ich verfolgt wurde...

Ich fuhr mit einem Schrei in der Kehle aus dem Schlaf hoch. Gleichzeitig erwachte auch Rya, keuchend und um sich schlagend, so als wollte sie sich aus den Händen irgendwelcher Feinde befreien.

»Slim!«

»Hier.«

»O Gott!«

»Nur ein Traum.«

Wir hielten uns wieder fest umarmt.

»Der Tunnel«, murmelte sie.

»Ich auch.«

»Und jetzt weiß ich, was es war.«

»Ich auch.«

»Eine Mine.«

»Ja.«

»Eine Kohlenmine.«

»Ja.«

»Die Kohlen-Gesellschaft Blitz.«

»Ja.«

»Wir waren dort.«

»Tief unter der Erde«, sagte ich.

»Und sie wußten, daß wir dort waren.«

»Sie verfolgten uns.«

»Und wir suchten und fanden keinen Ausweg«, sagte sie schaudernd.

Wir verstummten.

In der Ferne: ein heulender Hund. Und gelegentlich trug der Wind uns andere Geräusche zu, die sich wie das Schluchzen einer zu Tode geängstigten Frau anhörten.

Irgendwann flüsterte Rya: »Ich habe Angst.«

»Ich weiß«, murmelte ich und drückte sie noch fester an mich. »Ich auch. Ich auch.«

## 22

## Das Studium des Teufelswerks

Am nächsten Morgen – einem Freitag – mieteten wir ein Haus an der Apple Lane am äußersten Stadtrand, fast schon im Vorgebirge, unweit der bedeutendsten Kohlenminen der ganzen Gegend. Das Haus stand gut sechzig Meter von der Straße entfernt am Ende einer Kiesauffahrt, die jetzt eisverkrustet und verschneit war. Der Immobilienmakler riet uns zu Schneeketten, wie er sie an seinem Auto montiert hatte. Der Wald an den steilen Hügeln – hauptsächlich Tannen und Kiefern, aber auch vereinzelte Birken, Ahorn- und Lorbeerbäume – reichte auf drei Seiten fast bis zum Haus. An diesem düster-grauen Tag konnte kein Sonnenlicht die Wälder erhellen; beunruhigend tiefe Dunkelheit hüllte sie ein, so als hätte die Nacht dort bei Einbruch der Morgendämmerung Zuflucht gesucht. Das möblierte Haus hatte drei kleine Schlafzimmer, ein Bad, ein Wohnzimmer, ein Eßzimmer und eine Küche, verteilt auf zwei Stockwerke, unter einem Schindeldach – und über einem feuchten, niedrigen Keller, wo der Heizöltank untergebracht war.

In diesem unterirdischen Raum hatten sich unvorstellbare Greuel ereignet. Sobald der Immobilienmakler Jim Garwood die Kellertür öffnete, stürmten Impressionen von Folter, Schmerz, Mord, Wahnsinn und Raserei auf mich ein. Das Böse quoll empor wie Blut aus einer Wunde. Ich hatte nicht die geringste Lust, zu diesem grausigen Ort hinabzusteigen.

Doch Jim Garwood, ein eifriger Mann mittleren Alters mit gelblichem Teint und sanfter Stimme, wollte uns unbedingt Instruktionen für die Heizung geben, und ich konnte mich schlecht weigern mitzugehen, ohne seine Neugier zu wekken. Widerwillig folgte ich deshalb ihm und Rya in diese Grube menschlichen Leidens, hielt mich am Geländer fest und versuchte verzweifelt, den Würgereiz zu unterdrücken, den die nur für mich wahrnehmbaren Gerüche von ehedem auslösten. Unten angelangt, stapfte ich bewußt schwerfällig umher, weil mir von den Greueln schwindlig zu werden drohte, die sich direkt vor meinen Augen abzuspielen schienen.

Ohne den okkulten Todesgestank bemerken zu können, der mir Übelkeit verursachte, und ohne die tatsächlich vorhandenen unangenehmen Kellergerüche – schwarzer Schimmel, Pilze, Moder – zu erwähnen, deutete Garwood auf die Schränke und Regale, die eine ganze Wand einnahmen. »Jede Menge Platz zum Abstellen.«

»Sehr schön«, würdigte Rya.

Ich konnte überhaupt nichts würdigen. Ich sah nämlich eine Frau in Todesangst vor einem Kohleofen, der hier gestanden hatte, bevor die Ölheizung installiert worden war. Ihr Körper war mit Wunden übersät, ein Auge zugeschwollen. Ich empfing die übersinnliche Botschaft, daß ihr Name Dora Penfield war und daß sie befürchtete, der Mann ihrer Schwägerin, Klaus Orkenwold, würde sie zerstückeln. Genau das war auch tatsächlich passiert, obwohl es mir zum Glück gelang, die Visionen von ihrem schrecklichen Tod abzublocken.

»Die Firma Thompson liefert im Winter alle drei Wochen Heizöl«, berichtete Garwood, »und im Herbst in größeren Zeitabständen.«

»Wieviel kostet eine Tankfüllung?« erkundigte sich Rya, die in der Rolle der kostenbewußten jungen Hausfrau sehr überzeugend wirkte.

Ich sah einen sechsjährigen Jungen und ein siebenjähriges Mädchen in verschiedenen Stadien der Mißhandlung. Obwohl diese herzzerreißend wehrlose Opfer schon lange tot waren, hallten ihre Schmerzensschreie, ihr Wimmern und Flehen in den Korridoren der Zeit wider und wurden von meinem sechsten Sinn wahrgenommen. Ich hatte Mühe, nicht in Tränen auszubrechen.

Ich sah auch einen besonders bösartigen Troll – Klaus Orkenwold höchstpersönlich. So als wäre er zur Hälfte ein Dämon und zur anderen Hälfte ein Gestapo-Schlächter, wechselte er in seinem behelfsmäßigen Kerker nach Lust und Laune seine Erscheinungsform, war einmal Mensch, dann wieder – um das Entsetzen seiner Opfer zu steigern – Troll; und in beiden Gestalten verlieh ihm der flackernde orangefarbene Feuerschein aus dem offenen Ofen zusätzliche Unheimlichkeit.

Irgendwie brachte ich es fertig zu lächeln, zu nicken und sogar einige Fragen zu stellen. Irgendwie kam ich auch wieder aus diesem Keller heraus, ohne mir meine maßlose Verstörung anmerken zu lassen, obwohl ich bis heute nicht weiß, wie es mir gelingen konnte, den Gleichmütigen zu spielen, während jene düstere Strahlung auf mich einwirkte.

Wieder im Erdgeschoß, bei geschlossener Kellertür, spürte ich nichts mehr von der mörderischen Vergangenheit des feuchten unterirdischen Raums. Ich atmete tief aus, um meine Lungen von der mit Blut und Galle durchtränkten Luft zu befreien. Da das Haus für unsere Zwecke ideal gelegen war und sowohl Bequemlichkeit als auch Anonymität bot, beschloß ich, daß wir es mieten würden und ich einfach meinen Fuß nie wieder auch nur auf die Kellertreppe setzen würde.

Wir hatten Garwood falsche Namen angegeben – Bob und Helen Barnwell aus Philadelphia. Und wir hatten ihm eine sorgfältig ausgedachte Geschichte erzählt, derzufolge wir Geologiestudenten waren. Angeblich hatten wir unsere Magisterexamen bestanden und wollten jetzt für unsere Dissertationen, die gewisse Besonderheiten der Felsschichten in den Appalachen zum Thema haben sollten, ein halbes Jahr praktisches Material sammeln. Auf diese Weise würden wir für etwaige Ausflüge ins Gebirge zur Erkundung der Mineneingänge und Werkanlagen einen harmlosen Vorwand haben.

Ich war mit meinen knapp achtzehn Jahren erfahrener als viele doppelt so alte Männer, aber natürlich war ich nicht alt genug, um bereits meinen Magister in der Tasche zu haben und eine Dissertation anzustreben. Immerhin sah ich aber um Jahre älter aus, als ich tatsächlich war. Die Gründe sind Ihnen bekannt.

Rya, die ja älter war als ich, machte einen so reifen Eindruck, daß man ihr das abgeschlossene Studium durchaus glauben konnte. Ihr schwieriges, von so vielen Tragödien überschattetes Leben hatte Spuren von Schmerz in ihrem schönen Gesicht hinterlassen.

Jim Garwood schien keinen Verdacht zu schöpfen.

Slick Eddy hatte uns in Gibtown auch gefälschte Papiere auf den Namen Barnwell besorgt. Für unser angebliches Studium an der Temple University von Philadelphia hatten wir allerdings keine Unterlagen. Wir konnten nur hoffen, daß Garwood über uns keine Erkundigungen einziehen würde, aber zum einen mieteten wir das Haus nur für sechs Monate, und zum anderen bezahlten wir die Gesamtmiete und eine gesalzene Kaution sofort in bar, was uns zu angenehmen und seriösen Mietern machte.

Heutzutage, da in jedem Büro Computer stehen und man in wenigen Stunden eine Personenauskunft einholen kann, in der vom Arbeitsplatz bis zu Lebensgewohnheiten alles aufgeführt ist, hätte man unsere Geschichte ganz automatisch überprüft. Aber damals, im Jahre 1964, hatte die Microchip-Revolution noch nicht stattgefunden; Datenverarbeitung und Informationstechnik steckten noch in den Kinderschuhen, und Menschen wurden häufig nur nach ihren Aussagen und nach ihrem Gesamteindruck beurteilt.

Glücklicherweise verstand Garwood auch nichts von Geologie und konnte uns deshalb keine unangenehmen Fragen stellen.

In seinem Büro unterzeichneten wir den Mietvertrag, gaben ihm das Geld und bekamen die Schlüssel.

Jetzt hatten wir eine Operationsbasis.

Wir brachten unser Gepäck in die Apple Lane. Obwohl mir das Haus vor kurzer Zeit noch zugesagt hatte, fühlte ich mich nun als rechtmäßiger Mieter irgendwie unbehaglich. Dieses Haus schien sich unserer Gegenwart bewußt zu sein; eine feindselige Intelligenz schien in den Wänden zu wohnen, mit Lampen als allgegenwärtigen Augen, und sie schien uns willkommen zu heißen, aber nicht mit freundlichen Absichten, sondern mit einem schrecklichen Hunger.

Wir fuhren in die Innenstadt, um mit unseren Nachforschungen zu beginnen.

Die Bibliothek war ein imposantes neugotisches Gebäude neben dem Gericht. Die Granitmauern waren mit Schmutz überzogen. Ein mit Zinnen versehenes Dach, schmale vergitterte Fenster und eine massive Holztür vermittelten den Eindruck einer Stahlkammer, in der etwas aufbewahrt wurde, das einen viel höheren materiellen Wert als Bücher hatte.

Im Innern gab es einfache stabile Eichentische und -stühle, wo Besucher lesen konnten, wenn sie keine großen Ansprüche an Bequemlichkeit stellten. Hinter den Tischen war das Büchermagazin: zweieinhalb Meter hohe Eichenregale, dazwischen lange schmale Gänge mit blauen kegelförmigen Deckenlampen.

Rya und ich gingen diese von Büchern gesäumten Korridore entlang. Es roch nach vergilbtem Papier und staubigen Stoffeinbänden. Ich hatte das Gefühl, als könnte man Dikkens' London oder Burtons arabische Welt hier einfach einatmen, ohne die Bücher lesen zu müssen, so als wären sie eine besondere Pilzart, deren Pollen beim Inhalieren Geist und Fantasie düngten. Am liebsten hätte ich irgendeinen Band zur Hand genommen und mich in seine Seiten geflüchtet, denn selbst die grausigen Welten von Lovecraft, Poe oder Bram Stoker wären angenehmer gewesen als die Realität, mit der wir uns beschäftigen mußten.

Wir waren hergekommen, um den *Yontsdown Register* zu studieren, der in der Zeitschriftenabteilung im Hintergrund des riesigen Raumes archiviert war. Relativ neue Exemplare der Zeitung lagen – nach Erscheinungsdaten geordnet – in großen Schubfächern, während ältere Ausgaben auf Mikrofilmrollen zugänglich waren. Wir verbrachten einige Stunden damit, uns über die Ereignisse der vergangenen sieben Monate zu informieren, und wir erfuhren eine ganze Menge.

Die enthaupteten Leichen von Polizeichef Kelsko und seinem Assistenten waren in dem Streifenwagen aufgefunden worden, in der Sackgasse, wo Joel Tuck das Fahrzeug in jener Nacht der Gewalt abgestellt hatte. Ich hatte damit gerechnet, daß die Polizei die Morde einem durchreisenden Psychopathen zuschreiben würde, und das war tatsächlich der Fall gewesen. Doch zu meinem Entsetzen las ich, daß ein Mann verhaftet worden war: ein junger Vagabund namens Walter Dembrow, der angeblich in seiner Gefängniszelle Selbstmord begangen hatte, zwei Tage nach seinem Geständnis und einer Anklage wegen zweifachen Mordes. Er hatte sich erhängt. Mit einem Strick aus seinem in Streifen gerissenen Hemd.

Ich bekam unerträgliche Gewissensbisse.

Rya und ich schauten gleichzeitig vom Bildschirm des Mikrofilm-Lesegeräts auf. Unsere Blicke trafen sich.

Einen Moment lang brachten wir kein Wort hervor. Dann flüsterte Rya: »Mein Gott!« – obwohl niemand in der Nähe war, der uns hätte belauschen können.

Mir war übel. Ich war froh, daß ich saß, denn mir war plötzlich ganz schwach zumute. »Er hat sich nicht erhängt«, murmelte ich.

»Nein. Diese Mühe haben sie ihm abgenommen.«

»Nach grausamen Folterungen.«

Sie biß sich stumm auf die Lippe.

Drüben im Büchermagazin waren gedämpfte Stimmen und leise Schritte zu hören.

Ich erschauderte. »In gewisser Weise habe ich Dembrow umgebracht. Er ist stellvertretend für mich gestorben.«

Sie schüttelte den Kopf. »Nein.«

»Doch. Ich habe Kelsko und seinen Assistenten ermordet und den Trollen dadurch einen Vorwand geliefert, Dembrow unter Anklage zu stellen.«

»Er war ein Vagabund, Slim«, fiel sie mir scharf ins Wort, während sie meine Hand nahm. »Glaubst du, daß viele Vagabunden, die sich in diese Stadt verirren, sie lebendig verlassen? Die Trolle dürstet es nach unserem Schmerz, unserem Leiden. Sie sind immer auf der Suche nach Opfern. Und die geeignetsten Opfer sind Vagabunden, Landstreicher, Beatniks auf der Suche nach ihrer wahren Identität. Die Trolle brauchen sich so jemanden nur auf der Straße zu schnappen und können ihn dann nach Herzenslust schlagen, quälen und schließlich ermorden. Dann verscharren sie die Leiche irgendwo, und niemand wird je erfahren, was ihm zugestoßen ist – niemand wird überhaupt Fragen stellen. Es ist viel ungefährlicher, als Einheimische umzubringen – und genauso befriedigend. Deshalb bezweifle ich, daß sie sich je eine Gelegenheit entgehen lassen, einen Vagabunden zu foltern und abzuschlachten. Auch wenn du Kelsko und den anderen Troll nicht umgebracht hättest, wäre dieser Dembrow mit größter Wahrscheinlichkeit auf dem Weg durch Yontsdown verschwunden, und sein Ende hätte kaum anders ausgesehen. Der einzige Unterschied besteht darin, daß er auch noch als Sündenbock diente, daß man auf diese Weise bequem die Akte eines Falles schließen konnte, mit dem die Bullen überfordert waren. Du bist nicht verantwortlich.«

»Wer denn dann?« fragte ich jämmerlich.

»Die Trolle«, erwiderte sie entschieden. »Diese Teufel. Und, bei Gott, wir werden sie auch für Dembrow büßen lassen, wie für alles andere!«

Ich fühlte mich nach ihren Worten etwas besser – wenn auch nicht allzu sehr.

Wir vertieften uns wieder in die Lektüre des *Yontsdown Register* und erfuhren, wer Kelskos Nachfolge als Polizeichef angetreten hatte. Der Name war uns erschreckend vertraut: Orkenwold, Klaus Orkenwold. Jener Troll, der im Keller des Hauses an der Apple Lane aus purem Sadismus seine Schwägerin gefoltert und getötet hatte, ebenso wie ihre beiden Kinder. Ich hatte Rya von den grausigen Verbrechen erzählt, die ich mit meinem sechsten Sinn wahrgenommen hatte. Jetzt starrten wir einander bestürzt an und fragten uns, was dieser Zufall zu bedeuten haben mochte.

Wie bereits erwähnt, glaube ich manchmal – in deprimierter Stimmung –, daß die Welt ein einziges wildes Chaos ist, daß es so etwas wie den Sinn des Lebens überhaupt nicht gibt, daß alles nur Leere und Asche und Grausamkeit ist. In solcher Geistesverfassung bin ich ein geistiger Bruder des Predigers Salomo.

Das war in der Bibliothek aber nicht der Fall.

Bei manchen Gelegenheiten entwickle ich nämlich spirituelle Neigungen. Dann sehe ich in unserer Existenz ein kompliziertes Muster, das ich zwar nicht verstehen kann, das mich aber zu der ermutigenden Überzeugung führt, es gebe ein geordnetes Universum, in dem nichts Zufälliges geschieht. Mit meinen Zwielicht-Augen nehme ich verschwommen eine ordnende Kraft wahr, eine höhere Macht, der wir zu dienen haben – die in uns vielleicht sogar hohe Erwartungen setzt. Ich spüre einen *Plan*, obwohl seine Bedeutung mir völlig verborgen bleibt.

Dies war eine solche Gelegenheit.

Wir waren nicht einfach aus eigenem Antrieb nach Yontsdown zurückgekehrt. Es war uns bestimmt gewesen zurückzukehren, um mit Orkenwold abzurechnen – oder mit dem System, das er repräsentierte.

In einer Kurzbiographie wurde die Tapferkeit gerühmt, mit der Orkenwold zahlreiche persönliche Schicksalsschläge überwunden hatte. Er hatte eine Witwe mit drei Kindern geheiratet – Maggie Walsh, geborene Penfield –, und nach zweijähriger, angeblich außerordentlich glücklicher Ehe hatte er Frau und Adoptivkinder bei einem Brand verloren, der eines Nachts sein Haus verwüstete, während er im Dienst war. Das Feuer wütete derart, daß nur Knochen übrigblieben.

Ohne auch nur ein Wort darüber verlieren zu müssen, stand für Rya und mich fest, daß der Brand nicht versehentlich ausgebrochen war und daß ein ehrlicher Leichenbeschauer – wenn es außer Knochen etwas zu beschauen gegeben hätte – auf Spuren schwerer Verletzungen gestoßen wäre, die nichts mit dem Feuer zu tun hatten.

Einen Monat später geschah die nächste Tragödie. Orkenwolds Partner beim Streifendienst – sein Schwager Tim Penfield – wurde bei dem Versuch, einen Einbrecher in einem Warenlager zu stellen, von diesem erschossen. Dem heldenhaften Orkenwold gelang es, den Täter zu erschießen.

Auch darüber brauchte man kein Wort zu verlieren. Alles war sonnenklar. Orkenwolds Schwager war kein Troll gewesen und hatte aus irgendwelchen Gründen Orkenwold des Mordes an Maggie und den drei Kindern verdächtigt. Daraufhin hatte Orkenwold sich des Mannes geschickt entledigt.

Der *Register* zitierte Orkenwold, der damals gesagt hatte: »Ich weiß wirklich nicht, ob ich die Polizeiarbeit weiterhin verkraften kann. Er war nicht nur mein Schwager, sondern auch mein Partner und mein bester Freund – der beste Freund, den ich je hatte. Ich wünschte, der tödliche Schuß hätte mich und nicht ihn getroffen.« Eine glänzende Vorstellung, in Anbetracht der Tatsache, daß er seinen Kollegen *und* irgendeinen Unschuldigen, dem er das Verbrechen in die Schuhe schob, umgebracht hatte. Seine rasche Wiederaufnahme der Arbeit nach dieser Tragödie wurde als Beweis für seine Tapferkeit und für sein Verantwortungsbewußtsein gewertet.

Rya schauderte und versuchte sich zu wärmen, indem sie ihre Arme vor der Brust kreuzte.

Ich brauchte sie nicht nach der Ursache ihres Fröstelns zu fragen.

Ich rieb mir die eiskalten Hände.

Ein Winterwind brüllte und fauchte wie ein Löwe vor den hohen, schmalen Fenstern der Bibliothek, aber unsere Kälte rührte nicht von diesem Geräusch her.

Ich hatte das Gefühl, als würden wir keinen Zeitungsartikel lesen, sondern hätten uns in das verbotene *Buch der Verdammten* vertieft, in dem die Greueltaten der Dämonen von irgendeinem der Hölle entsprossenen Schreiber peinlich genau aufgezeichnet worden waren.

Sechzehn Monate lang ließ Klaus Orkenwold seiner verwitweten Schwägerin Dora Penfield und ihren beiden Kindern finanzielle Unterstützung zukommen. Dann wurde er von einem neuen Schicksalsschlag getroffen: Mutter und Kinder verschwanden spurlos.

Ich wußte, was mit ihnen geschehen war. Ich hatte ihre entsetzlichen Qualen im Keller des Hauses an der Apple Lane gesehen – und gehört und gefühlt.

Damit hatte Orkenwold auch die letzten Mitglieder der Familie Penfield ausgelöscht.

Die Trolle sind die Jäger.

Wir sind die Beute.

Sie verfolgen uns gnadenlos in einer Welt, die für sie nichts anderes als ein riesiges Jagdrevier ist.

Ich brauchte nicht weiterzulesen, aber ich tat es trotzdem –

so als könnte ich durch die Lektüre der Zeitungslügen auf irgendeine Weise Zeugnis ablegen von der Wahrheit über die Todesfälle, so als machte ich es mir dadurch auf eine mir selbst unverständliche Art und Weise zur heiligen Pflicht, für die Ermordung der Penfields Vergeltung zu üben.

Nach dem Verschwinden Doras und der Kinder waren Ermittlungen eingeleitet worden, und zwei Monate später war Winston Yarbridge verhaftet worden, ein Junggeselle, Vorarbeiter im Bergwerk, der allein in einem Haus an der Apple Lane lebte, das nur einen halben Kilometer vom Haus der Penfields entfernt war. Yarbridge beteuerte seine Unschuld, und sein guter Ruf – er galt als ruhiger Bürger und eifriger Kirchgänger – schien zunächst für ihn zu sprechen. Doch das Beweismaterial der Polizei war erdrückend. Yarbridge war offenbar ein sexueller Psychopath; er hatte sich ins Haus der Penfields geschlichten, die Frau und die beiden Kinder mißbraucht, ermordet und kaltblütig zerhackt. Danach hatte er sich der Überreste seiner Opfer in einem mit ölgetränkten Kohlen geheizten Ofen entledigt. Blutbefleckte Unterwäsche der Kinder und der Frau wurden in Yarbridges Haus gefunden, in einem Koffer ganz hinten im Schrank. Wie von einem geistesgestörten Mörder ja durchaus zu erwarten war, hatte er von jedem seiner Opfer einen Finger aufgehoben, in kleinen Gläsern mit Alkohol, sorgfältig etikettiert mit dem jeweiligen Namen des Opfers. Auch die Mordwaffen wurden in seinem Haus gefunden, außerdem eine Sammlung pornographischer Zeitschriften für Sadisten. Yarbridge behauptete, all diese Gegenstände seien vorsätzlich in seinem Haus versteckt worden, um ihm die Morde anzuhängen – und selbstverständlich verhielt es sich in Wirklichkeit auch so. Als am Ofen im Keller des Penfield-Hauses zwei Fingerabdrücke von ihm entdeckt wurden, bezichtigte er die Polizei der Lüge – und er hatte selbstverständlich völlig recht damit, daß diese Fingerabdrücke *nicht* von dem Heizkörper stammten. Beim Prozeß gab es an der Schuld des Angeklagten nicht den geringsten Zweifel, und der Schurke wurde erwartungsgemäß auf dem elektrischen Stuhl hingerichtet.

Orkenwold selbst hatte entscheidend zur Aufklärung des

spektakulären Mordfalls beigetragen. Auch in der Folgezeit hatte er sich – dem *Register* zufolge – durch besonders häufige Festnahmen und Überführungen von Straftätern um die Aufrechterhaltung von Recht und Ordnung außerordentlich verdient gemacht, so daß seine Beförderung zum Polizeichef durchaus gerechtfertigt war. Die Schnelligkeit, mit der er den Vagabunden Walter Dembrow des Mordes an Kelsko überführte, war eine Bestätigung seiner hervorragenden Eignung für diesen Posten.

Durch Kelskos Ermordung hatte ich den leidgeprüften Menschen von Yontsdown nicht einmal eine kurze Verschnaufpause geben können. Die Trolle waren hier offenbar so hervorragend organisiert, daß das Machtmonopol ausschließlich in ihren Händen lag; und so war ein Folterknecht nahtlos durch den nächsten ersetzt worden.

Rya starrte zu einem der hohen Fenster empor. Durch die Milchglasscheiben fiel nur wenig schwaches Licht ein. Schließlich murmelte sie verstört: »Man sollte doch eigentlich meinen, daß irgend jemand einmal auf den Gedanken hätte kommen müssen, bei den endlosen Tragödien in Orkenwolds Umgebung ginge nicht alles mit rechten Dingen zu.«

»In einer normalen Stadt wäre diese Häufung von Katastrophen wahrscheinlich tatsächlich jemandem suspekt erschienen, und vielleicht hätte irgendein anderer Polizist oder ein Reporter oder sonst wer beschlossen, Orkenwold genau im Auge zu behalten. Aber hier in Yontsdown sind die Trolle an der Macht. Sie *sind* die Polizei. Sie haben die Kontrolle über das Gericht und den Stadtrat, sie stellen den Bürgermeister. Höchstwahrscheinlich gehört auch die Zeitung ihnen. Sie haben jede Institution, die unangenehme Fragen stellen könnte, völlig in der Hand, und deshalb kommt die Wahrheit hier nie ans Licht.«

Der weiteren Lektüre älterer und neuerer Zeitungsexemplare verdankten wir eine Menge aufschlußreicher Informationen. Unter anderem erfuhren wir, daß die Kohlen-Gesellschaft Blitz zu einem Drittel Jensen Orkenwold gehörte – Klaus Orkenwolds Bruder. Die beiden anderen Mitinhaber waren Anson Corday, Inhaber und Herausgeber der einzigen Yontsdowner Zeitung, und Bürgermeister Albert Spectorsky, der joviale Politiker, den ich im vergangenen Sommer kurz kennengelernt hatte. Die Trolle verfügten hier wirklich über ein perfekt gesponnenes Netz, und – wie ich bereits vermutet hatte – schien die Kohlen-Gesellschaft Blitz das Zentrum dieses dichten Netzes zu sein.

Als wir mit unseren Nachforschungen in der Bibliothek endlich fertig waren, statteten wir dem Grundbuchamt im Untergeschoß des Gerichtsgebäudes einen kurzen Besuch ab. Dort wimmelte es nur so von Trollen, obwohl die Angestellten, die keine einflußreichen Positionen hatten, normale Menschen waren. Unsere Vermutung bestätigte sich: Das Haus an der Apple Lane, in dem die Penfields gestorben waren und das wir gemietet hatten, gehörte Klaus Orkenwold, Yontsdowns neuem Polizeichef. Er hatte es von Dora Penfield geerbt... nachdem er sie und ihre Kinder bestialisch ermordet hatte!

Unser Vermieter war einer jener Unholde, gegen die wir Krieg führen wollten.

Wieder schien mir, als könnte ich einen winzigen Ausschnitt aus dem riesigen, komplizierten Weltenplan erkennen. Offenbar war es uns vom Schicksal vorherbestimmt, den Kampf mit der Troll-Elite von Yontsdown aufzunehmen, und wir konnten diesem Schicksal nicht entrinnen, selbst wenn es den Tod für uns bedeuten würde.

Wir aßen in der Innenstadt früh zu Abend, kauften einige Lebensmittel und andere notwendige Dinge ein und machten uns kurz nach Einbruch der Dunkelheit auf den Rückweg zur Apple Lane. Rya saß am Steuer.

Während des Essens hatten wir überlegt, ob wir uns ein Quartier suchen sollten, das keinem Troll gehörte, waren aber zu dem Schluß gelangt, daß es viel zu auffällig wäre umzuziehen, nachdem wir die Miete für ein halbes Jahr im voraus bezahlt hatten. An diesem verpesteten Ort zu leben, mit dem Troll-Polizeichef als Vermieter, würde vielleicht etwas mehr Vorsicht erfordern, aber wir glaubten uns dort in Sicherheit – sofern in dieser verfluchten Stadt von Sicherheit überhaupt die Rede sein konnte.

Ich erinnerte mich zwar noch an das Unbehagen, das ich in dem Haus verspürt hatte, als wir unser Gepäck hineingebracht hatten, führte es aber auf überreizte Nerven zurück. Obwohl ich mich dort nicht wohl fühlte, hatte ich keinerlei hellseherische Vorahnungen, daß wir uns in Gefahr brächten, indem wir dort wohnten.

Wir befanden uns auf der East Duncannon Road, etwa drei Kilometer von der Abzweigung zur Apple Lane entfernt, und als wir bei grüner Ampel über eine Kreuzung fuhren, sah ich rechts einen Streifenwagen, der bei Rot warten mußte. Im Schein einer Straßenlampe konnte ich durch die schmutzige Windschutzscheibe hindurch wahrnehmen, daß der Polizist am Steuer ein Troll war. Die dämonische Fratze war unter der menschlichen Maske verschwommen zu erkennen.

Mit meinen Zwielicht-Augen konnte ich aber noch etwas anderes erkennen, das mir einen Moment lang die Sprache raubte. Rya war schon einen halben Block weitergefahren, als ich endlich mühsam hervorbrachte: »Fahr rechts ran.«

»Was?«

»Schnell. Fahr rechts ran und halt an. Schalt die Scheinwerfer aus.«

Sie befolgte meine Anweisungen. »Was ist denn los?«

»Der Bulle an der Kreuzung«, sagte ich.

»Ja, den habe ich gesehen«, meinte Rya. »Ein Troll.«

Ich konnte im Rückspiegel sehen, daß die Ampel noch nicht umgeschaltet hatte, daß der Streifenwagen noch an der Ecke wartete.

»Wir müssen ihn daran hindern.«

»Den Bullen? Woran willst du ihn denn hindern?«

»Er will jemanden umbringen.«

»Alle Trolle wollen jemanden umbringen«, sagte sie. »Das ist doch ihre Lieblingsbeschäftigung.«

»Nein. Ich meine... heute abend. Er wird noch heute abend jemanden umbringen.«

»Bist du sicher?«

»Bald. Sehr bald.«

»Wen?«

»Das weiß ich nicht. Ich glaube, er weiß es selbst noch nicht. Aber innerhalb der nächsten Stunde wird sich ihm eine Gelegenheit bieten. Und er wird sie sich nicht entgehen lassen.«

Die Ampel schaltete um, und der Troll fuhr in unsere Richtung.

»Folg ihm«, sagte ich. »Aber fahr nicht zu dicht an ihn ran. Er darf nicht merken, daß er beobachtet wird.«

»Slim, wir haben eine wichtigere Mission, als ein einzelnes Leben zu retten. Wir dürfen nicht alles aufs Spiel setzen, nur um...«

»Wir müssen! Wenn wir ihn wegfahren lassen, obwohl wir wissen, daß er heute abend einen unschuldigen Menschen ermorden wird...«

Der Streifenwagen fuhr an uns vorbei, in Richtung Duncannon.

Rya gab noch nicht klein bei. »Hör mal, einen einzigen Mord zu verhindern, kommt mir fast so vor, als wollte man mit einem Kaugummi ein riesiges Loch in einem Damm ausbessern. Wir sollten uns lieber ruhig verhalten und weitere Nachforschungen anstellen, um dann gegen das *ganze* hiesige Trollnest losschlagen zu...«

»Kitty Genovese«, sagte ich nachdrücklich.

Rya starrte mich an.

»Denk an Kitty Genovese«, wiederholte ich.

Sie blinzelte. Erschauderte. Seufzte. Folgte widerwillig dem Streifenwagen.

## 23

# Das Schlachthaus

Der Polizist fuhr durch eine heruntergekommene Vorstadtgegend: kaputte Gehwege, ausgetretene Stufen, zerbrochene Terrassengeländer, verwitterte Mauern, abbröckelnder Verputz. Hätten diese Häuser Stimmen gehabt, so hätten sie bestimmt geseufzt und gestöhnt, gejammert und gehustet, geklagt und sich bitter über die Ungerechtigkeit ihres würdelosen Alterungsprozesses beschwert.

Wir folgten dem Streifenwagen.

Gleich nach Unterzeichnung des Mietvertrags hatten wir Schneeketten gekauft, die jetzt klirrten, rasselten und bei höheren Geschwindigkeiten schrill sangen. Hin und wieder hörte man unter ihnen den verwundeten Schnee protestierend knirschen.

Der Polizist fuhr langsam an einer Reihe geschlossener Geschäfte vorbei – einer Reifenhandlung, einer geschlossenen Tankstelle, einem schäbigen Bücherantiquariat – und leuchtete mit seinem grellen Suchscheinwerfer die Seiten der Gebäude ab, in der vergeblichen Hoffnung, irgendeinen Einbrecher ertappen und festnehmen zu können.

Wir ließen ihm mindestens einen Block Vorsprung und riskierten es sogar, ihn für lange Sekunden aus den Augen zu verlieren, wenn er um eine Ecke bog, nur damit er nicht bemerkte, daß er verfolgt wurde.

Schließlich stieß er auf ein defektes Fahrzeug, das am Straßenrand abgestellt war, kurz vor der Kreuzung East Duncannon Road und Apple Lane. Es war ein vier Jahre alter grüner Pontiac, schmutzig von einer langen Fahrt durch Schnee und Matsch, mit kleinen Eiszapfen an der hinteren Stoßstange. Das Auto trug ein Nummernschild des Staates New York, was mich in dem Gefühl bestärkte, daß der Troll-Polizist *hier* sein Opfer finden würde. Schließlich gab ein Ortsfremder, der sich nur auf der Durchreise in Yontsdown befand, die ideale Beute ab, denn niemand würde beweisen können, daß er ausgerechnet in dieser Stadt und nicht anderswo auf seiner lange Route verschwunden war.

Der Streifenwagen hielt hinter dem Pontiac am Straßenrand an.

»Fahr vorbei«, sagte ich zu Rya.

Eine attraktive rothaarige Frau um die Dreißig, in kniehohen Stiefeln, Jeans und grauer Jacke, stand vor dem Auto. Ihr Atem war in der kalten Luft deutlich zu sehen. Sie hatte die Motorhaube geöffnet und einen Handschuh ausgezogen, schien aber nicht zu wissen, was sie tun sollte, und schaute hilfesuchend zu uns hinüber, als wir vor der Kreuzung etwas abbremsten.

Für den Bruchteil einer Sekunde sah ich anstelle ihres Gesichts einen Totenschädel mit gähnenden Augenhöhlen.

Die Vision verschwand, als wir die Frau hinter uns ließen.

Sie würde noch an diesem Abend sterben – wenn wir ihr nicht halfen.

An der Ecke des nächsten Blockes befand sich ein Wirtshaus, und gleich danach führte die Duncannon Road ins düstere, bewaldete Vorgebirge empor, von dem Yontsdown auf drei Seiten eingeschlossen war. Rya fuhr auf den Parkplatz der Wirtschaft, parkte unseren Kombi neben einem Lieferwagen und schaltete die Scheinwerfer aus. Von dieser Position aus hatten wir die Kreuzung Duncannon Road und Apple Lane im Blickfeld, wo der Troll-Polizist jetzt neben der rothaarigen Frau stand, der er wie ein Retter aus höchster Not vorkommen mußte.

»Wir haben die Schußwaffen zu Hause gelassen«, sagte Rya.

»Wir dachten ja auch nicht, daß der Krieg schon jetzt beginnen würde. Ab jetzt werden wir immer unsere Pistolen mitnehmen«, erwiderte ich nervös. Die Vision des Totenschädels hatte mich ziemlich mitgenommen.

»Aber im Moment sind wir unbewaffnet«, beharrte Rya.

»Ich habe mein Messer«, meinte ich und klopfte an meinen Stiefel.

»Das ist nicht viel.«

»Es reicht.«

»Vielleicht.«

An der Kreuzung stieg der Rotschopf in den Streifenwagen, zweifellos erleichtert, daß ein lächelnder und höflicher Gesetzeshüter ihr aus der Patsche half.

Einige wenige Autos waren in der Zwischenzeit vorbeigekommen, doch um diese Zeit herrschte hier am Stadtrand kaum Verkehr, und als der Streifenwagen jetzt losfuhr, war weit und breit kein anderes Fahrzeug zu sehen.

Rya war startbereit, hatte die Scheinwerfer aber noch nicht eingeschaltet.

Wir duckten uns auf den Sitzen, so daß unsere Köpfe kaum über das Armaturenbrett hinausragten. Als der Streifenwagen mit klirrenden Schneeketten an uns vorbeifuhr, sahen wir den uniformierten Troll am Steuer. Von der Rothaarigen war nichts zu sehen. Sie hatte auf dem Beifahrersitz Platz genommen, das hatten wir beobachtet. Doch jetzt war sie verschwunden.

»Wo ist sie denn abgeblieben?« wunderte sich Rya.

»Als sie eingestiegen ist, war die Straße leer. Ich wette, daß das Schwein diese Chance sofort genutzt hat. Wahrscheinlich hat er sie mit Handschellen gefesselt und sie gezwungen, auf den Boden zu rutschen. Vielleicht hat er sie aber auch bewußtlos geschlagen.«

»Sie könnte sogar schon tot sein», murmelte Rya.

»Nein«, widersprach ich. »Los. Folg dem Wagen. Er bringt sie bestimmt an irgendeinen abgelegenen Ort, wo er sie in aller Ruhe langsam töten kann. Das ist es doch, was ihnen am meisten Genuß verschafft – ein qualvoll in die Länge gezogener Tod ihres Opfers. Einen schnellen Schlag führen sie nur im Notfall.«

Als Rya vom Parkplatz auf die Duncannon Road einbog, waren von dem Streifenwagen nur noch die roten Rücklichter zu sehen, die höher und höher stiegen, bis sie über uns in der Luft zu schweben schienen, um sodann hinter einem Hügel zu verschwinden. Hinter uns war kein Fahrzeug zu sehen. Rya beschleunigte, und wir folgten dem Streifenwagen mit größtmöglicher Geschwindigkeit.

Bald verengte sich die Duncannon Road zur zweispurigen

Landstraße. Auf beiden Seiten rückten Kiefern und Rottannen immer dichter an die Fahrbahn heran. In ihren Kapuzenmänteln aus immergrünen Nadeln wirkten sie unnahbar und geradezu bedrohlich.

Obwohl wir den Abstand zum Streifenwagen bald auf weniger als 400 Meter verringerten, brauchten wir nicht zu befürchten, daß der Troll uns entdecken würde. Die Straße wand sich in Serpentinen ins Gebirge empor, so daß wir ihn nie länger als einige Sekunden hintereinander im Blickfeld hatten, und das bedeutete, daß wir für ihn nur ferne Scheinwerfer waren, in denen er keine Bedrohung sehen würde. Immer wieder bogen Wege von der Straße ab – es mußte sich wohl um Auffahrten handeln, denn an diesen Abzweigungen waren Briefkästen auf Pfosten montiert; die Häuser lagen hinter eisverkrusteten Bäumen versteckt. Nach sieben oder acht Kilometern sahen wir von einer Anhöhe aus, daß der Streifenwagen weiter unten abbremste und in eine solche Auffahrt abbog. Wir passierten diese Abzweigung, ohne das Tempo zu verringern, um keinen Verdacht zu erregen. Auf dem grauen Briefkasten stand der Name HAVENDAHL. Die Rücklichter des Streifenwagens tauchten zwischen den Bäumen in einer so undurchdringlichen Dunkelheit unter, daß mein Orientierungssinn – und mein Gleichgewicht – kurz außer Kraft gesetzt wurden: Es kam mir tatsächlich so vor, als hinge ich in der Luft, während der Streifenwagen sich nicht über die Erdoberfläche bewegte, sondern den Mittelpunkt des Planeten – oder vielleicht die Hölle? – zum Ziel zu haben schien.

Rya parkte etwa 100 Meter hinter der Abzweigung am Straßenrand, an einer Stelle, wo der Schneeräumtrupp auch die Böschung geräumt hatte, um Platz zum Wenden zu schaffen.

Als wir ausstiegen, stellten wir fest, daß es viel kälter geworden war, seit wir im Supermarkt unsere Einkäufe erledigt hatten. Ein feuchter Wind fegte vom Gebirge herab, kam aber offenbar ursprünglich aus dem fernen Norden, aus der öden kanadischen Tundra und dem arktischen Eis, denn diese reine, ozonhaltige Luft war unverkennbar polaren Ursprungs. Rya und ich trugen mit Pelzimitat gefütterte Wildledermäntel, Handschuhe und warme Stiefel. Trotzdem froren wir.

Rya öffnete den Kofferraum des Kombi und holte ein Eisenwerkzeug hervor, das als Brecheisen und als Schraubenschlüssel zu verwenden war. Sie wog das Ding prüfend in der Hand und erklärte, als sie meinen verständnislosen Blick sah: »Du hast dein Messer, und ich habe jetzt das hier.«

Wir gingen zur Abzweigung zurück. Die Auffahrt war ein schwarzer Tunnel mit Wänden und einer Decke aus Bäumen. Ich hoffte, daß meine Augen sich bald auf diese tiefe Dunkelheit einstellen würden, um einen eventuellen Angreifer rechtzeitig sehen zu können. Vorsichtig folgten wir dem schmalen ungepflasterten Weg, Rya dicht an meiner Seite.

Gefrorene Erde und dünnes Eis knirschten unter unseren Stiefeln.

Der Wind heulte in den Baumwipfeln. Die unteren Äste rauschten und knarrten leise. Der Wald wirkte gespenstisch lebendig.

Der Motor des Streifenwagens war nicht zu hören. Offenbar hatte er irgendwo angehalten.

Nach einigen hundert Metern beschleunigte ich mein Tempo immer mehr, bis ich schließlich rannte, nicht etwa, weil ich jetzt besser sehen konnte – obwohl das der Fall war –, sondern weil ich plötzlich das Gefühl hatte, daß der jungen rothaarigen Frau nicht mehr viel Zeit blieb. Ohne mir Fragen zu stellen, rannte Rya neben mir her.

Die Auffahrt war etwa einen halben Kilometer lang, und als wir schließlich aus dem Baumtunnel auf eine verschneite Lichtung hinaustraten, sahen wir etwa 50 Meter entfernt ein zweistöckiges weißes Holzhaus. Die meisten Fenster im Erdgeschoß waren beleuchtet. Es machte – zumindest bei Nacht – einen gepflegten Eindruck. Auch auf der vorderen Terrasse brannte Licht, so daß man das kunstvoll geschnitzte Geländer mit rokokoartigen Verzierungen deutlich erkennen konnte. Die dunklen Fensterläden waren nicht geschlossen. Eine Rauchwolke stieg aus dem Ziegelkamin und wurde vom Wind westwärts getrieben.

Der Streifenwagen stand vor dem Haus.

Von dem Polizisten und dem Rotschopf war nichts zu sehen.

Keuchend blieben wir am Rand der Lichtung stehen, wo die schwarze Kulisse des Waldes uns unsichtbar machte, falls drüben jemand aus dem Fenster schaute.

Etwa 50 Meter rechts vom Haus war eine große Scheune, die hier im Vorgebirge fehl am Platz wirkte, denn in dieser steilen, felsigen Gegend konnte man unmöglich lohnende Landwirtschaft betreiben. Dann erspähte ich ein großes Schild über dem breiten Scheunentor: KELLYS APFELKELTEREI. Und auf dem verschneiten Hügel hinter dem Haus standen Bäume in ordentlichen Reihen, wie Soldaten bei einer Militärparade: ein Obstgarten.

Ich bückte mich und zog das Messer aus meinem Stiefel.

»Vielleicht solltest du hier warten«, sagte ich zu Rya.

»Blödsinn!«

Ich hatte gewußt, daß sie das sagen würde, und fühlte mich bestärkt durch ihren Mut und ihren Wunsch, auch in gefährlichen Situationen bei mir zu bleiben.

Flink und leise wie Mäuse huschten wir geduckt am Rand der Auffahrt entlang, wo die Wälle aus altem schmutzigem Schnee etwas Sichtschutz boten. In wenigen Sekunden erreichten wir das Haus. Auf dem Rasen mußten wir uns langsamer bewegen, denn die Schneekruste knirschte laut unter unseren Füßen; wenn wir langsam auftraten, ließ sich das Geräusch allerdings auf ein gedämpftes Maß reduzieren, das im Haus höchstwahrscheinlich nicht zu hören war. Jetzt war der grimmig heulende Wind eher unser Verbündeter als unser Feind.

Wir schlichen an der Mauer entlang.

Durch das erste Fenster, wo nur durchsichtige Stores vorgezogen waren, nicht aber die schweren Vorhänge, blickte ich in einen Wohnraum: ein Ziegelkamin, eine Kaminuhr, Möbel im Kolonialstil, polierter Holzboden, Fleckerlteppiche, gestreifte Tapete, Drucke von Grandma Moses an den Wänden.

Durch das nächste Fenster schaute man ebenfalls ins Wohnzimmer.

Ich sah niemanden.

Ich hörte niemanden. Nur den vielstimmigen Wind.

Das dritte Fenster gehörte zum Eßzimmer. Es war leer.

Im Haus schrie eine Frau. Etwas dröhnte und krachte.

Aus dem Augenwinkel sah ich, daß Rya ihre Waffe hob.

Durch das vierte und letzte Fenster auf dieser Seite des Hauses blickte ich in ein etwa dreieinhalb Meter langes und genauso breites Zimmer, das so gut wie leer war; keine Dekorationen, keine Bilder; die beigen Wände und die beige Decke waren mit rostbraunen Flecken übersät; ebenso der graue Linoleumboden. Dieser Raum paßte überhaupt nicht zu dem Haus mit dem gepflegten Wohn- und Eßzimmer.

An diesem Fenster waren die Vorhänge fast zugezogen, doch wenn ich mein Gesicht an die Scheibe preßte, konnte ich durch den Spalt zwischen den Brokatvorhängen immerhin etwa 70 Prozent des Zimmers überblicken – einschließlich der rothaarigen Frau, die nackt auf einem ungepolsterten Holzstuhl saß, die Hände hinter der Rückenlehne gefesselt. Sie war mir so nahe, daß ich sogar die blauen Venen in ihrer hellen Haut erkennen konnte – und ihre Gänsehaut. Mit schreckensweit aufgerissenen Augen starrte sie auf etwas, das sich außerhalb meines Blickfeldes befand.

Ein weiteres Dröhnen. Die Hauswand bebte, so als wäre von innen etwas Schweres dagegen geschleudert worden.

Ein unheimliches Quieken. Ich erkannte es sofort – der schrille Schrei eines Trolls in höchster Erregung.

Auch Rya hatte das Geräusch offenbar identifiziert, denn sie stieß mit angeekeltem Zischen die Luft aus.

In dem unmöblierten Raum geriet ein Troll in mein Blickfeld. Er hatte sein menschliches Kostüm abgelegt, aber ich wußte, daß ich den Polizisten vor mir hatte. Er bewegte sich auf allen vieren mit jener für Trolle typischen Anmut, die man ihnen bei den verformten Schulter- und Hüftknochen niemals zugetraut hätte. Er hatte den bösartigen Hundekopf gesenkt und bleckte seine messerscharfen Reptilzähne. Die gespaltene, fleckige Zunge hechelte. Die schweineartigen Augen, rot und glühend und haßerfüllt, fixierten die hilflose Frau, die dem Wahnsinn nahe schien.

Plötzlich wirbelte der Unhold jedoch herum und raste auf allen vieren durchs Zimmer, so als wollte er mit dem Kopf die Wand durchstoßen. Statt dessen *kletterte* er zu meiner großen Überraschung an der Wand hoch, brachte dicht unter der Decke mit der Geschwindigkeit einer Kakerlake die Längsseite des Raumes hinter sich, sodann auch noch die Hälfte der Querwand, bevor er auf den Boden zurückkehrte, vor der gefesselten Frau anhielt und sich auf die Hinterbeine stellte.

Mir gefror das Blut in den Adern.

Ich hatte gewußt, daß die Trolle flinker und beweglicher als die meisten Menschen waren, aber eine Vorstellung wie diese hatte ich noch nie erlebt, vielleicht, weil ich sie sehr selten in der Privatatmosphäre ihrer Wohnungen erlebt hatte. Und wenn ich Trolle umbrachte, tötete ich sie im allgemeinen so schnell, daß sie keine Möglichkeit hatten, über Wände und Decken zu entkommen.

Ich hatte geglaubt, alles über sie zu wissen, doch nun hatte ich wieder eine Überraschung erlebt. Das deprimierte mich und steigerte meine Nervosität, denn ich fragte mich unwillkürlich, ob sie noch mehr solcher Talente besaßen, von denen ich nichts ahnte. Wenn ich im falschen Moment mit etwas Derartigem konfrontiert wurde, konnte das meinen Tod zur Folge haben.

Ich hatte Angst.

Was mir Angst einjagte, war aber nicht nur die bestürzende Fähigkeit des Trolls, wie eine Eidechse an Wänden hochzuklettern. Ich hatte auch Angst um die gefesselte Frau. Als der Unhold sich auf die Hinterbeine aufrichtete, enthüllte er etwas, das ich ebenfalls noch nie gesehen hatte: einen etwa 30 cm langen Phallus, der normalerweise, wenn er nicht erigiert war, in einem schuppigen Sack verborgen war. Das scheußliche Glied hatte die Form eines Säbels, war dick und gefurcht.

Das dämonische Wesen wollte die Frau offenbar vergewaltigen, bevor es sie mit Krallen und Zähnen zerfetzen würde. Und es bevorzugte für diese Notzucht seine Monstergestalt, weil das Entsetzen des Opfers dadurch noch um ein Vielfaches gesteigert würde.

Ich zweifelte keine Sekunde daran, daß ein bestialischer Mord den krönenden Abschluß des Geschehens für den Unhold bilden würde. Und schlagartig wurde mir klar, warum dieser Raum unmöbliert war, warum Wände und Fußboden mit rostbraunen Flecken übersät waren. Dies war ein Schlachthaus. Hierher waren schon andere Frauen gebracht worden, und man hatte sie verhöhnt, in Todesangst versetzt, gedemütigt, gequält und getötet.

Nicht nur Frauen. Auch Männer. Und Kinder.

Ich empfing plötzlich widerliche psychische Impressionen von früheren Verbrechen. Die Wände strahlten grauenhafte Bilder aus, die sich auf der Scheibe zu projizieren schienen, so als wäre das Fenster eine Filmleinwand.

Mit enormer Willenskraft verbannte ich diese Visionen rasch. Ich durfte mich jetzt nicht von ihnen überwältigen lassen, denn sie würden mich derart schwächen, daß ich dann außerstande wäre, der Frau zu helfen.

Ich wandte mich vom Fenster ab und schlich auf die Hausecke zu, ohne auch nur eine Sekunde daran zu zweifeln, daß Rya mir folgen würde. Beim Gehen zog ich meine Handschuhe aus und stopfte sie in die Manteltaschen, denn sie hätten mich beim Messerwerfen behindert.

Auf der Rückseite des Hauses traf uns der Wind mit voller Wucht – eine regelrechte Windlawine, die vom Berg hinabrollte. Innerhalb weniger Sekunden hatte ich eiskalte Hände, und ich wußte, daß ich schnell ins warme Haus gelangen mußte, wenn ich nicht mit klammen Fingern einen Fehlwurf riskieren wollte.

Die Stufen zur hinteren Veranda waren vereist; sie knarrten unter unseren Stiefeln.

Am Geländer hingen Eiszapfen.

Auch der Verandaboden protestierte gegen unser Gewicht.

Der Hintereingang war etwas links von der Hausmitte. Ich öffnete behutsam die Sturmtür aus Glas und Aluminium. Ihre mit Federn versehenen Angeln quietschten leise.

Auch die eigentliche Hintertür war nicht verschlossen. Trolle haben für Schlösser wenig Verwendung, denn bei ihrer ursprünglichen Züchtung im Labor wurden sie als weitgehend furchtlose Krieger konzipiert, und vor uns fürchten sie sich kaum. Der Jäger fürchtet sich nicht vor dem Hasen.

Rya und ich betraten eine ganz normale Küche, die direkt aus *Good Housekeeping* hätte stammen können. Die warme Luft duftete nach Schokolade, Bratäpfeln und Zimt. Gerade diese Normalität ließ den Raum um so unheimlicher erscheinen.

Auf einer Arbeitsplatte rechts von der Tür stand eine hausgemachte Pastete, daneben ein großer Teller mit Plätzchen. Ich hatte Trolle – in menschlicher Tarnung – unzählige Male in Restaurants essen sehen. Ich wußte natürlich, daß sie sich wie alle Lebewesen ernähren mußten, aber ich hatte sie mir nie bei so prosaischen Tätigkeiten wie Kochen und Backen vorgestellt. Schließlich waren sie so etwas wie Vampire, die sich von unserem physischen und psychischen Schmerz ernährten, und in Anbetracht des reichhaltigen Menüs menschlicher Qualen, das ihnen ständig zur Verfügung stand, hatte ich geglaubt, sie bräuchten keine andere Nahrung. Und nicht einmal im Traum hätte ich es für möglich gehalten, daß sie sich abends zu Hause gemütlich an einen gedeckten Tisch setzten und von ihrem Tagwerk ausruhten – von Quälereien und Blutvergießen. Diese Vorstellung drehte mir fast den Magen um.

Aus dem unmöblierten Raum, der an die Küche grenzte, war weiteres Dröhnen und Plumpsen und Kratzen zu hören.

Die unglückselige Frau war offensichtlich über das Stadium des Schreiens hinaus, denn ich hörte sie jetzt mit zitternder Stimme inbrünstig beten.

Ich öffnete den Reißverschluß meines Mantels, schlüpfte aus den Ärmeln und ließ ihn leise zu Boden gleiten, weil er mich beim Werfen behindert hätte.

Außer der Hintertür zur Veranda gab es in der großen Küche einen offenen Durchgang zur Eingangshalle sowie drei geschlossene Türen. Ich nahm an, daß eine der Türen in den Keller führte, die zweite in eine Speisekammer. Die dritte war möglicherweise ein Eingang zu dem Schlachthaus, wo der Dämon sich mit einem wehrlosen Opfer amüsierte. Das

Risiko, aufs Geratewohl Türen zu öffnen und dabei Lärm zu machen, war mir jedoch zu groß; ich mußte den richtigen Raum auf Anhieb finden. Deshalb durchquerten wir leise die Küche und schlichen durch den Durchgang in die Halle. Die erste Tür zur Linken war halb geöffnet; sie führte ins Schlachthaus.

Ich befürchtete, daß die Frau mich sehen würde, wenn ich von der Schwelle aus vorsichtig ins Zimmer spähte, und daß ihre Reaktion den Troll alarmieren würde. Deshalb stürzte ich ins Zimmer, ohne zu wissen, wo der Troll gerade war. Die Tür krachte gegen die Wand, als ich sie mit Wucht aufstieß.

Der Troll, der sich über die Frau gebeugt hatte, wirbelte zu mir herum und stieß vor Überraschung zischend die Luft aus.

Das Messer an der Klinge haltend, holte ich zum Wurf aus.

Der Troll machte einen Satz auf mich zu.

Gleichzeitig schoß mein Arm nach vorne, und das Messer flog durch die Luft.

Mitten im Sprung wurde der Unhold in die Kehle getroffen. Die Klinge drang tief ein, aber leider nicht an der idealen Stelle, sondern etwas daneben. Die glänzenden, wabbeligen schweineartigen Nasenflügel bebten vor Schmerz und Wut, und heißes Blut schoß aus seiner Schnauze hervor.

Er prallte mit aller Kraft gegen mich.

Ich flog rückwärts an die Wand. Mein Rücken berührte das getrocknete Blut von all den unschuldigen Opfern, und einen Moment lang – bevor ich die Visionen energisch abblockte – spürte ich den Schmerz und das Entsetzen dieser Menschen während ihres Todeskampfes.

Unsere Gesichter waren nur wenige Zentimeter voneinander entfernt. Der Atem der Kreatur stank widerlich. Sie bleckte sabbernd ihre großen gebogenen Zähne dicht vor meinen Augen. Die dunkle ölige Zunge schoß auf mich zu.

Der Unhold umschlang mich mit seinen knochigen Armen, so als wollte er versuchen, mich an seiner Brust zu zermalmen. Vielleicht würde er aber auch seine schrecklichen Krallen tief in mich bohren und mir die Haut zerfetzen.

Mein rasendes Herzklopfen löste einen plötzlichen Adrenalinstoß aus, und diese chemische Flut verlieh mir das Gefühl, ein Gott zu sein, wenn auch – zugegebenermaßen – ein verängstigter Gott.

Ich ballte die Hände zu Fäusten und rammte meine Ellbogen mit aller Kraft in die starken Arme des Trolls, um seinen eisernen Griff zu lockern. Die Krallen rissen an meinem Hemd, dann flog einer seiner Arme hoch, und ich hörte, wie die Knöchel gegen die Wand schlugen.

Das Ungeheuer stieß einen Wutschrei aus. Ich stemmte mich von der Wand ab und stieß den Unhold zurück. Wir taumelten und stürzten zu Boden. Ich landete auf meinem Feind, packte sofort den Griff des Messers, das in seiner Kehle steckte, riß die Klinge heraus, stach wieder zu... immer und immer wieder. Ich konnte einfach nicht mehr aufhören, obwohl das Zinnoberrot der glühenden Augen sich rasch trübte und matter wurde. Seine Füße trommelten schwach auf dem Linoleum. Die Arme zuckten krampfhaft, und die langen Hornkrallen kratzten über den Boden.

Keuchend kniete ich über dem sterbenden Troll, der seine letzte schwache Lebensenergie auf die Metamorphose zur Menschengestalt verwandte. Knochen knirschten, Knochen barsten, Knochen schmolzen und sprudelten und fügten sich neu zusammen; Sehnen und Knorpel zerrissen, gingen aber sofort andere Verbindungen ein; die weicheren Gewebe lösten sich mit nassen, schmatzenden Lauten auf und bildeten neue Formen.

Die gefesselte Frau, Rya und ich beobachteten wie gebannt diese fantastische Verwandlung und bemerkten den zweiten Troll deshalb erst, als er ins Zimmer stürzte und uns genauso überraschte, wie wir den ersten Unhold überrascht hatten.

Rya reagierte diesmal schneller als ich. Sie schwang schon ihr Brecheisen, während ich noch nicht einmal auf den Beinen war, und sie führte den Schlag mit solcher Wucht und Präzision, daß sie beim Aufprall Mühe hatte, die Waffe festzuhalten. Der Angreifer heulte vor Schmerz und taumelte rückwärts, war aber doch nicht so schwer verletzt, daß er zu Boden gegangen wäre.

Er fauchte und spuckte, so als könnte er uns mit seinem

Speichel vergiften. Dann stürzte er mit erschreckender Geschwindigkeit auf Rya zu, packte sie mit seinen riesigen Pranken, fuhr alle zehn Krallen aus, die aber zum Glück keinen Schaden anrichteten, weil sie sich im dicken Wintermantel verfingen.

Bevor er sich befreien und ihr mit den Krallen das Gesicht zerfetzen konnte, sprang ich auf ihn zu und rammte das Messer in seinen schuppigen Rücken, zwischen die mißgebildeten Schultern. Es drang tief ein, bis zum Heft, steckte im Knorpel fest, und ich konnte es nicht mehr herausziehen.

Plötzlich schüttelte sich das Ungeheuer und schlug nach vorne und hinten aus wie ein Rodeo-Pferd, mit so ungeheurer Kraft, daß ich zu Boden geschleudert wurde und mit dem Kopf gegen die Wand schlug.

Sterne tanzten mir vor den Augen.

Ich war viel zu benommen, um sofort wieder aufspringen zu können.

Ich sah verschwommen, daß mein Messer noch immer im Rücken des Trolls steckte.

Er wollte sich jetzt wieder auf Rya stürzen, aber sie hatte sich inzwischen gefaßt, und anstatt vor dem Angreifer zurückzuweichen, machte sie einen Schritt auf ihn zu und setzte wieder ihre Waffe ein, diesmal allerdings nicht als Knüppel; vielmehr trieb sie das dicke Eisenwerkzeug wie einen Speer in den Bauch des Trolls, der diesmal vor Schmerz ein rasselndes Schnauben ausstieß.

Er packte den Speer mit beiden Pranken, und Rya ließ ihre Waffe los. Während der Unhold rückwärts stolperte und vergeblich versuchte, den Schaft aus seinen Eingeweiden herauszuziehen, kam ich wieder auf die Beine und stürzte auf das verhaßte Wesen zu.

Ich umklammerte das andere Ende des Werkzeugs. Dem alten Feind war sein Alter jetzt wirklich anzusehen. Er stierte mich aus mörderischen Augen an, die sich langsam trübten, und versuchte mit seinen Krallen nach meinen Händen zu schlagen. Bevor er mir die Haut zerfetzen konnte, riß ich den Behelfsspeer aus seinem Leib heraus und prügelte methodisch auf ihn ein, bis er in die Knie ging und dann mit dem

Gesicht nach unten zusammenbrach. Ich schlug weiter zu, bis ich keine Kraft mehr hattte, die Waffe zu schwingen.

Mein Keuchen hallte von den Wänden wider.

Rya versuchte mit einigen Papiertaschentüchern das Blut des Trolls von ihren Händen abzuwischen.

Die Metamorphose des ersten Trolls war fast abgeschlossen gewesen, als der Kampf mit dem zweiten begonnen hatte. Jetzt sah ich, daß es tatsächlich der Polizist war, den wir verfolgt hatten.

Der zweite Troll erwies sich in Menschengestalt als Frau, war etwa im gleichen Alter wie der Bulle.

Vielleicht seine Ehefrau. Oder sein Weibchen.

Dachten sie wirklich in Kategorien von Mann und Frau – oder auch nur von Männchen und Weibchen? Was für Empfindungen hatten sie, wenn sie sich nachts in kalter, reptilartiger Leidenschaft paarten? War es üblich, daß sie zu zweit durchs Leben gingen – und wenn ja, aus welchen Gründen? Gefiel es ihnen, oder diente es nur als Tarnung?

Rya würgte und schien nahe daran, sich zu übergeben, kämpfte aber erfolgreich gegen die Übelkeit an und warf die blutdurchtränkten Papiertücher auf den Boden.

Ich stellte mich auf den Rücken des zweiten toten Trolls – der Frau –, packte mein Messer mit beiden Händen und zog es mühsam heraus.

Ich wischte die Klinge an meiner Jeans ab.

Die nackte Frau auf dem Stuhl zitterte wie Espenlaub. In ihren Augen las ich Entsetzen, Verwirrung und Furcht – Furcht nicht nur vor den toten Trollen, sondern auch vor Rya und mir. Verständlicherweise.

»Wir sind Freunde«, krächzte ich. »Wir sind nicht... wie sie.«

Sie starrte mich an, brachte aber keinen Laut hervor.

»Kümmere dich um sie«, trug ich Rya auf.

Ich wandte mich zur Tür. »Wohin...«

»Ich will nachschauen, ob noch mehr von ihnen im Haus sind.«

»Bestimmt nicht«, sagte Rya. »Andernfalls wären sie inzwischen schon hier.«

»Ich muß trotzdem nachschauen.«

Ich hoffte, daß Rya verstanden hatte, warum ich den Raum verlassen wollte. Sie sollte in meiner Abwesenheit die rothaarige Frau beruhigen und ihr beim Ankleiden helfen, damit die Ärmste sich wenigstens ein wenig fassen konnte und sich vor mir nicht mehr wegen ihrer Blöße zu schämen brauchte, wenn ich ihr einige Erklärungen über die Trolle geben würde.

Im Eßzimmer flüsterte der Wind verschwörerisch, nur um im nächsten Moment am Fenster klagend zu stöhnen.

Im ersten Stock fand ich drei Schlafzimmer und ein Bad. In jedem Raum hörte ich das arthritische Knarren der Dachsparren, wenn der Wind an den Giebeln rüttelte und an den Traufen schnüffelte.

Keine weiteren Trolle.

Im kalten Bad zog ich meine blutdurchtränkten Kleider aus und wusch mich schnell am Waschbecken, wobei ich es vermied, in den Spiegel zu schauen. Trolle zu töten war gerechtfertigt. Ich war mir sicher, daß ich damit keine Sünde beging, und ich befürchtete nicht etwa, Schuld in meinen Augen zu entdecken, wenn ich in den Spiegel schaute. Doch es kam mir so vor, als wären die Dämonen immer schwerer umzubringen, als müßte ich immer mehr Gewalt anwenden, immer brutaler vorgehen. Und nach jeder Bluttat glaubte ich in meinem Blick eine neue Kälte zu sehen, eine Härte, die mich bestürzte und erschreckte.

Der Polizist hatte etwa meine Größe gehabt, und ich holte aus seinem Kleiderschrank ein Hemd und eine Levis. Sie paßten mir wie angegossen.

Als ich wieder ins Erdgeschoß kam, warteten Rya und der Rotschopf im Wohnzimmer auf mich. Sie saßen in Fensternähe in bequemen Sesseln, aber die nervliche Anspannung war ihnen deutlich anzusehen. Von ihrer Position aus überblickten sie die Auffahrt, so daß kein Auto sich ungesehen nähern konnte.

Draußen scheuchte der Wind Schneegespenster vom Boden auf, die in die Dunkelheit enteilten, so als hätte man sie mir irgendwelchen geheimen Missionen betraut.

Die Frau hatte sich angezogen. Ihre schreckliche Erfahrung hatte sie offenbar nicht um den Verstand gebracht, obwohl sie mit gebeugten Schultern dasaß und nervös die Hände in ihrem Schoß bewegte.

Ich zog einen Polsterstuhl mit Petit-Point-Stickerei heran, setzte mich neben Rya und griff nach ihrer Hand. Sie zitterte.

»Was hast du ihr erzählt?« fragte ich.

»Einiges über die Trolle... wer sie sind, woher sie stammen. Aber sie weiß nicht, wer wir sind, warum wir die Trolle sehen können, während sie selbst dazu nicht imstande ist. Das kannst du ihr jetzt erklären.«

Die rothaarige Frau hieß Cathy Osborn. Sie war 31, außerordentliche Professorin für Literatur an der Barnard Universität in New York City. Aufgewachsen war sie in einer Kleinstadt 120 km westlich von Yontsdown. Kürzlich war ihr Vater nach einem leichten Herzinfarkt ins Krankenhaus eingeliefert worden, und Cathy hatte sich an der Universität beurlauben lassen, um ihn zu besuchen. Inzwischen war er auf dem Wege der Besserung, und Cathy wollte nach New York zurückkehren. Trotz der mitunter katastrophalen winterlichen Straßenverhältnisse im Gebirge war sie sehr gut vorangekommen – bis zum östlichen Stadtrand von Yontsdown. Als Literaturfan besaß sie viel Fantasie – sagte sie –, war aufgeschlossen und hatte einiges an Fantasy- und Horrorgeschichten gelesen: *Dracula, Frankenstein*, einige Romane von Algernon Blackwood und H. P. Lovecraft, eine Erzählung von jemandem namens Sturgeon über einen blutsaugenden Teddybären. Sie war also – wie sie sagte – nicht gänzlich unvorbereitet auf fantastische und makabre Geschehnisse. Doch obwohl ihr Monster aus der Literatur hinreichend bekannt waren und sie vorhin die grauenhaften Unholde mit eigenen Augen gesehen hatte, sträubte sich ihr Verstand, Ryas Erklärung zu akzeptieren, daß es sich bei den Monstern um genetisch gezüchtete Soldaten einer vergessenen Zivilisation handelte. »Ich weiß, daß ich nicht verrückt bin«, sagte sie, »aber ich frage mich dennoch, ob ich es vielleicht doch bin; und ich weiß genau, daß ich gesehen habe, wie diese Wesen ihre Erscheinungsform veränderten. Aber ich frage mich trotzdem, ob ich mir das alles nur eingebildet habe, ob ich vielleicht unter Halluzinationen leide, obwohl ich mir sicher bin, daß das nicht der Fall ist. Und dann auch noch diese Geschichte über eine frühere Zivilisation, die bei einem Atomkrieg vernichtet wurde... Das alles ist einfach zuviel für mich, und jetzt schwafle ich dummes Zeug daher – so ist es doch? –, aber ich habe einfach das Gefühl, als stünde mein Gehirn vor einem Kurzschluß...«

Ich machte die Sache für sie nicht gerade leichter, indem ich ihr auch noch von Zwielicht-Augen, von Ryas schwächeren übersinnlichen Kräften und von dem Krieg erzählte, den wir gegen die Trolle führen wollten.

Ihre grünen Augen wurden glasig, aber nicht etwa, weil sie einfach abschaltete oder die Informationen nicht mehr aufnehmen konnte. Im Gegenteil, sie hatte einen Punkt erreicht, an dem ihr unkompliziertes rationales Weltbild so total – und mit solcher Kraft – auf den Kopf gestellt und umgestülpt wurde, daß ihr Widerstand gegen einen Glauben an ›Unmögliches‹ in sich zusammenbrach. Sie war dermaßen überwältigt, daß sie nichts mehr für ausgeschlossen hielt. Und ihre glasigen Augen waren nur ein Anzeichen dafür, wie blitzartig ihr geschulter Geist arbeitete, um all die neuen Erkenntnisse in ihr drastisch verändertes Realitätsverständnis einzufügen.

Als ich geendet hatte, blinzelte sie und schüttelte fassungslos den Kopf. »Aber jetzt...«

»Wie soll ich jetzt weiterhin Literatur unterrichten? Wie soll ich ein normales Leben führen können, nachdem ich das alles jetzt weiß?«

Ich schaute Rya hilfesuchend an, in der Hoffnung, daß sie eine Antwort darauf wüßte. »Das wird wahrscheinlich nicht möglich sein«, mußte sie zugeben.

Cathy runzelte die Stirn und wollte etwas sagen, kam aber nicht mehr dazu, denn die Stille des gemütlichen Wohnzimmers wurde plötzlich von einem schrillen Schrei durchbrochen. Er hörte sich teils wie das Weinen eines Kindes an, teils wie das Quieken eines Schweines, teils wie das Zirpen eines Insekts. Es war kein Geräusch, das ich mit Trollen assoziierte, aber es war auch weder der Schrei eines Menschen noch irgendeines mir bekannten Tieres.

Ich wußte, daß diese Leute nicht von den beiden Trollen stammen konnten, die wir gerade umgebracht hatten. Sie waren tot, daran bestand überhaupt kein Zweifel – zumindest jetzt waren sie tot. Vielleicht würden sie – wenn wir sie nicht enthaupteten – schließlich ihren Weg ins Reich der Lebenden zurückfinden, aber das würde Wochen oder Monate in Anspruch nehmen.

Rya sprang auf und griff nach etwas, das nicht da war – ihrem Brecheisen, nehme ich an. »Was ist das für ein Lärm?«

Auch ich war aufgesprungen und hatte mein Messer gezückt.

Das unheimliche vielstimmige Geheul vermochte Blut in Eiswasser zu verwandeln. Falls es das personifizierte Böse gab, in Gestalt Satans oder eines anderen Teufels, so würde seine Stimme so klingen – wortlos aber bösartig, die Stimme von all dem, was nicht gut und nicht richtig war.

Ich war mir zunächst nicht klar darüber, aus welchem Raum oder auch nur aus welcher Etage das gräßliche Geräusch kam.

Cathy Osborn erhob sich langsam, so als wollte sie nicht mit einem weiteren Horror konfrontiert werden. »Ich... habe dieses Geräusch vorhin schon einmal gehört«, stammelte sie, »als ich gefesselt in jenem Zimmer saß und die beiden anfingen, mich zu quälen. Aber dann ist soviel passiert, daß ich es... ganz vergessen habe.«

Rya starrte auf den Boden.

Ich ebenfalls, denn inzwischen hatte ich begriffen, daß diese schrillen Töne – sie hatten Ähnlichkeit mit elektronischen Schwingungen, waren aber viel fremdartiger – aus dem Keller kamen.

# 24

# Der Käfig und der Altar

Der Polizist, der jetzt tot in seinem eigenen blutbefleckten Schlachthaus lag, hatte einen Dienstrevolver getragen – einen Smith & Wesson .357 Magnum. Ich nahm die Waffe an mich, bevor ich in die Küche ging und die Tür zum Keller öffnete.

Das gespenstische trillernde Winseln hallte von den Wänden wider und enthielt eine unmißverständliche Botschaft: Not, Zorn – *Hunger*. Es war ein unvorstellbar übles Geräusch, das seine Fühler nach mir ausstreckte, und ich bildete mir sogar ein, daß dieser Schrei mit feuchten Geisterhänden nach mir griff, daß klamme Finger über mein Gesicht und meinen Körper glitten.

Der unterirdische Raum war nicht völlig dunkel. Weiches, züngelndes Licht – vielleicht von Kerzen – flackerte in einer Ecke, die von oben nicht einzusehen war.

Cathy Osborn und Rya bestanden darauf, mich zu begleiten. Rya war nicht willens zuzulassen, daß ich mich der unbekannten Gefahr allein aussetzte, und Cathy hatte Angst, allein im Wohnzimmer zu bleiben.

Ich drückte auf den Lichtschalter, und unten im Keller wurde der Kerzenschein von hellem elektrischem Licht verdrängt.

Das Geheul hörte auf.

Ich erinnerte mich an die psychischen Dämpfe längst vergangenen menschlichen Leidens, die noch immer von den Kellerwänden des Hauses in der Apple Lane ausgingen, und versuchte die Antennen meines sechsten Sinnes auf Empfang zu stellen, um eine eventuell auch hier vorhandene Strahlung ähnlicher Art wahrnehmen zu können. Doch obwohl ich tatsächlich Bilder und Gefühle hellseherischer Natur registrierte, glichen sie keiner der Visionen, die ich bisher je gehabt hatte. Sie ergaben für mich keinen Sinn: vage bizarre Schatten, die ich nicht identifizieren konnte, alle nur in

Schwarz und Weiß und verschiedenen Grautönen. Sie sprangen in hektischem Rhythmus umher, um im nächsten Moment langsame wellenförmige Bewegungen auszuführen; dazwischen plötzliche Explosionen von buntem Licht in ominösen Farben, dessen Quelle ich nicht zu erkennen vermochte.

Ich begriff nur, daß ich ungewöhnlich starke Emotionen auffing, die einem völlig verwirrten Geist entströmten – wie Abwasser aus einem kaputten Rohr. Es waren keine menschlichen Emotionen; sie waren noch viel düsterer als die perversesten Wünsche und Träume der allerschlimmsten Menschen. Aber es war auch nicht die typische Ausstrahlung eines Trolls. Vielmehr handelte es sich um so etwas wie das emotionale Äquivalent zu verwesendem Fleisch. Ich spürte, daß ich in den Pfuhl der chaotischen Innenwelt eines mörderischen Irren geriet. Der Wahnsinn – und die darunter verborgene Blutrünstigkeit – war so abstoßend, daß ich hastig versuchte, meinen sechsten Sinn wie einen Radioapparat auszuschalten, um mich vor den unwillkommenen Wellen zu schützen.

Ich mußte auf der Treppe ein wenig geschwankt haben, denn Rya legte mir von hinten eine Hand auf die Schulter und flüsterte: »Ist alles in Ordnung?«

»Ja.«

Die Treppe war steil, und von dem Keller war von oben nur ein kleines Stück grauen Betonbodens zu sehen.

Ich stieg vorsichtig die Treppe hinab.

Rya und Cathy folgten mir, und unsere Stiefel dröhnten auf den Holzstufen.

Üble Gerüche stiegen mir in die Nase. Urin, Kot, alter Schweiß.

Der große Raum enthielt nichts von all dem, was man normalerweise in Kellern findet – keine Werkzeuge, kein Holz für irgendwelche Arbeiten eines leidenschaftlichen Hobbybastlers, keine Farbtöpfe, kein eingemachtes Obst oder Gemüse. Statt dessen gab es hier einen Altar und einen großen stabilen Käfig mit Eisenstangen vom Boden bis zur Decke.

Obwohl sie jetzt still waren, zweifelte ich keinen Augenblick daran, daß die gräßlichen Insassen des Käfigs jenen Lärm verursacht hatten, der uns an diesen gottverlassenen Ort geführt hatte. Es waren drei junge Trolle, jeder etwa 1,20 Meter groß. Trollkinder. Sie gehörten unverkennbar jener dämonischen Spezies an – und waren doch anders. Unbekleidet, von Licht und Schatten gestreift, spähten sie zwischen den Gitterstäben hervor, während ihre Gesichter und Körper sich ständig veränderten. Ihre Fähigkeit zur Metamorphose war offenbar völlig außer Kontrolle geraten. Sie befanden sich ständig in einem fließenden Zwischenstadium, halb Trolle, halb Menschen. Fleisch und Knochen verwandelten sich unablässig, ohne eine der beiden Erscheinungsformen komplett zustandezubringen. Einer hatte einen menschlichen Fuß an einem trollartigen Bein und Hände mit zum Teil menschlichen, zum Teil trollartigen Fingern. Während ich hinschaute, formten sich einige Menschenfinger in viergliedrige Finger mit langen Krallen um, und umgekehrt wurden aus einigen Trollfingern allmählich Finger eines Menschenkindes. Eine der beiden anderen Kreaturen starrte uns aus harten, bösartigen, aber menschlichen Augen an, während ihr übriges Gesicht dämonisch war; doch im nächsten Augenblick entstand bereits eine neue Kombination menschlicher und trollartiger Züge.

»Was sind das für Wesen?« fragte Rya schaudernd.

»Ich glaube... mißgestaltete Trollkinder«, sagte ich und trat etwas näher an den Käfig heran, blieb aber außer Reichweite der grausigen Geschöpfe, die uns aufmerksam beobachteten.

»Mißgeburten«, fuhr ich fort. »Alle Trolle haben ein Gen, das ihnen die Verwandlung vom Mensch zum Troll und zurück ermöglicht. Aber diese Kreaturen wurden offenbar mit unvollkommenen metamorphen Genen geboren... ein ganzer Wurf von Mißgeburten. Sie können keine der beiden Erscheinungsformen beibehalten. Ihr Gewebe befindet sich ständig in Bewegung. Deshalb haben ihre Eltern sie hier unten eingesperrt, so wie Menschen früher ihre geisteskranken Kinder in Kellern und Dachkammern versteckten.«

Eine der Mißgeburten fauchte mich an, und die beiden anderen stimmten sofort begeistert ein – ein bedrohliches Zischen.

»Allmächtiger Gott«, flüsterte Cathy Osborn.

»Es ist nicht nur eine körperliche Mißbildung«, sagte ich. »Sie sind auch wahnsinnig – sowohl nach menschlichen Maßstäben als auch nach denen der Trolle. Wahnsinnig und äußerst gefährlich.«

»Sagt dir das dein sechster Sinn?« fragte Rya.

Ich nickte.

Während ich von ihrem Wahnsinn sprach, war ich wieder empfänglich für die Ausstrahlung ihrer geisteskranken Hirne geworden, wie zuvor auf der Kellertreppe. Ich spürte in ihnen Wünsche und Triebe, die ich zwar nicht richtig verstehen konnte, weil sie zu fremdartig waren, die aber unverkennbar durch und durch pervers, blutrünstig und abstoßend waren. Düstere Lüste und Bedürfnisse, beängstigender Hunger... Wieder reduzierte ich meinen sechsten Sinn, so als drosselte ich die Luftzufuhr in einem Ofen, und die lodernde Glut psychotischer Strahlung wurde langsam schwächer, bis nur noch eine kaum wahrnehmbare Flamme übrigblieb.

Sie hörten auf zu fauchen und zu zischen.

Ihre menschlichen Augen warfen plötzlich Blasen, schmolzen dahin, glühten rot auf und wurden zu haßerfüllt funkelnden Trollaugen.

Eine der Kreaturen stieß tief in der Kehle abgehackte Geräusche aus, die vermutlich eine Art Lachen darstellten – ein böses Lachen, das mich frösteln ließ.

Hier sprangen Hauer aus menschlichen Mündern hervor.

Da begann sich ein schwerer wilder Hundekiefer herauszubilden.

Und dort verwandelte sich ein perfekter menschlicher Daumen in ein viergliedriges Stilett.

Unablässige Verwandlung, nie zu Ende geführt. Genetischer Wahnsinn.

Eines der drei alptraumhaften Geschöpfe schob einen grotesk knotigen Arm zwischen den Gitterstäben hindurch, so weit wie irgend möglich, öffnete die geballte Faust und begann mit gespreizten Menschen- und Trollfingern die Luft zu kämmen oder – besser gesagt – auszuwringen. Mit spinnenartiger Geschwindigkeit krümmten und wanden sich die Finger: seltsame Bewegungen ohne jeden Sinn.

»Ich bekomme eine Gänsehaut bei ihrem Anblick«, sagte Rya. »Glaubst du, daß so etwas oft passiert – ein Wurf solcher Mißgeburten? Glaubst du, daß das ein Problem für die Trolle ist?«

»Vielleicht. Ich weiß es nicht.«

»Möglicherweise verschlechtert sich ihr genetisches Material von Generation zu Generation. Vielleicht gibt es in jeder neuen Generation mehr solcher Mißgeburten. Schließlich fehlte ihnen ursprünglich die Fähigkeit, sich zu vermehren. Vielleicht verlieren sie diese Fähigkeit sich fortzupflanzen allmählich wieder... durch eine neue Mutation. Ist so etwas möglich? Oder ist das, was wir hier sehen, eine seltene Ausnahme?«

»Ich weiß es nicht«, wiederholte ich. »Vielleicht hast du recht. Es wäre schön, wenn wir glauben könnten, daß sie langsam aussterben, daß es in einigen hundert Jahren nur noch eine Handvoll Trolle geben wird.«

»Aber einige hundert Jahre nützen uns nichts«, sagte Cathy Osborn jämmerlich.

»Genau darin besteht das Problem«, stimmte ich ihr zu. »Es würde Hunderte von Jahren dauern, bis sie aufhören zu existieren. Und ich kann mir nicht vorstellen, daß sie einfach resignieren. Sie haben soviel Zeit, Pläne zu schmieden, daß sie bestimmt eine Möglichkeit finden werden, die ganze Menschheit mit sich ins Grab zu reißen.«

Plötzlich zog das kühnste Trolljunge seinen Arm in den Käfig zurück und begann zusammen mit seinen Geschwistern zu heulen. Es war jenes schreckliche Geheul, das wir oben gehört hatten. Die schrillen Töne hallten von den Betonmauern wider, Musik zur Untermalung von Alpträumen, ein monotones Lied des Wahnsinns, wie man es vielleicht auch in Korridoren eines Irrenhauses zu hören bekommt.

In Verbindung mit dem Gestank nach Fäkalien war dieser

Lärm schier unerträglich. Aber ich konnte den Keller nicht verlassen, ohne vorher den Altar betrachtet zu haben.

Natürlich wußte ich nicht genau, ob es sich tatsächlich um einen Altar handelte; jedenfalls sah das Gebilde so aus. In einer Ecke des Kellers, möglichst weit entfernt von dem Käfig und von der Treppe, stand ein stabiler Tisch mit einer blauen Samtdecke. Zwei ungewöhnliche Öllampen – kupferfarben getönte Glaskugeln mit Dochten, die auf dem Öl schwammen – flankierten eine Art Ikone, die auf einem etwa acht cm hohen, jeweils 30 cm langen und breiten, polierten Steinpodest ruhte. Die Ikone selbst bestand aus gebranntem Ton – ein Rechteck, 20 cm lang, 15 cm breit, zehn cm dick –, und ihre glänzende schwarze Glasur täuschte geheimnisvolle Tiefe vor. In der Mitte des schwarzen Rechtecks befand sich ein weißer Kreis von etwa zehn cm Durchmesser, und dieser Kreis wurde von einem stilisierten schwarzen Blitz in zwei Teile unterteilt.

Es war das Firmenzeichen der Kohlen-Gesellschaft Blitz, das wir schon auf dem Lastwagen gesehen hatten. Aber daß es hier wie zur Anbetung aufgestellt war, beleuchtet von Ewigen Lichtern, deutete darauf hin, daß es etwas viel Bedeutsameres war als nur ein Firmenzeichen. Es schien eine Art heiliges Symbol zu sein.

Weißer Himmel, dunkler Blitz.

Was symbolisierte es?

Weißer Himmel, dunkler Blitz.

Die Mißgeburten im Käfig vollführten nach wie vor einen Höllenlärm, aber die Ikone auf dem Altar beschäftigte mich derart, daß ich das schrille Geheul kaum noch wahrnahm.

Ich konnte mir beim besten Willen nicht vorstellen, daß eine Spezies wie die Trolle – von Menschenhand und nicht von Gott erschaffen, ihren Schöpfer *hassend*, ohne jede Ehrfurcht vor ihm – eine Religion entwickelt haben könnten. Falls dies tatsächlich ein Altar war – was beteten sie hier an? Welchen seltsamen Göttern huldigten sie? Und wie? Und weshalb?

Rya streckte die Hand aus und wollte die Ikone berühren.

Ich fiel ihr in den Arm.

»Nicht«, sagte ich.

»Warum nicht?«

»Ich weiß auch nicht. Aber... lieber nicht berühren.«

Weißer Himmel, dunkler Blitz.

Das Bedürfnis der Trolle nach Göttern, Altären und Ikonen, die spirituelle Glaubensformen bildhaft zum Ausdruck brachten, hatte etwas überraschend Rührendes an sich. Das Vorhandensein einer Religion setzt Zweifel, Demut, die Erkenntnis von Gut und Böse, Sehnsucht nach unabänderlichen Werten und nach einem Sinn des Lebens voraus. Zum erstenmal sah ich etwas, das auf eine eventuelle Gemeinsamkeit zwischen Menschen und Trollen hindeutete.

Aber, verdammt, ich wußte doch aus bitterer Erfahrung, daß diese dämonischen Wesen keine Zweifel und keine Demut kannten. Ihre Unterscheidung von Gut und Böse war so einfach, daß dazu keine philosophische Grundlage notwendig war: Gut war alles, was ihnen nützte oder uns schadete; schlecht war alles, was ihnen schadete oder uns half. Sie hatten die Wertmaßstäbe von Haien. Ihr einziger Lebenssinn bestand darin, uns zu vernichten, und dazu benötigten sie keine komplizierte theologische Doktrin oder göttliche Rechtfertigung.

Weißer Himmel, dunkler Blitz.

Während ich dieses Symbol betrachtete, gelangte ich allmählich zu der Überzeugung, daß ihre Religion – falls es denn eine war – nichts an ihrer Fremdartigkeit änderte und auch nichts Rührendes an sich hatte. Ich spürte nämlich, daß ihr unbekannter Glaube etwas unendlich Böses an sich hatte. Der Gott, den sie anbeteten, war so unsagbar böse, daß, verglichen mit dieser Religion, sogar der Satanismus – trotz seiner Menschenopfer – geradezu harmlos war.

Mit meinen Zwielicht-Augen sah ich den schwarzen Blitz auf dem weißen Kreis dunkel zucken, und ich nahm wahr, daß dieses ominöse Symbol Todesenergie ausstrahlte. Was auch immer die Trolle anbeten mochten – Zerstörung, Schmerz und Tod waren jedenfalls wesentliche Bestandteile.

Ich erinnerte mich an die weite, kalte, lichtlose Leere, die ich vor mir gesehen hatte, als jener Lastwagen der Kohlen-

Gesellschaft Blitz vorbeigefahren war, und als ich jetzt die Ikone anstarrte, hatte ich die gleiche Vision. Unendliche Dunkelheit. Unendliche Stille. Unendliche Kälte. Unendliche Leere. Das totale Nichts. Was mochte diese Leere zu bedeuten haben?

Die Flammen in den Öllampen flackerten.

Im Käfig kreischten die irren Mißgeburten ein Lied ohnmächtiger Wut.

Der Gestank wurde immer schlimmer.

Die Keramikikone, die zuerst meine Neugier erregt und mich fasziniert hatte, und über der ich dann ins Grübeln geraten war, flößte mir plötzlich Angst ein. Während ich sie wie hypnotisiert betrachtete, spürte ich, daß in ihr das Geheimnis der Konzentration so vieler Trolle in Yontsdown begründet war. Aber ich spürte auch, daß das Schicksal der Menschheit von der Philosophie abhing, die diese Ikone symbolisierte.

»Gehen wir«, schlug Cathy Osborn vor.

»Ja«, stimmte Rya zu. »Gehen wir, Slim. Gehen wir.«

Weißer Himmel.

Dunkler Blitz.

Rya und Cathy gingen in die Scheune, um nach Eimern und einem Gummischlauch zu suchen – Gegenstände, die in einer Kelterei eigentlich sogar außerhalb der Keltersaison zu finden sein müßten. Dann sollten sie zwei Eimer Benzin aus dem Tank des Streifenwagens abzapfen und ins Haus bringen.

Cathy Osborn war etwas wackelig auf den Beinen und sah aus, als würde sie sich jeden Moment übergeben; aber sie biß tapfer die Zähne zusammen und tat alles, was man von ihr verlangte. Sie bewies erheblich mehr Mut, Anpassungsvermögen und Zähigkeit, als ich jemandem zugetraut hätte, der sein ganzes Leben in den behüteten Enklaven der akademischen Welt – sozusagen außerhalb der Realität – verbracht hatte.

Währenddessen mußte ich mich wieder als Grimmer Schnitter betätigen.

Ich vermied es nach Möglichkeit, meine beiden übel zugerichteten Opfer zu betrachten, während ich sie nacheinander aus dem Schlachthaus in die Küche schleifte, die noch immer nach frischer Pastete duftete, und die Kellertreppe hinabschob.

Das unheimliche Trio im Käfig verstummte wieder, als ich die nackten Leichen in die Mitte des Raumes zog. Sechs Augen – einige menschliche und einige dämonische – beobachteten mich interessiert. Die Mißgeburten waren beim Anblick ihrer ermordeten Eltern weder verstört noch traurig; offenbar waren sie solcher Gefühle überhaupt nicht fähig, und sie konnten auch nicht begreifen, welche Konsequenzen das Geschehen für sie selbst haben würde. Sie waren auch nicht zornig oder verängstigt, nur neugierig wie Affen.

Bald würde ich mich mit ihnen beschäftigen müssen.

Noch nicht. Ich mußte mich darauf erst noch vorbereiten, mußte meinen sechsten Sinn weitgehend abblocken und mich für die unangenehme Aufgabe einer gnadenlosen Exekution stählen.

Ich beugte mich über eine der oben offenen Kugellampen auf dem Altar und blies die Flamme aus. Ich trug die Lampe zu den toten Trollen und goß das Öl über die Leichen.

Das reine Öl ließ ihre blasse Haut erglänzen.

Ihre Haare wurden dunkler.

Öltropfen hingen an ihren Wimpern.

Der Fäkaliengestank wurde von dem scharfen Geruch der brennbaren Flüssigkeit überlagert.

Die Käfiginsassen verfolgten das Geschehen schweigend.

Ich konnte die Sache nicht länger hinausschieben. Ich hatte den Revolver in meinen Gürtel geschoben. Jetzt nahm ich ihn zur Hand.

Als ich mich dem Käfig näherte, schweiften ihre Blicke von den Leichen zu der Waffe, die ihre Neugier nicht minder fesselte.

Ich tötete die Trolljungen mit Kopfschüssen und war mir bewußt – sie zu erschießen war deshalb eine Handlung, die eher einem Troll als einem Menschen zuzutrauen und eines Mannes eigentlich unwürdig war, obwohl ich keine andere Wahl hatte.

Rya und Cathy kamen zurück. Jede trug einen Eimer, der zu zwei Dritteln mit Benzin gefüllt war, und sie gingen die Treppe übertrieben vorsichtig hinab, um nur ja keinen Tropfen auf ihre Kleidung zu verschütten.

Sie warfen einen Blick auf die drei toten Mißgeburten im Käfig – und schauten hastig wieder weg.

Mich überkam plötzlich das Gefühl, daß wir uns schon viel zu lange im Haus aufhielten, daß die Gefahr, von anderen Trollen hier entdeckt zu werden, von Minute zu Minute zunahm.

»Bringen wir's vollends hinter uns«, flüsterte Rya, und ihr Flüstern – für das eigentlich kein Grund bestand – verriet mir, daß auch ihre Befürchtungen wuchsen.

Ich nahm Cathys Eimer und schüttete den Inhalt in den Käfig, über die Leichen.

Rya holte die noch brennende Öllampe vom Altar und folgte Cathy die Treppe hinauf. Ich goß den zweiten Eimer Benzin über den Kellerboden und rannte, nach Luft schnappend, in die Küche, wo die beiden Frauen warteten.

Rya streckte mir die Öllampe hin.

»Ich habe Benzin an den Händen«, sagte ich und wusch sie mir hastig an der Spüle.

Gleich darauf nahm ich Rya die Lampe ab und kehrte zur Kellertreppe zurück. Die Benzindämpfe waren erstickend. Ich schleuderte die Lampe auf den Boden hinab.

Die Glaskugel zerschellte auf dem Beton. Die Dochtflamme setzte das verspritzte Öl in Brand, und das brennende Öl entzündete das Benzin. Ein schreckliches Prasseln ertönte, und eine Hitzewelle überflutete die Treppe, so daß ich einen Moment lang glaubte, mein Haar hätte Feuer gefangen.

Rya und Cathy hatten sich schon auf die hintere Veranda zurückgezogen. Ich folgte ihnen rasch. Wir rannten um das Haus herum, vorbei an dem Streifenwagen, der in der Nähe der vorderen Veranda geparkt war, die Auffahrt hinab.

Noch bevor wir den Waldrand erreichten, sahen wir den Widerschein des Feuers auf dem Schnee. Als wir zurückblickten, hatten die Flammen bereits auf das Erdgeschoß übergegriffen. Die Fenster leuchteten wie Irrlichter. Dann explodierten die Scheiben mit lautem Klirren, das in der kalten Nachtluft deutlich zu hören war.

Jetzt würde der Wind die Flammen rasch bis zur Dachspitze tragen. Von den Leichen im Keller würden nur Knochen und Asche übrigbleiben. Wenn wir etwas Glück hatten, würden die Behördenvertreter – allesamt Trolle – den Brand auf einen Unfall zurückführen. Doch selbst wenn sie Verdacht schöpften und eine gründliche Untersuchung einleiteten, bei der Projektilspuren in den Knochen und andere Beweise auf ein Verbrechen hindeuteten, hatten wir auf jeden Fall ein bis zwei Tage Zeit, bevor die Fahndung nach den Trollmördern beginnen würde.

Die erste Schlacht des neuen Krieges. Und wir hatten sie gewonnen.

Wir wandten uns von dem brennenden Haus ab, rannten durch den dunklen Baumtunnel zur Hauptstraße und weiter zu unserem Kombi. Rya setzte sich ans Steuer, Cathy auf den Beifahrersitz. Ich nahm im Fond Platz, den Polizeirevolver auf dem Schoß. Falls Trolle auftauchten und uns aufzuhalten versuchten, würde ich sie ohne zu zögern über den Haufen schießen.

Das Haus lag schon kilometerweit hinter uns, als mir noch immer die unheimlichen Schreie der drei Mißgeburten in den Ohren gellten.

Wir brachten Cathy zu einer Tankstelle, begleiteten sie und einen Automechaniker dann zu ihrem Auto. Der Mann stellte fest, daß die Batterie leer war, und tauschte sie an Ort und Stelle aus.

Als der Pontiac wieder fahrtüchtig war, der Mechaniker seinen Lohn erhalten hatte und weggefahren war, schaute Cathy gehetzt von Rya zu mir und starrte sodann den gefrorenen Boden an. »Verdammt, und was jetzt?« murmelte sie ängstlich zitternd.

»Du warst unterwegs nach New York«, sagte ich.

Sie lachte freudlos. »Ich hätte genausogut zum Mond unterwegs sein können.«

Ein Transporter und ein funkelnder, neuer Cadillac fuhren vorbei. Die Fahrer schauten zu uns herüber.

»Steigen wir lieber in den Wagen«, schlug Rya fröstelnd vor. »Dort ist es warm.«

Im Auto würden wir außerdem weniger auffallen.

Cathy setzte sich ans Steuer, drehte sich aber seitwärts, so daß ich sie vom Rücksitz aus im Profil sehen konnte. Rya nahm neben ihr Platz.

»Ich kann doch nicht einfach so weiterleben, als wäre nichts geschehen«, sagte Cathy.

»Das mußt du aber«, erwiderte Rya sanft, aber doch nachdrücklich. »Darin besteht das ganze Leben – weiterzumachen, so als wäre nichts geschehen. Und es wäre völlig sinnlos, wenn du versuchen wolltest, die Welt zu retten, indem du eine Aufklärungskampagne startest und überall verkündest, daß als Menschen getarnte Dämonen uns bedrohen. Alle würden glauben, du hättest den Verstand verloren. Alle – außer den Trollen.«

»Und die würden blitzschnell reagieren und dich liquidieren«, fügte ich hinzu.

Cathy nickte. »Ich weiß ... ich weiß.« Nach kurzem Schweigen fuhr sie fort: »Aber ... wie kann ich nach New York und an die Uni zurückkehren, wenn ich nicht weiß, welche meiner Bekannten eventuell Trolle sind? Wie soll ich jemals wieder jemandem vertrauen? Wie kann ich es jemals wagen zu heiraten? Vielleicht will der Mann – der Troll – mich nur heiraten, um mich als Spielzeug zu benutzen und zu quälen. Du weißt, was ich meine, Slim – so wie dein Onkel deine Tante heiratete und dann Unheil über deine ganze Familie brachte. Wie soll ich Freunde finden, wahre Freunde, bei denen ich mich nicht zu verstellen brauche? Versteht ihr? Ich bin in einer schlimmeren Situation als ihr, denn ich kann die Trolle ja nicht sehen. Mir bleibt nichts anderes übrig, als *jeden* zu verdächtigen; das ist das einzig Sichere. Ihr könnt sie sehen, sie von Menschen unterscheiden, und deshalb seid ihr nicht allein; aber ich werde immer allein sein müssen, völlig allein und einsam, denn jemandem zu vertrauen, könnte tödliche Folgen haben. Allein ... Was für ein Leben wird das sein?«

Erst jetzt wurde mir klar, in welch schreckliche Situation sie geraten war. Und soweit ich es beurteilen konnte, gab es keinen Ausweg aus dieser Zwickmühle.

Rya schaute mich fragend an.

Ich zuckte mit den Schultern, nicht etwa teilnahmslos, sondern frustriert und niedergeschlagen.

Cathy Osborn seufzte und erschauderte, hin und her gerissen zwischen Verzweiflung und Angst – zwei sehr gegensätzlichen Gefühlen, denn letzteres setzt eine gewisse Hoffnung voraus, während ersteres jede Hoffnung auslöscht.

»Eigentlich kann ich genausogut versuchen, die Welt zu retten«, fuhr Cathy dort, »indem ich eine Aufklärungskampagne starte und durch ein Megaphon verkünde, was los ist, sogar wenn man mich ins Irrenhaus sperrt, denn dort lande ich sowieso eines Tages. Ich meine... wenn ich ständig auf der Hut sein muß, wenn ich dauernd überlegen muß, wer einer von *ihnen* sein könnte – das wird mich verrückt machen. Und es wird nicht einmal lange dauern, bis ich völlig durchdrehe, denn ich bin von Natur aus ein extrovertierter Typ; ich brauche Kontakt mit anderen Menschen. Ich werde bald regelrecht unter Verfolgungswahn leiden und schließlich in eine geschlossene Anstalt eingeliefert werden. Und glaubt ihr nicht auch, daß sich in einer solchen Institution, wo die Menschen eingesperrt und hilflos sind, besonders viele Trolle tummeln... ich meine, unter dem Personal?«

»Doch«, sagte Rya, die zweifellos an ihre schrecklichen Erfahrungen im Waisenhaus dachte. »Du hast recht.«

»Ich kann nicht zurück. Ich kann nicht so leben, wie ich leben müßte.«

»Es gibt eine andere Möglichkeit«, sagte ich.

Cathy warf mir einen ungläubigen Blick zu.

»Es gibt einen sicheren Ort«, fuhr ich fort.

»Natürlich!« rief Rya.

»Sombra Brothers«, sagte ich.

»Der Rummelplatz«, erklärte Rya.

»Schaustellerin werden?« fragte Cathy bestürzt.

Ihre Stimme verriet einen leichten Abscheu, an dem ich keinen Anstoß nahm – und den, wie ich wußte, auch Rya verstehen konnte. Die ›normale‹ Welt ist ängstlich bemüht, die Illusion aufrechtzuerhalten, die von ihr geschaffene Gesellschaft sei die einzig richtige; deshalb werden Fahrensleute als Landstreicher, soziale Außenseiter und Gesindel abgestempelt, oft auch als Diebe und sonstige Verbrecher eingestuft. Wie die echten Zigeuner mit Roma-Blut, so genießen auch wir weltweit ein sehr niedriges soziales Ansehen. Man erwirbt einfach nicht zwei oder drei anspruchsvolle Universitätsdiplome, nur um dann eine glänzende akademische Karriere an den Nagel zu hängen und Schausteller zu werden.

Ich beschönigte die Zukunft nicht, die Cathy auf dem Rummelplatz erwarten würde. Ich wollte, daß sie sich über alle Folgen im klaren war, bevor sie einen Entschluß faßte. »Du müßtest das Unterrichten aufgeben, das dir Spaß macht, das akademische Leben, die Karriere, für die du hart gearbeitet hast. Du würdest dich in eine Welt begeben, die dir zunächst fast so exotisch vorkäme wie das alte China. Du würdest bei den Schaustellern durch dein Benehmen und deine Redeweise ständig anecken, und es würde vielleicht ein Jahr oder noch länger dauern, bis du ihr Vertrauen gewinnst. Deine Freunde und Verwandten würden dich nie verstehen und deine Entscheidung nie akzeptieren. Du würdest ein schwarzes Schaf sein. Möglicherweise würde dein gesellschaftlicher Abstieg deinen Eltern sogar das Herz brechen.«

»Ja«, fuhr Rya fort, »aber beim Sombra Brothers Carnival kannst du sicher sein, daß sich unter deinen Nachbarn und Freunden keine Trolle befinden. Viele von uns sind Außenseiter, weil wir die Trolle sehen können, und der Rummelplatz ist unser Zufluchtsort. Wenn einer der Unholde sich bei uns einzuschleichen versucht, machen wir kurzen Prozeß mit ihm. Du wärst also in Sicherheit. Und anfangs könntest du deinen Lebensunterhalt verdienen, indem du für mich und Slim arbeitest.«

»Und mit der Zeit«, sagte ich, »hättest du genügend Ersparnisse, um eine eigene Konzession erwerben zu können.«

»Ja«, ergriff Rya wieder das Wort. »Du würdest auf jeden

Fall wesentlich mehr verdienen als mit deinem Unterrichten. Und mit der Zeit... Weißt du, du wirst die bürgerliche Welt, aus der du kommst, vergessen. Sie wird dir allmählich wie ein Traum vorkommen, aber wie ein schlechter Traum.« Sie legte eine Hand auf Cathys Arm, beruhigend, von Frau zu Frau.

»Ich verspreche dir, sobald du dich richtig eingelebt hast, wird dir die Außenwelt furchtbar öde vorkommen, und du wirst dich fragen, wie du dich da draußen jemals wohl fühlen und glauben konntest, dieses Leben wäre der Welt des fahrenden Volkes vorzuziehen.«

Cathy nagte an ihrer Unterlippe. »O Gott...« murmelte sie.

Ihr altes Leben konnten wir ihr nicht zurückgeben; deshalb gaben wir ihr das einzige, was uns zur Verfügung stand: Zeit. Zeit zum Nachdenken.

Einige Autos fuhren an uns vorbei. Nicht viele. Es war spät. Die Nacht war dunkel – und kalt.

Die meisten Leute saßen zu Hause an der warmen Heizung oder lagen schon im Bett.

»O Gott, ich weiß einfach nicht, was ich tun soll«, flüsterte Cathy verstört und unschlüssig.

Die Auspuffgase trieben am Fenster des Autos entlang. Einen Augenblick konnte ich nur diesen wirbelnden silbrigen Nebel sehen, aus dem mich ständig wechselnde, gespenstische Gesichter hungrig anzustarren schienen.

Gibtown, Joel und Laura Tuck und meine anderen Schaustellerfreunde schienen plötzlich sehr weit entfernt zu sein, viel weiter als Florida, weiter noch als die dunkle Seite des Mondes.

»Ich bin völlig durcheinander«, sagte Cathy. »Verwirrt und verängstigt. Ich weiß einfach nicht, was ich tun soll.«

In Anbetracht der Tatsache, daß sie nach den schrecklichen Ereignissen dieses Abends nicht zusammengebrochen war, sondern sich schnell von dem Schock erholt hatte, war ich der Ansicht, daß sie zu uns auf den Rummelplatz gehörte. Sie war keine lebensfremde Professorin. Sie besaß ungewöhnliche Kraft und ungewöhnlichen Mut, und starke Menschen konnten wir gut gebrauchen – besonders dann, falls wir den Krieg gegen die Trolle eines Tages ausweiten würden. Ich spürte, daß Rya ebenfalls dieser Meinung war, daß sie hoffte, Cathy Osborn würde sich uns anschließen.

»Ich... weiß... es nicht...«

Zwei der drei Schlafzimmer in unserem gemieteten Haus waren möbliert, und Cathy übernachtete in einem davon. Sie war noch außerstande, eine Entscheidung zu treffen. Die Vorstellung, ihre Karriere und ihr vertrautes Leben aufzugeben, auch wenn noch so einleuchtende Gründe dafür sprachen, war ihr schier unerträglich.

»Morgen früh werde ich mich entscheiden können«, versprach sie.

Ihr Zimmer war ein Stück von unserem entfernt. Sie bestand darauf, daß beide Türen offen blieben, damit wir einander hören konnten, falls jemand von uns nachts um Hilfe rief.

Ich versicherte ihr, daß die Trolle nichts von unseren Taten und Plänen ahnten.

»Sie haben keinen Grund, heute nacht herzukommen«, sagte auch Rya beruhigend.

Wir erzählten Cathy nicht, daß dieses Haus Klaus Orkenwold gehörte, daß er der neue Polizeichef von Yontsdown und ein Troll war, und daß er im Keller drei Menschen gefoltert und ermordet hatte.

Trotzdem blieb Cathy sehr nervös, und weil sie Angst vor der Dunkelheit hatte, stellten wir eine Nachtbeleuchtung her, indem wir eine Nachttischlampe mit einer ihrer dunklen Blusen umhüllten.

Als wir sie verließen, fühlte ich mich hundsmiserabel – so als würden wir ein Kind dem Monster unter dem Bett oder dem Ungeheuer im Schrank ausliefern.

Rya schlief schließlich ein.

Ich hingegen fand sehr lange keinen Schlaf.

Dunkler Blitz.

Dieser schwarze Blitz ging mir einfach nicht aus dem Sinn. Was mochte er nur bedeuten?

Hin und wieder stieg aus dem Keller, wo Orkenwald eine Frau und zwei Kinder bestialisch umgebracht hatte, eine vage Welle psychischer Strahlung zu mir empor – etwa so, als würde einem ab und zu der Verwesungsgeruch unter dem Haus begrabener Leichen in die Nase steigen.

Wieder war ich überzeugt davon, daß ich uns unbewußt an diesen Ort geführt hatte, daß meine hellseherische Begabung ausgerechnet dieses Haus ausgesucht hatte, weil es mir bestimmt war, mit Klaus Orkenwold abzurechnen – wie mit seinem Vorgänger Lisle Kelsko.

Aus dem unablässigen Heulen des Windes glaubte ich die schrillen Schreie der Troll-Mißgeburten herauszuhören; ich mußte gegen die absurde Vorstellung ankämpfen, sie hätten sich – von Kugeln durchbohrt und bis auf die Knochen verkohlt – aus den rauchenden Ruinen des Hauses befreit und suchten winselnd in der Nacht nach mir, mit dem untrüglichen Spürsinn von Höllenhunden, die verdammte Seelen gnadenlos ausfindig machen.

Jedesmal, wenn irgendwo im Haus etwas knarrte oder knisterte, was bei der grimmigen Kälte und dem starken Wind ganz natürlich war, glaubte ich, knisternde Flammen zu hören, die das Erdgeschoß verzehrten – ein verheerender Brand, gelegt von Kreaturen, die ich im Eisenkäfig erschossen und verbrannt hatte. Jedesmal, wenn sich die Heizung einschaltete, zuckte ich erschrocken zusammen.

Neben mir stöhnte Rya im Traum. Zweifellos war es wieder jener Alptraum.

Gibtown, Joel und Laura Tuck und meine anderen Schaustellerfreunde waren so weit entfernt – und ich sehnte mich nach ihnen. Ich dachte an sie, rief mir das Gesicht jedes einzelnen in Erinnerung und fühlte mich dadurch etwas besser.

Mir kam plötzlich zu Bewußtsein, daß ich mich nach ihnen sehnte und aus ihrer Liebe neuen Mut schöpfte, so wie mich einst die Liebe meiner Mutter und meiner Schwestern getröstet und gestärkt hatte. Und das bedeutete wahrscheinlich, daß meine alte Welt, die Welt der Familie Stanfeuss, für mich endgültig verloren war.

Mein Unterbewußtsein hatte sich mit dieser schrecklichen

Tatsache offenbar bereits abgefunden, aber bewußt hatte ich das bisher nicht verarbeitet. Die Schausteller waren jetzt meine Familie, und es war eine gute Familie, die beste Familie, die man sich nur wünschen konnte. Trotzdem erfüllte es mich mit tiefer Trauer, daß ich höchstwahrscheinlich nie wieder nach Hause zurückkehren konnte, daß meine Mutter und meine Schwestern für mich gewissermaßen gestorben waren, obwohl sie noch lebten.

## 25

# Vor dem Sturm

Am Samstagmorgen waren die Wolken von bedrohlicherem Grau als am Freitag, und der Himmel hing noch tiefer, so als wäre die dunklere Farbe auch mit einem größeren Gewicht verbunden. Dem heulenden und pfeifenden Wind war die Puste ausgegangen, doch die eingetretene Stille wirkte nicht beruhigend. Eine unheimliche Spannung schien über der verschneiten Landschaft zu liegen. Die Silhouetten der Nadelbäume vor dem Hintergrund des schieferfarbenen Himmels glichen Wachposten, die ängstlich den Vormarsch mächtiger feindlicher Armeen erwarteten. Die anderen Bäume reckten ihre schwarzen skelettartigen Arme empor, so als wollten sie vor einer herannahenden Gefahr warnen.

Nach dem Frühstück brachte Cathy Osborn ihr Gepäck ins Auto zurück. Sie wollte die Fahrt nach New York fortsetzen, aber sie würde sich dort nur drei Tage aufhalten, um ihre Wohnung zu kündigen, ihr Entlassungsgesuch bei der Universität einzureichen (unter dem Vorwand einer gesundheitlichen Krise), ihre Bücher und ihr sonstiges Hab und Gut zu verpacken und sich von einigen Freunden zu verabschieden. Vor diesen Abschiedsszenen fürchtete sie sich, weil sie ihre Freunde sehr vermissen würde, weil alle glauben würden, sie hätte den Verstand verloren, und versuchen würden, sie umzustimmen, aber auch, weil sie sich bei jedem ihrer Freunde unwillkürlich fragen würde, ob es sich nicht vielleicht um einen getarnten Troll handelte.

Rya und ich begleiteten sie zu ihrem Wagen. Die Morgenluft war eiskalt. Wir wünschten ihr alles erdenklich Gute und bemühten uns, nicht zu zeigen, welch große Sorgen wir uns ihretwegen machten. Jeder von uns umarmte sie, und plötzlich umarmten wir uns zu dritt, denn wir waren durch die schrecklichen Ereignisse des Vorabends untrennbar miteinander verknüpft, verbunden durch die schreckliche Wahrheit, die so wenige Menschen kannten.

Für jene, die um die Existenz der Trolle wissen, sind die Unholde nicht nur eine Bedrohung, sondern gewissermaßen auch ein Katalysator der Einheit. Es ist eine Ironie des Schicksals, daß die Dämonen erheblich dazu beitragen, in den Menschen Gefühle von Brüderlichkeit, gegenseitiger Verantwortung und gemeinsamen Zielen zu wecken. Und falls es uns jemals gelingen sollte, sie vom Antlitz der Erde zu tilgen, so nur deshalb, weil ihre Existenz uns einig – und damit stark – gemacht haben wird.

»Am Sonntagmorgen rufe ich Joel Tuck unten in Gibtown an«, sagte ich. »Er wird dich erwarten; er und Laura werden dir eine Unterkunft besorgen und sich auch sonst um dich kümmern.«

Wir hatten ihr Joel schon beschrieben, damit sie keinen allzu großen Schock bekam, wenn sie ihn zum erstenmal sah.

»Joel liebt Bücher«, sagte Rya, »er ist ein richtiger Bücherwurm. Ihr werdet deshalb mehr gemeinsam haben, als du dir jetzt vorstellen kannst. Und Laura ist ein Goldschatz.«

Unsere Stimmen klangen in der Kälte und Stille dieses Morgens tonlos und hart, und jedes Wort wurde von einer weißen Atemwolke begleitet.

Cathys Furcht war genauso deutlich zu sehen wie diese Atemwolken. Sie fürchtete sich nicht nur vor den Trollen, sondern auch vor dem neuen Leben, das sie erwartete, und vor dem Verlust ihres alten gemütlichen Lebens.

»Bis bald«, murmelte sie zittrig.

»Ja, bis bald – in Florida.« Rya versuchte optimistisch zu wirken. »Im sonnigen Florida.«

Schließlich stieg Cathy Osborn ins Auto und fuhr davon. Wir blickten ihr nach, bis sie von der Auffahrt in die Apple Lane einbog und gleich darauf hinter einer Kurve verschwand.

So werden aus Literaturprofessoren Schausteller. So kann der Glauben an eine heile Welt urplötzlich zusammenbrechen.

Er hieß Horton Bluett und bezeichnete sich selbst als alten Sonderling. Er war ein großer, knochiger Mann, und die Hagerkeit war ihm sogar in der schweren wattierten Holzfäller jacke anzusehen, in der wir ihn zum erstenmal zu Gesicht bekamen. Er war kräftig und vital, und nur die leicht gebeugten Schultern verrieten, daß er ein erhebliches Gewicht an Jahren mit sich herumtrug. Sein breites Gesicht war weniger von der Zeit verwittert als von Wind und Wetter gegerbt: feine Fältchen um die Augen herum, ansonsten tiefe Furchen. Er hatte eine große rote Nase, ein kräftiges Kinn und einen breiten Mund, der sich oft zu einem sehr sympathischen Lächeln verzog. Seine dunklen Augen waren wachsam, aber nicht unfreundlich und so klar wie die eines jungen Mannes. Er trug eine rote Jagdmütze mit heruntergeklappten Ohrenschützern, aber einige stahlgraue Haarsträhnen hingen ihm in die Stirn.

Wir fuhren die Apple Lane entlang, als wir ihn sahen. Der Wind der vergangenen Nacht hatte mehrere Zentimeter Pulverschnee über seine Auffahrt geweht, und er schwang eine Schaufel, so als hätte er noch nie etwas von den Statistiken über die Ursachen von Herzinfarkten gehört. Seine Auffahrt war nicht so lang wie unsere, aber trotzdem mutete er sich mit dieser Arbeit einiges zu.

Wir beabsichtigten, nicht nur aus Zeitungen und anderen offiziellen Quellen Informationen über die Kohlen-Gesellschaft zu beziehen, sondern auch Einheimische zu befragen, die uns vielleicht zuverlässigere und interessantere Auskünfte geben würden als die von Trollen kontrollierten Medien. Gerüchte können manchmal mehr Wahrheiten enthalten als die offizielle Version. Deshalb bogen wir in seine Auffahrt ein, hielten an, stiegen aus und stellten uns als die neuen Mieter von Orkenwolds Haus vor.

Anfangs war er freundlich, aber ziemlich verschlossen und etwas mißtrauisch, wie die Menschen auf dem Lande es gegenüber Fremden sehr oft sind. Um das Eis zu brechen, tat ich intuitiv, was man bei mir zu Hause in Oregon tut, wenn man einen Nachbarn bei einer schwierigen Arbeit antrifft: Ich bot ihm Hilfe an. Er lehnte höflich ab, aber ich war hartnäckig.

»Unsinn«, sagte ich, »wenn ein Mann nicht mal die Kraft hat, eine Schaufel zur Hand zu nehmen, wie soll er dann jemals am Jüngsten Tag die Energie aufbringen, in den Himmel zu kommen?«

Das gefiel Horton Bluett, und er erlaubte mir, eine zweite Schaufel aus seiner Garage zu holen. Wir arbeiteten einträchtig nebeneinander, und manchmal löste Rya mich oder Mr. Bluett für kurze Zeit ab.

Wir unterhielten uns über das Wetter und über Winterkleidung. Horton Bluett war der Meinung, daß altmodische Mäntel mit Vliesfutter um hundert Prozent wärmer seien als die wattierte Kleidung, die in den letzten zehn Jahren den Markt erobert hatte. Wenn Sie mir nicht glauben, daß man sich länger als zehn Minuten über die Vorzüge von Vlies unterhalten kann, dann verstehen Sie weder das gemächliche Tempo des Landlebens noch den Reiz solcher Gespräche.

In den ersten Minuten unseres Besuchs bemerkte ich, daß Horton Bluett ständig laut schnüffelte und schniefte und sich mit dem behandschuhten Handrücken die große Nase rieb. Obwohl er sich kein einziges Mal schneuzte, dachte ich, er hätte eine leichte Erkältung. Dann hörte er plötzlich damit auf, und erst viel später erfuhr ich, daß seine Schnüffelei einen ganz bestimmten Grund gehabt hatte.

Bald war die Arbeit getan. Rya und ich wollten uns verabschieden, aber er bestand darauf, daß wir ins Haus mitkommen und uns mit heißem Kaffee und selbstgemachten Walnußkuchen stärken müßten.

Sein einstöckiges Haus war kleiner als unsere gegenwärtige Bleibe, aber es war wesentlich gepflegter. Man hatte das Gefühl, als wäre alles erst vor einer Stunde frisch gestrichen, lackiert oder poliert worden. Der Winter konnte Horton nichts anhaben, denn er hatte Sturmfenster und Sturmtüren und riesige Holzvorräte für den Steinkamin im Wohnzimmer, der die Kohleheizung ergänzte.

Wir erfuhren, daß er seit fast dreißig Jahren Witwer war und in dieser langen Zeit gelernt hatte, einen Haushalt perfekt zu führen. Besonders stolz schien er auf seine Kochkünste zu sein, und sowohl sein starker Kaffee als auch der köstliche Kuchen deuteten darauf hin, daß er wirklich ein ausgezeichneter Koch war.

Er hatte auf dem Rangierbahnhof gearbeitet, war aber seit neun Jahren Rentner. Und obwohl er Etta, seine Frau, seit ihrem frühen Tod im Jahre 1934 immer schmerzlich vermißt hatte, war er sich der Lücke, die sie in seinem Leben hinterlassen hatte, besonders stark bewußt geworden, seit er im Ruhestand war; denn seitdem verbrachte er viel mehr Zeit in diesem Haus, das sie zusammen vor dem Ersten Weltkrieg gebaut hatten. Er war 74, aber man hätte ihn ohne weiteres für zwanzig Jahre jünger halten können. Nur die verarbeiteten, leicht arthritischen Hände verrieten sein wahres Alter ... und jene Aura der Einsamkeit, die jeden Mann umgibt, dessen Leben sich hauptsächlich um seinen Beruf drehte, den er nun nicht mehr ausüben kann.

Ich hatte mein Stück Kuchen zur Hälfte aufgegessen, als ich scheinbar so nebenbei sagte: »Ich bin überrascht, daß hier noch soviel Kohle gefördert wird.«

»O ja«, erwiderte er, »sie wird aus großer Tiefe rausgeholt; ich nehme an, weil sehr viele Leute es sich einfach nicht leisten könnten, ihre Heizungen auf Öl umzustellen.«

»Ich dachte immer, die Kohlevorräte in diesem Teil des Landes wären ziemlich erschöpft. Außerdem wird Kohle heutzutage doch meistens auf flacherem Terrain abgebaut, speziell im Westen, wo man sie im Tagebau fördert, anstatt Schächte zu graben. Tagebau kommt erheblich billiger.«

»Hier werden noch Schächte gegraben«, sagte Horton.

»Dann muß die Geschäftsleitung aber ganz schön clever sein«, meinte Rya. »Irgendwie müssen sie die Unkosten niedrig halten. Uns ist nämlich aufgefallen, wie neu die LKWs der Kohlen-Gesellschaft aussehen.«

»Sie meint die LKWs dieser Gesellschaft namens ›Blitz‹«, fuhr ich fort. »Peterbilts. Wirklich modern und ganz neu.«

»Nun, das ist in der ganzen Gegend das einzige Bergwerk, das noch Kohle fördert, und wahrscheinlich machen sie ganz gute Gewinne, nachdem ja keine Konkurrenz da ist.«

Über die Kohlen-Gesellschaft zu sprechen, schien ihn nervös zu machen. Möglicherweise bildete ich mir das aber auch nur ein, weil ich mich selbst unbehaglich fühlte.

Ich wollte das Thema weiter verfolgen, aber Horton rief

seinen Hund, der Growler hieß, und gab ihm ein Stück Walnußkuchen, und wir kamen auf die Vorzüge von Mischlingen gegenüber reinrassigen Hunden zu sprechen. Growler war ein Mischling, ein mittelgroßer schwarzer Hund mit braunen Flecken an den Flanken und um die Augen herum. Seine Abstammung war nicht festzustellen. Er hieß Growler – ›Knurrer‹ –, weil er ein besonders wohlerzogener und stiller Hund war, der so gut wie nie bellte; Ärger und Unruhe drückte er durch ein tiefes bedrohliches Knurren aus, Freude durch ein viel weicheres Knurren, begleitet von eifrigem Schwanzwedeln.

Growler hatte Rya und mich ausgiebig beschnuppert, als wir hereingekommen waren, und schließlich hatte er uns akzeptiert. Das war ein ganz normales Hundeverhalten. Ungewöhnlich war hingegen, wie aufmerksam Horton seinen Hund beobachtete, während dieser uns inspizierte. Er schien größten Wert auf Growlers Meinung zu legen, und ich hatte das Gefühl, daß wir ihm erst willkommen waren, nachdem der Mischling mit dem Clownsgesicht uns ein gutes Zeugnis ausgestellt hatte.

Jetzt aß Growler seinen Kuchen auf, leckte sich das Maul und trottete zu Rya, um sich streicheln zu lassen. Danach kam er auch zu mir. Er schien zu wissen, daß die Unterhaltung sich um ihn drehte und alle Anwesenden sich darin einig waren, er wäre allen Rassehunden mit Stammbaum haushoch überlegen.

Später bot sich mir eine Gelegenheit, noch einmal auf die Kohlen-Gesellschaft zu sprechen zu kommen, und ich erwähnte, daß ich den Firmennamen und das Firmenzeichen seltsam fände.

»Seltsam?« wiederholte Horton stirnrunzelnd. »Mir kommt es überhaupt nicht seltsam vor. Sowohl Kohle als auch Blitze sind Energieformen. Und Kohle ist schwarz – also eine Art schwarzer Blitz. Das ergibt doch einen Sinn, oder etwa nicht?«

Unter diesem Gesichtspunkt hatte ich die Sache noch nicht betrachtet. So gesehen, ergab sie tatsächlich einen Sinn. Trotzdem wußte ich, daß das Symbol – weißer Himmel, dunkler Blitz – eine tiefere Bedeutung haben mußte, denn schließlich hatte ich es ja als Ikone auf einem Altar gesehen. Die Dämonen maßen diesem Zeichen offenbar mystische Kräfte zu. Aber woher sollte Horton wissen, daß es viel mehr als nur ein einfaches Firmenzeichen war?

Wieder spürte ich, daß dieses Thema ihn nervös machte. Er gab dem Gespräch rasch eine neue Wendung, so als wollte er weiteren Fragen ausweichen. Und als er seine Kaffeetasse zum Mund führte, zitterten seine Hände so stark, daß die Flüssigkeit über den Rand schwappte. Vielleicht war das nur ein kurzer Schwächeanfall – in seinem Alter nichts Ungewöhnliches. Vielleicht.

Als Rya und ich eine halbe Stunde später wegfuhren, während Horton und Growler uns von der Terrasse aus nachblickten, sagte sie: »Er ist ein netter Mann.«

»Ja.«

»Ein *guter* Mann.«

»Ja.«

»Aber...«

»Ja?«

»Er hat Geheimnisse.«

»Was für Geheimnisse?« fragte ich.

»Das weiß ich nicht. Aber er ist nicht einfach ein offener, gastfreundlicher alter Mann. Er verheimlicht etwas. Und... nun ja... ich glaube, er hat Angst vor dieser Kohlen-Gesellschaft.«

Gespenster.

Wir glichen Gespenstern, die im Gebirge spukten, und wir versuchten, uns wirklich so lautlos wie Geister zu bewegen. Unsere Tarnkleidung bestand aus weißen Skijacken mit Kapuzen, weißen Skihosen und weißen Handschuhen. Wir kämpften uns durch kniehohen Schnee auf offenen Hügeln, so als wollten wir mühsam dem Land der Toten entfliehen; wir gingen an einer schmalen Schlucht entlang, in deren Tiefe ein gefrorener Bach glitzerte; wir huschten durch die kalten Schatten des Waldes. Doch obwohl wir uns bemühten, so unauffällig wie körperlose Wesen zu sein, hinterließen wir Fußspuren im Schnee und streiften gelegentlich die Äste von ausladenden Nadelbäumen.

Wir hatten unser Auto an der Landstraße geparkt und waren etwa vier Kilometer zu Fuß gegangen, bis wir auf Umwegen den Zaun erreichten, der das Grundstück der Kohlen-Gesellschaft umgab. An diesem Nachmittag wollten wir uns nur einen Überblick verschaffen – die Verwaltungsgebäude aus der Ferne betrachten, feststellen, wie viele Fahrzeuge ankamen und wegfuhren, und eine Stelle im Zaun finden, wo wir am nächsten Tag leicht eindringen konnten.

Doch als ich den Zaun auf einem breiten Bergkamm namens Old Broadtop dann vor mir sah, bezweifelte ich, daß man ihn überhaupt überwinden konnte, geschweige denn leicht. Das zweieinhalb Meter hohe Bollwerk bestand aus stabilem Maschendraht zwischen einbetonierten Eisenpfosten im Abstand von drei Metern. Oben war der Zaun außerdem mit einem Stacheldrahtverhau versehen; obwohl die Spitzen zum Teil vereist waren, würde man unweigerlich an hundert verschiedenen Stellen hängenbleiben und könnte sich erheblich verletzen, wenn man versuchen wollte, ihn zu übersteigen. Es hingen auch keine Äste über den Zaun – sie waren abgesägt worden. Sich unter dem Zaun durchzugraben, war um diese Jahreszeit ausgeschlossen, denn der Boden war steinhart gefroren. Ich vermutete aber, daß man auch im Sommer mit Graben nicht weit kommen würde, weil bestimmt auch eine unterirdische Barriere errichtet worden war.

»Das ist doch kein normaler Zaun«, flüsterte Rya. »Das ist ja die reinste Befestigungsanlage.«

»Ja.« Ich sprach genauso leise wie sie. »Und wenn er das ganze Riesengrundstück umgibt, muß er mehrere Kilometer lang sein. So etwas kostet eine ganz schöne Stange Geld.«

»Dieses Ding dient bestimmt nicht nur dazu, Unbefugten den Zutritt zum Gelände zu verwehren.«

»Nein. Sie treiben dort etwas anderes als Bergbau – etwas, das um jeden Preis geheimgehalten werden muß.«

Wir hatten uns dem Zaun durch den Wald genähert, aber dahinter erstreckte sich eine Lichtung, und auf der weißen Schneedecke sahen wir entlang der Barriere viele Fußspuren.

Ich senkte meine Stimme noch mehr. »Sieht so aus, als würden hier auch noch regelmäßige Patrouillen durchgeführt. Und zweifellos sind die Wachen bewaffnet. Wir müssen sehr vorsichtig sein und unsere Augen und Ohren offenhalten.«

Wir huschten wieder wie Gespenster durch den Wald, in südlicher Richtung, in Sichtweite des Zauns, aber doch weit genug davon entfernt, um von eventuellen Patrouillen nicht erspäht zu werden. Unser Ziel war der südliche Teil des Old Broadtop, von wo aus es möglich sein mußte, auf die Verwaltungsgebäude hinabzublicken. Wir hatten uns den Weg anhand einer Landkarte, die wir in einem Geschäft für Sportartikel erstanden hatten, genau eingeprägt.

Als wir vorhin auf der Landstraße am Eingang zum Werksgelände vorbeigefahren waren, hatten wir keine Gebäude gesehen. Sie waren hinter Hügeln und Bäumen verborgen. Von der Straße aus war nur ein Tor und ein kleines Wächterhaus zu sehen, wo alle Fahrzeuge anhalten und sich einer Kontrolle unterziehen mußten, bevor sie weiterfahren durften. Diese strengen Sicherheitsvorkehrungen kamen mir für ein Bergwerk geradezu lächerlich vor, und ich fragte mich, welche Gründe sie für diese Abschottung anführen mochten.

Wir hatten zwei Autos am Tor gesehen, und beide Fahrer waren Trolle gewesen. Auch der Wächter war ein Troll.

Der Nadelwald wurde nach Süden zu immer dichter; die Äste waren so ineinander verwoben und hingen so tief herab, daß uns mehrmals nichts anderes übrigblieb, als auf allen vieren unter ihnen durchzukriechen, was große Vorsicht erforderte, weil der Boden mit abgebrochenen Zweigen gespickt war. Und überall, wo zwischen den Bäumen etwas Licht einfallen konnte, wuchs Unterholz, das mindestens zur Hälfte aus Brombeersträuchern bestand, deren rasiermesserscharfe Dornen geradezu versessen darauf waren, uns die Kleider zu zerreißen.

Schließlich erreichten wir jedoch den südlichsten Punkt des Bergkamms, der hier plötzlich ganz schmal wurde. Wir schlichen uns wieder an den Zaun heran und konnten jetzt in ein kleines Tal hinabblicken, das etwa 350 Meter breit und zwei Kilometer lang war. Dort unten wuchsen keine Nadelbäume. Kahle Laubbäume ragten himmelwärts – ein Durcheinander riesiger versteinerter Spinnen, die auf dem Rücken zu liegen und ihre schwarzen Beine in die Luft zu strecken schienen. Vom Haupteingang führte eine zweispurige Straße zwischen den Bäumen hindurch auf eine große Lichtung, wo die Verwaltungsgebäude, Garagen und Reparaturwerkstätten der Kohlen-Gesellschaft standen. Auf der anderen Seite der Lichtung verschwand die Straße wieder zwischen Bäumen und kam erst am nördlichen Talende beim Mineneingang zum Vorschein, den wir jedoch nicht sehen konnten.

Die ein- und zweistöckigen Gebäude stammten aus dem 19. Jahrhundert und waren aus Stein, auf dem sich im Laufe der Jahre soviel Kohlenstaub abgesetzt hatte, daß man auf den ersten Blick glauben konnte, es wären Konstruktionen aus Kohle. Die Fenster waren schmal und teilweise vergittert, und die Leuchtstoffröhren hinter den schmutzigen Scheiben spendeten ein kaltes Licht, das der Szenerie nichts Anheimelndes zu verleihen vermochte. Die Schieferdächer und die übertrieben schweren Balken über Fenstern und Türen – sogar über den breiten Garagentüren – trugen noch das ihre zur düsteren Gesamtatmosphäre bei.

Dicht nebeneinander, so daß unsere Atemwolken sich in der unnatürlich stillen Luft vermischten, starrten Rya und ich mit wachsendem Unbehagen auf die Anlage hinab. Männer und Frauen kamen aus den Garagen und aus den lärmenden Maschinenfabriken oder gingen hinein, und alle wirkten sehr geschäftig, so als wollten sie für ihren Lohn hundertzehnprozentige Arbeit leisten. Niemand bummelte herum, niemand rauchte gemütlich eine Zigarette an der frischen Luft. Sogar jene Männer, die Anzüge, weiße Hemden und Krawatten trugen – Leute in höheren Positionen, die sich anderswo oft nicht gerade ein Bein ausrissen –, eilten zwischen ihren Autos und den Verwaltungsgebäuden hin und her, als könnten sie es gar nicht erwarten, wieder an ihre Arbeit zu kommen.

Jeder dort unten war ein Troll. Sogar auf diese Entfernung hatte ich keinerlei Zweifel an ihrer Zugehörigkeit zu jener dämonischen Bruderschaft.

Auch Rya durchschaute ihre Tarnung, denn sie flüsterte mir zu: »Wenn Yontsdown eine Brutstätte von ihnen ist, dann ist dies hier die Brutstätte innerhalb der Brutstätte.«

»Ein verdammter Bienenstock ist das«, knurrte ich. »Die sausen da unten herum wie emsige Bienen.«

Mit Kohle beladene Lastwagen rumpelten von Norden her durch das Tal auf das Haupttor zu. Leere Lastwagen fuhren in der Gegenrichtung, zur Mine, um neu beladen zu werden. Alle Fahrer und Beifahrer waren Trolle.

»Was treiben sie hier nur?« fragte Rya.

»Etwas Wichtiges.«

»Aber was?«

»Etwas verdammt Ungutes. Und ich glaube nicht, daß es in diesen Gebäuden geschieht.«

»Wo dann? In der Mine?«

»Ja.«

Das trübe, durch Wolken gefilterte Tageslicht wurde noch schwächer. Die frühe Winterdämmerung war nicht mehr fern.

Den ganzen Tag über war es windstill gewesen, doch während dieser Zeit schien der Wind sich so gut erholt zu haben, daß er jetzt mit neuer Kraft durch den Maschenzaun zu pfeifen und in den Bäumen zu heulen begann.

»Wir werden morgen früh zurückkommen müssen«, sagte ich, »um in nördlicher Richtung am Zaun entlangzugehen, bis wir den Mineneingang sehen können.«

»Du weißt, was dann passieren wird«, murmelte Rya tonlos.

»Ja.«

»Wir werden nicht genug sehen, und deshalb werden wir hineingehen.«

»Wahrscheinlich.«

»Unter die Erde.«

»Ich nehme es an.«

»In die Schächte.«

»Nun ja...«

»Wie in dem Traum.«

Ich schwieg.

»Und wie in unserem Traum werden sie uns entdecken und verfolgen.«

Um nicht auf dem Bergrücken von der Nacht überrascht zu werden, machten wir uns auf den Rückweg zur Landstraße. Dunkelheit schien aus dem Waldboden aufzusteigen, von den schweren Ästen der Tannen und Kiefern zu tropfen, aus dem Unterholz zu sickern. Als wir unbewaldete Abhänge erreichten, war die Schneedecke heller als der Himmel. Wir entdeckten unsere alten Fußspuren, die auf dieser Alabasterhaut wie Wunden aussahen.

Wir saßen kaum in unserem Kombi, als es zu schneien begann. Anfangs nur leicht. Die Flocken rieselten vom fast schon dunklen Himmel herab. Doch wir spürten, obwohl wir es nicht hätten erklären können, daß ein schwerer Sturm drohte.

Es schneite während der ganzen Rückfahrt zur Apple Lane; dicke Schneeflocken, die auf der Straße undurchsichtige Schleier bildeten, so daß sich mir absurderweise der Gedanke aufdrängte, das schwarze Pflaster wäre in Wirklickeit eine dicke Glasplatte und die Schneeschleier wären Vorhänge. Wir fuhren über ein riesiges Fenster, zerrissen mit unseren Reifen die Vorhänge, belasteten das Glas übermäßig. Vielleicht war es ein Fenster, das diese Welt von der nächsten trennte. Und wenn es zerbrach, würden wir vielleicht in die Hölle hinabstürzen.

Wir parkten in der Garage und betraten das Haus durch die Küchentür. Alles war dunkel und still. Wir machten im Vorbeigehen in allen Räumen Licht und stiegen in den ersten Stock hinauf, um uns umzuziehen, bevor wir uns an die Zubereitung eines frühen Abendessens machen würden.

Doch in unserem Schlafzimmer saß auf einem Stuhl, den er in eine besonders dunkle Ecke gestellt hatte, unser Nachbar Horton Bluett.

Growler war bei ihm. Ich sah die leuchtenden Hundeaugen den Bruchteil einer Sekunde zu spät, sonst hätte ich nicht auf den Lichtschalter gedrückt.

Rya schnappte nach Luft.

Wir trugen Pistolen mit Schalldämpfern in unseren Skijakken, und ich hatte außerdem wie immer mein Messer im Stiefel; aber jeder Versuch, diese Waffen zu benutzen, hätte unseren sofortigen Tod zur Folge gehabt.

Horton zielte nämlich mit der Schrotflinte auf uns, die Slick Eddy mir in Gibtown besorgt hatte.

Horton hatte auch die meisten anderen Gegenstände gefunden, die wir sorgfältig versteckt hatten, was darauf hindeutete, daß er den größten Teil des Nachmittags mit der Durchsuchung des Hauses beschäftigt gewesen war. Vor ihm auf dem Boden lagen Schachteln mit Muniton, die Maschinenpistole, der Plastiksprengstoff, Zeitzünder, Spritzen und Ampullen.

Hortons Gesicht sah jetzt älter aus als bei unserer ersten Begegnung am Vormittag. Er räusperte sich und fragte: »Wer zum Teufel seid ihr eigentlich?«

## 26

# Lebenslängliche Tarnung

Mit seinen 74 Jahren war Horton Bluett vom Alter nicht gebeugt; er fürchtete sich auch nicht vor dem nahen Grab. Wie er so in der Ecke saß, seinen treuen Hund neben sich, wirkte er direkt furchterregend. Er war ein zäher Bursche, der über Schicksalsschläge nicht klagte, sondern damit fertig zu werden versuchte, der alles annahm, was das Leben ihm zuwarf, dann ausspuckte, was ihm nicht schmeckte, und den Rest verwertete, um stärker zu werden. Seine Stimme schwankte nicht, die Hand, die auf dem Abzug der Schrotflinte lag, zitterte nicht, und er zwinkerte nicht nervös mit den Augen. Ich hätte es viel lieber mit den meisten Zwanzigjährigen zu tun gehabt als mit ihm.

»Wer?« wiederholte er. »Wer seid ihr? Jedenfalls keine Geologiestudenten auf Materialsuche für ihre Dissertationen. Das sind Märchen. Wer seid ihr *wirklich*, und was macht ihr hier? Setzt euch beide auf die Bettkante, laßt eure Hände ganz ruhig im Schoß liegen und seht mich an. So ist's gut. Und unterlaßt hastige Bewegungen, verstanden? So, und jetzt erzählt mir alles, was ihr zu berichten habt.«

Trotz seines offenbar starken Verdachts, der ihn sogar veranlaßt hatte, heimlich ins Haus einzudringen, und trotz all der versteckten Sachen, die er gefunden hatte, mochte Horton uns noch immer. Er war äußerst mißtrauisch, aber er hielt eine freundschaftliche Beziehung noch nicht für ausgeschlossen, das spürte ich. In Anbetracht der Umstände wunderte mich diese relativ wohlwollende Einstellung, aber ich fand sie im Verhalten des Hundes bestätigt. Growler saß wachsam da, war jedoch nicht feindselig und knurrte uns nicht an. Gewiß, Horton würde uns erschießen, wenn wir ihn anzugreifen versuchten. Aber er würde es nur höchst ungern tun.

Rya und ich erzählten ihm buchstäblich alles über uns und die Gründe, die uns nach Yontsdown geführt hatten. Als wir ihm von den als Menschen getarnten Trollen berichteten, die in einer früheren Zivilisation als Krieger genetisch gezüchtet worden waren, blinzelte Horton und murmelte ein ums andere Mal: »Du lieber Himmel!« Fast genauso oft rief er »Mich laust der Affe!« Er stellte gezielte Fragen zu den unwahrscheinlichsten Teilen unserer Geschichte – aber er schien weder an unseren Worten zu zweifeln noch uns für verrückt zu halten.

Seine Unerschütterlichkeit war ziemlich entnervend. Die Leute auf dem Land rühmen sich oft ihrer Ruhe und Beherrschung, die den meisten Städtern abgeht. Aber das hier war schon ein ziemlich krasser Fall von Gleichmut.

Eine Stunde später, als wir nichts mehr zu berichten hatten, seufzte Horton und legte die Schrotflinte neben seinem Stuhl auf den Boden.

Sofort ließ auch Growlers Wachsamkeit nach.

Rya und ich entspannten uns ebenfalls. Sie war nervöser als ich gewesen, vielleicht weil sie die Aura von Wohlwollen, die Horton umgab, nicht wahrnehmen konnte. Vorsichtiges Wohlwollen, aber immerhin Wohlwollen.

»Als ihr euch heute morgen vorgestellt und mir eure Hilfe angeboten habt, wußte ich sofort, daß ihr irgendwie anders seid als andere Menschen.«

»Woher?« fragte Rya.

»Ich habe es gerochen«, antwortete er.

Mir war klar, daß er das nicht im übertragenen Sinn meinte, sondern den Unterschied zwischen uns und anderen Menschen tatsächlich *gerochen* hatte. Ich erinnerte mich daran, wie er anfangs geschnüffelt hatte, so als wäre er erkältet, ohne sich aber auch nur ein einziges Mal zu schneuzen.

»Ich kann sie nicht wie ihr klar und deutlich sehen«, sagte Horton, »aber ich habe schon als kleiner Knirps gemerkt, daß manche Leute irgendwie falsch riechen. Ich kann das schlecht erklären. Es ist ein bißchen wie der Geruch uralter Sachen, versteht ihr... wie Staub, der sich in Jahrhunderten ungestört in einem tiefen Grabgewölbe ansammeln konnte... aber doch nicht ganz wie Staub. Wie etwas Schales... aber nicht ganz.« Mit gerunzelter Stirn suchte er nach den richtigen Worten. »Außerdem riechen sie *bitter*, aber nicht nach Schweiß oder sonstigen Körperausdünstungen. Vielleicht ein bißchen wie Essig, aber nicht ganz. Vielleicht nach Ammoniak... nein, auch nicht. Manche von ihnen haben nur einen ganz schwachen Geruch an sich, andere hingegen... stinken bestialisch. Und dieser Geruch sagt mir von jeher, seit meiner frühen Kindheit, so etwas wie: ›Halt dich von dem da fern, Horton, das ist ein unguter Kerl, ein übler Bursche. Beobachte ihn und sei vorsichtig, sei vor ihm auf der Hut.‹«

»Unglaublich!« rief Rya.

»So ist es aber«, sagte Horton.

»Ich zweifle nicht daran«, beruhigte sie ihn.

Ich wußte jetzt, warum er uns nicht für verrückt gehalten hatte, weshalb er unsere fantastische Geschichte ohne weiteres akzeptiert hatte. Seine Nase sagte ihm das gleiche wie uns unsere Augen.

»Das hört sich so an, als besäßen Sie einen übernatürlichen Geruchssinn«, konstatierte ich.

Growler gab ein zustimmendes »Wuff« von sich, legte sich hin und ließ den Kopf auf die Vorderpfoten sinken.

»Ich weiß nicht, wie man es nennen soll«, sagte Horton. »Ich weiß nur, daß ich es mein Leben lang hatte. Und ich wußte schon früh, daß ich mich auf meinen Riecher verlassen konnte. Wenn meine Nase mir sagte, daß jemand ein elender Lump sei, auch wenn er noch so nett aussah und sich noch so freundlich gebärdete, dann stellte ich alsbald fest, daß die meisten Menschen seiner Umgebung – Nachbarn, Ehemänner, Ehefrauen, Kinder, Freunde – immer ein ungewöhnlich schweres Leben hatten. Ich meine... jene Typen, die schlecht rochen... irgendwie brachten sie ihren Mitmenschen immer Elend und Not. Viele ihrer Freunde und Verwandten starben zu früh und auf unnatürliche Weise. Aber natürlich konnte man nie mit dem Finger auf sie zeigen und sie für irgend etwas verantwortlich machen.«

Rya zweifelte nicht daran, daß sie sich jetzt frei bewegen durfte. Sie öffnete den Reißverschluß ihrer Skijacke und zog sie aus.

»Aber Sie sagten vorhin, Sie hätten an uns etwas Besonderes gerochen. Folglich können Sie außer Trollen auch andere Dinge mit Ihrem Geruchssinn wahrnehmen.«

Horton schüttelte seinen grauen Kopf. »Ich habe das bei euch beiden zum allerersten Mal erlebt. Mir ist sofort ein besonderer Geruch in die Nase gestiegen, ein bisher ungekannter Geruch, der fast genauso sonderbar war wie die Gerüche jener, die ihr Trolle nennt... aber doch ganz anders. Schwer zu beschreiben. Ein bißchen wie der scharfe, reine Geruch von Ozon. Ihr wißt doch, was ich meine... Ozon, wie nach einem starken Gewitter, jener frische Geruch, der einem das Gefühl gibt, daß die Luft noch elektrisch geladen ist, und daß diese Elektrizität einen durchströmt, einem neue Energie zuführt und Müdigkeit und Überdruß vertreibt.«

Während nun auch ich meine Jacke auszog, fragte ich: »Nehmen Sie diesen Geruch an uns auch jetzt wahr?«

»Na klar.« Er rieb seine rote Nase mit Daumen und Zeigefinger einer Hand. »Ich hab' ihn sofort wahrgenommen, als ihr vorhin das Haus betreten habt.« Er grinste plötzlich, sichtlich stolz auf seine besondere Gabe.

»Und ich hab' mir von Anfang an gesagt: ›Horton, diese Kinder sind anders als andere Menschen, aber es ist kein *negativer* Unterschied.‹ Die Nase weiß das.«

Growler brummte tief in der Kehle, und sein Schwanz schlug auf den Teppich.

Mir fiel plötzlich ein, daß die ungewöhnliche Affinität zwischen Herr und Hund vielleicht von der Tatsache herrührte, daß bei beiden der Geruchssinn am stärksten von den fünf Sinnen ausgeprägt war. Während ich das dachte, sah ich, daß der Mann seine Hand ausstreckte, um den Hund zu streicheln, und gleichzeitig hob der Hund seinen schweren Kopf, um sich streicheln zu lassen, genau im *selben* Moment, als die Hand sich zu bewegen begann. Es war fast so, als bewirke sowohl das Bedürfnis des Hundes nach Zärtlichkeit als auch das Bedürfnis des Menschen, Zuneigung zu schenken, irgendwelche Gerüche, die der andere wahrnehmen konnte und auf die er reagierte. Sie verständigen sich mit Hilfe einer besonderen Art von Telepathie, die nicht auf Gedankenübertragung basierte, sondern auf der Erzeugung und Wahrnehmung komplizierter Gerüche.

»Euer Geruch«, fuhr Horton fort, »schien nichts Böses zu bedeuten, im Gegensatz zum Gestank dieser . . . Trolle. Aber er beunruhigte mich, weil ich nie zuvor etwas Derartiges gerochen hatte. Und dann habt ihr versucht, mich über die Kohlen-Gesellschaft auszuquetschen, und das hat mir einen Mordsschrecken eingejagt.«

»Warum?« fragte Rya.

»Seit das Bergwerk Mitte der 50er Jahre von neuen Leuten aufgekauft und der Name geändert wurde, stinkt jeder, der dort beschäftigt ist – ausnahmslos jeder, dem ich begegnet bin. In den letzten sieben oder acht Jahren reifte in mir immer stärker die Erkenntnis, daß diese Gesellschaft etwas Übles im Schilde führt, und ich habe mich oft gefragt, was sie dort im geheimen treiben mögen.«

»Das fragen wir uns auch«, sagte Rya.

»Und wir werden es herausfinden«, fügte ich hinzu.

»Nun ja«, sagte Horton, »jedenfalls machte ich mir Sorgen, daß ihr eine Gefahr für mich darstellen könntet, daß ihr vielleicht etwas Übles gegen mich im Schilde führen könntet, und deshalb war es der reinste Selbstschutz, herzukommen und hier herumzuspionieren.«

Wir bereiteten in der Küche zu dritt aus unseren bescheidenen Vorräten das Abendessen zu: Rühreier, Würstchen, Bratkartoffeln und Toast. Rya machte sich Sorgen, womit sie Growler füttern sollte, der sich das Maul leckte, als köstliche Düfte die Küche erfüllten.

Horton beruhigte sie. »Oh, er bekommt einfach das gleiche wie wir. Manche Leute behaupten zwar, das wäre für einen Hund ungesund, aber ich hab's bei ihm immer so gehalten, und es scheint ihm nicht geschadet zu haben. Schaut ihn euch nur mal an – ist doch ein Prachtkerl, oder? Gib ihm Eier, Wurst und Kartoffeln – nur Toast ist ihm zu trocken. Was er allerdings für sein Leben gern ißt, sind Brötchen mit Fruchtfüllung – mit Brombeeren, Äpfeln, am liebsten aber mit Blaubeeren. Sie müssen nur schön saftig sein.«

»Bedaure« lachte Rya. »So was haben wir leider nicht in der Speisekammer.«

»Macht nichts, er kommt auch mit dem anderen Zeug aus, und später gebe ich ihm zu Hause noch ein paar Plätzchen.«

Wir stellten Growlers Teller in die Ecke neben der Hintertür und setzten uns an den Küchentisch.

Flaumige Schneeflocken wirbelten vor den Fenstern vorbei. Es schneite zwar noch nicht stark, aber der Wind nahm immer mehr zu und imitierte Wölfe, Züge und Kanonen.

Während des Essens erfuhren wir mehr über Horton Bluett. Durch seine seltene Gabe, die Trolle zu riechen – man könnte das vielleicht ›Olfaktopathie‹ nennen –, hatte er ein relativ sicheres Leben geführt. Er war den Unholden nach Möglichkeit aus dem Wege gegangen und hatte sie mit größter Vorsicht behandelt, wenn ein Umgang sich nicht vermeiden ließ. Seine Frau Etta war 1934 an Krebs gestorben, im Alter von vierzig Jahren. Horton war damals vierundvierzig gewesen. Sie hatten nie Kinder gehabt, weil er – wie er unumwunden zugab – unfruchtbar war. Seine Ehe war so glücklich, so harmonisch gewesen, daß er nie eine andere Frau fand, die seiner verstorbenen Etta hätte das Wasser reichen können. Seit drei Jahrzehnten teilte er sein Leben mit Hunden – Growler war der dritte.

Horton betrachtete liebevoll den Mischling, der seinen Teller säuberlich abschleckte. »Einerseits hoffe ich, vor ihm zu sterben, denn es würde mir verdammt schwerfallen, ihn beerdigen zu müssen. Es war bei den beiden anderen – Jeepers und Romper – schon schlimm genug, aber bei Growler wäre es noch schlimmer, denn er ist der beste Hund, der je gelebt hat.« Growler schaute von seinem Teller auf und legte den Kopf schief, so als wüßte er genau, welches Kompliment ihm sein Herr gemacht hatte. »Andererseits will ich nicht vor ihm sterben, weil ich ihn nicht allein lassen möchte. Er soll nicht auf die Gnade irgendwelcher Leute angewiesen sein. Er verdient es, einen schönen Lebensabend zu haben.«

Rya und ich tauschten einen Blick, und ich wußte, daß sie in etwa das gleiche wie ich dachte: daß Horton Bluett nicht nur liebenswert war, sondern auch einen ungewöhnlich starken Charakter hatte. Sein Leben lang war er sich bewußt gewesen, daß die Welt voll von Menschen war, die anderen Leid zufügen wollten, sein Leben lang hatte er gewußt, daß das Böse in sehr realen Formen existierte und die Welt verseuchte – und trotzdem war er weder verrückt geworden noch hatte er sich in einen griesgrämigen Einsiedler verwandelt. Ein grausamer Streich der Natur hatte seine geliebte Frau hinweggerafft, und trotzdem war er nicht verbittert. Er hatte in den letzten dreißig Jahren nur mit seinen Hunden gelebt, und trotzdem war er nicht exzentrisch wie die meisten Menschen, die sich ausschließlich mit ihren Haustieren beschäftigen.

Er war ein ermutigendes Beispiel für die Kraft und Beständigkeit der Menschheit. Obwohl wir seit Jahrtausenden unter den Trollen zu leiden hatten, konnte unsere Spezies noch immer bewundernswerte Persönlichkeiten wie Horton Bluett hervorbringen. Leute wie er waren ein gutes Argument für den Wert unserer Rasse.

Er wandte seine Aufmerksamkeit wieder uns zu. »Und was wird jetzt euer nächster Schritt sein?«

»Wir wollen morgen am Zaun der Kohlen-Gesellschaft entlanggehen, bis wir eine Stelle finden, von wo aus man den Mineneingang sehen kann.«

»Diese Mühe könnt ihr euch sparen. Einen solchen Aussichtspunkt gibt es nicht«, erklärte Horton, während er die letzten Eireste mit einem Stückchen Toast aufnahm. »Jedenfalls nicht entlang des Zauns. Und das ist meiner Meinung nach kein Zufall. Ich nehme an, sie wollten verhindern, daß ein Außenstehender die Mineneingänge sehen kann.«

»Das hört sich so an, als hätten Sie selbst nachgeschaut«, sagte ich.

»Das habe ich auch.«

»Wann war das?«

»So etwa anderthalb Jahre, nachdem die neuen Eigentümer – die Trolle, wie ihr sie nennt – die Gesellschaft übernommen, den Namen geändert und diesen verrückten Zaun errichtet hatten. Mir war aufgefallen, daß viele gute Leute, die ihr Leben lang dort gearbeitet hatten, allmählich vorzeitig in den Ruhestand versetzt wurden. Sie bekamen allerdings großzügige Pensionen, damit die Gewerkschaften keinen Ärger machten. Und jeder, der neu eingestellt wurde – bis hin zu den Hilfsarbeitern –, gehörte zu der Kategorie, die stinkt. Das hat mich beunruhigt, denn es deutete ja darauf hin, daß sie einander erkennen konnten, daß sie über ihr Anders-Sein Bescheid wußten und manchmal zusammenkamen, um ihre teuflischen Pläne zu schmieden. Nachdem ich hier lebe, wollte ich verständlicherweise herausbringen, welches Teufelswerk sie im Bergwerk planten. Deshalb habe ich mich dort oben umgesehen. Ich bin den ganzen verdammten Zaun entlanggelaufen, aber es gab nichts zu sehen, und ich wollte nicht riskieren, über den Zaun zu klettern und auf der anderen Seite herumzuschnüffeln. Wie gesagt, ich wollte nie etwas mit ihnen zu tun haben. Ich wollte immer möglichst großen Abstand zu ihnen halten, und deshalb wäre es alles andere als klug gewesen, unbefugt ihr Grundstück zu betreten.«

Rya legte verwirrt ihre Gabel auf den Teller. »Und was haben Sie dann gemacht? Ihre Neugier einfach unterdrückt?«

»Genau. Es ist mir nicht leichtgefallen, aber wir wissen ja, warum die Katze ums Leben gekommen ist, nicht wahr?«

»Ein solches Geheimnis einfach auf sich beruhen zu lassen – das muß enorme Willenskraft erfordert haben«, meinte ich.

»Nichts dergleichen«, widersprach er. »Es war Angst, weiter nichts. Ich hatte Schiß, um es ganz deutlich zu sagen.«

»Sie sind aber kein Mann, der es leicht oder oft mit der Angst zu tun bekommt.«

«Idealisiere mich nur nicht, junger Mann. Ich bin kein Held. Ich sage euch ganz ehrlich – ich habe mich mein Leben lang vor ihnen gefürchtet. Deshalb habe ich mich stets bemüht, sie in keiner Weise auf mich aufmerksam zu machen. Man könnte sagen, ich habe mich lebenslang getarnt, habe mich unsichtbar zu machen versucht. Ich bin vorsichtig, und nur deshalb habe ich so lange gelebt, daß ich jetzt ein verdrießlicher alter Sonderling bin, der seinen Verstand noch besitzt.«

Growler hatte sich nach dem Essen gemütlich in die Ecke

gelegt, offenbar mit der Absicht, ein Nickerchen zu machen. Plötzlich erhob er sich aber und trottete zu einem Fenster. Er stellte seine Vorderpfoten auf den Sims, preßte seine schwarze Nase ans kalte Glas und schaute hinaus. Vielleicht überlegte er nur, welche Vor- und Nachteile es hätte, in die Kälte und Dunkelheit hinauszugehen und die Blase zu entleeren. Vielleicht hatte aber auch etwas seine Aufmerksamkeit erregt.

Obwohl ich keine Vorahnungen drohender Gefahr hatte, beschloß ich, vorsichtshalber auf ungewöhnliche Geräusche zu achten, die nicht vom Wind herrührten – und mich auf schnelles Handeln einzustellen.

Rya schob ihren Teller weg, trank einen Schluck Bier und fragte: »Horton, wie um alles in der Welt haben die neuen Eigentümer denn diesen enormen Zaun und die anderen Sicherheitsvorkehrungen erklärt?«

Er legte seine schwieligen Hände um die Bierflasche. »Na ja, bevor die ursprünglichen Eigentümer die Gesellschaft verkaufen mußten, hatte es in einem einzigen Jahr drei Todesfälle gegeben. Viele tausend Morgen Land gehören der Gesellschaft, und an manchen Stellen wurden Stollen zu dicht unter der Erdoberfläche angelegt. Das bringt gewisse Probleme mit sich. Die oberen Erdschichten können langsam – manchmal aber auch schnell – in die Schächte absinken. Und dann gibt es auch noch alte verrottete Schächte, die einbrechen können, wenn jemand nur einen Fuß darauf setzt. Der Boden tut sich auf und verschluckt die betreffende Person, so wie eine Forelle die Fliege.«

Growler kehrte in die Ecke zurück und rollte sich wieder zusammen.

Der Wind sang an den Fenstern, pfiff in den Regenrinnen, tanzte auf dem Dach. Nichts Bedrohliches.

Trotzdem blieb ich wachsam.

Horton rutschte auf dem Küchenstuhl hin und her. »Nun ja, ein Mann namens MacFarland, der auf dem Bergwerksgelände Rotwild jagte, hatte das Pech, durch die Decke eines alten verlassenen Tunnels zu fallen. Er brach sich bei dem Sturz beide Beine, hieß es später. Er rief natürlich um Hilfe, muß sich die Kehle heiser geschrien haben, aber niemand hörte ihn. Als die Suchmannschaft ihn endlich fand, war er schon zwei Tage tot. Einige Monate später wollten zwei Jungen, beide etwa vierzehn, das Gelände erkunden, neugierig, wie Jungs nun einmal sind. Ihnen passierte das gleiche wie MacFarland. Sie stürzten durch die Decke eines alten Schachts. Einer brach sich den Arm, der andere den Knöchel, und obwohl sie offenbar versucht haben, an die Oberfläche zu kriechen, haben sie's nicht geschafft. Die Suchtrupps fanden auch sie erst, als sie schon tot waren. Danach haben die Eltern und auch die Frau des Jägers die Gesellschaft verklagt, und es stand von vornherein fest, daß sie einen Prozeß haushoch gewinnen würden. Die Eigentümer zogen es deshalb vor, sich mit den Leuten außergerichtlich zu einigen; aber um die Forderungen erfüllen zu können, mußten sie die Firma verkaufen.«

»Und sie verkauften an drei Partner – Jensen Orkenwold, Anson Corday – dem die Zeitung gehört – und Bürgermeister Spectorsky«, konstatierte Rya.

»Na ja, er war damals noch nicht Bürgermeister«, sagte Horton. »Das wurde er erst etwas später. Aber alle drei stinken zum Himmel.«

»Was bei den ursprünglichen Eigentümern nicht der Fall war«, warf ich ein.

»Ganz recht«, bestätigte Horton. »Die ursprünglichen Eigentümer – na ja, sie waren Menschen, weder besser noch schlechter als die meisten. Stinkende Trolle waren sie jedenfalls nicht. Was ich aber eigentlich sagen wollte – deshalb wurde der Zaun errichtet. Die neuen Eigentümer sagten, sie wollten keine Prozesse dieser Art riskieren. Und obwohl manche Leute finden, daß dieser Zaun maßlos übertrieben ist, sehen die meisten darin ein positives Zeichen von Verantwortungsbewußtsein.«

Rya schaute mich an, und in ihren blauen Augen las ich sowohl Zorn als auch Mitleid. »Der Jäger... die beiden Jungen... das waren keine Unfälle.«

»Höchstwahrscheinlich«, stimmte ich zu.

»Sie wurden ermordet«, fuhr sie fort. »Auf diese Weise

sollten die Eigentümer zum Verkauf gezwungen werden, damit die Trolle das Bergwerk übernehmen und für ihre Zwecke mißbrauchen konnten.«

»Höchstwahrscheinlich«, sagte ich wieder.

Horton Bluett starrte Rya an, dann mich, dann Growler, dann seine Bierflasche. Er erschauderte heftig. »Ich habe nie daran gedacht, daß die Jungen und der Jäger... Verdammt, ich kannte den Jäger, und mir ist nie in den Sinn gekommen, daß er *ermordet* worden ist. Nicht einmal später, als ich feststellte, daß die neuen Leute – sowohl die Eigentümer als auch die Beschäftigten – alle stanken. Aber jetzt, wo ihr es sagt, ist es ganz logisch. Warum bin ich nur nicht von selbst darauf gekommen? Hat bei mir die Verkalkung schon eingesetzt?«

»Nein«, beruhigte Rya ihn. »Keineswegs. Sie sind nicht darauf gekommen, weil Sie zwar ein äußerst vorsichtiger Mann sind, aber auch ein Mensch mit moralischen Wertvorstellungen. Wenn Sie geglaubt hätten, daß es sich um Morde handelte, hätten Sie sich verpflichtet gefühlt, etwas zu unternehmen. Wahrscheinlich haben Sie die Wahrheit geahnt, aber nur tief im Unterbewußtsein. In Ihr Bewußtsein ließen Sie diesen Gedanken gar nicht erst eindringen, denn dann hätten Sie handeln müssen, und das hätte die Toten auch nicht wieder lebendig gemacht. Es hätte nur bewirkt, daß auch Sie ermordet worden wären.«

»Vielleicht haben Sie aber auch deshalb keinen Verdacht geschöpft«, entwickelte ich eine weitere Theorie, »weil Sie die Bösartigkeit dieser Kreaturen nicht *sehen* können. Sie spüren ihre Fremdartigkeit, aber Sie sind nicht ständig augenfällig damit konfrontiert wie wir. Sie konnten nicht wissen, wie hervorragend die Trolle organisiert sind, wie gezielt und erbarmungslos sie vorgehen.«

»Trotzdem hätte ich Verdacht schöpfen müssen«, murmelte er. »Es macht mich verdammt nervös, daß ich so naiv war.«

Ich holte weiteres Bier aus dem Kühlschrank, öffnete die Flaschen und stellte sie auf den Tisch. Obwohl es draußen nach wie vor schneite und der Wind ein unheimliches Potpourri sang, waren wir alle dankbar für das kalte Bier.

Eine Zeitlang herrschte Schweigen.

Jeder von uns hing seinen Gedanken nach.

Growler nieste, schüttelte sich und legte sich wieder hin.

Obwohl er ruhig dalag, war er noch immer sehr wachsam.

Nach einer ganzen Weile fragte Horton Bluett: »Ihr seid fest entschlossen, das Bergwerk unter die Lupe zu nehmen?«

»Ja«, sagten ich und Rya.

»Ich kann es euch nicht ausreden?«

»Nein«, sagten Rya und ich.

»Es ist wohl vergeblich, junge Leute wie euch zur Vorsicht bekehren zu wollen.«

Wir stimmten ihm zu, daß wir törichte junge Leute seien.

»Nun, wenn dem so ist, kann ich euch ein bißchen helfen. Ich glaube sogar, ich *muß* euch helfen, denn andernfalls schnappen sie euch auf ihrem Gelände, und dann habt ihr bestimmt nichts zu lachen.«

»Helfen?« fragte ich erstaunt. »Wie denn?«

Er holte tief Luft, und seine klaren dunklen Augen schienen noch klarer zu werden, nachdem er seinen Entschluß gefaßt hatte. »Ihr braucht gar nicht erst zu versuchen, einen Blick auf den Mineneingang oder auf die Anlage zu werfen. Das könnt ihr vergessen. Höchstwahrscheinlich würdet ihr sowieso nichts Interessantes sehen. Ich nehme an, daß die wichtigen Dinge tief unter der Erde versteckt sind.«

»Das glaube ich auch«, sagte ich, »aber...«

Er brachte mich mit einer Handbewegung zum Schweigen.- »Ich kann euch zeigen, wie ihr alle Sicherheitsvorkehrungen umgeht und bis ins Herz der Anlage vordringt. Dann könnt ihr euch aus nächster Nähe anschauen, was dort vorgeht. Ich rate es euch allerdings nicht – schließlich würde ich euch auch nicht raten, eure Hände auf eine Kreissäge zu legen. Ich glaube, ihr seid beide wagemutiger, als es gut für euch ist. Ihr seid romantisch und wollt euch unbedingt für eine gute Sache einsetzen. Ihr habt viel zu voreilig entschieden, daß ihr nicht glücklich zusammen leben könntet, wenn ihr den Kopf in den Sand steckt. Ihr seid so töricht, nicht auf euren Selbsterhaltungstrieb hören zu wollen, der euch dringend eingibt, die Finger von dieser Sache zu lassen.«

Rya und ich setzten gleichzeitig zum Sprechen an.

Wieder gebot er uns mit seiner großen Hand Schweigen. »Versteht mich nicht falsch. Ich *bewundere* euch – etwa so, wie man einen verdammten Narren bewundert, der in einem Faß die Niagarafälle hinabtreiben will. Man weiß genau, daß die Wirkung auf die Niagarafälle gleich Null sein wird, während die Folgen für ihn wahrscheinlich katastrophal sein werden, aber er kann der Herausforderung einfach nicht widerstehen. Und das gehört zu den Dingen, die uns von den Tieren unterscheiden: Wir lieben Herausforderungen, wir wollen nichts unversucht lassen, auch wenn unsere Erfolgschancen verschwindend gering sind, auch wenn unser Einsatz überhaupt nichts bewirkt. Es ist so ähnlich, wie wenn man die Fäuste gen Himmel erhebt und Drohungen gegen Gott ausstößt, für den Fall, daß Er nicht bald einige Änderungen an der Schöpfung vornimmt und uns eine bessere Chance gibt. Das mag dumm und sinnlos sein – aber es ist mutig und irgendwie befriedigend.«

Horton wollte uns nicht verraten, wie er uns ins Bergwerk bringen würde. Er sagte, es wäre Zeitverschwendung, uns jetzt alles lang und breit zu erklären, denn er würde es uns morgen sowieso zeigen müssen. Er sagte nur, wir sollten im Morgengrauen aufbruchbereit sein, weil er uns um diese Zeit abholen würde.

»Wir wollen aber nicht, daß auch Sie in den Treibsand geraten und zusammen mit uns untergehen«, sagte ich.

»Das hört sich so an, als seist du dir ziemlich sicher, daß ihr scheitern werdet.«

»Na ja, *falls* das passieren sollte, will ich wenigstens nicht dafür verantwortlich sein, daß auch Sie in diesen Strudel geraten.«

»Mach dir keine Sorgen, Slim«, erwiderte er. »Wie oft muß ich es dir denn noch sagen? Vorsicht ist sozusagen zu meiner zweiten Natur geworden.«

Um zwanzig vor zehn verabschiedete er sich. Unser wiederholtes Angebot, ihn nach Hause zu fahren, lehnte er ab. Er war zu Fuß hergekommen, um sein Auto nicht vor uns verstecken zu müssen, und jetzt würde er auch zu Fuß zurückgehen. Und er behauptete stur, daß er sich auf den ›kleinen Spaziergang‹ freue.

»Es ist mehr als ein kleiner Spaziergang«, widersprach ich. »Es ist ein ganz schönes Stück Weg, und bei Nacht und in dieser Kälte ...«

»Aber Growler freut sich darauf«, sagte Horton, »und ich will ihn nicht enttäuschen.«

Der Hund schien es tatsächlich kaum abwarten zu können, in die kalte Nacht hinauszukommen. Sobald Horton aufgestanden war, war auch Growler aufgesprungen und zur Tür gelaufen. Er wedelte mit dem Schwanz und brummte vor Freude. Vielleicht war es nicht einmal so sehr der Spaziergang, auf den er sich freute; nachdem er seinen geliebten Herrn einen Abend lang mit uns geteilt hatte, wollte er möglicherweise wieder mit ihm allein sein.

Während Horton auf der Schwelle seine Handschuhe anzog, spähte er in die Nacht hinaus. »Es wird einen Schneesturm geben«, stellte er fest.

»Wann?« fragte ich.

Er zögerte, als wollte er erst die Meinung seiner alten Knochen einholen. »Bald, aber *so* bald auch wieder nicht. Heute nacht wird es zwar weiterschneien, doch morgen früh werden wir noch nicht einmal ein paar Zentimeter Neuschnee haben. Aber später ... irgendwann am Vormittag ... wird ein schwerer Sturm aufziehen.«

Er bedankte sich für das Abendessen und für das Bier, so als hätten wir einfach wie gute Nachbarn zusammen einen gemütlichen Abend verbracht. Dann tauchte er mit Growler in der Finsternis unter.

Während ich die Tür schloß, meinte Rya: »Das ist eine Persönlichkeit, was?«

»Eine starke Persönlichkeit«, stimmte ich zu.

Später, als wir im Dunkeln nebeneinander im Bett lagen, sagte sie: »Er wird Wirklichkeit. Ich meine ... der Traum.«

»Ja.«

»Wir gehen morgen in die Mine.«

»Noch können wir alles abblasen und einfach nach Gibtown zurückfahren«, schlug ich vor.

»Möchtest du das?« fragte sie.

Nach kurzem Zögern sagte ich: »Nein.«

»Ich auch nicht.«

»Bist du ganz sicher?«

»Ja. Nur... halt mich fest«, flüsterte sie.

Ich hielt sie fest.

Sie hielt mich fest.

Das Schicksal hielt uns beide mit eisernem Griff umklammert.

# 27

# Das Tor zur Hölle

Kurz vor der Morgendämmerung schneite es nur flaumige Flocken, und der herannahende Sturm war noch im tiefhängenden Himmel eingesperrt.

Der Tag brach nur widerwillig an. Ein dünner Faden schwachen grauen Lichts tauchte entlang der hohen Gebirgskette im Osten auf. Langsam wurden weitere Fäden hinzugewebt, in öden Farben, kaum heller als die Schwärze, die sie doch ablösen sollten. Als Horton Bluett in seinem Dodge Transporter mit Vierradantrieb vorfuhr, war das Gewebe des neuen Tages noch so dünn, daß es so aussah, als könnte es jederzeit zerreißen, vom Winde verweht werden und die Welt in ewiger Finsternis zurücklassen.

Horton hatte Growler nicht bei sich. Ich vermißte den Hund. Horton auch. Ohne den Mischling war der alte Mann irgendwie ... unvollständig.

Wir paßten zu dritt bequem auf die Sitzbank des Transporters. Rya saß zwischen Horton und mir. Vor unseren Füßen hatten unsere Rucksäcke Platz, in denen unter anderem vierzig der insgesamt achtzig Kilo Plastiksprengstoff verstaut waren.

Ich wußte nicht, ob wir tatsächlich in die Minen gelangen würden, wie Horton uns versicherte. Und selbst wenn wir das schafften, würden wir dort vermutlich Dinge entdecken, die einen heimlichen Rückzug nahelegten, um in aller Ruhe die nächsten Schritte planen zu können. Die Wahrscheinlichkeit, daß wir den Sprengstoff an diesem Tag benötigen würden, war demnach sehr gering. Doch frühere Erfahrungen mit den Trollen hatten mich gelehrt, immer auf das Schlimmste gefaßt zu sein.

Die Scheinwerfer strahlten durch die störrische Nacht, die nicht weichen wollte. Wir fuhren über Landstraßen in schmale Gebirgstäler empor, wo von der Dämmerung noch keine Spur zu sehen war.

»Ich habe mein ganzes Leben hier verbracht«, erzählte Horton während der Fahrt. »Meine Eltern hatten hier auf diesen Hügeln ein Häuschen, und hier erblickte ich mit Hilfe einer Hebamme das Licht der Welt. Das war 1890. Für euch junges Gemüse ist das natürlich so unvorstellbar lang her, daß ihr euch vielleicht fragt, ob es damals noch Dinosaurier gegeben hat. Na, jedenfalls bin ich hier aufgewachsen, und ich kenne diese Hügel, Felder, Wälder, Grate und Schluchten so gut wie meine Westentasche. Hier wurde seit den 30er Jahren des 19. Jahrhunderts Kohle abgebaut, und es gibt jede Menge stillgelegter Schächte. Zwischen den Minen gibt es oft Verbindungen, und auf diese Weise ist so etwas wie ein unterirdisches Labyrinth entstanden. Als Junge war ich ein begeisterter Höhlenforscher. Ich liebte Höhlen und alte Stollen und war gänzlich unerschrocken. Vielleicht nicht zuletzt deshalb, weil meine Nase mich schon gelehrt hatte, daß es viele böse Menschen – Trolle – gab, weil ich schon wußte, daß ich draußen in der Welt vorsichtig sein mußte und sich daran mein Leben lang nichts ändern würde. Ich war deshalb gezwungen, die normale Abenteuerlust eines Jungen irgendwie auf eigene Faust zu befriedigen, weil ich mich nur auf mich selbst verlassen wollte. Natürlich ist es ausgesprochen dumm, allein loszuziehen, um Höhlen zu erforschen. Dabei kann zuviel schiefgehen. Ein vernünftiger Bursche unternimmt so was nur zusammen mit guten Freunden. Aber als Kind fehlte es mir total an gesundem Menschenverstand, und deshalb trieb ich mich ständig unter der Erde herum. Ich war eine regelrechte Minenratte. Jetzt könnt ihr von meiner damaligen Torheit profitieren. Ich weiß, wie ihr in das Berginnere gelangen könnt. Es gibt einen Weg durch die uralten Minen aus den 40er Jahren des 19. Jahrhunderts, die mit Minen aus dem Anfang dieses Jahrhunderts verbunden sind, und diese führen wiederum in neuere Minen, bis hin zu einigen schmaleren Seitentunnels aus neuester Zeit. Die Sache ist natürlich verdammt gefährlich. Ein tollkühnes Unternehmen, das ich keinem vernünftigen Menschen empfehlen würde. Aber ihr zwei seid ja verrückt. Ihr dürstet nach Rache und Gerechtigkeit, ihr seid ganz versessen darauf, etwas zu tun.«

Horton bog von der Landstraße auf einen vom Schnee geräumten Feldweg ab, wenig später auf einen anderen, der gerade noch passierbar war, und schließlich fuhren wir querfeldein einen Hügel hinauf, der sogar mit Vierradantrieb nicht zu bewältigen gewesen wäre, wenn der Wind nicht entgegenkommenderweise den größten Teil des Schnees weggefegt und am Waldrand aufgetürmt hätte.

Oben auf dem Hügel, dicht bei den Bäumen, hielt Horton an. »Von hier aus müssen wir zu Fuß gehen.«

Ich nahm den schwereren Rucksack, Rya den anderen, der auch nicht gerade leicht war. Jeder von uns hatte einen geladenen Revolver und eine Pistole mit aufgesetztem Schalldämpfer bei sich; die Revolver befanden sich in Schulterhalftern unter unseren Skijacken, die Pistolen waren in den tiefen, offenen Taschen der weißen Skihosen verstaut. Ich trug außerdem die Schrotflinte, Rya die Maschinenpistole.

Obwohl wir wirklich gut bewaffnet waren, fühlte ich mich wie David, der mit einer jämmerlichen kleinen Schleuder in der Hand nervös im Schatten des riesigen Goliath steht.

Die Nacht hatte sich nun doch ergeben, und der Morgen brachte den Mut auf, sich zu zeigen. Trotzdem trieben sich überall noch tiefe Schatten herum, und der Himmel war bei Tag nicht viel heller als bei Nacht. Es war ein Sonntag.

Mir fiel plötzlich ein, daß ich Joel Tuck noch nicht angerufen hatte, um ihn zu informieren, daß Cathy Osborn, Ex-Professorin für Literatur an der Barnard-Universität, möglicherweise schon am Dienstag oder Mittwoch an seine Tür klopfen würde und dringend seiner Hilfe und Freundschaft bedurfte. Ich ärgerte mich über meine Vergeßlichkeit, sagte mir dann aber, daß ich noch viel Zeit für diesen Anruf hatte – falls uns in den Minen nichts zustoßen würde.

Horton Bluett holte einen Stoffsack aus seinem Wagen und zog ihn hinter sich her, während er durch die Schneeverwehungen am Waldrand stapfte. Etwas klapperte leise in dem Sack. Hinter den ersten Bäumen blieb er stehen, schob einen Arm in den Sack und brachte eine rote Bandrolle zum Vorschein. Mit einem scharfen Taschenmesser schnitt er ein Stück davon ab und band es in Augenhöhe an einen Baum.

»Damit ihr allein zurückfindet«, erklärte er und führte uns auf einem Wildpfad bergabwärts, wobei er alle dreißig bis vierzig Meter stehenblieb und Bäume mit roten Bändern schmückte. Ich bemerkte, daß man von der jeweils letzten Markierung aus die vorletzte gut sehen konnte.

Nach einer Weile stießen wir auf einen Weg und gingen ihn entlang. Wir hatten einen vierzigminütigen Fußmarsch hinter uns, als wir am Fuße einer breiten Schlucht zu einer weiten freien Fläche gelangten.

Die Felswand sah pockennarbig aus, weil große Stücke aus der Oberfläche herausgeschlagen waren. Ein horizontaler Stollen hatte einst das Herz des Berges durchbohrt. Der Eingang war zur Hälfte bei einem Erdrutsch verschüttet worden, was aber lange zurückliegen mußte, denn inzwischen wuchsen dort schon Bäume.

Horton ging zwischen diesen verkrüppelten und knorrigen Bäumen hindurch und betrat den Schacht. Wir folgten ihm. Er holte drei sehr starke Taschenlampen aus seinem Sack, behielt eine davon und überreichte die anderen Rya und mir. Dann leuchtete er Decke, Wände und Boden des Tunnels ab, in dem wir standen.

Die Decke war nur 30 cm von meinem Kopf entfernt, und die unebenen Felswände – im vorigen Jahrhundert durch Pickel, Meißel, Schaufeln, Sprengstoff und Meere von Schweiß entstanden – schienen immer näher zu rücken, so als wollten sie uns zerquetschen. Sie waren mit Kohleadern durchzogen, und stellenweise glänzte etwas milchig-hell – vielleicht Quartz. Die massiven, geteerten Stützbalken an beiden Wänden und an der Decke erinnerten mich an das Skelett eines Wales.

Allerdings befanden sie sich in einem erbärmlichen Zustand, hingen durch, hatten tiefe Risse, waren im Innern sehr wahrscheinlich durch Fäulnis halb hohl und stellenweise mit Pilzen bewachsen. Auch fehlten vielfach die Metallstreben. Ich hatte das unangenehme Gefühl, daß die Decke sofort einbrechen würde, wenn ich mich nur irgendwo anlehnte.

»Dies hier dürfte eine der ersten Minen in der ganzen Gegend gewesen sein«, berichtete Horton. »Sie wurde zum größten Teil von Hand ausgebeutet, und die Loren wurden damals von Eseln gezogen. Die Gleise wurden später herausgerissen und in einen anderen Schacht gebracht, aber hier und dort stolpert man noch über die Reste von Schwellen, die teilweise in den Boden eingesunken sind.«

Rya betrachtete die morschen Balken sehr skeptisch. »Ist dieser Tunnel sicher?«

»Was ist schon sicher?« fragte Horton, musterte abschätzend das verwitterte Holz und die feuchten Felswände und meinte dann: »Schlimmer kommt es jedenfalls nicht, denn euer Weg führt ja von älteren zu neueren Minen, obwohl ich euch dringend rate, auch dort vorsichtig zu sein und euch nirgends an Balken anzulehnen. Sogar die verhältnismäßig neuen Schächte – jene, die erst zehn oder zwanzig Jahre alt sind – können es in sich haben. Eine Mine ist schließlich nichts anderes als eine Leere, und man sagt nicht umsonst, daß die Natur bestrebt ist, eine Leere auszufüllen.«

Er holte zwei Metallhelme aus seinem Sack und gab sie uns mit der eindringlichen Ermahnung, sie ständig aufzubehalten.

»Und Sie?« fragte ich, während ich meinen Helm aufsetzte.

»Ich hatte nur zwei zur Hand«, sagte er. »Und da ich euch nur ein kurzes Stück begleite, komme ich auch ohne einen aus. Also, auf geht's.«

Wir folgten ihm tiefer in die Erde hinein.

Auf den ersten Metern klebten an den Wänden jede Menge Blätter, die an trockenen Herbsttagen hereingewehrt worden waren. Die Feuchtigkeit im Schacht hatte sie allmählich zu einer festen Masse verkleistert. In unmittelbarer Nähe des Eingangs waren diese vermoderten Blätter und die Pilze auf den Balken gefroren und deshalb geruchlos. Doch weiter drinnen herrschten Temperaturen über dem Nullpunkt, und uns stiegen hin und wieder üble Gerüche in die Nasen.

Horton führte uns um eine Ecke herum, in einen wesentlich geräumigeren Tunnel, wo sich offenbar einmal eine reiche Kohlenader befunden hatte. Er blieb stehen, holte eine Spraydose mit weißer Farbe aus seinem Sack, schüttelte sie und sprühte einen weißen Pfeil, der in Richtung Ausgang wies, auf die Felswand, obwohl wir uns hier eigentlich noch nicht verirren konnten.

Er war eben ein vorsichtiger Mann.

Innerhalb der nächsten hundert Meter machte er zwei weitere Pfeile, dann bogen wir in einen kürzeren, aber noch breiteren Tunnel ab (vierter Pfeil) und legten weitere fünfzig Meter zurück, bevor wir vor einem vertikalen Schacht stehenblieben (fünfter Pfeil), der in tiefere Bergschichten hinabführte. Die quadratische Öffnung war vom schwarzen Boden kaum zu unterscheiden, und ich hatte sie nicht gesehen, bis Horton in die Tiefe leuchtete. Ohne ihn hätte ich möglicherweise einen Schritt ins Leere gemacht und mir den Hals gebrochen.

Er richtete den Strahl seiner Taschenlampe jetzt auf das Ende des Tunnels, der sich zu einem großen, von Menschenhand geschaffenen Raum erweiterte. »Hier endete die Kohleader plötzlich«, berichtete er, »aber sie hatten vermutlich Grund zu der Annahme, daß sie sich schräg nach unten fortsetzte und von einer tieferen Ebene aus abgebaut werden konnte. Jedenfalls trieben sie diesen etwa zwölf Meter tiefen, vertikalen Schacht in die Erde und arbeiteten sich dann wieder in horizontaler Richtung vor. Jetzt überlasse ich euch bald eurem Schicksal.«

Nachdem er uns gewarnt hatte, daß die Sprossen der Eisenleiter alt und unzuverlässig wären, schaltete er seine Taschenlampe aus und stieg in die Dunkelheit hinab. Rya warf sich die Maschinenpistole über die Schulter und folgte ihm. Ich bildete die Nachhut.

Unten im horizontalen Tunnel warteten sie auf mich, gespenstisch beleuchtet von ihren Taschenlampen, die sie auf den Boden gelegt hatten.

In diesen tieferen Bereichen der Mine waren die schweren Stützbalken genauso alt wie oben, aber sie befanden sich in einem etwas besseren Zustand, wenn auch keineswegs in einem guten. Doch zumindest war das Holz nicht so vermodert und mit Pilzen bewachsen, und die Wände waren nicht ganz so feucht.

Mir fiel plötzlich auf, wie still es hier war. Wie in einer Kirche. Wie auf einem Friedhof. Wie in einer Gruft.

Es war mir sehr willkommen, daß Horton diese Stille durchbrach, indem er uns zeigte, was er noch alles für uns in dem großen Sack hatte. Außer dem roten Band, das wir jetzt nicht mehr benötigten, befanden sich darin zwei weitere Spraydosen mit weißer Farbe, eine vierte Taschenlampe, in Plastik gehüllte Ersatzbatterien, mehrere Kerzen und zwei Schachteln Zündhölzer.

»Wenn ihr jemals aus diesem Labyrinth zurückfinden wollt, dann verwendet die Farbe, wie ich es euch gezeigt habe.« Er sprühte zur Demonstration einen weiteren Pfeil an die Wand, der nach oben wies, auf den vertikalen Schacht, den wir hinabgestiegen waren.

Rya nahm ihm die Spraydose ab. »Das wird meine Aufgabe sein.«

»Vielleicht glaubt ihr, daß die Kerzen als Ersatz für die Taschenlampen gedacht sind«, fuhr Horton fort. »Das ist aber nicht der Fall. Ihr habt genügend Ersatzbatterien bei euch. Aber falls ihr euch verirrt oder – was Gott verhindern möge – ein Stollen einbricht und euch den Weg abschneidet, dann müßt ihr eine Kerze anzünden und Flamme und Rauch beobachten. Daran könnt ihr erkennen, ob es irgendwo einen schwachen Luftzug gibt. Wenn das der Fall ist, gibt es eine Verbindung zur Oberfläche, und vielleicht ist diese Öffnung so groß, daß ihr euch durchzwängen könnt. Verstanden?«

»Verstanden«, sagte ich.

Er hatte auch an unser leibliches Wohl gedacht und zwei Thermosflaschen mit Orangensaft, mehrere Sandwiches und ein halbes Dutzend Schokoriegel mitgenommen.

»Selbst wenn ihr euch in den neuen Schächten der Kohlen-Gesellschaft Blitz nur ganz kurz umschaut und euch dann sofort auf den Rückweg macht, werdet ihr für diese Expedition den ganzen Tag benötigen. Aber ich vermute, daß ihr mehr als nur einen flüchtigen Blick auf die Anlagen werfen wollt, und deshalb werdet ihr wahrscheinlich, wenn alles gut geht, erst irgendwann im Laufe des morgigen Tages zurückkommen. Deshalb braucht ihr unbedingt etwas zu essen.«

»Sie sind ein Goldschatz«, sagte Rya. »Dieses ganze Zeug haben Sie letzte Nacht zusammengesucht... ich wette, daß Ihnen da zum Schlafen nicht viel Zeit blieb.«

»Mit vierundsiebzig«, erwiderte er, »schläft man ohnehin nicht mehr so viel, weil Schlafen einem als schreckliche Vergeudung der ohnehin knapp werdenden Zeit erscheint.« Ryas liebevoller Ton machte ihn sichtlich verlegen. »Verdammt, ich werde in einer Stunde zu Hause sein, und wenn ich Lust habe, kann ich dann schlafen, soviel ich will.«

»Sie haben gesagt, wir sollten diese Kerzen verwenden, falls es irgendwo einen Stolleneinbruch gibt oder falls wir uns verirren. Aber ohne Ihre Führung werden wir uns in höchstens einer Minute hoffnungslos verirrt haben.«

»Nein, nicht, wenn ihr dies hier bei euch habt.« Er zog eine Karte aus seiner Manteltasche. »Ich habe sie aus dem Gedächtnis gezeichnet, aber mein Gedächtnis funktioniert hervorragend, und ich glaube nicht, daß mir irgendwelche Fehler unterlaufen sind.«

Er ging in die Hocke, und wir folgten seinem Beispiel. Er breitete die Karte zwischen uns auf dem Boden aus und strahlte sie mit der Taschenlampe an. Sie sah aus wie ein Suchrätsel. Und – noch schlimmer – sie hatte ihre Fortsetzung auf der Rückseite des Blattes, und dort sah das Labyrinth sogar noch komplizierter aus.

»Gut die Hälfte des Weges«, sagte Horton, »könnt ihr euch in normaler Lautstärke unterhalten, so wie wir es jetzt tun, ohne befürchten zu müssen, daß die Trolle euch hören könnten. Aber ab dieser roten Markierung hier solltet ihr lieber still sein oder aber flüstern, wenn es etwas zu besprechen gibt. Der Schall pflanzt sich in diesen Tunnels sehr gut fort.«

Ich betrachtete das aufgezeichnete Labyrinth und meinte: »Na ja, eines steht fest... wir werden viel Farbe benötigen.«

»Horton, sind Sie sicher, daß diese Karte in allen Einzelheiten stimmt?« fragte Rya.

»Ja.«

»Ich meine nur... na ja, Sie mögen als Junge sehr viel Zeit in diesen alten Schächten verbracht haben, aber das ist immerhin lange her – etwa sechzig Jahre, stimmt's?«

Er räusperte sich und wurde wieder verlegen. »Nein, so lange ist es nicht her.« Er hielt seinen Blick auf die Karte gerichtet. »Wißt ihr, nachdem meine Etta an Krebs gestorben war, fühlte ich mich ziemlich einsam und verloren, und ich war wahnsinnig nervös und angespannt, weil ich nicht wußte, wie es jetzt weitergehen sollte. Es wurde immer schlimmer, und schließlich sagte ich mir: ›Horton, wenn du nicht bald etwas findest, womit du die leeren Stunden füllen kannst, landest du noch in der Gummizelle.‹ Und dann fiel mir ein, wie befriedigend es gewesen war, als Kind den Höhlenforscher zu spielen. Deshalb habe ich dieses Hobby wieder aufgenommen. Das war im Jahre 1934, und in den folgenden achtzehn Monaten habe ich jedes Wochenende in diesen Minen oder in natürlichen Höhlen verbracht. Als ich dann vor neun Jahren in Rente ging, stand ich vor einer ähnlichen Situation, und wieder habe ich mir mit dieser Beschäftigung die Zeit vertrieben. Eine verrückte Sache für einen Fünfundsechzigjährigen, aber ich habe sie anderthalb Jahre lang betrieben, bis der Ruhestand für mich seine Schrecken verlor. Na ja, was ich damit sagen wollte, war eigentlich nur, daß diese Karte auf Erinnerungen beruht, die höchstens so an die sieben Jahre alt sind.«

Rya legte eine Hand auf seinen Arm.

Er schaute sie an.

Sie lächelte, und er lächelte, und dann legte er seine Hand auf die ihrige und drückte sie.

Auch für jene unter uns, die nicht von Trollen geplagt werden, ist das Leben alles andere als einfach. Aber die unzähligen Methoden, die wir anwenden, um schwierige Wegstrekken bewältigen zu können, legen ein beredtes Zeugnis von unserem Lebenswillen ab.

»Nun, wenn ihr euch nicht bald auf die Socken macht, werdet ihr so alt und verknöchert wie ich sein, bevor ihr hier wieder rauskommt.«

Er hatte recht, aber ich wollte nicht, daß er wegging. Wir kannten ihn erst einen Tag und hatten das Potential unserer Freundschaft noch kaum erkunden können.

Das Leben ist – vielleicht habe ich es bereits erwähnt – eine lange Fahrt, bei der Freunde und geliebte Menschen plötzlich unerwartet aussteigen, und dann müssen wir die Reise in immer größerer Einsamkeit fortsetzen. Eine solche Bahnstation war jetzt wieder erreicht.

Horton überließ uns den Sack und nahm nur die Taschenlampe mit. Er kletterte den vertikalen Schacht hinauf, und die rostigen Eisensprossen klirrten und quietschten. Als er oben war, schaute er zu uns herab und schien uns noch vieles sagen zu wollen, beschränkte sich dann aber auf ein leises: »Gott beschütze euch.«

Wir starrten nach oben.

Er entfernte sich, und das Licht seiner Taschenlampe wurde immer schwächer.

Dann wurde es oben ganz dunkel.

Seine Schritte verhallten.

Er war fort.

In nachdenklichem Schweigen packten wir alle Gegenstände vorsichtig wieder in den Sack.

Dann begaben wir uns noch tiefer unter die Erde.

Ich spürte keine unmittelbare Gefahr, trotzdem hatte ich starkes Herzklopfen. Obwohl ich fest entschlossen war, nicht zu fliehen, hatte ich das beklemmende Gefühl, das Tor zur Hölle durchschritten zu haben.

## 28

# Reise nach Abaddon

Immer tiefer hinab...

Irgendwo weit oben wölbte sich ein unfreundlicher Himmel über die Welt; Amseln segelten durch ein Meer von Luft, und irgendwo rauschten Bäume im Wind, Schneeflocken breiteten eine weiße Decke über die Erde – aber all diese Farben und Bewegungen waren durch so viele Meter Felsgestein von mir entfernt, daß ich immer stärker den Eindruck hatte, jene Welt dort oben wäre nicht real, sondern existierte nur in meiner Fantasie – ein imaginäres Königreich. Das einzige, was mir noch real zu sein schien, waren Stein, Staub, flache Wasserpfützen, morsche Balken mit verrosteten Eisenträgern, Kohle und Dunkelheit.

Wir wirbelten Kohlenstaub auf, der so fein wie Talkumpuder war. Kleine Klümpchen, hin und wieder auch größere Brocken Kohle, lagen entlang der Wände, kleine Inseln aus Kohle bildeten Archipele in den Pfützen, und in den Wänden funkelten kleine Überreste erschöpfter Kohlenadern im frostig-weißen Licht der Taschenlampen wie schwarzes Gold.

Manche der unterirdischen Wege waren fast so breit wie Autobahnen, andere schmaler als Hausflure, denn neben den eigentlichen Minenschächten gab es auch Erkundungstunnels. Manchmal waren die Decken mehrere Meter von unseren Köpfen entfernt, dann wieder waren sie so niedrig, daß wir uns ducken mußten. Stellenweise waren die Wände so präzise behauen worden, daß sie direkt aus Beton hätten sein können, stellenweise waren sie aber sehr uneben. Wir sahen auch mehrere teilweise eingebrochene Wände oder Decken und waren einige Male gezwungen, uns mühsam durch den schmalen verbliebenen Raum hindurchzuzwängen.

Ich mußte gegen eine Klaustrophobie ankämpfen, die sich immer stärker bemerkbar machte, je tiefer wir ins Minenlabyrinth vordrangen. Es gelang mir jedoch, diese Ängste nicht überhand nehmen zu lassen, indem ich an jene schöne, abwechslungsreiche Welt dort oben dachte – und mir ständig vorsagte, daß Rya ja bei mir war. Ihre Gegenwart verlieh mir wie immer Kraft und Mut.

Wir sahen seltsame Dinge im Schoß der Erde. Dreimal stießen wir auf Haufen kaputten Zubehörs – Werkzeuge und andere offenbar beim Bergbau benötigten Gegenstände, die für uns ein Buch mit sieben Siegeln waren. Von Rost und Korrosion zusammengeschweißt, wirkten sie fast wie moderne Plastiken, so als hätte sich der von Menschen mißhandelte Berg als Künstler betätigt, um seiner eigenen Leidensfähigkeit ein Denkmal zu setzen. Eine dieser Skulpturen sah wie eine große Figur aus, halb menschlich, halb dämonisch; absurderweise rechnete ich fast damit, daß diese mit Streben und Widerhaken geschmückte Kreatur sich mit einem Klirren und Rasseln ihrer Metallknochen bewegen würde, daß sie ihr Glasauge – eine zersplitterte Öllampe, wie Bergleute sie im vergangenen Jahrhundert verwendeten – öffnen und mich anstarren würde, daß sie ihren Eisenmund zu einem Grinsen verziehen und dabei verfaulte Zähne aus verbogenen Schrauben und Nägeln entblößen würde. Wir sahen auch Schimmel und Pilze in verschiedensten Farben – gelb, gallengrün, giftig rot, braun, schwarz –, hauptsächlich aber in schmutzigen Weißtönen. Manche waren so trocken, daß sie bei der geringsten Berührung zu Staub zerfielen. Andere waren feucht und glänzten abstoßend wie die Eingeweide irgendeiner fremdartigen außerirdischen Lebensform. Manche Wände waren mit Kristallen irgendwelcher aus dem Felsen gesickerter Substanzen überzogen, und einmal sahen wir unsere verzerrten Gesichter, die über diese Millionen dunkler Facetten huschten.

Etwa auf halbem Wege in den Hades stießen wir auf das schimmernde weiße Skelett eines großen Hundes. Der Schädel lag mit klaffendem Kiefer in einer Lache schwarzen Wassers, in der sich die Strahlen unserer Taschenlampen widerspiegelten, so daß die leeren Augenhöhlen gespenstisch leuchteten. Wie ein Hund in diese Tiefe geraten war, was er hier gesucht hatte und wie er gestorben war – das waren unlösbare Rätsel. Aber das Vorhandensein dieses Skeletts hatte etwas so gänzlich Deplaziertes an sich, daß wir darin unwillkürlich eine Art Omen sahen, obwohl wir lieber nicht darüber nachdenken wollten, *was* es bedeuten könnte.

Mittags – fast sechs Stunden, nachdem wir das Labyrinth mit Horton Bluett betreten hatten – legten wir eine kurze Pause ein, teilten uns eines der Sandwiches und tranken etwas Orangensaft. Wir nahmen dieses karge Mahl schweigend ein, denn inzwischen waren wir so dicht an den neuesten Schächten, daß irgendwelche Trolle uns möglicherweise hätten hören können – auch wenn wir bisher nichts von ihnen hörten.

Nach dem Mittagessen legten wir noch eine ordentliche Wegstrecke zurück, bis wir um zwanzig nach eins um eine Ecke bogen und Licht vor uns sahen. Senfgelbes Licht, etwas trüb. Ominös. Wie das Licht in unserem gemeinsamen Alptraum.

Wir schlichen durch den schmalen, feuchten, dunklen Tunnel, der zur Kreuzung mit den beleuchteten Schacht führte. Obwohl wir uns übertrieben vorsichtig bewegten, kam es uns so vor, als dröhnten unsere Schritte so laut wie Donner, als wäre unser Atem so laut wie das Zischen eines riesigen Blasebalgs.

An der Ecke blieb ich stehen und lehnte mich mit dem Rükken an die Wand.

Horchte.

Wartete.

Wenn ein Minotaurus in diesem Labyrinth hauste, trug er offenbar Schuhe mit Kreppsohlen, denn es herrschte eine Totenstille. Abgesehen von dem Licht schienen wir hier unten noch immer so allein zu sein wie in den letzten sieben Stunden.

Ich beugte mich vor und spähte vorsichtig in den beleuchteten Tunnel, zuerst nach links, dann nach rechts. Kein Troll war zu sehen.

Wir traten aus der Dunkelheit ins Licht, das unseren Gesichtern und Augen eine ungesunde gelbe Farbe verlieh.

Zur Rechten verengte sich der Tunnel und endete nach

kaum sechs Metern. Zur Linken war er jedoch sechs Meter breit und wurde über eine Länge von knapp fünfzig Metern immer breiter. An der breitesten Stelle – etwa 15 Meter – wurde er offenbar von einem anderen horizontalen Schacht gekreuzt. An der Decke waren in regelmäßigen Abständen von zehn Metern kegelförmige Lampen mit mittelstarken Glühbirnen angebracht, so daß auf dem Boden zwischen den Lichtkegeln jeweils einige Meter völlig im Dunkeln lagen.

Genau wie im Traum.

Die einzigen Unterschiede zwischen Realität und Traum bestanden darin, daß die Lampen nicht flackerten und wir nicht – noch nicht? – verfolgt wurden.

Hier endete Horton Bluetts Karte. Nun waren wir ganz auf uns gestellt.

Ich schaute Rya an und wünschte plötzlich, ich hätte sie nicht an diesen Ort gebracht. Aber ein Zurück gab es jetzt nicht mehr.

Ich deutete auf das Ende des Tunnels.

Sie nickte.

Wir holten unsere mit Schalldämpfern versehenen Pistolen aus den tiefen Taschen unserer Skihosen und entsicherten sie.

Seite an Seite gingen wir so leise wie nur irgend möglich auf das breite Schachtende zu, durch Licht und Schatten, Licht und Schatten...

An der Kreuzung spähte ich wieder vorsichtig um die Ecke. Der Quertunnel war etwa 18 Meter breit und noch etwas länger als der erste – gut 60 Meter. Die Balken waren alt, aber doch bei weitem nicht so alt wie alle, die wir bisher gesehen hatten. Eigentlich war das schon kein Tunnel mehr, sondern ein riesiger, von zwei Reihen Lampen beleuchteter Raum, dessen Boden ein Schachbrettmuster aus Licht und Dunkelheit aufwies.

Ich hielt diesen Raum für leer und wollte schon um die Ecke biegen, als ich ein Kratzen, ein Klicken und noch ein Kratzen vernahm.

Rechts von mir, etwa 20 Meter entfernt, tauchte ein Troll aus einem dunklen Quadrat des Schachbretts auf. Er war in jeder Hinsicht unbekleidet: sowohl nackt als auch ohne die menschliche Tarnung. Er hatte in jeder Hand ein Werkzeug; beide waren mir unbekannt. Er hob mehrmals erst das eine, dann das andere an seine Augen und betrachtete Decke, Boden und Wände, so als nehme er Maß oder studiere die Beschaffenheit des Gesteins.

Ich drehte mich nach Rya um und legte einen Finger auf meine Lippen.

Ihre blauen Augen waren sehr groß, und das Weiße darin war genauso gelb verfärbt wie ihre Haut. Das gespenstische Licht fiel auch auf den weißen Skianzug und schimmerte auf dem Helm. Sie sah wie die goldene Statue einer unglaublich schönen Kriegsgöttin aus, mit kostbaren Saphiren als Augen.

Mit Daumen, Zeige- und Mittelfinger machte ich mehrmals eine Bewegung, so als drücke ich auf eine Spritze.

Sie nickte, öffnete ganz langsam – um nur ja kein Geräusch zu verursachen – den Reißverschluß ihrer Jacke und griff in eine Innentasche, wo sie eine in Plastik gehüllte Spritze und eine Ampulle Pentothal verstaut hatte.

Ich warf wieder einen Blick um die Ecke und stellte fest, daß der Troll mit seinen Meßinstrumenten beschäftigt war und mir den Rücken zuwandte. Er stand etwas nach vorne gebeugt da und betrachtete den Boden. Dabei murmelte er entweder etwas vor sich hin oder er summte eine eigenartige Melodie; jedenfalls machte er genügend Lärm, um mein Anschleichen zu übertönen.

Ich näherte mich ihm so schnell und lautlos wie nur irgend möglich. Falls der Unhold auf mich aufmerksam wurde, würde er bestimmt einen Schrei ausstoßen und damit andere alarmieren. Ich hatte nicht das geringste Verlangen danach, durch das unterirdische Labyrinth zu hetzen, die Dämonen dicht auf den Fersen, ohne durch das riskante Eindringen ins Herz des Berges irgend etwas erreicht zu haben.

Ich huschte von Schatten ins Licht und wieder in Schatten.

Der Troll trällerte weiter vor sich hin.

25 Meter.

20 Meter.

Mein Herz schien so laut zu dröhnen wie die Bohrmaschinen und Preßlufthämmer, die hier einst eingesetzt worden waren.

18 Meter.

Schatten, Licht, Schatten...

Ich wollte meinen Feind nicht erschießen, obwohl ich die Pistole zur Hand hatte, sondern ihn überraschend von hinten anspringen und ihm die Kehle zuschnüren, bis Rya mit dem Pentothal zur Stelle sein würde. Dann könnten wir den Troll befragen, denn obwohl Pentothal in erster Linie ein Beruhigungsmittel war, wurde es manchmal auch als ›Wahrheitsserum‹ bezeichnet, weil man unter seiner Einwirkung kaum mehr lügen konnte.

15 Meter.

Ich konnte natürlich nicht sicher sein, daß Pentothal bei Trollen genauso wirken würde wie bei Menschen. Die Chancen standen aber nicht schlecht, denn abgesehen von ihrer Fähigkeit zur Metamorphose schienen sie einen ähnlichen Stoffwechsel wie wir zu haben.

12 Meter.

Ich glaube nicht, daß die Kreatur mich hörte. Ich glaube auch nicht, daß sie mich roch oder sonstwie bemerkte. Aber sie hörte auf zu summen, drehte sich um, ließ das Meßinstrument sinken und hob den scheußlichen Kopf. Sie sah mich sofort, denn ich befand mich gerade auf einem hellen Quadrat des Schachbretts.

Die glühenden roten Augen sprühten bei meinem Anblick Blitze.

Ich war noch zu weit von dem Unhold entfernt, als daß ich mich auf ihn hätte stürzen können, bevor es ihm gelänge, um Hilfe zu schreien. Deshalb tat ich das einzig mögliche: Ich gab zwei Schüsse ab, und der Schalldämpfer sorgte dafür, daß nur ein leises Fauchen zu hören war. Der Troll taumelte rückwärts und stürzte tot zu Boden, eine Kugel in der Kehle, die andere zwischen den Augen.

Die Messingpatronenhülsen rollten klirrend über den Boden, und ich hob sie hastig auf, weil sie den Trollen unsere Anwesenheit verraten könnten.

Rya kniete schon neben dem toten Troll und fühlte seinen

Puls, registrierte jedoch keinen mehr. Seine Verwandlung in die Menschengestalt war fast abgeschlossen, und ich sah, daß er sich als junger Mann Ende Zwanzig getarnt hatte.

Weil der Tod sehr schnell eingetreten war, hatte er nicht stark geblutet. Das wenige Blut, das auf den Boden getropft war, wischte ich rasch mit einem Taschentuch auf.

Rya packte den Troll bei den Füßen, ich packte ihn bei den Armen, und wir trugen ihn ans äußerste Ende des Raums, wo zwischen den letzten Lampen und der Rückwand gut sechs Meter Dunkelheit lag. Wir versteckten die Leiche, ihre Werkzeuge und das blutige Taschentuch in der hintersten Ecke.

Würde der Dämon vermißt werden? Würde er schon *bald* vermißt werden?

Was würden sie machen, wenn sie ihn vermißten? Die Minen durchsuchen? Wie gründlich? Und wann?

Rya und ich flüsterten so leise miteinander, daß es mehr aufs Lippenlesen als aufs Hören ankam.

»Was jetzt?« fragte sie.

»Jetzt tickt eine Zeitbombe.«

»Das ist mir klar.«

»Wenn er vermißt wird...«

»Wahrscheinlich erst in ein bis zwei Stunden.«

»Wahrscheinlich«, stimmte ich zu.

»Vielleicht noch später.«

»Wenn sie ihn finden...«

»Das wird noch länger dauern.«

»Dann gehen wir also weiter.«

»Wenigstens noch ein kleines Stück.«

Wir eilten durch den breiten Korridor. Er führte in eine riesige, runde unterirdische Halle mit einem Durchmesser von mindestens 60 Metern und einer kuppelförmigen Decke von etwa zehn Metern Höhe. Leuchtstoffröhren tauchten alles in helles Licht. Eine Hälfte des Raums war mit einer unglaublichen Anzahl verschiedener Maschinen angefüllt: große und kleine Bohrmaschinen, elektrisch betriebene Fließbänder, Gabelstapler, Maschinen zum Zerkleinern von Felsgestein und vieles andere mehr. In der anderen Hälfte der Halle lagerten aufgestapelte Balken, sorgsam aufgeschichtete Pyramiden aus kurzen Stahlträgern, riesige Bündel Stahlruten, Hunderte – vielleicht sogar Tausende – Säcke Beton, große Haufen Sand und Kies, große Rollen dicker Kabel, kleinere Rollen Kupferdraht, Aluminiumrohre und ... und ... und ...

Der Raum schien leer zu sein. Jedenfalls sahen wir keine Trolle, und außer unseren eigenen leisen Schritten war nichts zu hören.

Alle Maschinen mußten erst vor kurzem gewaschen und gewartet worden sein, denn sie glänzten im Licht, und es roch nach Öl und Schmierfett. Offenbar sollten sie in Kürze bei einem neuen Projekt eingesetzt werden. Der Troll, den ich soeben erschossen hatte, war vermutlich mit letzten Berechnungen beschäftigt gewesen.

Ich zog Rya dicht zu mir heran und flüsterte ihr ins Ohr: »Laß uns noch einmal in den Tunnel zurückgehen.«

Auf den ersten Metern des breiten Korridors, in dem ich den Troll getötet hatte, stellte ich meinen schweren Rucksack ab, öffnete ihn und holte zwei Kilo Plastiksprengstoff und zwei Sprengkapseln heraus. Ich packte den Sprengstoff aus und legte einen Block in eine hohe Wandnische an einer dunklen Stelle, wo ihn höchstwahrscheinlich niemand entdecken würde, selbst wenn Suchtrupps nach dem vermißten Troll ausgesandt würden. Das zweite Kilo brachte ich in einer anderen dunklen Nische an der gegenüberliegenden Wand unter, damit die beiden Detonationen den Durchgang mit Felsbrocken versperren sollten.

Die Sprengkapseln wurden mit Batterien betrieben und waren mit Zeitzündern versehen. Ich drückte sie tief in die Plastikblöcke, stellte die Zeituhren aber nicht ein. Das würde ich nur tun, wenn unsere Feinde uns entdeckten und verfolgten.

Wir kehrten in die Kuppelhalle zurück und durchquerten sie leise, wobei wir anhand der Maschinen und des Zubehörs zu erraten versuchten, um welche Art von Projekt es sich handeln könnte. Wir wurden aber nicht recht schlau daraus.

Am anderen Ende des riesigen Raums gab es drei Aufzüge – zwei Personenfahrstühle und einen Frachtaufzug, auf dessen enormer Stahlplattform auch die größten Maschinen, die wir gesehen hatten, bestimmt mühelos befördert werden konnten.

Ich überlegte kurz. Dann konstruierte ich mit Ryas Hilfe aus acht kurzen Balken, die wir vorsichtig von einem großen Stapel nahmen, eine behelfsmäßige Trittleiter, holte zwei Kilo Sprengstoff aus Ryas Rucksack, teilte sie in drei Teile auf, stieg auf die Leiter und deponierte den Sprengstoff in Felsvertiefungen direkt über den Aufzügen. Von unten waren nur die Sprengkapseln zu sehen, und ich hoffte, daß eventuell hier vorbeikommende Trolle nicht hochschauen würden. Außerdem schien diese Ebene der Mine derzeit nicht stark frequentiert zu sein.

Auch hier stellte ich die Zeitzünder nicht ein.

Rya und ich trugen die Balken an Ort und Stelle zurück.

»Und was jetzt?« fragte sie. Sie flüsterte, obwohl wir hier unten allein waren. Wir konnten aber nicht wissen, ob unsere Stimmen durch die Aufzugschächte nach oben dringen würden. »Willst du rauffahren?«

»Ja«, sagte ich.

»Werden sie den Aufzug nicht hören?«

»Doch, aber sie werden vermutlich annehmen, es wäre der Kerl, den wir umgebracht haben.«

»Und falls wir ihnen nun direkt in die Arme laufen, in dem Moment, da wir den Fahrstuhl verlassen?«

»Wir stecken unsere Pistolen weg und nehmen statt dessen Schrotflinte und Maschinenpistole zur Hand. Damit können wir eine ganze Anzahl erledigen, falls sich welche in unmittelbarer Nähe des Fahrstuhls aufhalten sollten. Dann springen wir rasch in den Aufzug zurück, fahren hierher, stellen die Zeitzünder ein und verduften auf demselben Weg, auf dem wir hergekommen sind. Falls wir da oben aber niemandem begegnen, schauen wir uns ein bißchen um.«

»Hast du schon eine Vermutung, was sie hier treiben?«

»Nein«, mußte ich zugeben. »Ich weiß nur, daß sie hier keine Kohle fördern.«

»Sieht fast so aus, als bauten sie eine Art Festung«, sagte Rya.

»Ja.«

Wir befanden uns hier in Abaddon, im tiefsten Pfuhl der Hölle. Nun mußten wir in höhere Kreise des Infernos emporsteigen. Wir konnten nur hoffen, daß wir dabei weder Luzifer persönlich noch einem seiner dämonischen Mitstreiter begegnen würden.

## 29

# Das Jüngste Gericht

Der Fahrstuhlmotor summte laut. Die vorne offene Kabine bewegte sich unter enervierendem Quietschen und Rattern nach oben. Obwohl es schwierig zu schätzen war, nahm ich an, daß wir etwa 20 bis 25 Meter zurücklegten, bevor der Aufzug auf der nächsten Ebene der Anlage hielt.

Ich sah keinen Sinn mehr darin, diesen enormen unterirdischen Komplex als Mine zu bezeichnen. Die Kohlen-Gesellschaft Blitz förderte zweifellos große Mengen Kohle – aber in anderen Teilen des Berges. Hier verfolgten sie ganz andere Ziele, und der Bergbau diente ihnen lediglich als Deckmantel.

Als wir aus dem Fahrstuhl traten, standen wir am Ende eines 60 Meter langen Tunnels mit glatten Betonwänden. Er war sechs Meter breit und etwa dreieinhalb Meter hoch. An der Decke waren Leuchtstoffröhren angebracht. Durch Ventilatoren im oberen Teil der Wände strömte warme, trockene Luft ein, während andere Ventilatoren in Bodennähe die kühlere Luft absaugten. Große rote Feuerlöscher waren neben den glänzenden Stahltüren montiert, die im Abstand von 15 Metern auf beiden Seiten des Korridors zu sehen waren. Neben den Feuerlöschern waren Sprechanlagen angebracht. Dieser Ort strahlte eine ungeheure – und zutiefst erschreckende – Zweckmäßigkeit aus.

Der Steinboden vibrierte, so als seien in einiger Entfernung riesige Maschinen in Betrieb.

An der Wand gegenüber den Aufzügen sah ich das mir inzwischen vertraute, aber nichtsdestotrotz rätselhafte Symbol: ein schwarzes Keramikrechteck, 1,20 Meter lang und 90 cm breit, war in den Beton eingelassen; in der Mitte ein weißer Keramikkreis mit einem Durchmesser von 60 cm; und dieser Kreis wurde von einem gezackten schwarzen Blitz unterteilt.

Durch das Symbol hindurch erblickte ich jene seltsame,

kalte, beängstigende unermeßliche Leere, die ich zum erstenmal wahrgenommen hatte, als vor einigen Tagen der LKW der Kohlen-Gesellschaft an mir vorbeigefahren war. Ein ewiges schweigendes Nichts, dessen Tiefe sich mit Worten nicht beschreiben ließ. Es zog mich wie ein Magnet an; ich hatte das Gefühl, als würde ich in dieses schreckliche Vakuum fallen und von einem Strudel in die Tiefe gerissen werden.

Ich wandte mich hastig von dem Symbol ab und ging zur ersten Stahltür auf der linken Seite des Korridors. Keine Klinke, kein Knauf. Ich drückte auf den weißen Knopf im Türrahmen, und sofort glitten die schweren Türflügel auseinander.

Rya und ich traten rasch ein, darauf eingestellt, Schrotflinte und Maschinenpistole zu benutzen, aber die Kammer war dunkel. Offenbar hielt sich niemand darin auf. Ich fand den Lichtschalter, und gleich darauf flackerten Leuchtstoffröhren auf. Wir befanden uns in einem riesigen Lagerraum. Holzkisten waren fast bis zur Decke sorgfältig aufeinander gestapelt, in ordentlichen Reihen und deutlich beschriftet, so daß wir innerhalb weniger Minuten feststellen konnten, daß es hier Ersatzteile für alle erdenklichen Geräte gab – für Drehbänke und Fräsmaschinen ebenso wie für Gabelstapler und Transistorradios.

Wir schalteten das Licht aus, schlossen hinter uns die Tür und gingen leise weiter den Tunnel entlang, von einem Raum zum anderen.

Überall fanden wir Vorräte: Tausende von Glühbirnen in stabilen Kartons; Hunderte von Kisten mit Tausenden kleiner Schachteln, die Millionen von Schrauben und Nägeln in allen Größen und Stärken enthielten; Hunderte von Hammern, Schraubenschlüsseln, Schraubenziehern, Zangen, Bohrmaschinen, Sägen und anderen Werkzeugen. Ein Raum von den Ausmaßen einer Kathedrale war mit mottenabweisendem Zedernholz getäfelt und enthielt auf hohen Regalen unzählige Stoffrollen – Seide, Baumwolle, Wolle, Leinen. In einer anderen Kammer wurden medizinische Geräte und Arzneimittel aufbewahrt: Apparaturen für EKG und EEG,

Einwegspritzen, Verbandszeug, Desinfektionsmittel, Antibiotika, Betäubungspräparate und vieles andere mehr. Auch vom nächsten Tunnel gingen Türen ab, und dahinter befanden sich weitere Lagerräume. Es gab Fässer mit Korn – Weizen, Reis, Hafer, Roggen. Der Inhalt war – den Etiketten zufolge – getrocknet, tiefgekühlt und vakuumverpackt, mit einer Frischegarantie für mindestens 30 Jahre. Hunderte – nein, Tausende – ähnlich versiegelter Fässer enthielten Mehl, Zucker, Trockenmilch, Trockeneier, Vitamin- und Mineraltabletten; in kleineren Behältern gab es Gewürze wie Zimt, Muskatnuß, Oregano und Lorbeerblätter.

Die Anlage kam mir wie ein Pharaonengrab vor, wie das größte Grab der Welt, ausgestattet mit allem, was der König und seine Diener im Jenseits zu einem bequemen Leben benötigen würden. In stillen Räumen, die wir noch nicht erforscht hatten, mußte es auch Tempelhunde und heilige Katzen geben, die getötet und liebevoll mumifiziert worden waren, um die Reise in den Tod zusammen mit ihrem königlichen Herrn anzutreten; irgendwo lagen unermeßliche Schätze an Gold und Edelsteinen; irgendwo ruhten einige Dienerinnen, die in der kommenden Welt sexuelle Freuden sicherstellen sollten – und irgendwo schlummerte der mumifizierte König selbst auf einem goldenen Katafalk.

Ein riesiges Zeughaus war mit Feuerwaffen angefüllt: Pistolen, Revolver, Schrotflinten, Gewehre und Maschinenpistolen – genügend Waffen, um mehrere Abteilungen auszustatten. Ich sah keine Munition, war aber überzeugt davon, daß in irgendeinem anderen Raum Millionen von Patronen lagerten. Und ich hätte wetten können, daß irgendwo noch gefährlichere Kriegswaffen aufbewahrt wurden.

Im letzten Raum, der vom zweiten Tunnel abging, befand sich eine Bibliothek mit mindestens 50000 Bänden. Auch hier hielt sich niemand auf. Während wir an den langen Regalen entlanggingen, mußte ich an die Yontsdowner Stadtbücherei denken, denn diese beiden Stätten waren wie Inseln der Normalität in einem Meer von Fremdartigkeit. Ihnen war eine Atmosphäre von Frieden und Ruhe gemeinsam, und die Luft roch nach Papier und Stoffeinbänden.

Und doch gab es einen gewaltigen Unterschied zur Stadtbücherei. Rya fiel auf, daß die Belletristik fehlte: Dickens, Dostojewskij, Stevenson und Poe waren verschwunden. Ich fand auch keine Geschichtsabteilung; verbannt waren Gibbon, Herodot und Plutarch. Es gab auch keine einzige Biographie berühmter Männer und Frauen, keine Lyrik, keine Humoristik, keine Reisebeschreibungen, weder Theologie noch Philosophie. Nur trockene Fachbücher über Algebra, Geometrie, Trigonometrie, Physik, Geologie, Biologie, Physiologie, Astronomie, Genetik, Chemie, Biochemie, Elektronik, Landwirtschaft, Tierzucht, Ingenieurtechnik, Metallurgie, Architektur...

Mit Hilfe dieser Bibliothek konnte ein intelligentes Wesen unter gelegentlicher Anleitung eines Fachmannes lernen, wie man eine Farm wirtschaftlich führt, wie man ein Auto repariert oder sogar baut (oder ein Flugzeug oder einen Fernseher), wie man eine Brücke entwirft und konstruiert, wie man Fabriken zur Herstellung von Transistoren einrichtet... Es war eine Bibliothek, die alles an Wissen enthielt, was zur Aufrechterhaltung sämtlicher praktischer Aspekte der modernen Zivilisation notwendig war; über geistige und emotionale Werte, auf denen diese Zivilisation basierte, war hier nichts zu erfahren: nichts über Liebe, Glauben, Tapferkeit, Hoffnung, Brüderlichkeit, Wahrheit oder den Sinn des Lebens.

»Eine gründliche Sammlung«, flüsterte Rya. Was sie eigentlich meinte, war ›eine furchterregende Sammlung‹.

Ich wiederholte: »Gründlich«, meinte aber eigentlich »grauenvoll«.

Obwohl uns inzwischen dämmerte, wozu diese gigantische unterirdische Anlage dienen sollte, waren wir beide nicht bereit, unsere Vermutungen in Worte zu fassen. Gewisse primitive Stämme haben einen Namen für den Teufel, weigern sich aber, ihn auszusprechen, weil sie glauben, daß er sonst erscheint. Genauso widerstrebte es Rya und mir, die Ziele der Trolle zu diskutieren, weil wir befürchteten, daß ihre schrecklichen Absichten sich andernfalls in unabänderliches Schicksal verwandeln würden.

Vom zweiten Tunnel aus betraten wir vorsichtig einen dritten, wo wir bald unsere schlimmsten Befürchtungen bestätigt sahen. In drei großen Räumen entdeckten wir unermeßliche Vorräte an Obst- und Gemüsesamen; eine Spezialbeleuchtung sollte wahrscheinlich die Photosynthese und schnelles Wachstum fördern. Es gab große Stahlbehälter mit flüssigem Dünger, allen Chemikalien und Mineralen, die für Wasserkultur benötigt wurden. Große flache Tröge waren vorläufig noch leer, warteten jedoch darauf, mit Wasser, Nährlösungen und Sämlingen gefüllt und auf diese Weise in das hydroponische Äquivalent fruchtbarer Felder verwandelt zu werden. In Anbetracht der gewaltigen Lebensmittelvorräte wie der geplanten Pflanzungen und in Anbetracht dessen, daß wir höchstwahrscheinlich nur einen Bruchteil ihrer landwirtschaftlichen Vorbereitungen gesehen hatten, zweifelte ich nicht daran, daß sie darauf eingestellt waren, Tausende ihrer Spezies jahrzehntelang zu ernähren, falls es erforderlich werden sollte, lange Zeit hier unten Zuflucht zu suchen.

Während wir von einem Raum in den anderen, von einem Tunnel in den anderen gingen, sahen wir häufig ihr geheiligtes Symbol: weißer Himmel, dunkler Blitz. Jedesmal mußte ich hastig meinen Blick abwenden, denn meine Visionen von der kalten, stillen, ewigen Nacht wurden immer beklemmender. Am liebsten hätte ich diese Keramik-Ikonen in die Luft gejagt – aber ich wollte den kostbaren Sprengstoff nicht verschwenden.

Von Zeit zu Zeit sahen wir auch Rohre, die aus Löchern in den Betonwänden auftauchten, einen Raum oder Korridor durchquerten und in gegenüberliegenden Wänden verschwanden. Manchmal war es ein einzelnes Rohr, manchmal sechs parallel verlaufende Rohre mit verschiedenen Durchmessern. Alle waren weiß und für die Wartungsexperten mit Symbolen versehen, die auch uns ohne weiteres verständlich waren: Wasser, Strom, Gas, Dampf... Das waren Schwachpunkte im Zentrum der Festung; viermal hob ich Rya hoch, und sie legte hastig Sprengstoff zwischen die Rohre und versah ihn mit einer Sprengkapsel. Wie zuvor, so stellten wir auch hier die Zeitzünder nicht ein. Das wollten wir erst auf dem Rückweg tun.

Wir bogen in den vierten Tunnel ein und hatten erst wenige Meter zurückgelegt, als plötzlich dicht vor uns eine Tür aufglitt. Ein Troll kam heraus, höchstens zwei Meter von uns entfernt. Er riß seine Schweineaugen weit auf, seine nassen fleischigen Nasenflügel bebten, und er schnappte überrascht nach Luft. Ich wartete natürlich nicht ab, bis er diese Schrecksekunde überwand, sondern sprang vor und schlug ihm den Lauf der Maschinenpistole über den Schädel. Er stürzte zu Boden. Ich drehte die Waffe rasch um und schlug abermals zu, diesmal mit dem schwereren Kolben. Ich traf ihn an der Stirn und wunderte mich, daß sein Schädel nicht zertrümmert wurde. Ich holte wieder zum Schlag aus, aber Rya fiel mir in den Arm. Die glühenden Augen des Trolls wurden trüber, und mit dem vertrauten ekelerregenden Knirschen von Knochen und dem nassen Geräusch zerreißender weicher Gewebe begann er menschliche Gestalt anzunehmen, was bedeutete, daß er entweder tot oder bewußtlos war.

Rya drückte rasch auf den Knopf im Türrahmen, und die Tür schloß sich.

Falls sich im Raum dahinter andere Trolle aufhielten, so hatten sie offenbar nicht bemerkt, was ihrem Artgenossen zugestoßen war, denn niemand kam herausgestürzt, niemand löste Alarm aus.

»Schnell!« flüsterte Rya.

Ich verstand sofort. Das war die Chance, auf die wir gehofft hatten, und eine zweite würde sich uns vielleicht nicht bieten.

Ich schulterte die Maschinenpistole, packte den Unhold bei den Füßen und zog ihn rückwärts in den Tunnel, aus dem wir soeben gekommen waren. Rya öffnete eine Tür, und ich schleppte unser Opfer in eine der Kammern mit Zubehör für hydroponische Kulturen.

Ich tastete nach seinem Puls. »Er lebt«, flüsterte ich.

Das Wesen hatte sich in einen untersetzten Mann mittleren Alters mit Knollennase, dicht zusammenstehenden Augen und buschigem Schnurrbart verwandelt, aber natürlich sah ich unter dieser Tarnung seine wahre Gestalt. Er war nackt, was hier im Hades anscheinend üblich war.

Seine Lider flatterten. Er zuckte.

Rya holte die Spritze hervor, die sie vorhin auf der unteren Ebene für den anderen Troll präpariert hatte. Mit einem Gummischlauch, wie er auch in Krankenhäusern zu diesem Zweck benutzt wird, band ich ihm den Arm ab, bis die Vene über dem Ellbogen hervortrat.

Im messingfarbenen Licht der künstlichen Sonnen, die über den leeren hydroponischen Trögen hingen, sahen wir, daß unser Gefangener die Augen aufschlug, und obwohl sie noch trübe waren, erlangte er sichtlich rasch sein volles Bewußtsein zurück.

»Beeil dich!« flüsterte ich.

Rya injizierte die Droge.

Unser Gefangener wurde steif. Alle Muskeln spannten sich, er riß die Augen weit auf und bleckte die Zähne. Ich befürchtete, daß das Pentothal auf Trolle doch anders wirkte als auf Menschen.

Trotzdem beugte ich mich über ihn, blickte ihm in die Augen, die durch mich hindurchzustarren schienen, und versuchte ihn zu verhören.

»Kannst du mich hören?«

Ein Zischen, das möglicherweise eine Bejahung bedeutete.

»Wie heißt du?«

Der Unhold stieß zwischen zusammengebissenen Zähnen ein gurgelndes Geräusch aus.

»Wie heißt du?« wiederholte ich.

Diesmal öffnete sich sein Mund, und er gab unverständliche Laute von sich.

»Wie heißt du?« fragte ich noch einmal.

Weitere unverständliche Laute.

»Wie heißt du?«

Diesmal registrierte ich, daß er die gleichen Laute wie eben ausstieß – ein Wort mit vielen Silben. Ich spürte, daß das sein Name war, nicht der Name, den er in der Menschenwelt trug, sondern der Name, unter dem er in der geheimen Welt seiner eigenen Rasse bekannt war.

»Wie lautet dein Menschenname?« fragte ich.

»Tom Tarkenson.«

»Wo wohnst du?«

»Eighth Avenue.«

»In Yontsdown?«

»Ja.«

Die Droge wirkte auf Trolle offensichtlich nicht beruhigend, sondern rief diesen Zustand der Starre hervor, förderte wahrheitsgemäße Antworten aber noch mehr, als dies beim Menschen der Fall war.

»Wo arbeitest du, Tom Tarkenson?«

»In der Kohlen-Gesellschaft Blitz.«

»Welchen Beruf übst du hier aus?«

»Bergbauingenieur.«

»Aber in Wirklichkeit hast du eine andere Aufgabe.«

»Ja.«

»Welche Ziele verfolgt ihr hier?«

»Wir planen...«

Er zögerte.

»Was plant ihr?«

»Euren Tod«, antwortete er, und für einen Moment klärte sich sein Blick, und er schaute mir direkt in die Augen. Dann fiel er in jenen tranceartigen Zustand zurück.

Ich erschauderte. »Welchem Zweck dient diese Anlage?«

Er antwortete nicht.

Ich wiederholte meine Frage.

Er stieß wieder seltsame Laute aus, die für mich keinerlei Sinn ergaben, aber zweifellos einen Sinn *hatten*.

Ich hatte mir nie vorgestellt, daß die Trolle eine eigene Sprache haben könnten, die sie untereinander benutzten, wenn nicht die Gefahr bestand, daß wir sie hören würden. Diese Entdeckung erstaunte mich aber nicht besonders. Höchstwahrscheinlich handelte es sich um eine menschliche Sprache, die in jener früheren Zivilisation gesprochen worden war. Die wenigen menschlichen Überlebenden des apokalyptischen Atomkriegs waren völlig verwildert und hatten zusammen mit soviel anderem auch ihre Sprache vergessen; aber die Trolle, von denen eine größere Anzahl überlebt hatte, hatten diese Sprache über die Jahrtausende hinweg als internes Verständigungsmittel lebendig erhalten.

In Anbetracht ihres Instinkts, uns auszulöschen, war es schon eine Ironie des Schicksals, daß sie etwas bewahrt hatten, was menschlichen Ursprungs war.

»Welchem Zweck dient diese Anlage?« beharrte ich.

»... ein Zufluchtsort...«

»Wovor?«

»... dem dunklen...«

»Vor der Dunkelheit?«

»Nein... vor dem dunklen Blitz...«

Bevor ich die nächste Frage stellen konnte, begann der Troll mit den Fersen auf den Steinboden zu hämmern, und er zuckte, zischte und versuchte mich mit einer Hand zu pakken. Doch seine Muskeln gehorchten ihm noch nicht, und der Arm fiel auf den Boden zurück. Die Finger zitterten krampfhaft, so als würde Strom durch sie geleitet. Die Wirkung des Pentothals verflog rasch.

Rya hatte eine weitere Injektion vorbereitet, die sie dem Gefangenen jetzt verabreichte. Seine Augen trübten sich erneut, und sein Körper versteifte sich.

»Du sagst, dies sei ein Zufluchtsort?«

»Ja.«

»Ein Zufluchtsort vor dem dunklen Blitz?«

»Ja.«

»Was *ist* der dunkle Blitz?« stellte ich die entscheidende Frage.

Er erschauderte selig und stieß unheimliche Laute aus. Ich spürte, daß allein schon der Gedanke an den dunklen Blitz in dem Unhold wollüstige Gefühle auslöste.

Auch ich erschauderte, aber vor Angst.

»Was ist der dunkle Blitz?« wiederholte ich.

Er starrte durch mich hindurch und hatte offenbar eine Vision unvorstellbarer Vernichtung, während er mit leiser, andächtiger Stimme erklärte: »Der weiße-ach-so-weiße Himmel ist ein von zehntausend mächtigen Explosionen ausgeblichener Himmel, blendend weiß von Horizont zu Horizont. Der dunkle Blitz ist die schwarze Todesenergie, der nukleare

Tod, der aus den Himmeln herabfährt, um die Menschheit auszulöschen.«

Ich sah Rya an.

Rya sah mich an.

Was wir vermutet, aber nicht auszusprechen gewagt hatten, stimmte tatsächlich. Hier wurde eine unterirdische Festung errichtet, ein riesiger Bunker, in dem die Trolle einen weiteren verheerenden Weltenbrand zu überleben gedachten.

»Wann wird dieser Krieg beginnen?« fragte ich unseren Gefangenen.

»Vielleicht... in zehn Jahren...«

»In zehn Jahren?«

»... oder in zwanzig...«

»Zwanzig?«

»... oder in dreißig...«

»Wann nun, verdammt! *Wann*?«

Unter den menschlichen Augen begannen die glühenden Trollaugen zu funkeln, in wahnsinnigem Haß und wahnsinnigem Hunger. »Das Datum steht noch nicht fest«, sagte er. »Zeit... wir benötigen Zeit... Zeit, um die Arsenale zu bauen... und die Raketen müssen noch vervollkommnet werden... noch präziser sein... Das Vernichtungspotential muß so gewaltig sein, daß die Menschheit total ausgelöscht wird. Diesmal darf niemand dem Brand entkommen. Sie müssen ausgerottet werden... alle... die Erde muß von ihnen und all ihren Werken gereinigt werden...«

Er lachte tief in der Kehle, ein furchterregendes Kichern reiner Wonne, und seine Vorfreude auf das versprochene Harmageddon war so intensiv, daß sich für einen Moment sogar die durch die Droge bewirkte Starre löste. Er zuckte geradezu wollüstig, wand sich, wölbte den Rücken, bis nur noch Kopf und Fersen den Boden berührten, und murmelte in seiner alten Sprache verzückt vor sich hin.

Mir klapperten die Zähne.

Die Vision vom Jüngsten Gericht bereitete dem Troll unverkennbar höchsten Genuß, und nur die Wirkung der Droge hinderte ihn daran, regelrecht in Ekstase zu geraten.

So als wäre ein Damm von Emotionen gebrochen, stieß er plötzlich ein langgezogenes »Ahhhhhhhhh« aus und entleerte seine Blase.

Rya hatte eine dritte Injektion vorbereitet.

Ich hielt den Troll fest.

Sie führte die Nadel ein und drückte auf die Spritze.

»Nicht alles auf einmal«, sagte ich.

Der Uringestank verursachte mir Übelkeit.

»Warum?«

»Ich will nicht, daß er an einer Überdosis stirbt. Ich habe noch viele Fragen an ihn.«

»Ich werde ihm das Zeug nach und nach injizieren«, sagte sie.

Sie verabreichte ihm nur ein Viertel der Menge, gerade genug, um ihn erneut in den Zustand der Starre zu versetzen. Die Nadel ließ sie in seiner Vene, um ihm weiteres Pentothal zuführen zu können, sobald die Wirkung nachließ.

»Vor sehr langer Zeit«, sagte ich zu dem Gefangenen, »in jener Ära, die wir Menschen vergessen haben, in jener Ära, als ihr erschaffen wurdet... damals gab es schon einmal einen Atomkrieg...«

»Der KRIEG«, murmelte er andächtig, so als spreche er von einem heiligen Ereignis. »Der KRIEG... der KRIEG...«

»Habt ihr vor jenem Krieg auch solche Bunker unter der Erde gebaut?«

»Nein. Wir starben... wie die Menschen, denn wir waren Geschöpfe der Menschen und verdienten deshalb den Tod.«

»Aber warum baut ihr dann diesmal diese Bunker?«

»Weil... wir versagt haben... versagt... versagt...« Er blinzelte und versuchte sich aufzurichten. »Versagt...«

Ich nickte Rya zu.

Sie drückte wieder ein wenig Drogenflüssigkeit in die Vene.

»Inwiefern habt ihr versagt?«

»... versagt... nicht geschafft, die ganze Menschheit auszurotten... und dann... nach dem Krieg... hatten von uns zu wenige überlebt, um alle menschlichen Überlebenden aufzuspüren und zu erlegen... Aber diesmal... diesmal...

wenn der Krieg vorüber ist... wenn die Brände erloschen sind... wenn die Himmel die kalte Asche wieder ausgespien haben... wenn die Strahlung erträglich ist...«

»Ja?« drängte ich.

»Dann«, fuhr er flüsternd fort, mit der Ehrfurcht eines religiösen Fanatikers, der eine wunderbare Prophezeiung ausspricht, »dann werden von Zeit zu Zeit Jagdtrupps unsere Zufluchtsorte verlassen und zur Erde emporsteigen... und sie werden jeden Mann und jede Frau und jedes Kind liquidieren, die überlebt haben... *alle*... Unsere Jäger werden nach Überlebenden suchen und sie töten... töten und töten, bis ihre Vorräte an Lebensmitteln und Wasser erschöpft sind oder aber die radioaktive Dauerbestrahlung sie tötet... Diesmal werden wir nicht versagen... Diesmal wird es bei uns genügend Überlebende geben, um hundert oder zweihundert Jahre lang Liquidierungstrupps aussenden zu können... und dann... wenn die Erde öde und leer ist... wenn von Pol zu Pol vollkommene Stille herrscht... wenn nicht der geringste Zweifel mehr daran besteht, daß die Menschheit mit Stumpf und Stiel ausgerottet ist... dann werden wir das letzte verbliebene Werk des Menschen auslöschen – uns selbst. Und dann wird alles dunkel sein, finster und kalt und still, und die vollkommene Reinheit des Nichts wird ewig herrschen.«

Jetzt brauchte ich mir nicht mehr den Kopf zu zerbrechen, was die schreckliche Leere bedeutete, die ich visionär wahrnahm, wenn ich das Symbol des dunklen Blitzes betrachtete. Jetzt kannte ich seine Bedeutung: brutales Ende jeden Lebens, Tod einer ganzen Welt, Hoffnungslosigkeit, Auslöschung.

»Ist dir eigentlich klar, was du da sagst?« fragte ich den Troll. »Das würde doch bedeuten, daß das letzte Ziel eurer Spezies die Selbstvernichtung ist.«

»So ist es. Nach *eurer* Vernichtung.«

»Aber das ist doch sinnlos.«

»Es ist Schicksal.«

»Ein derart extremer Haß ist doch Wahnsinn!«

»*Euer* Wahnsinn.« Er grinste plötzlich. »*Ihr* habt ihn uns eingepflanzt.«

Rya injizierte wieder etwas von der Droge.

Das Grinsen verschwand aus dem Gesicht der Kreatur, aber sie fuhr fort: »Ihr... euresgleichen... ihr seid die unvergleichlichen Meister des Hasses, der Vernichtung... ihr seid die Herren des Chaos. Wir sind nur, wie *ihr* uns erschaffen habt. Wir verfügen über keine Fähigkeiten, die ihr nicht hättet vorhersehen müssen. Wir besitzen keine einzige Fähigkeit, die ihr nicht gebilligt habt.«

So als würde ich in der Hölle mit einem Dämon konfrontiert, in dessen Klauenhänden das Schicksal der ganzen Menschheit lag und der mit einleuchtenden Argumenten vielleicht zur Gnade bewogen werden konnte, setzte ich mich für meine Spezies ein. »Nicht alle Menschen sind Meister des Hasses, wie du behauptest.«

»Alle«, beharrte der Troll.

»Manche Menschen sind gut.«

»Keiner.«

»Die *meisten* von uns sind gut.«

»Verstellung«, erklärte der Unhold mit jener unerschütterlichen Sicherheit, die – wie die Bibel uns lehrt – ein Kennzeichen der bösen Mächte ist, ein Instrument, mit dessen Hilfe diese Mächte Zweifel in den Gott der Sterblichen säen können.

»Manche Menschen lieben.«

»Es gibt keine Liebe«, widersprach das dämonische Wesen.

»Du irrst dich. Es gibt sie.«

»Nichts als eine Illusion.«

»Manche von uns lieben«, beharrte ich.

»Du lügst.«

»Manche von uns kümmern sich um ihre Mitmenschen.«

»Alles Lügen.«

»Wir haben Mut, und wir sind fähig, uns für andere zu opfern. Wir lieben den Frieden und hassen den Krieg. Wir heilen die Kranken und trauern um die Toten. Verdammt, wir sind keine Ungeheuer! Wir ziehen Kinder auf und versuchen, für sie eine bessere Welt zu schaffen.«

»Ihr seid eine verabscheuungswürdige Brut.«

»Nein, wir...«

»Lügen!« zischte er. »Lügen und Selbstbetrug.«

»Slim, bitte, das ist doch sinnlos«, unterbrach Rya unsere Debatte. »Du kannst ihn nicht überzeugen. Keinen von ihnen. Was sie von uns glauben, ist ja nicht einfach ihre Meinung. *Es ist in ihre Gene einprogrammiert.* Daran kannst du nichts ändern. Niemand vermag etwas daran zu ändern.«

Sie hatte selbstverständlich recht.

Ich seufzte. Ich nickte. »Wir lieben!« wiederholte ich eigensinnig, obwohl ich wußte, daß es sinnlos war.

Während Rya langsam weiteres Pentothal injizierte, setzte ich das Verhör fort. Ich erfuhr, daß diese Festung, in der die Trolle das Jüngste Gericht zu überleben hofften, aus fünf treppenartig angeordneten Ebenen bestand. Eine sechste – jene, durch die wir die Anlage betreten hatten – war im Bau. Bisher waren 64 Räume fertiggestellt und mit verschiedenen Vorräten ausgestattet. Diese Zahl überraschte mich, war aber nicht unglaubhaft. Sie waren fleißig wie Bienen, und sie wurden nicht durch die Individualität behindert, die ein großartiges – doch manchmal auch frustrierendes – Element der menschlichen Spezies ist. *Ein* Ziel, *eine* Methode, dieses Ziel zu erreichen. Keine Debatten. Keine Ketzer, keine Splitterfraktionen. Sie marschierten unaufhaltsam auf ihren Traum einer in Ewigkeit stillen, öden, dunklen Erde zu. Der Gefangene berichtete, daß sie diesem Bunker noch mindestens hundert Räume hinzufügen würden, bevor der Tag X käme, und in den Monaten vor Kriegsausbruch würden Tausende von Trollen aus allen Teilen Pennsylvanias und aus einigen anderen östlichen Bundesstaaten im Bunker eintreffen.

»Und es gibt andere Zentren wie Yontsdown, wo solche Zufluchtsorte unter der Erde entstehen.«

Ich versuchte von ihm zu erfahren, wo diese anderen Festungen errichtet wurden, aber das wußte er nicht.

Auf jedem Kontinent sollten solche Bunker fertiggestellt sein, wenn der technische Stand der atomaren Vernichtungswaffen so hoch wie in jener früheren Zivilisation sein würde – und dann würden die Trolle auf die Knöpfe drücken und den Weltenbrand auslösen.

Während ich diesem Wahnsinn lauschte, brach mir der kalte Schweiß aus. Ich öffnete den Reißverschluß meiner Skijacke, um mich etwas abzukühlen, und der Geruch von Angst und Verzweiflung, der meinen Körper entströmte, stieg mir in die Nase.

Mir fielen die Troll-Mißgeburten in jenem Käfig ein, und ich fragte den Gefangenen, ob solche Abnormitäten häufig vorkämen. Unsere Vermutungen waren richtig gewesen. Die Trolle, die als unfruchtbare Wesen gezüchtet worden waren und die Fähigkeit zur Fortpflanzung durch eine Mutation erworben hatten, durchliefen jetzt den umgekehrten Prozeß; in den vergangenen Jahrzehnten hatte er sich beschleunigt, und dabei kam es auch immer häufiger zu Mißgeburten. Die weltweite Troll-Bevölkerung nahm seit langem ab. Die Geburtenrate gesunder Nachkommen war zu gering, um die Alten zu ersetzen, deren unglaublich langes Leben zu Ende ging, oder jene, die vorzeitig durch Unfälle starben oder von Menschen wie mir ermordet wurden. Und weil sie wußten, daß sie allmählich aussterben würden, hatten sie beschlossen, den nächsten Krieg noch vor der Jahrhundertwende zu inszenieren. Später würde ihre schwindende Anzahl es zunehmend schwierig machen, die wenigen menschlichen Überlebenden der Katastrophe zur Strecke zu bringen.

Rya hatte noch eine Ampulle Pentothal. Sie hielt sie hoch und warf mir einen fragenden Blick zu.

Ich schüttelte den Kopf. Ich hatte keine weiteren Fragen. Wir hatten ohnehin schon zuviel gehört.

Sie steckte die Ampulle wieder ein. Ihre Hände zitterten.

Verzweiflung hüllte mich wie ein Leichentuch ein.

Ryas bleiches Gesicht war ein Abbild meiner eigenen Gefühle.

»Wir lieben«, erklärte ich dem Dämon, der sich wieder zu rühren begann, weil die Wirkung der Droge nachließ. »Wir lieben! Verdammt, wir lieben!«

Ich zückte mein Messer und schnitt ihm die Kehle durch.

Blut floß.

Der Anblick des Blutes bereitete mir keinen Genuß, bestenfalls eine grimmige Befriedigung.

Der Troll hatte ja schon vorhin seine Menschengestalt angenommen, deshalb brauchte er es nicht in seiner Todessekunde zu tun. Seine Menschenaugen brachen, und darunter erloschen auch die roten Trollaugen.

Als ich mich aufrichtete, ertönte plötzlich eine Alarmsirene, die von den kalten Betonwänden widerhallte.

Wie in unserem Alptraum.

»Slim!«

»Verdammte Scheiße!« murmelte ich mit stockendem Herzschlag.

Hatten sie den toten Troll auf der untersten Ebene ihrer Festung entdeckt? Oder hatten sie den Unhold vermißt, dem ich soeben den Garaus gemacht hatte, und deshalb Verdacht geschöpft?

Wir eilten zur Tür, doch dann hörten wir, daß auf dem Korridor Trolle umherrannten und in jener alten Sprache herumbrüllten.

Wir wußten jetzt, daß es 64 Kammern gab. Der Feind konnte nicht wissen, wie weit wir vorgedrungen waren, wo wir uns aufhielten. Es war deshalb unwahrscheinlich, daß sie ausgerechnet dieses Zimmer als erstes durchsuchen würden. Uns blieb also ein wenig Zeit, um einen Ausweg aus dieser verzweifelten Situation zu finden. Einige kostbare Minuten...

Die Sirene heulte.

Wir rannten durch das Zimmer und hielten Ausschau nach irgendeinem Versteck. Wir konnten nichts finden – bis mein Blick auf das Gitter der Belüftungsanlage fiel. Es war etwa einen Quadratmeter groß und befand sich wie ein Mauseloch unten an einer Wand. Zum Glück war es nicht angeschraubt, sondern wurde mit einem einfachen Magnetknopf geschlossen. Als ich daran zog, schwang das Gitter auf. Der Schacht maß einen Meter im Quadrat und hatte Metallwände. Die abgesaugte Luft verursachte ein leises Säuseln.

Ich preßte meine Lippen an Ryas Ohr, um die Sirene zu übertönen. »Nimm deinen Rucksack ab und schieb ihn vor dir her«, sagte ich. »Die Schrotflinte auch. Solange die Sirene heult, brauchen wir uns keine Sorgen zu machen, daß man uns hören könnte. Danach müssen wir uns möglichst lautlos fortbewegen.«

»Es ist dunkel da drin. Können wir unsere Taschenlampen verwenden?«

»Ja. Aber schalt sie sofort aus, sobald du siehst, daß von draußen durch ein anderes Gitter Licht einfällt. Wir dürfen nicht riskieren, daß auch nur ein Strahl unserer Lampen auf einen Korridor fällt.«

Sie schob ihren Rucksack und die Schrotflinte in den Schacht, kroch auf dem Bauch hinein und verschwand im Dunkeln.

Auch ich beförderte mein Gepäck ins Innere und folgte hastig. Um das Gitter zu schließen, mußte ich mich in dem engen Raum schmerzhaft verrenken.

Zwischen den Metallwänden hallte die Sirene noch schriller wider als in dem Zimmer, das wir soeben verlassen hatten.

Die Klaustrophobie, gegen die ich schon in den Bergwerksminen anzukämpfen gehabt hatte, überfiel mich nun noch stärker. Ich rechnete fast damit, in dem Belüftungsschacht steckenzubleiben und zu ersticken. Mein Brustkorb war zwischen meinem hämmernden Herzen und dem kalten Metallboden eingezwängt. Nur mit Mühe gelang es mir, einen Schrei zu unterdrücken. Am liebsten hätte ich kehrtgemacht. Aber ich kroch weiter. Mir blieb gar keine andere Wahl. Hinter uns wartete der sichere Tod, und obwohl auch vor uns die Chancen, entkommen zu können, gering waren, galt es jetzt, auch die kleinste Chance zu nutzen.

## 30

# Fern vom Rummelplatz

Das Heulen der Sirene erinnerte mich an die Todeswand auf dem Rummelplatz. Dort wurden ähnliche Geräusche eingesetzt, um die waghalsigen Kunststücke der Motorradfahrer akustisch zu untermalen. Und das dunkle Labyrinth des Ventilationssystems hatte etwas von einer Geisterbahn an sich. In der Tat war die geheime Gemeinschaft der Trolle, in der alles anders war als in der ›normalen‹ Welt, in mancher Hinsicht eine düstere Version der verschworenen Gemeinschaft der Schausteller. Während Rya und ich durch die Schächte krochen, kam ich mir vor wie ein junger Rummelplatzbesucher, der seinen Mut beweisen möchte, indem er nachts – wenn alles dunkel ist und niemand seine Schreie hören könnte – das Zelt der Abnormitätenschau aufsucht.

Rya kam zu einem vertikalen Schacht, der von der Decke unseres horizontalen Kanals abging, und leuchtete mit ihrer Taschenlampe hinauf. Zu meiner großen Überraschung begann sie hochzuklettern und zog ihren Rucksack an den Tragegurten hinter sich her. Als ich ihr folgte, stellte ich fest, daß an einer Wand schmale Sprossen angebracht waren, um die Wartung zu erleichtern. Sogar die Trolle, die ja über Wände und Decken laufen konnten, hätten vermutlich Mühe, ohne Hilfsmittel an glattem Metall hochzusteigen.

Es war eine gute Idee, jene Ebene zu verlassen, wo der zweite tote Troll lag, denn wenn die Leiche entdeckt wurde, würde die Suche sich vor allem auf jenes Stockwerk konzentrieren. Etwa fünfzehn oder zwanzig Meter über unserem Ausgangspunkt gelangten wir wieder in einen horizontalen Schacht und krochen auf dieser neuen Ebene weiter.

Die Sirene erstarb endlich.

In meinen Ohren dröhnte sie noch lange.

An jedem Belüftungsgitter spähte Rya vorsichtig hinaus. Wenn sie dann ihren Weg fortsetzte, schaute auch ich durch die Metallschlitze. Manche Räume waren leer, dunkel und still. Aber in den meisten Kammern suchten bewaffnete Trolle nach uns. Obwohl ich von ihnen nur Beine und Füße sehen konnte, entnahm ich ihren schrillen, aufgeregten Stimmen und ihren hastigen, wenngleich vorsichtigen Bewegungen, daß die Jagd auf uns in vollem Gange war.

Seit wir mit dem Aufzug von der sechsten, noch unvollständigen Ebene zur fünften hochgefahren waren, hatten wir in den Korridoren und Zimmern Vibrationen der Wände und Böden wahrgenommen. Es hörte sich so an, als zerkleinerten riesige Maschinen irgendwo Felsbrocken in Kieselsteine, und wir hatten vermutet, daß es sich um Geräusche aus jenen fernen Schächten handelte, wo tatsächlich Kohle gefördert wurde. Doch als die Sirene verstummte, stellte ich fest, daß das Dröhnen immer lauter wurde, je weiter wir uns vorarbeiteten, und auch die Vibrationen wurden immer stärker und übertrugen sich von den Metallwänden auf meine Knochen.

An einer Ansaugöffnung erspähte Rya etwas, das sie offenbar interessierte. Gelenkiger als ich, brachte sie es fertig, sich auf dem engen Raum fast geräuschlos umzudrehen, so daß unsere Gesichter sich am Gitter berührten.

Auch ohne hinauszuschauen, wußte ich, daß sich dort draußen die Quelle des unablässigen Dröhnens befinden mußte, denn sowohl der Lärm als auch die Vibrationen hatten stark zugenommen. Als ich dann durch die Schlitze blickte, sah ich gußeiserne Sockel irgendwelcher riesiger Maschinen, obwohl ich nichts Genaueres erkennen konnte.

Genau erkennen konnte ich hingegen die mit scharfen Krallen versehenen Füße von Trollen. Manche waren gar nicht weit von uns entfernt. Viel zu nahe für meine Begriffe. Sie suchten zwischen den Maschinen nach uns.

Auf keinen Fall dienten diese Maschinen zum Kohleabbau, denn es roch nicht nach Kohle, und es flog auch kein Kohlestaub umher. Außerdem war das Dröhnen für irgendwelche Bohr- oder Schleifmaschinen viel zu gleichmäßig.

Ich begriff nicht, warum Rya hier angehalten hatte. Aber sie war sehr gewitzt, und ich kannte sie gut genug, um zu wissen, daß sie das nicht aus reiner Neugier getan hatte. Offenbar war ihr eine Idee gekommen. Vielleicht hatte sie sogar einen Plan. Ich war durchaus bereit, mich ihrer Führung anzuvertrauen, denn ihr Plan war mit Sicherheit besser als der meinige. Es konnte gar nicht anders sein. Ich hatte nämlich überhaupt keinen.

In wenigen Minuten hatte die Suchmannschaft alle möglichen Verstecke in dem Raum jenseits des Gitters unter die Lupe genommen. Die Trolle zogen weiter, ihre unangenehmen Stimmen verklangen.

An den Belüftungsschacht hatten sie zum Glück nicht gedacht. Aber dieses Versäumnis würden sie bestimmt bald nachholen.

Vielleicht suchten sie diese Schächte sogar schon nach uns ab – vielleicht waren sie uns schon dicht auf den Fersen...

Offenbar war auch Rya der Meinung, daß es an der Zeit war, die Ventilationsanlage zu verlassen, denn sie stemmte sich mit der Schulter gegen das Gitter, das sich nach außen hin öffnete.

Es war ein riskanter Schritt. Wenn auch nur ein einziger Teilnehmer des Suchtrupps zurückgeblieben war oder Trolle hier in der Nähe arbeiteten, könnte der Feind uns aus der Wand kriechen sehen.

Wir hatten Glück.

Um das Dröhnen der Maschinen zu übertönen, hätten wir laut brüllen müssen. Deshalb verzichteten wir darauf, uns bezüglich der nächsten Schritte abzusprechen. Es war auch nicht nötig, denn wir handelten in völligem Einklang und gingen zunächst hinter einer riesigen Maschine in Deckung.

Ich begriff bald, wo wir gelandet waren: im Kraftwerk. Hier wurde die Elektrizität für die gesamte Anlage erzeugt. Das Dröhnen mußte von gewaltigen Turbinen herrühren, die sich mit Hilfe von Wasser oder Dampf drehten.

Der Raum war eindrucksvoll – mehr als 150 Meter lang und mindestens 60 Meter breit, mit einer sechs bis acht Stockwerke hohen Decke. Fünf gewaltige Generatoren nahmen die Mitte der Halle ein, umgeben von allem möglichen Zubehör.

Wir eilten von einem Versteck zum nächsten, quer durch

den Raum – von Kistenstapeln mit Ersatzteilen zu Elektrokarren und weiter zu irgendwelchen Apparaturen.

In ziemlicher Höhe waren entlang der Wände Laufstege aus Stahl angebracht, vermutlich zum Zwecke der Wartung und Inspektion.

Momentan hielt sich glücklicherweise kein Troll dort oben auf. Unten sahen wir einige wenige, aber sie waren 50 Meter und mehr von uns entfernt und so in ihre Arbeit vertieft, daß sie uns nicht bemerkten, während wir wie Ratten von Schatten zu Schatten huschten.

Ziemlich in der Mitte des Kraftwerks gelangten wir zu einem zehn Meter tiefen und zehn Meter breiten Kanal, der an den Generatoren entlangführte und mit einem Sicherheitsgeländer versehen war. Durch diesen Kanal führte eine Rohrleitung von etwa acht Metern Durchmesser, in die sogar ein LKW hineingepaßt hätte. Tatsächlich schien das Dröhnen darauf hinzudeuten, daß endlose Kolonnen von Peterbilts, Macks und anderen Schwertransportern dort hindurchdonnerten.

Ich war einen Moment lang verwirrt, begriff dann aber, daß die Elektrizität für die gesamte Anlage von einem unterirdischen Fluß erzeugt wurde, der durch diese Rohre geleitet wurde und eine Reihe von Turbinen antrieb. Was wir hörten, waren Millionen Liter Wasser, die in die Tiefe brausten. Ich fragte mich, wozu die Trolle eigentlich soviel Energie benötigten. Sie erzeugten genügend Elektrizität, um eine hundertmal größere Anlage als diese hier mit Strom zu versorgen.

Brücken spannten sich über den Kanal. Eine war nur etwa zehn Meter von uns entfernt, aber wir wären beim Überqueren viel zu ungeschützt gewesen. Rya war offenbar derselben Meinung, denn wir wandten dem Kanal gleichzeitig den Rücken zu und eilten durch die Mitte des Kraftwerks, wobei wir nicht nur nach Trollen Ausschau hielten, sondern auch nach einem guten Versteck.

Wir wußten beide, daß unsere einzige Chance, diesen sogenannten Zufluchtsort lebend zu verlassen, darin bestand, uns irgendwo so lange zu verkriechen, bis die Trolle glauben würden, wir wären längst über alle Berge. Dann würden sie die Suche nach uns hier einstellen und statt dessen versuchen, uns oben auf der Erde zu erwischen. Außerdem würden sie bestimmt sofort Präventivmaßnahmen ergreifen, um das Eindringen weiterer Personen zu verhindern.

Wir fanden ein geeignetes Versteck.

Der Betonboden neigte sich leicht auf einige runde Abflüsse von einem Meter Durchmesser zu, die in regelmäßigen Abständen in der Halle angeordnet waren. Vermutlich wurde der Boden von Zeit zu Zeit zur Reinigung gründlich mit Schläuchen abgespritzt, und das schmutzige Wasser verschwand in diesen Abflüssen. An einer geschützten, dunklen Stelle zwischen Maschinen hatten wir einen solchen Abfluß entdeckt. Ich leuchtete mit meiner Taschenlampe durch das glänzende Stahlgitter in die Tiefe. Das vertikale Rohr war höchstens 1,80 Meter lang. Von ihm gingen zwei horizontale Rohre in entgegengesetzte Richtungen ab.

Gut genug.

Ich hatte das Gefühl, daß uns nicht mehr viel Zeit blieb. Eine Suchmannschaft hatte dieses Kraftwerk zwar erst vor kurzem verlassen, aber sie konnte jederzeit zurückkehren, um die Halle gründlicher zu durchkämmen, falls wir in den Belüftungsschächten irgendwelche Spuren hinterlassen hatten. Und auch wenn der Suchtrupp nicht zurückkam, würde uns früher oder später einer der Arbeiter des Kraftwerks erspähen, so sehr wir uns auch vorsehen mochten.

Wir hoben zu zweit das Stahlgitter hoch und legten es leise wieder ab, so daß es noch zu einem Drittel die Öffnung bedeckte, damit ich es später von unten packen und wieder an Ort und Stelle hieven konnte.

Wir beförderten unser Gepäck hinunter. Rya folgte und schob einen Rucksack und die Schrotflinte in eines der horizontalen Rohre, den zweiten Rucksack und die Maschinenpistole in das gegenüberliegende Rohr. Dann glitt sie rückwärts in das rechte Rohr und zog den Stoffsack hinein.

Ich sprang hinunter und versuchte sodann, das Gitter anzuheben und lautlos über die Öffnung zu legen. Das mißlang mir jedoch. Es entglitt im letzten Moment meinen Händen und landete geräuschvoll an der richtigen Stelle. Nun konnte ich nur noch hoffen, daß jeder der Trolle, die hier arbeiteten, annehmen würde, daß einer der anderen das Geräusch verursacht hatte.

Ich kroch rückwärts in das linke Rohr und stellte fest, daß es nicht ganz horizontal war, sondern sich leicht nach unten neigte, damit das Wasser besser abfließen konnte. Es war trocken. Der Boden war in letzter Zeit nicht gesäubert worden.

Rya war nur einen Meter von mir entfernt, aber hier unten war es so dunkel, daß ich sie nicht sehen konnte. Mir genügte es jedoch zu wissen, daß sie in meiner Nähe war.

Offenbar hatte niemand dem Geräusch beim Einrasten des Gitters Beachtung geschenkt.

Der Lärm der Generatoren und das unablässige Dröhnen des unterirdischen Flusses machten jede Unterhaltung unmöglich. Wir hätten laut brüllen müssen, und das konnten wir natürlich nicht riskieren.

Ich verspürte plötzlich das unwiderstehliche Verlangen, Rya zu berühren. Als ich meine Hand ausstreckte, stellte ich fest, daß sie mir ein in Butterbrotpapier eingewickeltes Sandwich und eine Thermosflasche entgegenstreckte. Sie schien nicht überrascht zu sein, als unsere Hände sich berührten. Obwohl wir gleichsam blind, taub und stumm waren, stellte die Liebe, die wir füreinander empfanden, eine fast hellseherische Verbindung zwischen uns her, und das Bewußtsein dieser psychischen und emotionalen Nähe tröstete und beruhigte uns beide.

Das Leuchtzifferblatt meiner Armbanduhr verriet mir, daß es einige Minuten nach fünf war. Sonntagnachmittag.

Warten in der Dunkelheit.

Ich ließ meine Gedanken nach Oregon wandern. Aber der Verlust meiner Familie war viel zu deprimierend.

Deshalb dachte ich an Rya, stellte mir vor, wie wir in besseren Zeiten zusammen gelacht hatten, rief mit in Erinnerung, wie sehr ich sie liebte, brauchte, begehrte. Doch diese Gedanken erregten mich, was in meiner derzeitigen unbequemen Position sehr unangenehm war.

Deshalb konzentrierte ich mich schließlich auf Erinnerungen an den Rummelplatz und meine dortigen Freunde. Der Sombra Brothers Carnival war *mein* Zufluchtsort, meine Familie, mein Zuhause. Aber, verdammt, wir waren von Gibtown weit entfernt, und es bestand wenig Hoffnung, daß wir unsere Freunde jemals wiedersehen würden. Dieser Gedanke war *noch* deprimierender als die Erinnerungen an Oregon.

Ich schlief ein.

In den letzten Nächten hatte ich wenig Schlaf gefunden, und außerdem war ich müde von diesem anstrengenden und ereignisreichen Tag. Ich schlief neun Stunden durch. Um zwei Uhr morgens schreckte ich aus einem Traum auf und war sofort hellwach.

Im ersten Moment dachte ich, daß ein Alptraum mich geweckt hätte. Doch dann hörte ich Stimmen: Über mir unterhielten sich Trolle in ihrer alten Sprache.

Ich streckte im Dunkeln den Arm aus und fand Ryas ausgestreckten Arm. Wir faßten uns bei den Händen und lauschten angespannt.

Die Stimmen entfernten sich.

Oben im Kraftwerk waren Geräusche zu hören, die gewiß nichts mit der üblichen Arbeit zu tun hatten: Klirren von Metall, lautes Poltern.

Offenbar war eine zweite Durchsuchung im Gange. In den vergangenen neun Stunden hatten sie vermutlich die ganze Anlage auf den Kopf gestellt und dabei die Leiche des Trolls, den wir verhört hatten, und neben ihm die leeren Ampullen und die Injektionsnadeln gefunden. Vielleicht hatten sie sogar irgendwelche Spuren im Belüftungsschacht entdeckt und wußten, daß wir diese Kanäle im Kraftwerk verlassen hatten. Nun wollten sie es noch einmal gründlich unter die Lupe nehmen.

Vierzig Minuten vergingen. Die Geräusche über uns ließen nicht nach.

Rya und ich zogen unsere Hände mehrmals zurück, nur um sie schon nach wenigen Minuten wieder zusammenzufügen.

Dann hörte ich zu meinem großen Schrecken, daß sich Schritte unserem Abfluß näherten. Wieder versammelten sich mehrere Trolle um das Stahlgitter.

Rya und ich rissen unsere Hände zurück.

Der Strahl einer Taschenlampe fiel durch das Gitter.

Wir zogen uns tiefer in die Rohre zurück.

Das Gitter warf zuckende Schatten auf den Boden zwischen unseren Verstecken.

Die Lampe wurde ausgeschaltet.

Ich hatte unwillkürlich die Luft angehalten. Nun atmete ich leise aus und dann ebenso leise ein.

Die Stimmen entfernten sich nicht.

Ein schabendes Geräusch, ein Klirren und Poltern...

Sie hatten das Gitter entfernt.

Die Taschenlampe wurde eingeschaltet. Ihr Strahl kam mir so grell wie ein Bühnenscheinwerfer vor.

Direkt vor mir, nur wenige Zentimeter entfernt, war der Boden in helles Licht getaucht. Jede Einzelheit war zu sehen – jeder Kratzer, jede Verfärbung.

Ich konnte meinen Blick nicht von dem wandernden Lichtstrahl abwenden. Ich befürchtete, daß er etwas erfassen würde, das Rya oder ich fallengelassen hatten. Vielleicht eine Brotkrume von dem Sandwich, das sie mir herübergereicht hatte. Ein einziger weißer Krümel, der sich vom grauen Rohr abhob, würde unser Verderben bedeuten.

Jenseits des Lichtstrahls sah ich Ryas Gesicht; wir tauschten einen flüchtigen Blick, dann starrten wir beide wieder wie hypnotisiert auf den Lichtstrahl.

Er bewegte sich plötzlich nicht mehr.

Ich versuchte zu erkennen, welche Entdeckung den Troll, der die Taschenlampe handhabte, veranlaßt hatte, an einer bestimmten Stelle zu verweilen, aber ich sah nichts Verdächtiges. Der Lichtstrahl rührte sich nicht von der Stelle.

Die Unterhaltung der Trolle wurde lauter, erregter.

Ich wünschte sehnlichst, ich könnte ihre Sprache verstehen.

Ich glaubte jedoch zu wissen, worüber sie diskutierten: Sie wollten hinabsteigen und einen Blick in die abzweigenden

Rohre werfen. Irgend etwas mußte ihnen aufgefallen sein, irgend etwas Ungewöhnliches.

Es überlief mich eiskalt.

Ich konnte mir lebhaft vorstellen, wie ich verzweifelt rückwärts kroch, während ein Troll mich verfolgte. Die Ungeheuer waren so schnell und so gewandt, daß er den Abstand genügend verkleinert haben würde, um mit seiner Hand nach mir zu schlagen und mir mit den spitzen Krallen das Gesicht zu zerfetzen – oder meine Augen aus den Höhlen zu reißen oder meine Kehle aufzuschlitzen –, während ich auf den Abzug meiner Maschinenpistole drückte. Ich würde ihn höchstwahrscheinlich töten, aber gleichzeitig würde ich selbst eines gräßlichen Todes sterben.

Die Gewißheit des eigenen Todes würde den Troll nicht davon abhalten, mich zu verfolgen. Ihre Gesellschaft funktionierte wie ein Bienenvolk. Ich wußte, daß keiner von ihnen zögern würde, sich zum Wohle der Gemeinschaft zu opfern. Und selbst wenn es mir gelingen würde, einen oder fünf oder zehn zu erschießen, bevor sie mich verletzen konnten, so würden doch immer neue nachrücken und mich immer tiefer in das Rohr hineintreiben, bis mein Gewehr dann eine Ladehemmung haben würde – und dann würde der letzte von ihnen mich zur Strecke bringen.

Der Strahl der Taschenlampe bewegte sich wieder.

Hielt wieder inne.

Nun kommt doch schon, ihr Schweine, dachte ich verzweifelt. Kommt runter, damit wir's hinter uns bringen.

Die Taschenlampe wurde ausgeschaltet.

Meine Muskeln verkrampften sich noch mehr.

Würden sie im Dunkeln kommen? Warum sollten sie?

Das Gitter wurde über die Öffnung geschoben.

Sie stiegen nicht herunter. Sie entfernten sich, überzeugt davon, daß wir nicht hier waren.

Ich konnte es kaum glauben. Ich streckte meine Hand nach Rya aus. Sie streckte ihre Hand nach mir aus.

Unsere Hände trafen sich in der Mitte des jetzt wieder dunklen vertikalen Rohres. Ihre Hand war eiskalt, erwärmte sich aber langsam, während ich sie festhielt.

Ich war plötzlich in Hochstimmung. Mich ruhig zu verhalten, fiel mir sehr schwer. Ich hätte am liebsten gelacht, gesungen und geschrien. Zum erstenmal, seit wir Gibtown verlassen hatten, lichtete sich der Nebel der Verzweiflung ein wenig und ließ Hoffnung durchschimmern.

Sie hatten ihren Bunker zweimal durchsucht und uns nicht gefunden. Jetzt würden sie uns wahrscheinlich nie finden, denn sie glaubten bestimmt, daß wir entkommen waren. In einigen Stunden würden wir unser Versteck verlassen und fliehen können – doch zuvor würden wir noch die Zeitzünder an den Sprengladungen einstellen.

Wir würden Yontsdown bald verlassen können, mit dem befriedigenden Gefühl, unser Ziel erreicht zu haben. Wir wußten jetzt, warum hier so viele Trolle lebten. Und wir hatten etwas *getan* – vielleicht nicht genug, aber immerhin etwas.

Ich wußte, daß wir unverletzt und unbehelligt aus dem Berg herauskommen würden.

Ich wußte es. Ich wußte es. Ich *wußte* es.

Manchmal lassen mich meine hellseherischen Fähigkeiten im Stich. Manchmal kann ich eine drohende Gefahr nicht erkennen. Manchmal sehe ich die hereinbrechende Dunkelheit nicht.

31

# Der Tod geliebter Menschen

Die Trolle hatten sich am Montagmorgen um 2 Uhr 09 entfernt. Ich hielt es für vernünftiger, noch vier Stunden in unserem Versteck zu warten. Das würde bedeuten, daß wir den Rückzug 24 Stunden nach Beginn unserer Exkursion antreten würden.

Ich fragte mich, ob der Schneesturm tatsächlich getobt hatte, ob die Erdoberfläche jetzt weiß und rein war.

Ich fragte mich, ob Horton Bluett und Growler zur Stunde in ihrem kleinen gepflegten Haus schliefen – oder ob sie wach waren und an Rya und mich dachten.

Ich war in besserer Stimmung als seit Tagen und stellte fest, daß meine übliche Schlaflosigkeit überwunden war. Obwohl ich schon neun Stunden tief geschlafen hatte, döste ich zeitweise und schlief manchmal sogar fest, so als wollte ich den versäumten Schlaf von Jahren auf einmal nachholen.

Ich träumte nicht und hielt das für einen Beweis dafür, daß unsere Zukunft sich zum Besseren gewendet hatte. Ich war optimistisch. Ich war töricht.

Als ich ein dringendes Bedürfnis verspürt hatte, war ich ein Stück nach hinten gekrochen, um eine Ecke herum. Zum größten Teil verflog der Uringestank, denn ein leichter Luftzug war im Rohr spürbar. Und obwohl ein Rest des unangenehmen Geruchs mir in die Nase stieg, störte mich das nicht. Ich war so frohgemut, daß nur eine gewaltige Katastrophe meine Stimmung hätte trüben können.

Ich genoß es, traumlos zu dösen und zwischendurch schlaftrunken die Hand auszustrecken und Rya zu berühren. Erst um halb acht am Montagmorgen wurde ich richtig wach, anderthalb Stunden nach dem Zeitpunkt, den ich eigentlich für unseren Aufbruch vorgesehen hatte. Dann lag ich noch eine halbe Stunde ruhig da und lauschte, ob irgend etwas darauf hindeutete, daß das Kraftwerk noch einmal durchsucht wurde. Ich hörte nichts Beunruhigendes.

Um acht streckte ich die Hand aus, fand Ryas Hand und drückte sie fest. Dann kroch ich aus dem horizontalen Rohr hinaus und kauerte auf dem Boden des 1,80 Meter langen vertikalen Rohres, bis ich meine mit Schalldämpfer versehene Pistole entsichert hatte.

Ich glaubte, Rya flüstern zu hören: »Sei vorsichtig, Slim«, aber das Dröhnen des unterirdischen Flusses und der Lärm der Generatoren ließen es mir unwahrscheinlich vorkommen, daß ich ihre Warnung gehört hatte. Vielleicht hatte ich ihre Gedanken ›gehört‹: *Sei vorsichtig, Slim.* Wir hatten gemeinsam soviel durchgemacht und standen uns so nahe, daß es mich gar nicht überrascht hätte, wenn wir imstande gewesen wären, die Gedanken des anderen zu lesen.

Ich stand auf, preßte mein Gesicht von unten gegen das Gitter und spähte hindurch. Mein Blickfeld war sehr beschränkt. Falls Trolle nur 30 cm vom Rand entfernt um den Abfluß herum saßen und ihn bewachten, würde ich sie nicht sehen können. Aber ich spürte, daß der Weg frei war. Ich vertraute meinem sechsten Sinn, hob das Gitter mit beiden Händen an und schob es zur Seite. Dabei machte ich wesentlich weniger Lärm als vor 15 Stunden, als ich es geschlossen hatte.

Ich zog mich hoch. Oben war es zwischen den großen Maschinen ziemlich dunkel, und es waren keine Trolle zu sehen.

Rya reichte mir unser Gepäck. Ich half ihr herauszukommen.

Wir umarmten uns zärtlich, dann verstauten wir rasch die wenigen Gegenstände, die wir aus Hortons Sack eventuell noch benötigen würden – Kerzen, Streichhölzer, eine Thermosflasche Saft – in unseren diversen Taschen, und ich schob den Sack mit Hilfe des Gewehrlaufs in das horizontale Rohr, das mir Schutz gewährt hatte. Wir schoben das Gitter über die Öffnung, schnallten unsere Rucksäcke um, setzten unsere Helme auf und nahmen Schrotflinte und Maschinenpistole zur Hand.

Wir hatten noch 32 Kilo Sprengstoff, und hier im Herzen der Anlage würde er wahrscheinlich am meisten Schaden anrichten. Deshalb huschten wir wie Ratten von einer Deckung zur anderen und verteilten ihn überall. Wir waren *böse* Ratten – Ratten jener Kategorie, die Löcher in einen Schiffsrumpf nagen und das sinkende Schiff dann rasch verlassen würden. Nur daß keine Ratte ihre destruktive Tätigkeit so genießen könnte wie wir.

Wir stellten die Zeitzünder an jeder Sprengkapsel ein, bevor wir sie in den Sprengstoff drückten: den ersten auf eine Stunde, den zweiten auf 59 Minuten, die beiden nächsten auf 58 Minuten, den nächsten auf 56, weil wir etwas länger gebraucht hatten, um ein günstiges Versteck zu finden. Wir wollten sicherstellen, daß die Detonationen gleichzeitig – oder dicht hintereinander – erfolgen würden.

Innerhalb von 25 Minuten verteilten wir 28 Kilo und stellten die Zeitzünder entsprechend unserem Plan ein. Als uns nur noch vier Kilo übrigblieben, krochen wir in den Belüftungsschacht, dem wir am Vortag entstiegen waren, und traten rasch den Rückzug an.

Uns blieben nur 35 Minuten, um auf die fünfte Ebene hinabzugelangen, dort die Zeitzünder der Sprengkapseln, die wir gestern versteckt hatten, einzustellen, mit dem Aufzug zur unvollendeten sechsten Ebene hinabzufahren, auch die dort deponierten Zeitzünder einzustellen und dann den weißen Pfeilen an den Schachtwänden zu folgen und zu versuchen, möglichst weit zu kommen, bevor die Detonationen möglicherweise zu einer Kettenreaktion von Mineneinstürzen führen würden.

Wir mußten uns leise und vorsichtig bewegen – und trotzdem sehr schnell. Die Zeit war knapp bemessen, aber ich glaubte, daß wir es schaffen könnten.

Und wir schafften es tatsächlich.

Unsere Glückssträhne hielt an. Wir begegneten keinem einzigen Troll. Offenbar glaubten sie wirklich, wir wären ihnen schon längst irgendwie entwischt. Vielleicht suchten sie in der Umgebung der Minen oder in Yontsdown nach uns. Sie mußten sich doch fragen, wer wir waren, was wir in ihrem Zufluchtsort zu suchen gehabt hatten und ob wir das, was wir gesehen hatten, irgendwie publik machen wollten.

Doch obwohl sie wußten, daß jemand eingedrungen war, rechneten sie anscheinend nicht mit Sabotage, denn andernfalls hätten sie vorsichtshalber auch nach Sprengstoff suchen müssen, und das hatten sie nicht getan: Unsere am Vortag deponierten Blöcke lagen alle noch an Ort und Stelle. Offenbar glaubten sie sich gegen einen wirklich folgenschweren Angriff gefeit. Jahrtausendelang hatten sie allen Grund gehabt, sich uns überlegen zu fühlen. Ihre Meinung über uns steht ein für allemal fest: Sie sehen in uns so etwas wie Spielzeug, sie halten uns für erbärmliche Narren und noch Schlimmeres. Ihre Überzeugung, daß wir eine leichte Beute abgeben... nun, das ist einer unserer Vorteile beim Krieg mit ihnen.

Als wir die Halle mit der kuppelförmigen Decke auf der im Bau befindlichen Ebene erreichten, blieben uns noch siebzehn Minuten bis zur Stunde Null. 1020 Sekunden. 2040 Herzschläge.

Wir verteilten die letzten vier Kilo Sprengstoff zwischen den Maschinen und hasteten weiter.

Noch vierzehn Minuten. 840 Sekunden.

In dem breiten Tunnel, wo ich den Troll erschossen hatte, stellten wir die Zeitzünder auf den beiden Blöcken ein, die ich in hohen Wandnischen versteckt hatte.

Der nächste Tunnel war der letzte, in dem Licht brannte. Wir rannten ihn entlang und bogen nach rechts ab, in den ersten Schacht auf Hortons Karte – wenn man sie rückwärts las.

Unsere Taschenlampen leuchteten bei weitem nicht mehr so hell wie anfangs, aber das beunruhigte uns nicht. Schließlich hatten wir Ersatzbatterien in den Taschen – und für den äußersten Notfall auch noch Kerzen.

Wir ließen unsere Rucksäcke zurück. Sie enthielten nichts Wichtiges mehr, und ab jetzt kam es nur noch auf Tempo an.

Ich hängte mir die Maschinenpistole über die Schulter. Rya tat das gleiche mit der Schrotflinte. Die Pistolen verstauten wir in unseren Hosentaschen. Jeder von uns hatte jetzt nur noch eine Taschenlampe in der Hand, ich außerdem Hortons Karte, Rya die Thermosflasche.

Noch neuneinhalb Minuten, bis hier unten die Hölle losbrechen würde.

Höchste Zeit zu verschwinden.

Ich hatte das Gefühl, als wären wir in eine von Vampiren bewohnte Burg eingedrungen, hätten uns in die Verliese geschlichen, wo die Monster in mit Erde gefüllten Särgen schliefen, hätten aber nur einige von ihnen pfählen können und wären jetzt gezwungen, um unser Leben zu rennen, weil die Sonne jeden Moment untergehen würde und die Blutsauger dann zu neuen Taten erwachen würden.

Von der genauestens entworfenen, präzise konstruierten und tadellos in Schuß gehaltenen Unterwelt der Trolle gelangten wir nun in das von Menschen und Natur geschaffene Chaos, in die alten Minen, die der Mensch angelegt hatte, die aber die Natur eigensinnig zu zerstören versuchte. Wir rannten, unseren weißen Pfeilen folgend, zwischen teilweise eingebrochenen Wänden. Wir kletterten einen engen vertikalen Schacht mit wackeligen Eisensprossen empor.

Ein widerlicher Pilz wuchs an einer Wand. Er zerbarst, als wir ihn streiften, verbreitete einen Gestank wie verdorbene Eier und beschmierte unsere Skianzüge mit Schleim.

Drei Minuten.

Während unsere Taschenlampen immer schwächer wurden, hetzten wir durch einen anderen Tunnel, bogen rechts ab und platschten durch eine schmutzige Pfütze.

Zwei Minuten. 360 Herzschläge.

Wir hatten für den Hinweg sieben Stunden benötigt; den größten Teil des Rückwegs würden wir also nach den Detonationen bewältigen müssen, aber jeder Meter, um den wir uns vom Bunker der Trolle entfernten, vergrößerte – so hoffte ich zumindest – unsere Chancen, der besonders einsturzgefährdeten Zone zu entrinnen. Schließlich waren wir keine Maulwürfe, die sich zur Oberfläche durchwühlen konnten.

Die Strahlen der Taschenlampen, die in unseren Händen beim Rennen wild hüpften, warfen gespenstische Schatten über Wände und Decken – eine Geisterschar schien uns zu verfolgen, holte uns ein, überholte uns, fiel wieder zurück, blieb uns aber dicht auf den Fersen.

Anderthalb Minuten.

Bedrohliche schwarze Gestalten, manche überlebensgroß,

sprangen vom Boden auf, obwohl keine von ihnen uns zu packen versuchte; durch einige rasten wir wie durch Rauchwolken hindurch, andere schmolzen dahin, wenn wir auf sie zujagten, wieder andere flohen zur Decke, so als hätten sie sich in Fledermäuse verwandelt.

Eine Minute.

Die sonstige Grabesstille im Erdinneren war jetzt mit verschiedenen rhythmischen Geräuschen erfüllt: unseren dröhnenden Schritten, Ryas lautem Atem, meinem Keuchen. Das Echo hallte zwischen den Felswänden laut wider: eine synkopische Kakophonie.

Ich dachte, wir hätten noch gut eine halbe Minute Zeit, aber die erste Explosion beendete meinen Countdown. Ein fernes Dröhnen, das ich mehr fühlte als hörte; aber ich wußte, was es war.

Wir erreichten einen weiteren vertikalen Schacht. Rya steckte ihre Taschenlampe in den Gürtel und kletterte in die Dunkelheit empor. Ich folgte ihr.

Ein weiteres Grollen, gleich darauf ein drittes.

Eine der verrosteten Eisensprossen zerbrach in meiner Hand. Ich verlor den Halt und stürzte über drei Meter in die Tiefe.

»Slim!«

»Nichts passiert«, rief ich, obwohl ich mir das Steißbein schmerzhaft angeschlagen hatte.

Zum Glück hatte ich mir kein Bein gebrochen.

Schnell und geschickt wie ein Affe kletterte ich den Schacht wieder hinauf, was mir in Anbetracht meines schmerzenden Rückens nicht leichtfiel. Aber ich wollte Rya nicht beunruhigen. Sie sollte nur *einen* Gedanken haben: aus diesen Tunnels herauszukommen.

Die vierte, fünfte und sechste Detonation erschütterte die unterirdische Anlage, die wir erst vor kurzem verlassen hatten, und die sechste war viel lauter und stärker als alle vorangegangenen. Die Wände des Schachts bebten, und der Boden schwankte unter unseren Füßen, so daß wir fast das Gleichgewicht verloren. Staub, Erde und ein Regen von Steinsplittern ging um uns herum nieder.

Meine Taschenlampe war endgültig ausgegangen. Ich wollte aber nicht stehenbleiben, um die Batterien zu wechseln – noch nicht. Ich nahm Ryas Lampe an mich und wies uns beiden den Weg, als eine Kette von Explosionen – mindestens sechs oder acht – das Labyrinth erschütterte.

Ich sah, wie sich in einem alten, morschen Deckenbalken ein Riß zeigte, und tatsächlich stürzte er dicht hinter mir herab. Mit einem Schreckensschrei wirbelte ich auf dem Absatz herum und rechnete mit dem Schlimmsten, aber auch Rya war wohlbehalten davongekommen. Mein Gefühl, daß unsere Glückssträhne anhalten würde, verstärkte sich, und ich *wußte*, daß wir es schaffen würden, ohne ernsthaft verletzt zu werden. Obwohl ich schon einmal die bittere Erfahrung gemacht hatte, daß es kurz vor Einbruch der Dunkelheit am hellsten ist, hatte ich diese Binsenwahrheit vorübergehend total vergessen. Wenig später würde ich das zutiefst bedauern.

Dem heruntergestürzten Balken war jede Menge Felsgestein gefolgt, und man sah, daß jeden Moment weiteres folgen würde. Hinter uns schwoll der Lärm immer lauter an, bis ich befürchtete, daß der ganze Korridor zusammenbrechen würde.

Der restliche Sprengstoff explodierte in einer Art Sperrfeuer, das wir zwar immer schwächer hörten, aber um so gewaltiger spürten. Verdammt, der ganze Berg schien zu beben. Seine Fundamente wurden von heftigen Schaudern geschüttelt, die nicht nur von dem Sprengstoff herrühren konnten.

Natürlich war der ganze Berg von über einem Jahrhundert eifriger Kohleförderung völlig durchlöchert und dadurch geschwächt. Und vielleicht hatte der Sprengstoff im Bunker der Trolle auch noch zu Gas- und Heizölexplosionen geführt. Meine Zuversicht, mit heiler Haut davonzukommen, wurde mit jedem mächtigen Beben stark erschüttert.

Wir husteten, denn die Luft war mit Staub gesättigt. Teilweise rieselte er von den Decken, aber der größte Teil – dicke Wolken – wurde von den Stolleneinbrüchen hinter uns herangetrieben. Wenn wir dem Ring, innerhalb dessen der Zusammenbruch der unterirdischen Troll-Stadt sich besonders stark bemerkbar machte, nicht bald entkamen, wenn wir nicht innerhalb weniger Minuten in unbeschädigte Tunnels mit sauberer Luft gelangten, würden wir am Staub ersticken – eine Todesart, die ich bei meinen Erwägungen nie in Betracht gezogen hatte.

Das immer schwächer werdende Licht der Taschenlampe vermochte die Staubwolken kaum noch zu durchdringen. Mehr als einmal verlor ich die Orientierung und wäre um ein Haar gegen eine Wand gerannt.

Die letzte Detonation war vorüber, aber ein dynamischer Prozeß war in Gang gekommen, und der Berg suchte jetzt nach einer neuen Ordnung, die lang aufgestaute Spannungen lösen und alle unnatürlichen Höhlen füllen würde. Der mächtige Fels begann auf frappierende Weise zu ächzen und zu stöhnen, nicht etwa eintönig zu rumpeln, sondern eine unharmonische Sinfonie seltsamer Geräusche zu vollführen, so als würden Luftballons zum Platzen gebracht, Walnüsse geknackt, Töpferware zerschlagen, Knochen zersplittert, Schädel gebrochen; er dröhnte und schepperte wie Kegel, die von der Kugel getroffen werden, er knisterte wie Zellophan, er donnerte und hallte, so als würden hundert kräftige Schmiede hundert Hämmer auf hundert Ambosse niedersausen lassen – und dazwischen gab es häufig sogar reine süße Klänge, so als läutete eine helle Glocke, gefolgt von einem fast schon melodischen Klirren wie von zersplitterndem feinem Porzellan.

Anfangs regnete er nur zarte Steinflocken auf unsere Köpfe und Schultern herab, doch bald schon hagelte es Kiesel. Rya schrie auf. Ich packte sie bei der Hand und zog sie hinter mir her.

Größere Brocken begannen von der Decke zu stürzen und schlugen krachend auf dem Boden auf. Ein faustgroßer Stein traf meine rechte Schulter, ein anderer meinen rechten Arm, und fast hätte ich die Taschenlampe fallengelassen. Auch Rya wurde von einige Geschossen getroffen. Gewiß, dies war ziemlich schmerzhaft, aber wir rannten weiter. Was blieb uns auch anderes übrig? Ich segnete Horton für die Helme, obwohl uns dieser Schutz nichts nützen würde, wenn die gesamte Decke einbrach.

Plötzlich endete das Beben, und das war eine derart willkommene Abwechslung, daß ich zunächst dachte, ich bildete sie mir nur ein. Aber nach weiteren zehn Schritten konnte kein Zweifel mehr daran bestehen, daß das Schlimmste hinter uns lag.

Wir stürzten aus der letzten dichten Staubwolke in verhältnismäßig reine Luft hinaus und schnaubten und spuckten, um unsere Lungen zu säubern.

Meine Augen tränten vom Staub, und ich rannte etwas langsamer, um durch Blinzeln meine Sicht zu verbessern. Der gelbe Strahl der Taschenlampe flackerte unruhig, während die allerletzte Energie der Batterien verbraucht wurde, aber ich sah dennoch einen unserer weißen Pfeile vor uns.

Wir bogen um die Ecke, Rya neben mir, und plötzlich sprang einer der Unholde von der Wand, an der er gelauert hatte. Mit einem schrillen Triumphschrei riß er Rya zu Boden. Ich hörte, wie seine scharfen Krallen das Material des Skianzugs zerrissen.

Ich ließ die Taschenlampe fallen, die blinkte, aber nicht ausging, und warf mich auf Ryas Angreifer, wobei ich instinktiv mein Messer und nicht die Pistole zog. Ich stieß ihm die Klinge in den Rücken und zerrte ihn von Rya weg, während er vor Schmerz und Wut quiekte.

Er schlug nach mir, und die gefährlichen Raubtierkrallen zerfetzten eines meiner Hosenbeine. Ein rasender Schmerz in der rechten Wade verriet mir, daß er mich verletzt hatte.

Ich schlang einen Arm um seinen Hals, drückte sein Kinn hoch, riß mein Messer aus seinem Rücken heraus und schlitzte ihm die Kehle auf – eine Reihe schneller Handlungen, geschmeidig wie Ballettbewegungen, die nicht länger als zwei Sekunden gedauert hatten.

Während das Blut aus seinem Hals hervorschoß und das tödlich verwundete Wesen seine menschliche Gestalt anzunehmen begann, hörte – nein, spürte – ich, daß hinter mir ein weiterer Troll von der Wand oder Decke sprang. Ich rollte zur Seite, während ich dem sterbenden Troll das Messer aus dem

Hals zog, und das zweite Ungeheuer landete nicht auf mir, sondern auf seinem Artgenossen.

Die Pistole war mir aus der Tasche gerutscht, und ich konnte sie mit einer einzigen Bewegung nicht erreichen.

Die Kreatur drehte sich wutschnaubend nach mir um – funkelnde rote Augen, gefletschte Zähne, haßerfüllte Fratze. Ich sah, wie sie zum Sprung ansetzte, und hatte gerade noch Zeit, das Messer zu werfen, bevor sie sich auf mich stürzte. Die Klinge drehte sich nur zweimal und bohrte sich in ihre Kehle. Aus Maul und Schnauze blutend, fiel sie auf mich. Obwohl das Messer dadurch nur noch tiefer eindrang, gelang es dem Troll, seine Krallen über meine Jacke hindurch in meine Seiten zu graben, dicht über den Hüften, nicht sehr tief, aber doch tief genug.

Ich stieß das sterbende Wesen von mir, wobei ich aufschrie, als die Krallen in meinem Fleisch hängenblieben.

Die Taschenlampe brannte kaum noch, aber in ihrem ersterbenden mondbleichen Strahl sah ich einen dritten Troll auf mich zurasen. Er war weiter entfernt gewesen, wahrscheinlich fast am Ende des Tunnels, und deshalb blieb mir gerade noch Zeit, meine Pistole zu schnappen und zwei Schüsse abzugeben. Der erste verfehlte ihn, aber der zweite traf die gräßliche Hund-Schweine-Fratze in eines der roten Augen. Er taumelte zur Seite, prallte gegen die Wand und zuckte krampfhaft im Todeskampf.

Gerade als die Taschenlampe mit einem letzten Aufflakkern erlosch, glaubte ich, einen weiteren Troll gesehen zu haben, der wie eine Kakerlake über die Wand lief. Doch bevor ich sicher sein konnte, umgab mich tiefe Finsternis.

Mein Bein und die Seiten schmerzten derart, daß ich mich nicht geschmeidig bewegen konnte. Ich wagte es aber auch nicht zu verharren, wo ich gewesen war, als das Licht ausging; denn falls tatsächlich noch ein vierter Troll hier war, würde er sich auf jene Stelle zubewegen, wo er mich zuletzt gesehen hatte.

Ich kletterte über eine Leiche, dann über eine zweite und fand schließlich Rya. Sie lag mit dem Gesicht nach unten auf dem Boden. Regungslos.

Soviel ich wußte, hatte sie sich nicht bewegt und keinen Laut von sich gegeben, seit der Troll sich auf sie gestürzt und zu Boden gerissen hatte. Ich wollte sie behutsam auf den Rücken drehen, nach ihrem Puls tasten, ihren Namen rufen, sie reagieren hören.

Das alles konnte ich jedoch nicht tun, solange ich keine Gewißheit bezüglich des vierten Trolls hatte.

Schützend über Rya kauernd, lauschte ich mit schiefgelegtem Kopf.

Der Berg war zur Ruhe gekommen und hatte offenbar aufgehört, seine alten Wunden zu schließen. Wenn irgendwo hinter uns noch Teile von Wänden oder Decken einstürzten, so waren es kleinere Vorgänge, von denen hier nichts zu hören war.

Die Dunkelheit war undurchdringlicher als hinter geschlossenen Lidern. Eine totale Finsternis, in der nicht einmal vage Umrisse auszumachen waren.

Ich führte ungewollt einen Dialog mit mir, Pessimist kontra Optimist:

– Ist sie tot?

– So etwas darfst du nicht einmal *denken*.

– Hörst du sie etwa atmen?

– Mein Gott, wenn sie bewußtlos ist, atmet sie flach. Sie ist einfach bewußtlos, weiter nichts, und deshalb kann man ihren Atem nicht hören. Kapiert? *Kapiert?*

– Ist sie tot?

– Verdammt, konzentrier dich lieber auf deinen Feind!

Wenn ein weiterer Troll sich hier im Tunnel aufhielt, konnte er mich aus jeder Richtung angreifen. Seine Fähigkeit, über Wände zu laufen, verschaffte ihm einen großen Vorteil. Er konnte sich sogar von der Decke auf meinen Kopf und meine Schultern fallenlassen.

– Ist sie tot?

– Schweig!

– Wenn sie nämlich tot ist – welche Rolle spielt es dann überhaupt noch, ob du den vierten Troll tötest? Was spielt es dann noch für eine Rolle, ob du jemals hier herauskommst?

– Wir werden *beide* hier herauskommen.

– Wenn du allein nach Hause zurückkehren mußt – wozu dann überhaupt zurückkehren? Wenn dies ihr Grab ist, kann es auch das deinige werden.
– Sei still. Spitz lieber deine Ohren.
Stille.
Die Dunkelheit war so dick, so schwer, daß sie eine Substanz zu haben schien. Während ich horchte, ob irgendwo leises Kratzen und Schaben von Trollkrallen zu hören war, fragte ich mich, was die vier Unholde hier zu suchen gehabt hatten. Vielleicht waren sie unseren weißen Pfeilen gefolgt, um festzustellen, wie wir in ihren Bunker gelangt waren. Erst jetzt wurde mir bewußt, daß unsere Wegweiser für sie genauso praktisch waren wie für uns. Ja, so könnte es gewesen sein. Sie hatten jeden Zentimeter ihrer Anlage mehrmals durchsucht und waren zu dem Schluß gekommen, daß es uns gelungen war zu entkommen. Und nun wollten sie herausfinden, *wie* uns das gelungen war. Vielleicht waren die Trolle unseren Zeichen bis zur Erdoberfläche gefolgt und hatten sich schon auf dem Rückweg befunden. Vielleicht hatten sie sich aber auch erst kurz vor uns auf den Weg gemacht. Zwar hatten sie uns völlig überrascht, doch schienen sie selbst auch erst einige Sekunden zuvor bemerkt zu haben, daß jemand sich näherte. Wenn sie mehr Zeit für Vorbereitungen gehabt hätten, hätten sie uns beide getötet – oder gefangengenommen.
– Ist sie tot?
– Nein.
– Sie ist so still.
– Bewußtlos.
– So still.
– Halt die Klappe.
Da! Ein Kratzen! Ein Schaben!
Ich wandte den Kopf zur Seite.
Nichts mehr.
Hatte ich mir das leise Geräusch nur eingebildet?
Ich versuchte mich zu erinnern, wieviel Patronen noch in der Pistole sein mußten. Wenn sie voll geladen war, hatte sie zehn Schuß. Zwei hatte ich verbraucht, als ich am Sonntag

den Troll im Tunnel der untersten Ebene erschossen hatte. Zwei weitere soeben. Sechs mußten also noch übrig sein. Mehr als genug. Vielleicht würde es mir nicht gelingen, den Feind – falls noch einer da war – mit sechs Schüssen zu erledigen, aber falls ich ihn nicht traf, würde ich bestimmt ohnehin keine Gelegenheit haben, mehr als sechsmal zu schießen, denn die verdammte Kreatur würde sich schon vorher auf mich stürzen.

Ein leises Gleiten.

Etwas zu sehen, war unmöglich. Trotzdem strengte ich meine Augen an.

Stille.

Aber... *dort*. Ein Kratzen.

Und ein eigenartiger Geruch. Der saure Atemgeruch eines Trolls.

*Kratz!*

Wo?

*Kratz!*

Über mir.

Ich warf mich über Rya auf den Rücken und schoß dreimal in die Decke. Ich hörte eine Kugel von Stein abprallen, hörte einen unmenschlichen Schrei und hatte keine Zeit mehr, die restlichen drei Schüsse abzugeben, denn der schwer verwundete Troll stürzte heulend neben mich auf den Boden, umschlang mit einem Arm meinen Kopf, zog mich zu sich heran und grub seine Zähne in meine Schulter. Wahrscheinlich hatte er es auf meine Kehle abgesehen gehabt, aber in seinem Schmerz und im Dunkeln die falsche Stelle erwischt. Als er seinen Irrtum bemerkte und seine Zähne aus mir herausriß, wobei er gleichzeitig ein Stück Fleisch entfernte, hatte ich gerade noch soviel Kraft und Geistesgegenwart, um ihm die Pistole unter das Kinn zu drücken und die drei letzten Schüsse abzufeuern.

Der dunkle Tunnel begann sich um mich zu drehen.

Ich war einer Ohnmacht nahe.

Das durfte nicht sein. Möglicherweise war noch ein fünfter Troll in der Nähe. Wenn ich jetzt ohnmächtig wurde, würde ich vielleicht nie wieder zu mir kommen.

Und ich mußte mich doch um Rya kümmern. Sie war verletzt. Sie brauchte mich.

Ich schüttelte den Kopf.

Ich biß mir auf die Zunge.

Ich atmete tief durch und drückte die Augen fest zu, damit der Tunnel aufhörte, sich zu drehen.

Ich sagte laut: »Ich werde *nicht* in Ohnmacht fallen.«

Dann fiel ich in Ohnmacht.

Obwohl ich natürlich nicht auf die Uhr geschaut hatte, bevor ich ohnmächtig geworden war, hatte ich – als ich wieder zu mir kam – nicht das Gefühl, lange bewußtlos gewesen zu sein. Höchstens eine oder zwei Minuten.

Ich blieb einen Moment lang ruhig liegen und lauschte angespannt, bis ich begriff, daß sogar eine Ohnmacht von einer Minute mein Ende bedeutet hätte, falls ein weiterer Troll im Tunnel gewesen wäre.

Ich kroch über den Steinboden und tastete mit beiden Händen nach einer der beiden Taschenlampen, beschmierte aber nur meine Hände mit warmem Blut.

Ein Stromausfall in der Hölle ist etwas verdammt Unangenehmes, schoß es mir absurderweise durch den Kopf.

Ich hätte fast gelacht. Aber es wäre ein schrilles hysterisches Lachen geworden, und deshalb unterdrückte ich es.

Dann fielen mir die Kerzen und die Streichhölzer in einer der Innentaschen meiner Jacke ein, und ich holte sie mit zittrigen Fingern hervor.

Die flackernde Kerzenflamme vertrieb die Dunkelheit ein wenig, allerdings nicht genug, als daß ich Rya hätte gründlich untersuchen können. Mit Hilfe der Kerze fand ich jedoch beide Taschenlampen und setzte neue Batterien ein.

Nachdem ich die Kerze ausgeblasen und wieder in der Tasche verstaut hatte, kniete ich neben Rya nieder. Die Taschenlampen legte ich so auf den Boden, daß sie angestrahlt wurde.

»Rya?«

Keine Antwort.

»Rya, bitte!«

Sie lag regungslos da.
Sie war sehr blaß.
Ihr Gesicht fühlte sich kalt an. Viel zu kalt.
Ich entdeckte eine Prellung, die sich gerade zu verfärben begann und von der rechten Stirnhälfte über die Schläfe bis zum Backenknochen verlief. In einem Mundwinkel schimmerte Blut.

Weinend hob ich ein Augenlid an, hatte aber keine Ahnung, was ich daran zu erkennen hoffte. Ich hielt eine Hand vor ihre Nase, um ihren Atem zu spüren, aber meine Hand zitterte so heftig, daß ich nicht feststellen konnte, ob sie atmete. Schließlich tat ich, wovor mir graute: Ich fühlte ihren Puls, registrierte aber keinen. Kein Puls! Mein Gott, kein Puls! Dann *sah* ich ihren Puls. Ein kaum wahrnehmbares Pochen an ihren Schläfen, und als ich behutsam ihren Kopf zur Seite drehte, sah ich auch den Puls an der Halsschlagader. Sie lebte! Vielleicht würde sie nicht lange leben. Aber *noch* lebte sie.

Mit neuer Hoffnung untersuchte ich sie, hielt Ausschau nach Verletzungen. Ihr Skianzug war zerrissen, und die Krallen des Trolls hatten ihre linke Hüfte zerkratzt, wenn auch nicht allzu tief. Es kostete mich große Überwindung nachzuschauen, was die Ursache für das Blut im Mundwinkel war. Ich befürchtete, es könnte von inneren Verletzungen herrühren. Vielleicht hatte sie den ganzen Mund voll Blut. Aber das war nicht der Fall. Sie hatte sich die Lippe aufgeschlagen, weiter nichts. Abgesehen von den Prellungen im Gesicht schien sie überhaupt unverletzt zu sein.
»Rya?«
Nichts.
Ich mußte sie an die Erdoberfläche bringen, bevor weitere Schächte einstürzten, eine weitere Suchmannschaft Trolle auftauchte – oder bevor sie starb, weil sie nicht medizinisch versorgt wurde.

Ich schaltete eine Taschenlampe aus und schob sie in die tiefe Hosentasche, wo ich bisher die Pistole aufbewahrt hatte. Die Waffe würde ich nun nicht mehr benötigen, denn falls ich weiteren Trollen über den Weg lief, würde es um mich bestimmt geschehen sein, bevor ich sie alle liquidieren könnte, ganz egal, wie viele Pistolen ich bei mir hatte.

Ich trug Rya, da sie ja nicht laufen konnte. Meine rechte Wade war von den Krallen eines Trolls gezeichnet, ebenso meine Seiten. Aus den Wunden sickerte Blut. Mir taten alle Glieder weh, aber irgendwie trug ich Rya.

Schicksalsschläge verleihen uns durchaus nicht immer Kraft und Mut; manchmal zerbrechen wir an ihnen. Wir verspüren auch nicht in jeder Krisensituation einen Adrenalinstoß, der uns übermenschliche Kräfte verleiht, aber immerhin geschieht das so oft, daß es schon fast sprichwörtlich geworden ist.

Auch mir widerfuhr dies in jenen Minenschächten. Es war allerdings kein plötzlicher Adrenalinstoß jener Art, der einen Mann befähigt, nach einem Unfall ein Auto hochzustemmen, um seine eingeklemmte Frau zu befreien; es war auch nicht jener Adrenalin*sturm,* der einer Mutter die Kraft verleiht, eine verschlossene Tür aus den Angeln zu reißen und durch einen brennenden Raum zu rennen, um ihr Kind zu retten, ohne die Hitze auch nur zu spüren. Vielmehr war es so eine Art Tropfinfusion von Adrenalin, ein lang anhaltender Zustrom von Energie, der mich in die Lage versetzte, immer weiterzugehen.

Wenn man es richtig durchdenkt und sein eigenes Herz erforscht, ist es nicht die Gefahr des eigenen Todes, die uns am meisten ängstigt. Nein, keineswegs. Denken Sie doch selbst einmal darüber nach. Was uns am meisten ängstigt, was uns maßlos entsetzt, ist vielmehr der Tod geliebter Menschen. Der Gedanke an den eigenen Tod ist zwar nicht angenehm, nicht willkommen, aber er ist immerhin erträglich, denn mit dem Eintritt des Todes haben Schmerzen und Leiden ein Ende. Wenn man hingegen einen geliebten Menschen verliert, hält das Leiden an, bis man selbst zu Grabe getragen wird. Mütter, Väter, Ehemänner, Ehefrauen, Söhne und Töchter, Freunde – man verwindet ihren Verlust nie ganz, und das Gefühl der Einsamkeit nach ihrem Hinscheiden ist schwerer zu ertragen als der kurze Schmerz und die Angst vor dem Unbekannten, die den eigenen Tod begleiten.

Die Furcht, Rya zu verlieren, war beim Weg durch die Minen meine stärkste Antriebskraft. Wäre es mir nur um das eigene Überleben gegangen, hätte ich viel eher aufgegeben, hätte ich vielleicht von Anfang an nicht die Energie aufgebracht loszugehen. In den nächsten Stunden spürte ich weder Schmerzen noch Erschöpfung. Trotz des seelischen Aufruhrs, in dem ich mich befand, war mein Körper ein kühler Roboter, der sich unermüdlich vorwärtsbewegte, manchmal wie gut gewartet, manchmal ruckartig und mühsam, aber stets ohne zu klagen. Ich trug Rya auf meinen Armen wie ein kleines Kind, und sie schien weniger zu wiegen als eine Puppe.

Als ich an einen vertikalen Schacht kam, zerbrach ich mir nicht lange den Kopf darüber, wie ich sie hinaufbringen sollte. Ich riß einfach unsere Skijacken in Streifen. Das hört sich einfach an, erforderte bei dem stabilen, wetterfesten Material aber im Grunde einen enormen Kraftaufwand – nur daß mir dies überhaupt nicht bewußt wurde. Ich knotete die Streifen zusammen und stellte einen stabilen Tragegurt her, der unter ihren Armen und unter ihrem Becken durchführte und an dem ich einen zweiten befestigte, den ich über meiner Brust kreuzte. Als ich den Schacht dann hochkletterte und sie mit mir zog, achtete ich sogar noch darauf, daß sie nirgends mit dem Kopf anschlug. Rückblickend ist es mir völlig unverständlich, wie ich das schaffte, aber damals fiel es mir überhaupt nicht schwer.

Wir hatten für den Hinweg sieben Stunden benötigt, aber da waren wir beide völlig fit gewesen. Ich rechnete damit, daß ich jetzt einen Tag oder länger brauchen würde, vielleicht sogar zwei Tage.

Wir hatten nichts zu essen, aber das war nicht schlimm. Wir konnten einen oder zwei Tage ohne Essen leben.

Ich verschwendete keinen Gedanken darauf, wie ich bei Kräften bleiben wollte, ohne etwas zu essen. Diese Sorglosigkeit rührte nicht davon her, daß ich überzeugt gewesen wäre, mein Adrenalinspiegel würde wie durch ein Wunder konstant bleiben. Nein, ich *konnte* einfach an nichts Derartiges denken, denn mein Geist war mit ganz anderen Dingen beschäftigt – Angst, Liebe – und konnte sich nicht auch noch um praktische Dinge kümmern. Dafür war der Roboter-Körper zuständig, der seinen Pflichten nachkam, ohne überlegen zu müssen.

Woran ich dann allerdings doch dachte, war Wasser, denn der Körper kann ohne Flüssigkeit nicht so lange auskommen wie ohne Nahrung. Wasser ist das Öl der Maschine Mensch. Die Thermosflasche mit Orangensaft war Rya entfallen, als der Troll sie angesprungen hatte, und später hatte ich durch Schütteln festgestellt, daß sie zerbrochen war. Jetzt konnten wir nur noch das Wasser aus den Pfützen trinken. Es war mit Schaum bedeckt und schmeckte vermutlich nach Kohle, Schimmel und Schlimmerem, aber mein Geschmackssinn war genauso ausgeschaltet wie mein Schmerzempfinden. Von Zeit zu Zeit legte ich Rya behutsam ab, schöpfte mit beiden Händen Wasser aus einer Pfütze und trank es. Danach hob ich Ryas Oberkörper an, öffnete ihren Mund und ließ Wasser aus meiner gewölbten Hand in ihren Mund tropfen. Sie bewegte sich nicht, aber es ermutigte mich zu sehen, daß ihre Halsmuskeln sich zusammenzogen und entspannten, wenn sie gezwungenermaßen schluckte.

Ein Wunder ist normalerweise ein sehr kurzes Ereignis: ein flüchtiger Blick auf Gott, manifestiert in irgendeinem Aspekt der physischen Welt, einige Tropfen Blut aus den Stigmen einer Christusstatue, einige Tränen aus den gemalten Augen einer Ikone der Jungfrau Maria, das Sonnenwunder von Fatima. *Mein* Wunder – die Kraft, die mich vorantrieb – hielt *stundenlang* an, aber ewig konnte es natürlich nicht dauern. Ich erinnerte mich, auf die Knie gefallen, aufgestanden, weitergegangen und wieder gestürzt zu sein, wobei ich Rya um ein Haar fallengelassen hätte. Daraufhin beschloß ich, schon um ihretwegen ein wenig auszuruhen, neue Kräfte zu sammeln – und dann schlief ich ein.

Als ich erwachte, hatte ich Fieber.

Und Rya war so regungslos und still wie zuvor.

Sie atmete noch. Ihr Herz schlug noch, obwohl ich das Gefühl hatte, als wäre ihr Puls schwächer geworden.

Ich hatte vergessen, vor dem Einschlafen die Taschenlampe auszuschalten, und nun brannte sie nur noch ganz schwach.

Ich verfluchte meine Dummheit und holte die zweite Taschenlampe aus meiner Tasche.

Auf meiner Uhr war es sieben, und ich vermutete, daß es Montag 19 Uhr war, möglicherweise aber auch schon Dienstagmorgen. Ich hatte keine Ahnung, wie lange ich mit Rya durch die Minen gestolpert war und wie lange ich geschlafen hatte.

Ich fand Wasser für uns.

Ich nahm Rya wieder auf meine Arme. Jetzt setzte ich meine ganze Willenskraft ein, damit das Wunder fortdauerte – und es dauerte an. Aber die Kraft, die mich durchflutete, war um soviel geringer als anfangs, daß ich dachte, Gott hätte bestimmt anderweitige Verpflichtungen und hätte deshalb einen Seiner unbedeutenderen Engel beauftragt, mir zur Seite zu stehen – einen Engel, der bei weitem nicht über solche Kräfte wie sein Herr verfügte. Meine Fähigkeit, Schmerz und Müdigkeit abzublocken, hatte erheblich nachgelassen. Von Zeit zu Zeit verspürte ich so starke Schmerzen, daß ich wimmerte und einige Male sogar aufschrie. Hin und wieder wurde ich mir meiner gemarterten Muskeln und Knochen bewußt und mußte dies rasch wieder verdrängen. Rya kam mir auch nicht mehr so leicht wie eine Puppe vor, und manchmal hätte ich direkt schwören können, daß sie tausend Pfund wog.

Ich kam an dem Hundeskelett vorbei und drehte mich noch lange danach um, weil mein fiebriges Hirn sich einbildete, ich würde von diesem Knochengerippe verfolgt.

Mitunter war ich kaum noch bei Bewußtsein, und wenn ich dann wieder zu mir kam, erschrak ich über meine eigenen Handlungen. Mehr als einmal stellte ich fest, daß ich über Rya kniete und wild schluchzte. Jedesmal hatte ich sie für tot gehalten, aber jedesmal registrierte ich dann doch wieder einen Puls, wenngleich einen sehr schwachen. Einmal kam ich zu mir und bekam keine Luft, weil ich mit dem Gesicht in einer Pfütze lag, aus der ich getrunken hatte. Manchmal stellte ich fest, daß ich mit Rya auf den Armen einfach weitergelaufen war, aber ohne auf die weißen Pfeile zu achten, und dann mußte ich umkehren und nach dem richtigen Weg suchen.

Mir war heiß. Ich glühte. Es war eine trockene, ausdörrende Hitze, und ich fühlte mich so, wie Slick Eddy in Gibtown ausgesehen hatte: wie altes Pergament, wie ägyptischer Sand.

Eine Weile schaute ich noch regelmäßig auf die Uhr, doch schließlich sparte ich mir diese Mühe, denn es war völlig sinnlos. Ich wußte ja nicht, auf welchen Abschnitt von Tag und Nacht die Uhr sich bezog. Ich wußte nicht, ob es Morgen, Mittag oder Nachmittag war. Ich wußte auch nicht, welcher Tag es war, obwohl ich glaubte, es müßte Montagnacht oder Dienstagmorgen sein.

Ich stolperte an den liegengebliebenen Werkzeugen vorbei, die wie eine moderne Skulptur aussahen, wie eine Figur, und ich war halb überzeugt davon, daß sie den Kopf nach mir umgedreht hatte, daß sie den Mund noch weiter aufgerissen hatte, daß eine Hand sich bewegt hatte. Viel später, in anderen Schächten, bildete ich mir ein, von ihr verfolgt zu werden; ich glaubte, das Klirren und Klappern ihrer Metallknochen zu hören, und ich wußte, daß sie mich letztlich einholen würde, weil ich immer langsamer vorankam.

Ich war mir manchmal nicht ganz sicher, wann ich wachte und wann ich träumte. Zeitweilig glaubte ich, nur einen Alptraum zu erleben, aus dem ich bald erleichtert aufwachen würde. Aber natürlich war ich wach und *durchlebte* den Alptraum.

Jedesmal, wenn ich aus dem gnädigen Zustand des Vergessens zu mir kam, fühlte ich mich schwächer, verwirrter und fiebriger. Ich erwachte und saß an der Felswand eines Tunnels, Rya in meinen Armen. Ich war schweißgebadet, meine Haare klebten am Kopf, meine Augen brannten von der salzigen Flüssigkeit, die mir von Stirn und Schläfen rann, von Nase, Ohren, Kinn und Wangen. Ich war so naß, als wäre ich in Kleidern schwimmen gegangen. Nicht einmal am Strand von Florida war mir jemals so heiß gewesen, aber diese Hitze kam ausschließlich aus meinem Inneren, so als hätte ich einen Ofen in mir, eine grelle Sonne, die mich verbrannte.

Als ich das nächstemal zu mir kam, war mir noch immer wahnsinnig heiß, doch gleichzeitig schauderte ich unkontrolliert. Der Schweiß war nahe am Siedepunkt, wenn er aus meinem Körper austrat, doch auf meiner Haut gefror er sofort zu Eis.

Ich bemühte mich, nicht an meinen eigenen jämmerlichen Zustand zu denken, mich vielmehr ausschließlich auf Rya zu konzentrieren und irgendwie jene wundersamen Kräfte zurückzuerlangen. Doch als ich sie betrachtete, sah und fühlte ich keinen Puls mehr an ihren Schläfen, ihrem Hals und Handgelenk. Ihre Haut kam mir kälter vor. Als ich schließlich eines ihrer Lider anhob, glaubte ich, eine Veränderung an ihrem Auge wahrnehmen zu können, eine schreckliche Leere. »O nein«, murmelte ich und fühlte ihr wieder den Puls – »Nein, nein, Rya, bitte, nein« –, aber ich konnte noch immer keinen Herzschlag feststellen. »Verdammt, *nein*!« Ich drückte sie verzweifelt an mich, so als könnte ich den Tod daran hindern, sie meinen Armen zu entreißen. Ich wiegte sie wie ein Kleinkind, ich summte ihr Lieder vor, und ich versicherte ihr, daß es ihr bald wieder gutgehen würde, daß wir uns an Stränden sonnen würden, daß wir miteinander lachen und uns lieben würden, daß wir noch sehr, sehr lange zusammen leben würden.

Ich dachte an die Gabe meiner Mutter, aus verschiedenen Kräutern Heilsalben und -tees zuzubereiten. Wenn andere das versuchten, blieb die Wirkung aus. Die Heilkraft wohnte meiner Mutter inne, nicht den pulverisierten Blättern, Wurzeln und Blumen, derer sie sich bediente. In der Familie Stanfeuss hatte ja jeder seine besondere Gabe. Und wenn meine Mutter heilen konnte – verdammt, warum nicht auch ich? Weshalb war ich mit Zwielicht-Augen gestraft, wo Gott mich doch ohne weiteres mit heilenden Händen hätte ausstatten können? Warum war ich verurteilt, nur Trolle und drohende Gefahren zu sehen? Warum konnte ich kein Heiler sein? Warum konnte ich die Kranken nicht sogar noch besser heilen als meine Mutter, nachdem ich fraglos von der ganzen Familie Stanfeuss die größten übersinnlichen Fähigkeiten hatte?

Während ich Rya fest an mich drückte und sie wie ein Baby wiegte, versuchte ich sie mit meinem Willen am Leben zu erhalten. Ich beharrte darauf, daß der Tod sich unverrichteter Dinge zurückziehen müsse. Ich diskutierte und verhandelte mit dem Grimmen Schnitter, versuchte ihn mit logischen Argumenten zur Aufgabe zu bewegen, sodann mit flehentlichen Bitten; und schließlich drohte ich ihm sogar, so als gäbe es etwas, womit man dem Tod drohen könnte.

Verrückt. Ich war total verrückt, nicht nur wegen des Fiebers, sondern auch vor Kummer. Mit meinen Händen und Armen hielt ich sie an mich gepreßt und versuchte, etwas von meiner Lebenskraft auf sie zu übertragen, etwas davon für sie abzufüllen, so wie man ein Glas aus einem Krug Wasser füllen kann. Ich stellte sie mir lebendig und lachend vor, ganz intensiv, und dann hielt ich zähneknirschend den Atem an und hoffte, diese Wunschvorstellung würde Realität. Ich versuchte das so verzweifelt, unter Aufbietung all meiner Kräfte, daß ich schließlich wieder das Bewußtsein verlor.

Danach trugen mich Fieber, Trauer und Erschöpfung immer tiefer ins Reich des Wahns davon. Ich versuchte sie zu heilen, ich sang ihr Lieder von Buddy Holly vor, ich wiederholte irgendwelche Sätze, die wir in Momenten der Zärtlichkeit und Liebe zueinander gesagt hatten. Ich haderte mit Gott, nur um Ihn im nächsten Augenblick zu lobpreisen, ich beschuldigte Ihn des kosmischen Sadismus und erinnerte Ihn Sekunden später weinend an Seinen Ruf als Gott der Liebe und des Erbarmens. Ich wütete und fantasierte, ich klagte und heulte, ich betete und fluchte, schwitzte und fror, aber meistens weinte ich. Ich weiß noch, daß ich dachte, meine Tränen könnten sie vielleicht heilen und wieder lebendig machen. Wahnsinn.

In Anbetracht des Stroms von Tränen und Schweiß schien es nur noch eine Frage der Zeit zu sein, bis ich völlig verdorrte, zu Staub zerfiel und vom Wind verweht wurde. Dieses Ende erschien mir unglaublich verführerisch. Mich aufzulösen, so als hätte es mich nie gegeben...

Ich konnte nicht mehr aufstehen und weitergehen, aber in meinen Fieberträumen reiste ich von Ort zu Ort. In Oregon saß ich in der Küche unseres Hauses und aß ein Stück von Mutters selbstgebackenem Apfelkuchen, während sie mir zulächelte und meine Schwestern mir versicherten, wie schön es sei, mich zurückzuhaben, und wie glücklich ich erst sein würde, wenn ich mit meinem Vater vereint sein würde – sehr bald schon.

Auf einem Rummelplatz ging ich unter strahlend blauem Himmel zum ›Lukas‹, um mich Miss Rya Raines vorzustellen und sie um Arbeit zu bitten, aber der ›Lukas‹ gehörte einer ganz anderen Frau, die ich noch nie gesehen hatte. Sie behauptete, nie etwas von einer Rya Raines gehört zu haben. In Panik rannte ich von einer Attraktion zur anderen und suchte nach Rya, aber niemand hatte je von ihr gehört, niemand, kein Mensch.

Und in Gibtown saß ich in einer Küche und trank Tee mit Joel und Laura Tuck, und andere Schausteller scharten sich um uns, und plötzlich sah ich unter ihnen auch Jelly Jordan, der nicht mehr tot war, und als ich aufsprang und ihn vor Freude fest umarmte, sagte mir der fette Mann, ich solle nicht überrascht sein, sterben sei nicht das Ende, ich solle einmal zur Spüle hinüberschauen, und als ich es tat, sah ich meinen Vater und meinen Vetter Kerry, die Most tranken und mir zugrinsten, und beide riefen: »Hallo, Carl, du siehst gut aus, Junge«, und Joel Tuck sagte –

»Allmächtiger Himmel, Junge, wie bist du nur so weit gekommen? Schaut euch nur mal diese Wunde an der Schulter an.«

»Sieht wie ein Biß aus«, stellte Horton Bluett im Schein einer Taschenlampe fest.

»Blut an den Seiten«, berichtete Joel besorgt.

»Sein Hosenbein ist auch blutdurchtränkt«, fügte Horton hinzu.

Irgendwie hatte sich der Traum in den Schacht verlagert, wo ich mit Rya in den Armen saß. Außer Joel und Horton waren alle Traumgestalten verschwunden.

Dafür tauchte Luke Bendingo zwischen Joel und Horton

auf. »D-D-Durchhalten, S-Slim. Wir b-b-b-bringen dich nach Hause. Du m-mußt nur durchhalten.«

Sie versuchten mir Rya zu entreißen, und das war unerträglich, sogar im Traum, und deshalb wehrte ich mich. Aber ich hatte nicht mehr viel Kraft und konnte nicht lange Widerstand leisten. Sie nahmen mir Rya, und ohne diese süße Last sackte ich weinend in mich zusammen.

»Schon gut, Slim«, beruhigte mich Horton, »jetzt brauchst du dich um nichts mehr zu kümmern. Wir übernehmen das Kommando.«

»Scheißkerle!« murmelte ich erbittert.

Joel Tuck rief lachend: »So ist's recht, mein Junge. Aus solchem Holz sind Leute geschnitzt, die *überleben*.«

An viel mehr kann ich mich nicht erinnern. Nur an Fragmente. Ich weiß, daß ich durch dunkle Tunnels getragen wurde, wo Strahlen von Taschenlampen hin und her huschten und sich in Suchscheinwerfer zu verwandeln schienen, die den Nachthimmel zerschnitten. Der letzte vertikale Schacht. Die beiden letzten Tunnels. Jemand hob mein Lid an... Joel Tuck betrachtete mich besorgt... und ich freute mich, sein alptraumhaftes Gesicht zu sehen.

Dann war ich draußen, an der frischen Luft, wo die harten grauen Wolken, die immer über Yontsdown zu hängen schienen, auch jetzt den Himmel verhüllten, düster und bedrohlich. Es lag viel Neuschnee, mindestens 60 cm, vielleicht noch mehr. Ich dachte an den Sturm, der sich am Sonntagmorgen über der Gegend zusammengebraut hatte, und ich glaube, es war in diesem Moment, als ich begriff, daß ich nicht träumte. Der Sturm hatte stattgefunden, und die Berge waren unter einer dicken Schneedecke begraben.

Schlitten! Sie hatten zwei lange Schlitten bei sich, mit breiten Kufen und Sitzen. Und Decken. Jede Menge Decken. Sie banden mich an einen der Schlitten und hüllten mich in mehrere warme Wolldecken. Ryas Leiche legten sie auf den anderen Schlitten.

Joel kauerte neben mir nieder. »Ich glaube nicht, daß du bei vollem Bewußtsein bist, Carl Slim, aber ich hoffe, daß du einiges von dem, was ich dir sage, doch verstehen wirst. Wir sind auf Umwegen und Schleichpfaden hergekommen, weil die Trolle alle Bergstraßen und Feldwege scharf kontrollieren, seit ihr das Bergwerk in die Luft gejagt habt. Wir haben einen langen anstrengenden Weg vor uns, und wir müssen möglichst leise sein. Verstehst du mich?«

»Ich habe unten in der Hölle ein Hundeskelett gesehen«, berichtete ich ihm, selbst erstaunt über meine Worte, »und ich glaube, daß Luzifer hydroponische Tomaten züchten will, weil er dann die gebratenen Seelen appetitlich garnieren kann.«

»Er fantasiert«, sagte Horton Bluett.

Joel legte seine Pranke an mein Gesicht, so als könnte er auf diese Weise zu mir durchdringen. »Hör gut zu, mein junger Freund. Wenn du wieder Klagegesänge anstimmst wie unter der Erde, wenn du jammerst und schluchzt, werden wir dich knebeln müssen, und das täte ich nur sehr ungern, weil du ohnehin Probleme mit dem Atmen hast. Aber wir dürfen nicht riskieren, Aufmerksamkeit zu erregen. Hörst du mich?«

»Wir werden wieder das Rattenspiel spielen«, murmelte ich, »wie im Kraftwerk... Wir werden schnell und geräuschlos durch Abflüsse huschen...«

Das mußte sich für ihn natürlich auch nach Fieberfantasien anhören, aber ich schien außerstande, ihm mit simplen Worten zu sagen, daß ich alles verstanden hatte.

Fragmente... Ich erinnere mich daran, daß Joel meinen Schlitten zog. Luke Bendingo zog den Schlitten mit Ryas Leiche. Hin und wieder löste der unverwüstliche Horton einen der beiden ab. Wildpfade im Wald. Ein Baldachin aus grünen Tannenzweigen, zum Teil schneebedeckt. Ein gefrorener Bach, der als Weg benutzt wurde. Ein offenes Feld. Sie hielten sich dicht am Waldrand. Eine kurze Rast. Heiße Bouillon, die mir aus einer Thermosflasche eingeflößt wurde. Abenddämmerung. Wind. Nacht.

Bei Einbruch der Dunkelheit wußte ich, daß ich weiterleben würde, daß ich nach Hause zurückkehren würde. Aber ohne Rya würde es kein Zuhause sein. Und welchen Sinn sollte ein Leben ohne sie haben?

## 32

# Zweiter Epilog

Träume.

Träume von Tod und Einsamkeit.

Träume von Verlust und Trauer.

Ich schlief sehr viel. Und wenn mein Schlaf unterbrochen wurde, so war meistens Doktor Pennington der Störenfried, der ehemalige Alkoholiker und allseits beliebte Arzt des *Sombra Brothers Carnival*, der mich schon einmal betreut hatte – damals, als ich mich in Gloria Neames' Wohnwagen verstekken mußte, nachdem ich Kelsko und dessen Assistenten ermordet hatte. Auch diesmal kümmerte er sich rührend um mich, legte mir Eisbeutel auf die Stirn, verabreichte mir Spritzen, überwachte streng meinen Puls und ermahnte mich immer wieder, soviel Wasser – und später Saft – zu trinken, wie ich nur konnte.

Ich befand mich an einem eigenartigen Ort: einer kleinen Kammer mit rohen Holzwänden, die auf zwei Seiten nicht ganz bis zur Decke reichten. Festgestampfte Erde als Boden. Die obere Hälfte der Holztür fehlte, so als wären die Zimmerleute ihrer Arbeit plötzlich überdrüssig geworden. Ein altes Bett. Eine Lampe auf einer Apfelkiste, die als Nachttisch diente. In der Ecke ein Heizlüfter.

»Schrecklich trockene Hitze«, meinte der Arzt. »Das ist nicht gut. Alles andere als gut. Aber wir müssen uns im Moment damit begnügen. Wir wollten dich nicht in Hortons Haus unterbringen. Keiner von uns kann dort herumlungern. Den Nachbarn würde auffallen, daß er plötzlich soviel Gäste hat, und sie würden darüber reden. Hier hinten fallen wir niemandem auf. Die Fenster sind geschwärzt worden, damit kein Licht nach draußen fällt. Nach dem Grubenunglück suchen die Trolle unermüdlich nach Ortsfremden. Es wäre sehr töricht, sie auf uns aufmerksam zu machen. Deshalb wirst du die trockene Hitze weiter ertragen müssen, obwohl sie für deinen Hals nicht gerade nützlich ist.«

Allmählich hörten die Fieberfantasien auf.

Ich hätte nun wieder vernünftig reden können, war aber zu schwach, um Worte zu bilden, und als dann die Schwäche verging, war ich viel zu deprimiert zum Sprechen. Doch schließlich konnte ich meine Neugier nicht mehr bezwingen. »Wo bin ich?« flüsterte ich heiser.

»Im Stall hinter Hortons Haus, am Ende seines Grundstücks. Seine verstorbene Frau liebte Pferde«, berichtete der Arzt. »Damals, bevor sie starb, hatten sie Pferde. Dies ist ein Stall mit drei Boxen, und in einer davon liegst du.«

»Als ich Sie gesehen habe«, murmelte ich, »da habe ich mich gefragt, ob ich in Florida bin. Sind Sie extra von Gibtown hergekommen?«

»Joel meinte, daß vielleicht ein Arzt benötigt würde, der die Schnauze halten kann, was soviel bedeutete wie ein Schaustellerarzt, und das wiederum bedeutete – ich.«

»Wie viele von euch sind hergekommen?«

»Nur Joel, Luke und ich.«

Ich wollte ihm sagen, daß ich ihnen zwar dankbar sei, daß es mir aber lieber gewesen wäre, man hätte mich dort im Schacht sterben lassen. Dann wäre ich mit Rya wieder vereint gewesen. Aber meine Gedanken verwirrten sich wieder, und ich schlief ein.

Ich träumte.

Träume von Tod und Einsamkeit.

Als ich wieder erwachte, heulte der Wind um die Stallwände.

Auf dem Stuhl neben meinem Bett saß Joel Tuck. Er beobachtete mich aufmerksam. Der riesige Mann mit dem verunstalteten Gesicht, dem dritten Auge und dem greiferartigen Kiefer hätte ohne weiteres eine Erscheinung aus meinen Fieberträumen sein können, irgendein mächtiger Geist.

»Wie fühlst du dich?« fragte er.

»Mies«, flüsterte ich heiser.

»Hast du einen klaren Kopf?«

»Einen viel zu klaren.«

»Dann werde ich dir ein bißchen erzählen, was so alles passiert ist. Ein schreckliches Grubenunglück hat sich ereignet.

Mindestens 500 Tote, vielleicht noch mehr. Vielleicht die schlimmste Grubenkatastrophe aller Zeiten. Staatliche Inspekteure sind eingetroffen, und die Rettungsmannschaften arbeiten noch immer, aber es sieht nicht gut aus.« Er grinste. »Selbstverständlich sind alle Inspekteure Trolle, und auch für die Rettungsmaßnahmen wurden nur Trolle eingesetzt. Dafür haben sie gesorgt. Sie werden ihr Geheimnis wahren können, was sie dort im Berg in Wirklichkeit trieben. Ich nehme an, daß du mir alles erzählen wirst, sobald du wieder bei Kräften bist.«

Ich nickte.

»Ausgezeichnet«, sagte er. »Das gibt unten in Gibtown einen langen Abend mit viel Bier.«

Er berichtete weiter. Am Montagmorgen, sofort nach den Explosionen im Bergwerk, hatte sich Horton Bluett in das Haus an der Apple Lane begeben und Ryas und meine Sachen ausgeräumt, einschließlich des Sprengstoffs, den wir nicht hatten mitnehmen können. Er dachte, daß möglicherweise etwas schiefgegangen sei und wir eine Weile brauchen würden, um aus dem Berg herauszukommen. Und er wußte, daß die Troll-Polizisten schon bald auf der Suche nach den Saboteuren alle Ortsfremden unter die Lupe nehmen würden, darunter natürlich auch die Mieter von Polizeichef Klaus Orkenwold. Horton hielt es für vorteilhaft, wenn die Trolle im Haus keine Spur mehr von uns fanden. Orkenwold würde daraufhin bestimmt bei der Universität Erkundigungen einziehen, würde feststellen, daß die angeblichen Geologiestudenten dem Immobilienmakler einen Bären aufgebunden hatten, und würde glauben, sie seien die Saboteure gewesen. Was aber viel wichtiger war – er würde glauben, wir hätten Yontsdown bereits verlassen.

»Wenn die größte Aufregung sich erst einmal gelegt hat, werden wir leichter aus dieser Stadt herauskommen.«

»Wie bist du...« Ich bekam einen Hustenanfall. »Woher hast du...«

»Versuchst du mich zu fragen, woher ich wissen konnte, daß du Hilfe benötigtest?«

Ich nickte.

»Diese Professorin, Cathy Osborn, hat mich aus New York angerufen«, berichtete er. »Das war früh am Montagmorgen. Sie sagte, sie beabsichtige am Dienstagabend in Gibtown einzutreffen. Aber ich hatte noch nie etwas von ihr gehört. Sie sagte, du hättest mich am Sonntag anrufen und informieren wollen. Na ja, du hattest nicht angerufen, und deshalb wußte ich, daß etwas schiefgegangen sein mußte.«

Rya und ich waren am Sonntagmorgen mit Horton Bluett so früh aufgebrochen, daß ich ganz vergessen hatte anzurufen.

»Ich sagte Cathy, sie solle ruhig nach Gibtown kommen. Laura würde sich ihrer annehmen. Dann erzählte ich Doc und Luke, daß du und Rya wahrscheinlich Hilfe von Schaustellern dringend nötig hättest. Mit dem Auto zu fahren, hätte viel zu lange gedauert, deshalb gingen wir zu Arturo Sombra höchstpersönlich. Weißt du, er besitzt ein Privatflugzeug, das er selbst steuert. Er hat uns nach Altoona gebracht. Dort haben wir einen Wagen mit Vierradantrieb gemietet und sind nach Yontsdown gefahren – Luke und Doc vorne, ich hinten, wegen meines Gesichts, das viel zu auffallend ist, wie du ja weißt. Mr. Sombra wollte uns begleiten, aber er ist selbst eine auffällige Erscheinung, und wir dachten, ohne ihn könnten wir leichter jedes Aufsehen vermeiden. Er wartet in Martinsburg, in der Nähe von Altoona, um uns mit dem Flugzeug nach Hause zu bringen.«

Cathy Osborn – so berichtete Joel – hatte ihm erzählt, wo Rya und ich ein Haus gemietet hatten, und nach der Ankunft in Yontsdown am Montagabend waren Doc, Luke und er sofort zur Apple Lane gefahren, hatten aber ein völlig leeres Haus vorgefunden. Joel hatte inzwischen schon von dem Grubenunglück erfahren, und da er von Cathy gehört hatte, daß Rya und ich im Bergwerk das Zentrum der Troll-Aktivitäten vermuteten, wußte er, daß wir für die Katastrophe verantwortlich waren. Aber er wußte nicht, daß alle Ortsfremden unter Beobachtung standen und manche sogar schon verhört worden waren. Er und die beiden anderen hatten wahnsinniges Glück gehabt, daß sie auf dem Weg durch die Stadt keinem Troll-Polizisten aufgefallen waren.

»Wir Unschuldslämmer haben deshalb beschlossen, eure Nachbarn in der Apple Lane nach euch zu fragen. Wir dachten, ihr hättet bestimmt Kontakt mit einigen aufgenommen, um Informationen zu sammeln. Auf diese Weise lernten wir Horton Bluett kennen. Ich blieb zunächst im Wagen, während Doc und Luke sich mit ihm unterhielten. Nach einer Weile kam Doc raus und meinte, Bluett wisse etwas und würde vielleicht mit der Sprache herausrücken, wenn er ganz sicher sein könne, daß wir eure Freunde sind. Davon konnten wir ihn nur überzeugen, wenn wir ihn überzeugten, daß wir Schausteller sind. Und es gibt kein überzeugenderes Beweismittel als mein Gesicht. Was könnte ich denn anderes als ein Schausteller sein? Aber dieser Horton ist einfach sagenhaft. Weißt du, was er gesagt hat, nachdem er mich ein Weilchen betrachtet hat? Ich bin ja nun an alle möglichen Reaktionen und Kommentare gewöhnt, aber weißt du, was er gesagt hat?«

Ich schüttelte schwach den Kopf.

Grinsend berichtete Joel: »Horton schaute mich an und meinte nur trocken: ›Ich vermute, daß Sie beim Hutkauf Probleme haben.‹ Und dann bot er mir Kaffee an.«

Joel lachte begeistert, aber ich brachte nicht einmal ein Lächeln zustande. Mir würde nie mehr etwas amüsant vorkommen.

Joel fragte besorgt: »Ermüde ich dich?«

»Nein.«

»Wenn du ausruhen möchtest, kann ich später wiederkommen.«

»Bitte, bleib«, murmelte ich, denn der Gedanke, allein zu sein, war mir plötzlich unerträglich.

Das Stalldach wurde von einem heftigen Windstoß erschüttert.

Der Heizlüfter schaltete sich wieder ein.

»Bleib«, wiederholte ich.

Joel legte eine Hand auf meinen Arm. »Okay. Aber du solltest dich entspannen. Na ja, Horton hat uns dann akzeptiert und alles erzählt. Wir überlegten gemeinsam, ob wir noch am selben Abend ins Gebirge rauffahren sollten, aber am Sonntag hatte ein schwerer Schneesturm gewütet, und ein weiterer war für diese Nacht angesagt, und Horton meinte, wir würden unsere Todesurteile unterschreiben, wenn wir bei diesem Wetter rauffahren würden. ›Warten wir ab, bis der Sturm vorbei ist‹, sagte er. ›Wahrscheinlich sind Rya und Slim nur deshalb noch nicht zurückgekommen. Wahrscheinlich warten sie am Mineneingang auf besseres Wetter für den Rückweg.‹ Das hörte sich vernünftig an. In jener Nacht haben wir diesen alten Stall für uns hergerichtet, die Fenster verdunkelt und auch unseren Mietwagen hier untergebracht. Und dann haben wir gewartet.«

(Um diese Zeit hatte ich Rya schon stundenlang durch die Tunnels getragen und das ursprüngliche Wunder der Adrenalin-Infusion war wahrscheinlich schon fast erschöpft.)

Der zweite Schneesturm hatte in der Montagnacht eingesetzt und den 30 cm Neuschnee vom Sonntag weitere 35 cm hinzugefügt. Am Dienstagmorgen war die Wetterfront gen Osten abgezogen. Sowohl Hortons Transporter als auch Joels Mietwagen hatten Vierradantrieb, und sie beschlossen, ins Gebirge zu fahren, um uns zu suchen. Horton wollte sich vorher nur kurz vergewissern, daß die Luft rein war. Er kehrte mit der schlechten Nachricht zurück, daß es auf allen Straßen im weiten Umkreis des Bergwerks von ›der stinkenden Rasse‹ in Jeeps nur so wimmelte.

»Wir wußten nicht, was wir tun sollten«, erzählte Joel, »und diskutierten die Situation deshalb ein paar Stunden lang durch. Gegen ein Uhr mittags am Dienstag entschieden wir, daß uns nichts anderes übrigblieb, als zu Fuß loszugehen. Horton schlug vor, Schlitten mitzunehmen, für den Fall, daß ihr verletzt wärt. Wir brauchten ein paar Stunden, um alles zu besorgen, und machten uns gegen Mitternacht auf den Weg. Wir mußten kilometerlange Umwege machen, um Straßen und Häuser zu meiden, und erreichten diesen alten Mineneingang erst kurz vor Mitternacht am Mittwoch. Und als vorsichtiger Mann bestand Horton dann darauf, daß wir die Mine bis zum Morgengrauen von draußen im Auge behielten, um sicher zu sein, daß sich dort keine Trolle herumtrieben.«

Ich schüttelte ungläubig den Kopf. »Wart mal. Soll das... soll das heißen, daß es Donnerstagmorgen war, als ihr mich gefunden habt?«

»Stimmt.«

Ich war total perplex. Ich hatte gedacht, es wäre spätestens Dienstag gewesen, als sie mir wie Traumgestalten erschienen waren. Statt dessen hatte ich Rya drei volle Tage durch die Schächte getragen, bevor ich gerettet worden war. Und wie lange mochte sie tot in meinen Armen gelegen haben? Mindestens einen Tag.

»Was für ein Tag... ist denn heute?« fragte ich so leise, daß es kaum zu hören war.

»Wir sind am Freitag kurz vor Morgengrauen zurückgekommen, und jetzt ist Sonntagabend. In den vergangenen drei Tagen warst du sehr viel bewußtlos, aber jetzt bist du schon auf dem Wege der Besserung. Du bist selbstverständlich noch schwach, aber du wirst es schaffen. Bei Gott, Carl Slim, ich hatte unrecht, dich von dieser Mission abhalten zu wollen. Du hast viel fantasiert, und daraus habe ich mir so einigermaßen zusammengereimt, was ihr im Berg gefunden habt. Es war etwas, das nicht toleriert werden durfte, stimmt's? Etwas, das für uns alle den Tod bedeutet hätte. Du hast deine Sache gut gemacht. Du kannst sehr stolz auf dich sein. Du hast deine Sache wirklich gut gemacht.«

Ich hatte geglaubt, mein Tränenreservoir für das ganze Leben erschöpft zu haben, aber plötzlich weinte ich wieder. »Wie... wie kannst du... so etwas sagen? Du hattest recht... völlig recht. Wir hätten nicht herkommen sollen.«

Er betrachtete mich verwirrt.

»Ich war ein Narr«, fuhr ich bitter fort. »Die Welt... auf meine Schultern laden zu wollen. Ganz egal, wie viele Trolle ums Leben gekommen sind... ganz egal, wie stark ich ihren Bunker beschädigt habe... nichts von all dem war es wert, Rya zu verlieren.«

»Rya zu verlieren?«

»Ich würde den Trollen bereitwillig die ganze Welt überlassen... wenn nur Rya noch am Leben wäre.«

»Aber, mein lieber Junge, sie *ist* am Leben«, sagte Joel.

»Trotz deiner Verletzungen und deines Fiebers hast du es irgendwie geschafft, neunzig Prozent des Rückwegs durch die Schächte zurückzulegen und auch noch Rya zu tragen, und du hast ihr offenbar auch genug zu trinken gegeben und sie am Leben erhalten, bis wir euch beide fanden. Sie war bis gestern bewußtlos. Es geht ihr noch nicht besonders, und sie wird bestimmt einen Monat brauchen, um sich richtig zu erholen, aber sie ist nicht tot, und sie wird nicht sterben. Sie liegt in der übernächsten Box.«

Ich behauptete, ohne weiteres so weit laufen zu können. Was war schon eine Boxlänge? Schließlich hatte ich den Weg aus der *Hölle* geschafft. Doch als ich aufzustehen versuchte, kippte ich sofort auf die Seite und erlaubte Joel schließlich, mich zu tragen, so wie ich Rya getragen hatte.

Doc Pennington war bei ihr. Er sprang von seinem Stuhl auf, damit Joel mich hinsetzen konnte.

Rya war in schlechterer Verfassung als ich. Die Prellungen auf der rechten Gesichtshälfte waren blauschwarz verfärbt und sahen noch schlimmer aus, als ich sie in Erinnerung gehabt hatte. Ihr rechtes Auge war blau und blutunterlaufen. Beide Augen schienen tief in die Höhlen gesunken zu sein. Sie war weiß wie Wachs. Ein leichter Schweißfilm überzog ihre Stirn. Aber sie lebte, und sie erkannte mich, und sie lächelte.

Sie lächelte.

Schluchzend griff ich nach ihrer Hand.

Ich war so schwach, daß Joel mich festhalten mußte, damit ich nicht nach vorne kippte.

Ryas Haut war warm, weich und wundervoll. Sie drückte mir kaum merklich die Hand.

Wir waren beide aus der Hölle zurückgekehrt, aber Rya war sogar von einem noch ferneren Ort zurückgekehrt.

Nachts wachte ich auf, hörte den Wind um den Stall heulen und fragte mich, ob sie wirklich tot gewesen war. Ich war mir dessen so sicher gewesen. Kein Puls. Kein Atem. Dort unten in den Minen hatte ich mich an die Heilkräfte meiner Mutter erinnert und mit Gott gehadert, weil meine eigene Gabe – die Zwielicht-Augen – Rya in der Not nichts nützte. Ich hatte Gott zur Rede gestellt, hatte von Ihm wissen wollen, warum ich nicht so gut wie meine Mutter oder sogar noch besser heilen konnte. Entsetzt über die Vorstellung eines Lebens ohne Rya, hatte ich sie an meine Brust gedrückt und Leben in sie hineingezwungen, hatte einen Teil meiner Lebenskraft auf sie übertragen, so als füllte man Wasser aus einem Krug in ein Glas ab. Außer mir vor Kummer, wahnsinnig vor Gram, hatte ich meine übersinnlichen Fähigkeiten bis zum Äußersten angespannt und versucht, ein Wunder zu vollbringen, jenes größte aller Wunder, das Gott allein vorbehalten ist: den Lebensfunken zu entfachen. Hatte es geklappt? Hatte Gott zugehört, hatte er mich erhört? Ich würde es nie erfahren. Aber tief im Herzen glaubte ich, daß ich sie zurückgebracht hatte. Denn ich hatte nicht nur meine übersinnlichen Kräfte anzuwenden versucht. Nein, nein. Viel wichtiger war die Liebe gewesen. Ein unendliches Meer von Liebe. Und was magische Kräfte allein nicht zu bewirken vermögen, das schaffen vielleicht magische Kräfte und Liebe zusammen.

Dienstagnacht, mehr als neun Tage nach unserem Aufbruch ins Bergwerk, wurde es Zeit, nach Hause zurückzukehren.

Meine Biß- und Kratzwunden schmerzten noch immer, und ich war alles andere als kräftig. Aber immerhin konnte ich schon wieder am Stock gehen, und meine Stimme war fast normal, so daß ich mich stundenlang mit Rya unterhalten konnte.

Sie hatte noch kurze Schwindelanfälle, erholte sich aber ansonsten sogar schneller als ich. Sie konnte besser laufen und war mir auch kräftemäßig überlegen.

»Der Strand«, sagte sie. »Ich möchte am warmen Strand liegen und diesen Winter von der Sonne ausbrennen lassen. Ich möchte sehen, wie die Wasserläufer sich in der Brandung ihr Mittagessen zusammensuchen.«

Horton Bluett und Growler kamen in den Stall, um sich zu verabschieden. Er war eingeladen worden, uns nach Gibtown zu begleiten und sich der Gemeinschaft der Schausteller anzuschließen, so wie Cathy Osborn es inzwischen getan hatte, aber er hatte dankend abgelehnt. Er sagte, er sei ein alter Sonderling mit festen Gewohnheiten, und obwohl er sich manchmal einsam fühlte, sei er doch an diese Einsamkeit gewöhnt. Er machte sich noch immer Sorgen, was aus Growler werden würde, falls er vor dem Hund starb, und deshalb hatte er beschlossen, ein neues Testament aufzusetzen und den Hund Rya und mir zu vermachen, zusammen mit dem Erlös aus dem Verkauf seines Häuschens. »Ihr werdet das Geld brauchen können«, sagte er, »denn dieses Ungetüm frißt einem den Kitt von den Fenstern.«

Growler knurrte zustimmend.

»Wir werden Growler gern nehmen«, meinte Rya, »aber Ihr Geld wollen wir nicht, Horton.«

»Wenn ihr es nicht nehmt, kassiert es der Staat, und in allen möglichen Staatsämtern wimmelt es bestimmt von Trollen.«

»Die beiden werden das Geld annehmen«, beruhigte Joel ihn. »Aber die ganze Diskussion ist völlig überflüssig, denn Sie werden zwei weitere Hunde und wahrscheinlich auch uns alle überleben.«

Horton wünschte uns Glück in unserem geheimen Krieg gegen die Trolle, aber ich schwor, ich hätte vom Kämpfen endgültig die Nase voll.

»Ich habe meinen Anteil geleistet«, erklärte ich. »Mehr kann ich nicht tun. Ich wünsche mir nur noch ein friedliches Privatleben, die Geborgenheit des Rummelplatzes – und Rya.«

Horton schüttelte mir die Hand und küßte Rya.

Abschied zu nehmen, war nicht leicht. Es ist niemals leicht.

Auf der Fahrt durch die Stadt sah ich einen LKW der Kohlen-Gesellschaft Blitz mit jenem verhaßten Symbol.

Weißer Himmel.

Dunkler Blitz.

Wieder spürte ich jene schreckliche Leere: das stille, dunkle, kalte Nichts der postnuklearen Welt.

Doch diesmal war die Leere nicht *ganz* still, nicht *völlig* dunkel, sondern mit fernen Lichtern gesprenkelt, und sie war nicht ganz so kalt, nicht ganz so leer. Offenbar hatten wir durch die Zerstörung des Bunkers die Zukunft ein wenig verändert und das Jüngste Gericht etwas hinausgeschoben. Wir hatten es nicht endgültig verhindert. Die Bedrohung blieb bestehen. Aber sie war jetzt ein Stückchen weiter entfernt.

Hoffnung ist nicht töricht. Hoffnung ist der Traum eines wachen Menschen.

Zehn Blocks weiter fuhren wir an der Grundschule vorbei, wo ich den Tod so vieler Kinder bei einem von den Trollen inszenierten Brand in schrecklichen Visionen vorhergesehen hatte. Ich betrachtete das Gebäude intensiv. Es strahlte keine verheerende Todesenergie mehr aus. Ich empfing keine Impressionen eines zukünftigen Feuers, nur einige blasse Bilder vom ersten Brand.

Irgendwie hatten wir auch die Zukunft von Yontsdown verändert. Die Kinder würden vielleicht bei anderen Sabotageakten der Trolle ums Leben kommen, aber sie würden nicht in ihren Klassenzimmern verbrennen.

In Altoona gaben wir den Mietwagen zurück und verkauften Ryas Kombi an einen Gebrauchtwarenhändler. Am Mittwoch flog Arturo Sombra uns nach Florida.

Die Erde wirkte vom Himmel aus frisch und heiter.

Wir erwähnten die Trolle kaum. Dies war nicht der richtige Zeitpunkt für ein so deprimierendes Thema. Statt dessen unterhielten wir uns über die nächste Saison, die in drei Wochen in Orlando beginnen würde.

Mr. Sombra erzählte uns, daß er den Vertrag mit Yontsdown gekündigt und für diese Woche mit einem anderen Ort eine Absprache getroffen hatte.

»Sehr weise«, kommentierte Joel Tuck, und alle lachten.

Während wir am Donnerstag am Strand den Wasserläufern bei ihrer Nahrungssuche zuschauten, fragte Rya plötzlich: »War das eigentlich dein Ernst?«

»Was?«

»Was du Horton erklärt hast – daß du den Kampf aufgibst?«

»Ja. Ich werde nicht noch einmal riskieren, dich zu verlieren. Von nun an ziehen wir die Köpfe ein. Unsere Welt – das sind nur wir beide und unsere Freunde in Gibtown. Es kann eine schöne Welt sein. Klein, aber schön.«

Der Himmel war blau.

Die Sonne war heiß.

Die Brise vom Golf war erfrischend.

Nach längerem Schweigen sagte Rya: »Und was ist mit Kitty Genovese, die in New York sterben mußte, weil niemand ihr half?«

Ohne zu zögern, erwiderte ich kalt: »Kitty Genovese ist tot.«

Mir gefiel weder der Klang dieser Worte noch die Resignation, die aus ihnen sprach, aber ich widerrief sie nicht.

Weit draußen auf hoher See fuhr ein Tanker in nördliche Richtung.

Palmen rauschten hinter uns.

Zwei kleine Jungen in Badehosen rannten lachend vorbei.

Obwohl Rya nicht mehr auf dieses Thema zurückgekommen war, wiederholte ich etwas später: »Kitty Genovese ist tot.«

In dieser Nacht lag ich schlaflos neben Rya im Bett und dachte über einige mir unbegreifliche Dinge nach.

Erstens: die Mißgeburten in jenem Keller.

Warum ließen die Trolle ihre abnormen Kinder leben? In Anbetracht ihrer sonstigen gewalttätigen Neigungen wäre es doch nur natürlich gewesen, wenn sie ihre behinderten Kinder gleich nach der Geburt umgebracht hätten. Schließlich waren sie ja so gezüchtet worden, daß sie zu allen Gefühlen außer Haß und beschränkter Furcht nicht fähig waren. Verdammt, ihr Schöpfer – der Mensch – hatte ihnen die Fähigkeit verwehrt, Liebe, Mitleid und elterliche Verantwortung zu empfinden. Ihre Bemühungen, ihre Mißgeburten – wenn auch in einem Käfig – am Leben zu erhalten, war mir unerklärlich.

Und zweitens: Warum war das Kraftwerk in der unterirdischen Anlage so gewaltig? Wozu wurde dort hundertmal mehr Energie erzeugt als notwendig?

Vielleicht hatte der Troll, den wir verhört hatten, uns trotz des Pentothals nicht die *ganze* Wahrheit über den Zweck des Bunkers gesagt und uns auch die wahren Langzeitpläne der Trolle verschwiegen. Gewiß, sie legten riesige Vorräte von allem an, was sie brauchen würden, um einen Atomkrieg zu überleben. Aber vielleicht wollten sie nicht nur in den Ruinen nach menschlichen Überlebenden suchen und diese liquidieren. Vielleicht wollten sie ihre eigene Spezies anschließend doch nicht auslöschen, sondern träumten insgeheim davon, uns vom Angesicht der Erde zu tilgen und dann an unsere Stelle zu treten. Vielleicht verfolgten sie aber auch irgendwelche Intentionen, die uns so fremd und unverständlich wären wie ihre gesamte Denkweise.

Ich wälzte mich stundenlang schlaflos von einer Seite auf die andere.

Zwei Tage später hörten wir am Strand zwischen der Rock 'n' Roll-Musik die Nachrichten mit den üblichen Schreckensmeldungen. In Sansibar behauptete die neue kommunistische Regierung, etwa tausend politische Gefangene nicht gefoltert und ermordet, sondern ganz im Gegenteil freigelassen zu haben. Die Leute hätten gehen können, wohin sie wollten. Eigenartigerweise waren alle tausend auf dem Heimweg spurlos verschwunden. Die Krise in Vietnam wurde immer schlimmer, und es mehrten sich die Stimmen, die einen amerikanischen Truppentransport ins Krisengebiet befürworteten, weil das angeblich die Lage stabilisieren würde. Irgendwo in Iowa hatte ein Mann seine Frau, seine drei Kinder und zwei Nachbarn erschossen; die Polizei fahndete im ganzen Mittelwesten nach ihm. In New York hatte es bei einer Bandenschlägerei wieder einmal Tote gegeben. In Philadelphia – oder war es Baltimore – waren zwölf Personen bei einem Wohnungsbrand ums Leben gekommen.

Schließlich waren die Nachrichten zu Ende, und das Radio spielte uns wieder die Songs der Beatles, der Supremes, der

Beach Boys und all der vielen anderen – genau die richtige Art von Musik, *magische* Musik. Aber irgendwie riß diese Musik mich diesmal nicht somit wie sonst. Ich hörte immer wieder die Stimme des Nachrichtensprechers, der eine Litanei von Mord und Krieg und Katastrophen verlas.

Der Himmel war so blau wie eh und je. Die Sonne war nie wärmer gewesen, die Brise nie erfrischender. Und doch hatte ich keine Freude an diesem herrlichen Tag.

Die Stimme dieses verdammten Nachrichtensprechers dröhnte in meinem Kopf, und ich konnte sie einfach nicht abstellen.

An jenem Abend aßen wir in einem ausgezeichneten kleinen italienischen Restaurant und tranken zuviel guten Wein.

Später liebten wir uns und kamen mühelos zum Höhepunkt. Es hätte sehr befriedigend sein müssen.

Am nächsten Morgen war der Himmel wieder blau, die Sonne warm, die Brise erfrischend – und trotzdem hatte das alles für mich keinen Reiz.

Während wir mittags am Strand unseren Picknickkorb leerten, sagte ich: »Sie mag tot sein, aber sie sollte wenigstens nicht vergessen werden.«

Rya stellte sich dumm. »Wer?«

»Du weißt, wer.«

»Kitty Genovese«, sagte sie.

»Verdammt«, murmelte ich. »Ich will wirklich nur meine Hörner einziehen und mit dir in der Geborgenheit unserer kleinen Welt leben.«

»Aber wir können nicht?«

Ich schüttelte den Kopf. »Weißt du, wir sind schon eine komische Brut. Die meiste Zeit über sind wir alles andere als bewundernswert. Überhaupt nicht das, was Gott sich vorstellte, als Er uns erschuf. Aber wir besitzen immerhin zwei große Tugenden. Zum einen natürlich die Liebe, die auch Mitgefühl und Einfühlungsvermögen einschließt. Aber, verdammt, die zweite Tugend kann genausogut ein Fluch wie ein Segen sein. Nennen wir sie das Gewissen.«

Rya lächelte, beugte sich über dem Picknickkorb zu mir herüber und küßte mich. »Ich liebe dich, Slim.«

»Ich liebe dich auch.«

Die Sonne fühlte sich wieder angenehm an.

Dies war das Jahr, in dem der unvergleichliche Louis Armstrong ›Hello, Dolly‹ aufnahm. Der Beatles-Song ›I Want to Hold Your Hand‹ war der größte Hit des Jahres, und Barbra Streisand spielte am Broadway zum erstenmal ›Funny Girl‹. Thomas Berger veröffentlichte ›Little Big Man‹, und Audrey Hepburn und Rex Harrison drehten den Film ›My Fair Lady‹. Martin Luther King und die Bürgerrechtsbewegung wirbelten viel Staub auf. Eine Bar in San Francisco ließ zum erstenmal eine Tänzerin ›oben ohne‹ auftreten. Dies war auch das Jahr, in dem der Würger von Boston festgenommen wurde, und das Jahr, in dem die Ford Motor Company den ersten Mustang verkaufte. Dies war das Jahr, als die St. Louis Cardinals die Yankees besiegten, und es war das Jahr, als Colonel Sanders seine Restaurantkette verkaufte.

Aber dies war *nicht* das Jahr, in dem unser geheimer Krieg gegen die Trolle endete.